LIDAI WANJI NüXING ZHUZUO XULU

历代皖籍女性著作叙录

邱瑰华　傅瑛　著

本书为安徽省哲学社会科学规划后期资助项目（AHSKHQ2016D11）最终成果
获淮北师范大学学术出版基金资助

全国百佳图书出版单位
时代出版传媒股份有限公司
黄山书社

图书在版编目(CIP)数据

历代皖籍女性著作叙录/邱瑰华,傅瑛著.—合肥:
黄山书社,2021.10
ISBN 978-7-5461-9812-5

Ⅰ.①历… Ⅱ.①邱… ②傅… Ⅲ.①女作家-著
作研究-安徽 Ⅳ.①I206

中国版本图书馆CIP数据核字(2021)第213129号

历代皖籍女性著作叙录
LIDAI WANJI NüXING ZHUZUO XULU

邱瑰华 傅 瑛 著

出 品 人 贾兴权
责任编辑 周振华 郝 敏
责任印制 李 磊
装帧设计 熙宇文化
出版发行 黄山书社(http://www.hspress.cn)
地址邮编 安徽省合肥市蜀山区翡翠路1118号出版传媒广场7层 230071
印 刷 合肥锐达印务有限责任公司
版 次 2022年8月第1版
印 次 2022年8月第1次印刷
开 本 700mm×1000mm 1/16
字 数 450千字
印 张 25.75
书 号 ISBN 978-7-5461-9812-5
定 价 98.00元

服务热线 0551-63533706
销售热线 0551-63533761
官方直营书店(https://hsss.tmall.com)

凡　例

一、本书所录女性作者，皆父籍为皖或夫籍为皖。皖省以晚清行政区划为依据，包括现已划归江西的婺源、划归江苏的盱眙、划归湖北的英山等。

二、本书收录书目，皆为皖籍女性于1949年以前所著、所编、所辑、所评、所译的稿本、刻本、排印本等。

三、本书收录皖籍女性所著、所编、所辑、所评、所译的书籍，不论存佚，一律加以介绍，以书名首字汉语拼音为序。

四、异书同名者、同书异名者，皆分别立目介绍，以便检索，如徐南苹《绣余吟草》与史鉴《绣余吟草》；苏雪林著《李义山恋爱事迹考》与《玉溪诗谜》。

五、书名一致、卷数不一致，则单独立目介绍。如熊象慧著《哀猿吟》二卷与《哀猿吟》一卷。

六、书名有诗集、遗集、诗钞、遗稿、遗草、小草、小稿等等之别而实为一书者，不单独立目介绍，如赵景淑著《筠湄诗稿》与《筠湄小稿》。

七、每种著作的介绍，一般包括书名、卷数、著者、存佚、著者简介、刊刻时间、序跋、主要内容、收录诗词文数、有影响的评价、著录及影印、整理情况等。

八、著者简介一般包括生卒年或大致生活时代、字、号、籍贯、寄籍地、父名、夫名、生平简历、著作、有关生平文献传记等。本人生平不详者，简要介绍父家或夫家有名望之人，以便读者了解。

九、书中按语，主要对有关著者或著作存有争议之处作出说明或考释。考释以所见史料为依据，力求简要明确。

十、书末列参考文献，凡历代皖籍女性所著、所编、所辑、所评、所译之书不再列入。

目　录

凡例 …… 001

哀余草　一卷 …… ［清］方竹友著/001
哀猿吟　二卷 …… ［清］熊象慧著/001
哀猿吟　一卷 …… ［清］熊象慧著/001
爱梅轩诗 …… ［清］方填著/002
爱月轩遗稿　三卷 …… ［清］胡凯姒著/002
案廊闲草 …… ［清］张鸿庑著/004
傲霜草 …… ［清］童淑著/005
白莲半格诗 …… ［清］方婉仪著/005
白沙翠竹集 …… ［清］方可著/006
白云遗草集 …… ［清］査士英著/006
瓣香楼词 …… ［清］汪娴著/006
宝素堂诗集 …… ［清］张凝著/007
宝田堂诗 …… ［清］刘氏著/007
保艾阁集　一卷 …… ［清］张似谊著/007
保贞蓑红绡咏乐府 …… ［清］许燕珍著/009
葆琏阁集 …… ［清］程端仪著/010
葆贞阁诗集 …… ［清］沈氏著/010
北堂诗录 …… ［清］左北堂著/011

笔花轩集 ……………………………………………………………［清］吴又兰著/013
碧窗绣余闲课 ………………………………………………………［清］唐锦蕙著/013
碧窗遗集 ……………………………………………………………［清］姚静芬著/013
碧藕轩吟稿 …………………………………………………………［清］陈玉瑛著/014
碧梧轩诗存 …………………………………………………………［清］彭淑士著/014
碧筠楼诗集 ……………………………………………………………［清］严氏著/014
卞玄文诗　一卷 ……………………………………………………［清］卞梦钰著/015
冰奁集　一卷 ………………………………………………………［清］刘世珍著/015
冰心草　一卷 ………………………………………………………［清］朱雪英著/015
冰雪轩集　四卷 ………………………………………………………［清］吴懿著/016
冰玉影传奇 ……………………………………………………………［清］陈慧著/016
才子牡丹亭 ……………………………………［清］吴震生　［清］程琼批评/017
采蘩女史诗钞　一卷 ………………………………………………［清］江福宝著/019
采藻轩稿 ……………………………………………………………［明］汪西池著/019
采芝山房集 …………………………………………………………［清］方采芝著/019
餐菊轩诗稿 …………………………………………………………［清］江月娥著/020
沧海归来集　十八卷 ……………………………………………［民国］姚倚云著/020
沧海归来集　十一卷 ……………………………………………［民国］姚倚云著/021
藏翰楼诗词稿　二卷 …………………………………………………［清］鲍印著/021
蝉蜕集 ……………………………………………………………［民国］苏雪林著/022
撤珥集 ……………………………………………………………［民国］吕贤满著/022
沉疴呓语　一卷 ……………………………………………………［清］王贞仪著/023
程璋文集 ………………………………………………………………［清］程璋著/024
澄心堂诗　二卷 ……………………………………………………［明］章有湘著/025
重订策算证伪　一卷 ………………………………………………［清］王贞仪著/025
愁添集 ………………………………………………………………［清］吴坤元著/026
筹算易知　一卷 ……………………………………………………［清］王贞仪著/026
初月吟 ………………………………………………………………［清］洪南秀著/026
楚江吟　一卷 ………………………………………………………［明］方维仪著/027

春晖集 ……………………………………………………［民国］苏雪林著/027
辍绣阁诗集 ……………………………………………［清］张采儒著/027
赐文堂诗钞 ……………………………………………［清］徐蕙文著/028
从笔轩遗稿　三卷 ………………………………………［清］孙采芙著/028
从笔轩遗稿　五卷 ………………………………………［清］孙采芙著/029
崔氏巧云遗草　一卷 ……………………………………［清］崔巧云著/029
翠枫阁诗词 ……………………………………………［清］陈秉淑著/031
翠云轩诗稿 ……………………………………………［清］江士熮著/031
翠云学吟草 ……………………………………………［清］张翠云著/031
旦鸣阁稿 …………………………………………………［明］方御著/032
淡香阁吟稿 ……………………………………………［清］陈绛绡著/032
淡香诗草 ………………………………………………［清］张薇芳著/033
德风亭初集　十三卷 ……………………………………［清］王贞仪著/033
德风亭词　一卷 …………………………………………［清］王贞仪著/035
德风亭二集　六卷 ………………………………………［清］王贞仪著/036
德箴文存 ………………………………………………［民国］王德箴著/036
灯花占　一卷 ……………………………………………［明］王氏著/036
荻窗吟草 …………………………………………………［清］罗氏著/037
棣蕖合稿 ……………………………［清］沈冬龄　［清］方宗埙著/037
蠹窗二集　六卷 …………………………………………［清］张令仪著/038
蠹窗诗集　十二卷 ………………………………………［清］张令仪著/040
蠹窗诗集　一卷 …………………………………………［清］张令仪著/043
蠹窗诗余　一卷 …………………………………………［清］张令仪著/043
蠹窗文集　一卷 …………………………………………［清］张令仪著/044
蠹鱼集 ……………………………………………………［民国］苏雪林著/044
蠹鱼生活 ………………………………………………［民国］苏雪林著/044
断易日记 …………………………………………………［清］孙咏阁著/045
帆影楼纪事 …………………………………………［民国］吴芝瑛编著/045
帆影楼旧藏画目 ………………………………………［民国］吴芝瑛著/047

范勉淑诗草 …………………………………………………………［清］范满珠著/047
方维仪诗辑 …………………………………………………………［明］方维仪著/048
焚余诗稿 ……………………………………………………………［清］王氏著/048
焚余诗稿 …………………………………………………………［清］刘运福著/048
凤箫诗稿 …………………………………………………………［清］许凤箫著/049
佛说五十三佛大因缘经　三卷 ……………………………………［明］徐皇后著/050
伏枕吟 ………………………………………………………………［清］汪是著/050
芙蓉书屋遗草　一卷 ………………………………………………［清］崔巧云著/051
福连室集 …………………………………………………………［清］许延礽著/051
黻佩居遗集 …………………………………………………………［明］吴令仪著/052
高后内训　一卷 ……………………………………………………［明］马皇后著/052
高皇后传　一卷 ……………………………………………………［明］徐皇后著/053
赓噫集 ………………………………………………………………［清］姚凤翙著/053
宫词百首 ……………………………………………………………［清］柳枝著/055
宫闺丛话 …………………………………………………………［清］孙采芙著/055
宫闺诗评　一卷 ……………………………………………………［明］方维仪编/055
宫闺诗史 …………………………………………………………［明］方维仪编/056
宫闺文史 …………………………………………………………［明］方维仪编/056
古渡诗评 ……………………………………………………………［清］员琳著/056
古香阁吟草　一卷 …………………………………………………［清］陈氏著/057
归来叹 ………………………………………………………………［明］方维仪著/060
圭斋诗词 …………………………………………………………［清］龚自璋著/060
闺范 …………………………………………………………………［明］方维仪著/060
闺房集　一卷 ………………………………………………………［清］陈珮著/060
闺鉴　三卷 …………………………………………………………［清］姚陆舟著/062
闺香集　二卷 ………………………………………………………［清］张佩兰著/063
闺秀诗话 …………………………………………………………［民国］李家恒著/063
闺训十则 ……………………………………………………………［清］吴氏著/063
郭爱集 ………………………………………………………………［明］郭爱著/064

国朝孝子征略　十卷 ……………………………………………… [清]汪清著/064
国朝列女征略　十六卷 …………………………………………… [清]汪清著/064
国香楼诗钞 …………………………………………………… [清]胡佩兰著/065
含章阁诗钞 …………………………………………………… [清]姚含章著/066
含贞阁集 ……………………………………………………… [清]方筠仪著/067
寒香阁训子说 ………………………………………………… [清]方子耀著/067
荷香小草 ……………………………………………………… [清]邱卷珠著/069
鹤史 …………………………………………………………… [明]张娴婧著/069
鹤汀余草 ……………………………………………………… [清]方筠雪著/070
鹤舞堂小稿　一卷 ………………………………………………… [清]鲍诗著/070
鹤语轩诗集　一卷 ……………………………………………… [清]许燕珍著/071
红蚕阁遗稿　一卷 ………………………………………………… [清]方曜著/071
红兰馆诗草 ……………………………………………………… [清]张氏著/072
红蕊山房学吟稿 ………………………………………………… [清]方芬著/072
红香阁诗草 …………………………………………………… [清]姚若蘅著/073
红香窠小草　二卷 ……………………………………………… [清]何佩珠著/073
红绡咏传奇 ……………………………………………………… [清]吴氏著/074
红雪轩诗集 …………………………………………………… [清]赵彦荃著/075
红韵阁联珊小草　一卷 ……………………… [清]周桂清　[清]阚寿坤著/075
红韵阁学吟小草　一卷 ………………………………………… [清]阚寿坤著/075
鸿雪楼词　一卷 ………………………………………………… [清]沈善宝著/077
鸿雪楼诗选初集　六卷 ………………………………………… [清]沈善宝著/078
鸿雪楼诗选初集　十五卷 ……………………………………… [清]沈善宝著/079
鸿雪楼诗选初集　四卷 ………………………………………… [清]沈善宝著/079
鸿雪楼外集　一卷 ……………………………………………… [清]沈善宝著/080
湖湘游草 ………………………………………………………… [明]胡氏著/080
花帘词　一卷 ……………………………………………………… [清]吴藻著/080
花帘书屋诗 ……………………………………………………… [清]吴藻著/083
花屿词 ………………………………………………………… [清]赵家壁著/083

花语轩诗钞　一卷 ……………………………………………［清］金若兰著/084
话茗斋诗集 ……………………………………………………［清］江福宝著/085
画梅册 …………………………………………………………［清］罗芳淑著/085
淮南听雨轩诗草 ………………………………………………［清］徐慧因著/086
环花阁诗钞 ……………………………………………………［清］何佩珠著/086
环绣轩诗稿 ……………………………………………………［清］黄媛宜著/086
环珠室集　二卷 ………………………………………………［清］吴令则著/087
浣愁轩诗集　一卷 ……………………………………………［清］姚鉴含著/087
浣兰遗稿 ………………………………………………………［清］张氏著/087
浣芗词 …………………………………………………………［清］王少华著/088
浣雪楼诗钞　一卷 ……………………………………………［清］彭靓娟著/088
黄绢诗存 ………………………………………………………［清］吴丝著/089
绘后阁学诗草 …………………………………………………［清］姚素著/089
绘图绣像四云亭新书全传　二十四卷 ………………………［清］彭靓娟著/090
绘图再造天　十六回 …………………………………………［清］侯芝改订/091
惠如长短句 ……………………………………………………［民国］吕湘著/093
惠如诗稿词稿文存 ……………………………………………［民国］吕湘著/094
蕙草堂杂咏 ……………………………………………………［清］李清辉著/094
蕙窗诗集 ………………………………………………………［清］吴锦苏著/095
蕙绸阁诗集　一卷 ……………………………………………［清］姚凤仪著/095
蕙棂小草 ………………………………………………………［清］吴绣砚著/095
积翠轩诗草 ……………………………………………………［清］俞德秀著/097
棘心 ……………………………………………………………［民国］苏雪林著/097
籍溪诗钞　一卷 ………………………………………………［清］江瑶著/097
记红集　一卷 …………………………………………………［清］赵春燕著/098
纪瑞诗集 ………………………………………………………［清］徐德音著/098
季妹遗稿　一卷 ………………………［民国］吕湘著　［民国］吕贤满辑/099
缄秋阁诗稿　一卷 ……………………………………………［清］姚宛著/099
茧松阁遗稿 ……………………………………………………［清］张嗣谢著/099

剪灯吟 ……………………………………………………［清］汪嘉淑著/100
剪红阁诗草　二卷 ……………………………………［清］张茝馨著/100
剪淞留影集 ……………………………………［民国］吴芝瑛编著/102
饯月楼诗集 …………………………………………［清］蒋贻美著/102
建德周含曜女士诗画稿 …………………………［民国］周德蕴著/102
涧滨阁诗　二卷 ………………………………………［清］方敷著/103
江蕊珠诗　一卷 ……………………………………［清］江蕊珠著/103
江声帆影阁诗 ………………………………………［清］王玉芬著/104
绛珠阁绣余草　一卷　诗余　一卷 ………………［清］吴绣珠著/104
椒花阁诗草 …………………………………………［清］张椒花著/106
椒花馆诗集 …………………………………………［清］江秀琼著/106
蕉窗遗韵诗集　一卷　词集　一卷 ………………［明］张娴婧著/107
蕉贞咏 …………………………………………………［明］葛嫩著/108
洁斋诗集 ……………………………………………［清］吴芝芳著/109
金刚解义注 ……………………………………………［清］江氏著/109
金闺杰　十六回 ………………………………………［清］侯芝著/109
津云小草　二卷 ……………………………………［清］何佩珠著/110
锦槎轩诗集　十卷 ……………………………………［清］张襄著/111
锦槎轩诗集　一卷 ……………………………………［清］张襄著/112
锦楼诗草 ……………………………………………［清］蒋锦楼著/113
锦囊冰鉴　二卷 ……………………………………［清］张令仪著/113
锦上花　四十八回 ……………………………………［清］侯芝著/115
锦笙词 …………………………………………………［清］王玳著/115
晋中草 ………………………………………………［清］李长宜著/115
荆山小草 ………………………………………………［清］戴玺著/116
井桐居吟稿 ……………………………………………［清］汪韶著/116
净香居诗草　一卷 …………………………………［清］金梦兰著/116
静辉楼剩稿 …………………………………………［清］龚素英著/117
静如遗草 ……………………………………………［清］翁静如著/118

静轩诗文集 ……………………………………………………［清］张瑜珍著/119
静志居诗话 ……………………………………………………［明］方维仪著/119
镜阁诗集 ………………………………………………………［清］刘何减著/119
镜清阁集 ………………………………………………………［清］方若蘅著/120
鸠那罗的眼睛 ………………………………………………［民国］苏雪林著/120
鞠隐案牍汇存　一卷 ………………………………………［民国］吴芝瑛编著/121
涓亭集 …………………………………………………………［清］刘令佑著/121
鹃魂集诗 ………………………………………………………［清］赵采苹著/121
倦绣阁诗草　一卷 …………………………………………［清］马绣吟著/122
倦绣吟 …………………………………………………………［清］张婉仙著/122
康熙丁巳画册 ………………………………………………［清］叶蕙芬著/122
课选楼遗诗 …………………………………………………［清］陈蕊珠著/123
壶史 ……………………………………………………………［清］赵景淑著/124
壶闲吟　一卷 …………………………………………………［清］王氏著/125
括香室遗诗　一卷 …………………………………………［清］叶元琴著/125
兰陂剩稿 ………………………………………………………［清］吴荔娘著/126
兰东初集 ………………………………………………………［清］姚凤仪著/126
兰芬阁诗钞　一卷 ……………………………………………［清］方氏著/127
兰芬集 …………………………………………………………［清］吉氏著/127
兰石阁草 ………………………………………………………［清］张湘月著/128
兰雪诗钞 ………………………………………………………［清］汪韫玉著/128
老子徐氏经说 ………………………………………………［汉］徐少季著/128
老子传 …………………………………………………………［汉］徐少季著/129
梨花梦　五折 …………………………………………………［清］何佩珠著/129
李义山恋爱事迹考 …………………………………………［民国］苏雪林著/129
历算简存　五卷 ……………………………………………［清］王贞仪著/130
奁余集 …………………………………………………………［清］员琳著/130
莲香阁草 ………………………………………………………［清］张喜珠著/130
莲心室遗稿　一卷 …………………………………………［清］俞富仪著/131

联珠集 ……………………………………[清]周月贞 [清]朱雪英著/131
练潭书屋吟稿 ……………………………………[清]张承范著/131
辽东小草 ……………………………………[民国]吕美荪著/132
辽金元文学 ……………………………………[民国]苏雪林著/132
列女传 ……………………………………[明]马皇后著/133
临漪诗草 ……………………………………[清]钟文贞著/133
灵华阁诗稿 ……………………………………[民国]吕贤满著/134
玲珑阁吟稿 一卷 ……………………………………[清]周世宜著/134
凌寒阁吟草 ……………………………………[民国]葛世洁著/135
凌霜阁集 二卷 ……………………………………[清]方氏著/135
留香小草 ……………………………………[清]金环秀著/136
榴花馆稿 ……………………………………[民国]姚倚云著/136
柳花阁全集 ……………………………………[清]徐横波著/136
六祖坛经注 ……………………………………[清]江氏著/137
龙辅诗选 四卷 ……………………………………[元]龙辅著/137
陆舟日记 ……………………………………[清]姚陆舟著/138
陆舟吟 二卷 ……………………………………[清]姚陆舟著/138
鹿隐阁集 ……………………………………[清]姚鹿隐著/138
鸾帕血 ……………………………………[明]阮丽珍著/139
路及其他 ……………………………………[民国]王德箴编/139
落花诗 一卷 ……………………………………[清]林氏著/139
吕碧城集 五卷 ……………………………………[民国]吕碧城著/140
履雪阁诗 一卷 ……………………………………[清]张氏著/140
绿窗诗稿 四卷 ……………………………………[明]端淑卿著/141
绿窗小草 ……………………………………[清]査清著/141
绿窗遗稿 一卷 ……………………………………[清]程云著/142
绿窗余韵 ……………………………………[清]汪梦燕著/142
绿净轩诗钞 五卷 ……………………………………[清]徐德音著/142
绿净轩诗钞 一卷 ……………………………………[清]徐德音著/143

绿净轩续集　一卷 ……………………………………………… ［清］徐德音著/144
绿天 ……………………………………………………………… ［民国］苏雪林著/145
绿筠阁诗钞　九卷 ……………………………………………… ［清］何佩芬著/146
绿筠轩诗草 ………………………………………………………… ［清］鲍印著/146
马孝女遗稿　六卷 ……………………………………………… ［清］马延淑著/147
蛮云阁诗草 ………………………………………………………… ［清］赵氏著/149
茂松阁集 ………………………………………………………… ［明］方季准著/149
眉生诗稿词稿 …………………………………………………［民国］吕美荪著/150
梅芬阁诗集　二卷 ………………………………………………… ［清］刘氏著/150
梅阁小草 ………………………………………………………… ［明］吴梅阁著/150
梅轩诗钞 ………………………………………………………… ［清］金宣哲著/151
梅影楼诗 …………………………………………………………… ［清］汪是著/151
孟淑剩稿 ………………………………………………………… ［清］汪德贞著/152
梦感佛说第一希有大功德经　二卷 ……………………………… ［明］徐皇后著/152
梦鸿楼诗草 ……………………………………………………［民国］葛世洁著/152
梦虎缘 …………………………………………………………… ［明］阮丽珍著/153
梦觉关 …………………………………………………………… ［清］张令仪著/153
梦莲绣阁剩草 …………………………………………………… ［清］洪昙蕊著/153
梦香集 ……………………………………………………………… ［清］朱兰著/154
梦雨天华室丛书 ………………………………………………［民国］吕碧城著/154
梦云吟草　一卷 ………………………………………………… ［清］李淑仪著/155
葹丽园诗　一卷 ………………………………………………［民国］吕美荪著/155
葹丽园诗四续　一卷 …………………………………………［民国］吕美荪著/155
葹丽园诗续　一卷 ……………………………………………［民国］吕美荪著/156
葹丽园诗再续　一卷 …………………………………………［民国］吕美荪著/156
葹丽园随笔 ……………………………………………………［民国］吕美荪著/156
妙香阁遗草　一卷 ……………………………………………… ［清］石云英著/157
名媛诗话　八卷 ………………………………………………… ［清］沈善宝著/157
名媛诗话　十二卷 ……………………………………………… ［清］沈善宝著/157

名媛诗话　十五卷 ……………………………………………… [清]沈善宝著/158
名媛诗话　四卷 ………………………………………………… [清]沈善宝著/158
名媛诗话续集　三卷 …………………………………………… [清]沈善宝著/159
明珰集 …………………………………………………………… [清]许仲仪著/159
墨庄遗稿 …………………………………………………………… [清]江瑶著/159
南明忠烈传 …………………………………………………… [民国]苏雪林著/160
南香画语　一卷 …………………………………………………… [清]胡渊著/160
南香诗钞　一卷 …………………………………………………… [清]胡渊著/162
尼说七惑　一卷 ………………………………………………… [明]方维仪著/163
凝翠阁诗钞 ………………………………………………………… [清]郑芬著/163
凝晖阁诗集　五卷 ……………………………………………… [清]姚陆舟著/163
凝晖斋集　二卷 ………………………………………………… [清]姚陆舟著/164
凝晖斋诗存　一卷 ……………………………………………… [清]姚陆舟著/164
凝香阁诗钞　一卷 ……………………………………………… [清]黄芝台著/165
女红余志 ………………………………………………………… [清]郑瑾娥著/166
女红余志　二卷 …………………………………………………… [元]龙辅著/166
女红余志　四十卷 ………………………………………………… [元]龙辅著/167
女红余志　一卷 …………………………………………………… [元]龙辅著/168
女界模范 …………………………………………………………… [清]聂芬著/169
女诫引证 ………………………………………………………… [明]张娴婧著/169
女蒙拾诵　一卷 ………………………………………………… [清]王贞仪著/169
女萝亭诗稿　六卷 ……………………………………………… [清]唐庆云著/170
女萝亭诗稿　四卷 ……………………………………………… [清]唐庆云著/171
欧美之光 …………………………………………………… [民国]吕碧城著/171
呕香吟草 …………………………………………………………… [清]潘氏著/172
藕香馆诗钞　八卷 ……………………………………………… [清]何佩玉著/172
藕香馆诗钞　二卷 ……………………………………………… [清]何佩玉著/172
藕香馆诗钞　一卷 ……………………………………………… [清]何佩玉著/172
培桂轩诗钞　二卷 ……………………………………………… [清]张熙春著/173

佩椒阁诗钞 ……………………………………………… [清]程本淑著/173
佩兰阁草 ……………………………………………………… [清]徐简著/173
佩珊珊室诗存　一卷 …………………………………… [清]王纫佩著/174
喷香阁稿 ……………………………………………… [清]黄浣月著/176
缥缃馆稿 ……………………………………………… [清]周桂清著/176
评杜诗　一卷 ………………………………………… [清]郑同甸著/177
评牡丹亭还魂记 ……………………………………… [清]陈同著/177
苹香阁诗草 ………………………………………… [清]洪采苹著/178
屏山阁诗集　四卷 …………………………………… [清]方云卿著/178
屏山堂诗集　五卷 …………………………………… [清]方云卿著/178
栖凤阁词 ……………………………………………… [清]吴瑛著/179
栖梧阁诗集 …………………………………………… [清]吴氏著/180
栖梧诗集 ……………………………………………… [清]柯双凤著/180
栖枳阁小集 …………………………………………… [清]汪凤芬著/180
企芬阁集 ……………………………………………… [清]方氏著/181
起云阁诗钞　四卷 …………………………………… [清]鲍之兰著/181
起云阁诗钞　一卷 …………………………………… [清]鲍之兰著/182
绮霞阁吟草 ………………………………………… [清]丁道蘅著/182
绮霞诗草 …………………………………………… [清]姚绮霞著/183
绮云春阁诗钞　二卷 ………………………………… [清]方芬著/183
绮云楼稿 ……………………………………………… [清]舒姒著/184
乾坤圈 ……………………………………………… [清]张令仪著/185
潜渊吟稿 ……………………………………………… [清]石氏著/185
遣疾草 ……………………………………………… [明]张娴婧著/186
倩君遗稿 ……………………………………………… [清]汪韶著/186
乔影 ………………………………………………………… [清]吴藻著/186
琴嘉阁诗集 ………………………………………… [清]张萍香著/187
琴秋阁绝句 ………………………………………… [清]张茝贞著/187
琴言阁诗钞　四卷 …………………………………… [清]方掌珍著/187

琴余小草　一卷 …………………………………………………［清］杨淑贞著/189
琴韵楼诗钞 ……………………………………………………［清］张佩芬著/189
青藜阁词　一卷 ……………………………………………………［清］江珠著/189
青藜阁诗钞　一卷 …………………………………………………［清］江珠著/190
青藜阁诗集　一卷 …………………………………………………［清］江珠著/192
青鸟集 ……………………………………………………［民国］苏雪林著/192
青山集　四卷 ………………………………………………………［清］吴山著/192
青山集　一卷 ………………………………………………………［清］吴山著/193
青霞阁诗钞 ……………………………………………………［清］左青霞著/194
青筠轩遗稿　一卷 ………………………………………………［清］左慕光著/194
清芬阁集　八卷 …………………………………………………［明］方维仪著/195
清芬阁集　七卷 …………………………………………………［明］方维仪著/195
清华阁诗钞 ……………………………………………………［清］钟文淑著/196
清绮轩诗剩　一卷 ………………………………………………［清］陶安生著/197
清香阁诗钞　二卷 ………………………………………………［清］姚德耀著/198
清香阁诗钞　一卷 ………………………………………………［清］姚德耀著/199
清映堂诗稿 ……………………………………………………［清］殷德徽著/200
清映轩诗词稿　四卷 ……………………………………………［民国］吕湘著/200
清映轩遗稿　一卷 ……………………［民国］吕湘著　［民国］吕贤满辑/200
清娱阁吟稿　六卷 ………………………………………………［清］鲍之蕙著/201
清娱阁吟稿　一卷 ………………………………………………［清］鲍之蕙著/203
清远阁集 ………………………………………………………［清］杨清远著/203
琼花楼小草 ……………………………………………………［清］朱坤然著/203
秋鸿集 ……………………………………………………………［清］吴氏著/204
秋山楼稿　十二卷 ………………………………………………［清］吴孟嘉著/204
秋音阁诗存　一卷 ………………………………………………［清］朱漱芳著/204
求福居诗钞　二卷 …………………………………………………［清］汪清著/205
求福居诗钞　一卷 …………………………………………………［清］汪清著/205
求福居文钞　二卷 …………………………………………………［清］汪清著/206

劝戒录节本 ……………………………………………… [民国]吕美荪编著/206
劝善感应 一卷 ………………………………………… [明]徐皇后著/207
劝善嘉言 三卷 ………………………………………… [明]徐皇后著/207
劝善书 二十卷 ………………………………………… [明]徐皇后著/207
群英传 二十八卷 ……………………………………… [清]汪藕裳著/208
仁和龚女史朱太夫人遗诗 …………………………… [清]龚自璋著/208
仁孝文皇后内训 一卷 ………………………………… [明]徐皇后著/209
纫兰词 ……………………………………………………… [清]徐婉著/210
纫兰阁前后集 八卷 …………………………………… [明]方孟式著/210
纫兰阁诗集 十四卷 …………………………………… [明]方孟式著/211
纫兰集 ……………………………………………………… [清]金树彩著/212
纫兰轩诗 …………………………………………………… [清]刘氏著/213
容安阁诗稿 ……………………………………………… [清]芮永恭著/213
蓉镜轩诗集 ……………………………………………… [清]陈采芝著/214
茹古香阁诗集 二卷 …………………………………… [清]李淑贞著/214
软红竹枝词 一卷 ……………………………………… [清]金梦兰著/214
瑞仙楼诗钞 一卷 ……………………………………… [清]汪淑珍著/215
瑞芝阁遗草 ……………………………………………… [清]张瑞芝著/215
瑞芝室诗钞 ……………………………………………… [清]汪玉英著/215
三生堂稿 ……………………… [清]张喜珠 [清]张绣珠 [清]邱卷珠著/216
三十六鸳鸯吟舫存稿 二卷 …………………………… [清]王梦兰著/216
三秀斋词 一卷 ………………………………………… [清]鲍之芬著/218
三秀斋诗钞 二卷 ……………………………………… [清]鲍之芬著/218
三秀斋诗钞 一卷 ……………………………………… [清]鲍之芬著/220
三秀斋诗词钞 三卷 …………………………………… [清]鲍之芬著/220
三宜楼诗 …………………………………………………… [清]程蟾仙著/220
三芝轩诗存 …………………… [清]张瑞芝 [清]张玉芝 [清]张爱芝著/221
三珠阁诗存后集 ………………………………………… [清]王季钦著/221
三珠阁诗存前集 ………………………………………… [清]王仲徽著/222

三珠阁诗存中集 ……………………………………………… [清]王叔慎著/223
散花室学吟 ……………………………………………………… [清]陈玉著/225
晒书轩诗草 …………………………………………………… [清]周婉娴著/225
伤心吟 ………………………………………………………… [清]徐七宝著/225
麝尘莲寸集校注　四卷 …………………………………… [清]程淑校注/226
沈桂诗稿　一卷 ……………………………………………… [清]沈桂著/227
师蕴吟草 ……………………………………………………… [清]胡师蕴著/227
石梁群芳集 …………………………………………………… [清]周德容著/228
拾翠轩吟稿文稿 ……………………………………………… [清]汪瑶著/228
史氏诗词　一卷 ……………………………………………… [清]史氏著/228
士斋诗集　三卷 ……………………………………………… [明]邹赛贞著/229
世德堂草 ……………………………………………………… [清]洪元志著/230
疏影楼合集　四卷…… [清]倪淑　[清]倪婉　[清]倪懿　[清]倪静著/230
疏影楼集 ……………………………………………………… [清]倪淑著/231
疏影楼名花百咏　一卷　吟草　一卷 ……………………… [清]李淑仪著/231
疏影楼名姝百咏　一卷　吟草　一卷 ……………………… [清]李淑仪著/232
疏影楼吟草　一卷 …………………………………………… [清]李淑仪著/234
舒怨录 …………………………………………………………… [清]胡渊著/234
漱芳诗草　一卷 ……………………………………………… [清]李漱芳著/235
双桂书屋诗草 ………………………………………………… [清]汪又苏著/235
双清阁剩草　二卷 …………………………………………… [清]龙循著/235
双松词 ………………………………………………………… [清]程茯娥著/236
双梧阁小草 …………………………………………………… [清]吴申著/237
双修阁诗草 …………………………………………………… [清]聂芬著/237
孀闺集 ………………………………………………………… [清]祝氏著/237
孀闺集 ………………………………………………………… [清]祝氏著/238
顺香阁诗集　一卷 …………………………………………… [清]邓氏著/238
松窗词草 ……………………………………………………… [清]许燕珍著/238
松清偶咏 ……………………………………………………… [清]王松清著/239

松声阁集　二十卷 …………………………………………………… [清]吴坤元著/239
松声阁集　五卷 ……………………………………………………… [清]吴坤元著/240
松阳女史诗　二卷 …………………………………………………… [清]章玉照著/241
松荫阁诗草 …………………………………………………………… [清]孙松荫著/242
松隐庐遗集 …………………………………………………………… [清]罗仪芬著/242
苏绿漪创作选 …………………………………………………… [民国]苏雪林著/243
苏绿漪佳作选 …………………………………………………… [民国]苏雪林著/243
俗语注解小学古文读本 …………………………………… [民国]吴芝瑛编注/243
诉天杂记 ……………………………………………………………… [明]章有湘著/244
素芳吟草 ……………………………………………………………… [清]胡素芳著/244
随感录　一卷 ………………………………………………………… [清]胡渊著/244
随鸿阁诗集 …………………………………………………………… [清]吴氏著/245
唐诗概论 ………………………………………………………… [民国]苏雪林著/245
唐诗三百首补注　八卷 ……………………………………… [清]陈婉俊补注/246
韬文诗稿 ……………………………………………………………… [清]毕著著/247
题画诗　一卷 ………………………………………………………… [清]金梦兰著/248
天香阁诗钞　八卷 …………………………………………………… [清]黄氏著/248
天韵阁诗存　一卷 …………………………………………………… [清]黄箴著/248
听月楼遗草　二卷 …………………………………………………… [清]汪韫玉著/250
听月楼遗草　一卷 …………………………………………………… [清]汪韫玉著/251
听月轩诗草 …………………………………………………………… [清]刘翠苹著/252
同心室小咏 …………………………………………………………… [清]邵齐芝著/252
桐华阁诗集　四卷 …………………………………………………… [清]庆凤晖著/253
桐簃诗钞 ……………………………………………………………… [清]程令媛著/254
桐月居集 ……………………………………………………………… [清]程凤娥著/254
屠龙集 …………………………………………………………… [民国]苏雪林著/255
退安斋集 ……………………………………………………………… [清]姚德承著/255
唾余草 ………………………………………………………………… [清]陆文娴著/255
宛贞诗稿 ……………………………………………………………… [清]周宛贞著/256

晚香庐诗稿　二卷 ……………………………… ［清］倪淑著/256
晚香斋集 ……………………………… ［清］杨衍韫著/257
婉真阁集 ……………………………… ［清］任淑仪著/257
畹香楼诗稿　二卷 ……………………………… ［清］梁兰漪著/258
畹香诗钞　一卷 ……………………………… ［清］张淑著/258
汪韶诗集 ……………………………… ［清］汪韶著/260
汪秀娟诗　一卷 ……………………………… ［清］汪秀娟著/260
望云草 ……………………………… ［明］章有湘著/261
望云阁诗集　一卷 ……………………………… ［清］郭芬著/261
望云楼诗集 ……………………………… ［清］戴恭谨著/262
维化诗集 ……………………………… ［明］储氏著/263
苇帘阁集　二卷 ……………………………… ［清］钱德耀著/263
萎兰集　一卷 ……………………………… ［清］张氏著/263
味雪楼诗集 ……………………………… ［清］庆凤亭著/264
文阁诗选　一卷 ……………………………… ［清］陈舜英/265
文皇后诗　一卷 ……………………………… ［明］徐皇后著/266
文选诗赋参评　十卷 ……………………………… ［清］王贞仪著/267
问心集 ……………………………… ［清］胡渊著/267
无情子　一卷 ……………………………… ［清］熊象慧著/267
吾过集 ……………………………… ［清］鲍诗著/268
吾亦爱吾庐诗钞　二卷 ……………………………… ［清］鲍诗著/268
吴君婉女士遗诗　一卷 ……………………………… ［清］吴肖萦著/268
吴孺人诗集 ……………………………… ［清］吴喜珠著/269
吴岩子诗　一卷 ……………………………… ［明］吴山著/269
吴岩子诗辑本 ……………………………… ［明］吴山著/270
吴苑小志 ……………………………… ［清］汪淑珍著/270
吴贞静诗钞 ……………………………… ［清］吴贞静著/270
吴芝瑛夫人诗文集 ……………………………… ［民国］吴芝瑛著/271
吴芝瑛夫人遗著　一卷 ……………………………… ［民国］吴芝瑛著/271

梧阁赓噫集 …… [清]姚凤翙著/272
西洋筹算增删　一卷 …… [清]王贞仪著/272
惜红吟　一卷 …… [清]汪阿秀著/273
惜花轩诗草 …… [清]董清映著/273
溪畔吟稿 …… [清]王氏著/273
熙春阁词 …… [清]顾翊徽著/274
习静轩诗集 …… [清]胡恩荣著/274
侠义佳人　四十回 …… [清]邵振华著/274
峡猿吟草 …… [清]孙旭媖著/275
霞晖阁吟草　一卷 …… [清]姚卿华著/275
夏彩霞诗　一卷 …… [清]夏彩霞著/275
先考事略 …… [民国]李相珏著/276
闲云阁诗钞 …… [清]方若徽著/276
衔花阁诗草　二卷 …… [清]张宜雝著/276
香阁吟稿　二卷 …… [清]陈绛绡著/277
香红阁词 …… [清]姚若蘅著/277
香红阁诗词 …… [清]姚若蘅著/278
香奁杂考　一卷 …… [清]赵景淑著/278
香梦居集 …… [清]徐简著/278
香南雪北庐词　一卷 …… [清]吴藻著/279
香南雪北庐集　二卷 …… [清]吴藻著/279
香台集 …… [清]吴吴著/280
香芸词 …… [清]徐华著/281
湘痕阁词稿　一卷 …… [清]袁嘉著/281
湘痕阁诗稿　二卷 …… [清]袁嘉著/283
缃素阁遗草 …… [清]张若娴著/283
纕芷阁遗稿　一卷 …… [清]左如芬著/284
相庞遗诗 …… [清]佘兆仪著/285
象数窥余　四卷 …… [清]王贞仪著/285

消愁吟　二卷 ……………………………………………… [民国]姚倚云著/286
小红楼吟草 ……………………………………………………… [清]胡珠林著/286
小鸥波馆诗钞　一卷 ……………………………………………… [清]陆韵梅著/287
小万柳堂丛刊五种 ……………………………………… [民国]吴芝瑛辑录/287
小维摩诗稿　一卷 ……………………………………………………… [清]江珠著/288
晓珠词　四卷 ……………………………………………… [民国]吕碧城著/288
晓珠词　一卷 ……………………………………………… [民国]吕碧城著/289
孝烈遗稿 …………………………………………………………… [清]潘志渊著/289
啸月楼诗稿 ……………………………………………………… [清]张氏著/290
写秋轩诗草 ……………………………………………………… [清]朱兰著/290
写心集 ……………………………………………………………… [清]桂四好著/290
写韵楼诗钞　一卷 ……………………………………………… [清]王瑶芬著/291
写韵轩小稿　二卷　续增　一卷 ……………………………… [清]曹贞秀著/293
写作经验谈 ………………………………………………… [民国]苏雪林等著/295
新刻玉钏缘全传　三十二卷 …………………………………… [清]侯芝改订/295
信 ……………………………………………………………… [民国]方令孺著/295
信芳集　二卷 ……………………………………………… [民国]吕碧城著/296
信芳集　三卷 ……………………………………………… [民国]吕碧城著/296
信芳集鸿雪因缘　五卷 …………………………………… [民国]吕碧城著/296
星象图释　二卷 ……………………………………………… [清]王贞仪著/297
杏花阁诗 …………………………………………………………… [清]盛氏著/297
杏婉遗诗　一卷 ……………………………………………… [清]吴畴五著/297
性真阁诗 …………………………………………………………… [明]张淑媛著/298
修琴轩诗草 ……………………………………………………… [清]金淑娴著/298
修月女史遗稿　一卷 …………………………………………… [清]吴修月著/298
绣冰词 ……………………………………………………………… [清]彭淑士著/300
绣阁诗集 …………………………………………………………… [清]卞梦钰著/301
绣牡丹 ……………………………………………………………… [清]程琼著/301
绣桥诗词存　二卷 ……………………………………………… [清]程淑著/302

绣岩暇草 …………………………………………………… [清]富梦琴著/303
绣余二集 …………………………………………………… [清]范满珠著/304
绣余草　一卷 ………………………………………………… [清]赵环著/304
绣余阁诗草 ………………………………………………… [清]姚秀儒著/305
绣余偶草 …………………………………………………… [清]黄克巽著/306
绣余诗　一卷 ……………………………………………… [清]姚芙卿著/307
绣余诗草 …………………………………………………… [清]张佩芬著/307
绣余小草 …………………………………………………… [清]汪瑶芳著/307
绣余轩稿 …………………………………………………… [清]汤淑英著/308
绣余遗稿 ……………………………………………………… [清]孙芙著/308
绣余吟稿 …………………………………………………… [清]张绣珠著/308
绣余吟草 ……………………………………………………… [清]史鉴著/309
绣余吟草 …………………………………………………… [清]王蕊卿著/309
绣余吟草 ……………………………………………………… [清]汪赞著/309
绣余吟草　一卷 …………………………………………… [清]徐南苹著/310
绣余自好吟　一卷 ………………………………………… [清]许德蕴著/311
绣月轩集 ………………………………………………… [民国]李家恒著/312
绣月轩集陆联语 ………………………………………… [民国]李家恒著/312
绣铁余笺　十卷 …………………………………………… [清]王贞仪著/312
徐佩芸诗　一卷 …………………………………………… [清]徐佩芸著/313
絮春榭诗存　一卷 ………………………………………… [清]戴烜姒著/313
萱荫兰荪室稿 ……………………………………………… [清]王叔慎著/314
学陆集 ……………………………………………………… [清]方婉仪著/314
雪窗集 ………………………………………………………… [清]黄嫆著/315
雅安书屋诗集　四卷 ………………………………………… [清]汪嫈著/315
雅安书屋文集　二卷 ………………………………………… [清]汪嫈著/318
烟鬟阁遗草 …………………………………………………… [清]黄卷著/321
延秋阁剩稿 ………………………………………………… [清]赵景淑著/321
阳春白雪词 ……………………………………………… [民国]吕美荪著/323

养性斋全集 ……………………………………［清］李玉娥著/323
瑶华阁吟笺 ……………………………………［清］姚珮蘅著/324
药缤吟稿 ………………………………………［清］鲍之芬著/324
一个女人的自传 ……………………………［民国］杨步伟著/325
宜阁诗集 …………………………………………［明］潘翟著/325
宜阁诗文集　四卷 ………………………………［明］潘翟著/326
宜阁诗钞 ………………………………………［清］左绍光著/326
贻孙阁集 ………………………………………［清］汪佛珍著/326
疑似吟　一卷 …………………………………［清］方莲衣著/327
倚琴阁诗草　一卷 ……………………………［清］吴麟珠著/328
艺兰阁诗钞　一卷 ……………………………［清］吴季芬著/330
艺兰轩诗草 ……………………………………［清］李静淑著/330
挹香阁诗草 ……………………………………［清］吴中芸著/331
吟窗集 ……………………………………………［清］黄桂著/331
吟香阁诗　一卷 ………………………………［清］张佩兰著/331
吟香榭初稿 ……………………………………［清］汪玉英著/332
饮酒读骚图曲 ……………………………………［清］吴藻著/332
饮露词　一卷 …………………………………［清］李国香著/332
隐秀轩诗 ………………………………………［清］李长宜著/333
莺啭词 ……………………………………………［清］柳声著/334
瀛洲访诗记 …………………………………［民国］吕美荪著/334
雍喈阁绣余吟 …………………………………［清］张绮窗著/334
永淑诗草 ………………………………………［清］黄永淑著/335
咏阁诗集 ………………………………………［清］孙咏阁著/335
犹得住楼诗词稿　二卷 …………………………［清］李媞著/335
犹得住楼诗词选　三卷 …………………………［清］李媞著/336
友阁遗稿 …………………………………………［清］张莹著/337
友兰阁馈余集 ……………………………………［清］方静著/340
有诚堂诗余　一卷 ……………………………［清］方彦珍著/341

有诚堂吟稿　一卷 ……………………………… [清]方彦珍著/341
又清阁遗稿 ……………………………………… [清]方宁著/343
余阁诗草 ………………………………………… [清]张氏著/344
余香草 …………………………………………… [清]汪是著/344
余园附草 ………………………………………… [清]汪德贞著/345
鱼窗闲咏　一卷 ………………………………… [清]马氏著/345
玉琴斋集　一卷 ………………………………… [清]黄之柔著/345
玉荣诗集 ………………………………………… [明]王淑辰著/346
玉台新咏　一卷 ………………………………… [清]姚陆舟著/346
玉溪诗谜 ………………………………………… [民国]苏雪林著/346
玉箫楼词 ………………………………………… [清]沈英著/347
玉虚子集 ………………………………………… [清]郑钟美著/347
喻梅楼诗稿 ……………………………………… [清]汪淑仪著/347
鸳箴余草 ………………………………………… [清]吴氏著/347
渊湛诗钞 ………………………………………… [清]程娴著/348
远山楼稿 ………………………………………… [清]孙瑶华著/348
月波轩遗草 ……………………………………… [清]金树彩著/348
月窗集 …………………………………………… [清]吉氏著/349
月来吟 …………………………………………… [清]丁白著/349
月贞遗草　一卷 ………………………………… [清]周月贞著/350
岳麓吟 …………………………………………… [明]胡氏著/351
云芬阁诗　一卷 ………………………………… [清]吴氏著/351
云锦楼诗 ………………………………………… [清]李长宜著/351
芸芳女士诗稿 …………………………………… [清]张芸芳著/352
芸香阁诗草　一卷 ……………………………… [清]庆佩芸著/352
筠湄诗稿　一卷 ………………………………… [清]赵景淑著/353
韫林偶集 ………………………………………… [清]林文贞著/353
蕴素轩集　四卷 ………………………………… [民国]姚倚云著/354
蕴素轩诗稿　五卷 ……………………………… [民国]姚倚云著/354

蕴素轩诗集　十一卷　蕴素轩词　一卷 ………………［民国］姚倚云著/354
杂流必读 ……………………………………………………［清］程琼编/357
再生集 ………………………………………………………［明］章有湘著/357
再生缘全传　二十卷 ……………………………………［清］侯芝改订/358
再生缘续集　十六回 ……………………………………［清］侯芝改订/359
瞻云阁诗草 …………………………………………………［清］黄凤著/359
贞烈事实　一卷 ……………………………………………［明］徐皇后著/359
枕涛轩遗草　一卷 …………………………………………［清］章氏著/360
支机石室诗 …………………………………………………［清］张襄著/361
芝堂焚余 ……………………………………………………［清］王氏著/361
芝霞阁词 ……………………………………………………［清］熊象慧著/362
芝霞阁诗钞　四卷 …………………………………………［清］熊象慧著/362
芝霞阁学吟 …………………………………………………［清］熊象慧著/362
织楚集　二卷 ………………………………………………［清］毕朗著/363
织云仙馆遗稿 ………………………………………………［清］张襄著/364
纸阁初集 ……………………………………………………［清］张鸿庑著/364
祔余小草　一卷 ……………………………………………［清］许燕珍著/364
陟斋诗集　一卷 ……………………………………………［清］方毓昭著/365
陟瞻斋诗词　二卷 …………………………………………［清］方毓昭著/366
钟 ……………………………………………………［民国］方令孺辑译/368
仲敏遗稿 ……………………………………………………［清］方慧仪著/368
仲淹诗草 ……………………………………………………［清］王仲淹著/368
周君建鉴定古牌谱　二卷 …………………………………［明］胡贞波著/369
周止庵先生别传 …………………………………………［民国］周淑媜著/370
朱静文遗诗　一卷 …………………………………………［清］朱静文著/370
珠光阁诗钞 …………………………………………………［清］吴珠光著/371
珠楼余草　一卷 ……………………………………………［清］翁静如著/371
诸佛世尊如来菩萨尊者神僧名经　四卷 …………………［明］徐皇后著/372
竹翠轩遗稿 …………………………………………………［清］康介眉著/373

竹经 ……………………………………………………………… [明]张娴婧著/373
竹烟兰雪斋诗钞 ………………………………………………… [清]何佩珠著/373
妆台余事　四卷 ………………………………………………… [清]胡珠林著/374
子虚记　八卷 …………………………………………………… [清]汪藕裳著/374
子虚记　六十四卷 ……………………………………………… [清]汪藕裳著/374
紫蓬山房诗钞 ……………………………………………………… [清]黄裳著/375
紫石吟 …………………………………………………………… [清]白语生著/375
紫云学吟草 ……………………………………………………… [清]张紫云著/376
紫芝馆吟草 …………………………………………………… [民国]王镜荑著/376
自怡草 …………………………………………………………… [清]程瑜秀著/376
尊经会义　一卷 …………………………………………………… [清]倪氏著/376
遵贞阁诗集　二卷 ……………………………………………… [清]方遵贞著/377

主要参考文献 ………………………………………………………………… 378

哀余草　一卷

［清］方竹友著

未见。方竹友（生卒年不详），桐城人。

《哀余草》一卷，吴希庸、方林昌《桐山名媛诗钞》卷九著录。

哀猿吟　二卷

［清］熊象慧著

未见。熊象慧（生卒年不详），字芝霞。潜山人。清嘉庆、道光间在世。光铁夫《安徽名媛诗词征略》卷三熊象慧小传曰："宝泰女，四川广安知州泾县吴栻室。母张氏名淑，怀宁人，工诗，故象慧自幼即善吟咏。于归后，夫妇情好甚笃，闺房唱和不辍，人多艳羡之。象慧三娣王吟秋亦能诗，病殁时，夫出未归。象慧哭诗有'今日杭州客衣上，泪痕更比酒痕多'之句，为戚鹤泉所赏。著有《芝霞阁诗》一卷、《诗余》一卷、《哀猿吟》一卷。"

《哀猿吟》二卷，《重修安徽通志·人物志·列女·才媛》著录："（象慧）著有《芝霞阁诗钞》四卷、《无情子》一卷、《哀猿吟》二卷。"

哀猿吟　一卷

［清］熊象慧著

存。著者简介见前《哀猿吟》二卷。

《哀猿吟》一卷，清道光元年（1821）刻本，安徽博物院藏。此本前有吴世登、吴蕙培序，末有吴云跋、吴栻附记。书中有圈点，有总评，行间有句评。吴蕙培《哀猿吟序》曰："二侄妇之先君藕颐封公著等身书，江右老名士也。其令嗣守汴，迎养署中，时余长兄适提衡中州，两人缔交笃，封公遂以四女芝霞于归长兄之次子墨仙。芝霞自幼读书，十行俱下，善属文，又好为倚声，性萧散，喜作晋人清谈，其妯娌姊妹班中呼为'吴进士'。然才丰遇啬，生二女一子皆殇，此《哀猿吟》之所由也。”

爱梅轩诗

［清］方瑱著

未见。方瑱（生卒年不详），定远人，侨居庐州。清道光、咸丰间在世。方锡田女。

《爱梅轩诗》，陈澹然《江表忠略》卷十八著录：“方瑱者，定远国子生方锡田女也，侨居庐州。城陷，与妹珉及嫂沉而死。天暑，旬有五日，坐水中不变，面如生。著《爱梅轩诗》，清绝。珉年十四，能做擘窠书。临难，两人伏水中叩头别其母，见者皆泣下。”

爱月轩遗稿　三卷

［清］胡凯姒著

存。胡凯姒（生卒年不详），字静香。北京人。清同治、光绪间在世。婺源江忠振室。民国《重修婺源县志·人物·列女·才媛》曰：“江忠振妻胡氏，前安徽藩司玉坦女，晓起进士即用知府忠振室，著有《爱月轩诗钞》。”

《爱月轩遗稿》三卷，清光绪十四年（1888）刊本。此本每半页八行，每行二十三字，四周花边，版式精美。内题“爱月轩女史遗稿”。前有杨寿昌、钟桐山序，凡收诗三卷，其中试帖诗一卷，杂体诗一卷，诗余四阕并附诗七首一卷。

杨寿昌《序》曰：“‘深于诗者，温柔敦厚’，斯言也，固足以概天下之风人，亦可以尽古今之闺彦。圣贤立言，实兼内外本末而靡遗。而贤媛淑女类皆具温柔敦厚之德，故发为诗歌，雍容大雅。其才优而学赡者，名篇绮密，往往有学士大夫所未能而闺中裕如者。此其人为金枝瑰草，其诗则琅璈凤哕也。幸而福慧双修，偕老君子，生平歌咏积成卷轴，而诗易以传；不幸而鸾吪先及，玉叶早凋，吟笺所遗吉光片羽，剞劂稍缓，其诗亦易以淹。爱月轩女士者，北平旧族，南国名门。姆教幼娴，乌台千金之璧；佳偶早匹，花管五色之才。偕侍则亲心有怡，宜家而人言无间，其令德有足称者。又况节署唱随，新妇得配；王郎天壤，道韫无嗟。永宜好合之琴瑟，长听同音之笙磬。胡天不惠，捐珥华年。所著诗若干首，先付手民。嗟乎！弦摧绿绮，空余胡笳遗声；露冷红闺，徒增江郎恨赋。用是载以弁语，播厥休名矣。抑又有云：‘缙绅之家，中馈有主，不失内职；祭祀之时，少女能敬，亦称盛德，何必究心六义，濡墨吮毫，博遗佚尚书、不栉进士之称哉？’不知古之教女者，既有师傅、保姆之助珩璜琚瑀之饰，尤必以诗书图史为劝诫，所以资其温柔之性，长其敦厚之德也。《三百篇》之作，诸侯夫人与列国之女皆在其中。《绿衣》，庄姜之诗也；《淇水》，卫女之诗也；《载驰》，许穆夫人之诗也。自是以降，班姬、左嫔、苏若兰之属，鸿篇巨制，上媲风雅；爰及唐宋胜国，宫禁闾阎，逸才叠出；国朝俗美若章玉筐、柴季娴、高阳夫人、钱塘朱氏、潜江张氏，或书同奁艳，或集类金荃，或论诗而直溯源流，或选韵而学称端本，外此卓然名家者，更仆难数。盛哉，前未有也！女士诗清丽俊逸，近体尤长，微特无愧玉筐、季娴辈，使天假之年，本其温柔敦厚之德性，溢为诗歌，安见不上媲风骚，如班左诸人乎？女士胡氏，名凯姒，字静香，婺源江君棣圃中翰嫡配也。中翰言他著作尚多，暇当悉以见示云。”

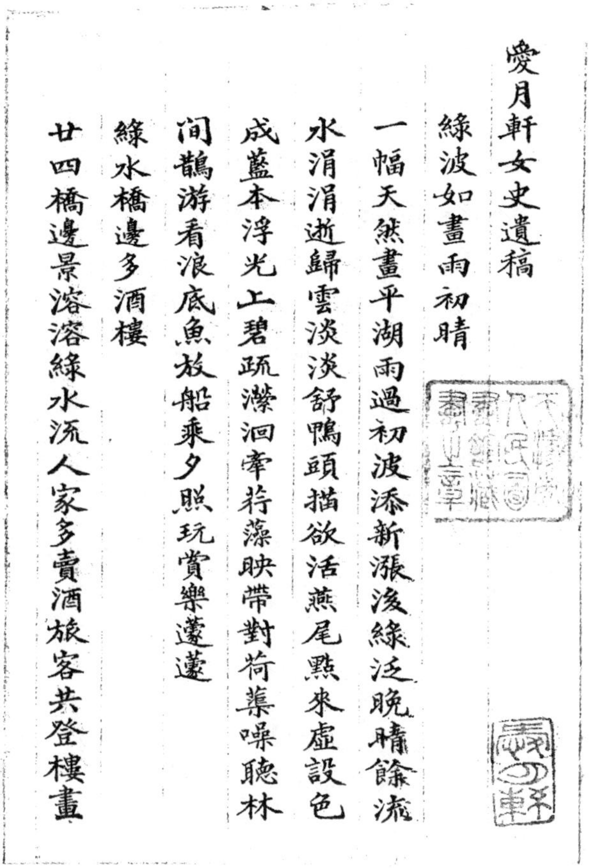
愛月軒女史遺稿
綠波如畫雨初晴
一幅天然畫平湖雨過初波添新漲後綠泛晚晴餘流水涓涓逝歸雲淡淡舒鴨頭描欲活燕尾點來虛設色成藍本浮光上碧疏瀠洄牽荇藻映帶對荷蕖噪聽林間鵲游看浪底魚放船乘夕照玩賞樂蘧蘧
綠水橋邊多酒樓
廿四橋邊景溶溶綠水流人家多賣酒旅客共登樓畫

钟桐山《序》曰：“嗟乎！玉台体出，诗人雅尚夫香奁；纱幔经传，灵气半钟于女子。花蕊之《宫词》百首，方驾和凝；若兰之织锦回文，堪题幼妇。以璇闺之艳质，写金屋之娇情，故能尽态极妍，金迷纸醉，秾芬腻吻，丽藻移人。然以登大雅之堂，入金台之席，则未免背道而驰，风斯下矣。若爱月轩女士之作，倘所谓端庄流丽，兼擅其长者非欤？女士本瑶池之仙史，产珠浦之名家。少读父书，端正鼻间之玉；早闻母训，偏怜掌上之珍。方及笄之四年，归婺源之公子。同梦五花之笔，郎是文通；共穿七巧之针，才如玉映。得翁姑之爱，洗手做羹；解小郎之围，发言如醴。房中箫管，袅袅双声；月下琴樽，时时并坐。妆台香几，几于无处非诗；评古谈今，不赏闲情一赋。篝灯竞读，阄韵分题，台阁之体为多，郎君之才几斗。但拈彩笔，居然有凤飞来；使着青袍，定当化龙而去。宣文君词华赡博，谢道韫冰雪聪明，若论四声，输其独步。乃无何菱花蚀影，兰蕙香蔫。梨经雨而不春，莲入秋而愈瘦。丝难续命，玉欲成烟。鲍姑之仙术无灵，鹿女遂严妆而化。合欢花三春遽萎，断肠草一卷犹存。凡七字五字之篇，皆中唐盛唐之句。伤哉中翰！凭吊花魂，展如之人仅留珠唾。鸾声哕哕，岂徒鸣盛于当时；雅奏洋洋，直可楷模夫弁士。呜呼！擅三生之慧业，吾西方罕见其人；饰七宝于灵签，是南国相思之本。人归霄汉，知必使青鸟传笺；世有雪儿，当令以红牙低唱。”

按：胡文楷《历代妇女著作考·清代六》亦有著录。又，肖亚男主编《清代闺秀集丛刊》第58册收入此本。

案廊闲草

［清］张鸿庑著

未见。张鸿庑（生卒年不详），字淑舟。当涂人。清顺治、康熙间在世。张中严女，桐城方念祖室。著有《案廊闲草》《纸阁初集》。

《案廊闲草》，周铭《林下词选》卷十一著录：“张鸿庑，字淑舟，当涂人。尚宝卿张贞庵女孙，孝廉中严女。天姿慧敏，赋性端淑，能诗词，有《案廊闲草》《纸阁初集》各数卷。适桐城方念祖，字文房，为学士坦庵公孙，孝廉舆三子。”

傲霜草

[清]童淑著

未见。童淑(生卒年不详),字一周。全椒人,居含山。清乾隆时在世。童若晦女,同邑胡敷庵室。

《傲霜草》,汪启淑《撷芳集》卷三十二著录:"(童淑)著有《傲霜草》。《清诗备采》:'童一周为全椒学博若晦女,襄阳别驾公孙女,世居含山。幼聪颖,年十八随祖之任所,年余后归里,适同邑胡君敷庵。生三子,长子锡初,早年游泮食饩。敷庵职授州倅,不干仕进,继以同乡张君宦游江西,招之偕往,甫一载,卒于客幕。一周闻讣,悲恨不已,越数年,以疾卒。'"

白莲半格诗

[清]方婉仪著

未见。方婉仪(1732—1779),号白莲居士。歙县人。方愿瑛孙女,罗聘室,罗芳淑母。工半格诗,善画梅、竹、兰。袁枚论其诗画曰:"歙县方石村宗伯女孙白莲居士婉仪,幼承家学,即工半格诗。及归江都罗山人聘,晨夕唱随,点染墨池,有出尘之幻境。吾乡杭堇浦太史赠诗有'亲见夫人擅三绝,居然不栉一书生'之句。今来随园,携示此册,喜其运腕松秀,一扫脂粉之习。为缀断句于后:'想见妆台运腕轻,扫眉才子笔纵横。闺中也树千秋业,未许山人独擅名。'"(《香闺慧业册页跋》)著有《学陆集》《白莲半格诗》。

《白莲半格诗》,汪启淑《撷芳集》卷五十著录:"(方婉仪)善画梅、竹、兰花,适江都罗聘。著有《学陆集》《白莲半格诗》。罗聘《白莲半格诗序》曰:'闺中人方氏婉仪,字曰白莲,幼承家学,即工半格诗。及归余室,举案之暇,一切绮语屏而不为。梁间燕子,帘额游丝,亦未尝作绿窗儿女之言写入毫素也。时观余画寒天梅竹,从砚旁指画,颇通逸趣,一枝半叶,便能点染墨池,有出尘之想。春秋佳日,清盥而起,粉奁脂盒乃复鄙夷不事。同里许太夫人亦目之为女弟子云。'"

白沙翠竹集

[清]方可著

未见。方可(生卒年不详),字青君,黟县人。

《白沙翠竹集》,汪启淑《撷芳集》卷六十五著录:“(方可)著有《白沙翠竹集》,沃田沈大成为之序。”

白云遗草集

[清]查士英著

未见。查士英(生卒年不详),字寄幻。休宁人。约顺治、康熙间在世。查于周女,同里汪钟渊室。

《白云遗草集》,徐树敏、钱岳《众香词·御集》著录:“(士英)诗人查于周女,得家教,七龄即颖慧,读书破万卷。适同里州佐汪钟渊。闺房倡和,闺阁茗盎琴樽,乐晨数夕。未几,士英逝世。所制秘不示人。令子用宾魁仲泣思手泽,为刻《白云遗草》。”

瓣香楼词

[清]汪娴著

未见。汪娴(生卒年不详),休宁人,居桐乡。清康熙时在世。内阁中书汪文桂(字周士)女弟。清周铭《林下词选》卷十三曰:“(汪娴)聪慧寡言,有天女丰度。许字戴判官之子,年十四,未嫁而殁。所著诗词,伊兄尽为焚毁,不忍读也。”

《瓣香楼词》,徐树敏、钱岳《众香词·御集》著录。

宝素堂诗集

[清]张凝著

未见。张凝(生卒年不详),桐城人。清嘉庆、道光间在世。同邑姚检吾室,姚鉴含母。

《宝素堂诗集》,吴希庸、方林昌《桐山名媛诗钞》卷八著录:“(张凝)副贡姚检吾先生室,年二十八而寡,以苦节闻。著有《宝素堂诗集》。警句如‘鹿行知落叶,风动月窥帘’,极佳。”

宝田堂诗

[清]刘氏著

未见。刘氏(生卒年不详),颍水(今颍上县)人。清顺治、康熙间在世。秀才刘振女。

《宝田堂诗》,陈维崧《妇人集》卷二著录:“颍水刘公勇比部(名体仁)寄王推官家集数种,中有贤媛诗三种。……一名《宝田堂诗》,秀才刘振女著。俱可诵。汝颍风流,卯金为最。孝威诸妹,有天人之誉矣。……《宝田堂·雪夜》起句曰:‘雪飞忽满径,入夜合瑶天。’”

按:或曰撰《宝田堂诗》之刘氏与撰《涓亭集》之刘令佑为同一人(见熊言安《清代安徽颍州籍女性诗词辑考》,《楚雄师范学院学报》2013 年第 5 期)。存疑。

保艾阁集　一卷

[清]张似谊著

未见。张似谊(生卒年不详),字鸾宾,桐城人。清顺治、康熙间在世。张秉贞女,同邑姚文燕室。

《保艾阁集》,潘江《龙眠风雅续集》卷七著录:“(张姒宜)张大司马僖和公之季女，行取德安明府姚小山公之继配也。生而柔，笄而礼，能涉猎书史，贤明识大体。小山家居需铨次十年，夫人治酒浆、腆洗，黾勉以求，克承堂上欢。迨出宰花县，夫人偕行。蒲亭当凋瘵之余，至僦民舍以居，左琴右书安之无怼色。惟以清白吏相勉。初，生子女皆夙慧而殇。夫人哀之，间抒为诗歌以寓其郁悒不平之感。已复解簪导、捐瓛佩，为小山卜媵视寝，闺门以内肃肃雍雍，诗筒茗碗、唱和之乐无间言。小山行取入都，殁于中州，夫人扶榇数千里，间关南还，茹荼如饴，训子女以报所天。卒年四十有六。其初刊《保艾阁集》，方四松为之序以行世，比诸'荇菜''樛木'之贤。今遴其未刊诸稿及南归嫠居之什，犹有黄鹄、孤雁之遗意焉。其已刊者不更载。"

张英《保艾阁诗序》曰："诗托始于三百篇，三百篇托始于《关雎》《鹊巢》《葛覃》《卷耳》诸什。然则诗之兴也，其始于房闼之间乎？《大雅》曰：'其类维何？室家之壸。'匡鼎号善说诗者亦曰：'福之兴，莫不本于家室。'夫福，非和不致；和，非积不成。积之者深矣，然后形于巾帨，被于琴瑟，流于环佩。又以其诜诜揖揖之容，柔嘉静好之度，洋溢于吟咏篇章、遨游酬答之间。则夫诗者，殆和之积而不可掩，发而不自知者也。天地和气充溢，蒸而为云，垂而为露，百祥集，庶物蕃。噫嘻！此《关雎》《鹊巢》《葛覃》《卷耳》之所以冠《三百篇》，而贻则百斯男之庆也。吾尝持此以论保艾阁之诗。保艾阁者，吾妹夫人之所居。吾妹为先叔父大司马僖和公第六女，十七归姚子小山。叔父以经济名当时，自公之暇，亦尝为吟咏以自适。弟芸圃，吾妹兄也，性尤耽诗，著作不下千首，古体宗陶、韦，今体类温、李，能入诗家阃阈。吾妹生长于风雅之林，得于性者既深，小山复工诗，相与唱和于闺门之内，故诗学日益邃。洎小山成进士，官蒲亭。蒲亭瘠邑也，又苦冲剧。所居或环堵不完，而吾妹意甚适，不为北门王事之伤，而鸡鸣昧旦以勖其夫子，可不谓贤矣哉。时欲为小山广嗣息，鬻簪珥，聘妾媵，既笃爱之，或且教之诗，以娱其夫子，绝异于寻常儿女子态。小山退署斋，则相敬庄庄然，相友怡怡然。今观其诗清和宛约，令淑之气见于楮墨间。以故小山治蒲亭五年，顿忘其为残小冲疲之邑，吏治大有声，以循良异等报政阙廷。噫！积和以敛福，所谓保艾尔后者，端在斯欤？今小山膺殊擢入京华，当即为太子谏垣侍从之臣。吾妹还以佐蒲亭者佐之，于鼓吹风雅，寓诫家逮下之化，内有采蘋、采蘩之季女，斯外有羔羊、素丝之大夫。俾小山从容论思，悉谋画以上报天子，皆于是乎在。《麟趾》《螽羽》之应，又其余事哉。若夫女子采

柔翰、咏《玉台》，犹无足深论。兹独以其有系于家与国者言之。”（见张英《笃素堂文集》卷五）

吴坤元《保艾阁诗序》曰：“予尝见古之人，无问男女贵贱，苟有一技一能，足自表见。其时职惇史者必为之附诸简编，虽至画师、剑客、墨使、针神，亦无一之或遗。盖有传而未必工，未有工而不传者也！况于会三百之微言，探六义之渊薮者乎？吾里姚门张夫人与予有中表之谊，在延陵则从父工部函云公之女甥，在清河则从舅司马坤安公之少媛也。犹记十年前，吾姑母过予小阁语予曰：‘吾有季女，年未及笄，颇夙慧，知畋渔诗篇，区明雅俗，又蚤夜吟讽，敏而能勤。他日含宫咀商，其庶几步松声之后尘乎？’予唯唯谢不敢。嗣是绮阁斗柳絮之吟，画堂献椒花之颂，夫人诗日进，而与予音问亦少疏矣！甲寅春，偶晤其长媛，索予后先诸刻，兼以夫人《保艾初集》见贻。予受而读之，益叹吾姑母之期许为不虚也。予老人，年垂大耋，惟日课梵呗数声以度桑榆，风雅一道，久庋高阁。案头仅历日一册，览时序之迁流耳，宁复能唱予和汝步夫人之后尘也耶！去年秋，得与夫人道故越旬日，手录二集，属予为序。予一再批阅，其追维先烈，则风木之余悲也；其恪襄外政，则眉案之遗徽也；其笃爱同气，则冲芬之唱和也；其眷念弱女、告戒姬侍，则曹大家之女训而宋宣文之家学也。猗欤休哉！非擩染典故，规模昔贤，原本于司马工部之教，而垆鞲以纫兰、清芬之学，焉能诎拊抟升，令人一唱三叹而不能已耶！予老矣，无能为序，愿夫人出风入雅，日进无疆，异时麟趾振振，八座起居，太史采风輶轩，以夫人全集上之乐府，被诸管弦，则夫人之诗传，而序夫人之诗者亦与之俱传，是则予之厚望也夫。”（见吴坤元著《松声阁集·文集》）

保贞蘘红绡咏乐府

［清］许燕珍著

未见。许燕珍（生卒年不详），字俪琼（一作俨琼），号静含。合肥人。清康熙、乾隆间在世。许孙荃孙女，龙溪县令许齐卓（一作其卓）第三女，无为诸生汪人镇室。许孙荃，字四山，中丞许湘畹子，历官翰林院侍讲、陕西学使，著有《慎墨堂诗集》《华岳堂集》等。燕珍喜读书，工吟咏，以才女称。著有《黹余小草》一卷、《鹤语轩诗集》一卷、《松窗词草》、《保贞蓑红绡咏乐府》等。

《保贞蓑红绡咏乐府》,《光绪续修庐州府志·才媛》著录:“(燕珍)幼随父龙溪县任,喜读书,工吟咏,闽中佳山水悉入奚囊,以才女称。适汪氏,夫亦能诗,每当温清之暇,红豆记歌,乌丝缀句,闺房韵事,媲美鸥波。佳句多采入《随园诗话》中,而《元夜竹枝》尤传人口。著有《崙余小草》。词曲尤精,有《保贞蓑红绡咏乐府》行世。”

按:胡文楷《历代妇女著作考·清代九》曰:“《安徽通志》:许氏,无为人,生员汪镇妻。幼读书,能文,著有《崙余小草》及《保贞蓑红绡咏传奇》行世。《庐州府志·艺文志》:《红绡咏传奇》,无为徐乾妻吴氏著。案:二说未知孰是,姑两存之,俟考。”本书亦两录之。

葆琏阁集

[清]程端仪著

未见。程端仪(1652—1726),桐城人。方继溪室。

《葆琏阁集》,吴希庸、方林昌《桐山名媛诗钞》卷三著录:“(程端仪)太常公芳朝女,松皋先生姊,方继溪室。著有《葆琏阁集》。松皋先生跋:‘吾姊幼即工诗,因禀先大夫严训,从不肯一字出户外,由是,虽里中亦无知其能诗者。兹特假慈命强而得此。描情写景妙出自然,而磨砻格律不轻言诗者,其自命正不苟也。’”

葆贞阁诗集

[清]沈氏著

未见。沈氏(生卒年不详),太湖人。路鋆室。

《葆贞阁诗集》,民国《太湖县志》卷二十八《人物志·节妇》著录:“增生路鋆室沈氏,年二十一,夫殁,以发殉殓,触棺血流,□欲投井以殉,家人救,免。孝养翁姑,训诲孤子。竭力卜地葬夫,以不吉改阡,产落不惜也。兼工诗,著有

《葆贞阁诗集》。寿八十五岁，奉旌祠祀。”

北堂诗录

[清]左北堂著

存。左北堂（1735—1819），字蕉窗。桐城人。左洛女，张元表室，张宜雝母。吴希庸、方林昌《桐山名媛诗钞》卷七曰：“左蕉窗，州判张元表公室，副贡聪赉、举人聪慧、太史聪贤母。著有《北堂诗草》行世。事亲最孝，训子成名，乡里钦重。卒年八十有五。”

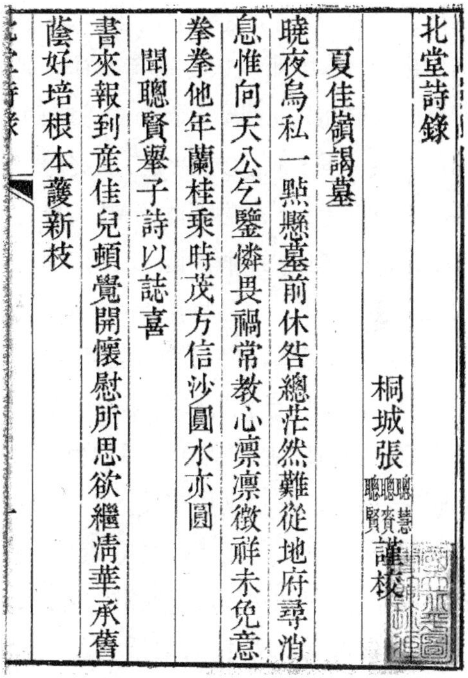
北堂詩錄　桐城張聰慧 聰賚 聰賢謹校
夏佳嶺謁墓
曉夜烏私一點懸墓前休咎總茫然難從地府尋消息惟向天公乞鑒憐畏禍常教心凜凜徵祥未免意拳拳他年蘭桂乘時茂方信沙圓水亦圓
聞聰賢舉子詩以誌喜
書來報到產佳兒頓覺開懷慰所思欲繼清華承舊蔭好培根本護新枝

《北堂诗录》，清嘉庆十九年（1814）刻本，中国国家图书馆藏。此本一册，左北堂子张聪贤刊，白口，每半页九行，每行二十字，单鱼尾，左右双边。题“桐城张聪慧、聪赉、聪贤谨校”。内共收诗三十七首，后有张聪贤跋。

张聪贤跋曰：“右诗凡三十七首，吾母吴太安人作也。左氏为桐城望族，父讳洛，文行重于时，以子宗人府主事衢贵，赠如其官。太安人幼慧，好读书，通晓大义，尝学诗于兄主事君。年十七，归先府君。府君讳元表，大学士太傅文端公元孙也。文端生礼部侍郎讳廷璐，侍郎生湖北巡抚讳若震，巡抚生两淮盐运分司讳曾牧，是生府君。自文端公至分司公皆娶于姚，与左氏亦世为姻娅，太安人之母即府君从姑也。乾隆癸亥，侍郎公七十致政，与姚夫人称觞里第，太安人从母氏登堂为寿，侍郎公见容止淑慎，询其年则与公同甲子，而府君甲子与姚夫人同，喜为天作之合也，乃委禽焉。既来归，分司公官扬州，命太安人随府君侍养。巡抚公于武昌官署时，祖姑姚夫人已见背，内政皆委之太安人。巡抚公薨于位，分司公服阕，仍官两淮，太安人侍姚安人之署，恪尽妇职。分司公捐馆，姚安人体羸多疾，太安人躬亲护持，八年如一日。适姚氏姑姚安人爱女也家贫，太安人言于府君以腴田百亩赡之。己丑，姚安人弃养，太安人哀礼兼至，戚党称孝妇焉。府君中乾隆庚辰副榜贡生，授直隶涿州州判，调磁州州判，历署磁州知州、邯郸枣强县知县，太安人励饬壶内，督教诸子，府君因得专意官事，甚有民誉。皖俗重堪舆，有‘尺地斗金’之谚。府君因代赔两淮官项，家中落，以是分司公、姚安人窀穸久未定。一日，府君与太安人于磁州官舍读袁了凡先生劝葬文，相对涕泣。太安人即蔬食礼斗，遣伯子聪赉归卜兆，一年无吉者，太安人深虑赀竭无成，祈祷益。顾念风水无可征信，乃与府君为文请于神，冀得前人生圹，日夕诚吁。聪赉在里，忽于故书中得巡抚公笔记，知尝于龙眠山夏佳岭筑生圹未用，急发圹启篋，衣物如新，驰书磁州，喜过望外，即于庚戌冬祔窆如礼。后数年或以地为不吉，太安人谒墓悲恸，即墓前为诗述怀，见者多为流涕。辛酉奉府君讳，太安人年将七旬，执丧无废礼。聪赉以壬子副榜贡生授直隶安州州判，擢通州州同，迎养官舍。逮聪贤以嘉庆乙丑庶吉士改授陕西甘泉县知县，旋调长安。适仲子聪慧以庚申举人，由方略馆议叙选授四川南川县知县，奉板舆以西，太安人以蜀道远留养长安。聪慧之任，训之曰：‘州县官不易为，汝与聪贤皆膺民社，吾喜且惧，惟期洁己爱民，不令百姓怨詈，玷辱先人，吾愿足矣。’长安当省会繁剧，聪贤每定省，必问决讼若干，一日未判事，则色不怿。尝诫之曰：‘昔七世祖尝为陕西参政，巡抚公复为陕西布政使，今汝犹忝科第官是邦，先人遗泽于此可见，汝可不为后人计耶？’性喜俭约，服食稍丰美，辄屏之。尝曰：‘衣足以蔽体，食足以养生而已，阃以外，我不敢知；阃以内，当守素风勿失也。’叔父坤吉先生为从祖依园先生后，不善治，生产垂尽，太安人常以为念，命聪赉等咸奉甘旨之需。主事君后裔零落，太安人抚其幼孙，为之授室。《志怀》诸作，皆纪实也。太安人之学诗于主事君也，主事君亟赏之，谓‘体格在香山、眉山之间’，每内集恒有倡和，后以非妇行所尚，遂不复作。庚午，聪贤举子，太安人自通州寄诗志喜。年来就养长安、燕、蜀，邮书往复，官箴、家范往往寓之于诗，积久成帙。今岁三月三十日为八十称觞之辰，聪贤等不敢以官物为寿，请校诗卷寿之梨枣，不许；请检卷中诗篇之有裨妇道母仪者，刊藏于家，许之。因敬录如右，并纪太安人言行以备诗中笺释，俾子孙奉为彝训，其他咏物、即事之作，虽极工，不敢录入，遵慈命也。嘉庆十九年岁在甲戌孟陬月吉，男聪贤谨识。”

笔花轩集

[清]吴又兰著

未见。吴又兰(生卒年不详),名未详,又兰为其字。桐城人。

《笔花轩集》,吴希庸、方林昌《桐山名媛诗钞》卷十著录。

碧窗绣余闲课

[清]唐锦蕙著

存。唐锦蕙(1857—1881),字修花。歙县人。唐光照妹,张金榜室。生而秀慧,好读古人诗文,年二十五卒。

《碧窗绣余闲课》,清光绪十三年(1887)刻本,安徽博物院藏。此本前有唐光照序,末有张金榜跋。张金榜《跋》曰:“内子修花名锦蕙,外舅漾荷公三女也。幼好读书,尝作蝇头字,冰清玉润,秀色可餐。喜读唐宋六朝诗,偶有会意,致忘寝食。乙亥春归于我,见其暇时尝以古人诗句诵不绝口,余即嘱其学吟,下笔便觉清洁。每当花晨月夕,长歌短咏,聊以自娱,惟留稿无多,稍不惬意,即行焚弃。辛巳遭娩难不起,击缶之余,从破箧中检得诗草一卷,签为《碧窗绣余闲课》。翻阅一过,皆其生前手录得意之作。”

碧窗遗集

[清]姚静芬著

未见。姚静芬(生卒年不详),歙县人。清康熙间在世。姚穆先长女,仁和翟秬原室。能诗,早殁。

《碧窗遗集》,汪启淑《撷芳集》卷三十一著录:“(姚静芬)著有《碧窗遗集》。郑侍读(江)、吴通守(廷华)、沈司臬(廷芳)皆为之序,惜无好事者为之寿梓。”

碧藕轩吟稿

[清]陈玉瑛著

未见。陈玉瑛(生卒年不详),字淑云。浙江绍兴人。清道光时在世。陈令畴女,婺源程式濂室。

《碧藕轩吟稿》,民国《重修婺源县志》卷六十三《人物·列女·才媛》著录:"(陈玉瑛)性端静,工吟咏,自幼熟读《古诗源》《山海经》《列女传》及名人诗集。二十归程,互相唱和,伉俪甚笃。但体弱多病。式濂因事赴闽,临别悲泣,至不可仰,但挥手促夫去,遂成永诀。时氏年廿三岁。著有《碧藕轩吟稿》,式濂为作序,词极哀怨。"

碧梧轩诗存

[清]彭淑士著

存。彭淑士(1883—1969),字亦婉,号葆青,又号绣冰。长洲(今江苏苏州)人。彭名保女,合肥李国模室,李家懿母。著有《碧梧轩诗存》《绣冰词》。

《碧梧轩诗存》,李国模《合肥词钞》卷四著录:"彭淑士字亦婉,号葆青。光绪时人。安徽无为州知州长洲名保女,山东补用道李国模室。著有《碧梧轩诗存》《绣冰词》。"

按:现存有抗战时期宣纸油印本(孔夫子旧书网曾有售)。

碧筠楼诗集

[清]严氏著

未见。严氏(生卒年不详),含山人。约清乾隆、嘉庆间在世。裴芸晖室。

《碧筠楼诗集》,《光绪直隶和州志·人物·才媛》著录:"裴芸晖妻严氏,含山人。幼工诗。年二十三,守节抚孤。著有《碧筠楼诗集》。"

卞玄文诗　一卷

［清］卞梦钰著

存。卞梦钰（生卒年不详），号篆生，字玄文（元文）。当涂人。约顺治、康熙间在世。卞琳与吴山长女，刘峻度室。徐树敏、钱岳《众香词·射集》云："卞氏字元文，吴岩子长女。泾阳张稚恭舍人叙其集曰：'绣阁者何？刘子峻度继室著书之阁也。夫人姓卞氏，字元文，幼颖慧，其父母教之以文史之学，靡不博通。翰墨词章流传吴越。母吴爱之甚，必得贵且才者字之。因适刘子。勒牙尺而涉韦编，略宝钿而亲斑管，卫夫人之书，管夫人之画，固兼擅其长。其于诗也，更不染香奁陋习，洋洋洒洒，闺中之秀而带林下之风矣。'"

《卞玄文诗》一卷，清顺治十二年（1655）邹斯漪鹭宜斋《诗媛八名家集》本，中国国家图书馆藏。此本二册，每半页八行，每行十八字，白口，四周单边。内录诗三十首。

冰奁集　一卷

［清］刘世珍著

未见。刘世珍（生卒年不详），字珠圆。贵池人。清光绪、宣统间在世。刘瑞芬女，南陵徐乃昌室。

《冰奁集》一卷，民国《南陵县志》卷四十三《经籍》著录："（刘世珍）广东巡抚刘瑞芬长女，邑人徐乃昌室。《冰奁集》一卷。"

冰心草　一卷

［清］朱雪英著

存。朱雪英（生卒年不详），字韵梅。天长人。清康熙、乾隆间在世。周莲洲室，女诗人翁静如子妇。

《冰心草》一卷，刊附翁静如《珠楼余草》卷后，清乾隆（1736—1795）间刻本,复旦大学图书馆藏。清周德仁《冰心草序》曰:“婶母朱孺人幼敏慧,性淑慎,寡言笑,事父母至孝,处兄弟姊妹中极和顺。……先妣翁太孺人闻其贤,欲聘匹余十叔父莲洲,虽建议久而未聘定。康熙甲午夏六月,先祖考五瑞甫君寿终正寝,翁太孺人痛哭伤心,亦相继逝,遂停婚议。叔父莲洲因失恃怙,膏火不给,竟废儒业,客游江北之天长,十载方归,始纳采问名,迎归主室。及于归后,从不施脂粉,不喜艳妆,持家简朴,虽喜书文,却不事吟哦。……至乾隆岁甲戌冬至日,孺人因长女德秀妹暴亡,不时悲悼。德秀妹最贤孝,孺人怀思不已,以成疾,饮食少进,病卧日多,行坐时微。一日,泣以言曰:‘我相夫子三十余年,维勤维俭,谨谨不敢妄为。今病且死,不能克黾勉矣,岂无一言而虚此生矣?’遂集病中闲咏百余首,名曰《冰心草》,今岁丁丑春抄学宗大弟,欲将此诗附刻于先祖妣翁太孺人《珠楼余草》后。请命于余叔父。莲洲叔父删繁弃琐,竟存其半,谕余序述之。”

按:《冰心草》,一题《冰心集》,恽珠《国朝闺秀正始续集》卷三曰:“朱雪英,字韵梅,安徽天长人,周莲洲室,著有《冰心集》。”

冰雪轩集　四卷

[清]吴懿著

未见。吴懿(生卒年不详),全椒人。约清乾隆、嘉庆间在世。吴宣国女。

《冰雪轩集》,胡文楷《历代妇女著作考·清代三》据《安徽才媛纪略》著录。

冰玉影传奇

[清]陈慧著

存。陈慧(1883—1947),字仲瑄,号拜石。湖北武汉人。陈石臣女,太湖县赵继元与王梦兰曾孙赵恩彤室,赵朴初母。

《冰玉影传奇》一册,排印本,太湖县图书馆藏。前有赵朴初题名及引言。

此为陈慧中年所作的一本自传体戏剧，主要讲述玉（沈洁，陈慧化名）与冰（谢清，陈慧义姐关素化名）两人的友情及晚年同隐西湖的夙愿，从书中也可窥见当时之社会状态。赵朴初《冰玉影传奇引言》曰："一九九零年，余回故乡安徽太湖县寺前河（今名寺前镇），以先母之别号拜石之名义捐献奖学金人民币二万元。此后每年续有捐献，至今已达十万元。盖欲用以培植掌握科技振兴家乡之人才，以报答先母爱念乡人子弟之遗意。先母姓陈名慧字仲瑄，湖北武汉人。曾祖陈銮，清殿试探花及第，任两江总督。父陈石臣，仕于皖，因与吾家联姻。一九一一年，先父炜如公与先母携子女由安庆迁回太湖老宅。一九四七年，蒋介石发动内战，先父母因避兵祸，始欲离乡返安庆。临别，先母有诗云：'寄住湖山四十年，一丘一壑总留连。'于太湖之山川人物情意至深。先母辞世将五十年，余年已九十，常有子欲养而亲不待之感。爰以吾姐鸣初录藏先母中年时戏作剧本名《冰玉影传奇》者，印若干册，分赠亲友以为纪念。书中人皆化名，沈洁者，先母自谓，传奇中简称'玉'；谢清者，先母之义姐关素，字静之，余兄弟称之为大姨者，传奇中简称'冰'。主要内容乃叙述二人之友情及晚年同隐西湖之愿望。今之观者或可窥见当时社会状态之一二。余少小离家，又屡遭丧乱。先人遗墨几无一存。唯于吾母致关大姨书札中偶记其诗词零句，如'怎得化为明月，照他江北江南？'余少依关大姨如母，姨亦能诗。传奇中《酬咏》一折所载冰寄玉惜别诗乃姨之亲作也。又有'西风吹老一天秋'之句，皆一般士人所难及。曩昔妇女无受教育之权力，其文艺皆自学得之。假令生于今日，其造诣可胜言哉？此书之校印与装帧设计皆得佛教文化研究所同仁之助，附此致谢。"

才子牡丹亭

［清］吴震生　［清］程琼批评

存。程琼（生卒年不详），字飞仙，号安定君，又号无涯居士，亦称转华夫人。休宁人。清康熙、雍正间在世。吴震生室。吴震生（1695—1769），字长公，号可堂，又号玉勾词客，别署南村、弱翁、鳏叟等，歙县（一曰休宁）人，居仁和（今浙江杭州），著有《太平乐府》传奇十余种。程鸿绪《程氏所见诗钞》卷二

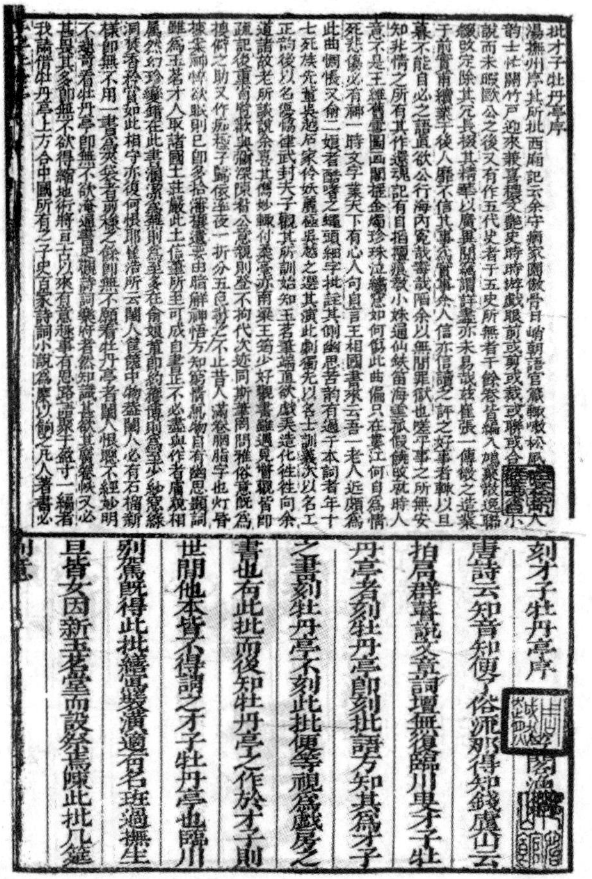
批才子牡丹亭序

刻才子牡丹亭序
唐詩云知音知復俗流那得知錢虞山云
拍局群囂競文章詞壇無復臨川叟才子牡
丹亭者刻牡丹亭即刻批語方知其爲才子
之書刻牡丹亭不刻此批便等視爲戲房之
書也有此批而後知牡丹亭之作於才子則
世間他本皆不得謂之才子牡丹亭也臨川
列傳既得此批總憑演適有名班過撫星
是皆女因新玉茗堂而設祭焉陳此批凡筵

十四曰:“(程琼)休宁率溪人。适歙西丰溪吴比部,名震生,字祚荣,号玉勾词客。飞仙幼见董华亭《书画眼》一编,遂能捷悟。及长,书画算弈,无不精敏。论事评理,微妙独绝。生子口,五岁亲授以书,即成诵,乃合诸子中语,各附史事以教之。口死,不胜其痛,寻亦病卒。”著有《杂流必读》《绣牡丹》,与夫吴震生批注《牡丹亭》。

《才子牡丹亭》,清雍正年间刻本,美国柏克莱大学藏。重刊时题名《笺注牡丹亭》,清乾隆二十七年刻本,上海图书馆藏。正文分上下双栏,上栏刻批点,下栏刻剧作。前有笠阁渔翁(吴震生)、阿傍(程琼)序。

按:《才子牡丹亭》,今有华玮、江巨荣点校本(台湾学生书局有限公司,2004年版)。该本《导言》中曰:“《才子牡丹亭》是清康熙、雍正间,吴震生、程琼夫妇为汤显祖的戏剧名作《牡丹亭还魂记》所作的一部笺释、诠讲和评点的专著。全文三十余万言,按全剧五十五出的顺序,逐出逐句地就剧作的语源语义、曲词内涵、人物思想作了极其详尽的笺释和评点,是一部带着强烈的个性色彩来解释《牡丹亭》的用词用语、评点人物思想的戏剧评论。批者淹通书史,广征博引,举凡子史百家、佛道文献、诗词曲集、稗官小说,无不为我所用,是一部具有丰富的知识内涵和鲜明的以史料文献论曲为特点的文学评点之作。批者在理论上张扬人性,肯定人的情色欲望,无情地批判‘昔氏贤文’,尤其是宋明理学的禁欲主义，对男女性意识的自觉提出了许多重要和超前的观点，是一部以情色论为基础来阐述《牡丹亭》的创作思想的大胆奇异之作。在《牡丹亭》的评点史上绝无仅有，独一无二，很值得予以关注。”

采蘅女史诗钞　一卷

［清］江福宝著

未见。江福宝（生卒年不详），字绥多，号欣欣，又号采蘅女史。歙县人。清道光、咸丰间在世。同邑曹荣（子蘅）室。著有《采蘅女史诗钞》《话茗斋诗集》。

《采蘅女史诗钞》一卷，光铁夫《安徽名媛诗词征略》卷二著录：“（江福宝）同邑曹荣室。荣祖振镛，文正昆仲也。福宝才丰寿啬，得年仅二十余耳。著有《采蘅女史诗钞》一卷。”

采藻轩稿

［明］汪西池著

未见。汪西池（生卒年不详），名不详，以字行。歙县人。约明隆庆、万历间在世。少司马汪道昆孙女，吴鹤翔室。

《采藻轩稿》，王士禄《宫闺氏籍艺文考略》卷六著录。

按：《采藻轩稿》，亦题《采藻轩集》，《江南通志》卷一百九十四《艺文志·集部二》著录。

采芝山房集

［清］方采芝著

未见。方采芝（生卒年不详），全椒人。

《采芝山房集》，恽珠《国朝闺秀正始续集·补遗》著录。

餐菊轩诗稿

［清］江月娥著

未见。江月娥（生卒年不详），字素英。歙县人。清嘉庆、道光间在世。怀宁张某室。汪嫈曰："素英工诗善画，性情纯淑，许字皖江文学张某，最为净因师氏所契。兹痛其母毕太淑人之殁，自写《望云图》，求闺秀题咏，良足重也。"（见《雅安书屋诗集》卷一）

《餐菊轩诗稿》，沈善宝《名媛诗话》卷十一著录："雅安与素英同受诗于张净因女史，交谊颇笃。素英至性纯孝，工诗、善画、能琴，适皖江文学张某。在室时，母病剧，刲股和药以进。母殁，自写望云图志慕，著有《餐菊轩诗稿》。"

沧海归来集　十八卷

［民国］姚倚云著

存。姚倚云（1863—1944），字蕴素。桐城人。姚莹孙女，姚永朴、永概妹，南通范当世继室。范当世，号伯子，通州（今江苏南通市）人，清末文学家、诗文名家、桐城派后期作家，南通市近代教育的主要倡导者和奠基人之一，诗作多沉郁苍凉，著有《范伯子诗文集》。倚云是近代著名女教育家，清光绪三十二年（1906）任南通女子师范学校首任校长，著述丰富，有《蕴素轩诗》《蕴素轩词》《沧海归来集》《消愁吟》等存世。

《沧海归来集》十八卷，民国二十二年（1933）铅印本，安徽博物院藏。此本前有徐昂撰《姚太夫人家传》，曹文麟、顾公毅、姚永朴、徐昂等序，末有范罕跋。内录《沧海归来集》十一卷、《词》一卷、《续集》一卷、《选余》二卷、《消愁吟》二卷、《文》一卷。

范罕《沧海归来集跋》曰："癸酉之春，太夫人七十，门弟子、族人集赀印所为诗曰《蕴素轩》，罕尝为之跋。比更乡邑家国之故，而太夫人居乱离丧亡余，悲凉成诗尤多。于是群弟子、邑人又将借太夫人八十帨辰之初，合先后诗文、词集之成书，为寿太夫人，则取先伯父肯堂征君所书《沧海归来集》名之，且仅命毓为叙。十年之间，变幻丛矣！嗟我老人，其何能堪！而又不得不有感于诸君子好整暇也。在昔先府君教《易》，谓毓寿四十有八，以某日卒，庶几不蒙垢，以往使克践所言，无以为今日太夫人寿梨之叙。而为苦为乐，要未易一一为有国有家者以言语文字形之。”

按：范当世《范伯子诗文集》附录收《蕴素轩诗集》十一卷、《蕴素轩词》一卷、《沧海归来集续集》一卷、《沧海归来集选余》上下卷、《消愁吟》上下卷（见马亚中、陈国安校点本）。

沧海归来集　十一卷

［民国］姚倚云著

存。著者简介见前《沧海归来集》十八卷。

《沧海归来集》十一卷，民国二十二年（1933）十八卷本《沧海归来集》收入此书，为姚倚云诗集。

藏翰楼诗词稿　二卷

［清］鲍印著

未见。鲍印（生卒年不详），字尊古。原籍歙县，寄籍苏州。清乾隆、嘉庆间在世。邵匏风室，邵渊润母。著有《绿筠轩诗草》《藏翰楼诗词稿》。

《藏翰楼诗稿》一卷、《词稿》一卷，胡文楷《历代妇女著作考·清代十三》据《苏州府志》著录。

蝉蜕集

［民国］苏雪林著

存。苏雪林（1897—1999），原名筱梅（一名梅），字绿漪，又字雪林，以字行。太平县人。苏锡爵女，张宝龄室。1921年考入北京女子高等师范学校国文系，后赴法国留学，1925年归国。先后执教于东吴大学、沪江大学、安徽大学、武汉大学、台湾省立师范大学、台湾成功大学。她熟稔新旧文学，文学创作与学术研究著述皆很丰富。著有小说散文集《绿天》、历史小说集《蝉蜕集》、自传体长篇小说《棘心》、散文集《屠龙集》、散文评论集《蠹鱼生活》《青鸟集》、历史传记《南明忠烈传》、回忆录《文坛话旧》《我的生活》《我与鲁迅》、戏剧集《鸠那罗的眼睛》、专著《二三十年代作家与作品》《中国文学史》、古典文学论著《李义山恋爱事迹考》《唐诗概论》《辽金元文学》、论文集《蠹鱼集》等。

《蝉蜕集》，民国三十四年（1945）重庆商务印书馆铅印本，中国国家图书馆藏。此本前有苏雪林《题记》，内录历史题材小说《蝉蜕》《回光》《王秃子》等七篇，故事多取材于《南明忠烈传》。

撷珥集

［民国］吕贤满著

未见。吕贤满（1888—1914），字坤秀（一作昆秀）。旌德人。吕凤岐与严士瑜第四女。著有《灵华阁诗稿》《撷珥集》等，惜多不存。其姊吕贤钤云：“第四妹坤秀效北宫婴事母不字，宣统间任天津吉林女学校教授。某岁过沪，主某友家，贼胠其箧，诗稿一卷置内并亡。甲寅冬，卒于厦门女子师范学校，时年二十七。予持丧还沪，附于母墓。”（见《静然斋杂著·附录按语》）

《撷珥集》，陈诗《皖雅初集》卷二十一著录：“吕贤满，字昆秀，旌德人。瑞田学使凤岐第四女，著《撷珥集》。”

沉痾呓语　一卷

［清］王贞仪著

未见。王贞仪（1769—1797），字德卿，号江宁女史。本籍天长，寄居江宁（今江苏南京）。知府王者辅孙女，宣城詹枚室。王者辅，字近颜，号惺斋，天长人，雍正五年（1727）授海丰县令，乾隆九年（1744）任嘉应知州，后以罪遣戍吉林，《（嘉庆）备修天长县志稿》卷八上有传。王贞仪出身于书香门第，祖父王者辅酷爱读书，藏书七十五柜之多，生平颇多著述。受祖父影响，贞仪潜心读书，涉猎天文、算学、历法、文学等，并进行诗文写作。十五岁时随祖父和父亲游历山东、湖南、湖北、广东、浙江、安徽等地，增加了阅历。年二十四归宣城詹枚，婚后对自己的诗词进行了整理，成《德风亭文集》。清嘉庆二年（1797），贞仪因病卒，年二十九。萧穆作《女士王德卿传》，对其生平著述介绍最为详尽，特录之："王贞仪字德卿，先为安徽泗州人。其祖者辅，字惺斋，迁居金陵。父锡琛。母洪氏孕十三月而生德卿。幼读书聪颖绝伦。惺斋官宣化府知府，以事遣戍，殁于吉林。德卿时年十一，侍祖母董氏及从父奔丧塞外。其祖藏书七十五柜，乃护持而涉猎焉。又尝学射于蒙古阿将军之夫人，发必中的，每角射，跨马横戟，往来若飞。年十六回江南，又随父由京师至关西，复自楚之粤东。年二十五，乃适宣城詹氏子名枚字文木，年三十而殁。德卿淹贯群集，复娴武艺，精梅氏天文算法，下及医卜壬遁，靡不通贯。尝夜坐观天象，言晴雨丰歉，皆奇验。时有吴江蒯夫人亦侨居金陵，德卿一见如旧相识，尝以文字往还。蒯夫人名与龄，字九英，为嘉兴钱文端公之孙女，安庆府江防同知钱公□□之幼女，适权广西太平府明江同知吴江蒯君嘉珍，幼承家学，工诗善画，信厚明达，故与德卿尤为相得。德卿所著有《星象图释》二卷、《筹算易知》《重订策算证讹》《西洋筹算增删》《女蒙拾诵》《沉痾呓语》各一卷、《象数窥余》四卷、《历算简存》五卷、《文选诗赋参评》十卷、《德风亭初集》十四卷《二集》六卷、《绣紩余笺》十卷。将殁，谓其夫文木曰：'君家门祚薄，无可为者，妾今先死不为不幸。吾生平手稿，其为我尽致蒯夫人，蒯夫人能彰我于身后也。'夫如其言，蒯夫人总为一缣囊珍弆之，时嘉庆二年也。后六年，嘉兴钱衎石给谏访其姑蒯夫人于黎里，得见德卿诸稿本。其诗文皆质实说事理，不为藻采，诸稿不获遍录，仅得《历算简存》五卷，序而识之，谓为班惠姬后一人云。又上元朱公绪曾尝见《德风亭初集》文九卷、诗三卷、词一卷,云:杂文如《勾股三角论》《日食论》《岁差日至辨疑》《盈缩高卑辨》《经星辨》《黄赤二道辨》《地圆论》《地球比》《九重天论》《岁轮定于地心论》《五星随天左旋论》《筹算易知自序》《历算简存自序》,皆足以见天文、算学之大略;其《读诗私笺序》《韵学正讹序》《读史偶序》《葬经辟异序》《医方验钞序》,原原本本,见闻该洽。诗五古如《吉林途中》颇近选体,七古如《饲蚕词》《捣练图》《枯树叹》皆有篇法,近体佳句亦多可采。德卿殁后数年,其夫文木亦亡,无子,门祚薄无可为,德卿盖已先见之矣。论曰:余旧闻王德卿名,苦不得读其书。及阅同治上、江两县《志》《续修江宁府志》,稍稍知其著述大略。近读钱氏《记事稿》《历算简存序》、朱公《读书志·德风亭初集序》,叙述颇为详尽,余虽未能读其书,而二公皆为知言君子,立言固可征信也。钱氏所述颇采詹文木所为传,又谓九岁通《十三经》,长览《二十三史》,七月卒业,其言过夸,不足信。然观其为书,自有实学,不可没也。余谓书史所载,女子聪慧,代不乏人,然未有如德卿之能兼资文武、六艺旁通者也。观其年仅三十,所著述如是之多,博而能精,是其天资英敏过人,本不可以常理论之。是以就钱朱二公所述合为采录其要,昭晰之,计他日觅其诸稿录上史氏。又德卿原籍本泗州,其夫家又为宣城詹氏,是两地地志亦宜兼载,而宣城尤不可缺略也。”(萧穆《敬孚类稿》卷十三)

《沉疴呓语》一卷,萧穆《敬孚类稿》卷十三著录。

程璋文集

[清]程璋著

未见。程璋(生卒年不详),字弱文。歙县人。同邑方元白室。罗坤《程弱文传》云:“程氏名璋,歙人,程某之女也,其母梦吞花叶而生。幼极颖慧,九岁即好翰墨,工诗文,日摹《曹娥》《麻姑》诸帖,书法尤称精楷。性复喜植花,更爱花叶,能于如钱莲叶熨制为笺,书《心经》一卷。及笄,适里人方元白,伉俪甚欢。元白偕友人吴某作客广陵,弱文忧形颜色,不能自已,尝作诗文缄寄元白,元白开缄,辄闭户唏嘘,怅惋累日。一日,平头复持缄寄至,友人伺其出,私启视之,乃制新柳叶二片,翠碧如生,各书绝句一首。又有《染说》一篇、《原愁》一则寄元白，文情绵恻，媚楚动人。年二十一而卒，著有《文集》数卷，歙人有传之者。元白伤悼过情，终不复娶，亦不复作客，遂入天台山中为名僧焉。”（见汪启淑《撷芳集》卷四十六）

《程璋文集》，胡文楷《历代妇女著作考·清代十》据《安徽才媛纪略初稿》著录。

澄心堂诗　二卷

［明］章有湘著

未见。章有湘（生卒年不详），字玉筐，又字玉仪，号橘隐居士。云间（今属上海市）人。约明崇祯至清康熙间在世。章简女，桐城孙中麟继室。潘江《龙眠风雅》卷五十五曰：“章氏有湘，字玉筐，又字令仪，号橘隐，华亭行取县令章公简之次女。进士孙振公之继妻也。女兄弟五人，咸通书史。幼时常背诵《捣衣篇》《长恨歌》，一字无讹，父奇之。随宦游闽中，絮盐唱和，流传八闽。乙酉，父抗节殉城。玉筐始归振公，生子殇，又生女，亦殇。早夜佐读，刺绣其旁，相庄如宾。振公举南宫五日而殁，玉筐抢地呼天，绝而复苏。以有后，勉为抚之。扃居一室，长斋事佛，姻戚罕见其面。所著《澄心堂诗》《望云草》《再生集》《诉天杂记》，皆孤猿寡鹄，自写其忧伤哀怨之音，君子读而悲其志焉。”

《澄心堂诗》二卷，道光《续修桐城县志》卷二十一《艺文志》著录。

重订策算证伪　一卷

［清］王贞仪著

未见。著者简介见前《沉疴呓语》一卷。

《重订策算证伪》一卷，萧穆《敬孚类稿》卷十三著录：“德卿所著有《星象图释》二卷，《筹算易知》《重订策算证讹》《西洋筹算增删》《女蒙拾诵》《沉疴呓语》各一卷。”

愁添集

[清]吴坤元著

未见。吴坤元(1600—1679),字至士,一字璞玉。桐城人。吴道谦女,同邑潘金芝室,潘江母。其"生长华族,幼佩母训,十岁知属文,览经史,辄通大意,执馈而后经营家秉,不遑文事,嗣以所天捐馆,形诸咏叹,久而成帙,今鳌处三十余年矣。虽夫人雅不欲以文鸣,然吾里壸内言风雅,以《松声》暨《纫兰》《清芬》并称鼎峙者,垂三十年"(见王士禄《松声阁集序》)。诗与同邑章有湘、方维仪齐名。著有《愁添集》,嗣以所居"松声阁"而名其集。

《愁添集》,胡文楷《历代妇女著作考·明代一》据《然脂集》《宫闺氏籍艺文考略》著录。

筹算易知　一卷

[清]王贞仪著

未见。著者简介见前《沉疴呓语》一卷。

《筹算易知》一卷,萧穆《敬孚类稿》卷十三著录:"德卿所著有《星象图释》二卷,《筹算易知》《重订策算证讹》《西洋筹算增删》《女蒙拾诵》《沉疴呓语》各一卷。"

初月吟

[清]洪南秀著

未见。洪南秀(生卒年不详),歙县人。清乾隆时在世。洪琰与吴绣砚女,中书洪榜姊,同邑徐士义室。

《初月吟》,汪启淑《撷芳集》卷五十七著录:"(洪南秀)予女婿洪榜之女兄也,适同邑监生徐士义,著有《初月吟》。"

楚江吟　一卷

[明]方维仪著

未见。方维仪(1585—1668),名仲贤,以字行。桐城人。方大镇次女,姚孙棨室。潘江《龙眠风雅》卷十六曰:"(维仪)廷尉公文孝之仲女,姚前甫公之妻也。年十八寡居,因请大归,守志清芬阁。与伯姊孟式、娣妇吴令仪以文史为织纴,教其侄以智,俨如人师。手定古今《宫闺诗史》,主于刊落淫哇,区明风烈,君子尚其志焉。著有《楚江吟》《归来叹》诸稿。与从妹茂松阁吴节妇俱守贞,至八十四而终。节妇之为吾母序《松声集》也,曰:'感时悼志,每见之于歌咏。'读其诗,可想见其寄托矣。"著有《清芬阁集》《楚江吟》《尼说七惑》《归来叹》《闺范》《宫闺诗史》《宫闺诗评》《宫闺文史》等。

《楚江吟》一卷,胡文楷《历代妇女著作考·明代一》据《然脂集》著录。

春晖集

[民国]苏雪林著

存。著者简介见前《蝉蜕集》。

《春晖集》,抄本。胡文楷《历代妇女著作考·附编》著录:"苏梅,字雪林,太平人。"

辍绣阁诗集

[清]张采儒著

未见。张采儒(生卒年不详),桐城人。广东新安县令姚虎侣室。

《辍绣阁诗集》,吴希庸、方林昌《桐山名媛诗钞》卷八著录。

赐文堂诗钞

［清］徐蕙文著

未见。徐蕙文（生卒年不详），字素存。桐城人。清康熙、雍正间在世。孙循徽（香庄）室。

《赐文堂诗钞》，汪启淑《撷芳集》卷二十五及吴希庸、方林昌《桐山名媛诗钞》卷六皆有著录。

从笔轩遗稿　三卷

［清］孙采芙著

存。孙采芙（1825—1881），字韵珊。原籍休宁，侨居扬州。孙庚女，绩溪胡培系继室，胡慧珠、胡瑞珠母。俞樾《孙宜人传》云："孙宜人讳采芙，字韵珊，江苏仪征人，故休宁张氏也。其先世以禺筴之商至扬州，从其外家姓，遂姓孙氏。父讳庚，候选盐大使，于六十一岁生宜人，母吴，生母荀宜人。幼慧，其父课之读，自经史外，凡医卜、星算之书，咸使涉猎。九岁辨四声，十三岁能诗，尤工刺绣。道光二十八年，归绩溪胡君为继室。胡君名培系，字子继。绩溪胡氏自明诸生东峰先生以来，以经学世其家，子继学有根底，克绍先业，一时称佳偶焉。当娶宜人时，方寓杭

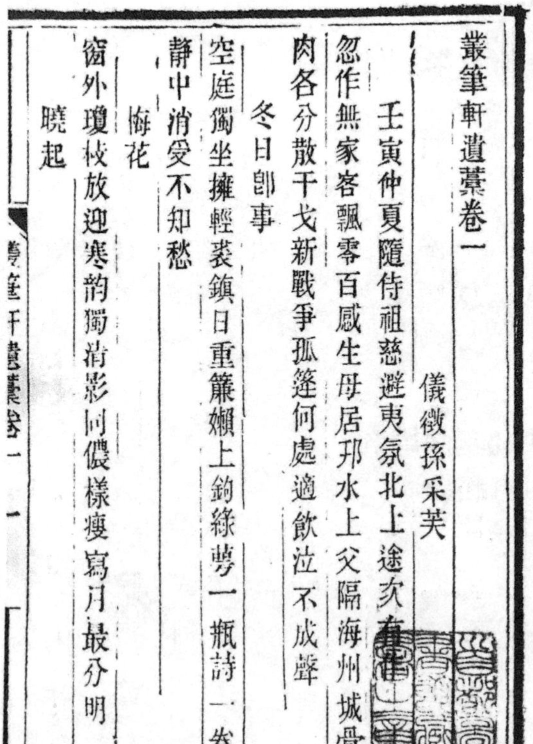
叢筆軒遺藁卷一
儀徵孫采芙
壬寅仲夏隨侍祖慈避夷氛北上途次有作
忽作無家客飄零百感生母居邗水上父隔海州城骨肉各分散干戈新戰爭孤篷何處適飲泣不成聲
冬日即事
空庭獨坐擁輕裘鎮日重簾嬾上鉤綠萼一瓶詩一卷靜中消受不知愁
梅花
窗外瓊枝放迎寒韵獨清影同儂樣瘦寫月最分明
曉起
叢筆軒遺藁卷一　一

州，其母章吴两宜人皆在里中，已而相继卒。宜人恸曰：‘吾竟不获亲事吾姑乎？’凡遇时物，非荐之寝不敢尝，终身如是。宜人家故饶富，靡衣鲜食。及归胡，而子继方穷困，无担石储，宜人安焉，攻苦食淡，未始有不豫之色。”有《丛笔轩遗稿》三卷本、五卷本存世。

《丛笔轩遗稿》三卷、《附录》一卷，清光绪十三年（1887）绩溪胡氏世泽楼木活字本，中国国家图书馆藏。此本一册，每半页十一行，每行二十一字，黑口，四周双边，单鱼尾。由孙采芙次女胡瑞珠整理，因其所居名“丛笔轩”，故名。前有胡培系及亲眷题词，内录诗二百一十三首，及文《吊王母宋宜人文》《祭汪母陈孺人文》《闺中怀人诗二十五首序》《〈宫闺丛话〉序》《祷大士疏》五篇。

按：孙殿起《贩书偶记》卷十八对此本亦有著录：“《丛笔轩遗稿》三卷《附录》一卷，仪征女史孙采芙撰。光绪丁亥世泽楼刊，木活字本。采芙，胡培系之室也。”又，肖亚男主编《清代闺秀集丛刊》第45册收入此本。

丛笔轩遗稿　五卷

［清］孙采芙著

存。著者简介见前《丛笔轩遗稿》三卷。

《丛笔轩遗稿》五卷，清钞本，安徽博物院藏。

崔氏巧云遗草　一卷

［清］崔巧云著

存。崔巧云（1833—1859），仙源（今属太平县）人。崔绍中次女，同邑赵光鉴室。工吟咏，归赵氏后，伉俪情深，倡随相得。然天不假年，年二十六卒。清方廷楷《习静斋诗话》卷三云：“吾乡崔受生观察之季女名巧云者，颇娴吟咏，著有《芙蓉书屋诗草》一卷。余最赏其‘泉声寒带雨，竹影静摇风’十字，以为得静中趣。‘日开禽集树，雷动笋穿阶’十字亦佳。女史归邑人赵左卿孝廉，不数年而卒。孝廉作诗二十余首哭之,内有'萧郎从此书窗下,不为思卿不作诗''半窗风雨孤灯冷,佐读凭谁检旧编''可怜昨夜卿来梦,犹似生前未别时''几回欲问浑忘却,诗寄黄泉君不见'等句,可想见两人平日伉俪之笃。"

《崔氏巧云遗草》一卷,清咸丰五年(1855)刻本,安徽博物院藏。封题"咸丰辛酉镌《崔氏巧云遗草》,听泉娄廷板"。此本每半页五行,每行十七字,单鱼尾。前有赵光鉴所作序,后录崔巧云诗,题"仙源崔氏巧云著",凡收诗三十七首,其中七绝二十六首、五绝八首、五律二首、七律一首。崔巧云诗后附其夫赵光鉴所作《哀弦吟》和《余哀弦》二种,前者收题为《悼亡》的七律八首,后者收题亦为《悼亡》的七绝十一首。

赵光鉴《序》曰:"内子巧云,同邑崔观察受生之季女也。早淑慧,父母最钟爱之。年十七归余,盖端庄淡静人也。明大义,性嗜学,善箫、善病。及承欢堂上,擎拳曲谨,从无逆意,御下宽而有法。膝前一女,甫六岁,略识字,其所教也。余下帷诵读,刺绣佐之,焚香煮茗,必尽丙夜。奁具妆台中,卷帙丛集,刺绣外,遂沾沾览诵。一日,余赋'秋菊有佳色'应制诗,偶拈'雨余三径秀,风送一天秋'之句质余,余惊而喜之曰:'卿诗如此,可与言诗矣!'惜应制诗非闺阁中所宜耳,余急举汉、魏、晋、唐及近代诸家诗,择其专写性灵者,缮为精本。余略为讲解,辄知诗旨。岁丙辰,余家结飞瀑草庐于黄山之芙蓉峰麓,为避乱计,遂家焉。离城三十里许,地僻深幽,门无尘杂,氏于是偶有感触,即以咏吟。棐几湘帘之下,含毫弄墨,宛若书生。至己未春,余赴礼闱,氏忽云:'妾素多病,恐来时不相见。'话别于余。然余以为远离阔别,未免有情。及应试后,冬杪回里,岂料竟成永诀焉!嗟乎!氏之随余十余载,相知相敬,素无间言。每值花晨月夕,得句相联,净几明窗,疏灯共读,余窃喜内助有人,兼得闺中文字友也。曾几何时,而此情此景不得复见于今日矣。追念及此,不禁黯然。氏少时,随翁远宦山左,梦至一处,金阶玉墙,时有五六女子在,皆作道妆,将问讯,俄而有一大异人至,女俱起侍立,遂惊觉。氏得病月前,屡梦与前相似。至临终时号神而逝,人以为仙去矣。噫!其果然耶?余悲悼不已,竟不知何以能销其胸中之恨也。偶检遗箧,得诗若干首,刊而布之,聊表微衷,以酬吾痛也。至其诗之工拙,传之可否,余则不暇计及也。识者其谅之,是为序。"

翠枫阁诗词

[清]陈秉淑著

未见。陈秉淑(1886—?),字蓉娟。怀宁人。清光绪时在世。翰林院编修陈同礼女,江西补用道合肥李国楷室。父陈同礼工诗画,秉淑亦能之,陈诗《尊瓠室诗话》言其“善山水花卉,有家风”。

《翠枫阁诗词》,李国模《合肥词钞》卷四著录。

按:《历代妇女著作考·清代九》据《清闺秀艺文略》作《翠凤阁诗词》。

翠云轩诗稿

[清]江士爆著

未见。江士爆(生卒年不详),字季婈。歙县人。张用咸室。

《翠云轩诗稿》,汪启淑《撷芳集》卷八著录:“(季婈)早寡,矢志。家徒壁立,为闺塾师以自给,著有《翠云轩诗稿》。”

翠云学吟草

[清]张翠云著

未见。张翠云(生卒年不详),桐城人。清嘉庆、道光间在世。张湘帆、董清映孙女,张从善女,吴某室。

《翠云学吟草》,吴希庸、方林昌《桐山名媛诗钞》卷十一著录:“(翠云)紫云妹。字吴氏,时年十三。著有《翠云学吟草》。”

旦鸣阁稿

[明]方御著

未见。方御(生卒年不详),桐城人。约明崇祯至清康熙间在世。方以智与潘翟女,李极臣室。

《旦鸣阁稿》,潘江《龙眠风雅续集》卷十九著录:"(方御)太史文忠公长女。德性贞淑,幼聪敏,读《子虚赋》三过成诵。长适李君极臣。极臣,铨部香岩公长子也,以外戚应袭封武清侯爵,值改步,家道中落。夫人与夫安贫偕隐,不以菀枯屑意,尝典衣鬻钏以为食。生平喜读书,吟咏成帙,秘不示人。有《旦鸣阁稿》,其子注藏于金陵,仅从方氏门内搜得廿余首,附于小愚夫妇之后。"

淡香阁吟稿

[清]陈绛绡著

未见。陈绛绡(生卒年不详),字彩霞,号平江女史。长洲(今江苏苏州)人。清乾隆时在世。参军歙县吴藆孙侧室。

《淡香阁吟稿》,方岫云《树密斋诗话》著录:"绛绡女史八岁能诗,年十三归某氏,未婚矢节,绝口不吟者九载。一旦,姑见他嗣无依,思夺其产与之,力逼女史改字延陵,待至七年,始就聘。《自述》有'已往愧称冰雪质,于今羞诵《柏舟》篇。遭家不造皆有命,授室多艰也任天'之句,读者哀其志。乙亥季夏,参军族侄月坡手《淡香阁吟稿》示余,余激赏不已,题一律云:'陈家小住最天人,花草吴宫不复春。送远催归情独绝,微风细雨句尤新。梅红敞阁摊缃帙,水绿横塘采白蘋。却妒灵岩旧时月,夜深犹为照芳尘。'陈小住,吴兴女子,为竹垞太史画双头莲者。女史送行诗最工、最夥,若《漫成》云:'诗酒何妨联作社,烟霞原不碍游人。'《秋草》云:'极天山色余残日,带薄寒光入暮年。'《西湖》云:'烧香长是二三月,打浆春波去复还。'皆佳句。至于'梦来燕子莺儿畔,人在微风细雨乡',使阮亭诸名公见之,亦当击节也。"(见汪启淑《撷芳集》卷七十)

按:汪启淑《撷芳集》卷七十作《香阁吟稿》,许夔臣《香咳集选存一》亦作

《香阁吟稿》。姑两录之,俟考。

淡香诗草

[清]张薇芳著

未见。张薇芳(生卒年不详),桐城人。孙春掖室。

《淡香诗草》,吴希庸、方林昌《桐山名媛诗钞》卷九著录。

德风亭初集　十三卷

[清]王贞仪著

存。著者简介见前《沉疴呓语》一卷。

《德风亭初集》十三卷,抄本,六册,南京图书馆藏。此本收文九卷、诗三卷、词一卷,其中诗三百六十五首,词四十二首。

按:《德风亭初集》十三卷,另有民国三年(1914)蒋氏(国榜)慎修书屋校印本,附于翁长森、蒋国榜《金陵丛书》丁集,中国国家图书馆藏。此本前有小传及自序,后有朱述之、蒋国榜跋。内收诗三卷、词一卷、文九卷。其中诗三百六十五首,词四十二首。

王贞仪《自序》曰:"仪幼习内训,承先大父母命,教之诵读,并学为诗、古文章,以故女红之暇,辄肄及呫哔。年十一二,随侍尊人远游,胜地名境多所阅历。间遇宇内才媛闺秀,朝千诗,暮百艺,一时投赠答和诸篇什,且盈囊箧。迨于归后,虽日与夫子相唱和,然分职中馈,遂半废笔墨。夫子往往代惜之,嘱仪自集从前及今所作,而又不克如志。去春,值夏子乐山自浙中回宣,暇日乃学诗于仪。每请仪诗及文稿,欲缮为完帙,意诚而未可以谢也。因同夫子理奁具中杂稿,既删且焚,得少可存者十之二三,大抵多未经绳墨,难中体裁。上不知取法于古,下不知求肖于今,非矫以自高,盖禀质既鲁,不屑拘拘以工拙相计耳。录缮既成,有士者讥之,以为妇人女子唯酒食缝纫是务,不当操管握牍、吟弄文史翰墨为事。况妇女不以名尚,今之裒然成集也,其意何哉?仪闻而不敢置辨，为其论之似近乎正也。第以好名疑之，则非矣。好名之心，人皆不能无。而概观古今来能于诗、古文章者，士大夫固无论，即闺阁之中代不乏人。一云乎传，何啻寂寥，不数数觏；即或传矣，而不能卓然以传，则与不传等。仪何敢以名是好？况仪之所作，固有不足云者哉。噫嘻！剑头一吷，聊用自娱，犹之鸟之鸣春，虫之语秋，言所欲言而已。覆瓿无憾，登选非荣，毁我誉我，不妨两任之。颜以‘初稿’，盖未定之辞也。稿而系以‘德风亭’，则仍乎仪先人旧居之名而不敢忘也。爰摭其略如此。”

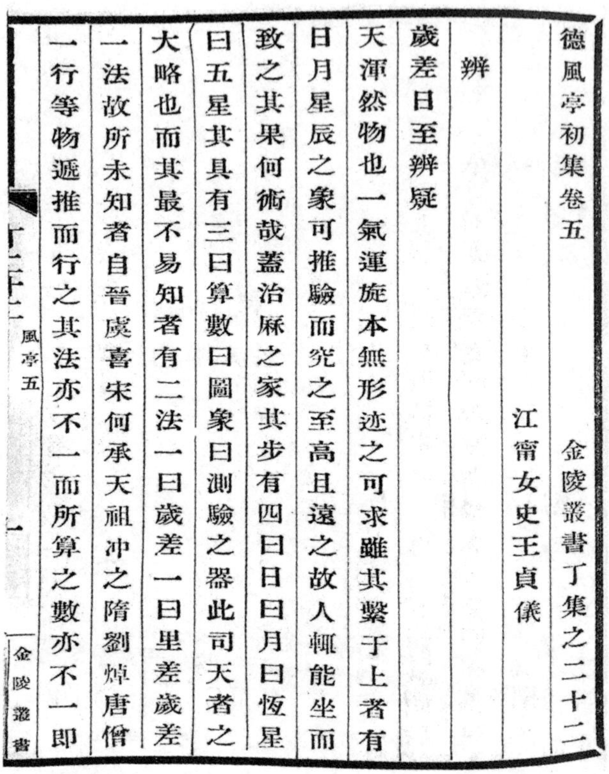
德風亭初集卷五　金陵叢書丁集之二十二

江甯女史王貞儀

辨

歲差日至辨疑

天渾然物也一氣運旋本無形迹之可求雖其繫于上者有日月星辰之象可推驗而究之至高且遠之故人輒能坐而致之其果何術哉蓋治厤之家其步有四曰日曰月曰恆星曰五星其具有三曰算數曰圖象曰測驗之器此司天者之大略也而其最不易知者有二法一曰歲差一曰里差歲差一法故所未知者自晉虞喜宋何承天祖冲之隋劉焯唐僧一行等物遞推而行之其法亦不一而所算之數亦不一即

風亭五

金陵叢書

朱述之《跋》曰：“《德风亭初集》文九卷、诗三卷、词一卷，金陵王贞仪德卿撰，知府王者辅惺斋之女孙、宣城詹枚文木之室也。惺斋遣戍吉林，德卿年十一，侍祖母董氏于塞外，能读书，兼习骑射。年十六回江南，又随父自都中至关西，由楚之粤东。年二十五适詹，年三十而殁。数年詹亦亡，无子。德卿精梅氏天文之学，有《星象图释》二卷，及《筹算易知》《重订筹算证讹》《西洋筹算增删》《女蒙拾诵》《沉疴呓语》各一卷，《象数窥余》四卷，《文选参评》十卷。其卒也，以书托于吴江蒯氏，蒯之侄嘉兴钱仪吉衎石序其《历算简存》五卷，备详其事。余向牧海昌尝从衎石之弟泰吉警石索观之。时衎石主讲大梁书院，驿书求之未获也。今年乙卯，始见此《初集》十二卷，其《二集》六卷、《绣帙余笺》十卷。瞿颖山有其书，余未见也。杂文如《勾股三角论》《日食论》《岁差日至辨》《疑盈缩高卑辨》《经星辨》《黄赤二道辨》《地圆论》《地球比》《九重天论》《岁轮定于地心论》《五星随天左旋论》《筹算易知自序》《历算简存自序》，皆足以见天文算学之大略。其《读诗私笺序》《韵学正讹序》《论史偶序》《葬经辟异序》《医方验钞序》，原原本本，见闻该洽。诗五古如《吉林途中》，颇近选体；七古如《饲蚕词》《捣练图》《枯树叹》，皆有篇法；近体佳句，亦多可采。其《书先大父惺斋公读书记》云：'吉林捐馆，手藏书七十五柜，德卿获持而涉猎焉。'可谓女子中能汲古者矣。"

蒋国榜《跋》曰："右《德风亭初集》文九卷、诗三卷、词一卷，并江宁女士王德卿著。德卿，名贞仪，归宣城詹枚。年十一，祖者辅戍吉林，德卿侍祖母董客于塞外。十六归江南，复随父自燕而秦、而楚、而粤。二十五适詹，三十而没，无子。所著托之吴江蒯氏，蒯以予嘉兴钱衎石侍御，侍御以归朱述之先生。是本则铁梅丈抄之朱氏者也。德卿于书无所不窥，工诗、古文辞，尤精天算，贯通中西。自古才女如谢道韫、左芬之属，能为诗矣，未闻其能文章也；曹大家续《汉史》矣，宋宣文传《周官》矣，未闻其通天算也。德卿以一人兼之，可不谓彤管之杓魁、青闺之收弁乎？独其所著他书，见于朱氏跋中者七八种，今并不显于世。即朱氏所称《绣帙余笺》十卷，瞿颖山有之者，亦不知瞿氏何许人，是书尚迹得否邪?"

德风亭词　一卷

[清]王贞仪著

存。著者简介见前《沉疴呓语》一卷。

《德风亭词》一卷，清光绪二十二年(1896)南陵徐乃昌刻《小檀栾室汇刻闺秀词》第七集收入。此本收词四十二首。王贞仪行迹甚广，北至吉林，南至广东，西至陕西，东至钱塘，故其词多记行、访古、交游之作，不类一般闺秀所为，如《踏莎行·松花江望雨》《浪淘沙·吉林秋感次鹤仙夫人韵》《忆秦娥·春暮钱塘舟中》《秦楼月·自秦州至张夏镇作》《满江红·过平原县东门谒颜鲁公祠》《虞美人·粤东九日》《惜余春慢·同许燕珍夫人登燕子矶》《桃源忆故人·游姑苏台》等。也正因为羁旅行役，作客他乡，故贞仪词更多"江南塞北，万里家乡"(《满庭芳·冬夜吉林作》)、"天涯同是客中身"(《玉楼春·夜雨有怀兰畹姊》)、“新愁旧怨,天涯故国”(《风流子·春草次陈姊宛玉韵》)、“竹篷夜月,人在天涯”(《眼儿媚·舟泊江浦道中》)的飘零之感、凄凉之悲。

德风亭二集　六卷

[清]王贞仪著

未见。著者简介见前《沉疴呓语》一卷。

《德风亭二集》六卷,萧穆《敬孚类稿》卷十三著录:“德卿所著有《星象图释》二卷……《德风亭初集》十四卷、《二集》六卷、《绣线余笺》十卷。”

德箴文存

[民国]王德箴著

存。王德箴(1912—2015),萧县人。幼年入南京第一女子师范附小,从舅父习古文。1930年,考入国立北平师范大学国文系。1932年冬,转入私立上海光华大学。1933年夏,转入南京国立中央大学中国文学系。抗日战争爆发后,赴美国留学。1940年冬返国,执教国立广西大学。后去台湾,任“立法委员”,并兼任东吴大学教授。译有《唐人小说》《韩玉娘》《凤还巢》等。

《德箴文存》,民国三十六年(1947)南京中央印务局铅印本,中国国家图书馆、山东大学图书馆藏。此书前有著者自序、黄友娴序,内录《为苏北同胞请命》《我的家庭生活》《关于弹词》等文十一篇。附录《道家之宗旨》等四篇,末有补白,及诗四十一首。

灯花占　一卷

[明]王氏著

存。王氏(生卒年不详),庐江人。

《灯花占》一卷，收入《居家必备》第四册，清光绪八年（1882）傅以礼家刻本，中国国家图书馆藏。此本每半页九行，每行二十字，小字双行，左右双边，白口，单鱼尾。内分原花、原占、占候、宜忌、古占五目。

按：王士禄《宫闺氏籍艺文考略》卷五有著录。杜泽逊《蓬莱慕湘藏书楼观书记》亦曰："绿窗女史存十六种，明刻本，二册。……十六种中《灯花占》一卷，不见《中国丛书综录》'绿窗女史'条子目，该书题'庐江王夫人著，王宛生阅'。"

又按：此书另有清宣统三年（1911）铅印本，安徽博物院藏。

荻窗吟草

［清］罗氏著

未见。罗氏，宿松人。监生徐大观室。

《荻窗吟草》，民国《宿松县志》卷五十一《列女传十·节孝》著录："罗氏，监生徐大观妻，年二十一，夫殁，孤殇，抚侄承祧。氏读书明大义，事姑教子，暇辄赋诗。著有《荻窗吟草》，待刊。守节三十年卒。"

棣蘽合稿

［清］沈冬龄　［清］方宗埙著

存。沈冬龄，字蘽仙。休宁人。清道光间在世。沈昭兴女，歙县方照之子方宗埙室。

《棣蘽合稿》，沈冬龄（蘽仙）与夫方宗埙（棣村）合著，附于方照撰《梅花吟馆诗存》后，清道光二十四年（1844）刻本，南京图书馆藏。前有沈冬龄父沈昭兴《序》。

沈昭兴《序》曰："冬龄十二，女方幼时，先兄石坪公钟爱特甚，常以侍左右。冬龄亦颇明慧，甚得世父欢，时举问字义，捔有所识。先兄殁，冬龄笄矣，年十八嫁方生宗埙。方氏世业盐，家事颇冗杂，其父梅岩有潜德，然数奇善病，乃命长子蓉台习举子业，而以次子襄理家事，即余女婿也。婿既早年辍读，深以为歉。闻人论经史诗文，必委曲相问疏，小纸记之。戚党来者，每每为余道及交，异其人。余方养疴不出，婿时时来见，其伉俪甚相得，询诸他人，则曰此陆东美比肩之风也。余为之色喜，惜两人皆体弱多病，时作时愈，旋愈旋剧，结缡六年，未有所出，而冬龄遽夭。越明年，梅岩病卒，余婿哀毁殊甚，不数月亦逝。呜呼！良可悲矣。忆前与梅岩论交时，余婿角毛，立父侧，当日家业未落，户外履常满，今十余年间，凋零若此。又闻其门庭风景亦非昔日，则既悼婿女之殁，而又以重为梅岩慨也。今秋蓉台茂才梓其父诗既竣，手一卷来质，欲附刊焉。余阅其题签曰《棣蕖合稿》，棣村者，余婿；号蕖仙者，冬龄字也。两人素未学，不以能诗闻，今阅之，并清婉可诵，不觉心恻。附刊留名，所谓过而存之者欤？乃书数语于简端。道光甲辰孟冬月，八十老人砚怡沈昭兴书。”

蠹窗二集　六卷

［清］张令仪著

存。张令仪（1668—1752），字柔嘉。大学士文端公张英与姚含章女，少詹事张廷瓒妹，大学士文和公张廷玉、礼部侍郎张廷璐、工部侍郎张廷瑑姊。夫姚士封（1670—1720），字玉笥，号湘门，陕西阶州知州姚文熊第三子，清康熙六年（1667）进士，博涉经史，兼善古文词，年五十卒，道光《续修桐城县志·人物志·文苑》有传。令仪学问博赡，识见渊通，长于诗词文赋，亦能写戏曲文本，著有《蠹窗诗集》《蠹窗二集》《蠹窗诗余》《蠹窗文集》《锦囊冰鉴》及剧作《乾坤圈》《梦觉关》等。令仪家族女性多能诗善吟，其母姚含章有《含章阁诗钞》存世，其孙女姚德耀著有《清香阁诗钞》、姚德承著有《退安斋集》。

《蠹窗二集》六卷，清乾隆八年（1743）刻本，中国国家图书馆藏。此本每半页十行，每行十九字，小字双行，黑口，四周单边，单鱼尾。前有三弟廷璐于乾隆七年（1742）和二弟张廷玉于乾隆八年（1743）所作的序。内录诗四百余首，多为张令仪晚年所作，如其中《北游草》二卷即为其就养京师时所作，是了解她晚年生活及心境的重要依据。

张廷玉《序》曰：“先太傅以六艺教于家，一门之内，时以翰墨为娱。三姊于诸昆弟中最为颖异，幼承太夫人之训，组紃之外，兼课以诗。即景命题，藻思绮合，先太傅绝爱怜之。时余兄弟方治举子业，无暇肆力于诗，姊则用志既专，学殖益富，诗以骎骎日上。每花晨月夕，群从咸在，阄韵赋诗，两大人顾而乐焉，虽谢庭咏絮之雅，不是过也。姊夫湘门以名家子负俊上才，纸阁芦帘，唱酬无间。甲辰之岁，曾裒其前后所作，都为一集，名曰《蠹窗诗集》，一时思亲念弟、流连光景之词皆在焉。余为序而授之梓。识者谓其清真古雅，直可参作者之林，不徒于闺秀间置一席也。后余兄弟俱宦游京师，余复谬蒙三朝知遇，洊历清班，入参机务，退食少暇，诗学久荒。姊亦中年，牵于婚嫁之累，米盐琐屑，不废吟咏，邮筒往复，必侑以诗。诗格愈苍，诗律愈细，余每得一篇，辄为叹服不置。盖其天分既高，而记问之博又足以达之，宜其诗之与年俱进而未有已也。雍正六年，次甥鋐蒙恩授通州判官，迎姊氏于官舍，便道过都门。余赐居戚里旧园，白头姊弟，相聚一堂，上述君恩，下思庭训，泛澄波，登广榭，一花一木，悉入品题。写恬适之高怀，极天伦之乐事。今年春，姊氏颐养里门，子侄请读其全集，因发其未刻之作数千余篇，嘱方君贞观及亲串中善诗者严加别择，得若干首，厘为六卷。其中《北游草》二卷，则就养京师时之所作也。大抵姊氏之诗，发抒性情，陶铸经籍，而出之以冲容秀洁，盖两大人之诗教如是，读《蠹窗集》者自能辨之。第念姊氏春秋既高，虽康强善饭，而惮于舟车，不能常作北行；而余则受恩深重，又不敢遽作退休计。回忆家庭聚首之欢，恍如昔梦，执笔书此，盖不能无感于中云。”

张廷璐《序》曰：“叔姊既刻其二十年前之诗为《蠹窗一集》，已行于世矣。越数岁，次甥为通州判官，迎养潞河，往来京师，每寓居于澄怀园中。高馆长廊，方亭曲榭，水香莲开之旦，露华松籁之夕，明月入怀，好风披袖，目之所寓，耳之所受，意兴之所适，无不写之于诗。越岁，南归。长甥复之官楚中，叔姊独留里门秉家政，乃构城南别业，筑屋十数楹。堂庑、亭馆之属，靡不毕备。为小楼以观山，疏方池以纳泉，以至一花一木，皆出其胸中之丘壑，以经营而布置之。卜筑既成，署曰‘南园’。向之寄畅于澄怀园者，一旦得之，于手构之余，以寝与食息于其中。春朝秋夕，流连景光，俦侣鱼鸟，又无不于诗写之。楚南燕北，两甥皆恳请就养，叔姊坚不欲往。其视荣膴纷华之境泊如也。盖叔姊天资明慧，博览载籍，以高朗之襟怀，契山水之胜概，如闲云老鹤，超然于尘埃之外。故其晚年之诗，格律益细，风骨益坚，无雕琢之迹，而摛藻清华；无靡曼之音，而寄情深远。顷复寻其二十年来之诗共若干首，为《蠹窗二集》而授之梓。予谓《诗》三百篇尚矣，其间妇人女子感时睹物，皆能言其性情，以登采风之选。汉魏而降，所称班姬、谢女，与夫秦嘉之妻、孝仪之妹，见于简册者代有其人。而其诗或一二篇，多者或十数篇，已足名当时而传后世。而要未有如《蠹窗》之诗之多而愈工者。予知其必传于后无疑也。辉映艺林，鼓吹风雅，且将与古作者埒，又岂彤管香奁之盛事已哉！”

孙殿起《贩书偶记》卷十八对此本亦有著录：“《蠹窗诗集》十四卷、《蠹窗二集》六卷，龙眠女史张令仪撰，康熙间刊，乾隆间续补刊。”

蠹窗诗集　十二卷

[清]张令仪著

存。著者简介见前《蠹窗二集》六卷。

《蠹窗诗集》十二卷，与《蠹窗诗余》一卷、《蠹窗文集》一卷合刻，共成十四卷，清雍正二年（1724）刻本，中国国家图书馆藏。此本每半页十行，每行十九字，小字双行，黑口，四周单边，单鱼尾。前有张英《蠹窗学诗题辞》、方正玉《蠹窗诗集序》、张廷玉《蠹窗诗文集序》及张令仪《自序》，并附张令仪子姚孔鋆、姚孔铉编次的《目录》。在卷一之首题“龙眠张令仪柔嘉氏著，侄女姚仲芝嗣徽校字，表兄马凤翥恒斋选，同怀弟廷璐约斋、廷玉砚斋、廷

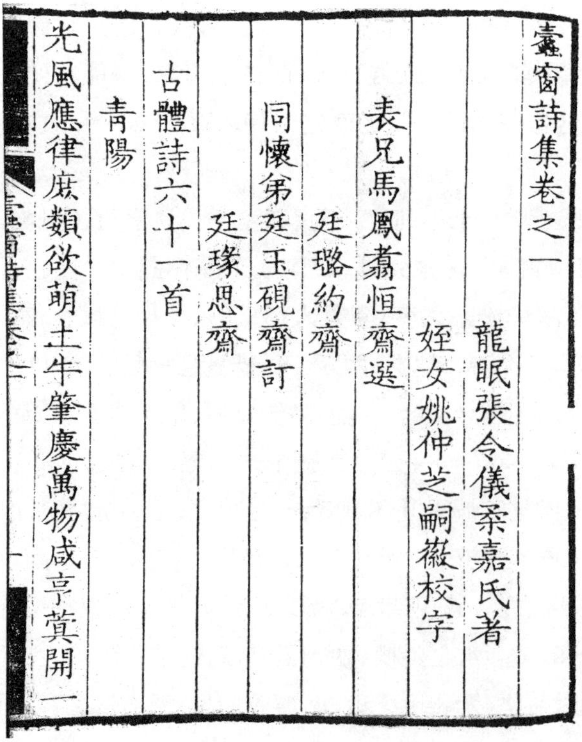
蠹窗詩集卷之一
龍眠張令儀柔嘉氏著
姪女姚仲芝嗣徽校字
表兄馬鳳翥恒齋選
廷璐約齋
同懐弟廷玉硯齋訂
廷瑑思齋
古體詩六十一首
青陽
光風應律庶類欲萌土牛肇慶萬物咸亨蓂開一

瑑思斋订”字样。内录诗十二卷，计一千零二十五首，其中卷一收古体诗六十一首，卷二收古体诗三十七首，卷三收近体诗八十七首，卷四收近体诗一百十九首，卷五收近体诗九十四首，卷六收近体诗八十六首，卷七收近体诗八十五首，卷八收近体诗九十五首，卷九收近体诗一百二十九首，卷十收近体诗七十四首，卷十一收近体诗八十九首，卷十二收近体诗六十九首。此本卷六《梅花诗三十首》偶有圈点、注释、评点，如第七首末句“欲向生绡临小影，霜毫须是起倪迂”，“迂”字圈，并于页眉注解云：“（元）倪瓒，字云林，性迂，善画，用笔高古，不同流俗。”第十二首末句“冻合小桥溪上路，晚鸦飞破雪纷纷”，逐字圈，并于页眉批云：“收句直追盛唐。”

张英《蠹窗学诗题辞》曰：“余第三女未尝学诗，幼从余宦京华，随其母夫人授句读，能诵《论语》《毛诗》，粗解其大义。稍长，窃取唐人之诗读之。诗卷纷披，杂罗于针管彩绣之间，穷昼夜寝食不辍，余不知之，而其母夫人亦不识也。既而稍出其所作诗以示兄弟，皆奕奕然老成，讲求声律，比偶起结，皆有法度。余在京师，间见其一二作诗贻之，所谓‘蕉窗对镜图书满，纸阁拈针笔扎随’，意深喜其不学而能。且论古有识，用典故精当，笔力清颖，时出新意。此盖其出于天性然也。余乞休园居，衰老谢宾客，与麋鹿渔樵为伍。每与子孙征引掌故，背诵古人诗篇，以相娱乐。而三女辄能举其事与词，亦由其记诵之多，而攻苦之力也，昔者谢道韫止传柳絮之句，而余不多见。由今观之，岂得谓古今人不相及耶？由蠹窗学诗而益加精进，足以与彤管女史互相辉映矣。圃翁大清康熙四十七年岁次戊子三月望日书于双溪草堂。”

张廷玉《蠹窗诗文集序》曰：“自古著述之见于名媛者，其人类皆博赡之学，渊通之识，又多生长公卿阀阅家，书籍繁富，足以备搜求而扩见闻。且其处芬芳盛丽之中，独有齑盐淡泊之致，而绮纨金玉无足以概其心。故妇功之余，得以抒其志意于文章，若惠姬之汉史、宣文君之周官音义、徐淑之骈词、宋昭华之经学，其尤著者也。三姊蠹窗夫人，其踵前贤而兴者欤？三姊生而聪慧，工织纫组紃，性嗜学，少侍太夫人读书京邸，简帙盈案，无不披览。先公退食时，常试以奥事，应对了然。所为诗文，辄衷前人法度，论古有识，用典故精当。先公甚异之。及笄，归吴兴，与姊夫湘门先生闺门相属和。湘门世家清宦，室靡长物，吾姊总持内政，湘门得以殚心于帖括之学。忆吾姊居棠花馆时，余得与诸弟先后受室。归里门，常与湘门斗题角艺，吾姊亦时时出其所为诗歌、古文辞。每酒阑灯灺，辨晰古今，事不少休。弹指十数年内，吾姊裨益于诸弟者良多。及先公予告，偕太夫人南还，棠花咫尺，吾姊时亲色笑，问起居。而先公暇日，与子孙征引掌故，背诵古人诗篇，吾姊援笔歌赋，动辄数十言，所以娱先公于衰年者，尤为曲至也。嗟呼！曾岁月之几何，两大人音容已不及见。予与三弟系官于朝，回念当时团聚之欢，邈不可得。而湘门中年多病，又永归道山矣。今幸两甥成立，家业不堕，吾姊犹得以借余闲，斟定其生平未竟之业，迹其所得，虽惠姬、宣文君之属，何以加于此哉？然使吾姊处芬芳盛丽之中，而无齑盐淡泊之致，则田园仓廥，不无挠其心而撄其虑，亦未必其学之博赡而识之渊通如此也。顷邮寄其诗赋古文辞若干篇，命序于予，将以授之剞劂，爰撮其梗概而书之，并以志先公、太夫人之遗教于不衰云。”

张令仪《蠹窗诗文集自序》曰：“诗所以道性情也。凡人有所忧思郁结，不能自去于怀，每托诗与词以道之。无论《孤愤》《离骚》，昔贤不免；即采蓝、采绿之什，风雅犹采择焉。予自弱龄，于归吴兴，先太傅、太夫人作宦京师，弟兄皆随侍，而予独留故国，瞻望燕云，寄声北雁，情难当已，涕泪因之。先舅翁阶州公为清白吏，壁立萧然，夫子湘门怀才不遇，糊其口于四方者，几四十载。予索居穷巷，形影相依。草曛风暖，夏箪冬缸，触事兴怀，间发之于长章短句，信口吟成，工拙难计。乃昊天不吊，夫子以屡踬锁闱，赍志而殁。儿子鎏、铉衣食于奔走，予寂寞孤帷，风雨之悲，门闾之望，无可抒发，或歌以当哭，或诗以代书，丛杂无章，尤不自修饰，岂得自附于风人之末哉！侄女仲芝乃长姊次女也，高怀散朗，具林下风。素工吟咏，著有《畹香阁诗集》成帙。性癖嗜痂，怜予衰老多病，恐一旦溘然，先草木湮没无闻，乃为收拾残篇，捐资付灾梨枣。予愧不克当，亦不能却也。古人有言：得一知己，死可不恨。谢景初类次梅圣俞诗十卷，欧阳永叔犹称之。今仲芝于予诗，为藏弆之，并为剞劂之，较之古人，不几几过之耶？自念生平淹蹇困塞，无可比数，乃犹有恐予之湮没无闻，而欲彰之者，知己之感，岂可多得。览者略予之鄙陋，而传仲芝之高义可也。蠹窗主人书于澄碧楼。大清雍正二年岁次甲辰，清和月朔三日。”

按：此本卷六、卷七收《澄碧楼集》二卷，录五七言近体诗一百七十一首；卷八、卷九、卷十收《静斋集》三卷，计录五七言近体诗二百九十八首；卷十一、卷十二收《冷鹃吟》二卷，计录五七言近体诗一百五十八首。从《冷鹃吟》集名及其第一首《哭夫子二十章》来推测，此集当为张令仪夫姚士封卒（即康熙五十九年）后所作，《澄碧楼集》和《静斋集》作时当早于《冷鹃吟》。

又按：肖亚男主编《清代闺秀集丛刊》第五册收入《蠹窗诗集》十二卷、《蠹窗诗余》一卷、《蠹窗文集》一卷，即据此本影印。

蠹窗诗集　一卷

［清］张令仪著

存。著者简介见前《蠹窗二集》六卷。

《蠹窗诗集》一卷，清道光二十四年（1844）蔡殿齐嫏嬛别馆刻《国朝闺阁诗钞》第二册收入。此本每半页八行，每行十八字，黑口，四周双边。内仅录《西颢》《玄冥》《不寐》《乌栖曲》《秋夜长》《采莲曲》《斗草》《晚春坐春晖亭》《北郭寻秋》《小院残春》《早秋夜坐》《咏十姊妹花》《蠹窗》等诗十三首。

按：《续修四库全书》本《国朝闺阁诗钞》，据此本影印。

蠹窗诗余　一卷

［清］张令仪著

存。著者简介见前《蠹窗二集》六卷。

《蠹窗诗余》一卷，与《蠹窗诗集》十二卷、《蠹窗文集》一卷合刻，共成十四卷，清雍正二年（1724）刻本，中国国家图书馆藏。版本描述见前《蠹窗诗集》十二卷。此本收入“卷之十三”中，计录词八十九首。张令仪词体制兼备，短章如《望江南·元夕》三首、《渔父·夏夜》四首、《如梦令·步梅村先生韵》四首，长调如《沁园春·东皋》《意难忘·纳凉有感》《疏帘淡月·秋夜》《新雁过妆楼·对月》等，皆音律谐婉，情深义重。从内容上看，多描写春、夏、秋、冬四季景物、节令情事，以及日常触景感怀、思夫忆儿之作，如《踏莎行》八首各题为“金盆沐发”“月奁匀面”“玉颊啼痕”“黛眉颦色”“芳尘春迹”“云窗秋梦”“绣床凝思”“金钱卜欢”。

按：《蠹窗诗余》一卷，清光绪二十二年（1896）南陵徐乃昌刻《小檀栾室汇刻闺秀词》第三集亦收入。

蠹窗文集　一卷

［清］张令仪著

存。著者简介见前《蠹窗二集》六卷。

《蠹窗文集》一卷，与《蠹窗诗集》十二卷、《蠹窗诗余》一卷合刻，共成十四卷，清雍正二年(1724)刻本，中国国家图书馆藏。版本描述见前《蠹窗诗集》十二卷。此本收入"卷之十四"中，总《目录》中题"古文杂述"。内录文十二篇。末附《蠹窗文集续刻》，但仅录《寓居澄怀园记》一文。

蠹鱼集

［民国］苏雪林著

存。著者简介见前《蝉蜕集》。

《蠹鱼集》，民国二十七年(1938)长沙商务印书馆铅印本，中国国家图书馆藏。此书为古典文学论文集，收《九歌与河神祭奠关系》《原人的坟墓与巨人》《子虚赋里的借马》《鸟的崇拜》《清代男女两大词人恋史的研究》《陆放翁评传》《文以载道》等论文七篇。

蠹鱼生活

［民国］苏雪林著

存。著者简介见前《蝉蜕集》。

《蠹鱼生活》，民国十八年(1929)上海真善美书店铅印本，上海图书馆藏。此书主要为古典文学论文集，收《九歌与河神祭奠关系》《陆放翁评传》《孔子删诗问题》《文以载道》《蝉之曲序》《魔窟序》《写在现代作家的前面》等论文七篇。

断易日记

［清］孙咏阁著

未见。孙咏阁，桐城人。清康熙时在世。孙临与方子耀孙女，方以智孙方正珠室。著有《断易日记》《咏阁诗集》。

《断易日记》，吴希庸、方林昌《桐山名媛诗钞》卷四著录：“（咏阁）忠节公临孙女，方平斋公正珠室。工诗，善画，兼精于《易》。著有《断易日记》《咏阁诗集》行世。”

帆影楼纪事

［民国］吴芝瑛编著

存。吴芝瑛（1866—1933），字紫英。桐城人。吴汝纶兄康之女，无锡廉泉室。性颖慧，博览群书，工诗，能文，精书法。著有《帆影楼纪事》《剪淞留影集》《吴芝瑛夫人诗文集》《帆影楼旧藏画目》《吴芝瑛夫人遗著》，辑有《小万柳堂丛刻五种》，编注《俗语注解小学古文读本》。生平行事见严复《廉夫人吴芝瑛传》。《桐城县志·人物传》曰：“光绪二十六年（1900）庚子之役后，清廷为满足侵略者要求赔偿的欲望，加捐各种税务，势家富户乘机高抬物价，国人饥寒交迫。吴芝瑛叠箱当桌，瓦片作砚，于街头挥毫卖字，募‘爱国捐’。并上书清廷，提出‘产多则多捐，产少则少捐，无产则不捐’的主张，因有损于达官显贵的利益，遭权贵们百般诋毁。吴芝瑛愤激而倾向革命，暗中与革命党联系，以其名望和身份，掩护遭清廷搜捕的革命党人吴稚晖等。吴芝瑛居京与女侠秋瑾为近邻，二人同有匡时济世之志，遂结为至交，互换兰谱。光绪二十年夏.她筹资助秋瑾赴日本留学。不久，吴芝瑛随夫南下，于上海曹家渡建小万柳堂归隐，自号‘万柳夫人’。翌年，秋瑾归国筹办《中国女报》，她与女友徐自华解囊相助。光绪三十三年秋瑾在绍兴被害。芝瑛闻讯，悲恸欲绝，与徐自华营葬秋瑾遗体于杭州西泠桥畔,徐自华撰墓表,芝瑛书丹,题墓碑‘呜呼鉴湖女侠秋瑾之墓’。世称其事、其书、其文为‘三绝’。继而在小万柳堂筑‘悲秋阁’以示纪念。同时还发表了《秋女士传》《秋女士遗事》等文章,并作《西泠吊秋》七绝四首。清廷对此恼羞成恨.欲加害吴芝瑛、徐自华,但慑于国内外舆论压力,未敢贸然行动。袁世凯专权称帝。袁氏之子袁克俊是吴芝瑛小女儿的未婚夫。在共和存亡的关键时刻,吴芝瑛毅然投入反袁斗争。其《致袁氏书》说:‘总统者,为吾民服务之首领,文言之总统,质言之一服役之头耶,服役之头儿之位,何篡?’‘公朝去,而吾民早安;公夕去,而吾民晚息;公不去,而吾民永无宁日。’早年其父在桐城遗产有良田数百亩,她不顾族人反对,慨然捐作办学之用,在浮山创办‘鞠隐学堂’,使贫困子弟得以就读。著《帆影楼纪事》《帆影楼旧藏画目》,辑《小万柳堂丛刻》5 种。《桐城高甸吴氏宗谱》收录她吊奠秋瑾诗10 首。”

《帆影楼纪事》,民国六年(1917)石印本,《近代中国史料丛刊续编》(第 24辑)据此本影印。前有珂罗版吴芝瑛像及《淞波帆影》一幅。内录《帆影楼纪事叙》《廉南湖与李季皋公子书》《再致李季皋公子书》《答哈华托律师书》《三致李季皋公子书》《与朱经田先生书》《再致哈华托律师书》《朱经田致廉泉信》《哈华托律师致廉泉信》《译录哈华托律师致廉南湖书》。并附《南湖旧札六通》(与季公)、《南湖经手刷印处收付清单》《致皖省电稿》《清单》《宣统二年冬季光明书庄催款原函》《李光明庄收据》《李文忠公全集总目》《李文忠公朋僚函稿卷首》,附录《小万柳堂王恽画目》等。

吴芝瑛《帆影楼纪事叙》曰:“病卧帆影楼,展读寒匡先生来札,有民国二年二月廿三日论吴受卿、良赍臣两烈士佚事,其结论曰:‘夫啁噍之至也,微卵犹然;孺子之泣也,行路伤之,亲故不失老孔之教。陷井下石,盗跖不为。’敬续一语足之曰:‘求吾之心所安,不敢汩吾所天。’(此引南湖答谢虎文书有‘宁犯口口世之不韪,求吾心之所天’语。)稚公引新安注谓天即理也,‘不敢汩吾所天’云者,犹言以然一立直动物,倘并此口而汩之,即谚所谓‘没良心’。没良心者,而亦靦然于立直动物之丛乎?近见报纸所载诸事,虽所说未尽确,然没良心之事,抑何无日无地无之耶?满洲何以亡也,没良心之多也;专制之命革,没良心之命未革也。共和,然非从革没良心起,如何共和也?悲夫!余录南湖与季皋公子书,不禁有感于寒匡先生之言,遂书之,为吾《帆影楼纪事》叙。”

帆影楼旧藏画目

[民国]吴芝瑛著

存。著者简介见前《帆影楼纪事》。

《帆影楼旧藏画目》,《桐城县志·人物传》著录。

按:《帆影楼旧藏画目》,手写影印本,胡文楷《历代妇女著作考·附编》著录。

范勖淑诗草

[清]范满珠著

未见。范满珠(生卒年不详),字勖淑。休宁人。约于明崇祯至清康熙间在世。范良妹,戴绍虞室。

《范勖淑诗草》,汪启淑《撷芳集》卷十著录:"无名氏《范勖淑诗序》:《诗》三百五篇多妇人女子之作,而《二南》之篇咏叹后妃夫人之事,所采掇则荇菜、卷耳、芣苢、蘋蘩,所服御则絺绤、浣濯,所见闻则桃夭、樛木、兔罝、草虫,托物近,取义远,情动于中而形于言,被诸丝管,为房中之乐如是而已。春女哀,秋士悲,鸾凤有歌舞之容,燕雀表啁噍之感。班姬之赋齐纨,卓女之吟沟水,塘上伤离,陇西赠别,缠绵绮靡,不失闺门本色。汉魏已远,变风变雅之遗音,犹有存者。近世闺秀之集多于稻苇,花叶骈俪,金碧填砌,观者瞀乱眩晕而不知所由来,其或投谒朱门,呈身绮席,膏蓬鬓以献笑,倚漆管以救饥,轻薄之子交口訾謷,以为粉黛山人,笄帏乞士,吁其可伤也已!新安范眉生携从妹《勖淑诗草》就正于余,勖淑之诗,抒情托兴,不出乎夫妻母子、房栊门屏之间,骨肉虑叹,门户绸缪,喜则真喜,悲则真悲,无事于宠柳娇花,裁云镂月,信乎其为淑姬静女之诗也。扬子曰:'女恶华丹之乱窈窕也。'华丹之饰,扬子犹恶之,况于易头借面,并其华丹而失之乎?举世之女子相与揄长,衣袂方空,画愁眉,簪堕髻,扬眉顿睫,嫈嫇细视。有一人焉,青衫裙布,缟衣綦巾,离立于其中,为女伴者靡不笑而唾之,而其人亦将顾影羞涩,刺足而无以自置。世有扬子恶华丹而思窈窕,其将取此乎?余三叹勖淑之诗,以为居今之世,疏瀹其眉目,无忘闺门之本色，庶几可以风世也。其将以余为老不晓事申申而詈余，余既已知之矣。”

按：《范勄淑诗草》，亦名《绣余草》（见本书）。

方维仪诗辑

［明］方维仪著

存。著者简介见前《楚江吟》。

《方维仪诗辑》，胡文楷辑，一册，共收方维仪诗七十二首。《历代妇女著作考·明代一》“《方维仪诗辑》”条曰：“方维仪《清芬阁集》，原本久觅不得，余从《然脂集》残稿本中录得，从《清芬阁集》选者三十四首，《楚江吟》选者一首。余又据《列朝诗集》《伊人思》《红蕉集》《翠楼集》《撷芳集》《柳絮集》《香奁诗泐》等书辑得三十七首，共计七十二首，写成一册。”

焚余诗稿

［清］王氏著

未见。王氏（生卒年不详），定远人。约清乾隆时在世。陈槐聘室。

《焚余诗稿》，道光《定远县志》卷十《列女》著录：“王氏，幼许字国学生陈槐，负才早世。氏闻，殉烈。乾隆年间旌。著有《焚余诗稿》。东邑教谕朱本楫有诗序。”

按：《历代妇女著作考（增订本）》两录之，参见“《芝堂焚余》”条、“《焚余诗稿》”条。

焚余诗稿

［清］刘运福著

未见。刘运福（生卒年不详），南陵人。清康熙间在世。刘楷女，宣城梅瑑成室。

《焚余诗稿》，恽珠《国朝闺秀正始集》卷八著录："（刘运福）光禄寺卿楷女，文学同邑梅琢成室。端淑秀慧，雅好坟典，以能诗称。早卒。著有《焚余诗稿》。琢成读书灵山，运福尝贻手札云：'日月易迈，肄习宜勤。'"

按：《历代妇女著作考・清代十二》据《撷芳集》作《焚余稿》。

又按：《历代妇女著作考・清代十二》据《撷芳集》著录刘运福另撰有《峡猿吟》。检《撷芳集》卷十五："刘运福，安徽宣城县人，光禄卿楷之女，适文学梅琢成。著有《峡猿吟》《焚余稿》。沈廷璐《峡猿吟序》：'《峡猿吟》者，余表弟梅子文常哭其内子刘孺人作也。刘孺人识大义，遇事随力自尽。初，归文常数日，即亲中馈，执妇道唯谨。出奁中资佐不足，无吝容。每戒从婢曰：'慎勿少纵恣，吾欲而婿读书于此，可与俱，勿急归也。'因遣人告舅姑，舅姑许之。嗣后，孺人时从文常归省，往来于舅姑、父母之间。体羸善病，姑太孺人恐其不起，常语人曰：'吾仲妇孝敬，勤俭黾勉，有无以持门户脱不宿将若何?'病剧，急欲返故庐，文常难之。正色曰：'及今不返，将复何待？苟不听而令吾奄逝于此，其瞑诸?'濒行，喜形于色曰：'其或者得假余年，俾长操井臼乎?'平日爱买禽鱼放生，人以急告，每脱簪珥周之，而尤加意于亲党失意之人。喜读《小学》《内则》诸书，见古贤媛辄效慕恐后，闲工吟咏，有林下风致。岁癸未，文常同余及澍起读书灵山僧舍，孺人常贻札文常，谓日月易迈，肄习宜勤。其居恒儆戒，相成之意类如此。'"从《撷芳集》引沈廷璐《峡猿吟序》"《峡猿吟》者，余表弟梅子文常哭其内子刘孺人作也"知，《峡猿吟》当为刘运福夫梅琢成所作，《撷芳集》及《历代妇女著作考・清代十二》皆误为刘运福作。

凤箫诗稿

[清]许凤箫著

未见。许凤箫（生卒年不详），宿松人。清咸丰、同治间在世。许璧女，监生张藻琼室。民国《宿松县志・列女传・节孝》曰："（凤箫）副贡张锐媳，举人许璧女，副榜许凤荪胞姊。幼读书，聪颖，能文，工诗。夫早世，氏守制贞操，沈中丞秉成抚皖时，夫人严氏与有戚谊，聘教子女，所作诗词已编入《清闺秀集》。

后馆南陵及本邑乡宦家，数十年来诗千余首，藏稿待梓。寿七十三。”

《凤箫诗稿》，民国《宿松县志·艺文志四》著录。

佛说五十三佛大因缘经　三卷

［明］徐皇后著

未见。徐皇后（1361—1407），凤阳人。中山王徐达长女，明成祖朱棣皇后。徐氏幼时贞静，喜读书，贤明博学，精通内典，人称女诸生。著有《内训》一卷、《劝善书》二十卷、《文皇后诗》一卷、《贞烈事实》二卷。《明史》卷一百一十三徐皇后本传曰：“成祖仁孝皇后徐氏，中山王达长女也。幼贞静，好读书，称女诸生。太祖闻后贤淑，召达谓曰：‘朕与卿，布衣交也。古君臣相契者，率为婚姻。卿有令女，其以朕子棣配焉。’达顿首谢。洪武九年，册为燕王妃。高皇后深爱之。从王之籓，居孝慈高皇后丧三年，蔬食如礼。高皇后遗言可诵者，后一一举之不遗。……尝采《女宪》《女诫》作《内训》二十篇，又类编古人嘉言善行，作《劝善书》，颁行天下。”

《佛说五十三佛大因缘经》三卷，胡文楷《历代妇女著作考·明代二》据《千顷堂书目·子部·释家类》著录。

伏枕吟

［清］汪是著

未见。汪是（生卒年不详），字贞庵。歙县人。清康熙时在世。歙县吴之騄侧室。著有《梅影楼诗》《伏枕吟》《余香草》。

《伏枕吟》，汪启淑《撷芳集》卷六十九著录：“（汪是）六安州广文吴之騄侧室也。好读书，解吟诗，然甚韬晦。将死之前一日，以《梅影楼诗》及《伏枕吟》属吴之騄订定。附刊《桂留堂集》后，总名《余香草》。”

芙蓉书屋遗草　一卷

［清］崔巧云著

未见。著者简介见前《崔氏巧云遗草》一卷。

《芙蓉书屋遗草》一卷，王蕴章《然脂余韵》卷二著录："仙源崔受生观察之女，名巧云者，颇娴吟咏，著有《芙蓉书屋遗草》一卷。断句如'泉声寒带雨，竹影静摇风'，颇得静中趣。又'日开禽集树，雷动笋穿阶'，十字亦佳。近复见其《夏夜》两绝云：'小坐闲庭玩月明，松风拂槛嫩凉生。兴来欲把琴三弄，忽听虫声绕砌鸣。''为扑流莺出绣帷，侍儿持扇喜相随。月明如水园林静，坐看庭花影暗移。'"

按：疑《芙蓉书屋遗草》与《崔氏巧云遗草》为同书异名。俟考。

福连室集

［清］许延礽著

未见。许延礽（生卒年不详），字云林，一字因姜。浙江德清人。清嘉庆、道光间在世。许宗彦与梁德绳女，休宁孙承勋室。母梁德绳亦善诗，著有《古春轩诗草》。《西泠闺咏》曰："因姜与其妹云姜并工诗、善画、鼓琴、镌印，皆楚生夫人教也。"（徐乃昌《闺秀词钞·闺十》）

《福连室集》，丁申、丁丙《国朝杭郡诗三辑》卷九十六著录："许延礽，字云林，仁和人。兵部主事宗彦女，休宁贡生孙承勋室。有《福连室集》。"

《福连室集》，沈善宝《名媛诗话》卷六作《福连室诗稿》："云林号伯孙，又号因姜，休宁孙子勤承勋明经室，詹主簿寿铭母，有《福连室诗稿》，性情伉爽，与余最契密。在里时，春秋佳日，湖山胜处，二人必偕游吟玩。先余一年入都，次冬余亦北至，云林喜甚，招余游天宁寺。"

瓛佩居遗集

[明]吴令仪著

未见。吴令仪(生卒年不详),字棣倩。桐城人。明万历、天启间在世。吴应宾女,吴令则妹,方孔炤室。潘江《龙眠风雅》十九曰:“(吴令仪)宫谕宗一公之仲女,兵部侍郎方孔炤之妻也。性颖慧幽闲,孝翁姑,相夫教子,具有仪法。喜读书史女传,作长短句。随宦闽、蜀,辅佐清政。以善病早逝,亲党为之流涕。其姑方维仪搜其遗稿若干首。”

《瓛佩居遗集》,王士禄《宫闺氏籍艺文考略》卷六著录:“方维仪《诔吴宜人文》云:宜人能文诗,喜书史,乐禅妙,能读《楞严悟真》诸篇,上卫夫人《笔阵》。诗曰《瓛佩居遗集》。《玉镜阳秋》云:夫人诗清新婉丽,神骨秀绝,七绝佳处,所云一唱三叹,有遗音者矣。”

高后内训　一卷

[明]马皇后著

未见。马皇后(1332—1382),本名不详,谥孝慈。宿州人。滁阳王郭子兴养女,明太祖朱元璋皇后。《明史》卷一百一十三马皇后本传曰:“太祖孝慈高皇后马氏,宿州人。父马公,母郑媪,早卒。马公素善郭子兴,遂以后托子兴。马公卒,子兴育之如己女。子兴奇太祖,以后归焉。后仁慈有智鉴,好书史。太祖有札记,辄命后掌之,仓卒未尝忘。……洪武元年正月,太祖即帝位,册为皇后。”著有《高后内训》《列女传》。

《高后内训》一卷,胡文楷《历代妇女著作考·明代二》据《明史·艺文志》《江南通志》著录,并曰:“后勤于内治,暇则讲求古训。告六宫以宋多贤后,命女史录其家法,朝夕省览。洪武十五年八月丙戌崩,年五十一。案《宫闺氏籍艺文考》:《焦志》谓《内训》为高皇后御制。按仁孝徐后自序:盖后述高后之训而为书,非高后所撰也。”

按:徐皇后有《内训》一卷(见本书),为述马皇后之训而作,《高后内训》或未成书。又,《光绪宿州志卷二十九·艺文志一》曰:“《内训》一卷、《列女传》,

俱孝慈高皇后马氏著。”

高皇后传　一卷

［明］徐皇后著

存。著者简介见前《佛说五十三佛大因缘经》三卷。

《高皇后传》一卷，或作《明高皇后传》，《四库提要》曰：“浙江范懋柱家天一阁藏本，不著撰人名氏。前有永乐四年明成祖与徐皇后二《序》，俱谓永乐九年类辑《古今列女传》，以高皇后圣训与古后妃为一卷，而诸侯大夫、士庶人妻各为卷。徐后请以《高皇后传》别刻之，遍赐内外，然则此即《古今列女传》之文而别出之者。其文则永乐初词臣所撰也。”

按：胡文楷《历代妇女著作考·明代二》著录曰：“明内府刊本《酌中志》卷十八《高皇后传》一本，四十七叶。《千顷堂书目》云：永乐四年成，五年冬十月丙戌，以《高皇后传》赐各王及百官。”

赓噫集

［清］姚凤翙著

未见。姚凤翙（生卒年不详），字季羽。桐城人。清顺治、康熙间在世。姚孙棐女，方孝标子云旅室。潘江《龙眠风雅续集》卷二十曰：“（姚凤翙）光禄戊生公之少女，鸷存兄弟之妹，而方子复斋之元配也。方、姚为里中鼎族，世俪朱陈。而光禄公与乃祖宫詹公少同砚席，不异同怀。光禄晚生最小偏怜之女，念辈行中无幼子可为婚者，适宫詹公患难中投荒万里，复斋还，谒光禄于其第，爱其近句，遽属意焉，母郭太夫人因力赞婚议。夫人幼从其伯母方太夫人受业，即世所称为‘清芬阁’者，教之以《内则》《女训》琚瑀珩璜之节，以暨经史、诗赋、书画之学。然深自韬晦，不欲以女子炫才华，间有吟咏，亦写其至性，弗矜藻缋。初入门，即迎君姑刘太夫人于毗陵返里就养，躬滫瀡腆洗以娱晨昏。岁时伏腊，必迎郭太夫人与俱，其纯孝，天性然也。复斋饥驱四方，恃夫人十指剪彩为花，鬻以赡养，无内顾之忧。姑妇相依者二十四年。性善病，左图右史，以代药裹，服御鲜纂组之华，簪珥屏珠玑之饰，与俦伍处不苟言笑，人颇以简傲疑之，自若也。所为诗甚富，然雅不蓄稿，存者什之一二。清真婉秀，别出机杼，即置之唐才媛如鲍君徽、张夫人诸集中，何多让焉。先太安人《松声阁集》中曾为诗赠之，有云'自是香闺多学士，青山闲杀老尚书'，亦可见其倾倒者素矣。早生二子皆殇，晚生子世庚、世康。卒年四十九。复斋不忍其内行之泯没也，为梓其《梧阁赓噫集》，而属余序之以行。余更为摭其崖略，附诸难兄之后，以效表章于万一云。"

《赓噫集》，徐树敏、钱岳辑《众香词·礼集》曰："姚凤翙，字季羽。桐城人。赠尚书戊生公女，适学士楼冈方公第三子云旅。凤翙幼博经史，善吟咏，秉屺怀、丹枫诸昆仲教，温柔敦厚。既归云旅，分题梧阁，此倡彼和，诗成盈尺。其诗如：'窗爱月明开不闭，帘因风急卷还垂。''催寄远书双去雁，惊回好梦一声蝉。''无钱可买归时卜，有恨难传别后书。''何处金樽花下饮，谁家玉笛月中吹。''近日鲤庭亲杖履，经年鸿案冷糟糠。''薄田收敛征呼急，病骨愁深经理难。''花月自饶诗酒兴，晨昏间课子孙书。''影摇红烛横窗起，香逐银瓶入酒来。''强分栀子同心结，空写梧桐别怨诗。''柳颦翠黛愁难放，花抱芳心冻不开。''金钗半付舟车费，彩笔多题离别篇。''山头虚咏满头句，席上空吹落帽风。''难染丹霞千尺色，徒凝玉露五更寒。''有意长同人缱绻，多情不逐世炎凉。''露濯新妆临宝镜，风翻翠袖拂华筵。''流入冻云和梵呗，飞来寒雨杂松涛。'皆警句也。云旅常游吴越，离别句多明月流黄，春风堤上，犹得矌视伯鸾，未及偕老，早逝，能不悲欤！云旅检其遗奁，无金珠纨绮之饰，惟日读书数十卷，及自制《赓噫集》，含英咀华，深得风人之旨。其淑德隽才，姻党称之，艺林诵之。云旅伉俪情笃，肝胆摧裂，并附悼亡十绝，聊代双珍。丁丑九日，小阮、世涛同登高平山，手授全集，读之多谢朓惊人句，选其倚声如秦少游艳逸，以志云雁之情。"

按：《赓噫集》，一名《梧阁赓噫集》（见本书）。

宫词百首

［清］柳枝著

未见。柳枝（生卒年不详），光绪时人。清宗室奕隆女，巢县举人李尊室。

《宫词百首》，胡文楷《历代妇女著作考·清代十五》据《名媛诗话》著录："柳枝，清宗室，八分公奕隆女，嫁安徽巢县举人李尊。光绪三十二年（1906）宣入禁中。"

宫闺丛话

［清］孙采芙著

未见。著者简介见前《丛笔轩遗稿》三卷。

《宫闺丛话》，胡培系《继室孙宜人事状》著录："（孙采芙）尝见先苕溪公《渔隐丛话》，仿其体例，取南宋以迄我朝诗话、小说有涉闺阁者，辄为摭录，曰《宫闺丛话》，未成稿，藏于家。"（见孙采芙《丛笔轩遗稿》）

孙采芙《宫闺丛话序》曰："先苕溪公取有宋元祐以后诗话及史传小说所载事实，可以发明诗句及增益见闻者，纂为《渔隐丛话前后集》共一百卷，国朝采入《四库》，久已流布艺林。采芙幸沐清芬，私深钻仰，暇日与外子子继批阅南宋以迄我朝诸公诗话传记，见有涉妇女者，辄为摭录，其体例略仿先公之旧，名曰《宫闺丛话》。非敢云继先志，第以备闺阁中之观览而已。咸丰庚申，遭粤匪之难，流离迁徙，书籍散亡，旧稿尽佚。今幸寇氛渐净，言旋故乡，尚思与外子子继杜门却扫，重理旧业。如先公所云：'命益蹇，身益闲，得以编次。终日明窗净几，目披手抄。'以成一书，则余生之厚幸矣。"（孙采芙《丛笔轩遗稿·附录》）

宫闺诗评　一卷

［明］方维仪编

未见。著者简介见前《楚江吟》。

《宫闺诗史》,胡文楷《历代妇女著作考·明代一》据《然脂集》著录。

宫闺诗史

[明]方维仪编

未见。著者简介见前《楚江吟》。

《宫闺诗史》,潘江《龙眠风雅》卷十六著录:“(仲贤)手定古今《宫闺诗史》,主于刊落淫哇,区明风烈,君子尚其志焉。”

按:胡文楷《历代妇女著作考·明代一》亦据《然脂集》著录。

宫闺文史

[明]方维仪编

未见。著者简介见前《楚江吟》。

《宫闺文史》,胡文楷《历代妇女著作考·明代一》据《然脂集》著录。

古渡诗评

[清]员琳著

未见。员琳(生卒年不详),字道颐,一字因姜。三原(今属陕西咸阳市)人。清乾隆时在世。员燉妹,歙县程存仁室。汪鋆《扬州画苑录》卷四据《广陵诗事》录其小传曰:“(员琳)周南先生第八妹也,能诗工画。著《奁余集》《古渡诗评》。适岑山程存仁,甚穷乏。卒后,周南于书肆画角上见其二小印,作诗吊之。”

《古渡诗评》,民国《歙县志·人物志·列女下》亦有著录:“因姜,三原人。适岑山程存仁。穷饿而死。能诗工画。著有《奁余集》《古渡诗评》。”

按:《历代妇女著作考·清代七》据《闺籍经眼录》作《古渡书评》:“琳字道

颐，广陵人，贡生周南八妹，程存仁妻，能诗工画。”疑误。

古香阁吟草　一卷

［清］陈氏著

存。陈氏（生卒年不详），名、字皆不详，号燕轩老人。定远人。清道光、咸丰年间在世。寿县孙晴轩室，孙家谷母。父陈俊千，字常伯，号萸坪，又名赞屏，著有《息心斋诗剩》。

《古香阁吟草》一卷，清光绪元年（1875）荆州道署刻本，中国国家图书馆藏。此本每半页八行，每行十八字，白口，单鱼尾。成书一册。题“燕轩老人”撰。前有王珊森序，父陈俊千题辞，末有侄陈钟藻、子孙家谷跋。书眉有凌谦斋评语。内收诗一百七十三首，文三篇。

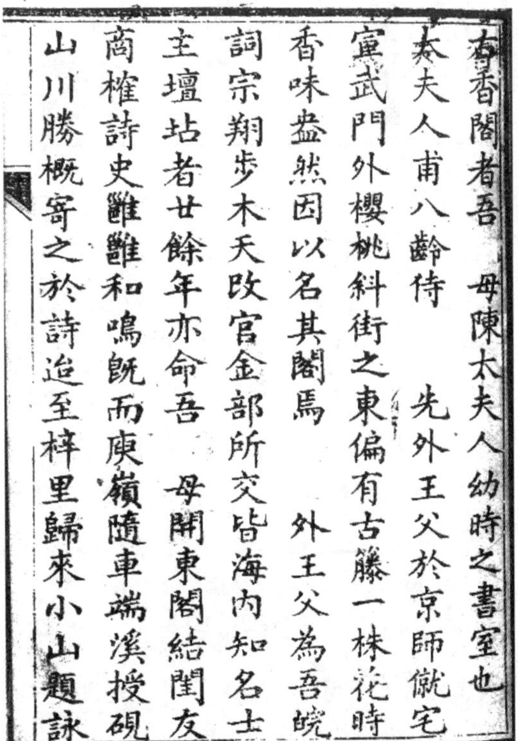
古香閣者吾　母陳太夫人幼時之書室也
太夫人甫八齡侍　先外王父於京師僦宅
宣武門外櫻桃斜街之東偏有古藤一株花時
香味盎然因以名其閣焉　外王父為吾皖
詞宗翔步木天改官金部所交皆海内知名士
主壇坫者廿餘年亦命吾　母閒東閣結閨友
商榷詩史雝雝和鳴既而庚嶺隨車端溪授硯
山川勝概寄之於詩迨至梓里歸來小山題詠

王珊森《古香阁吟草序》曰：“余与稼生观察同里，相友善。曩入都，馆于其家，尝因岁时执犹子礼谒太夫人，获承懿训。旋以江淮之乱，仓皇辞归，去计十余年矣。甲戌冬，访观察荆江，登堂拜母太夫人。命之曰：‘予少作古近体诗若干首，散佚殆尽，其仅存者什二三，孙妇辈请录付梓。夫予之诗自述己志而已，恐不足以传也，子盍序诸？’珊受命唯唯，退扫闲轩，三复讽咏，已而叹曰：‘太夫人之训谦尊而光，可谓贤矣。夫太夫人岂欲以诗传，即诗亦岂足以传其贤哉！’顾吾闻之诗以言志也，古今来忠臣、孝子、义夫、节妇，立志

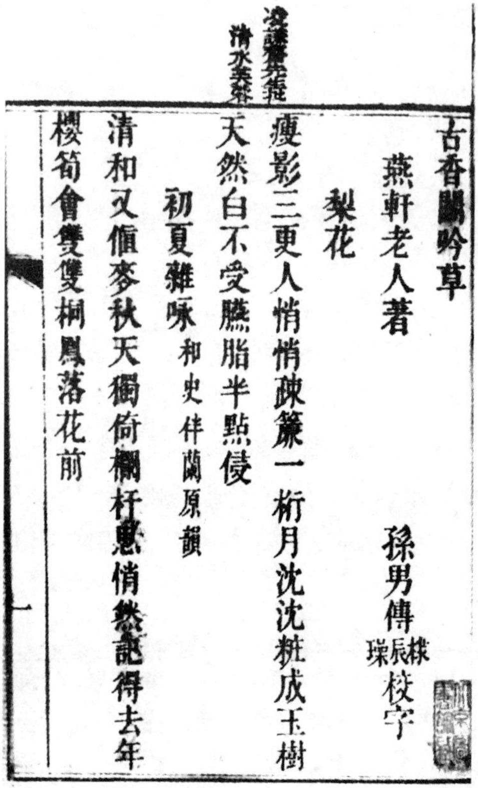
古香閣吟草

燕軒老人著　　孫男傳棣辰璪校字

梨花

瘦影三更人悄悄踈簾一桁月沈沈粧成玉樹天然白不受臙脂半點侵

初夏雜咏和史伴蘭原韻

清和又值麥秋天獨倚欄杆思悄然記得去年櫻筍會雙雙桐鳳落花前

不渝，备尝艰苦。其于言也，或郁焉而不发，或发焉而不尽。即尽矣，而忧思愤懑，求其温厚和平、无戾于风人之旨者甚鲜，余于太夫人之诗思过半焉。太夫人为曲阳望族，父兄皆名翰林，诗家三昧少而习焉，其善诗也固宜。及长，归赠公晴轩世伯。是时，两家方贵盛，奁赀丰腆，仆婢盈门，太夫人逮事君舅，委曲承顺，不以女公子稍自矜饰，虽燂汤爨濯以迄织纴之事，必躬必亲，务得堂上欢心而后已。退而与赠公琴瑟静好，喁于唱和，家庭之乐融融如也，而尝秘其稿弗传。赠公性耽读，博极群书，不治家人生产，凡簿书钱谷之事委之主者，每岁终辄报折阅，公悉不以介意。迨试京兆，登贤书，益肆力于修己治人之学，使天假之年，必有以大展其抱负者。乃甫博一官，遽捐馆舍，竟赍未竟之志以殁焉。噫！《哀词》廿余首，盖纪实也。赠公子女十二人，婚嫁之事后先相继，责负者又踵接于门，喧嚣杂沓，岌岌焉殆不可以终日，太夫人乃鬻田宅以偿之。愀然曰：‘吾以全吾夫之志也。’人以是服太夫人之义。已而家益落，乃撑拄门户，检校米盐，服疏布之衣，餍粗粝之食，躬行俭约以率下。独至婚嫁采币针纴膏火之资，极力经营，尝典珥质簪，毋稍惜。人以是称太夫人之慈。居恒诏诸子于前，课其所学而加之以训，词唯谆谆，以修德积善、缵承先志为言。至姿质之高下，则随其所赋而诱掖之，使各有所成就焉。是以母道而兼父师之道者，又历有年所，人以是服太夫人之严。方观察登进士、官仪曹时，太夫人屏当家政，愈益撙节，恐贻观察内顾忧。寿州乱，率幼弱入都，都中薪桂米珠，居大不易。是时，室家多故，哀感萦心，归来望思时形寤寐而诗以少作。先是，江南停科举，小楚、渠生谋入淮帅营，参戎幕有功，渠生膺荐以县令，需次江苏。而小楚亦剖符典兖郡，迎养焉。其在兖也，每断一狱录一囚,或有所宽贷,太夫人辄喜,故小楚莅政,恒以仁恕为本。兖人德之至今,啧啧弗衰。固太守之贤也,亦母训实多。且夫皇华征迈,万里驰驱,人有恒情,不无离别可怜之色。方观察之奉使也,太夫人晓以大义,引诗'王事靡盬,不遑将母'之言慰勉之,观察以此释然行。迨至三年瘴海,握节生还,天子慰劳甚,至赏赉有加焉。盖其移孝作忠,增辉坛坫,由于太夫人志赠公之志而善教,而观察即以太夫人之志而善承母教也。近则小漪登辛未进士,供职于京;鹤生、翊之亦列名仕版,行将奉檄矣。每岁时称觞上寿,采衣赤舄,交错于前,含饴点额,其乐不可殚述。由此以往,享大年,膺厚福,五花八座,康强逢吉,所以陶写其天性,又当何如耶?夫人处怫郁穷愁之境,赋诗见志,类多忧愤而激楚。今读太夫人之诗,无繁音,无促节,缠绵悱恻,华贵雍容,可以见性情,可以征福泽。是其振家声于既隳之后,而延世德于无穷者,无不可于篇什中涵泳得之。然则谓太夫人之贤,即于诗传之也可。"

孙家谷《古香阁吟草跋》曰:"古香阁者,吾母陈太夫人幼时之书室也。太夫人甫八龄,侍先外王父于京师,僦宅宣武门外樱桃斜街之东偏,有古藤一株,花时香味盎然,因以名其阁焉。外王父为吾皖词宗,翔步木天,改官金部,所交皆海内知名士,主坛坫者廿余年,亦命吾母开东阁、结闺友,商榷诗史,雍雍和鸣。既而庾岭随车,端溪授砚,山川胜概,寄之于诗。迨至梓里归来,小山题咏,揽物兴怀,未尝废焉。无何,而戎马仓皇,舟车倥偬,君苗焚绝,剩有残编,锦囊空如,半堆故纸。加以中年哀乐,骨肉分离,胜地重经,故家零落,言情之作,感慨系之矣。此数十年中,谷谨识之不敢忘。犹忆生儿五岁,暑月纳凉庭中,太夫人就竹榻上授以《阿房宫赋》,喃喃背诵,音节铿锵。太夫人顾而乐之,谓'此子可与言诗'。此情此景,如目前事,今老矣。而吾母寿逾古稀,精神矍铄,手订此篇,付剞劂氏,并命名曰《古香阁吟草》,不忘始也。刻既成,敬书端委于简末。"

按:《古香阁吟草》,《光绪寿州志·才媛》、胡文楷《历代妇女著作考·清代九》皆有著录。

归来叹

［明］方维仪著

未见。著者简介见前《楚江吟》。

《归来叹》，胡文楷《历代妇女著作考·明代一》据《然脂集》著录。

圭斋诗词

［清］龚自璋著

未见。龚自璋（生卒年不详），字圭斋，一字瑟君。钱塘（今浙江杭州）人。龚丽正女，龚自珍妹，歙县朱祖振室。龚自珍（1792—1841），字伯定，号定庵，近代思想家、文学家，著有《吟朦山房诗》。

《圭斋诗词》，胡文楷《历代妇女著作考·清代十四》据单士厘《清闺秀艺文略》著录。

闺范

［明］方维仪著

未见。著者简介见前《楚江吟》。

《闺范》，胡文楷《历代妇女著作考·明代一》据《然脂集》著录。

闺房集　一卷

［清］陈珮著

存。陈珮（1707—1728），字怀玉。天长人。陈于豫第三女，江昱室。陈于豫，清康熙二十七年（1688）进士，历官兖州知府。江昱（1706—1775），字宾谷，祖籍安徽歙县，寄籍江苏仪征，嗜金石文字，通声音训诂之学，长于诗，著述甚丰,《清史列传·文苑传二》有传。陈佩幼即工诗,唐建中《江宾谷元配陈孺人传》曰:"(珮)淑慧,五岁,母教读《内则》,并大母江恭人手校《女戒》;七岁,熟《毛诗》,识声韵;十岁,诗云:'惜花有梦疑春雨,爱月多情怕晚云。'"惜其年不永,二十二岁卒。

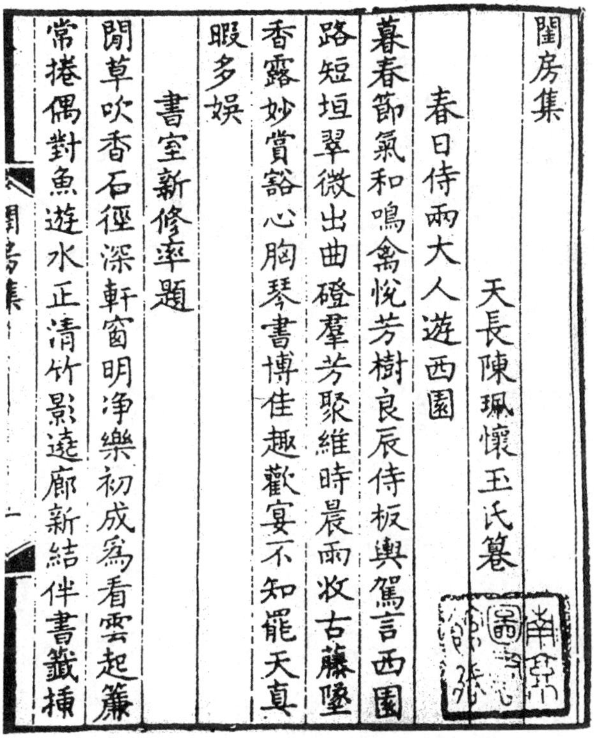
閨房集
天長陳珮懷玉氏纂
春日侍兩大人遊西園
暮春節氣和鳴禽悅芳樹良辰侍板輿駕言西園
路短垣翠微出曲磴羣芳聚維時晨雨收古藤墜
香露妙賞豁心胸琴書博佳趣歡宴不知罷天真
暇多娛
書室新修率題
閒草吹香石徑深軒窗明淨樂初成爲看雲起簾
常捲偶對魚遊水正清竹影遶廊新結伴書籤插

《闺房集》一卷附录一卷,清刻本,南京图书馆藏。此本每半页十行,每行十九字,黑口,左右双边,双鱼尾。内收诗词凡一卷,其中诗计三十题三十九首,诗余十首。前有女史徐德音序,末附唐建中撰《江宾谷元配陈孺人传》、方求愉撰《江宾谷元配陈夫人诔》、江昱撰《亡妻陈君墓碣》及徐德音、方敷、易慕昭、方青、梁瑛等诸名媛撰挽诗。《四库全书存目丛书》据此本影印,末附《四库全书总目·闺房集一卷》提要。

徐德音《序》曰:"《闺房集》者,我姻家江夫人之遗诗也。夫人族本颍川,风高文范,魏司空之弱息,厥有幸存;谢太傅之佳儿,是称道韫。幼工组绣,姆尝目以针神;长善文章,人皆呼为彬士。邺下登高之锦,自濯江波;平阳采柘之津,躬勤蚕月。遂以聚星之贤媛,嫔于梦笔之才人。百两盈门,才歌秣马;三星照户,即警鸣鸡。餐佐采兰,事舅姑以孝谨;序同鸣雁,遇娣姒以雍和。而又屏绝绮纨,捐除珠翠。远山自妩,不待修眉;皓质弥妍,何尝傅粉。绿窗乍启,恒闻赌茗抽书;绛蜡高烧,竟说齐眉隶事。吹来芳气,皆如十步之兰;运以巧思,悉似七襄之锦。可谓亭亭独立,袅袅无双者矣。顾乃梦兆折钗,痛生炊臼。胶无煮凤,思续断以何期;术乏稠桑,孰生神之可致。悲可知矣,伤如之何!嗟乎!尺波不旋,蕣华易殒。空床簟委,安仁所以悼亡;微雨帘垂,阿灰于焉肠断。予也悲吟陶鹄，忆在盛年；怆对孙鸾，忽已衰齿。锦轩象服，叹福命之相妨；赋手文心，矧才华之□□。惟是椒兰本同臭味，葭莩谊托姻亲。因洒泪□□文，用吮毫而作序。情如可忍，试为庄缶之歌，诗必能传，当继《玉台》之咏。”

按：《四库全书存目丛书·集部》有影印，并附《四库全书总目·闺房集一卷》提要。又，肖亚男主编《清代闺秀集丛刊》第7册收入此本。

闺鉴　三卷

［清］姚陆舟著

未见。姚陆舟（1662—1735），名不详，号陆舟。桐城人。姚文然长女，同邑廪生马方思室。马其昶《马节母传》曰：“节母姚氏，端恪公女也。八岁知声韵，能为小诗。九岁，母夏夫人病目失明，为茹斋祈福，代治家事皆井井。先九世伯祖兵部公，于端恪为父执，闻女贤，为幼子方思字江公聘焉。年十七来归。江公有清才，体羸善病且剧，刲股救之不效，誓死殉夫。众责以抚孤为大，乃不复言死。缟衣蔬食，教督二子。日课必复，惰必予杖。长子源，号菱塘，少有检操，文誉藉甚，母不以为喜；既久困举场，母不以为戚，曰：‘吾出入两家，见科第仕宦多矣。愿汝曹无忝祖考，行益修，学亦绩；至于穷达，非所宜计也。’其后菱塘为凤阳校官，母谓此席卑贫可居也，寄诗云：‘勿因闲长惰，须以俭成廉。’见者传为至言。著《闺鉴》三卷、《凝晖斋集》二卷、《陆舟吟》二卷、《玉台新咏》一卷。其《陆舟日记》别为四十三册，盖自三十后，岁为一帙，记日用言动，以逮子孙女妇程课，瓮酱瓶蔬造作之细皆具；而经传史事，旁及《九章》算法、六壬数术、子平星家诸说，亦间见云。年逾五十，邑人上其德行，得旨旌表。端恪季女为张文和公嫡室，贤而早卒。文和称其严静，以谓：‘先公言：居室之道，惟肃乃雍。若姚夫人者，庶几近之。’”（见马其昶《桐城耆旧传》卷十二）

《闺鉴》三卷，《四库全书·江南通志》卷一百九十四《诗文集·闺秀》亦有著录。

闺香集　二卷

[清]张佩兰著

未见。张佩兰(生卒年不详),五河人。萧用之室。

《闺香集》二卷,王浔《药坡诗话》卷六著录:“五河闺秀张佩兰著《闺香集》二卷,有句云:‘待将脂粉闲抛却,化作中天五色云。’佩兰,孝廉某女,生时母梦兰花二十四朵,因名。长适姑子萧用之。用之从父宦游,经岁不归,女独居母家,郁郁成病而卒,年甫二十四,恰符梦兰之数,亦奇。”

闺秀诗话

[民国]李家恒著

未见。李家恒(1907—1999),字孝琼,合肥人。李国瑰、吴琼华长女。李家孚《合肥诗话》卷下云:“长姊孝琼女士家恒,性静默,能深思,工山水,法小四王。曾应香港文学社课,为冯梦华中丞、王雪岑方伯、朱彊村侍郎所赏。”著有《绣月轩集》《闺秀诗话》《绣月轩集陆联语》。

《闺秀诗话》,胡文楷《历代妇女著作考·清代三》据单士厘《清闺秀艺文略》著录。蒋寅《清诗话考》亦有著录。

闺训十则

[清]吴氏著

未见。吴氏(生卒年不详),会稽(今浙江绍兴)人。无为徐乾室。著有《闺训十则》《红绡咏传奇》。

《闺训十则》,《重修安徽通志·人物志·列女·节烈九》著录:“监生徐乾妻吴氏,会稽人,博识,工词翰,著有《闺训十则》。夫亡不食,七日死。”

按:胡文楷《历代妇女著作考·清代三》“《闺训十则》”条曰:“氏,安徽合肥人,徐乾妻。博识工词翰。”

郭爱集

［明］郭爱著

未见。郭爱（生卒年不详），字善理。凤阳人。明宣宗朱瞻基嫔。郎瑛《七修类稿》卷十三曰："（郭爱）颖悟警敏，贤而能文。宣宗闻之，召至宫，二旬而卒。先数日，自知死期，复书楚声以自哀。"

《郭爱集》，胡文楷《历代妇女著作考·明代二》据《安徽通志》著录，并曰："《宫闺氏籍艺文考略》：郭国嫔爱字善理，凤阳人。宣宗闻其贤，征至京师。寻卒。后赠国嫔。见《淑秀集》。顾起纶《国雅品》云：《自哀》古体，酷效蔡文姬，尤得性情之正。《属纩词》辞于淹诀之顷，春容永怀，非闻道超悟者，畴能之。推其恒居所咏，必多雅词。仅见此篇，惜哉！"

国朝孝子征略　十卷

［清］汪清著

未见。著者简介见前《国朝列女征略》十六卷。

《国朝孝子征略》十卷，汪清夫夏寅官所撰《诰封宜人继室汪宜人事略》著录："（汪清）宜人念国朝名媛辈出，仅钱氏《碑传集》有列女一门，然亦至乾、嘉而止。因取予所藏本朝诸家文集，搜罗编辑成《国朝列女征略》十六卷，分贞、孝、节、烈、贤、才六门，目录一卷，例言数则。又成《国朝孝子征略》十卷。雪抄露纂，几忘寝馈。'"（见《求福居诗钞》一卷）

国朝列女征略　十六卷

［清］汪清著

未见。汪清（1865—1902），字湘卿。原籍歙县，侨居江苏东台。汪永錤女，夏寅官（字虎臣）室。夏寅官《诰封宜人继室汪宜人事略》曰："宜人姓汪氏，讳清，字湘卿。世居安徽歙县为右族，后迁江苏东台县。封奉政大夫候选州同鉴泉先生基之女孙，赏戴蓝翎五品衔海门厅学训导少泉先生永錤之女也。宜人生而明慧，九岁通《孝经》《列女传》，十二岁能作五七言近体诗，少泉先生奇爱之，不欲轻字人。”（见汪清《求福居诗钞》一卷）汪清年三十六卒，著有《国朝列女征略》十六卷、《国朝孝子征略》十卷、《求福居诗钞》二卷、《求福居文钞》二卷。

《国朝列女征略》十六卷，夏寅官所撰《诰封宜人继室汪宜人事略》著录："（汪清）宜人念国朝名媛辈出，仅钱氏《碑传集》有列女一门，然亦至乾、嘉而止。因取予所藏本朝诸家文集，搜罗编辑成《国朝列女征略》十六卷，分贞、孝、节、烈、贤、才六门，目录一卷，例言数则。又成《国朝孝子征略》十卷。雪抄露纂，几忘寝馈。每言予曰：'吾辈女子，既不能建立功业，名垂不朽，人生斯世如白驹过隙，庶几著书立说，有关于世道人心，或不与草木同腐耳。方今海内志士振兴女学，上海立女学堂、创不缠足会，抑知根本基于伦理，学问必借师资。此二书中数千百孝子、贤媛，讵非今日后生、女子之楷模乎？君视予体弱食少，岂能至四十者？将来中国文明日进，吾书能行，即吾不死也。'"（见《求福居诗钞》一卷）

国香楼诗钞

[清]胡佩兰著

未见。胡佩兰（生卒年不详），字畹芳，号国香。原籍休宁，寄籍江苏太仓。清乾隆时在世。歙县汪启淑侧室。

《国香楼诗钞》，汪启淑《撷芳集》卷七十著录："（胡佩兰）江苏太仓州人，原籍休宁。幼攻经书，能小楷。十五归予，教以画兰竹。习声诗，移时即工。举一子。著有《国香楼诗钞》。"并录吴钧《国香楼诗钞序》曰："岁丁亥，新安汪讱庵驾部尚未筮仕，延予训其子绳武辈。其如君胡孺人名佩兰，常时与讱庵倡和，讱庵亦时出稿，嘱予点定。越十九载乙巳，予复馆驾部家，于是驾部归里已二年矣。硕人之诗，居然成帙，驾部因属予序之。"

含章阁诗钞

[清]姚含章著

存。姚含章(生卒年不详),桐城人。清顺治、康熙时在世。姚孙森女,文华殿大学士张英室,女诗人张令仪、大学士张廷玉母。张英《姚含章行实》曰:“予自二十染疾,经三年,簪珥尽行典鬻,手自调治饮食果饵之属,三年未尝一刻倦,予疾得稍起。庚子予病愈,从事帖括,咿唔之声,终夜不倦,家事悉听其料理,予绝不置问。暨癸卯登贤书,公车再上,生计益贫。丁未获隽授翰林,旋以忧去。扁舟南归中至不能给朝夕。抵家,益窘迫,夫人安之,从不肯向人言贫。间或亲友偶有馈问,辄面赤不肯受。……孺子入闱后,家人经旬乏食,搜得家中有面数斗,遂举家食面汤一月。……夫人为吴兴望族,祖湘潭公丁未进士,父龙泉公为龙泉学博,兄彦昭己酉举人,峡江令;羡湖己亥进士,封翰林院编修。弟玉青候选同知……家世鼎盛而夫人愈自谦退,事母方太夫人至性纯孝。”(见姚含章《含章阁诗钞》)

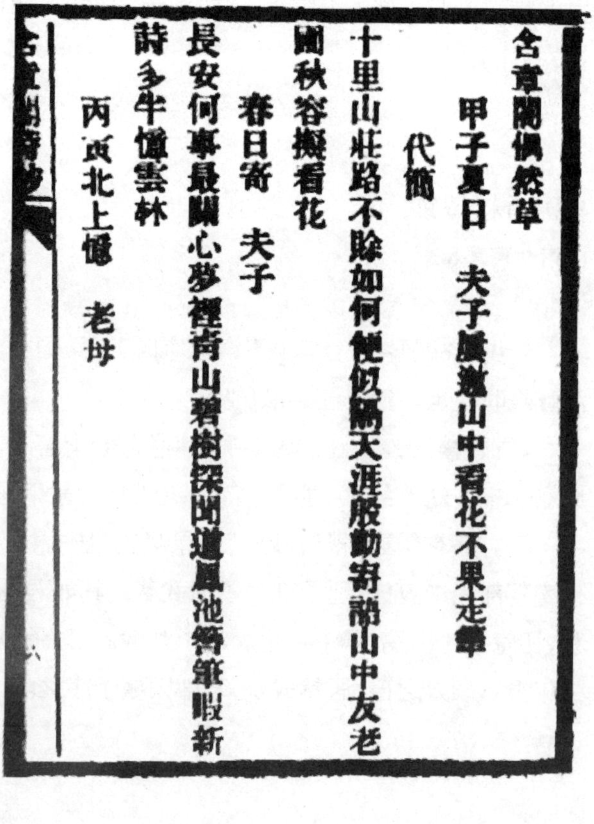
含章閣偶然草
甲子夏日　夫子屢邀山中看花不果走筆
代簡
十里山莊路不賒如何便似隔天涯殷勤寄語山中友老
圃秋容擬看花
春日寄　夫子
長安何事最關心夢裡青山碧樹深聞道鳳池銜筆暇新
詩多半憶雲林
丙寅北上憶　老母

《含章阁诗钞》,亦题《含章阁偶然草》,清末(1851—1911)活字本,中国国家图书馆藏。此本一册,每半页九行,每行二十二字,白口,四周单边,单鱼尾。文和公张廷玉《恭跋先太夫人含章阁诗钞后》曰:“廷玉忆自髫龀时,依侍先文端公暨先太夫人膝下。时先公侍值内廷,戴星出入,日以为常。惟于挑灯啜茗之余,间一令背诵《尚书》《毛诗》,或命属对。先太夫人则经理家政，摒挡畚盐，犹日稽课程，训诲严切，以佐先公之不暇。及通籍后，更谆谆以忠荩勤慎上报君恩为勖。康熙癸未，廷玉蒙圣祖仁皇帝恩命，入直南书房，屡荷天语褒嘉，因曰：'张廷玉兄弟皆其母教有素，非独父训也。'圣谕春温，并及慈诲，其视苏易简之母，有余荣焉。先太夫人幼读书，深识大义，淹贯《毛诗》《通鉴》，旁及医卜、百家之书。最爱白香山诗，往往成诵。生平不轻作诗，偶一为之，不复留稿，其存者仅百余首，题曰《含章阁偶然草》，大约皆与先公唱酬之作，及怀念先伯兄扈从北征、奉使行役，并所以勉勖廷玉及训诫诸子女者，意义严正，辞气温厚，不为闺阁纤丽之言，藏之笥箧者三十年矣。今夏，同六弟廷瑑谨加校订，录寄三弟廷璐，敬登梨枣，以垂示子孙，且以见廷玉弟兄今日之同被三朝厚恩，叨荣忝禄，皆赖先太夫人曩昔恩勤劳勚，提命而训迪之。慈教殷惓，形诸篇什，俨音容之如在，感风木之徒悲，此更廷玉等之捧卷涕零而不能自已者也。"（见张廷玉《澄怀园文存》卷十）

含贞阁集

［清］方筠仪著

未见。方筠仪（生卒年不详），桐城人。清康熙间在世。方将女，左文全室。方将，字当时，桐城人，康熙时擢浙江孝丰令，升安吉牧，事见光绪《孝丰县志·职官志·县令》。

《含贞阁集》，袁枚《随园诗话》卷四著录："桐城女子方筠仪，嫁左君文全而寡，年二十有六，即守节以终。有《含贞阁集》。"

寒香阁训子说

［清］方子耀著

未见。方子耀（1626—1697），桐城人。都御使方孔昭长女，方以智妹，同邑孙武公室。年七十二卒。方中履《姑母孙恭人传》曰："恭人方氏，讳子耀，先大父都御史贞述公之长女也。与先文忠公俱出吴太恭人。同产五人，恭人居次。吴太恭人早卒，时先公十二岁，恭人九岁，皆育于仲姑清芬阁中。仲姑，世所称姚贞妇也。恭人学图史礼法，清芬实兼母与师。是时，会大父文孝公治家，肃若朝典，继高祖明善先生而讲道，恭人皆习闻之。年十七，适孙公。公讳临，亦少孤，从伯兄艾庵公学。仲兄即兵部侍郎鲁山公，时已登第，汪太淑人处之如子之未尝贵。恭人孝谨亦若不知父祖之为卿大夫也者。崇祯乙亥，桐患苦流寇，诸大家多渡江避乱，公亦流寓金陵，年才二十余。虽诸生，才名闻四方，广交游，不问家事有无，悉委之恭人。见天下多故，因好谈兵，力挽强弓百二十斤，精骑射。一夕，与客论时事，慷慨愤激，引一指燃烛上，自誓：'若不灭贼，有如此指。'长子生，遂名之曰'破奴'，所以志也。然不拘细节，闲游平康里，倚红听曲以寄其豪迈。恭人雄杰视公，弗之禁。甲申三月，贼陷京师，公益悲愤。亡何，南都立国，巨憝柄用，专杀报怨，众正不能胜，往往引避。鲁山公浮海，公遂挈家居华亭。甫一年，南都不守，公即与陈公卧子、徐公复庵辈谋举兵恢复。舟次震泽，钱公仲驭亦会。方议集义旅，北兵猝至，舟中壮士尽格斗死，连樯三十余艘悉驱之东。恭人计惟有自沉，忽岸上喧噪声，屋瓦皆震，则一市人揭竿登屋，投石邀击北兵，北兵惊走，弃其舟，恭人得不死。寻从公间道入新安，抵浙东，会杨公龙友募兵龙泉山中。杨，故巡抚苏松，以书招公。公因上书思文帝万有余言，上喜，特授副使，监杨文骢军事。丙戌八月，北兵破绍兴。公及杨公急入卫，度仙霞关，家室杂队中。行至浦城，北兵十万追及之。公麾下仅三千人，自度众寡不敌，与恭人诀曰：'吾义不负国，战而弗胜，决不舍杨公独生，养亲教子以累汝，汝其勿死。'先是，公固已遣长子础往侍汪太淑人于仙居，艾庵公方为仙居令，从公者幼子岳。兵败，骑问公为谁，公大呼曰：'我监军副使孙某也！'遂被缚。同杨公嚼齿大骂，不屈以死。时乱军蹂躏，岳与恭人相失。恭人独身赴水，水中若有所负，不能死，起窜林莽。林莽甚恶，伏之三日，不得食，不能死。恭人自思，曾闻服金屑能令人死，因脱珥服之，复不死。恭人叹曰：'自分一死，乃三死不能死，此中岂有鬼神乎？'当是时，家人俱尽，仅一老婢相扶出，投村姥，具语之故。村老即闻之古田县令。令为周公璋，素耳恭人父兄名，遽迎入，舍于何节妇家。久之，道路通，具舟遣吏，送之还里。此时艾庵公亦弃官，携从子础，奉太淑人归，并泊芜湖，相遇错愕。归姑，母子抱持大哭，邻舟尽惊，咸为之洒泣。恭人既已生还，而公骨犹未返也。当二公之就义甚烈，一时见者，莫不壮之。横尸草间，居民争荷锸往瘗，就大树刳其皮，大书官爵、姓名于上。于是，公之兄子韦走数千里求得之，所存者骨耳。与杨公骨莫辨，共裹之，至桐，葬于枫香岭，在城东三十里，过者必吊。土人呼为'双忠墓公'。……于是，恭人抚育二子，垂涕而教，作《寒香阁训二子说》。"（见方中履《汗青阁文集》）

《寒香阁训子说》，一题《寒香阁训二子说》，马其昶《桐城耆旧传》卷十二亦有著录："（方子耀）恭人教育二子，历艰苦忧患几三十八年耳。二子皆学成，绝意仕进。内外孙曾几三十人。恭人乃称曰：'嗟乎！吾之不死，以至今日，欲教成二子报忠魂耳。今汝二人幸不致衰薄，渐成门户，两妇亦率余教。庶几有以见汝父地下。敦本、积德、植品、读书，即此四训世守之，宝贵有分，非予所勋望也。'乃著《寒香阁训子说》三千余言，年七十二卒。"

荷香小草

[清]邱卷珠著

未见。邱卷珠（生卒年不详），字荷香。福建闽县人。约清乾隆、嘉庆间在世。诸生歙县詹振甲（字声山）侧室。

《荷香小草》，编入《三生堂稿》，恽珠《国朝闺秀正始集》卷二十著录："（荷香）著有《荷香小草》。荷香与张莲香、藕香先后归詹声山（即振甲字），寻荷、藕相继殁，声山乃合莲香诗编为《三生堂稿》。"

按：胡文楷《历代妇女著作考·清代五》据《苏州府志》《福建通志》著录为《荷窗小草》，误。

鹤史

[明]张娴婧著

未见。张娴婧（1597—1633），字蓼仙。合肥人。六安闵而学室。张明弼《张蓼仙小传》言其"赋性端凝，虽燕处无堕容。生有书癖，于归时才识数字，日持一编，经目辄诵，遂渐及经史，而《南华》《楚辞》尤所深嗜。闺政稍暇，即闭阁焚香，静对古人。”著有《女诫引证》《竹经》《鹤史》《遗疾草》《蕉窗遗韵》等。

《鹤史》，见于许齐爽《蕉窗遗韵跋》：“（张娴婧）著述等身，闺政之暇，佐长文公质证经史，以吟咏为倡随。曾手订有《女诫引证》《竹经》《鹤史》各若干卷行世，而尤脍炙人口者，惟《蕉窗遗韵》一书，经乡先达杨愧斋、陈鸣虞二公先后梓行，又得金沙张公、维节杨公、一个蒋公诸巨手传而序之。零笺剩墨，何动人倾慕一至于此！此殆陟山湃水之间气所钟也。”（见张娴婧《蕉窗遗韵》）

按：胡文楷《历代妇女著作考·明代二》亦著录曰：“《宫闺氏籍艺文考略》：张娴婧字蓼仙，六安人，闵而学妻。季娴《闺秀集》云：所著有《竹经》《鹤史》《遗疾草》诸书，俱秘不传，止《蕉窗遗韵》行世。”

鹤汀余草

［清］方筠雪著

未见。方筠雪（生卒年不详），歙县人。方澍长女，休宁程光勋室。

《鹤汀余草》，汪启淑《撷芳集》卷三十八著录：“（筠雪）安徽歙县人。太学生方澍长女。适海阳程光勋。著有《鹤汀余草》。”

鹤舞堂小稿　一卷

［清］鲍诗著

未见。鲍诗（生卒年不详），字令晖。原籍歙县，寄籍浙江平湖。清康熙、乾隆间在世。鲍怡山次女，浙江平湖张云锦室。令晖知书，善画，能诗，著有《鹤舞堂小稿》一卷、《吾亦爱吾庐诗钞》二卷、《吾过集》。

《鹤舞堂小稿》一卷，张庚《国朝画征续录》卷下著录：“鲍诗，字令晖，平湖人。别驾怡山次女。怡山有四女，皆知书、善画、能诗。徽州老诸生程立岩名之廉者，善山水花草，来游东湖，姊妹从之专学花草，传白阳法也，令晖笔尤长。适余族侄征士云锦。有《鹤舞堂小稿》一卷，在家时作。《吾亦爱吾庐诗钞》二卷，乃与征士倡和诗，造句幽秀，攸县彭湘南采入《国朝诗选》。”

按：鲍诗原为歙人。许承尧《歙事闲谭·〈画史汇传〉中所录歙画家》曰："令晖从程之廉学花卉，传白阳法。能诗，造句幽秀，著《鹤舞堂小稿》《吾亦爱吾庐诗钞》。见《画征续录》。"

鹤语轩诗集　一卷

[清]许燕珍著

存。著者简介见前《保贞蓑红绡咏乐府》。

《鹤语轩诗集》一卷，清道光二十四年（1844）蔡殿齐嫏嬛别馆刻《国朝闺阁诗钞》第五册收入。此本每半页八行，每行十八字，黑口，四周双边。内仅录《白纻舞》《乌夜啼》《春江花月夜辞》《晚晴》《不寐》《桂花》《初夏书怀》《春闺》《有怀》等诗九首。

按：《续修四库全书》本《国朝闺阁诗钞》，据此本影印。

红蚕阁遗稿　一卷

[清]方曜著

存。方曜（？—1805），号莲漪，字德次。桐城人。方书征女，南京车持谦室。光铁夫《安徽名媛诗词征略》卷一云："（曜）在闺中时，以针凿绘兰为业，间读四子及秦汉人书，不及诗词。于归后，奉姑孝，治事勤。持谦每劝之学诗，始稍稍为之，又必促迫至再乃成篇，旋复弃去。"

《红蚕阁遗稿》一卷，《味檗居近稿》附刊本，南京图书馆藏。封题"嘉庆戊寅秋镌"，即清嘉庆二十三年（1818）刻。此为小开本，中缝有"红蚕阁遗稿"字样，共十二页（第十一页与第十二页装订颠倒），每半页十二行，每行二十三字。前有车持谦《孤鸾玉台春影图并序》，序曰："'飞入湘帘双燕子，一衔柳絮一衔花'，亡室莲漪句也。余取其意，属珊青作图，并征同人咏之。"此为残本，第一至第五页缺，无题序、题词，内仅存诗二十八首（最后一诗《题瓜尔佳孝女碑志》只有诗题）、残句若干、诗余八首。

按:胡文楷《历代妇女著作考·清代一》著录《红蚕阁遗稿》一卷曰:“嘉庆十五年庚午(1810)刊本,与袁青之《燕归来轩吟稿》、王瑾之《味檗居近稿》合刻。前有叔方维甸序、车持谦序及诗,冯金伯、屠倬题词。凡诗四十三首,分体编次。又附录剩句、诗余八首。”

红兰馆诗草

[清]张氏著

未见。张氏(生卒年不详),合肥人。鄞县李文焘室。

《红兰馆诗草》,胡文楷《历代妇女著作考·增补条目》据《民国鄞县通志·历代列女表略》著录。

红蕊山房学吟稿

[清]方芬著

未见。方芬(?—1805),号采芝。桐城人。方维翰女,歙县程约泉室。方维翰,字藕堂,一字南屏,号种园,又号藕船主人,官浙江石门知县,精于书画辞章、印识小楷。方芬濡染家学,工于吟咏,著有《绮云春阁诗钞》《红蕊山房学吟稿》。

《红蕊山房学吟稿》,汪启淑《水曹清暇录》卷八著录:“(方芬)号采芝,予友种园方维翰之女也。幼即聪颖,十一龄时阻风,即有句云:‘大风彻夜舞狂漪,正是扁舟系缆时。两岸霜枫萦远梦,一帆寒雨乱乡思。江间白浪青山动,天外黄云画角吹。寄语石尤须早息,扬舲稳渡莫教迟。’著有《红蕊山房学吟稿》。”

按:胡文楷《历代妇女著作考·清代一》亦据《撷芳集》著录。

红香阁诗草

[清]姚若蘅著

未见。姚若蘅(生卒年不详),字芷湄,号沅碧。桐城人。清道光、咸丰间在世。姚保申女,江阴夏诒钰室。

《红香阁诗草》,徐世昌《晚晴簃诗汇》卷一百九十著录:"姚若蘅,字芷湄,号沅碧,桐城人。江阴永年知县夏诒钰室。有《红香阁诗草》。"

按:姚若蘅之著作,施淑仪《清代闺阁诗人征略》卷十著录有《香红阁词》,光铁夫《安徽名媛诗词征略》卷五著录有《香红阁诗词》。未知孰是,姑两录之。

红香窠小草　二卷

[清]何佩珠著

存。何佩珠(生卒年不详),字芷香,室名竹烟兰雪斋、环花阁。歙县人。清嘉庆、道光间在世。何秉棠第四女,张某室。何秉棠,官两淮盐知事,清嘉庆间在世,著有《桐花书屋诗草》。佩珠姊妹皆工吟咏,有诗集存世:长姊何佩芬(字吟香),范志全室,著有《绿筠阁诗钞》;次姊何佩玉(字浣碧),扬州祝麟室,著有《藕香馆诗钞》。佩珠著述丰富,有《红香窠小草》二卷、《津云小草》二卷、《竹烟兰雪斋诗钞》《环花阁诗钞》及《梨花梦》五折。

《红香窠小草》二卷,清朱丝栏抄本,中国国家图书馆藏,二册。题"天都何佩珠芷香"著。前有陈镜秋于"壬寅冬至后七日"题七绝四首及其姊何佩玉题七律二首。内录诗二卷,凡二十六首。卷上录《和吴竹桥先生环字韵无题十二律》及《十二章毕总题一律每句戏藏诗数仍用原韵作一小束仿竹桥先生意也》,卷下录《后无题十二首连前二十五叠韵》及《艳体一章每句戏藏十六意》。何佩玉题辞曰:"翡翠笺铺玳瑁床,茧屏娇影贮秋芳。慧心不让观灵妹,巧思无惭御史娘。红露滴花猫眼砚,绿烟浮篆雀头香。多君合跨青翎凤,啸傲风云咏八荒。""骚坛旗鼓手亲操,继起长真一曲高。花气暗通支髻枕,黛香轻晕画眉毫。病怀胜啖王戎李,诗味如尝范蠡桃。偶向玉台评画稿,绛纱遥想梦魂劳。"

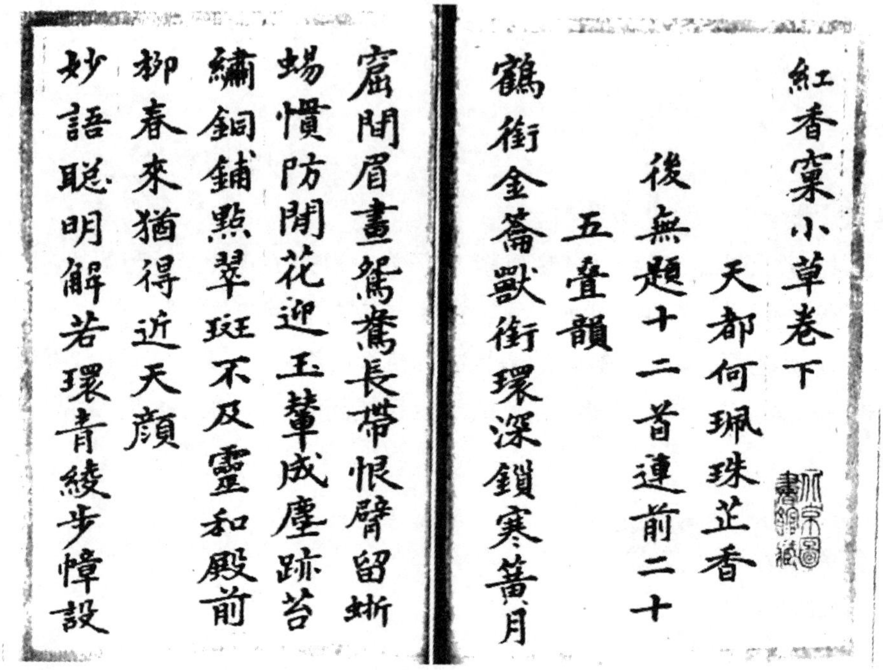
紅香窠小草卷下
天都何珮珠芷香
後無題十二首連前二十
五疊韻
鶴銜金蕎獸銜環深鎖寒簧月
窗開眉畫鴛鴦長帶恨臂留蜥
蜴慣防閑花迎玉輦成塵跡苔
繡銅鋪點翠斑不及靈和殿前
柳春來猶得近天顏
妙語聰明解若環青綾步幛設

红绡咏传奇

[清]吴氏著

未见。著者简介见前《闺训十则》。

《红绡咏传奇》,胡文楷《历代妇女著作考·清代三》据《续修庐州府志》著录:“《庐州府志》:吴氏,无为徐乾妻,著有《闺训十则》《红绡咏传奇》。案:《安徽通志》作许燕珍撰。”

按:《红绡咏传奇》与《保贞囊红绡咏乐府》疑为一书,胡文楷《历代妇女著作考》分别著录于徐乾妻吴氏和许燕珍名下,并曰:“二说未知孰是,姑两存之,俟考。”

红雪轩诗集

［清］赵彦荃著

未见。赵彦荃（生卒年不详），字湘荪。合肥人。清道光时在世。旌德教谕赵席珍女，赵彦伦妹，沙祖授室。

《红雪轩诗集》，光绪《续修庐州府志·列女·完节》著录："沙祖授妻赵氏名彦荃，合肥人，旌德教谕赵席珍女。夫亡，守节以终，著有《红雪轩诗集》。"

红韵阁联珊小草　一卷

［清］周桂清　［清］阚寿坤著

未见。周桂清（生卒年不详），字稚娴。歙县人，清同治时在世，周芳三女，合肥阚仲韩之子阚濬鼎室，阚铎母，著有《缥缃馆稿》。阚寿坤（1852—1878），字德娴，合肥人，阚仲韩女，方承霖（字雨人）室，著有《红韵阁学吟小草》。《尊瓠室诗话》云："阚德娴女士善丹青，工笔札，同治中随其尊人宦沪渎，所作《黄渡》诗极有画意。负才无命，光绪戊寅卒于吴门，年甫廿七也。有《答稚娴妹书》曰'落叶半床，青苔一径，招停云未至，望之子不来'云云，得六朝人意。"

《红韵阁联珊小草》一卷，周桂清与阚寿坤合著，方承霖《红韵阁学吟草序》著录："检（寿坤）所书及画，十不存一，存者悉残笺断幅耳。又仅得十四五龄时《红韵阁联珊小草》一卷，诗约数十首，盖犹初学调韵时，与其嫂稚娴女士合著者。"

红韵阁学吟小草　一卷

［清］阚寿坤著

存。著者简介见前《红韵阁联珊小草》一卷。

《红韵阁学吟小草》一卷，亦题《红韵阁遗稿》，清光绪五年（1879）刻本，中国国家图书馆藏。此本成书一册，每半页十行，每行十九字，小字双行，黑口，

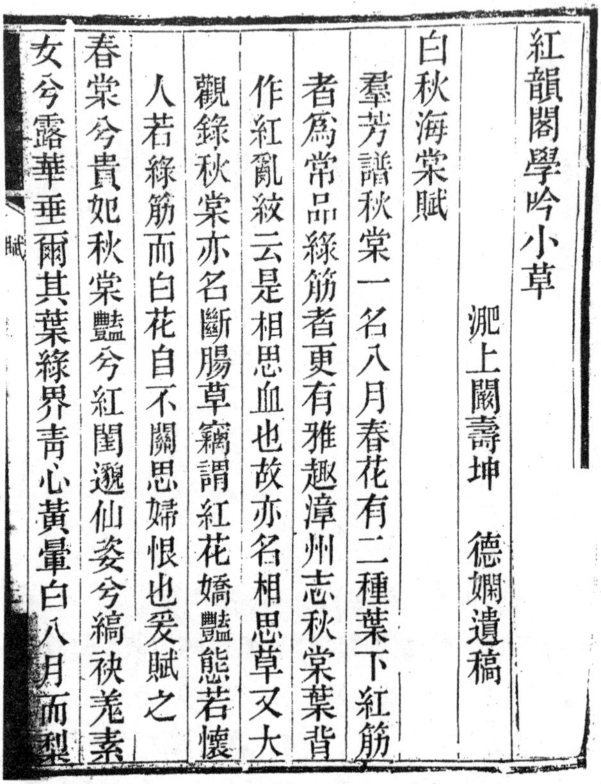

紅韻閣學吟小草

淝上闞壽坤　德嫻遺稿

白秋海棠賦

羣芳譜秋棠一名八月春花有二種葉下紅筋者爲常品緑筋者更有雅趣漳州志秋棠葉背作紅亂紋云是相思血也故亦名相思草又大觀錄秋棠亦名斷腸草竊謂紅花嬌豔態若懷人若緑筋而白花自不關思婦恨也爰賦之

春棠兮貴妃秋棠豔兮紅閨邈仙姿兮縞袂羌素女兮露華垂爾其葉緑界青心黃暈白八月而梨

賦

四周双边，单鱼尾。前依次收王恩晋序、寿坤夫方承霖序、父阚仲韩撰小传及悼词、女史叶稻香序、寿坤兄阚濬鼎及嫂周桂清题辞。正文题“《红韵阁学吟小草》，淝上阚寿坤德娴遗稿”。

方承霖《序》曰：“内子阚氏德娴，归予甫九载，岁戊寅四月遽疾，殁吴中旅次，年二十有七。遗一子麟绂，才周晬，伤哉！德娴工笔札而性矜慎，不轻以楮墨示人，雅不喜制稿册，每有得，辄写以小薛笺黏诸壁上，久则揭去。甚或写甫成，一再哦之，顿搓弃。予屡劝存稿，不听，盖内顾歆然。第自目曰‘学吟’，谓集存尚有待也。今人琴慨矣。检所书及画，十不存一，存者悉残笺断幅耳。又仅得十四五龄时《红韵阁联珊小草》一卷，诗约数十首，盖犹初学调韵时，与其嫂稚娴女士合著者。今定以归予后文、诗列前，而《联珊草》摘出附后，词继之，家言附及。曰‘红韵阁’，仍旧也；曰‘学吟’，纪实也；附‘联珊’，不忘所始也。非敢流布，特不忍没之云尔。光绪五年六月日，合肥方承霖雨人记。”

叶稻香《序》曰：“阚孺人字德娴，阚君仲韩之娇女，方君雨人淑配也。秉性温良，志趣娴雅，言语尤英英露爽，谪红尘二十七载，一朝怛化，其去来必大有夙根，非偶然者。孺人喜吟咏，善丹青，工笔札，他人德为才掩矣，而孺人不以才累德，反以才见德，且以自有之德，切磨夫子之德，思量是何等才调？盖一种芬芳悱恻之笔墨，仍是德性中流出，所以佳也。孺人没矣！惜孺人者比之于昙花一现，夫昙花一刹那间能自驻其景光，孺人有此一寸之著作留天地间，昙花修不到此也。何彼秾兮，仍得以灵寿称已。光绪己卯新秋，归吴兴郡叶稻香氏赘言。”

方承霖《跋》曰：“德娴遗稿遍检，仅此耳。近复于线匣中得断句‘露洿花蕊圆逾艳，石皱苔纹瘦益奇’，又于‘逾艳’‘益奇’旁，改‘疑雪’‘作云’四字，盖未定句也。忆归予后，此九年中，于辞赋精进特甚，女红以外，读书穷日夜，偶得句辄哦吟竟夕，然多自抑不轻以语人，虽外舅询之，亦第巽语，弗晰对。平日寄霖者，未尝作一儿女子语，惟戊寅四月望日，霖馆于梁溪，忽见七言一绝，即‘偏嫌风雨妒行舟’句也，且报曰：‘君多外出，娴之素性君所深知，不审迩日何顿觉寂寥乃尔。’霖觉而异之，乃不四日则病耗至，又五日即永诀。呜呼！讵知即此廿八字为绝笔耶！稿刊成，再校一过，志断句兼及此语，不禁泫然。”

鸿雪楼词　一卷

[清]沈善宝著

存。沈善宝(1808—1862)，字湘佩，钱塘(今浙江杭州)人。州判沈学琳女，来安知府武凌云继室。母吴浣素，女武笺霞、澹仙亦能吟咏，有诗存世。沈善宝著有《鸿雪楼初集》四卷、《鸿雪楼词》一卷、《鸿雪楼外集》一卷、《鸿雪楼诗选初集》十五卷、《名媛诗话》十二卷等。

《鸿雪楼词》一卷，清光绪二十二年(1896)南陵徐乃昌刻《小檀栾室汇刻闺秀词》本，收入第一集。共录词五十六首。沈善宝词用语不类寻常闺阁女子，善用对仗，工整锤炼，如“杨柳烟开青似染，池塘水暖绿生波”(《忆江南·早春》)、“远山浮浅黛，明月冷疏砧”(《临江仙·江楼晚眺》)、“寂寞疏林落日，凄迷衰草粘天”(《河满子·寒山》)、“半壁灯光孤立，一缕炉烟弦直”(《如梦令·不寐》)等；并善于点化唐宋人之成语秀句，妥帖得当，犹如己出，如“山色有还无，入望模糊”(《浪淘沙·平湖秋月》)，化用王维《汉江临眺》中“江流天地外，山色有无中”句意；“记曾好句赋湘灵。一样曲终人不见，江上峰青”(《浪淘沙·舟行晚景》)，化用钱起《省试湘灵鼓瑟》中“曲终人不见，江上数峰青”句意；“玉人何处教吹箫，二十四桥明月夜，杜牧魂销”(《浪淘沙》)，化用杜牧《寄扬州韩绰判官》中“二十四桥明月夜，玉人何处教吹箫”句意；“四壁虫声，万树秋声。来助楼头夜读声”(《采桑子·秋夜不寐》),化用欧阳修《秋声赋》中“欧阳子方夜读书,闻有声自西南来者。……但闻四壁虫声唧唧,如助余之叹息”句意等。此皆可见其不凡之学养才思。

鸿雪楼诗选初集 六卷

[清]沈善宝著

存。著者简介见《鸿雪楼词》一卷。

《鸿雪楼诗选初集》,亦题《鸿雪楼初集》,六卷,清道光年间(1821—1850)刻本,中国国家图书馆藏。此本每半页九行,每行二十一字,小字双行,白口,四周双边,单鱼尾。前有佟景文、丁佩、富呢扬阿、李世治序。

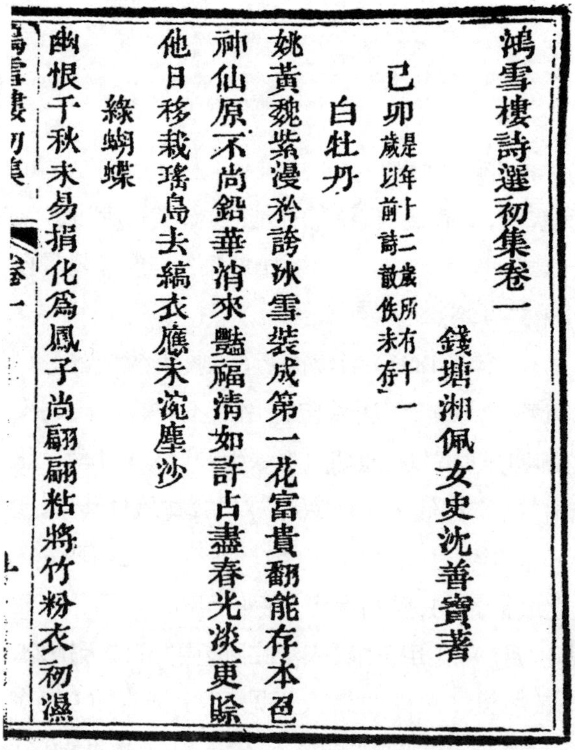
鴻雪樓詩選初集卷一
錢塘湘佩女史沈善寶著
己卯是年十二歲所有十一歲以前詩散佚未存
白牡丹
姚黃魏紫漫矜誇冰雪裝成第一花富貴翻能存本色
神仙原不尚鉛華消來豔福清如許占盡春光淡更賒
他日移栽瑤島去縞衣應未涴塵沙
綠蝴蝶
幽恨千秋未易捐化爲鳳子尚翩翩粘將竹粉衣初濕
鴻雪樓初集 卷一

李世治《鸿雪楼初集序》曰:“钱塘擅天下山水之奇,其灵秀之气往往钟于闺阁,余尝读西泠七子诗而心向往之。今年夏五来杭,得见湘佩女史诗,卓然成家,浣薇雒诵,如奏钧天之乐,扫尽世间凡响。因揖访之,吐属风雅,学问淹博,与之谈天下事,衡量古今人物,议论悉中窾要。间或试以词赋,倚马立成,不假思索。是以知前代之咏絮吟椒,犹浅才也。女史系出吴兴望族,萱堂吴浣素夫人亦一时名媛,才藻富丽,著有《箫引楼集》。家学渊源,秉承有自,徽音克绍,真可谓不栉进士矣。乃女史谦冲自抑,不弃衰朽,执弟子礼甚恭,辑其古今诗就正于余。余才疏质钝，万不及一，殊自愧焉。忆少时随任西川，喜弄文翰，通籍后供职春明，间有吟咏，然皆筝琶细响，不足以言黄钟大吕之音。迨出守楚北，盐司西夏，簿书鞅掌，车马驰驱，尘积砚池，此事遂废。今老矣，跋涉来游，初意不过冀观钱塘山水之奇而止耳，而不图于巾帼中得遇此奇伟之才，使久荒笔墨之人见猎心喜，顿忘布鼓雷门之诮。则仆仆二千里，不惟得睹山水之奇，兼得睹山水灵秀之气所钟之一人。是此行洵属不虚，实余之厚幸也。爰识数言于简端，以志倾倒云尔。"

按：肖亚男主编《清代闺秀集丛刊》第37册收入此本。

鸿雪楼诗选初集　十五卷

［清］沈善宝著

存。著者简介见《鸿雪楼词》一卷。

《鸿雪楼诗选初集》十五卷，清道光年间（1821—1850）刻本，中国国家图书馆藏。此本每半页九行，每行二十一字，白口，四周双边，单鱼尾。

鸿雪楼诗选初集　四卷

［清］沈善宝著

存。著者简介见《鸿雪楼词》一卷。

《鸿雪楼诗选初集》四卷，亦题《鸿雪楼初集》。清道光十六年（1836）刻本，南京图书馆藏。

按：孙殿起《贩书偶记》卷十八对此本亦有著录："《鸿雪楼诗选初集》四卷，钱塘女史沈善宝撰，道光十六年丙申刊。"

鸿雪楼外集　一卷

[清]沈善宝著

存。著者简介见《鸿雪楼词》一卷。

《鸿雪楼外集》一卷,民国十三年(1924)排印本,中国国家图书馆藏。此本每半页九行,每行二十一字,白口,四周双边,单鱼尾。首页题“归孙沈敏元辑印”,内录文《湘痕阁词序》一篇,诗四题十六首,词五首。

按:肖亚男主编《清代闺秀集丛刊》第37册收入此本。

湖湘游草

[明]胡氏著

未见。胡氏(生卒年不详),湖南人。明时在世。歙县江学海继室。江学海,字相如,号海若,晚号鸿蒙山人,学富才雄,曾为江东记室,著有《寤堂集》三十卷。

《湖湘游草》,民国《歙县志·人物志·列女下》著录:“江学海继妻胡氏,湖南人,工诗文,著《湖湘游草》《岳麓吟》。”

花帘词　一卷

[清]吴藻著

存。吴藻(1799—1862?),字蘋香,自号玉岑子,室名香南雪北庐。本籍黟县,侨居仁和(今浙江杭州)。吴葆真女,仁和许振清(一曰黄某)室。民国《黟县志四·人物·才女》曰:“蘋香,叶里人。父葆真,字辅吾,向在浙江杭州典业生理,遂侨于浙,故字女于钱塘县望平村许振清为室。年十九而寡,矢志守节,才名藻于京师。”吴藻幼而好学,长则肆力于词,又精绘事,尝写《饮酒读骚图》。吴藻词题材广泛,有题画、酬唱、闺怨、咏物、怀古等,尤以题画、酬唱及咏物词为多而佳,咏物中又以咏梅为尚。其词短章、长调兼胜,清婉、豪宕并举。清人黄燮清《国朝词综续编》卷二十四选录吴藻词十九首并云："女士工诗、善琴、娴音律，尤嗜倚声。初刻《花帘词》，豪俊敏妙兼而有之，续刻《香南雪北词》则以清微婉约为宗，亦久而愈醇也。尝与研订词学，辄多慧解创论，时下名流往往不逮。其名噪大江南北，信不诬也。"清人俞陛云对吴藻推赏曰："清代闺秀之工填词者，清初推徐湘苹，嘉道间推顾太清、吴蘋香。湘苹以深稳胜，太清以高旷胜，蘋香以博雅胜，卓然为三大家。蘋香初好词曲，后兼肆力于诗。父与夫皆业贾，两家无一读书者，而独见秀异，殆由夙慧。"著有《饮酒读骚图曲》《花帘词》《香南雪北词》《香南雪北庐诗》。

《花帘词》一卷，清光绪十年（1884）冒俊《林下雅音集》刻本，中国国家图书馆藏。此本成书一册，每半页十一行，每行二十二字，左右双边，黑口，双鱼尾。前有陈文述、魏谦升、赵庆熺所作序，共录词一百七十三首。

魏谦升《花帘词序》曰："吾杭会城之东，邃隰迤衍，水木明瑟，一种幽阒辽敻之状，于词为宜。往时厉樊榭征君、吴榖人祭酒，先后居是地，词亦同出一源。自祭酒之亡也，或虑坛坫无人，词学中绝，不谓继起者乃在闺阁之间。吴蘋香女士亦居城东，幼而好学，长则肆力于词，居恒庀家事外，手执一卷，兴至辄吟，缉商缀羽，不失分刌。尝写《饮酒读骚图》，自制乐府，名曰《乔影》，吴中好事者被之管弦，一时传唱，遂遍大江南北，几如有井水处必歌柳七词矣。犹记丙戌之春，家侍御伯主讲吴中，命余随侍，小住沧浪亭畔。坐客如潘榕皋农部、吴三松侍御、齐梅麓郎中、陈云伯明府，皆数称女士才不置。时女士亦以事至吴，因得尽读所为《花帘词》。灵襟独抱，清光大来，不名一家，奄有众妙。虽方心沓舌如余者，亦知吟讽不辍，始叹其用力之专且久也。古名媛之工词者，莫如李易安，《漱玉》一编，独有千古。然易安身世仳离，丰于才而啬于遇，未若女士生承平之代，擅清丽之才，无牵萝补屋之悴，有坐花邀月之乐。以古方今，讵可同日。虽其中不无歌离吊梦、遣病言愁之作，仍以和平温厚出之，盖所遇然也。即兹近诣，已足名家，锲而不舍，当更有进于是者，正不能测其所至矣。余尝因赵秋舲进士家亲串往来，得见女士，神情散朗，有林下风，如济尼之评王夫人，为想古来颂椒赋茗之闺贤，亦不是过。进士方工词，自谓不如女士之专且久。然则，论词于城东进士而外，继厉、吴而起者，非女士谁属哉？"

赵庆熺《花帘词序》曰："无岁而无落花也，无处而无芳草也，无日而无夕阳、明月也。然而古今之能言落花、芳草者几人？古今之能言夕阳、明月者几人？则甚矣，写物之难，写愁之难也。花帘主人工愁者也，花帘主人之词善写愁者也。不处愁境，不能言愁；必处愁境，何暇言愁？袅袅然，荒荒然，幽然，悄然，无端而愁，即无端而词。其词落花也，芳草也，夕阳、明月也，皆不必愁者也。不必愁而愁，斯视天下无非可愁之物，无非可愁之境矣。此花帘主人之所以能愁，而花帘主人之所以能词也。爰刊其词，以示世之爱言愁者。若夫词之体律，词之音韵，向者尝评之矣，夫又何言？”

陈文述《序》曰：“尝读词至易安居士‘落日熔金，暮云合璧’，则梦窗之浓丽也；‘染柳烟轻，吹梅笛怨’，则花间之芳艳也。美哉！《漱玉》一编，其词家大宗乎？国朝词人辈出，余独心折长洲李晨兰《生香馆》作，组织性灵，抒写怀抱，读者比之蜀鸟啼花，湘兰泣露。余序中所云‘绿鬓秦柳，红粉姜张’，非溢美也。钱塘吴蘋香女士，金粉仙心，烟霞逸品。彩鸾写罢，每多寓感之吟；灵凤歌中，恒有缘情之作。尝以所著《花帘书屋词》乞序于余，疏影暗香，不足比其清也；晓风残月，不足方其怨也；滴粉搓酥，不足写其缠绵也；衰草微云，不足宣其湮郁也。顾其豪宕，尤近苏辛。宝钗桃叶，写风雨之新声；铁板铜弦，发海天之高唱。不图弱质足步芳徽，兼之妙解宫商，精通音律。青绫障外，花环顾曲之堂；紫脉屏前，珠记点弓之屐。尝自写《饮酒读骚小像》，以金元乐府题之，十眉捧砚，谱出霓裳；双髻吹笙，舞来翠袖。金樽酒暖，银烛花浓。比之宋若昭男子之装，黄崇嘏状元之出。余尝修菊香、小青、云友墓于西湖，女士以南曲题之。余湘中舣棹，汉上题襟，偶遇旧游，为翻新谱。湘人善感，争为桃叶之歌；楚女多情，竞学竹枝之唱。几于家工擘阮，户解调筝。余诗所云‘湘月初三花十八，家家儿女唱兰因’，纪实也。嗟乎！佳侠含光，红绡结佩；灵修善怨，绿绮停琴。况以兰薰玉洁之姿，不无蕙叹芝焚之感。宜其容华凄折，情思消沉。林端月上，吟豆蔻以缄辞；陌上花开，咏蘼芜而染翰。一襟淡墨，百幅乌丝。钏动花飞，过云廊而宛转；笙寒水皱，步月榭而踟蹰。庶几把臂生香，比肩漱玉者欤？然而聪明，才也；悲欢，境也。仙家眷属，智果先栽；佛海因缘，尘根许忏。与寄埋愁之地，何如证离恨之天？与开薄命之花，何似种长生之药？诵四句金刚之偈，悟三生玉女之禅。餐两峰丹灶之云，饮三涧玉炉之雪，则花影尘空，帘波水逝，何妨与三藏珠林、七签云笈同观耶？仆玉局修书，金钗问字。谬见推于马齿，方感蓬飘；嗟永眷于蛾眉，最怜蕉萃。春风擫管，聊为喤引之声；明月吹箫，珍此弦歌之集。大江东去，我正凭黄鹤楼窗；小海西流，谁更拍《紫鸾笙谱》(余词名)?”

按:《花帘词》一卷,另有清光绪二十二年(1896)南陵徐乃昌刻《小檀栾室汇刻闺秀词》本,收入第五集中。

花帘书屋诗

[清]吴藻著

存。著者简介见前《花帘词》一卷。

《花帘书屋诗》,胡文楷《历代妇女著作考·清代三》据《碧城仙馆女弟子诗》著录:“一九一五年西泠印社聚珍版印本,列入《碧城仙馆女弟子诗》。凡诗九首。”

花屿词

[清]赵家璧著

未见。赵家璧(? —1685),字连城。上元(今江苏南京)人。赵容庵(号客庵)女,歙县金潜五室。

《花屿词》,徐树敏、钱岳《众香词·射集》著录:“(赵家璧)上元人。客庵文学女,歙县上舍金潜五之妻也。客庵为金陵名宿,门下士遍江左,仕林中颇不乏人。潜五亦其座下少年,美丰姿,诗歌古文词倚马可待,一时称才子。客庵以女妻之,琴瑟静好。顾潜五落拓不羁,游于都门,或荐之裕府亲王。谒见,长揖不拜。试以《太极图赋》,立就。旋赐宴红梨花下,应教填四阕。即席草呈,命梨园弟子歌之,宫商悉协,不烦更易一字。遂礼为上客。虑其思乡,因赐宅迎赵同居京邸。岁乙丑夏,潜五中暑,疾笃不起。临决,赵慰之曰:‘郎往,妾亦随行矣。’于是命制双棺,誓以必死。王闻之,遣人劝谕,其词不变。王复命宫姬再三戒之,赵曰:‘吾志与其归,而死于乡里,无宁死于国门乎?’届弥月,先一日举奠设祭,招梨园侑觞,并集所交往邻母畅饮,竟五漏散去,仍部署家事,发书南还,兼寄翁姑卜地葬资,命童仆且安寝。天将曙,命左右起,曰:‘郎君来迎矣。'献茶次,取拂巾自缢于床,从容而逝,面犹如生。所著有《花屿词》。"

花语轩诗钞　一卷

[清]金若兰著

存。金若兰(生卒年不详),字者香。休宁人。清乾隆、嘉庆间在世。知县金翀女。性恬静,工诗。早寡居。常焚香啜茗,以笔墨自娱。

《花语轩诗钞》一卷,清嘉庆(1796—1820)刻本,南京图书馆藏。此本成书一册,每半页十行,每行二十一字。前有钱塘吴锡麟于嘉庆十二年(1807)所作的序,并王琼等十二人题词。内录诗一百余首。

吴锡麟《序》曰:"闻之觞飞瑶水,而西母陈音;机寝□宫,而皇娥制曲。古诚有作,渺已无稽。若夫赋泉水而洗忧,陟阿山而望远。期占五日,思结三秋,莫不状窈窕之情,极绸缪之致。贻之彤管,即垂女史之书;仿自唐山,乃盛房中之乐。□则闺闱之咏,亦三百篇为之权舆也乎?今吾观《花语轩诗》,如《禽言》《乐府》诸篇,沨沨乎雅音,翛翛乎远韵。悄弹古舌,宛听乎邱隅;直接风人,能谐乎节奏。此刘舍人所谓'和乐精妙,表里相资'者也。至于秋风海角,春水江南。千里随亲,一家从宦。山埋马耳,迷雪步于樵蹊;湖接桑墟,认苇杭于渔路。时则尊人香泾先生牢盆小寄,风雅弥耽,二分明月之乡,来歌盐荚;一曲琵琶之唱,去听商船。绮语闲登,清才横溢。盖将比樊川于邗上,例淮海于秦邮焉。则夫授管闺中,继声膝下。固宜才争絮艳,句逐花飞。裁笺即俪于黄娟,镌字早垂于紫石。加以别来弱弟,问及诸姑。鱼信常睽,川途易阔。蟾蜍徒望于天上,蝴蝶难寻于梦里。于是,意触今感,言萦古欢。云树郁深,引川原于寤寐;风雨离合,通神灵于薜萝。畅高山流水之音,扫粉碓脂奁之气。其旨则丽以则,其词则正而葩。斯可谓女子之善怀,又岂必内言不出乎?昔者班昭博学,习叔皮之传;文姬逸才,接中郎之响。并资庭训,遂振芳声。况复艺以德成,慧缘福见。吉甫清风之诵,所契已深;大家东征之流,斯文无愧。从此恢张体制,振发精华。炼玉锵声,鸽金饰貌。则入常璩志里,有光士女之名;列殷淳选中,足重妇人之集云尔。"

按:《花语轩诗钞》一卷,另有清道光二十四年(1844)蔡殿齐嫏嬛别馆刻

《国朝闺阁诗钞》本，收入第六册。此本每半页八行，每行十八字，黑口，四周双边。内仅录《禽言五首》《龟虽寿》《独坐》《暮春遣怀二首》《寄题翠屏洲呈王柳村先生》《见燕》《四时闺怨四首》《囊琴》《塞下月》《题桃花仙馆》《埋云石》《水仙花》等诗十二题二十首。

话茗斋诗集

［清］江福宝著

未见。著者简介见前《采蘅女史诗钞》一卷。

《话茗斋诗集》，汪昭义《书院与园林的胜境——雄村》第五章著录："江福宝，字绥多，歙北江村人。嫁给雄村曹荣，号子渝，故自号'采渝女史'。能诗，著有《话茗斋诗集》，同邑侍郎王茂荫、李绚春女史及叔翁曹左波为之作序。年方24岁，因伤次儿之死悒恹病卒。"

画梅册

［清］罗芳淑著

存。罗芳淑（生卒年不详），字润六，一字香雪。歙县人。清乾隆时在世。罗聘、方婉仪女。工画，尤擅写梅，有《画梅册》（亦作《梅花图册》）。

《画梅册》，《历代妇女著作考·增补条目》据民国《歙县志》卷十四《列女》著录。

按：《画梅册》，当为罗芳淑画册，有罗聘、方婉仪、金兆燕等人的题跋。罗加岭《罗家梅派画梅独绝——罗氏兄妹的梅花画作》文中曰："罗聘之女芳淑，字香雪，一字润六。少得家传，亦精绘事，尤能写梅，颇有父风。据关冕钧《三秋阁书画录》介绍，乾隆四十年（1775）罗芳淑作《梅花图册》三本，其中第三开画上，罗芳淑自题：'芳淑奉父命画。'图成后，罗聘拿着这本画册至亲朋好友处，遍征题咏。因此在这本画册上，不仅有父罗聘、母方婉仪的题跋，还有高丁园、二亭老人、金兆燕等人的题跋。罗聘题道：'我有爱梅女，命名曰芳淑。伴我日临池，春风写万玉。’此画册现藏上海博物馆。罗芳淑笔力遒劲，情态多姿，擅用淡墨白描画梅，浓墨点蕊；以胭脂作没骨法，加以白须黄蕊，冷艳奇丽，别具匠心；以粗笔画枝干，勾勒填彩，典雅妍丽。蓝天国际拍卖2007年春季艺术品拍卖会曾拍卖过罗芳淑的《梅花》立轴，题识：‘先师冬心本，香雪罗芳淑临。’”（《扬州晚报》2012年12日1日）

淮南听雨轩诗草

[清]徐慧因著

未见。徐慧因（生卒年不详），霍邱人。

《淮南听雨轩诗草》，《历代妇女著作考·清代七》据《安徽才媛纪略初稿》著录。

环花阁诗钞

[清]何佩珠著

未见。著者简介见前《红香窠小草》二卷。

《环花阁诗钞》，恽珠《国朝闺秀正始续集》卷十著录。

环绣轩诗稿

[清]黄媛宜著

未见。黄媛宜（生卒年不详），字素安，小字有家。歙县人。

《环绣轩诗稿》，汪启淑《撷芳集》卷四十著录。

环珠室集　二卷

[清]吴令则著

未见。吴令则(生卒年不详),桐城人。约明万历至清康熙间在世。吴应宾女,何应琼室。王端淑《名媛诗纬初编》卷一言其"颖敏贞静,雅好诗书。遵闺范,尚礼义,孝父母。于归二十余年,朝夕问安,亦有之子也,敬其嗣。每临清风明月,索句咏怀,辙焚其稿。惟有姻娅所藏数首以传之。故桐城向有'太史女丈夫'之称焉。"

《环珠室集》,潘江《龙眠风雅》卷八著录:"吴氏令则,宫谕宗一公之长女,方伯虚白公之冢妇,诸生何应琼之妻也。应琼少负文名,与左侍御、倪官谕、江峨眉、璩武宁结怡园会。氏博通经史,少从宗一公学诗,声调婉丽,尤能相夫佐读。艰于嗣,为广畜媵侍。著《环珠室集》以见志,晚年卒无子,手摩尼珠而逝,宗党哀之。"

浣愁轩诗集　一卷

[清]姚鉴含著

未见。姚鉴含(生卒年不详),桐城人。约清道光时在世。姚检吾女,赵伯衡室。

《浣愁轩诗集》一卷,吴希庸、方林昌《桐山名媛诗钞》卷八著录:"(姚鉴含)年二十四而寡,以苦节闻。著有《浣愁轩诗集》。马庆旋先生题词云:'把卷闲吟幼妇词,消愁惟有浣愁诗。莺花自觉无情绪,只为孤鸿失路时。领异标奇思不穷,不烦雕琢自然工。新愁旧恨知多少,尽在诗人一卷中。'"

浣兰遗稿

[清]张氏著

未见。张氏(生卒年不详),江苏无锡人。清咸丰时在世。含山国子生程光昭室。清咸丰中避乱,投水自尽。

《浣兰遗稿》,《历代妇女著作考·增补条目》据《光绪无锡金匮县志》著录。

浣芗词

[清]王少华著

未见。王少华(生卒年不详),字浣乡。婺源人。约清乾隆时在世。王廷言女,陈其松室。

《浣芗词》,徐乃昌《小檀栾室闺秀词钞》闺十二著录。

浣雪楼诗钞　一卷

[清]彭靓娟著

未见。彭靓娟(生卒年不详),号寄云女史。四川人。清末在世。新安孙瑞(字镜湖)室。孙瑞为晚清上海著名的药商,据夏晓虹《彭寄云女史小考》考证:"按照《点石斋画报》上的称呼,彭夫之名为'孙敬和';而《女学堂中西大会记》开列的出席者名单中,彭寄云被表述为'孙镜湖司马太太'。二说应该都不是孙氏当日的正式名称,因为在1897年12月12日,《申报》补登《中国女学堂乐助衔名捐数第二单》遗漏的三人中排在第一位的正是'候选同知新安孙瑞之妻、诰封宜人蜀东彭氏寄云女史',其捐款数额为'开办经费洋银二十元、常年经费洋银十元。'"(《中国现代文学研究丛刊》,2001年第3期)

《浣雪楼诗钞》一卷,夏晓虹《彭寄云女史小考》著录:"由孙瑞送交经元善、并由经作跋的彭著《浣雪楼诗抄》一卷,却不知是否幸存人间。"(《中国现代文学研究丛刊》2001年第3期)

黄绢诗存

[清]吴丝著

未见。吴丝(生卒年不详),字黄绢。合肥人,寄籍福建莆田。约于明崇祯至清康熙间在世。威略将军吴英女,钦牧室。汪启淑《撷芳集》卷十曰:“吴丝,字黄绢,安徽合肥县人。总兵吴英女,适吴县钦牧。中年而寡,三子先卒,依子婿沈佳忠居吴县木渎镇。卒年八十二,著有集。”

《黄绢诗存》,胡文楷《历代妇女著作考·清代三》据单士厘《清闺秀艺文略》著录。

绘后阁学诗草

[清]姚素著

未见。姚素(生卒年不详),一名兰,字韵兰。桐城人。清乾隆、嘉庆间在世。张萍香女,淮安程某室。母张萍香亦工吟咏,著有《琴嘉阁诗集》。张曾虔《绘后阁学诗草序》曰:“女甥韵兰,为吾姊萍香第四女。吾姊住在京师,随侍先大夫侍讲府君,学作韵语,后习诗于伯兄橿亭詹事,时得惊人句,早著有专集矣。韵兰敏慧天成,喜读书,明大义。少闻母夫人说诗绪余,颇娴韵旨。适淮安程氏,乃年逾三十而赋黄鹄。遗一子,又未及弱冠而夭。茹荼之境,言之酸鼻。独贤而才,摒挡家政,内外肃然。偶以暇日赋诗,不轻示人。嘉庆辛酉、壬戌间,予主淮关之文津讲席,去其家近,时过从。索视所存诗草,则已成帙。其间笔墨秀润,发为菁藻,有操觚家所不及者。因喜之学之有得,为选入《冰奁录隽》编内。今年春,韵兰展孝思,买舟涉江淮来桐城,省视父母茔域于龙眠之石门冲。留月余返棹,予为护行。千里江天,扁舟风雨,唱予和女,韵事纷纶,甚适也。抵淮后,又索其全稿,为删订之,得一百三十四首,略见一斑。由此陶咏古人,日臻进境,可步蠹窗老人后尘,韵兰方逊谢不遑。予亟劝之付梓,藉就正有道焉。”(见王光伯《淮安河下志·艺文下》)

《绘后阁学诗草》,王光伯《淮安河下志·艺文下》著录。

按:《绘后阁学诗草》,吴希庸、方林昌《桐山名媛诗钞》卷六作《绘后阁集》。

绘图绣像四云亭新书全传　二十四卷

［清］彭靓娟著

存。著者简介见前《浣雪楼诗钞》一卷。

《绘图绣像四云亭新书全传》（简称《四云亭》）二十四卷，CADAL 数字图书馆收录。此书为“蜀东浣雪楼主寄云女史彭靓娟”所撰弹词小说。小说以明末天启至崇祯亡国为背景，叙述富家公子赵继龙夜梦有“四云”相助；后果与刘云翠、耿云佩、李云素、崔云凤四位女子有姻缘之分，并借四位女子之助平内乱、诛奸臣，使明王朝得以苟延残喘十余年；夫妻五人保家卫国，对抗顽寇，失败后流亡海上，居于仙岛，后不知所终。此书前有作者自序，末附“新安江干独钓客孙武后裔”所撰《镜湖闲评十则》。《镜湖闲评十则》第二则评此弹词小说曰：“说唱之书，至今日而充栋矣。《锦上花》《玉钏缘》，词意近庸；《笔生花》《凤双飞》，铺叙太繁；《再生缘》临事过于娇情；《天雨花》计算多同儿戏。……其选词则随手逗凑，长短不齐，非聱牙如钩辀，即俚俗如秧歌；此说书之大凡也。是书词少意多，不涉重复；定情则准经达权，定计则原情透理。两句有韵，音调自然铿锵。说唱相间，长短务期匀称。……所谓不袭前人窠臼，作者近之。”

彭寄云《自序》曰：“芒芒苦海，精卫难填；梦梦情天，灵娲莫补。寄浮生于弱草，镜中之宝相皆虚；等薄命于娇花，枝上之韶光有几？此淳于谓之为非梦，而苏老谓之为可诛也。寄云幼侍蜀东，长游燕北。未忘口授，曾吟柳絮之诗；默奉心香，高唱木兰之句。从郎万里，戍鼓惊霜；课子三年，清砧捣月。写丹青于唾绒之暇，浣雪楼头；习岐黄于主馈之余，密佗阁内。惟是申江水艳，歇浦尘飞，笙歌沸天，车马成队。热剌剌钗飞钏动，光阴都从忙里过；冷清清锈佛添香，闲散独得静中趣。清谈夜坐，惊秋漏之太长；早罢晨妆，眄午餐而不得。遂乃收拾笔砚，澄静心思。构鹿梦于隍中，驾蜃楼于天际。纲常委地，消磨七叶簪缨；侠义干霄，培植数枝金粉。莫不笳翻蔡女，扇改班姬。常则束楚楚之腰，变则奋掺掺之手。玩权臣如儿戏，笑匿藏锋；同公子博亲欢，仙乡驰誉。迨乎红羊劫冷，白虎星高，夜雨啼鹃，春林巢燕。文丞相豪杰之士，纾难毁家；武乡侯节制之师，鞠躬尽瘁。金山寺外，誓马草以谁援；铁瓮城边，攀龙髯而不及。从此急流勇退，携手同归。海外山多，琴中水远。桃源洞里，随来鸡犬皆仙；天台山中，不记儿孙几世。此则匣鸣秋水，削青简之陈文；忏礼空王，翻红颜之例者乎！悲夫！恨矣！双丸易逝，长戈难挥，叹才子兮飘零，嗟美人兮迟暮。十万贯腰缠何处，虚呈富贵之图；五十年饭热几时，未醒神仙之梦。吁哉！吁哉！光绪二十五年岁在己亥，仲冬吉日，蜀中浣雪楼主寄云女史彭靓娟序于海上双砚斋。”

按：胡文楷《历代妇女著作考·清代十》亦据《弹词宝卷书目》著录：“《四云亭》八册，（清）彭靓娟撰。靓娟号寄云女史，四川人。光绪二十五年己亥(1899)排印本。有自序。”

绘图再造天　十六回

［清］侯芝改订

存。侯芝(1768—1830)，一名如芝，字香叶，号修元阁主人、香叶阁主人。上元（今江苏南京）人。侯学诗女，宣城梅谷成孙媳，孝廉梅冲室，梅曾亮母。梅曾亮(1786—1856)，字伯言，清代散文家，少喜骈文，转攻古文，文名颇盛。侯芝曾改订弹词《玉钏缘》《再生缘》《再造天》《锦生花》等四种。

《绘图再造天》十六回（简称《再造天》），即《再生缘续集》，侯芝改订，上海锦章图书局石印本，中山大学图书馆藏。此本每半页十八行，每行四十一字，白口，四周单边，单鱼尾。封题“再生缘续集”，内封题“绘图再造天，即再生缘续集”，卷首题“绘图续再生缘”。前有道光六年(1826)吴门女弟子宋淑吉序，香叶阁自题词。

宋淑吉《序》曰：“余幼处闺中，颇耽柔翰。长归吴里，谨事蘋蘩，或有余闲，难亲典籍。偶因沉寂，览及弹词，大都才子佳人、神仙梦寐。间有忠孝节义，亦平淡无奇，皆不足讽刺人心、勉励世道，味同嚼蜡，阅不终篇。惟侯香叶夫人手订弹词四种，而《续再生缘》一编，其心思笔力更出于三种之上。当君明臣良无从着笔之处，乃拈出百美图一段，始以钟爱之情，渐至肆志妄为，逞心所欲。幸恩宠虽专，威权难窃，终于无害，亦险已哉。忆两艰叠出，庐墓居乡，彼谓天意所归，予复何畏？遂挟君压后，出使屏藩。至无上之君，有无告之苦；驯孝之子，成不孝之君。

繪圖再造天

即再生緣續集

第一回

观其大内伤离，南宫卧病，尊荣身形影谁怜！惟有撒手万乘，避明皇之祸；寄身三岛，践汉武之言。此后大权在手，生杀从心，视骨肉如遗，置姑妹何有？虽太后白刃亲提，继宗祧不绝；而黄泉代誓，见母子何年！瞬息之间，沧桑顿变。女为若是，父母何心！于是以哀毁余生，攀龙髯而陟险；零丁病骨，起凤阙以临危。祭别市曹，言真沥血；面诤宫禁，语尽披诚。何期腹剑藏芒，置劬劳力度外；唇锋无济，徒冷禁于深宫。惟毁体明心，屯田誓众；始兵起有名，转危返正。此乃书之大旨也。至于描写忠贞，恍歌金石；刻画奸险，如设府城。文则有加敬舆榇，字挟风霜；辨则有石后抗姑，词倾川峡。写富贵则壮丽堂皇，写家庭则规模整肃，写义侠则海立山奔，写清贞则梅标竹劲，写浓艳则香暖春融，写风流则花情月韵，写离合则曲折入微，写悲歌则性情各别。真乃绘风绘水之笔，入化入神之文。所谓引经据典，起笔底波澜；就事论文，发胸中慷慨。补益闺阁，警化愚顽，岂可与世之稗史同日语哉！余忝列门墙，又违雅范，赋命不辰，遭逢多故。寄一息于愁城，缀片言于卷首。愿枣梨之不朽，留响千秋；虽桃李之无闻，亦附冀百世矣。道光六年丙戌春二月，吴门女弟子宋淑吉谨序。”

侯芝《自题》曰：“为甚书名《再造天》，只因坤母胜于乾。女娲烁石功虽盛，羲帝称尊德大千。治得衣冠传奕世，未闻粉黛步金莲。无端桀纣昏淫乱，遂使蛾眉逞媚妍。一生倾城千古恨，三生私誓百年愆。温柔乡里堪娱老，云雨台中不羡仙。长夜千杯歌玉树，南风一曲变桑田。蒙尘未必皆佳境，疏骨由来尽妇言。父母久忘寝食视，弟兄直作豆萁煎。妒人岂止争床笫，固宠何如柄大权。为此太阿从暗窃，免教团扇至秋捐。居然九五专阃外，渐觉君王碍榻边。弑逆顿生身世憾，淫邪乃污管彤编。人终不悟尤频效，书近重编事有源。前作后承原古语，昨非今是在无偏。丽君不作要君势，右后应无逐父旋。九锡暗加装急整，三公明使国空悬。加之太后悲风木，更令南宫叹食眠。富贵竟如无告苦，凶顽恐值倦勤年。故将敝屣遗身外，保得余生在目前。一木苦他支大厦，孤忠痛彼碎重泉。青锋难再投怀子，国祚看移冤孽缘。舌剑直教慈母结，唇枪不乞痛堪怜。但知自逞帘垂名，岂识觊觎位暗迁。大宝据来人攘有，寸心始觉痛初焉。劬劳已负生身德，万死难酬敌体恩。言善安能补昔过，罪招犹幸首能全。无才为德为前训，寄语闺人方淑贤。”

《再造天》十六回，另有清道光八年（1828）香叶阁刊本，胡文楷《历代妇女著作考·清代六》著录：“《昆山胡氏书目》著录（见）。道光八年戊子（1828）香叶阁刊本。内封题香叶阁藏版，前有道光六年吴门女弟子宋淑吉序，香叶阁自题词。凡十六回。同治八年己巳（1869）爱日堂刊本。”按：黑龙江人民出版社1990年出版《再造天》十六回（收入《新编野史传奇丛书》），即据此本整理，惜删去了宋淑吉序及侯芝自题词序。

惠如长短句

［民国］吕湘著

存。吕湘（1875—1925），原名贤钟，字惠如（一作荔如），又字云英。旌德人。吕凤岐与严士瑜长女。九岁能诗，善书法，精绘画，曾任江苏第一女子师范校长。著有《清映轩诗词稿》四卷及《惠如长短句》《惠如诗稿词稿文存》等。吕湘妹美荪、碧城亦工诗词，合著有《吕氏三姊妹集》。

《惠如长短句》，民国间（1912—1949）铅印本，中国国家图书馆藏。此本附于吕碧城《晓珠词》后，收词二十四首。

惠如诗稿词稿文存

［民国］吕湘著

存。著者简介见前《惠如长短句》。

《惠如诗稿词稿文存》，收入《吕氏三姊妹集》，清光绪三十一年（1905）铅印本，安徽图书馆、中国国家图书馆藏。英敛之《吕氏三姊妹集序》曰："吕碧城女士为前山西学政瑞田公之季女，甲辰暮春为游学计至津，主予家。四月中，其长姊惠如复由塘沽任所来天津，时相过从，与内子淑仲一见即针芥相投，苔岑契合，遂盟为姊妹，矢以永好。予因得读两君诗暨词，惠如则典瞻风华，匠心独运；碧城则清新俊逸，生面别开。"

蕙草堂杂咏

［清］李清辉著

未见。李清辉（生卒年不详），字月卿。阜阳人。清嘉庆、道光间在世。李春林妹，宁某室。

《蕙草堂杂咏》，恽珠《国朝闺秀正始集》卷二十著录："李清辉，安徽阜阳人。贡生春林女弟，著有《蕙草堂杂咏》。清辉适宁生，生不才，家产荡尽，乃以女红供甘旨。比翁姑殁，积财数年，始得营葬。一女早寡，又大归相依。现年六旬，自课幼孙，仍以刺绣糊口。辛卯夏，春林公车过汴，清辉以绣诗相寄，余哀其遇而重其才品，因亟登之。按：春林字醇甫，大儿麟庆守颍郡时所拔士也。"

按：胡文楷《历代妇女著作考·清代三》据《正始集》著录曰："《蕙风草堂杂咏》，（清）李清辉撰。清辉，安徽阜阳人。清嘉庆、道光间在世。贡生春林女弟，适宁氏。"据上引《正始集》之文，知胡氏把《蕙草堂杂咏》著录为《蕙风草堂杂咏》，显误。

蕙窗诗集

［清］吴锦苏著

未见。吴锦苏（生卒年不详），字蕙窗。桐城人。诸生吴扶青女，国学姚似倩室，诸生姚典赓母。

《蕙窗诗集》，吴希庸、方林昌《桐山名媛诗钞》卷九著录。

蕙绸阁诗集　一卷

［清］姚凤仪著

未见。姚凤仪（1628—1663），桐城人。姚孙棐长女，同邑方于宣室，方曾祐母。《康熙桐城县志卷六・列女》曰："诸生方于宣妻姚氏，封奉政大夫孙棐女，幼聪颖，适宣。宣素有羸疾，姚亲视汤药，疾亟，焚香乞以身代。及宣卒，一子二女且呱呱泣。姚依父母家，以鞠诸孤。母卒，归方，勤苦自食。岁值饥，辄脱簪珥佐之，闺阁之中，躬纺绩、服荆布。著有《蕙绸阁诗》。守志十五年，卒。子曾祐，邑诸生，有文誉焉。"

《蕙绸阁诗集》一卷，汪启淑《撷芳集》卷四著录，并录方维仪《蕙绸阁诗集序》云："吾侄女幼而敏慧，随宦濲水，辄效谢庭韵事，适吾宗遂高，益覃心风雅。生一子二女，不幸遂高早世。女年甫廿一，其境愈苦，其节愈坚，其诗亦愈工。不意癸卯冬又弃我而逝，传其诗，正所以传其节耳。"

蕙棂小草

［清］吴绣砚著

未见。吴绣砚（1723—1784），名不详，字绣砚。歙县人。太史吴华孙妹，中宪大夫洪琰室，御史洪朴、知府洪梧、中书洪榜母。吴华孙《洪母吴恭人墓志》曰："余甥洪梧，奉父命葬母于里之凤形山，卜有日矣，来乞铭。余泣然曰：'吾何忍铭吾妹耶！'梧固请曰：'知母莫如舅。'乃含泪而为之志。恭人吴氏，系出先司徒公后，为五世孙女，赠资政大夫、通政使司、通政使竹斋府君之第三女也。先公晚年始生，先妣程太夫人钟爱笃，年十二失怙。越数载，余奉先慈命为相攸洪源。又二年，余在史馆，请假遣嫁。爰适太学生、今封中宪大夫洪君琰，此两姓之好所由始也。恭人福相端重，面如满月，幼习诗礼，兼通文艺，与侄绶诏、恩诏同塾。其归洪氏也，故巨族，阖门百口，钟鸣鼎食，恭人以谦俭在其间，雍雍如也。太公、太母治家严，每旦，子妇请问起居，恭人闻启户声，趋而入，常先诸姑姒娣。重闱相谓曰：真读书人家女子。其称誉如此。嗣是而后，身任家政于两世，舅姑丧尽其哀，祭尽其礼；亲宾庶务，任其劳，曩称贤内助者，更称贤母也。世俗相矜财利，子弟多令习贾，洪氏科名仕宦本不绝声，恭人在室，即闻诸父兄庭诲，羡慕之。先后举三子，俱颖慧。恭人毅然担负，以教子为己任，相夫子课读，冬不炉，夏不扇。人谓洪氏子在塾读书有已时，在家读书无已时，盖实录也。不数年间，所生三子，咸以奇才异能召试大科，发轫薇省。既而伯子成进士，督学江汉，典试湖湘。其既也，任秋官，擢台省。洪氏骎骎光显于时，皆由恭人之能教其子、以亲见其成也。不宁惟是，世家大族，得才子难，得贤子尤难。伯子为人耿介，严气正性，出守畿郡，劾罢墨吏，震动朝野。仲子温良和厚，誉流乡党，虽未就职，负公辅之望。伯仲陨逝，士人伤之。季子才名更越两兄，有独肩急难之谊。上塞归来，佐尊人负土，葬其高曾以三、四世，于旬月之间，能人所不能，可谓伟男子矣。恭人生于雍正癸卯二月二十一日，殁于乾隆甲辰五月五日，年六十有三。初封宜人，晋封恭人。恭人所生子：朴，乾隆辛卯科进士；榜、梧俱召试中书，梧兼军机处行走。子妇三人：一候补道程公天健女，一兵部职方司郎中汪公启淑女，一封太仆卿江公长进女。女子四人：徐士义、闵道恂、方椿其婿也。一字朱光达，未嫁。孙二人：方回，榜出，昭回，朴出。孙女一人，皆幼。昭回生母吴氏能教子，例得备书。”（见汪启淑《撷芳集》卷五十）

《蕙棂小草》，汪启淑《撷芳集》卷五十、恽珠《国朝闺秀正始续集》卷五皆有著录。

积翠轩诗草

[清]俞德秀著

未见。俞德秀(生卒年不详),字漱珊。浙江德清人。清嘉庆、道光间在世。休宁孙承勋与许延礽之子孙寿铭室。

《积翠轩诗草》,沈善宝《名媛诗话》卷八著录:“犹忆丙申试证日,云林偕余同往探梅……同行者为云林子妇俞漱珊。漱珊诗笔秀雅。德清俞漱珊(德秀)有《积翠轩诗草》,貌既富丽,人亦明慧。”

棘心

[民国]苏雪林著

存。著者简介见前《蝉蜕集》。

《棘心》,民国十八年(1929)上海北新书局铅印本,中国国家图书馆藏。此书题“绿漪”著。绿漪,苏雪林笔名。内容为十五章长篇自传体小说,以歌颂母爱为中心。

籍溪诗钞　一卷

[清]江瑶著

未见。江瑶(生卒年不详),字墨庄。桐城人。清康熙时在世。江皋孙女,左沅室。著有《籍溪诗钞》《墨庄遗稿》。

《籍溪诗钞》,吴希庸、方林昌《桐山名媛诗钞》卷三著录。

记红集　一卷

[清]赵春燕著

未见。赵春燕(生卒年不详),字拂翠。江都(今江苏扬州)人。清光绪时在世。南陵徐乃昌侧室。

《记红集》一卷,《民国南陵县志卷四十三·经籍》著录。

纪瑞诗集

[清]徐德音著

未见。徐德音(1681—?),字淑则,晚号绿净老人。清康熙年间在世。原籍休宁,寄籍钱塘(今浙江杭州)。清献公徐旭龄女,歙县许迎年室,许佩璜母。徐旭龄,字元文,号敬庵,历任刑部主事、礼部郎中、云南道御史,独著清操,卒谥清献,《浙江通志》卷一百五十八《人物一·名臣一》《清史稿》卷二百七十三《列传六十》、道光《休宁县志·人物·风节》皆有传。许迎年,字毅士,歙县人,侨居江都,曾官中书舍人,著有《槐墅诗钞》,沈德潜《国朝诗别裁集》卷十九、民国《歙县志·人物志·文苑》皆有传。德音善画虫鸟花草,工诗,然年少守寡,后经火患,艰苦持家,教子成立。诗存世较多,著有《绿净轩集》《纪瑞诗集》。法式善《梧门诗话》卷十五曰:"(徐德音)著《净绿轩集》,林女史亚清骈体《序》极工。熟精《文选》,老年独犹日阅一寸书,有句云:'潮来初拍岸,云起忽遮楼。'鲍、谢遗音。《出塞》云:'六奇妄说汉谋臣,从此和戎是妇人。若使边庭无牧马,蛾眉也合画麒麟。'王琼《名媛诗话》称为绝唱。"

《纪瑞诗集》,蔡殿齐《国朝闺阁诗钞》第三册第三卷亦有著录:"徐宜人德音,字淑则。浙江钱塘人。漕运总督清献公旭龄女,江都许迎年室,开封同知佩璜之母。著有《绿净轩诗钞》《纪瑞诗集》。"

季妹遗稿　一卷

［民国］吕湘著　［民国］吕贤满辑

存。著者、辑者简介分别见前《惠如长短句》《撤珥集》。

《季妹遗稿》，与《清映轩遗稿》同书异名。

缄秋阁诗稿　一卷

［清］姚宛著

未见。姚宛（生卒年不详），字修碧。桐城人。清顺治、康熙间在世。姚孙檠女，张茂稷室，张若潍、张嗣谢祖母。

《缄秋阁诗稿》一卷，潘江《龙眠风雅》卷二十著录："姚氏宛，字修碧。玺卿石岭公之女，进士文熊之姊，国学张茂稷之妻也。幼读书史，好吟咏，端庄柔顺，不轻言笑。年十五归茂稷，闺中唱和如良友焉。年二十三而夭。自署所居曰'缄秋阁'，有《缄秋阁诗稿》。其《病中别夫子》诗，最为艺林传诵。"

茧松阁遗稿

［清］张嗣谢著

未见。张嗣谢（1743—1764），字咏雪。桐城人。张茂稷与姚宛之子张廷玮女，孙循绂室。《见山楼诗话》云："桐城闺秀张嗣谢诗格调清逸，无柔弱之态。"（见汪启淑《撷芳集》卷二十六）

《茧松阁遗稿》，汪启淑《撷芳集》卷二十六著录，并录张嗣谢父张廷玮《茧松阁遗稿序略》云："呜呼！女嗣谢亡矣！女之生也以癸亥，十岁以上能按声律，工组紃。十五而笄，二十而字。以甲申年二十有二而卒。呜呼！以女之年，益而倍之不为永。而况其间，余以敝车羸马日走月步，皇皇道途之间，赋离思别恨者几何年！是女之生二十有二，而余之于女天性之恩，骨肉之爱，且十余年不及也。方余之为秦游也，女始十四岁，念寻常儿女子，安知所谓山地险径，川地广平者，而女牵裾执袂，道劳人羁士、雨雪风霜之苦，泪涔涔相向，余亦为之饮泣。呜呼！令早知女之生为长别离，虽一日弗忍舍也。女生而端庄，寡言笑，少从母读《毛诗》，了了能达其意。余居家，间以唐人五七字课儿读，女同受其义解，自是遂工为诗。然其于诸姑伯姊之间，道家居琐屑外，绝口不及文墨，类愚无知者，人咸以为是女之他日，福德基也。女之生，余不能抚之尽爱；殁，不能抚之尽哀。惟兹笔床无恙，琴案依然，断简遗篇，累累犹在。女乃荒坟寂寞，孤冢迷离，月下啼乌，风中山鬼。抚忆怀亲之什，竟成绝命之词。吁其戚矣，能不悲哉！胠其遗箧，得所吟咏若干首，益以往来邮致之作，摭次补缀，哀为一编。非惟希踪大雅，博身后之名，以重伤女之夙志，要不忍其销沉灭绝，与草亡木卒者等。呜呼，岂不痛哉！又闻女之甫亡也，家之人悯其情，愤其事，悉其素所玩弄服饰之物，取焚之而扬其灰，然则残膏剩馥之中，安知无零纨断墨随之灭也乎？呜呼！惨矣，酷矣，情苦矣！余其益悲也已矣。”

剪灯吟

［清］汪嘉淑著

未见。汪嘉淑（生卒年不详），字德容。休宁人，侨居罗店。清康熙时在世。浙江桐乡金集室。

《剪灯吟》，汪启淑《撷芳集》卷三十六著录。

剪红阁诗草　二卷

［清］张茝馨著

存。张茝馨（？—1898），含山人。同邑庆锡纶室。庆锡纶，字子健，庆之源子，清咸丰二年（1852）进士，官虞部，以能称，著有《茗香书屋诗草》二卷。张茝馨二女庆凤亭、凤晖皆能诗，凤亭著有《味雪楼诗草》，凤晖著有《桐华阁诗集》，皆存于世。

《剪红阁诗草》二卷，民国二年（1913）排印本，中国国家图书馆藏。此本成书一册，每半页十二行，每行二十九字，四周双边，黑口，单鱼尾。前有张懋绩、卢震鳌序。首录初集，次录二集，末附诗余。集后另附有《正误表》。

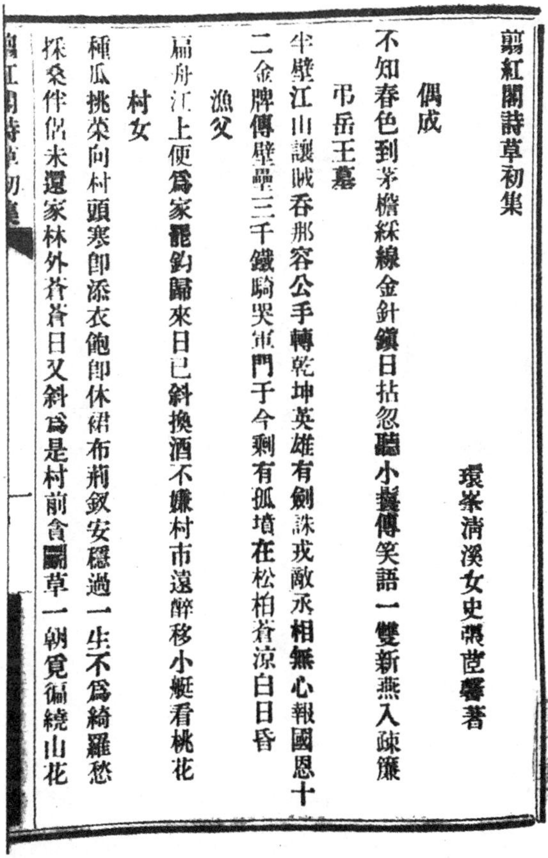

剪紅閣詩草初集

環峯清溪女史龔芑馨著

偶成

不知春色到茅檐絲線金針鎮日拈忽聽小鬟傳笑語一雙新燕入疏簾

弔岳王墓

半壁江山讓賊吞邢容公手轉乾坤英雄有劍誅戎敵丞相無心報國恩十二金牌傳壁壘三千鐵騎哭軍門于今剩有孤墳在松柏蒼涼白日昏

漁父

扁舟江上便爲家罷釣歸來日已斜換酒不嫌村市遠醉移小艇看桃花

村女

種瓜挑菜向村頭寒即添衣飽即休裙布荊釵安穩過一生不爲綺羅愁

採桑作侶未還家林外蒼蒼日又斜爲是村前貪鬭草一朝覓徧繞山花

剪紅閣詩草初集

卢震鳌《剪红阁诗序》曰：“予总角之岁喜读诗，每侍予母问省之暇，辄取予母所作读之。又时从赴外家，予外祖母素钟爱予母，至则延闺中诗友欢聚一室，染翰濡纸，唱和更迭，恒尽日不倦。外祖母春秋高，诗兴益健，并美奖藉后学。见予喜读诗，因语予母：‘汝子他日必工此者。’予闻之心窃喜，益致力于诗。暇更手钞予外祖母所作，携归雒诵，乐不能置。予母谓予曰：‘昔汝外祖母教予诗，谓诗之为道，宜远规风雅，近寝馈于汉唐以来诸名作，然后润之以山川之气，乃能超然为一作家。因忆汝外祖父以进士官郎署，复出观察雁平，汝外祖母相随之燕、之晋，每于旅次以诗自遣，视往岁诸作益精萃，盖所称‘润之以山川之气’者，正于诗所造深罄其所心得，故所言綦切。今汝外祖母厚期汝，汝慎志此，以毋负长者教也。’予聆是，益珍视外祖母诗，冀更裒集成帙，有所循习。顾予岁及壮，驰驱都门，仆仆吏事，又听鼓江南省垣中，殆历二十寒暑。虽山川之气所得甚富，而于诗转疏。每一念及总角时读诗情状，辄为之泫然。戊戌秋，闻外祖母讣，益憾幼年手钞数微不足以备梨枣。今年虞廷表棣忽以诗卷来，谓皆集予外祖母手作，因亟一展阅，乃益叹虞廷表棣彰先人之志之切，而予之初志亦于是稍慰也。爰促付梓，并乐举前事书之。是为序。”

按:肖亚男主编《清代闺秀集丛刊》第44册收入此本。

剪淞留影集

[民国]吴芝瑛编著

存。著者简介见前《帆影楼纪事》。

《剪淞留影集》,《小万柳堂丛刊》五种本,民国七年(1918)仿宋聚珍本,安徽图书馆藏。前有贺涛《小万柳堂图记》,内录吴芝瑛、廉泉、郑孝胥、汪渊、陈诗、徐世昌、梁启超、易顺鼎、樊增祥、陈三立、方守彝、严复、傅增湘、袁克文等四十九人诗作三百一十五首。

饯月楼诗集

[清]蒋贻美著

未见。蒋贻美(生卒年不详),字冰臣。清乾隆时在世。含山人。蒋钦臣妹,潘某(一作黄某)室。王浔《药坡诗话》卷八曰:"(蒋氏)年三十外卒。病中有句云:'病骨久为夫子累,泪痕空对北堂流。'氏适黄姓,以錾银为业,固非其偶,而未尝有几微嫌怨意。《水曹清暇录》亦载其事,以为箍桶匠,非也。"

《饯月楼诗集》,光绪《直隶和州志·人物·才媛》著录:"蒋女,含山人。适潘氏,曲尽孝敬,工吟咏,著《饯月楼诗集》。卒,无嗣,临终作诗云:'郊原有地封残骨,荆棘何人识断碑。'"

建德周含曜女士诗画稿

[民国]周德蕴著

存。周德蕴(1903—1922),字含曜。至德人。周学熙女,周明焯妹。

《建德周含曜女士诗画稿》,民国十年(1921)影印本,中国国家图书馆藏。

此书前有姚永朴题词，周明焯序。内录《载溪闲咏十首》、国画十帧，末附其兄周明焯所撰三妹、四妹传。

涧滨阁诗　二卷

[清]方敷著

未见。方敷(生卒年不详)，字涧滨。桐城人。清康熙、乾隆间在世。高继允母。

《涧滨阁诗》二卷，汪启淑《撷芳集》卷四十七著录。

江蕊珠诗　一卷

[清]江蕊珠著

未见。江蕊珠(生卒年不详)，字蟾玉。清道光时在世。新安胡履亨(字和轩)侧室。

《江蕊珠诗》一卷，《麦浪园女弟子诗》卷二收录，见胡文楷《历代妇女著作考·附录二》"《麦浪园女弟子诗》六卷"条著录："《麦浪园女弟子诗》六卷：《昆山胡氏书目》著录。道光二十五年乙巳(1845)树人堂刊本。(清)胡履春编。履春，新安人。前有胡履春序。卷一汪秀娟诗(秀娟字玉麟)，卷二江蕊珠诗(蕊珠字蟾玉)，卷三徐佩芸诗(佩芸字味香)(以上胡和轩妾)，卷四余贞翠诗(贞翠字冰心，胡和轩甥女)，卷五戴芳芝诗(芳芝字绮音，胡和轩甥女)，卷六夏彩霞诗(彩霞字嫣红，胡和轩妻)。胡履春序曰：'和轩先生，吾宗风雅士也。天性极敦，一堂怡怡，恒以奉亲为乐。定省偶暇，即率诸姬把卷于烂红秾绿中。兴之所到，发为啸歌，旋辄弃去。盖其虚怀若谷，虞有未工尔。壬寅春，延予主其讲席。进谒时，询诸女所学，六经外凡唐宋大家诗完诵各数百首，悉先生花晨月夕、酒半茶余所亲授者。兼之诸女天资颇慧，南车特指，脱口多能成章。越岁，分请芝郡筠仙专为女傅。筠仙生性尤好为诗，昨夕课徒有所作，并呈予前恳加淘汰。甫二载，清词丽句，几满绣囊矣。先生思寿枣梨，用志一时雅集，仍殷殷订正于予。予谓诗以道性情,故《三百篇》不乏闺闱之作。今诸女诗虽未遽臻其极,然风入篁而成韵,蕉得雨而送音,天假之鸣,靡弗善者,奚妨录之,俾存其真。爰略删其繁乱,附刻筠仙卷后。故诸女勉益加勉,精更求精。安知是集非先声之树欤?道光二十五年岁次乙巳夏中浣,新安老人胡履春序。"

江声帆影阁诗

[清]王玉芬著

未见。王玉芬(生卒年不详),字华云,婺源人。清嘉庆、道光间在世。王凤生女,严逊继室。王凤生,字竹屿,婺源人,清乾隆四十六年(1781)进士,官至通政司副使,有清直声,以诗名,尤笃好图志,著《浙西水利图说备考》《河北采风录》《江淮河运图》《汉江纪程》《江汉宣防备考》《淮南北场河运盐走私道路图》《清史稿》卷三百八十四《列传一百七十一》有传。玉芬以孝亲名世,恽珠《国朝闺秀正始集》卷二十曰:"凤生字竹屿,年逾五十无子,华云矢志不嫁,将终身事父。会竹屿得子,乃以礼譬喻,始适严公子,其纯孝可重。"姊王瑶芬亦工诗,有《写韵楼诗钞》一卷存世。

《江声帆影阁诗》,潘衍桐《两浙輶轩续录》卷五十四著录:"(华云)两淮盐运使凤生女,南河同知仁和严逊继室。著《江声帆影阁诗稿》。严辰曰:'外王父都转公得舅氏晚,从母华云恭人躬代子职,志贞不字。继母疾,尝刲股疗之。比得舅氏,且长,始归子高丈。逮事舅姑,如事父母;相夫教子,内政修举。夙耽吟咏,读《思亲》诸作,纯从至性中流出,足使人增天伦之重也。'"

绛珠阁绣余草　一卷　诗余　一卷

[清]吴绣珠著

存。吴绣珠(1808—1827),一作秀珠,字蕴吉,泾县人。吴芳培女孙。吴芳培,字霁霏,号云樵,泾县人,清乾隆进士,改庶吉士,授编修,历任翰林院侍讲学士、河南学政、兵部侍郎,著有《云樵诗集》,嘉庆《泾县志·选举表》、徐世昌《晚晴簃诗汇》卷一百五十有传。绣珠幼善诗词，尤喜曼声长咏，许字郭静斋子兰芬，未嫁卒，年仅十九岁。

《绛珠阁绣余草》一卷，清道光八年（1828）刻本，中国国家图书馆藏。此本每半页十行，每行二十一字，四周双边，白口，单鱼尾。正文首页题“泾上吴秀珠蕴吉著，妹宝珠、麟珠校字”。前有吴芦仙、吴箭南所作叙，末有蔡玉山跋及张鸿楠、吴石仙、吴嗣宗、熊象阶、吴湘南、吴裕宗、吴宝珠、董承祺等人题诗。内收诗九十首，词十三首。

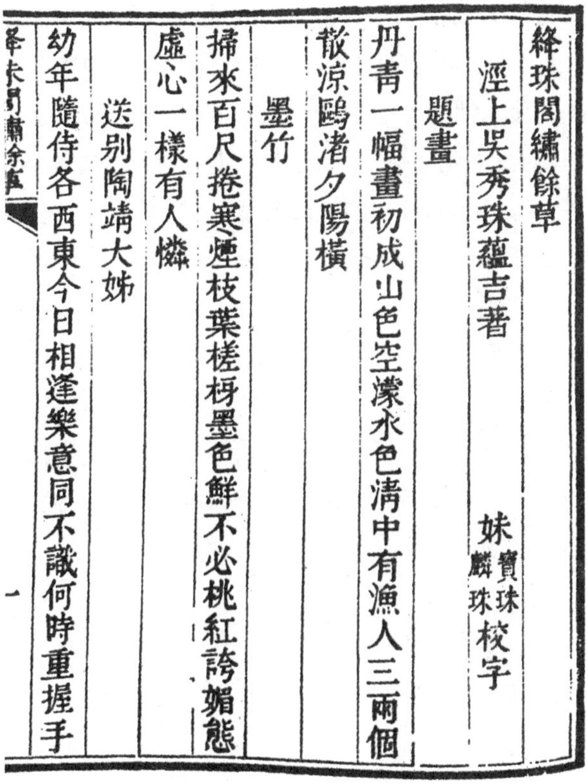
絳珠閣繡餘草
涇上吳秀珠蘊吉著　妹寶珠 麟珠校字
題畫
丹青一幅畫初成山色空濛水色清中有漁人三兩個
散涼鷗渚夕陽橫
墨竹
掃來百尺捲寒煙枝葉槎枒墨色鮮不必桃紅誇媚態
虛心一樣有人憐
送別陶靖大姊
幼年隨侍各西東今日相逢樂意同不識何時重握手
絳珠閣繡餘草　一

吴绣珠父吴芦仙《叙》曰：“绛珠阁者，余次女所居室也。女名绣珠，字蕴吉，生嘉庆戊辰岁闰五月十有五日。始生之前一夕，余妇梦素衣女子搴帷入，自称‘净瓶侍者’，愿暂托庑下，许焉，醒而异之。先总宪公亦于是夕梦女冠入余妇室，方致研诘，洒然而寤，次日女生。先总宪公喟然曰：‘是殆有根气，但恐不永年耳。’甫八月，能学语，太夫人绝爱怜之。周岁，断乳，随太夫人饮食起居。四岁，太夫人课以《女孝经》《内则》，俱能成诵。尤喜曼声长咏。先总宪公间授以杜诗，数过辄背诵如流。七岁，许字河内郭静斋农部子兰芬。十二，从五弟学诗词，时有警句。十五，随先总宪公南旋，侍尊长尽礼，处兄弟姊妹无间言。暇时喜读唐宋以来诗文。岁乙酉，仲兄以禄养故奉侍太夫人入蜀，于是始辞膝下，随五弟还京师。共女辈习女红，时复唱和，得诗词百数十首，五弟颜之曰《绣馀草》。又善尺牍，命司笔札，均曲中款要。其从兄箭南有‘不栉进士’之目。余乞假出都，委以家务，亦井井有条。迨郭倩以时来谒，女方食，闻之辍食泣，胸膈间觉气塞，逾时乃呕。先是，女素患肝气，余以旧疾偶发，不甚介意。十七日延医诊视，犹谓小病，可勿药。十八日起坐梳洗，言笑若平时。夜将半，忽哀呼呜呜，持母永诀，以今生未能报德为憾。余急追视，仅奄奄一息。至十九日日昳，垂玉柱而逝。呜呼！伤哉！先总宪公不永年之语，至是竟验矣。岂西方化人惯作无情之狡狯耶？抑洞宫赴台此心不恋居人世耶？昙花一现，误堕埃尘；阆苑前缘，空归净业。斯人斯疾，夫复云何？呜呼，伤哉！余春秋四十有七，齿牙动摇，心力就颓，视茫茫而发种种，堪睹此宝碗金瓠之摧折哉！兹其女弟请刊遗稿，余略为删存，濡笔拭泪而缕述其颠末如此。时道光七年八月下浣，芦仙叙。”

蔡玉山《跋》曰：“今观其《绣余诗草》，虽系初学，未臻大成，而幽闲静一，敦厚和平，不失诗人本旨，非特以才女称也。且夫名花香草，珍奇宝藏，凡为世所罕觏者，必有一种清芬之气、灵异之姿，以超越乎寻常，而后为人所钟爱。虽极诸气衰物故，而有心人或托诸画绘，寄诸咏歌，必使其生气常凛凛于人间，始不负造物钟毓之深心，而永为人世所艳羡。”

椒花阁诗草

[清]张椒花著

未见。张椒花（生卒年不详），清乾隆、嘉庆间在世。桐城人。张廷璐子张若需女孙、张曾敞女，孙浴泉室，孙世昌母。

《椒花阁诗草》，吴希庸、方林昌《桐山名媛诗钞》卷七著录。

椒花馆诗集

[清]江秀琼著

未见。江秀琼（生卒年不详），字瑶峰。歙县人。清乾隆、嘉庆间在世。江兰（畹香）女，张寿泰室。

《椒花馆诗集》，王豫、阮亨《淮海英灵续集·辛集》卷二著录：“（江秀琼）

畹香中丞女，如皋诸生张仰斋室。著《椒花馆集》。《名媛诗话》云：'夫人工诗善画，精琴理，吾党韵士也。闻子兄有《群雅集》之刻，以书介子乞选，并订曲江亭之约。今春三月，忽以微疾端坐，口诵《心经》七遍而卒，自称为天上吹箫侍者云。'"

蕉窗遗韵诗集　一卷　词集　一卷

［明］张娴婧著

存。著者简介见前《鹤史》。

《蕉窗遗韵》，清光绪丁酉年（1897）重刊本，安徽省图书馆藏。此本一册，前有陈球、蒋一个序，张文瓒重刊序，末有杨友敬、许齐爽、闵铭跋。内收《蕉窗遗韵诗集》一卷、《词集》一卷、《考异》一卷。

张文瓒《重刊蕉窗遗韵序》曰："古今闺阁之以诗传者，代不数人，而其传者，苟秩然可观，文人学士每乐讽诵之，以为不可得而得者，而况编珠缀玉，卓然企于古作者之林，宜乎文人学士一再表章之不已也。至于子孙之绍德言，思手泽之长存，惧遗徽之就泯，虽片言只字，犹什袭宝重，矧桄桄翰墨，散在人间，则其搜求而传播之者，当更切于文人学士之表章也已。《蕉窗遗韵》者，六安前辈闵子长文之配张蓼仙所撰也，诗词各一卷，在昔西江杨澹馀、桐山蒋一个，俱为序而刻之，经兵燹后，版片遗失，其裔孙李君照，展转构求，始获旧椠本于汪镜轩先生处，详加校正，用付剞劂。文瓒敬造李君而进之曰：'夫人贤声淑德，金沙张君传之详矣，钟型郝范，嗣其徽者，宜乎勿替。即以夫人之勤学笃志，又岂今世承学之士所可及哉？夫人于归，才识数字，未几扢雅扬风，居然与骚坛老宿相颉颃，我辈呻吟呫哔数十年，百无一得，对之不滋愧耶？'然则李君之刻其先夫人遗集，非第求绳其懿德，亦将以砺其后昆，以勤学之志也夫。光绪岁在丁酉五月，平梁张文瓒敬题。"

许齐爽《跋》曰："壬辰岁，予重刊《药坡诗话》，其首卷所采闵子长文之配张蓼仙之诗数章，雄浑雅健，不类巾帼中人语，读之令人起敬。及乙未秋，复应同人之约，监刷州乘，校至贤媛一门，则首登夫人之淑行也。闻夫人生平，著述等身，闺政之暇，佐长文公质证经史，以吟咏为倡随。曾手订有《女诫引证》《竹经》《鹤史》各若干卷行世，而尤脍炙人口者，惟《蕉窗遗韵》一书，经乡先达杨愧斋、陈鸣虞二公先后梓行，又得金沙张公、维节杨公、一个蒋公诸巨手传而序之，零笺剩墨，何动人倾慕，一至于此！此殆陟山湃水之间气所钟也。惜迭遭兵燹，书不可得，幸世丈汪公敬轩藏有旧本，借而读之。噫！夫人将赖是编不朽矣！适李生佩之，时游予门，予故知生为夫人苗裔，因举是编归之。李生亦怃然，念先人之吉光片羽，历劫灰而不可磨灭，不敢什袭，转乞其师汪丙辉博士详加校定，跪请于大父而重刊之，一以见夫人之灵，一以见李生之善延先泽也。工既竣，谨撮数言书后。光绪二十三年岁在强圉作噩立秋日，姻后学许齐爽跋。"

按：王昶辑《明词综》卷十一曰："张娴倩，字蓼山，庐州人，有《蕉窗逸韵》。"但著者名、字及书名皆有误。

蕉贞咏

［明］葛嫩著

未见。葛嫩（？—1645），字蕊芳。上元（今江苏南京）人。桐城孙临（字克咸）侧室。余怀《板桥杂记·葛嫩》曰："余与桐城孙克咸交最善。克咸名临，负文武才略，倚马千言立就，能开五石弓，善左右射。短小精悍，自号'飞将军'。欲投笔磨盾，封狼居胥，又别字曰武公。然好狭邪游，纵酒高歌，其天性也。先昵珠市妓王月，月为势家夺去，抑郁不自聊。与余闲坐李十娘家，十娘盛称葛嫩才艺无双，即往访之。阑入卧室，值嫩梳头，长发委地，双腕如藕，面色微黄，眉如远山，瞳仁点漆。叫声'请坐'，克咸曰：'此温柔乡也，吾老是乡矣！'是夕定情，一月不出，后竟纳之闲房。甲申之变，移家云间。间道入闽，授监中丞杨文骢军事。兵败被执，并缚嫩。主将欲犯之。嫩大骂，嚼舌碎，含血噀其面。将手刃之。克咸见嫩抗节死，乃大笑曰：'孙三今日登仙矣！'亦被杀。"

《蕉贞咏》，胡文楷《历代妇女著作考·清代十一》据徐树敏、钱岳《众香词》著录。

洁斋诗集

［清］吴芝芳著

未见。吴芝芳（生卒年不详），桐城人。清光绪、宣统间在世。吴汝纶女，柯劭忞继室。

《洁斋诗集》，柯兰《我的祖父柯劭忞》著录："祖父的元配袁夫人去世后，在他48岁时，续娶桐城古文学家吴汝纶之女吴芝芳。子女均吴夫人生，因而他晚年才得子。祖母才赋很高，古文深得家传，亦工诗，著有《洁斋诗集》。辛亥革命后，祖母任过总统府教师，辅助祖父编修《新元史》，是祖父在学术研究中最有力的助手。祖母的姐姐吴芝瑛，被称为'清末三女杰'之一，是秋瑾女侠的好友。"（见柯兰《千年孔府的最后一代》）

金刚解义注

［清］江氏著

未见。江氏（生卒年不详），怀宁人。进士江同海女，蒋燕士室。

《金刚解义注》，《民国怀宁县志卷三十·贤媛》著录："（江氏）性颖悟，经史诸篇无不通晓。幼娴翰墨，常以舅氏所书仿本，临摹数过。舅氏见而批其纸尾云：'再加剡藤百幅，隃麋十丸，可方驾卫夫人矣。'燕士幕游，氏事舅姑曲尽其孝。孙兖植、雍植，亲授诗书，皆成名。晚年手注《金刚解义》《六祖坛经》诸篇，深透宗旨，并朝夕持诵不倦，卒年九十有八。"

金闺杰　十六回

［清］侯芝著

存。著者简介见前《绘图再造天》十六回。

《金闺杰》十六本三十二回，为《再生缘》改本，清道光四年（1824）散花园刻本。侯芝《金闺杰序》曰："《再生缘》一书，作者未克终篇，续者纷起执笔。

奈语多重复，词更牵强，虽可一览，未堪三复。予删改全部为十六本三十二回，固非点石成金，然亦炼石补天之意。未及告成，而坊中以原本索序，予以欲却人求，乃为缀数言卷首。不料梓出阅之，盖更有好事者添续。事绪不伦，语言陋劣。既增丽君之羞，更辱前人之笔。深可惋惜。予改本，今名《金闺杰》，盖书中女子皆有杰出之才，以是名之得矣。至原来之失，指摘于右。质之闺中学者，以为然否？有坊梓近本，不足论月旦矣。道光壬午季秋上浣日，香叶阁戏笔。”

按：胡文楷《历代妇女著作考·清代六》亦据《弹词宝卷书目》著录。

津云小草　二卷

［清］何佩珠著

存。著者简介见前《红香窠小草》二卷。

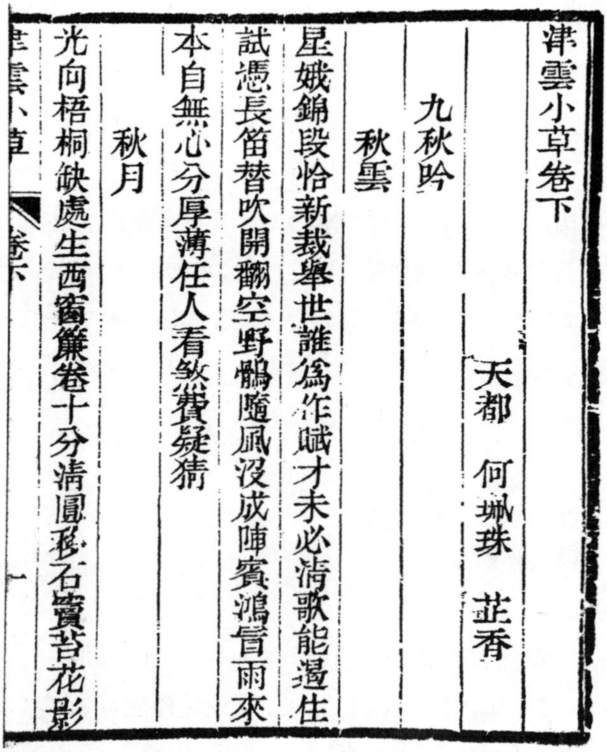
津雲小草卷下
天都　何珮珠　芷香
九秋吟
秋雲
星娥錦段恰新裁舉世誰爲作賦才未必淸歌能遏住
試憑長笛替吹開翻空野鶻隨風沒成陣賓鴻冒雨來
本自無心分厚薄任人看斂費疑猜
秋月
光向梧桐缺處生西窗簾卷十分淸圓移石賞苔花影
津雲小草　卷下　一

《津云小草》二卷，附《梨花梦》五折，清道光二十年（1840）览辉堂刻本，北京师范大学图书馆藏。此本每半页九行，每行二十一字，小字双行，左右双边，单鱼尾。前有王勋序，及何佩玉、何佩芬、朱鳌、程锷、蓝海、范嘉谟、陈镜秋、陆缙等人题词。此本分上下卷，共收诗九十九首。

王勋《序》曰：“人非有至性至情必不能诗，然有至性至情而不一出于正，则虽能诗而诗或不传三代。上诸侯王士大夫妻莫不有言情之作，而宣圣且列于经以服万世，岂非以其出于正哉？此闺门之可以为诗，固非圣人所禁而余独取。张子元配何芷香女史之诗，足以见其性情之正，为可钦也，尝读其《津云小草》而知之矣。曷为言乎'津云'也？夫人尊舅官天津，此其于归后所作，故以'津云'名篇。虽然'津云'之作，其在艰难险阻之日乎？观其篇中'苦味谁谙透，低徊还自怜'，胡为伤心一至此哉？然读至'换得莲花米，高堂好劝餐'，又'姑意依心会，何须问小姑'，又'宛转床前承色笑，殷勤膝下废餐眠'，则又不辞劳瘁，刻意承欢，可谓无怨无尤者矣。至'郎摊诗卷依挑绣，针线都添翰墨香'，则又安贫乐道、相敬如宾者矣。不谓以闺门之质，而有贤豪之概，虽古之所称名媛淑女何以过此。余于是而叹张子刑于之化，其感人为至速也。余闻张子为名进士孙，故风雅士，其著作必有过于寻常万万者。道之云'远深以未得管窥为恨'，而与夫人父党本居同里，而又同客扬州，故得读其诗而敬其出于性情之正，可以垂为女箴，因勉为之序。其在诗曰：'言之无文，行而不远。'余何人斯，偃蹇傫陋，草草报命，奚有当于万一可以为夫人重哉？异日有续取《国朝闺秀集》者，其必采之，以示来兹。姑以是为嚆矢云尔。道光庚子孟冬仲浣，乡侍生王勋拜序于扬州之春及草堂。"

按：《北京师范大学图书馆藏稀见清人别集丛刊》据此本影印，肖亚男主编《清代闺秀集丛刊》第42册亦收入。

锦槎轩诗集　十卷

［清］张襄著

未见。张襄（生卒年不详），字云裳，又字蔚卿。蒙城人。清道光时在世。张殿华女，江西汤云林室。与吴藻、钱守璞等同为陈文述碧城仙馆女弟子，诗词酬唱，名噪一时。民国《重修蒙城县志·列女志·才媛》有传曰："张襄，号云裳，武进士殿华女。资质秀丽，赋性聪颖。幼读书辄成诵。十岁能文，兼工诗词，擅书画。所绘人物、花草、昆虫如生，得者皆珍同片羽。随父居苏州参将任。年十八，适吴门汤贡士次子云林。云林少登词垣。随夫供差京师，未几，病殂。所作文词，乱后多散佚，画尚留鸿爪，诗见《志余》。"著有《支机石室诗》

《织云仙馆遗稿》《锦槎轩诗集》。

《锦槎轩诗集》十卷，王蕴章《燃脂余韵》卷三著录并评张襄诗曰："蒙城张丽坡将军，好风雅，尝为江苏抚标中军参将。有女公子名襄，号云裳者，年十余龄，即能诗，不三四年，著书盈尺矣。有《锦槎轩诗集》十卷，各体俱备。《拟古别离》云：'漠漠塞上云，渺渺榆林树。青山几万重，一别从兹去。前程尚模糊，安问归时路？风雪满征衣，今宵宿何处？'《游山》云：'指点青山郭，真堪作画图。心随流水逝，目送片云孤。树色分朝暮，山光乍有无。归来忘远近，喜不藉人扶。'《拟岳大将军钟琪奉诏起征金川留别故人之作二首》云：'未许身闲水石间，九重恩诏起衰颜。蒋侯已拟长开径，李广无端又出山。老别那能期后会？壮行原不计生还。却怜旧雨纷纷集，乱树寒云拥剑关。''乍抛钓艇脱羊裘，共唱《阳关》赋远游。怜我已成强弩末，感君还望大刀头。牙旗影落边城月，觱篥声高绝塞秋。此去百蛮应见笑，邯郸梦里又封侯。（原注：公常有句云：只因未了尘寰事，又作封侯梦一场。）'《春日闲居》云：'深闺梦短思悠悠，为怯春寒懒下楼。自笑年来娇养惯，满帘红日未梳头。'七言如'穿云惯舞双龙剑，踏月能开十石弓''卷起湘帘看宝剑，烧残银烛读《阴符》'，俱有穿云裂石之声，真将家子也。"

锦槎轩诗集　一卷

［清］张襄著

存。著者简介见前《锦槎轩诗集》十卷。

《锦槎轩诗集》一卷，清道光二十四年（1844）蔡殿齐嫏嬛别馆刻《国朝闺阁诗钞》第十册收入。此本每半页八行，每行十八字，黑口，四周双边。内仅录《夜眺虎山桥复踏月至虎山绝顶》《丙戌春沈采石为予作邓尉探梅图，吴蘋香为制乐府，走笔奉谢，即送蘋香归钱塘》《登灵岩山》《登光福诸山》《题看山读画楼》《木渎道中送齐梅麓师重游光福》《梅花用高青邱韵二首》《家大人招梅麓师同为邓尉之游喜赋》《登吾家山御碑亭》《还元阁望太湖》《调琴》等诗十一题十二首。

按：《续修四库全书》本《国朝闺阁诗钞》，据此本影印。

锦楼诗草

［清］蒋锦楼著

未见。蒋锦楼（生卒年不详），江苏常熟人。蒋廷锡曾孙女，歙县王某室。

《锦楼诗草》，黄秩模《国朝闺秀诗柳絮集》卷四十著录："蒋氏，江苏常熟人，太傅文华殿大学士文肃公廷锡曾孙女，中丞某孙女，副史某女，临安从事安徽歙县王某室，著有《锦楼诗草》。"

锦囊冰鉴　二卷

［清］张令仪著

存。著者简介见前《蠹窗二集》六卷。

《锦囊冰鉴》二卷，清康熙五十四年（1715）刻本，日本内阁文库藏。此本八册，板式为上下两截版，中有单行栏线隔开，每半叶大字四行，小字十六行；上栏每行大字各四字，下栏为上栏四字之注文，每行小字各二十七字；黑口，上下单边，单鱼尾。书口上端题书名"锦囊冰鉴"，下端有"光浴堂"三字。前有张廷玉、张廷璐、鲁之裕序，及张令仪自序。卷首第一栏上栏题"锦囊冰鉴"，下栏题"即续《龙文鞭影》""龙眠女史张令仪柔嘉氏编"；第二栏下栏题"弟廷玉、璐、瑑、瓘校订"。

张廷璐《序》曰："吾乡杨古度先生向有《龙文鞭影》一书，采辑古事，依上下平韵，为四字对偶，以便童子习读。此书近颇流传宇内，然纂组虽工，而采取未富。叔姊蠹窗复仿其制，而编辑加详焉，名曰《锦囊冰鉴》。叔姊幼随先文端公宦京师，未尝就外傅，仅从先太夫人授《论语》《毛诗》，已通晓其大义。及长，学为诗，针黹之余，每取唐宋之诗读之，穷昼夜不倦。姊丈姚君湘门负隽才，绩学嗜古，叔姊篝灯佐读，吟咏之声与咿唔之声时相倡和。湘门承累世清白之遗，家无储偫，间橐笔游四方。叔姊经理家政，拮据黾勉，暇则寄意于诗。每佳晨月夕，风雨晦明，草木禽鱼之趣，溪山烟霭之变态，与夫胸臆间一切可悲可喜之事，皆于诗发之。故诗日益富，而格律日益高，辞意超迈，风调遒上，卓然入唐宋作者之室。予每谓其诗必传于后无疑。尤喜博览载籍，六经、廿一史及诸子百家之书，靡不搜讨淹贯。先公引退归田山居，谢宾客，每与诸子女及诸孙征引掌故、背诵古人诗文以相娱乐。叔姊辄能举其事与其词，穷原竟委，纤细不遗。故先公《蠹窗学诗题辞》有云'由其记诵之多，与攻苦之力'，盖深许之也。兹编取材宏博，注释简当明晰，每出新意，比对工妙，大雅绝伦。凡《龙文鞭影》之已载者，皆不复见，而书帙更倍之。大率皆古人之嘉言懿行可取以自镜者，不特童子便于诵读，即文人学士，未尝不可引为读书稽古、立身制行之一助也。叔姊雅不欲示人，予辈力请付之梨枣，嗣将尽梓其三十年来之诗，以共质诸当世。自古贤媛之多才者，如谢女、班姬，或以诗名，或以文著，其卓卓可称道者，亦指不多屈。叔姊殆且兼之，盖天资既高，而又嗜学不倦，故识解之卓荦，学问之渊通，虽老生宿儒有不逮者，岂特杰出于闺阁间已哉？"

张令仪《序》曰："予幼随先文端公宦京师，时诸弟犹在襁褓。先公家素寒俭，不能以弱女延塾师，间从先太夫人授《论语》《毛诗》。稍长，太夫人曰：'女子工织纴，事酒浆，诗书非所务，知其大义可也。'是后予既归吴兴，两尊人犹宦京华，弟兄天末，不能无离群索居之感，间托诗章以舒积抱，亦不以示人也。既而先舅翁捐馆，清白相贻，家徒壁立，夫子怀珠在椟，糊口四方。予终岁食贫，黾勉齑盐，皆仰给于十指。而夜窗机杼，晓镜飞蓬；贫病相因，流光易掷，忽忽不知老之将至。而今之困苦轗轲，有甚于昔也。针黹之余，稍涉书史，以为古人嘉言懿行，可备取资者不少，吾桐杨古度先生著有《龙文鞭影》一书，窃谓尚多遗落，不揣固陋，以暇时所见，编次成书，名曰《锦囊冰鉴》。昔人云'鉴古可知兴替'。又李贺每出游，必令奚僮背一古锦囊，有所得，辄投其中。是集亦可为锦囊中之一鉴云。予学惭韦母，才愧班姬，加以尘务经心，识见非广，聊凭臆度，丛杂无章。或篝灯绩火，风雨晦明，课稚子琅琅诵读一过，如晤对古人，庶几愁苦稍释耳。诸弟见之，谬加奖与，请付梓人，公诸同好。嗟乎！谢道韫之解围，无其高朗；李易安之赌茗，乏此清闲。仅同王霸之妻，为农而没世；大似老莱之妇，偕隐以灌园。身既隐矣，何用名哉！盖欲以劝诱童蒙，非敢质诸当世也。"

按：《锦囊冰鉴》二卷，国内未见收藏，日本内阁文库藏有孤本（参见乔玉钰《日本内阁文库藏孤本〈锦囊冰鉴〉考略》一文，载《文献》2014 年第 1 期）。

锦上花　四十八回

［清］侯芝著

存。著者简介见前《绘图再造天》十六回。

《锦上花》四十八回，清嘉庆十九年（1814）刻本，中国国家图书馆藏。此本成书八册，每半页十行，每行二十字，白口，四周单边，单鱼尾。另有清同治十年（1871）宝树堂刻本，中国国家图书馆藏；清同治十三年（1874）学于堂刻本，南京图书馆藏。

按：胡文楷《历代妇女著作考·清代六》"《锦上花》四十八回"条曰："《昆山胡氏书目》著录（见）。道光三十年庚戌（1850）新镌，善成堂藏版。前有嘉庆十八年修月阁主人草书序，图八叶，有佩香、仲仪、颖香、仲宜、孙云凤、碧云、凤吟诸女史题赞。"

锦笙词

［清］王玳著

未见。王玳（生卒年不详），字谢家。湖北武昌人。安庆钱某室。

《锦笙词》，徐树敏、钱岳《众香词·御集》著录。

晋中草

［清］李长宜著

未见。李长宜（生卒年不详），颍水（今颍上县）人。清顺治、康熙间在世。刘体仁从侄进士刘播室。刘播，字子方，刘体谦子，清顺治己亥年（1659）进士，官洪洞县（今山西临汾）知县，《重修安徽通志·人物·宦绩》有传。

《晋中草》，胡文楷《历代妇女著作考·清代三》据《然脂集》著录："氏，安徽颍川人，进士刘播妻。邵孙序云：集中载与五妹酬答诗为多。古叹才难，一门得二矣。"

荆山小草

［清］戴玺著

未见。戴玺（生卒年不详），字闺韫。休宁人。清顺治、康熙间在世。戴邵虞女。母范满珠亦工诗，著有《绣余草》。

《荆山小草》，邓汉仪《诗观二集·闺秀别卷》、汪启淑《撷芳集》卷四十一皆有著录。

井桐居吟稿

［清］汪韶著

未见。汪韶（生卒年不详），字井桐，号倩君。歙县人，侨居六安。清雍正、乾隆间在世。歙县洪寻（味须）室。著有《井桐居吟稿》《倩君遗稿》。

《井桐居吟稿》，王浔《药坡诗话》卷四著录："同时与杨夫人唱和者，有汪夫人名韶，号倩君，著有《井桐居吟稿》。……倩君为石林先生（璞）犹女，风雅固有自来。适歙县洪味须先生（寻）。洪工诗词，兼精篆隶，称闺中良友。"

净香居诗草　一卷

［清］金梦兰著

存。金梦兰（生卒年不详），字香苏。江苏扬州人。清乾隆时在世。桐城杨瑛昶侧室。工诗，善画蝴蝶。

《净香居诗草》一卷，清嘉庆九年（1804）刻本，中国国家图书馆藏。此本每半页八行，每行十九字，小字双行，白口，单鱼尾，四周双边，成书一册。前有翁方纲、吴鼒序，及汪端光、罗聘、程璿题辞，张问陶与林颀联句。内收诗一百六十一首，又题画诗五十二首。

翁方纲《净香居诗草序》曰："往者序米人诗'意在丹壑梅畔间，非欲专溯渔洋也'，正为其翛然神韵之表，不以官职声名寓诗品也。乃今于其夫人《净香居

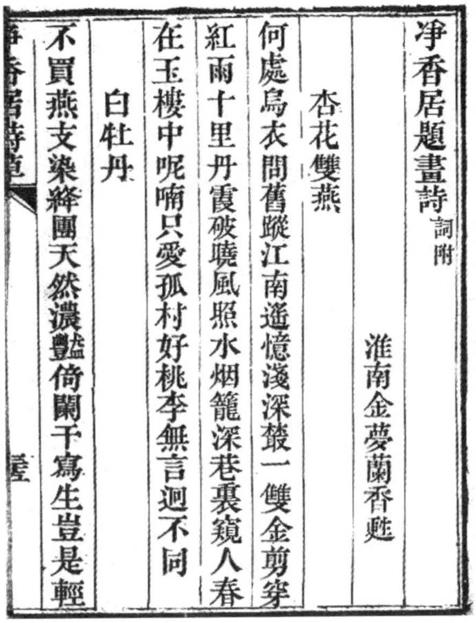

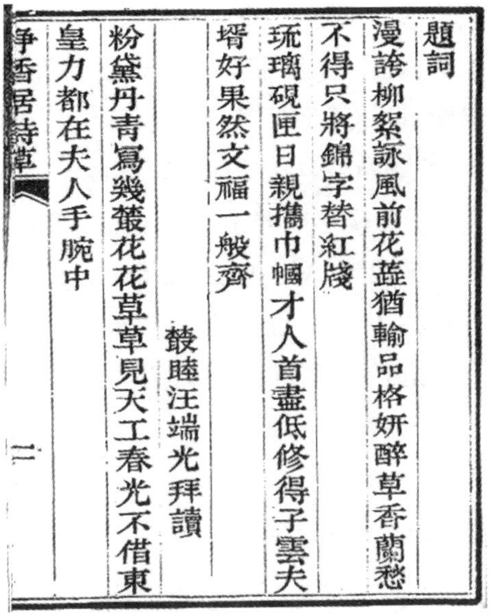

诗》而有更相发者。凡评妇人诗，第举林风絮雪之韵耳。其或进乎此，则谓不染脂粉气，遂足以超轶闺中作矣。而吾诵净香卷中之什，岂以是欤？吾味其诗，盖深于画理者，然吾非仅以画喻诗也；盖深于佛理者，然吾亦不尽以禅喻诗也。其《咏白牡丹》曰‘富贵须知本色难’，则学者涵养澹宁之候也；其《题文竹石峰》曰‘那肯藏身万绿中’，则君子持躬立品之端也。且于廉吏之俭素，无不具见于《写怀》也；且于名宦之勤民，时时流露于《即事》也。此吾昔读米人诗，不于官职声名概之，而转于读净香卷中诗随处得之。卫姜之送仲氏曰‘其心塞渊，终温且惠’，《秦诗》之念君子曰‘载寝载兴，秩秩德音’。风雅之复作也，非斯卷其谁归？然后知吾曩推米人诗在丹壑梅畔间，以渔洋为津导，盖非空拈神韵之谓矣。米人闻之，傥以我为知言乎？”

按：孙殿起《贩书偶记》卷十八对此本亦有著录：“《净香居诗草》一卷，淮南女史金梦兰撰，无刻书年月，约嘉庆间刊。”

静辉楼剩稿

［清］龚素英著

未见。龚素英（1835—1859），字佩芬。合肥人。监生龚照书长女，知县王象清室。光绪《续修庐州府志·列女·义烈》曰:“(龚)氏少敏慧,喜读书。归象清,女红之暇,辄事吟咏,高古雄浑,不作闺阁语。咸丰九年二月,贼自宿松趋建康,道淝北鄙,里中避贼多不及。氏猝遇贼,大骂不屈,贼怒,刃数下,血注如雨,昏绝委地,贼既去,邻妇怜而舁之归。僵卧一日,夜复苏。以喉尚未断也。时象清避难淮上,氏染血为书以诀曰:‘世乱如此,吾得地下从李氏,幸矣。’李氏者,氏之弟妇,八年遇贼,自殒于水者也。创亟,遂取所著诗稿焚之,曰:‘诗非女子所宜有也。’及象清归而氏已卒,年二十有五。搜帙中所遗及其平时记忆者,共得古今体诗数十首,所居楼名静辉楼,其剩稿藏于家。”

《静辉楼剩稿》,胡文楷《历代妇女著作考·清代十四》据《续修庐州府志》著录。

静如遗草

[清]翁静如著

存。翁静如(1662—1714),号珠楼,又号静如。江苏苏州人。翁景华女,天长周五瑞室。翁志琦《珠楼余草序》中曰:“先姑母静如孺人,先叔祖景华公女。幼善诗文,针黹之余,即好读书,自《春秋左传》暨历代书史、屈子《离骚》与晋魏诗集,无不毕览。闲多吟咏,汇名《珠楼集》,先叔祖母因以‘珠楼’称之。……宅之东有小楼环山面水,四时之景具备,最爱居人,奉白衣大士于中,朝夕虔礼,因自号为静如。教子女外,登楼独坐,焚香烹茗而已。”(见翁静如《珠楼余草》)女周月贞、媳朱雪英亦工诗。

《静如遗草》,黄秩模《国朝闺秀诗柳絮集》卷三二著录:“周月贞,江苏吴县人。五瑞女,翁德和室。按,王豫《江苏诗征》作长洲洞庭山人,又云月贞诗与朱雪英诗合刻,名《联珠集》,又云月贞诗附刻于母氏《静女遗草》后。”按:《静女遗草》,当为《静如遗草》。又,《静如遗草》,疑即《珠楼余草》。参见本书“《珠楼余草》一卷”。

静轩诗文集

[清]张瑜珍著

未见。张瑜珍(生卒年不详),字静轩。宿松人。清嘉庆、道光间在世。徐志璜室,徐成典母。

《静轩诗文集》,民国《宿松县志·艺文志四》著录:“徐志璜室张瑜珍著(藏稿)。珍,字静轩,适徐诰封通奉大夫志璜室,监司大员成典母。累封夫人。典幼读时受经母氏,比长拔萃贡成均。画荻之训,终身以之。并从爰制举业。相传璜初婚后适构窗课,易珍作试,呈师,师惊谓业骤进。嗣是倡随间遂相诗友云。板舆就养后,佳句尤夥,黄绢妙词,不减幼妇。”

静志居诗话

[明]方维仪著

未见。著者简介见前《楚江吟》。

《静志居诗话》,《桐城县志·人物传》著录:“方维仪精心考究文史,收古今名媛诗作,编成《宫闺诗史》一书。她的诗文《清芬阁集》,载《明史·艺文志》。此外著有《静志居诗话》,对诗歌理论的阐述也颇精辟。绘画与伯姊孟曜齐名,尤擅长绘释道人物,其《观音大士图》师法李公麟的白描手法,形象生动,神色俨然。”

镜阁诗集

[清]刘何减著

未见。刘何减(生卒年不详),清顺治、康熙间在世。贡生亓敬存室。刘体仁从侄女,刘佐临第五女。刘佐临,字與襄,顺治己亥年(1659)进士,授兖州府推官,《重修安徽通志·人物志·宦绩》有传。刘体仁曾记述侄女刘何减幼时读书事:“侄女幼寡言笑,其弟承初入塾,余见其所诵鲁论,各标数语,至《事君》

数章，驳注云：'事君本不求荣，何辞辱？'惊问出何人，则侄女所阅也，时年十二三矣。诗名《镜阁》，则余名其所居之阁也。"（见《安徽名媛诗词征略》卷四）

《镜阁诗集》（一作《镜阁诗词》），恽珠《国朝闺秀正始集》卷五著录。

按：或曰刘何减与撰《纫兰轩诗》之刘氏为同一人。（熊言安《清代安徽颍州籍女性诗词辑考》引吴克岐《皖江妇女诗征》曰："刘碧，字映清，小字何减，颍上人，明同知佐临第五女，安陆贡生亓敬存室。著有《镜阁诗集附词》。惜早卒，散佚殆尽。"并证刘碧与刘何减乃同一人。又言：撰《镜阁诗集》之刘何减与撰《纫兰轩诗》之刘氏为同一人。见《楚雄师范学院学报》2013 年第 5 期）存疑。

镜清阁集

［清］方若蘅著

未见。方若蘅（生卒年不详），字叔芷，号畹芳女士。桐城人。清嘉庆、道光间在世。方维甸第三女，常熟杨希铨室。父方维甸，官至军机大臣，赠太子少保，谥勤襄。若蘅姊方若徽亦能诗，著有《闲云阁诗钞》。

《镜清阁集》，光铁夫《安徽名媛诗词征略·补遗》著录："（方若蘅）勤襄公维甸三女，太守虞山杨希铨室。幼读书过目成诵。勤襄精天文，若蘅能绍其传，辨星野不爽。经史必探讨得其要。兼善音律，若元人百种等曲，悉能按拍合声。性淑慎，备有妇德，乡党极称之。审杨氏艰于嗣，即为夫置妾媵，广求诞育。夫出守潼川三载，有惠政，实为之襄理焉。著有《镜清阁集》。"

鸠那罗的眼睛

［民国］苏雪林著

存。著者简介见前《蝉蜕集》。

《鸠那罗的眼睛》，民国三十五年（1946）上海商务印书馆铅印本，中国国家图书馆藏。此书前有《本事》，内录三幕剧《鸠那罗的眼睛》、独幕剧《玫瑰与春》。

鞠隐案牍汇存　一卷

［民国］吴芝瑛编著

存。著者简介见前《帆影楼纪事》。

《鞠隐案牍汇存》一卷，清光绪三十二年（1906）上海小万柳堂排印本，《近代中国史料丛刊续编》（第24辑）据此本影印。吴芝瑛汇刻以其父遗产鞠隐田庄开办鞠隐小学的相关案牍，目的是以求公论。

涓亭集

［清］刘令佑著

未见。刘令佑（生卒年不详），一作令右，字伊只。清顺治、康熙间在世。刘体仁侄女，宁某室。宁某为刘体仁外甥贡生宁擢之子。刘令佑不仅工诗善文，且多才多艺，擅长书法篆刻。清王士祯《居易录》卷十云："颍川刘氏闺阁皆知书。同年公勇吏部往，为述其女侄名第五，幼工诗，兼能古文……第五之女侄名令佑，嫁为公勇甥宁擢益贤子妇，今年才二十，诗词、书迹以至金石、篆刻皆臻妙，何巾帼之多才也。尝为予刻二小印，款云'颍川女士'。"

《涓亭集》，《乾隆颍州府志·艺文志》、徐乃昌《闺秀词钞》等皆有著录。

按：或曰撰《涓亭集》之刘令佑与撰《宝田堂诗》之刘氏为同一人（见熊言安《清代安徽颍州籍女性诗词辑考》，《楚雄师范学院学报》2013年第5期）。存疑。

鹃魂集诗

［清］赵采苹著

未见。赵采苹（生卒年不详），字凤仪。桐城人。清嘉庆、道光间在世。

《鹃魂集诗》，吴希庸、方林昌《桐山名媛诗钞》卷十著录："（赵采苹）江文复生母，早寡，以节闻。著有《鹃魂集诗》。"

倦绣阁诗草　一卷

［清］马绣吟著

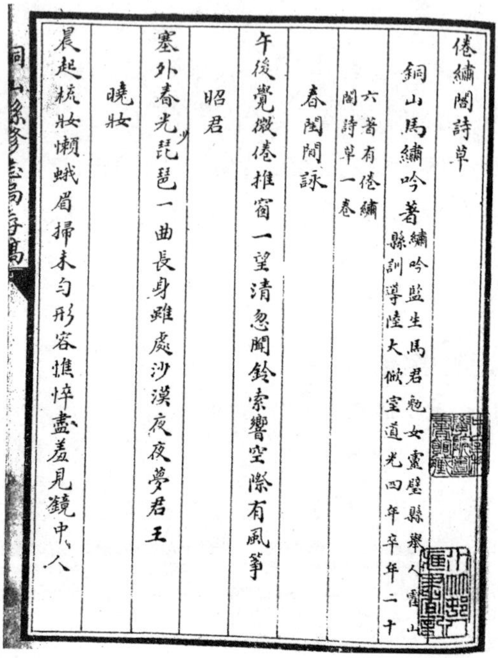

倦繡閣詩草

銅山馬繡吟著　繡吟監生馬君勉女靈璧縣舉人霤山縣訓導陸大僴室道光四年卒年二十六著有倦繡閣詩草一卷

春閨閒詠

午後覺微倦推窗一望清忽聞鈴索響空際有風箏

昭君

塞外春光琵琶一曲長身雖處沙漠夜夜夢君王

曉妝

晨起梳妝懶蛾眉掃未勻形容憔悴盡羞見鏡中人

存。马绣吟（1798—1824），铜山（今属江苏徐州）人。马君勉女，灵璧举人训导陆大僴室。

《倦绣阁诗草》一卷，中国科学院图书馆藏。此本疑为民国钞本，专用红格纸誊写，一册，版心上镌“铜山县修志局存稿”。白口，小字，每行二十二字，每半页九行，四周双边，双行同，单鱼尾，线装。内录诗四十七首。

按：肖亚男主编《清代闺秀集丛刊》第32册据此本影印。

倦绣吟

［清］张婉仙著

未见。张婉仙（生卒年不详），号澹怀。婺源人。清嘉庆、道光间在世。张建亭女。

《倦绣吟》，黄秩模《国朝闺秀诗柳絮集》卷二十一著录。

康熙丁巳画册

［清］叶蕙芬著

未见。叶蕙芬（生卒年不详），字静芳。歙县人。清康熙时在世。文学叶逊女，吴卧庵室。

《康熙丁巳画册》,《历代妇女著作考·增补条目》据民国《歙县志》卷十四《列女》著录:"《民国歙县志卷十四·列女》:善丝桐,工诗画。黄之柔题其《康熙丁巳画册》,为书'玉台彤管'四字。同时吴自魁题识,称其'兰心玉质,赋性贞庄'。"

按:《康熙丁巳画册》,当为叶蕙芬所作画册。

课选楼遗诗

[清]陈蕊珠著

存。陈蕊珠(1714—1792),字逸仙。江苏丹徒人。歙县鲍皋室。鲍之钟、之蕙、之兰、之芬母。光绪《丹徒县志·列女·才艺》传曰:"陈蕊珠,征士鲍皋妻。八九岁能诵父书,久之通经传、《文选》,尤工诗。年十五失母,日佣针黹得钱,市糕糜、抚弟妹。夜则左右挟之以寝,人皆贤之。及归皋,皋尝客于外,陈孝事孀姑,兼抚幼叔,手持刀尺,授二子诗书。暇则铨定皋诗草。今世传《海门初集》,陈编校居多。长子之钟以诗赋应召试,擢第一,成进士,由中书历部曹。尝迎陈就养京邸,居一载,念姑不置,因中秋对月焚香赋诗,遂归。三女之兰、之蕙、之芬皆善吟咏,唱和成集,题曰《课选楼合稿》。陈以之钟贵,封恭人。"

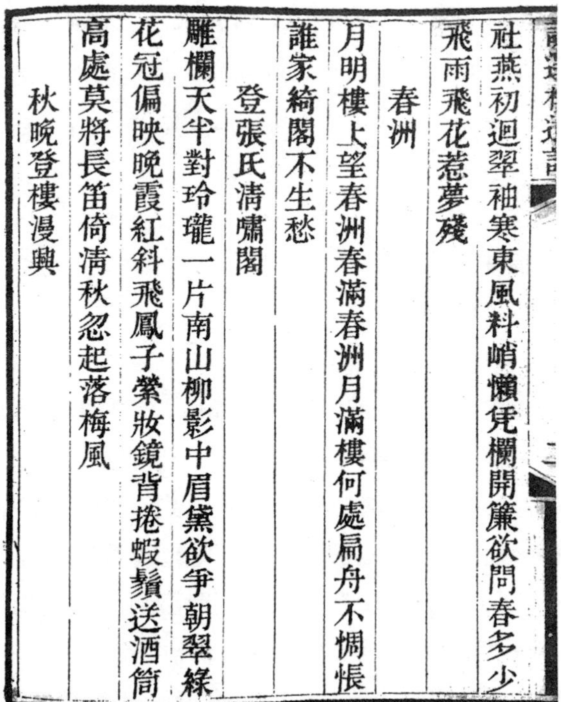
社燕初迴翠袖寒東風料峭懶凭欄開簾欲問春多少
飛雨飛花惹夢殘
春洲
月明樓上望春洲春滿春洲月滿樓何處扁舟不惆悵
誰家綺閣不生愁
登張氏清嘯閣
雕欄天半對玲瓏一片南山柳影中眉黛欲爭朝翠綠
花冠偏映晚霞紅斜飛鳳子縈妝鏡背捲蝦鬚送酒筒
高處莫將長笛倚清秋忽起落梅風
秋晚登樓漫興

《课选楼遗诗》,民国六年(1917)补刻清光绪八年(1882)《京江鲍氏课选楼合稿》本,中国国家图书馆藏。此本成书一册,每半页十行,每行二十字,四周双边，双鱼尾。前录《丹徒县志·列女传》陈蕊珠小传，内收诗四十九首。末附子鲍之钟及来孙鲍长叙跋。

鲍之钟《跋》曰："右先慈遗诗四十九首，不孝钟辑而录之，不敢妄有所增补。呜呼！我先慈幼娴诗礼，耽书成癖，稍暇即涉笔作小诗，率以蝇头片纸写之，置箱箧中，不轻以示人，亦不复自整理，故中年所作多有零落。洎后女弟辈渐长，亦知弄笔，稍稍检得箧中所存，续以随侍北行往返途次所作，始共得若干首。呜呼！昔戴复古少孤，访其父敏才诗仅得十首，至今传之。我先慈诗虽不多，犹数倍于戴，而比兴深婉，独得性情之正，即平生慈孝梗概亦略见于诗，后之搜罗风雅者，其得以少而忽之乎？"

鲍长叙《跋》曰："先太高祖妣遗诗一册，为乾隆庚戌伯高祖农部公手录，家传称与三女诗都为一集，名《课选楼合稿》，盖农部公志也。今考三高祖姑诗集先后梓行，农部公皆未及见，光绪甲申戴少梅表伯推不匮之思，复汇刻于浙中，题曰《京江鲍氏三女史诗钞合刻》。顾家藏《课选楼遗诗》，则缘百年以来屡遭时难，迄未剞劂。丙辰秋谨以付梓，请于诸叔父，咸蒙嘉许。昨复渡江谒慕侨表伯暨幼侨兄，获假浙中汇刻全板，合并印行，用符合稿名义。初册内《晓起》一律，旧钞各本均阙末韵，将开镌，栋弟偶捡房祖副册内夹存太高祖妣传稿后附是诗，独四韵俱全，遂成完璧。是知潜德幽光有时而发，未始非先世灵爽所式凭也。其庶无倍于农部公之初志乎？"

壶史

[清]赵景淑著

未见。赵景淑(1796—1821)，字筠湄。合肥人。赵鹊棠女，赵对澄(字野航)姊。早慧，喜读书吟咏，年二十五未嫁卒。有遗稿百余首，自署《筠湄小稿》，后被婢女误焚去，仅存四十余首。因其阁名"延秋"，弟赵对澄为题其遗诗曰《延秋阁剩稿》。另著有《壶史》及《香奁杂考》一卷。

《壶史》，见于赵景淑兄赵对澄所作《筠湄诗稿序》："女兄《筠湄诗稿》一卷，凡百廿余首，庚午至己卯，十年中作也。女兄长澄一岁，有夙慧，喜读史，尝集古今名媛百数十人，各为小传，题曰《壶史》。又有《香奁杂考》一卷，征引甚

详。”(见赵景淑《延秋阁剩稿》)

按:钱泳《履园丛话》二十四亦有著录。

壶闲吟　一卷

[清]王氏著

未见。王氏,合肥人。寿县孙长和室。

《壶闲吟》一卷,光绪《寿州志》卷二十八《才媛》著录,并曰:“孝廉方正训导孙长和室王氏,合肥县人。聪颖,喜读书,吟咏不辍。闺门唱和,有林下风。”

括香室遗诗　一卷

[清]叶元琴著

未见。叶元琴(生卒年不详),一名琴姑。怀宁人。清光绪时在世。叶伯英第三女,叶元吉妹。

《括香室遗诗》一卷,民国《怀宁县志・贞烈》著录:“(元琴)幼字桐城花山左氏子,未嫁丧婿,欲以死殉,迫于母命不果。后四载,年十八,母病殁,遂于母卒之日服毒自尽,以完其贞孝之素志。孝女幼笃孝友,习诗礼,娴吟咏,有《括香室遗诗》一卷。”

按:《括香室遗诗》,民国《怀宁县志・孝女》作《括香室诗草》:“叶琴姑,同知叶仲庸女,性素孝,通书史。年十一丧父,哀恸如成人。母王氏素患咯血,女侍汤药惟谨。光绪四年,母疾甚,女焚香告天,愿蹙己寿益母,刲股和药以进,延数十日卒不效。母殁,女同日吞金以殉。并著有《括香室诗草》。”

兰陂剩稿

[清]吴荔娘著

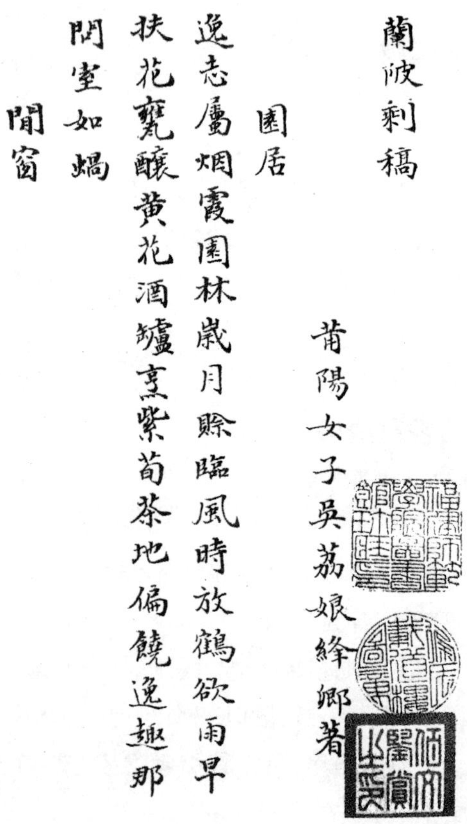
蘭陂剩稿
莆陽女子吳荔娘絳卿著
園居
逸志屬烟霞園林歲月賒臨風時放鶴欲雨早
扶花甕釀黃花酒爐烹紫筍茶地偏饒逸趣那
問室如蝸
閒窗

存。吴荔娘(生卒年不详),字绛卿。福建莆田人。青阳陈蔚副室。“幼敏慧,随父诵读。稍长,习韵语。性好洁,室内无纤尘,终日不出户限,女红外焚香默坐而已”(见汪启淑《撷芳集》卷六十九)。于归二年卒,陈蔚悼之甚哀。陈蔚,字豹章,能诗文,受业于随园,清嘉庆廪贡,道光年间保举孝廉方正,曾参与修纂《安徽通志》《齐山岩洞志》,著有《九华纪胜》《九华考异》《梅缘诗草》等。

《兰陂剩稿》一卷,收入清王肇奎《陈氏连珠集》中,清嘉庆七年(1802)汤氏刻本,中国国家图书馆藏。此本前有吴荔娘夫陈蔚题词,内收诗三十三首,其中五言律诗七首,七言律诗十首,五言绝句三首,七言绝句十三首。内容以咏物怀人和记游为主。

按:肖亚男主编《清代闺秀集丛刊》第23册收入此本。

兰东初集

[清]姚凤仪著

未见,著者简介见前《蕙绸阁诗集》一卷。

《兰东初集》,胡文楷《历代妇女著作考·清代六》据《然脂集》著录并曰:“《小黛轩论诗诗》作姚云仪著《纫兰阁诗集》。”

按:姚凤仪《蕙绸阁诗集》一卷、《兰东初集》,均未见,不知是否为同一书。又,《纫兰阁诗集》,桐城方孟式(字如耀)有撰(见本书)。

兰芬阁诗钞 一卷

[清]方氏著

未见。方氏(生卒年不详),桐城人。清乾隆时在世。张若霁室,张曾徽、曾枚母。

《兰芬阁诗钞》一卷,道光《续修桐城县志》卷二十一《艺文志》著录。

兰芬集

[清]吉氏著

未见。吉氏(生卒年不详),太湖人。清康熙时在世。同邑马世楫室。著有《月窗集》《兰芬集》。

《兰芬集》,民国《太湖县志·人物志·孝妇》著录:“拔贡马世楫妻吉氏,生而明敏,父兄口授《论语》《孝经》,即解其义。稍长,四德悉备,暇则留心书史。年十七于归,两月,翁病□,氏刲左股调羹以进,遂愈。是年,氏忽膺暴疾,将殓,复醒,咸以□诚孝之报。越二年,姑病,复刲右股进之,亦愈。氏年三十二卒,里人伤之。知县王庭给匾曰‘壶孝维风’。氏工诗,著《月窗》《兰芬》等集。有丈夫子二。”

按:《兰芬集》,胡文楷《历代妇女著作考·清代二》亦据《安徽才媛集》著录,并曰:“氏,安徽太湖人,同邑马世戢妻。见《学风》四卷八期。”

兰石阁草

[清]张湘月著

未见。张湘月(生卒年不详),桐城人。约于清乾隆、嘉庆间在世。苏州诸生王睊室。侄女王蕴贞亦工诗,著有《松石山房集》。

《兰石阁草》,恽珠《国朝闺秀正始续集》卷七著录。

兰雪诗钞

[清]汪韫玉著

未见。汪韫玉(1743—1778),字潜辉,又字兰雪,休宁人。归安(今属浙江湖州)金潮(字若川)室。韫玉自幼端庄淑慎,内言不出,年十八,归金潮,伉俪情深。清乾隆四十三年(1778)卒,年三十六。金潮伤恸,赋《悼亡诗》八首,并有记云:“平阳君(韫玉)秉性矜慎,尤耽篇什,归余十九年,其于妇道,盖无缺焉。旧冬遘腹疾,奄忽至今,遂以不起。斯人斯疾,痛哉是言!余悲恸之余,无复意绪,聊赋数言,以志哀悼。”著有《兰雪诗钞》《听月楼遗草》。

《兰雪诗钞》,胡文楷《历代妇女著作考·清代四》据《湖州府志》著录。

老子徐氏经说

[汉]徐少季著

未见。徐少季,临淮(今属凤阳)人。撰《老子经说》六篇、《老子传》。

《老子徐氏经说》六篇,班固《汉书·艺文志》著录:“《老子徐氏经说》六篇。徐氏字少季,临淮人,传《老子》。”

按:胡文楷《历代妇女著作考卷一·汉魏六朝》作“《说经》六篇”:“(汉)徐小季撰。《重修安徽通志·列女传》:汉徐氏女,字小季,佚其名,临淮人,仿老子《道德经》,著《经说》六篇。案《江南通志》《安徽通志·艺文志》均作‘说经’。”今依《汉书·艺文志》之说。

老子传

[汉]徐少季著

未见。著者简介见前《老子传》。

《老子传》,班固《汉书·艺文志》著录:“《老子徐氏经说》六篇。徐氏字少季,临淮人,传《老子》。”

按:胡文楷《历代妇女著作考卷一·汉魏六朝》亦据《重修安徽通志》著录,作“徐小季撰”。依《汉书·艺文志》徐少季“传《老子》”语,疑《老子传》即《老子徐氏经说》。

梨花梦　五折

[清]何佩珠著

存。著者简介见前《红香窠小草》二卷。

《梨花梦》五折,清道光二十年(1840)览辉堂刻本,北京师范大学图书馆藏。此本附《津云小草》后(见前《津云小草》二卷)。末附陆缙、陈宏勋题词。

按:肖亚男主编《清代闺秀集丛刊》第42册收入此本。

李义山恋爱事迹考

[民国]苏雪林著

存。著者简介见前《蝉蜕集》。

《李义山恋爱事迹考》,又名《玉溪诗谜》,民国十六年(1927)上海北新书局铅印本,北京大学图书馆藏。书前有著者序、引论,内有《与女道士恋爱的关系》《与宫嫔恋爱的关系》两部分。末附《李义山的诗》《参考书举要》。

历算简存　五卷

［清］王贞仪著

未见。著者简介见前《沉疴呓语》一卷。

《历算简存》五卷，朱述之《德风亭初集·跋》著录："德卿精梅氏天文之学，有《星象图释》二卷，及《筹算易知》《重订筹算证讹》《西洋筹算增删》《女蒙拾诵》《沉疴呓语》各一卷、《象数窥余》四卷、《文选参评》十卷。其卒也，以书托于吴江蒯氏，蒯之侄嘉兴钱仪吉衎石序其《历算简存》五卷，备详其事。"（见王贞仪《德风亭初集》十三卷）

奁余集

［清］员琳著

未见。著者简介见前《古渡诗评》。

《奁余集》，汪鋆《扬州画苑录》卷四著录："（员琳）周南先生第八妹也，能诗，工画。著《奁余集》《古渡诗评》。"

按：民国《歙县志·人物志·列女下》亦有著录。

莲香阁草

［清］张喜珠著

未见。张喜珠，字莲香。湖北黄州人。约清乾隆、嘉庆间在世。歙县詹振甲侧室。

《莲香阁草》，编入《三生堂稿》，胡文楷《历代妇女著作考·清代八》著录："张喜珠之《莲香阁草》、张绣珠之《绣余吟》、邱卷珠之《荷香小草》，三人皆詹振甲妾。振甲合三人诗，编为《三生堂稿》。"

莲心室遗稿　一卷

［清］俞富仪著

存。俞富仪（1901—1927），字宝娥。婺源人。俞祖馨女，俞庸升姊，沱口郎传仁室。

《莲心室遗稿》，民国十八年（1929）刻本，安徽省图书馆藏。此本一册，前有胡廷圭序、《崇芬录》及江峰青、俞振书等题词，江峰青所撰俞富仪传略，富仪弟俞庸升所撰《节略》，末有俞祖馨跋。书眉处有评语。内录诗九十九首，绝命词十二首。

联珠集

［清］周月贞　［清］朱雪英著

未见。周月贞（生卒年不详），清康熙、乾隆间在世。天长人，居江苏吴县。周五瑞、翁静如女，苏州翁德和室。朱雪英简介见前《冰心草》一卷。

《联珠集》，黄秩模《国朝闺秀诗柳絮集》卷三二著录："周月贞，江苏吴县人。五瑞女，翁德和室。按，王豫《江苏诗征》作长洲洞庭山人，又云月贞诗与朱雪英诗合刻，名《联珠集》，又云月贞诗附刻于母氏《静女遗草》后。"按：《静女遗草》当为《静如遗草》（见本书）。

练潭书屋吟稿

［清］张承范著

未见。张承范（生卒年不详），桐城人。清光绪、宣统间在世。罗振常室。罗振常，字子经，浙江山阴人，罗振玉弟，精于校勘、收藏，编有家藏善本书目《善本书所见录》，著有《南唐二主词汇校》等。

《练潭书屋吟稿》，胡文楷《历代妇女著作考》两见著录：一于"清代八"中据《清闺秀艺文略》著录曰"未见"；一于"附录"中著录曰"稿本"。

辽东小草

[民国]吕美荪著

存。吕美荪(1879—1945?),原名贤钖,后改眉孙、眉生,又易美荪,字清扬,号仲素,别署齐州女布衣。旌德人。吕凤岐与严士瑜次女。《旌德县志·人物》云:"(吕美荪)近代女诗人,吕碧城二姐。历任天津北洋女子公学监督、奉天女子师范学堂总教习、女子美术学校、安徽第二女子师范校长。民国二十四年(1935)东游日本,旅居南京多年,晚年寄寓青岛。工诗词,尤精古体诗。著述丰硕,有《眉生诗稿词稿》(《吕氏三姊妹集》之一种)《辽东小草》《葂丽园诗》《阳春白雪词》《瀛洲诗访记》和《葂丽园随笔》等。章士钊早年曾在吕美荪来信后跋云'曩淮南三吕,天下知名',即指吕惠如、吕美荪和吕碧城三姐妹。章太炎评其'五古气味已尊'。吕美荪的诗友颇多,与当时文坛名流赵尔巽、叶恭绰、梁启超、严复、林纾、陈三立、张謇、朱孝臧、樊增祥等常有诗词酬和。"

《辽东小草》,中国国家图书馆藏2007年拷贝片。此拷贝片为全国图书馆文献缩微中心发行,一盘。陈宝琛《道咸同光四朝诗史》甲集卷七曰:"(吕清扬)有《辽东小草》。与姊惠如、妹碧城均主持女学,兼工词翰,世称吕氏三姊妹。张提学鹤龄延女士至奉天省城,充女师范学堂总教习,勤于训迪,多所成就。《辽东小草》即客奉时所作,各体均雅洁,五古尤有初唐气息。思亲忧国耿耿不寐,托咏歌以见志,抱空谷之幽馨。杂诗《咏兰》云:'枳棘与榛莽,咸使被芬芳。臭味期同化,无惭王者香。'女士盖借以自况也。《女国民歌》六章,为时传诵,北方女学校咸被之管弦。然女士诗笔静峭,力追古人,此歌仅以开通女界,振起闺风,非其经意之作也。"

按:《辽东小草》三册,胡文楷《历代妇女著作考·附录》据《闺秀诗话》著录。

辽金元文学

[民国]苏雪林著

存。著者简介见前《蝉蜕集》。

《辽金元文学》，民国二十三年（1934）上海商务印书馆铅印本，安徽省图书馆藏。此书简单介绍辽代文学、金代作家、元曲种类与构造、南北曲作家与作品、元人小说等。

列女传

［明］马皇后著

未见。著者简介见前《高后内训》一卷。

《列女传》，胡文楷《历代妇女著作考·明代二》据《明史·艺文志》《江南通志》著录。

按:《光绪宿州志卷二十九·艺文志一》亦有著录:“《内训》一卷、《列女传》，俱孝慈高皇后马氏著。”

临漪诗草

［清］钟文贞著

未见。钟文贞（1782—875），字睿姑，号偶憩。舒城人（一曰芜湖人）。钟世镗女，桐城吴絅室。袁枚《随园诗话补遗》卷二曰:“（文贞）能诗，能画，能琴，兼工时文，受业于宁孝廉楷。……宁故宿学之士，余宰江宁时，与秦大士、朱本楫诸公受业门下。五十年来群贤亡尽，而宁年八十，巍然独存，又得女弟子以衍河汾一脉，亦衰年闻之而心喜者也。”

《临漪诗草》，吴希庸、方林昌《桐山名媛诗钞》卷七著录:“（钟文贞）字睿姑，号偶憩，文淑妹，贡生吴絅室，著有《临漪诗草》。善琴。《正始集》选《蝴蝶花》《游冶父山二首》，非老人得意句也。”

灵华阁诗稿

[民国]吕贤满著

未见。著者简介见前《撷珥集》。

《灵华阁诗稿》，光铁夫《安徽名媛诗词征略》卷三著录："(吕贤满)某岁过沪，主某友家，贼胠其箧，所著《灵华阁诗稿》一卷，置内并亡。"

玲珑阁吟稿　一卷

[清]周世宜著

未见。周世宜(1838—1889)，字淑仪。合肥人。举人周沛霖女，周世臣妹，同邑李鹤章继室。

《玲珑阁诗稿》一卷，李国松《合肥李氏宗谱·王妣周太夫人行述》著录："太夫人周氏，讳世宜，字淑仪，世居合肥西乡雷马店，祖讳开运，县学生，义行载《庐州府志》。考讳沛霖，道光十七年举人，栋选知县，高材积学，教授乡里，多所造就。生三子二女，而太夫人最长。生有异禀，端静不苟言笑……既诵习《女诫》《列女传》诸书，益受经史，晓大谊，旁涉篇咏，兼通书数。……咸丰五年，年十九，归先大父兵备府君为继室。……(同治)三年春，寇以常州围急，图牵我师……当是时，常熟之师仅有兵千人，师船十。大父由常州还，守无锡，不获亲驰救。诸军皆仓卒征调，奔赴莫及。势危甚，太夫人尽捐簪珥资装，犒赏士卒。以城三面阻水，其西一面枕虞山，最为要隘，特选骁将劲卒，据山冈石磊扞防，益发火药向工役，合民团丁壮千余人，援兵乘陴，更番驻守，与悍贼喋血苦斗，死力撑距，以待援军。积旬有五日，而围始解。方事亟也，家人惶泣，咸谓太夫人城不可全，宜自为计，太夫人曰：'吾虽妇人，无守土责，顾已随军居此，当助夫抗贼。且今主将在外，吾动，正军心所系，亦民之望矣。委而去之，于义不可，家众羁牵，徒乱人意，即俱死无为也。'于是悉遣送子女、妾婢，间出走苏，报曾祖母，而身自留守，誓与城共存亡。所居行馆，为城西丁氏园，有楼俯瞰城闉，与虞山军垒遥接相望，日夜登临督视，悬灯旗，号令指挥。楼下有池，趣工浚之，加深，曰：'城破，此吾死所矣。'将士人人感奋，咸愿效死，故用寡拒众，城卒以完。论者谓……夫人持危之功，比于沈文肃夫人林氏之存广信，其侠义智略足相媲美。顾林氏犹与沈公共守，太夫人独保围城，历时弥久，坚苦镇定，盖尤难也。……有《玲珑阁诗稿》一卷，藏于家。”

凌寒阁吟草

[民国]葛世洁著

存。葛世洁（1901 — 1984），字冰如，笔名凌寒。怀宁人。葛天民女，江苏高邮丁鸿飞室。著有《梦鸿楼诗草》《凌寒阁吟草》《西行记》《东归记》《冰如手稿》等。光铁夫《安徽名媛诗词征略·补遗》曰：“（冰如）幼承庭训，耽经史，喜吟咏。鸿飞字子腾，别署曰‘惊寒’，有文学而慷慨从军，奇男子也。早卒。有二子一女，均先子腾殇。计伉俪唱随之乐，仅四年耳。女士所遭，殆及人生之痛苦已。既伤鸾折，转惜春晖。奉母里居，强颜欢笑。侍亲之暇，教授生徒。弟子亲受业者，气象多超群出类。至于花晨月夕、春雨秋风中之无穷哀怨，则一一发之于诗，顾深自秘惜，不肯轻以示人。自题其稿曰《梦鸿楼诗草》，志志也。”

《凌寒阁吟草》，安徽省人民政府出版，共收诗六〇二首。

凌霜阁集　二卷

[清]方氏著

未见。方氏（生卒年不详），桐城人。宿松徐正谊室。

《凌霜阁集》二卷，道光《续修桐城县志》二十一《艺文志》著录。

留香小草

［清］金环秀著

未见。金环秀（生卒年不详），婺源人。赠通义孝友金芳女。

《留香小草》，民国《重修婺源县志·人物·列女·才媛》著录："（环秀）产自维扬，幼从师习《内则》，黜繁华。性慧能诗，为父师兄妹所爱怜。时与同乡侨居之女伴张蕴之相酬和，见者无不称赏。惜未笄，殁。弥留时，检诗文稿焚毁，曰：'毋贻父、师、兄妹他日追痛也。'端坐合掌逝。其师俞补之不忍其没世无闻，节录遗句，序而行之，颜曰《留香小草》，存什一于千佰，所以惜其才，亦悲其志也。族文学金英为撰《事略》。"

榴花馆稿

［民国］姚倚云著

存。著者简介见前《沧海归来集》十八卷。

《榴花馆稿》，胡文楷《历代妇女著作考·附编》著录："钞本。诗一册词一册。"

按：此本上海国际商品拍卖有限公司2011年6月24日春季拍卖会拍卖，并附说明曰："提要：姚倚云，桐城姚鼐侄曾孙女，家学渊源，素嗜吟咏，范肯堂继室，曾任南通女校校长，有《蕴素轩诗稿》，附于范肯堂诗集之后，词仅二阕。此钞本收录诗余则有八十余阕，是可珍也。"

柳花阁全集

［清］徐横波著

未见。徐横波（1619—1664），字眉生，一字智珠，又字眉庄，本姓顾。南京人，合肥龚鼎孳（芝麓）侧室。擅画兰石山水，天然秀绝；又善诗词小令，有唐宋风味。

《柳花阁全集》，邓汉仪《诗观初集》卷十二著录："横波字眉生，一字智珠。江南江宁人。忆己丑秋，予与吴子园次下榻龚芝麓奉常之寓园，园名市隐，距秦淮甚近。奉常每从他处饮，则夫人缄题属予与园次同赋。是日坐中林堂，雨声淅沥，予与芝麓、园次衔杯剪烛而和是诗，今思之犹梦绕寒潭、小亭、危磴间也。夫人有《柳花阁全集》，容续征授梓。"

六祖坛经注

［清］江氏著

未见。著者简介见前《金刚解义注》。

《六祖坛经注》，民国《怀宁县志》卷三十《贤媛》著录："（江氏）晚年手注《金刚解义》《六祖坛经》诸篇，深透宗旨，并朝夕持诵不倦，卒年九十有八。"

龙辅诗选　四卷

［元］龙辅著

未见。龙辅（生卒年不详），字佐君。望江人，武康常阳室。约生活于元代，父为兰陵守元度公之后。著有《龙辅诗选》《女红余志》。按：龙辅里籍，文献或未著，或言"楚人"，或言"湖广人"，或言"望江人"，兹据徐树敏、钱岳《众香词・射集》说："龙辅，字佐君。望江人。"其中辑录龙辅词六首，今存《女红余志》二卷未收。徐乃昌《小檀栾室闺秀词钞》卷一、《安徽妇女诗词征略》卷五皆同此说。又，龙辅生活年代，文献或未著，或言"宋代"，或言"元代"，或言"明代"，兹依汲古阁刻《诗词杂俎》本说。

《龙辅诗选》四卷，同治《湖州府志》卷八十九《人物传・列女九》著录："［宋］龙辅，适武康常阳。性夷淡令淑，兼善属文。父为兰陵守元度公后，家多异书，于女红中馈之暇，编成《女红余志》，以便概览，要多妇女家事。日事吟咏，以泄其忧愤，与夫君多倡和，有《龙辅诗选》四卷。"按：《全宋诗》卷三七八〇亦据此著录，并录其诗五十五首："龙辅，适武康常阳。性夷淡令淑，兼善属文。有《龙辅诗选》四卷，已佚，今存《女红余志》二卷。清同治《湖州府志》卷八九有传。龙辅诗，以《吴兴诗存》本为底本，编为一卷。”

陆舟日记

[清]姚陆舟著

未见。著者简介见前《闺鉴》三卷。

《陆舟日记》，马其昶《桐城耆旧传》卷十二《马节母传第十》著录：“（姚陆舟）著《闺鉴》三卷、《凝晖斋集》二卷、《陆舟吟》二卷、《玉台新咏》一卷。其《陆舟日记》别为四十三册，盖自三十后，岁为一帙，记日用言动，以逮子孙女妇程课，瓮酱瓶蔬造作之细皆具；而经传史事，旁及《九章》算法、六壬数术、子平星家诸说，亦间见云。”

陆舟吟　二卷

[清]姚陆舟著

未见。著者简介见前《闺鉴》三卷。

《陆舟吟》二卷，马其昶《桐城耆旧传》卷十二《马节母传第十》著录：“（姚陆舟）著《闺鉴》三卷、《凝晖斋集》二卷、《陆舟吟》二卷、《玉台新咏》一卷。”

鹿隐阁集

[清]姚鹿隐著

未见。姚鹿隐（生卒年不详），桐城人。清顺治、康熙间在世。姚文然女，姚凝晖妹，邳州学博左之柳室。

《鹿隐阁集》，吴希庸、方林昌《桐山名媛诗钞》卷三著录。

鸾帕血

[明]阮丽珍著

未见。阮丽珍，怀宁人。兵部尚书阮大铖女，许字杨龙友之子杨作霖。

《鸾帕血》，胡文楷《历代妇女著作考·明代一》著录："（丽珍）长于作曲，世传《燕子笺词》系其草创，经大铖修正。此外尚制有《鸾帕血》《梦虎缘》等剧曲。见《安徽才媛纪略》。"

路及其他

[民国]王德箴选编

存。著者简介见前《德箴文存》。

《路及其他》，民国三十四年（1945）青年出版社铅印本，中国国家图书馆藏。此书为1944年三青团中央团部女青年处征文选集。前有编者序，内收易新楣《路》、王孝思《茉莉花开的时候》两个剧本，及邱坚《炼》、马文渊《南楠》、伍甲三《活灵魂》、谢黎明《南国妇女》等四篇短篇小说。

落花诗　一卷

[清]林氏著

未见。林氏（生卒年不详），天长人。清乾隆时在世。林师女，海宁朱锽室。

《落花诗》一卷，民国《海宁州志稿·列女·才媛》著录："林氏，北城兵马司指挥天长师女，廪贡生朱锽妻，著有《落花诗》一卷。"

吕碧城集　五卷

［民国］吕碧城著

存。吕碧城(1883—1943)，原名贤锡，字兰清，一字圣因，号遁天、明因，别署兰清、晓珠、信芳词侣等。旌德人。吕凤岐、严士瑜女。才思敏捷，与词坛名家交往，诗词益扬，有一代词媛之称。吕碧城姊湘、美荪亦工诗词，合著有《吕氏三姊妹集》。

《吕碧城集》五卷，民国十八年(1929)上海中华书局铅印本，中国国家图书馆、安徽图书馆藏。此本成书两册，书名据卷端题。前有著者1929年摄于国内外照片多帧。卷一录文十一篇；卷二前有樊增祥、费树蔚、易顺鼎、陈完、李经羲、徐沅、吴佩孚、缪素筠、沈祖宪等人所题诗词、手书等等，并有樊增祥评点；卷三录词作五十五首，并有樊增祥评点；卷四为《海外新词》，录著者写于欧美词作一百零一首；卷五《欧美漫游录》，又名《鸿雪因缘》，录文八十四篇，并自题卷首曰："余此行只身重洋，翛然遐往，自亚而美而欧，计时周岁，绕地球一匝。见闻所及，爰为此记，自志鸿雪之因缘，兼为国人之向导，不仅茶余酒后消遣已也。"

履雪阁诗　一卷

［清］张氏著

未见。张氏(生卒年不详)，桐城人。清顺治、康熙间在世。张秉彝女，文华殿大学士张英二姐，吴德音室。

《履雪阁诗》一卷，道光《续修桐城县志》卷二十一《艺文志》著录。

张英《履雪阁诗序》曰："履雪阁诗集者，吾仲姊之新诗也。阁以'履雪'名，作诗者其有忧思乎？吾姊幼娴母氏之训，长聆夫子之教，《内则》《孝经》、女史以至史鉴、诸子，旁逮词翰、诗赋，靡不通晓成诵，然未尝题笔为诗歌。尝曰：'柔翰非女子所宜。'吾里之闺阁才人多不能备五福，盖福慧之不全畀也。造物之固然于女子尤酷，故尝深自韬晦，且以近笔墨为戒，乃和鸣正叶而遽有修文之恸。于是其悲思感叹、酸楚真挚之慨，涕泪之所不能尽落者，而稍稍见于诗。

噫!《柏舟》《黄鹄》之诗人,吾人所以弁冕乎《国风》与两汉,而非后世纷纷彤管、玉台之所得竞其贞洁之操,盖发乎情,止乎礼义,动乎天性,而不能自已也。且未亡人已为人生之大不幸,殆足以副造化、福慧不全。予之意固不必斤斤焉以笔墨为深戒,如曩时云者。况读履雪阁之诗,一篇一咏,无不追忆其夫子佳晨月夕、晦明风雨、儿女子绕膝,一切可喜可悲之时;竹楼花榭、香径书床,抚手泽之遗编,想音容于虚室,一切可悲可感之地,皆莫不有诗,皆往往唏嘘感恸以涕零于九渊之人。间有勖于课女、亲戚赠答之章,又皆默寓此旨,直与《柏舟》《黄鹄》之诗人相辉映于千百年之上下。噫!可风也矣。夫冰雪苦寒而又素洁无与比,履之者守其寒、师其洁可也。古人云:'一卷冰雪文,避俗常自携。'即以此谓吾姊之诗也可。"(见张英《笃素堂文集》卷五)

绿窗诗稿　四卷

[明]端淑卿著

未见。端淑卿(1510—1600),当涂人。端廷弼女,芮儒室。

《绿窗诗稿》四卷,民国《当涂县志·人物志·文学》著录:"芮端淑卿,文学芮儒妻,教谕廷弼女,中书廷赦从侄也。幼事姑舅以孝名,读书、能诗,触目成韵。著有《绿窗诗稿》四卷,为时传诵。郡大夫争敬礼之,贤宰章嘉祯修礼见,答之以诗曰:'数年逢水旱,采蕨度朝昏。喜有亲民牧,曾无吏打门。'章大称贤。年九十余卒。康熙间,邑令祝元敏序其稿,佚,仅存诗十余首,散见《太平三书》。"

绿窗小草

[清]查清著

未见。查清(生卒年不详),字太清。青阳人。清康熙时在世。刘静寰室,刘次山母。

《绿窗小草》,徐树敏、钱岳《众香词·礼集》著录:"(查清)有大德,善持家，贤而不妒。决疑处难，数出奇谋，刺史赖助甚多。晨昏课子，人称严母。散财好义，乡里艺林咸钦坤德。诚巾帼学士也，其琴、书、吟咏乃余事耳。有《绿窗小草》，云间闺秀曹苇坚序之行世。”

绿窗遗稿　一卷

［清］程云著

未见。程云(？—1770)，字友鹤，号梅杉。歙县人。汪文琛室。

《绿窗遗稿》，袁枚《随园诗话补遗》卷九著录：“丙辰春，见女士程友鹤(云)著《绿窗遗稿》，有硗岩老人序云：‘其诗不在家楷亭室人之下。’余读之怃然。”汪启淑《撷芳集》卷五十三亦曰：“吴珏《古歙诗存》：程云字友鹤，号梅杉，汪文琛室。有《绿窗遗稿》。其五言如‘猛雨声归树，轻波绿到田’，写景甚工。‘帘卷月斜来’，有六朝风味。”

绿窗余韵

［清］汪梦燕著

未见。汪梦燕(生卒年不详)，字燕友。歙县人。

《绿窗余韵》，汪启淑《撷芳集》卷三十著录。

绿净轩诗钞　五卷

［清］徐德音著

存。著者简介见前《纪瑞诗集》。

《绿净轩诗钞》五卷，清康熙四十六年(1707)刻本，中国国家图书馆藏。此本每半页十一行，每行二十一字，黑口，左右双边，成书一册。内收诗二百三十七首。

徐德音母楼氏《绿净轩诗钞序》云："忆昔先清献公制府淮南，时吾女德音生甫数岁。每长者、故人至，辄效男子长揖，衣绔亦称之，一切瑱耳钗钿之属，弗御也。及遇宾僚赋诗，先公呼之侍侧，即能作五七言韵语，而意殊便给。先公绝爱怜之，且谓生男如是，当不误改金根，惜乎其为女子也。未几，先公捐馆，遂持丧还武林。女年稍长，能略涉群书，所居在湖山之间，每当烟云入户，鱼鸟亲人，辄复流连景光，率吟小诗以自适。一衣著最久，视之墨沉斑驳，色若古鼎彝，保媪以他衣进，亦弗易也。其无他好如此。江都许太史耒庵，故为先公所得士，有孙曰迎年，俊才也。当先公疾革，郑重语予曰：'异时择婿，计舍许生，无可属意者，当折辈妻之。'余卒从其言。女之归于许也，生犹列博士弟子员，至是益好学，遂得两闱俱隽，能以经术世其家。亲党咸谓新妇有以相之也，岂果然耶？先是，吾乡林亚清夫人倡为蕉园吟社，知吾女能诗，曾以缣素相遗，通殷勤焉。会吾女于归邗上，亚清亦随宦洛阳，竟不果相见。阅十余年，至乙酉之岁，许生擢试舍人，挈女北去，时亚清先在京师，始得把臂定交，辄相见恨晚。间以诗卷相质，亚清喜而叙之，且曰：'蕉园之社，作者数人，人皆有集，今既晨星寥落，几令韵事销歇，得子之诗，政复后来居上矣，其可不梓之以传乎？'女辞不获，遂畀剞氏。而或者以为妇人之职主中馈，礼无出阃之言。审如是，则凡迹涉艺文者，皆非也。然窃观往乘所载，若班若刘之属，颂椒铭菊之家，何更代有其人，人有撰著？似亦未尽非也。第恐今之视古，远不相逮，设为之不工，是可已焉耳！昔中郎赐书五千卷，传之仍属爱女。今者丹黄甲乙，手泽俱存，女盍追思先训，益励将来。苟得诗人温柔之教，必且能为礼义之言，是亦先公畴昔之意也。遂书以示之。康熙丁亥除夕前三日，餐霞老人漫识。"

按：孙殿起《贩书偶记》卷十八对此本亦有著录。

绿净轩诗钞　一卷

[清]徐德音著

存。著者简介见前《纪瑞诗集》。

《绿净轩诗钞》一卷，清道光二十四年（1844）蔡殿齐嫏嬛别馆刻《国朝闺阁诗钞》第三册收入。此本每半页八行，每行十八字，黑口，四周双边。内仅录

《王明君辞》《白纻歌》《题大痴道人山水图》《投笔图》《楼居火后示大儿佩璜》《答陈竹町》《试剑石》《出塞》等诗八首。

按:《续修四库全书》本《国朝闺阁诗钞》,据此本影印。

绿净轩续集　一卷

[清]徐德音著

存。著者简介见前《纪瑞诗集》。

《绿净轩续集》一卷,清乾隆十七年(1752)刻本,中国国家图书馆藏。此本每半页十一行,每行二十一字,小字双行,黑口,左右双边,双鱼尾。成书一册。前有沈德潜序,内录诗凡六十七题。

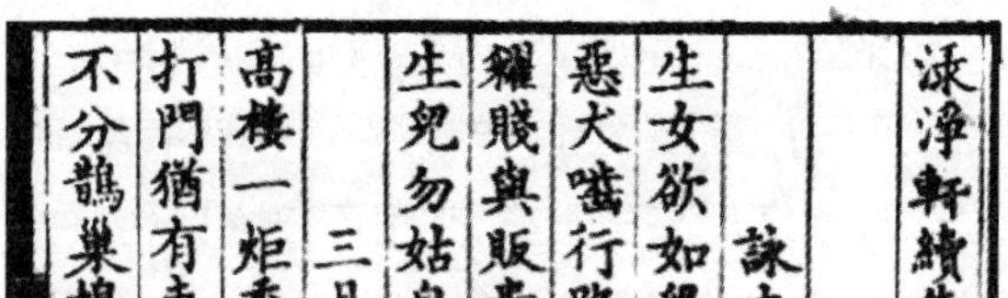
淥淨軒續集
錢唐　徐德音淑則
詠史
生女欲如鼠斯言未足規當熊漢殿上智勇勝男兒
惡犬噬行路劉覽噬家人快意攫名利寧論疎與親
糴賤與販貴要是駔儈徒儒生謀貨殖難免兒揶揄
生兒勿姑息出則教之忠不見秺侯母圖畫甘泉宮
三月望日樓居火後寄示大兒佩璜
高樓一炬委荒蕪補屋何從更賣珠釀酒已無田種秫
打門猶有吏催租晝操薪桂慵拈管夜對釭花學辟纑
不分鵲巢鳩占取水居陸處揔艱虞

沈德潜序曰:“古来女子中以传经闻者,推韦逞之母;以续史闻者,推班固之妹;而诗学之称大家者,竟鲜其人。何者?诗之为道,主于淑性情,重伦纪,以无失乎温柔敦厚之旨。而女子之诗惟取嘲风雪,弄花草,若此外无余事焉。即有得乎作诗之旨也,然或偶焉寄托,而非终身从事于其中,此大家所以无闻,不能与韦母之经、班氏之史并高出于女子中也。乃今于许年伯母徐太夫人见之。太夫人为清献公季女,少岁研讨典籍,诵扬清芬,已克传家学矣。及归许门。许为维扬巨族,代有伟人,而年伯荔生先生以名进士官中翰,于行已致身大节,太夫人有以佐之。暇则发为诗歌,更迭唱和,不啻鸡鸣夫妇之相赠答者。洎称未亡,持家政,教二子,艰巨之投一身任之，而诗之境界悉变为风雨飘摇之音矣。既而长君双渠学优出政，将母官斋，忽焉殂谢。次君圣泉远宦河防，内患频陵，外侮沓至，而诗之境界又变为苕华苌楚之音矣。然而所值弥坚，诗格弥上，岂真欢愉之辞难工，愁苦之音易好哉？由其所以发言为诗者，有立乎未始有言之先者也。从来作诗之病，恒多取材于诗，故其意其辞，每局于古人之诗之内。太夫人学宗乎经，识准诸史，熟精《文选》，旁又浏览乎诸家之集，

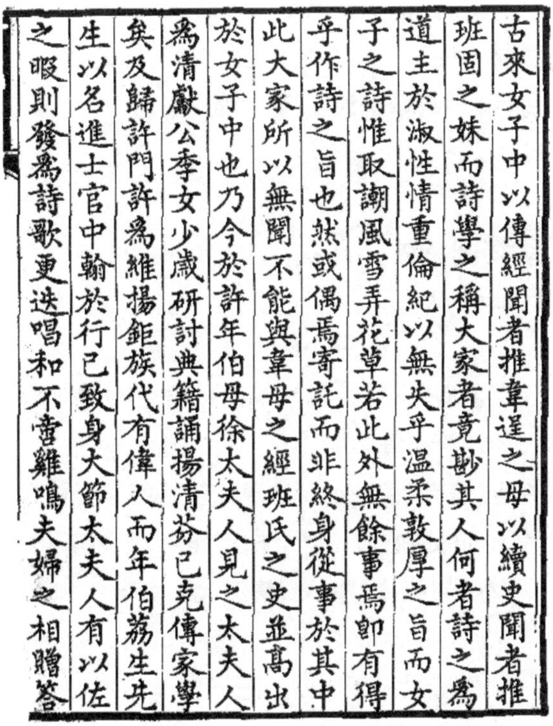
古來女子中以傳經聞者推韋逞之母以續史聞者推
班固之妹而詩學之稱大家者竟尠其人何者詩之爲
道主於淑性情重倫紀以無失乎溫柔敦厚之旨而女
子之詩惟取謿風雪弄花草若此外無餘事焉即有得
乎作詩之旨也然或偶焉寄託而非終身從事於其中
此大家所以無聞不能與韋母之經班氏之史並高出
於女子中也乃今於許年伯母徐太夫人見之太夫人
爲清獻公季女少歲研討典籍誦揚清芬已克傳家學
矣及歸許門許爲維揚鉅族代有偉人而年伯蒓生先
生以名進士官中翰於行己致身大節太夫人有以佐
之暇則發爲詩歌更迭唱和不啻雞鳴夫婦之相贈答

而一以灵敏之思，运乎性情之真，以合乎伦纪之大。无论处常处变，为欣为戚，而总不失乎风人之旨也，此岂潢潦无源之学所得而窃攀者耶？且犹少至老，未尝废书；读书之余，未尝废乎有韵之语，其于诗学犹衣服饮食之不容舍置也。韩子云：‘用功深者，其收名也远。’世有终身从事而不能卓乎自立者，未之前闻。则其信为大家而得韦母之经、班氏之史，推为女子诗之独绝者以此。潜于长君同膺征名，于次君同列秋榜，尝登堂拜母，辱赐赠言，殷然以古道相勖，皆正论也。兹承命序《渌净轩诗》，因举太夫人生平之学行而序之。”

按：孙殿起《贩书偶记》卷十八对此本亦有著录。

绿天

［民国］苏雪林著

存。著者简介见前《蝉蜕集》。

《绿天》,民国十七年(1928)上海北新书局铅印本,天津图书馆藏。此书为苏雪林小说散文集,收录《绿天》《鸽儿的通信》《小小银翅蝴蝶的故事》《我们的秋天》《收获》《小猫》等六篇。

绿筠阁诗钞　九卷

[清]何佩芬著

存。何佩芬(生卒年不详),号兰卿,字吟香。清嘉庆、道光间在世。歙县人。盐知事何秉棠第二女,范志全室。何秉棠,歙县人,官两淮盐知事,清嘉庆间在世,著有《桐花书屋诗草》,生平行事见柯愈春《清人诗文集总目提要》卷三十六。何佩芬妹佩玉、佩珠,皆能诗,有集存世。

《绿筠阁诗钞》九卷,清道光二十一年(1841)刻本,中国国家图书馆、南京图书馆藏。此本成书两册。每半页九行,每行二十一字,白口,左右双边,单鱼尾。封题"《绿筠阁诗钞》,道光廿一年岁在辛丑三月开雕",封页有黄钺题诗。前有金念曾、何佩玉序及何佩玉、范志全、何佩珠题辞。内录诗九卷,末附诗余十七首。金念曾《序》曰:"(何秉棠)长女兰卿能为诗,有家法,前闻之而未见也。今年秋九月,余将入都,先生招之饮,席间示以兰卿所著《绿筠阁诗稿》,乞序于余。……吾歙出一才女,为乡党光,乃久之不可得,今不意先于兰卿得之,且不暇为先生贺,先自贺也。兰卿年甫及笄,得佳婿,相依膝下,承欢福慧,可称双绝。"

按:《绿筠阁诗钞》,恽珠《国朝闺秀正始续集》卷十、陈芸《小黛轩论诗诗》卷上皆有著录。

绿筠轩诗草

[清]鲍印著

未见。著者简介见前《藏翰楼诗词稿》二卷。

《绿筠轩诗草》,恽珠《国朝闺秀正始续集》卷二著录。按:胡文楷《历代妇女著作考·清代十三》据之著录曰“《绿筠亭草》”。

马孝女遗稿　六卷

[清]马延淑著

存。马延淑(1887—1906),怀宁人。马庆熙四女。年二十未嫁卒。清黄馨《马孝女延淑传》曰:“延淑为吾堂兄炽卿外孙女,从其母恒居外家,外婆最钟爱之。幼聪慧,喜吟诵,十余岁时,其母命同弟延康从师读,凡经史百家及名人诗赋,无不披览。久之,通文艺,而诗尤工绝,往往清思隽句出人意表。间以余力学绘事,遂得恽家三昧,每一落笔,而花鸟烟云活现纸上。虽以素善丹青者视之,亦莫不逡巡退舍。然此余技小道,延淑不自善也。盖其伦常大节尤为肫挚。女父缉甫少牧宦游江西,女家居怀思,时形梦寐,月必修数函问安否,数年来如一日。母寝病,女左右调护,日则侍汤药,夜则焚香告天,乞以身代。复刲股奉母,母病获愈,而不知其由女。弟延康不幸夭折,女事父母尤具苦心。见父母忧,必多方解慰。己悲泣,必避父母,不使闻知。嗟乎!女之懿行若此,此岂寻常称闺秀者所可望乎?吾观古贤媛,道韫才矣,而未以孝著;缇萦孝矣,而不以才称,今延淑可谓具二者而克兼之矣。假令天假之年,好逑君子,他日为

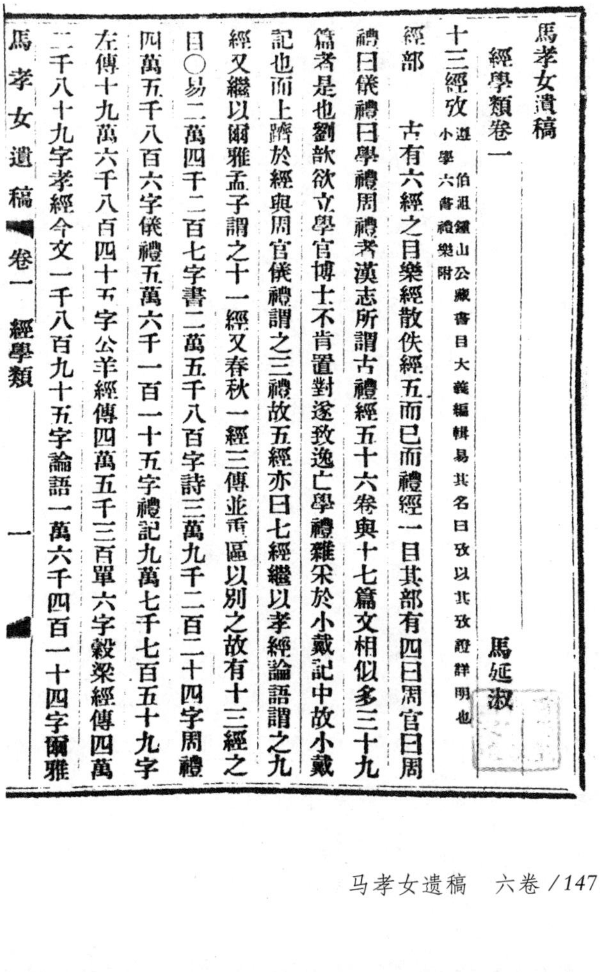
馬孝女遺稿

經學類卷一　　　　馬延淑

十三經攷 遵伯祖鐘山公藏書目大義編輯易其名曰攷以其攷證詳明也 小學六書禮樂附

經部　古有六經之目樂經散佚經五而已而禮經一目其部有四曰周禮曰儀禮曰學禮周禮者漢志所謂古禮經五十六卷與十七篇文相似多三十九篇者是也劉歆欲立學官博士不肯置對遂致逸亡學禮雜采於小戴記中故小戴記也而上躋於經與周官儀禮謂之三禮故五經亦曰七經繼以孝經論語謂之九經又繼以爾雅孟子謂之十一經又春秋一經三傳並重區以別之故有十三經之目○易二萬四千二百七字書二萬五千八百字詩三萬九千二百二十四字周禮四萬五千八百六字儀禮五萬六千一百一十五字禮記九萬七千七百五十九字左傳十九萬六千八百四十五字公羊經傳四萬五千三百單六字穀梁經傳四萬二千八十九字孝經今文一千八百九十五字論語一萬六千四百一十四字爾雅

馬孝女遺稿　卷一　經學類　一

钟型、为郝法、为欧柳芳踪，以尽吻合于大家之《女诫》者，不皆可预决哉？惜年二十而卒。其母，余侄女行也，来为余述女素行，云将梓女诗文，丐为作传。余嘉其孝，奇其才，而悯其年之不永，故为约略书之。”

《马孝女遗稿》六卷，清宣统二年(1910)刊本，中国国家图书馆藏。此本牌记题“宣统庚戌仲秋重印”，有朱印校改，成书三册。每半页十二行，每行三十二字，小字双行，白口，四周双边，双鱼尾。前有方雷、吴元麒、王筹鹤、光开霁、许廷恩序，及黄馨、马静波、马延礽所作传。后列《总目》，内录文六卷：卷一经学类、卷二史学类、卷三卷四日记类、卷五卷六医学类，末附画学类。

方雷《马孝女遗稿序》曰：“怀宁马氏与予为姻娅，故其家世见闻较详。一族之大，岂无一二达人出类拔萃于其间。而长老嘉言懿行，乡党人士往往津津乐道者，咸、同以来惟钟山先生实冠焉。予生也晚，不获亲炙先生言论风采，然先生以一诸生见重名公卿，一时交章蜚誉扬于王庭，湘乡相国尤早物色之，则夫先生生平盖可知矣。惜未大用于天下，赍志以殁。韦素终其身未尝不叹先生之数之奇。退而求其著述所行诸世者，《长江图说》十二册、《淡园集》，乃先生生前自编，体例尚有不备，匪所谓窥其全豹也。其他卷帙，稿半散佚，梨枣阙如。于是惜先生之才之遇，更冀其后之继起有人。及过先生里居，见门祚式微，仅一孙甫总角，孀孤茕茕独立，则欲读先生遗书，俾手雠之泽历久而不朽者，又将有以俟诸异日。缉甫少牧女公子延淑，先生侄孙女也，惜乎年及笄而卒。少牧出遗稿索序，以经史、论记、医术各学付之梓人，予披阅欣然，知学有根柢，乃高出寻常巾帼万万，非涵濡父与祖教育之久何以臻此？今而益信钟山先生流风余韵，及于家庭者至深复远。先生文集当时或不多见，而闺阁之间闻风先起，且可以兆其箕裘不堕，先生虽死而不死也。呜呼！文章传不传，有幸有不幸也。”

吴元骐《代选马氏孝女延淑文稿序》曰：“余尝读班氏史及列女传，窃羡巾帼中何其才之多也。及推而求诸当世，见夫为女子者，非专于女红，即累于井臼，其于文章一道，多不讲求。即间有一二偶出，不过诗词小技脍炙人口，而能精于论说足为传诵者，亦代不数人，此诚天地间一大恨事也。方今女学昌明，学校林立，凡闺阁俊秀，莫不有志向学，侧身其间。说者咸谓数千年来女界之沉沦，当可于兹一振。乃考其学业，又往往惑于东西门径，争奇炫异，别树一帜，而于实学根底，竟毫不加意焉。斯固女界之幸，又实女界之不幸也。皖城马延淑为积甫少牧女，积甫官江西，余知其生平，而又与余同盟友方君晓众有姻娅。女颖慧能文，遗稿数册皆生前论述，观其意旨，盖骎骎乎得实学梗概矣。惜所作未成而竟赍志以殁，悲夫！使天假之年，其为女界生色也，岂浅鲜哉！方君交余深又同好恶，己酉夏，以事过皖，方君取其稿属为之选，且系之文。余本谫陋，又荒废久矣，何足当此任？然自群学争鸣以来，士大夫随声附和，举国若狂，其不陷而为夷者几希，不有以阐扬之，荆山遗璞将为燕石淆矣。爰就鄙见所及，择文之尤雅者，留以付梓，俾知真者自真，伪者自伪，而不容一例观也。”

蛮云阁诗草

[清]赵氏著

未见。赵氏（生卒年不详），合肥李鸿文室。

《蛮云阁诗草》，胡文楷《历代妇女著作考·清代十一》据《续修庐州府志》著录。

茂松阁集

[明]方季准著

未见。方季准（生卒年不详），字维则。桐城人。约于明万历至清康熙间在世。方大铉女，吴自峒之孙吴绍忠室。

《茂松阁集》，潘江《龙眠风雅》卷十五著录：“方氏维则，司农玉峡公之女，儒生吴绍忠之妻也。十四适吴，十六而寡，一子复殇，因矢志靡他，与老姑同卧起。其兄中丞贞述公有《臣门三节疏》请于朝。‘三节’一为张方伯妻孟式，一为姚前甫妻维仪，与氏鼎峙而三也。尝预营寿藏于西郭之兔耳山，与夫同穴。卒年八十有四。所著有《茂松阁集》。”

按：道光《续修桐城县志》卷二十一《艺文志》著录“《茂松阁诗》二卷”。

眉生诗稿词稿

[民国]吕美荪著

存。著者简介见前《辽东小草》。

《眉生诗稿词稿》，收入《吕氏三姊妹集》，光绪三十一年（1905）排印本，安徽图书馆、中国国家图书馆藏。

按：胡文楷《历代妇女著作考·附录一》亦有著录。

梅芬阁诗集　二卷

[清]刘氏著

未见。刘氏（生卒年不详），南陵人。清道光、咸丰间在世。举人刘承勋女，宣城优贡孙凤室。

《梅芬阁诗集》二卷，胡文楷《历代妇女著作考·增补条目》著录，并曰："民国《南陵县志》卷四十三《经籍》：《宣城县志》曰：刘氏素娴闺训，善诗工弈，喜画山水，大小米尤长。今存《避乱》《思归》诗二首。有句云：'音书已断家何在，月落空山泣杜鹃。''云山有梦家千里，关塞无书路几层。'人传诵之。"

梅阁小草

[明]吴梅阁著

未见。吴梅阁（生卒年不详），无为人。明代在世。侍郎吴光义（觉庵）孙女，谢鹤樵室。

《梅阁小草》，汪启淑《撷芳集》卷二十二、陈诗《皖雅初集》卷三十三皆有著录。

梅轩诗钞

[清]金宣哲著

未见。金宣哲(生卒年不详),字太霞,又字梅轩。休宁人。清乾隆时在世。金渭女,金榅姊,浙江遂安县毛绍兰室。

《梅轩诗钞》,汪启淑《撷芳集》卷二十四著录,并录金榅序、吴蔚光后序曰:"(金宣哲)崇仁令金渭之女也,适浙江遂安县毛绍兰。著有《梅轩诗钞》。金榅《梅轩诗钞序略》:'姊氏梅轩,幼从父受经书,姊婿遂安毛君佩芳与予共笔砚。姊氏往往发凡起例,诘难不止。生平雒诵王右丞诗、韩昌黎文,又深味乎《易》之《系辞》,《周礼》之《考工记》,宜其气茂春松,润流秋露,有以自见也。予尝语毛君:君闺中得此良友,别具赏心,况吾姊氏古律诸调,体近自然,绝异邯郸之步,使其造诣由此日精,列之古名媛中何多让焉?'吴蔚光《梅轩诗钞后序略》:'蔚光八岁时,姊随父母入都,见姊山塘舟次。十四岁,姊父母之吉水任,偕姊与姊婿毛绍兰过蔚光家,复见姊,二十有二年矣,不知姊能为诗也。是年春,佩芳北来,手一编示予,名章秀句,绝去雕饰,中间咏物感怀诸作,辞兴婉惬,情喻渊深,而《读易示子》则宛然女学士语,较昔班固之妹、韦逞之母,当不过尔。又与佩芳力勤守约,以其暇唱酬一室。《诗》曰:'琴瑟在御,莫不静好?'此之谓矣。闻姊诗尚多,他日或得驾扁舟溯富春江,过严陵滩,登佩芳之堂见姊,悉读姊诗,更当为姊序之。'"

梅影楼诗

[清]汪是著

未见。著者简介见前《伏枕吟》。

《梅影楼诗》,汪启淑《撷芳集》卷六十九著录:"(汪是)好读书,解吟诗,然甚韬晦。将死之前一日,以《梅影楼诗》及《伏枕吟》属吴之騄订定。附刊《桂留堂集》后,总名《余香草》。"

孟淑剩稿

［清］汪德贞著

存。汪德贞(1884—1907),字孟淑。休宁人。汪述祖女,嘉兴钱耆孙室。光铁夫《安徽名媛诗词征略·补遗》曰:“(汪德贞)候选主事嘉兴钱耆孙室。赋性敏慧,女工外喜操翰墨。于归后,倡随甚得。光绪丁未三月归省杭州寓舍,以急疾卒。”

《孟淑剩稿》不分卷,民国钞本,天津市图书馆藏。按:《现存清代女性诗词集知见录》著录(见李雷主编《清代闺阁诗集萃编》第10册)。

梦感佛说第一希有大功德经　二卷

［明］徐皇后著

存。著者简介见前《佛说五十三佛大因缘经》三卷。

《梦感佛说第一希有大功德经》二卷,胡文楷《历代妇女著作考·明代二》据《续藏经》著录,并曰:“列入《续藏经》印度撰述经部。前有仁孝皇后自序,后有皇太子高炽、汉王高煦、赵王高燧序。经文二卷,附音释。有云:若善男子女人持诵此经,一句一偈及一神咒,所获福德无量。自序一篇,已辑入《历代名媛文苑简编》。”

梦鸿楼诗草

［民国］葛世洁著

未见。著者简介见前《凌寒阁吟草》。

《梦鸿楼诗草》,胡文楷《历代妇女著作考·清代十一》据《清闺秀艺文略》著录。

梦虎缘

[明]阮丽珍著

未见。著者简介见前《鸾帕血》。

《梦虎缘》,胡文楷《历代妇女著作考·明代一》据《安徽才媛纪略》著录。

梦觉关

[清]张令仪著

未见。著者简介见前《蠹窗二集》六卷。

《梦觉关》一剧,《历代妇女著作考·清代八》据《蠹窗文集》著录。

按:《蠹窗文集》录有张令仪《梦觉关题辞》一文,可观其编写此剧之缘由:“乾坤一大梦场也。自混沌初分,至于今日,篡杀争夺,恩仇不爽,无往而非梦。试问汉寝谁存,秦灰安在?岂必鹿藏蕉叶,饭熟黄粱,而始谓之梦哉?盖梦生于情,人孰无情,岂能无梦?惟老莱子、严子陵辈,如醒客之对醉人,如医家之处病者,虽不能拯其沉溺,犹能脱略自如,虽在梦中,不为梦所苦耳。其间颠颠倒倒,困杀多少英雄,空陷百世之迷途,谁识三生之觉路?良可悲夫!予偶阅稗官家所谓《归莲梦》者,见其痴情幻境,宛转缠绵,几欲随紫玉成烟,白花飞蝶,忽而明镜尘空,澄潭心彻。借老僧之棒喝,挽倩女之离魂,得证无上菩提,登彼觉岸。于是芟其芜秽,编为剧本,名之曰《梦觉关》。吾愿世之读者,要当知梦幻泡影,水月空花,本来无著。佛经有云:‘无我相,无众生相,无受者相。’四大本空,情生何处?编是剧者,亦本我佛慈悲之意云尔。”(见张令仪《蠹窗文集》一卷)

梦莲绣阁剩草

[清]洪昙蕊著

未见。洪昙蕊(生卒年不详),歙县人。郑某室。侄女郑湘筠亦工诗,尝相唱和。

《梦莲绣阁剩草》,汪启淑《撷芳集》卷四十三、恽珠《国朝闺秀正始续集》卷七、陈芸《小黛轩论诗诗》卷下皆有著录。

梦香集

[清]朱兰著

未见。朱兰(生卒年不详),字清畹,一字梦香,号琼仙女史。甘泉(今江苏扬州)人。清乾隆、嘉庆间在世。歙县程绮堂室。

《梦香集》,王豫、阮亨《淮海英灵续集·辛集》卷二著录:"朱兰,字清畹,甘泉人,程绮堂室。著《梦香集》。清畹工画,得袁竹室之传。诗专工近体,格调风神,超然拔俗,与王碧云酬和最密。临殁谓其外子程君曰:'遗诗必得王先生柳村选刻,吾目始瞑。'程子诺,遂含笑而逝。可谓以诗为命矣。王子一谓其诗尤工七字,旨近情遥,不减渔洋风格,徐淑则、张净因后定推作手。善画花卉,栩栩有生气。"

梦雨天华室丛书

[民国]吕碧城著

存。著者简介见前《吕碧城集》五卷。

《梦雨天华室丛书》,胡文楷《历代妇女著作考·附编·现代》著录:内收《信芳集》《吕碧城集》《鸿雪因缘》《美利坚建国史纲》《欧美之光》《晓珠词》《晓珠词四卷合刊》《香光小录》《雪绘词》《文史纲要》《观无量寿佛经释论》等。

梦云吟草　一卷

［清］李淑仪著

存。李淑仪(1817—?)，字梦云，号三十六峰女史。海阳(今休宁)人。清嘉庆、道光间在世。休宁黄仁麟(字莲青)侧室。著有《疏影楼名姝百咏》《疏影楼名花百咏》《疏影楼吟草》(《梦云吟草》)。

《梦云吟草》，即《疏影楼吟草》。参见本书“《疏影楼吟草》一卷”。

葹丽园诗　一卷

［民国］吕美荪著

存。著者简介见前《辽东小草》。

《葹丽园诗》一卷，民国二十年(1931)铅印本，中国国家图书馆藏。此本为叶恭绰题签，前有著者小照及自序，内录古近体诗三百六十九首，其中《重至京师》《追哭季妹坤秀》《感义诗上樊樊山先生》等诗作述及生平往事。吕美荪《自叙》曰：“葹丽园亦已弃，曷为名诗？则十载艺荃灌葹，日哦咏于其间，迹虽绝而神弗舍。当出园际，以烽燧急，诗草不及携。比岁忆写旧篇，得若干首，兼及近作，辑以付印。俾爨浣余闲，偶一自览，以追维当时舟车所历，与夫丧乱生死之迹，一诗犹一山川大地，图画概景靡穷，而变亦无极。吾此后所处遇、所兴感，其发为诗歌，又何如耶？”

按：胡文楷《历代妇女著作考·附编》亦有著录。

葹丽园诗四续　一卷

［民国］吕美荪著

存。著者简介见前《辽东小草》。

《葹丽园诗四续》，民国二十四年(1935)排印本，中国国家图书馆藏。此本前有著者自序，内录吕美荪1934—1935年写于青岛之诗作五十余首，内容多为青岛风光。

按:胡文楷《历代妇女著作考·附编》亦有著录。

菀丽园诗续　一卷

[民国]吕美荪著

存。著者简介见前《辽东小草》。

《菀丽园诗续》一卷,民国二十二年(1933)铅印本,中国国家图书馆藏。此本前有著者自序,内录吕美荪1931年秋至1933年冬所作古近体诗二百七十八首,多为怀念亲友之作。

按:胡文楷《历代妇女著作考·附编》亦有著录。

菀丽园诗再续　一卷

[民国]吕美荪著

存。著者简介见前《辽东小草》。

《菀丽园诗再续》一卷,民国二十三年(1934)铅印本,中国国家图书馆藏。此本与《阳春白雪词》共成书一册。前有著者自序,及于元芳《诗说赠吕美荪女士》,内录吕美荪1934年正月至五月写于青岛之诗作五十八首。

按:胡文楷《历代妇女著作考·附编》亦有著录。

菀丽园随笔

[民国]吕美荪著

存。著者简介见前《辽东小草》。

《菀丽园随笔》,民国三十年(1941)著者自刊铅印本,中国国家图书馆藏。此本前有吕美荪自序,内录笔记《意动合鬼》《康有为梁启超》《邹松年太史》

《林畏庐》《赵次山将军》《彊村词人》等八十余篇，记述著者见闻、亲历趣事，多篇涉及家族往事。

按：胡文楷《历代妇女著作考·附编》亦有著录。

妙香阁遗草　一卷

［清］石云英著

未见。石云英（生卒年不详），字芝秀。宿松人。清咸丰、同治间在世。石绳簳女，新喻知县石长祐妹，怀宁姜本仁室。

《妙香阁遗草》一卷，民国《宿松县志·艺文志四》著录："石云英（怀宁姜本仁妻）著（藏稿）。云英字芝秀，进士长祐女弟，适怀宁姜本仁，以姜任湖北襄阳府经历，封孺人。是稿婉而多风，怨而不怒，深合国风、小雅之则。有《咏谢道韫》一绝：'乌衣门第旧知名，兄妹才华咏絮清。休把无聊怨夫婿，因缘奇处不分明。'寓意敦厚，如见其情，所感于身世微矣。"

名媛诗话　八卷

［清］沈善宝著

存。著者简介见《鸿雪楼词》一卷。

《名媛诗话》八卷，清末至民国间（1912—1949）寓言报馆铅印本，中国国家图书馆藏。此本二册，每半页十四行，每行三十二字，白口，四周单边，单鱼尾。有墨笔题评。

名媛诗话　十二卷

［清］沈善宝著

存。著者简介见《鸿雪楼词》一卷。

《名媛诗话》十二卷，清（1644—1911）刻本，中国国家图书馆藏。此本六册。每半页九行，每行二十字，白口，四周双边，单鱼尾。此本前有秦焕于清光绪二年（1876）所作序，末有陈光亨于清道光二十六年（1846）的题跋。《名媛诗话》的编写旨意，沈善宝在卷一开端即言明："自南宋以来，各家诗话中多载闺秀诗。然搜采简略，备体而已。昔见如皋熊淡仙女史所著《淡仙诗话》内载闺秀诗亦少。窃思闺秀之学与文士不同，而闺秀之传又较文士不易。盖文士自幼即肄习经史，旁及诗赋，有父兄教诲，师友讨论。闺秀则既无文士之师承，又不能专习诗文，故非聪慧绝伦者，万不能诗。生于名门巨族，遇父兄师友知诗者，传扬尚易。倘生于蓬荜，嫁于村俗，则湮没无闻者不知凡几。余有深感焉。故不辞摭拾搜辑而为是编。惟余拙于语言，见闻未广，意在存其断句零章，话之工拙，不复计也。"

按：《名媛诗话》十二卷，另有南京图书馆藏清光绪二年（1876）鸿雪楼刻本；王英志主编《清代闺秀诗话丛刊》现代汉语标点本。

名媛诗话　十五卷

［清］沈善宝著

存。著者简介见《鸿雪楼词》一卷。

《名媛诗话》十五卷，《名媛诗话》十二卷与《续集》三卷合刻本，清光绪间鸿雪楼刻本，中山大学图书馆藏。

按：《续修四库全书》据此本影印，王英志主编《清代闺秀诗话丛刊》据此本整理。

名媛诗话　四卷

［清］沈善宝著

存。著者简介见《鸿雪楼词》一卷。

《名媛诗话》四卷，杜松柏主编《清诗话访佚初编（九）》本（台湾新文丰出版公司 1987 年版)。此本据鸿雪楼刻本影印,每半页九行,每行二十字,小字双行,白口,四周双边,单鱼尾。卷一、卷二、卷三题“钱塘沈善宝湘佩著,受业会稽宗康校字”,卷四题“钱塘沈善宝湘佩著,受业德清俞德秀校字”。

按:此本实乃为鸿雪楼刻《名媛诗话》十二卷本的前四卷。

名媛诗话续集　三卷

[清]沈善宝著

存。著者简介见《鸿雪楼词》一卷。

《名媛诗话续集》三卷,清光绪间刻本,中山大学图书馆藏。此本每半页九行,每行二十字,白口,四周双边,单鱼尾。分上中下三卷,上卷为武笺霞校,中卷、下卷为韩淑珍校。

按:《名媛诗话续集》三卷,另有王英志主编《清代闺秀诗话丛刊》现代汉语标点本。

明珰集

[清]许仲仪著

未见。许仲仪(生卒年不详),合肥人。约清嘉庆时在世。

《明珰集》,光绪《续修庐州府志·列女传·才媛》著录:“(许仲仪)才名卓著,工书善诗,未嫁卒。著有《明珰集》,传于世。”

墨庄遗稿

[清]江瑶著

未见。著者简介见前《籍溪诗钞》。

《墨庄遗稿》,徐璈《桐旧集》卷四十一著录,并录蠹窗女史张令仪《墨庄遗稿序》曰:“(江瑶)参政皋女孙,诸生左沅室,有《墨庄遗稿》。蠹窗张令仪《序》:己未夏日,左子松仪持其母江夫人遗稿见示。捧读之下,深叹其乐道安恬,得风人之旨。其夫子湛涵先生怀才抱器,屡屈于有司,不得伸其志,愤激而游名山大川,以抒胸中块垒。夫人则魂消南浦,梦断高楼,故怀人望远之词,恒多于闺中唱和之什。未几,而弱不胜愁,忧能致病,遽返仙驭,永辞尘寰。嗟乎!夫人与予同生盛世,幼同里闬,境遇坎坷复相同,忝在姻娅,觌面失之,弥深怅惘。盖夫人深娴内则,不以才自炫,故著作鲜有知者。三复遗音,追思莫及,夜台有知,实鉴此诚也。”

南明忠烈传

[民国]苏雪林著

存。著者简介见前《蝉蜕集》。

《南明忠烈传》,民国三十年(1941)重庆国民图书出版社铅印本,中国国家图书馆藏。此书前有苏雪林自序,内容分上下两卷,记述南明时期史可法、吴嘉允、李定国等四百余人的抗清事迹及传略。

南香画语　一卷

[清]胡渊著

存。胡渊(生卒年不详),字滰平,泾县人。国学大师胡朴安女,贵池许世英子某室。好读书,工吟咏,善书画,著有《南香诗钞》《南香画语》《随感录》。

《南香画语》,收入胡朴安《朴学斋丛书》第一集,安吴胡氏民国二十九年(1940)铅印本,中国国家图书馆藏。此本每半页十二行,每行二十九字,白口,四周单边,单鱼尾。前有童大年序,末附胡朴安跋。正文中录有胡渊自记,言此书乃“学画之余,随笔记录”也,如记黄宾虹藏画一则云:“黄宾虹先生精于鉴古,藏画不多而无不精者。予近曾见先生所藏之李大将军小立轴一帧,其用笔用墨之妙,叹为观止。画系绢本,作老松二株,清流一湾,一人抚琴岩石间,意态闲远。松后衬以墨青远山，愈显地境深幽。其松石点苔之墨，黑如凝漆，虽历年久远，绢地破碎，而墨色犹莹润欲流。展玩久之，爱不忍释。笔墨之妙，过于化工，岂不然哉。”

童大年《序》曰：“《南香画语》为安吴胡湋平女士所著，朴安先生之长女也。先生道德文章弁冕当代。女士生而岐嶷，濡染儒风，六岁习书画，颖慧逾恒，涉笔有烟云气。能凭小几临古人丈幅，势脉舒展自如，无局促状。偶作小帧，黍人豆马，精妙入微，又浑雄如巨嶂。殆天授，岂人力所能哉！胡氏世居万山深处，女士体质如常人，而登陟崇山峻岭腾踔如飞。灵秀所钟，禀赋独异，好读书，工吟咏、书法，篆宗石鼓，真仿北碑，于画理尤多彻悟。展读《画语》，虽篇帙无多，而竟委穷源、探幽索赜、发挥六法之蕴义，已尽于斯。不谓以弱女子而克臻此，傥假以年寿、充以学养，直可上企宋元，登峰造极；进而展救国之略，竟济世之功，所至讵可限量艺事抑末也已。乃天靳其才，妙龄奄忽，吾将为斯世惜，岂独为女士痛邪！今先生既以先德及其昆季遗著付印流传，而以女士此稿为殿，慰其志，志其爱，且悲其龄之促也。因予知之审，諈诿一言以张之。予不文，复未克于画学洞悉奥窔；虽不能言，亦何敢辞？龙集上章执徐皋月，瀛洲童大年时客沪西安居庑下记。”

胡渊《自记》曰：“家大人论画诗有云：‘西湖烟水深，虞山丘壑美。始知笔墨神，乃在真山水。’此盖言石谷与醇士二老也。古之善画者，皆得山水之真趣，贮之胸中，流于腕底，云烟之气，自在笔墨以外。余家万山之中，门前一溪横之，曰‘南香涧’。九岁以外，旅居沪渎，山水之美早已淡然忘之。十六岁学画，窃谓画中山水，乃文字狡狯之笔，真者未必如是之美也。后游武林，始疑真不如画，今乃知画不如真。十八岁，一返故居，又觉武林之山水秀丽则有之，雄厚则未也。惜乎淹留不久，仍复来沪。故乡山水时欲于画中求之，终觉去之甚远。余既恨不能如石谷、醇士二老朝夕于虞山、西湖间，又以故乡有此山水真本，少时日日对之而不知，迨既知之而已渺不可得。余画之拙，因资质之钝，亦未始非居处限之也。虽然是仍泥其迹耳，达者视之，无不可作如是观。心有境空，一切皆为心造。沪上一隅，虽无真山水，乃以心造境，所谓万山当户、一水横门之景，可时时于心目间遇之，惟此境非学力深者不能造，余固未遑，直有是愿耳。兹于学画之余，随笔记录，题曰《南香画语》，欲于此马龙车水之间构一南香涧之清境也。辛酉五月，自记。”

南香诗钞　一卷

[清]胡渊著

存。著者简介见前《南香画语》。

《南香诗钞》，收入胡朴安《朴学斋丛书》第一集，安吴胡氏民国二十九年(1940)铅印本，中国国家图书馆藏。此本每半页十二行，每行二十九字，白口，四周单边，单鱼尾。内录诗四十九题七十九首，末附胡朴安跋。

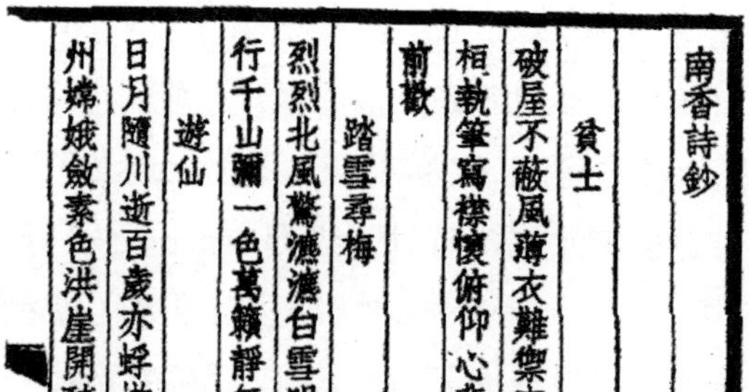
南香詩鈔

涇縣胡　淵瀍平著

貧士

破屋不蔽風薄衣難禦寒窮巷生綠苔庖廚少殘餐彳亍松林外顧影自盤桓執筆寫襟懷俯仰心悲酸寒來猶可忍饑來奚能安典衣酤濁酒且作眼前歡

踏雪尋梅

烈烈北風驚瀌瀌白雪明叢林森若束寒鴉繞樹鳴策杖孤山下尋梅踏雪行千山彌一色萬籟靜無聲

遊仙

日月隨川逝百歲亦蜉蝣朱門非我棲不如居山邱漫遊蓬萊島駕霧覽九州嫦娥斂素色洪崖開醉眸飄飄白雲馳汎汎碧水流

胡朴安《跋》曰：“沛平肄业城东女学。余为城东国文教员，偶以唐人五七言句课学生。沛平独喜五言古，试一效之，颇得王孟韦柳意。余更授以汉魏诸家之作，自是所为诗，浸浸多古意矣。沛平之诗无幼年童稚气，无女子脂粉气，虽用力未久，而其所为诗，非率尔操觚者所能。沛平之诗若有夙慧，一如寄尘也。忆风清月皎之夜、花明日丽之朝，与寄尘、沛平煮茗论诗，语娓娓不休。又尝与沛平泛棹西子之湖，断云锁山，轻霭迷树，余语沛平曰：‘诗中有画，画中有诗。试看舟小似叶，湖平如镜，处处皆是诗料，处处皆是画料，无诗无画，真辜负此佳景矣。’游罢，沛平作一《西湖泛雨图》，颇能写烟雨迷离之状。并题一五古，中有句云：‘断云锁前山，轻霭迷远树。双峰乍隐见，丛林半暗曙。’诗虽不佳，颇肖当时情景也。山水文字之乐，当境殊不自觉，会几何时沛平弃世，曾几何时寄尘又弃世。余志气颇豪，兄弟父女之情虽发于心之不能自已，然而坚强之志、蓬勃之气，我身既然未死，终不肯以兄弟父女之情自即于萧沉。余《六十感怀诗》有云：‘不问未来与过去，未死之前尝自豪。'盖余素抱努力,现在主义也。自二十八年四月间猝犯脑溢血,幸而不死,半身偏枯,长此已矣。余《金缕曲》有云:'豪气当年今消尽。'《沁园春》有云:'按不住回头忆少年。'以前种种,真不堪追忆也。沛平之诗毫无萧飒之气,自从无一幽愁之语绕其笔端。卒后,检其书笥,有口占一律,殊不似向日之作。呜呼!此亦《随感录》之类也。民国二十九年六月,朴安记。"

尼说七惑　一卷

[明]方维仪著

未见。著者简介见前《楚江吟》。

《尼说七惑》一卷,胡文楷《历代妇女著作考·明代一》据《然脂集》著录。

凝翠阁诗钞

[清]郑芬著

未见。郑芬(生卒年不详),字雅蕙。歙县人。清咸丰、同治间在世。郑芳妹,宣城王煊继室。

《凝翠阁诗钞》,黄秩模《国朝闺秀诗柳絮集》卷四十五著录。

凝晖阁诗集　五卷

[清]姚陆舟著

未见。著者简介见前《闺鉴》三卷。

《凝晖阁诗集》五卷,胡文楷《历代妇女著作考·清代六》据《安徽通志》《江南通志》著录,并曰:"《桐城县志》作《凝晖斋集》二卷。"

凝晖斋集　二卷

［清］姚陆舟著

未见。著者简介见前《闺鉴》三卷。

《凝晖斋集》二卷，马其昶《桐城耆旧传》卷十二《马节母传第十》著录："（姚陆舟）著《闺鉴》三卷、《凝晖斋集》二卷、《陆舟吟》二卷、《玉台新咏》一卷。其《陆舟日记》别为四十三册，盖自三十后，岁为一帙，记日用言动，以逮子孙女妇程课，瓮酱瓶蔬造作之细皆具；而经传史事，旁及《九章》算法、六壬数术、子平星家诸说，亦间见云。"

凝晖斋诗存　一卷

［清］姚陆舟著

存。著者简介见前《闺鉴》三卷。

《凝晖斋诗存》一卷，辑入《桐城马氏诗钞（六十八）》，清道光十六年（1836）可久处斋刻本，中国国家图书馆、南京图书馆藏。此本每半页十行，每行二十一字，小字双行，黑口，左右双边，单鱼尾。前录有《江南通志》中姚陆舟撰著目录及韩菼《凝晖斋集序》，内收诗二十二首。

韩菼《序》曰："马君伯逢、仲昭母节孝姚孺人，吾师端恪公长女。学行俱高，有名媛之则。先是，马正谊先生有才子六人，其幼江公最俊，端恪公器之。念正谊先生与赠光禄公同年交契，固父执也。先生闻孺人贤，乃以为请，而订姻盟焉。江公清才笃学，不幸早卒，孺人誓绝粒。众责以抚孤，乃缟衣蔬食，督课二子，师必名宿，友必端士，塾中日课，夕必复之，惰必予杖。伯逢兄弟未弱冠，已能文章，声誉藉甚，孺人不以为喜；既久困场屋，孺人不以为戚。且诫之曰：'汝曹学问宜求诸己，穷达宜听之天。'嗟乎，此非贤明而能若是乎！孺人夙工吟咏，具有风格。宗伯张公尝言龙眠闺阁之盛，明有《清芬阁集》，国朝有《凝晖斋集》，其眉目也。其生平仁厚好施予，自奉俭约，治产有法度，自纺织以至醯浆蔬菜造作之细，备见于《陆舟日记》，而经史传记诗文，旁及九章算法、六壬数术，亦间见云。"

凝香阁诗钞　一卷

[清]黄芝台著

存。黄芝台(生卒年不详),广东新会人。庐江何六湖室。冼玉清《广东女子艺文考》曰:“芝台道光间人,幼随父为邦任职江南,后归何六湖军门。随夫入都供职。继而服官海隅,经海门、海丰、海口、澄海等地,所至有诗。年逾八十,耳聪目明。侄黄如燗《跋》谓‘女史身之所经,目之所遇,无非诗境。顾其所为诗气体和雅,吐属名隽,不屑为儿女脂粉态。读其诗而其人之贞娴可想。’”

《凝香阁诗钞》一卷,清同治三年(1864)凝香阁刻本,中国国家图书馆藏。此本每半页八行,每行十八字,小字,双行同。白口,左右双边,单鱼尾。前有伍有庸、罗天池、何朝昌序,及关培钧、李锦芳、李周京、冯彰美、冯其逢五人题词。内收七律四十七首、七绝六十二首、试贴十二首、七律回文七十首。

罗天池《序》曰:“余与何六湖军门同邑同号,军门长余二十岁,为忘年交,交数十年矣。而宦迹殊途,不数见,又为忘形交。军门状貌魁梧,熟贯鉴史,每相过从,高谈诸史,间及韵语,令人忘倦。余素闻其夫人著有《凝香阁诗集》,屡叩之,则笑而不答,盖琴瑟唱酬之乐,尽在不言中矣。公子五峰上舍以院中诸生执贽余门,因得询及夫人起居,云年愈八袟,耳目聪明,尚能刺绣,把卷恒至夜分不辍。噫!自古诗人大都抑塞穷愁,晚岁益多牢落,而夫人擅清才,娴吟咏,且复富贵寿考,逢吉康强,何得天之独厚欤?是足以传矣!《凝香阁集》先经伍青田大令为之序言,今五峰将付梨枣,倩何坚石孝廉函寄诗钞及伍序,嘱余为题数语。余方病目,又苦痔,呻吟卧榻者已八阅月矣,而重违来意,爰令童子朗诵全稿数遍,中以回文为最,《瓶梅》各诗亦复清婉,伍序以为‘志和音雅’,洵知言也。夫志和音雅,诗宗也,夫人之诗如是,是足以传矣。夫人母家距余乡仅数里许,其弟黄茂才洛川者亦能诗,而隐于医,与夫人时有埙篪赓和之作云,此余所闻于乡人者,因并及之。同治二年岁次癸亥仲秋,通家侍生罗天池顿首拜撰。”

按:孙殿起《贩书偶记》卷十八、胡文楷《历代妇女著作考·清代十》对此本皆有著录。又,肖亚男主编《清代闺秀集丛刊》第24册收入此本。

女红余志

[清]郑瑾娥著

未见。郑瑾娥(生卒年不详),字瑜生。泾县人。约于明崇祯至清顺治间在世。郑汝敏女,叶汉章室。

《女红余志》,赵知希《泾川诗话》卷上著录:"闺秀郑瑾娥,郑汝敏之女,能诗,嫁叶氏。其病中,赠夫诗句云:'一行诗就几回愁,持赠萧郎仔细收。他日鸳鸯双舞处,罗帏可忆旧时俦。'施愚山先生极称之。瑾娥所著,有《女红余志》一编。其女伴有以荷花贮胆瓶中者,瑾娥索之,不允。寄之以诗,兼问其病。有云:'畴昔瓶中花,妙出君之手。侬心爱莫得,灯下回玩久。细较人与花,花与人俱瘦。偶尔动余思,持此为问候。花颜似旧无,君恙全愈否。'语尤委婉动人。"

按:胡文楷《历代妇女著作考·清代十二》录《宫闺氏籍艺文考略》《神释堂脞语》云:"瑜生《小窗词》,绝似晋宋人《子夜歌》,亦似龙辅诸小诗。"可知郑瑾娥有意仿拟龙辅之诗集名及诗风。

女红余志　二卷

[元]龙辅著

存。著者简介见前《龙辅诗选》四卷。

《女红余志》二卷,明天启崇祯间海虞毛氏汲古阁刻《诗词杂俎》本,北京大学图书馆藏。此本每半页八行,每行十九字,左右双边,白口。前有龙辅夫常阳所作《小引》,约略可见其生平及创作之由:"余细君龙氏性夷淡令淑,兼善属文,外父为兰陵守元度公后,家多异书,细君女红中馈之暇,辄紬阅之,择其当意者编成四十卷,时置几头,命曰《女红余志》。今年属余游宦京师,细君精差其最佳者手录之,仅四十之一,附以诗选,内余囊中。昔徐淑能文,秦嘉方轨;文君擅词,相如比肩。余乃自幼束于制科,深有愧于古人,兹当勉焉,以副吾细君赠是编之微指耳。"此本为上下卷:上卷收与妇女家事有关的词章典故八十一条,极少注明出处,且多琐碎不能成篇。龙辅《自序》中曰:"鄙观载籍,颇多僻秘，女红之暇每一沉酣，推玄底妙，庶有别于瞽者。一日，属君读何逊诗，不解'山枝咏新识'意，鄙闻之，笑曰：彼奈何忘《越人歌》耶？'山有木兮木有枝，心悦君兮君不知。'政何所谓'咏新识'也。因于闲日稍有所识，以便观览，要多妇女家事。"下卷为其诗作，计五十五首，多寻常生活、寄送外子之作。龙辅在《自序》中自述写作之用曰："《诗》曰：'无匪无仪，惟酒食是议。'《易》曰：'无攸遂，在中馈。'则操管握牍，非妇人之事明矣。鄙也不才，性多忧愤，不有吟咏，将成大病。与君倡和时聊为之，以代药石，非敢言诗，然有愧于古训多矣。昔杨子谓童子雕虫篆刻，壮夫不为。然综古文辞者，往往不鲜，圣贤不之非，鄙敢借以自解。"

按：《四库全书总目提要·女红余志二卷》已疑其伪："旧本题龙辅撰。据原序所称，乃武康常阳之妻。序不题年月，不知何许人也。上卷皆采掇新艳字句。阳序称'外父为兰陵守元度公后，家多异书，细君女红中馈之暇，辄阅之，择其当意者编成四十卷。属余游宦京师，细君精差其最佳者手录之，仅四十之一'云云。然皆不著出典，又无一语为诸书所经见，殆《云仙散录》之流。下卷皆辅所作小诗，亦浅弱不足采录。钱希言《戏瑕》称为好事者所依托，则明人已灼知其伪。毛晋乃刻之《诗词杂俎》中，失考甚矣。"（卷一三一·子部四十一·杂家类存目八）本书姑存之。

又按：《四库全书存目丛书》（第 120 册）据此本影印；《四库德清文丛》第一种《女红余志》有整理本。

女红余志　四十卷

［元］龙辅著

未见。著者简介见前《龙辅诗选》四卷。

《女红余志》四十卷，见龙辅夫常阳作《女红余志·小引》："余细君龙氏性夷淡令淑，兼善属文，外父为兰陵守元度公后，家多异书，细君女红中馈之暇，辄细阅之，择其当意者编成四十卷，时置几头，命曰《女红余志》。今年属余游宦京师，细君精差其最佳者手录之，仅四十之一，附以诗选，内余囊中。"

按：据龙辅《小引》知，《女红余志》四十卷当为"杂纂"，乃龙辅于女红中馈之暇，阅读家藏“异书”，采择“当意者”而成。其后，龙辅从四十卷中“精差”一卷，并附其诗作一卷，成《女红余志》二卷。

女红余志　一卷

[元]龙辅著

存。著者简介见前《龙辅诗选》四卷。

《女红余志》一卷，所存版本较多，常见的有明秦淮寓客编《绿窗女史》本、明陶珽辑《说郛续四十六卷》本。内容同龙辅《女红余志》二卷之上卷。

按：石昌渝主编《中国古代小说总目·文言卷》“《女红余志》二卷”题署“（元）龙辅、常阳撰”，并曰：“龙辅、常阳事迹无考，仅据书序知其为夫妻，元代人。书中收与女子生活有关的辞章故实，多琐碎不能成篇。所收八十余条均不注出处。其中少数女侠故事较有小说意味。如‘香丸妇人’记唐贞观间一书生遇一妇人，求为其报仇。生如妇人所言，以焚香绕仇人之头，获即纳于革囊，交于妇人，被其所食。情节荒诞诡幻，不知所本。‘侠妪’条叙盗起时修容母女被一老妪引至一道院潜藏。一夕老妪持盗首而来，后遂无事。此事为修容自述，亦诡异莫测。”以上二事又见《广艳异编》及周诗雅《续剑侠传》，香丸事《广艳异编》又题作《香丸志》。此二事被凌濛初采入初刻卷四《程元玉店肆代偿钱十一娘云岗纵谭侠》入话中。又记苏轼贬惠州时被一女子倾慕，思郁而死事，又见《坡仙外集》。清周如璧据以演为《孤鸿影》杂剧。《千顷堂书目》小说类著录《女红余志》二卷，题常阳撰，列在元代。今有《诗词杂俎》《绿窗女史》及《香艳丛书》本等。据书前武康常阳序，知其书为常阳妻龙辅所作，原书四十卷，后又精选为二卷刊行。明钱希言《狯园》卷三以为本书系好事者伪托而成，近是。实则精选为“小说”者，仅为《女红余志》二卷之上卷。

女界模范

［清］聂芬著

未见。聂芬（生卒年不详），字韵琴。六安人。聂孟衡次女，同邑史远岘室。光铁夫《安徽名媛诗词征略》卷四为其作小传云："（聂芬）幼受庭训，博闻强记。年十六，肄业于北京女子师范学校。二十归史氏。女红之外，益研书史。荆钗布裙，宴如也。远岘文学亦佳，性好游，不事生产。芬躬亲炊织，暇则吟啸自娱，未尝稍有怨言。人多贤之。著有《女界模范》《双修阁诗草》。"

《女界模范》，胡文楷《历代妇女著作考·清代十四》著录。

女诫引证

［明］张娴婧著

未见。著者简介见前《鹤史》。

《女诫引证》，见于许齐爽《蕉窗遗韵跋》："（张娴婧）著述等身，闺政之暇，佐长文公质证经史，以吟咏为倡随。曾手订有《女诫引证》《竹经》《鹤史》各若干卷行世。而尤脍炙人口者，惟《蕉窗遗韵》一书，经乡先达杨愧斋、陈鸣虞二公先后梓行，又得金沙张公、维节杨公、一个蒋公诸巨手传而序之，零笺剩墨，何动人倾慕，一至于此！此殆陟山湃水之间气所钟也。"（见张娴婧《蕉窗遗韵》）

女蒙拾诵　一卷

［清］王贞仪著

未见。著者简介见前《沉疴呓语》一卷。

《女蒙拾诵》一卷，萧穆《敬孚类稿》卷十三著录："德卿所著有《星象图释》二卷、《筹算易知》《重订策算证讹》《西洋筹算增删》《女蒙拾诵》《沉疴呓语》各一卷。"

女萝亭诗稿　六卷

[清]唐庆云著

存。著者简介见前《女萝亭诗稿》四卷。

《女萝亭诗稿》六卷，清道光十一年(1831)刻本，中国国家图书馆藏。此本每半页九行，每行十九字，白口，四周双边。首录阮元妻孔璐华为清嘉庆十九年(1814)刻本所作序文，序后编有六卷目录，目录末载有唐庆云于道光十一年(1831)所作题记。

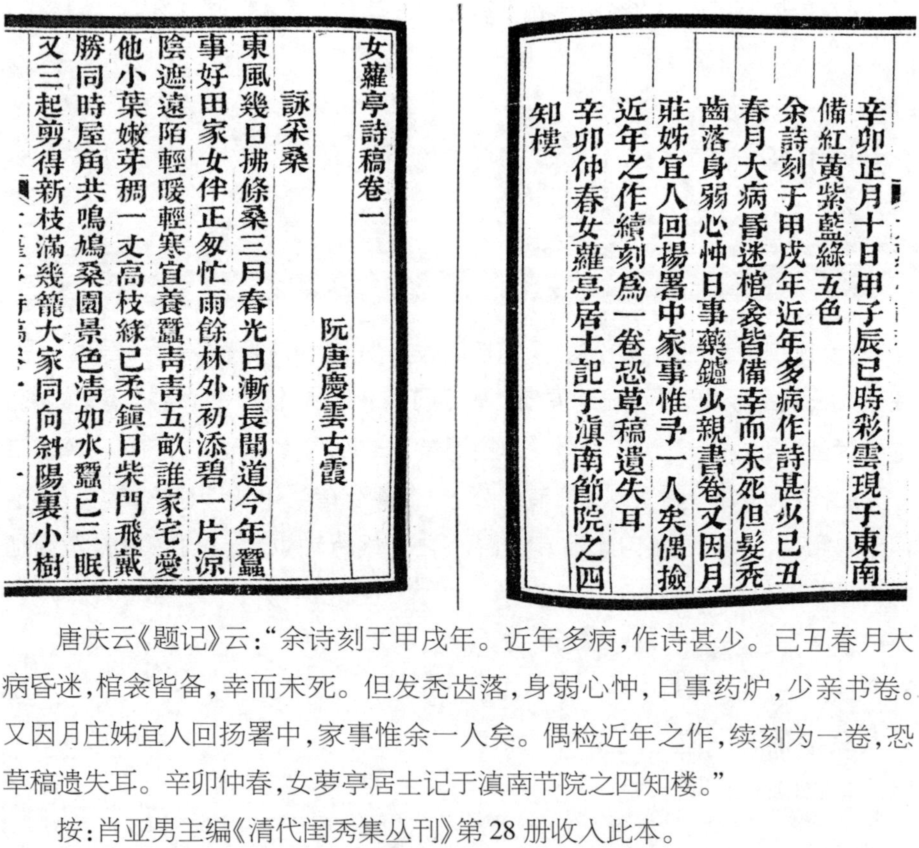
辛卯正月十日甲子辰巳時彩雲現于東南
備紅黃紫藍綠五色
余詩刻于甲戌年近年多病作詩甚少已丑
春月大病昏迷棺衾皆備幸而未死但髮禿
齒落身弱心忡日事藥鑪少親書卷又因月
莊姊宜人回揚署中家事惟予一人矣偶撿
近年之作續刻爲一卷恐草稿遺失耳
辛卯仲春女蘿亭居士記于滇南節院之四
知樓

女蘿亭詩稿卷一
阮唐慶雲古霞
詠采桑
東風幾日拂條桑三月春光日漸長聞道今年蠶
事好田家女伴正匆忙雨餘林外初添碧一片涼
陰遮遠陌輕暖輕寒宜養蠶青青五畝誰家宅愛
他小葉嫩芽稠一丈高枝綠已柔鎮日柴門飛戴
勝同時屋角共鳴鳩桑園景色清如水蠶已三眠
又三起剪得新枝滿幾籠大家同向斜陽裏小樹

唐庆云《题记》云：“余诗刻于甲戌年。近年多病，作诗甚少。已丑春月大病昏迷，棺衾皆备，幸而未死。但发秃齿落，身弱心忡，日事药炉，少亲书卷。又因月庄姊宜人回扬署中，家事惟余一人矣。偶检近年之作，续刻为一卷，恐草稿遗失耳。辛卯仲春，女萝亭居士记于滇南节院之四知楼。”

按：肖亚男主编《清代闺秀集丛刊》第28册收入此本。

女萝亭诗稿　四卷

［清］唐庆云著

存。唐庆云（1788—1832），字古霞。原籍歙县，寄居江苏吴县。总督阮元侧室。阮元（1764—1849），字伯元，号云台、雷塘庵主，晚号怡性老人，谥号“文达”，清嘉庆、道光间名臣，在经史、数学、天算、舆地、编纂、金石、校勘等方面皆卓有造诣，被尊为一代文宗。

《女萝亭诗稿》四卷，清嘉庆十九年（1814）刻，道光十一年（1831）增刻，中国国家图书馆藏。此本一册，前有孔璐华序，唐庆云自跋。

孔璐华《序》曰：“女士唐氏庆云，字古霞，本歙籍士族，生长吴中。性慧知书，夫子篷室也。闺中得此良友，何乐如之。随余十数载，每吟旧篇，常得佳句。在浙江节署时，余尝延同里净因张夫人驾舟来杭，夫人即余弟袭公之师黄秋平先生之室也。夫人能诗善画，杭署有别馆，夫人老夫妇同居于此。因此夫人为庆云之师，益习书史，女士之诗学益成。其壬申年以前诗数百篇，余命其先为刻成，游踪宦迹，兼记时地、闺中韵事，因乐序之。甲戌春日阙里孔氏书于淮海节楼。”

欧美之光

［民国］吕碧城著

存。著者简介见前《吕碧城集》五卷。

《欧美之光》五卷，民国二十一年（1932）上海开明书店出版，中国国家图书馆藏。此本前有凌楫民序及《例言》。内容主要是记述著者参加世界动物保护大会、国际疏食大会及游历欧洲各国的见闻；编译涉及生物、医学、政治、教育、风俗等方面欧美报刊文章二十九篇；著者在维也纳世界动物保护大会上的演说等。

呕香吟草

［清］潘氏著

未见。潘氏（生卒年不详），桐城人。潘国杆女，同邑马应泰继室。

《呕香吟草》，徐璈《桐旧集》卷四十一、单士厘《清闺秀艺文略》皆有著录。

藕香馆诗钞　八卷

［清］何佩玉著

存。何佩玉（生卒年不详），字隝霞，一字琬碧，又字琼若。清嘉庆、道光间在世。歙县人。两淮盐知事何秉堂三女，扬州祝麟室。

《藕香馆诗钞》八卷，清道光二十九年（1849）刻本，南京图书馆藏。

此本两册。无序跋，内收诗一百五十一首。

藕香馆诗钞　二卷

［清］何佩玉著

存。著者简介见前《藕香馆诗钞》八卷。

《藕香馆诗钞》二卷，清（1644—1911）钞本，南京图书馆藏。

按：《藕香馆诗钞》，恽珠《国朝闺秀正始续集》卷十、黄秩模《国朝闺秀诗柳絮集》卷十七皆有著录，未注卷数。

藕香馆诗钞　一卷

［清］何佩玉著

存。著者简介见前《藕香馆诗钞》八卷。

《藕香馆诗钞》一卷，清道光二十四年（1844）蔡殿齐嫏嬛别馆刻《国朝闺阁诗钞》第八册收入。此本每半页八行,每行十八字,黑口,四周双边。内仅录《春暮遣怀》《题常熟张孝女传后》《听外话皋亭桃花之胜》《春水二首》《秋渔》《十一字诗》等诗六题七首。

按:《续修四库全书》本《国朝闺阁诗钞》,据此本影印。

培桂轩诗钞　二卷

[清]张熙春著

未见。张熙春(生卒年不详),桐城人。约于清乾隆时在世。姚映湖室。姚鼐序其诗集云:"后有君子录闺阁诗者,必勿遗熙春之咏也。"(见吴希庸、方林昌《桐山名媛诗钞》卷六)

《培桂轩诗钞》二卷,道光《续修桐城县志》卷二十一《艺文志》及吴希庸、方林昌《桐山名媛诗钞》卷六皆有著录。

佩椒阁诗钞

[清]程本淑著

未见。程本淑(生卒年不详),桐城人。清康熙间在世。左文言室。

《佩椒阁诗钞》,吴希庸、方林昌《桐山名媛诗钞》卷三著录。

佩兰阁草

[清]徐简著

未见。徐简,本名简简,字文漪。浙江嘉兴人。约于崇祯至康熙间在世。休宁吴玓(于庭)侧室。著有《佩兰阁草》《香梦居集》。王端淑《名媛诗纬初编》卷二十三曰:"(文漪)新安吴于庭副室也。于庭游粤东,留文漪于吴门,或曰今归杨中翰。所著有《香梦居集》,惜零落不传。端淑曰:文漪诗俱秀艳,轻清宛转，无一率笔。此所谓正调声律也，但怜其无倚而再抱琵琶，为世所惜耳。”

《佩兰阁草》，朱彝尊《静志居诗话》卷二十三、胡文楷《历代妇女著作考·清代七》皆有著录。

佩珊珊室诗存　一卷

[清]王纫佩著

存。王纫佩(1857—1891)，字韵珊，徽州婺源(今属江西)人。同邑江峰青继室。江峰青，字湘岚，号襄柄，婺源县人。清光绪十二年(1886)进士，后任嘉善知县、江西道员，宣统间任江西省审判厅丞，辛亥革命后奉母居乡里。能诗善画，画作笔墨超逸，《嘉善县志·人物》有传。韵珊幼而聪慧，六岁入塾，能日诵数百言。浏览书籍，通文艺，旁涉相人书。归江峰青后，夫妇相得，江峰青视其为“闺中良友”，惜年三十五即去世。平生所作，江峰青在其去世后收集整理而成《佩珊珊室诗存》一卷。

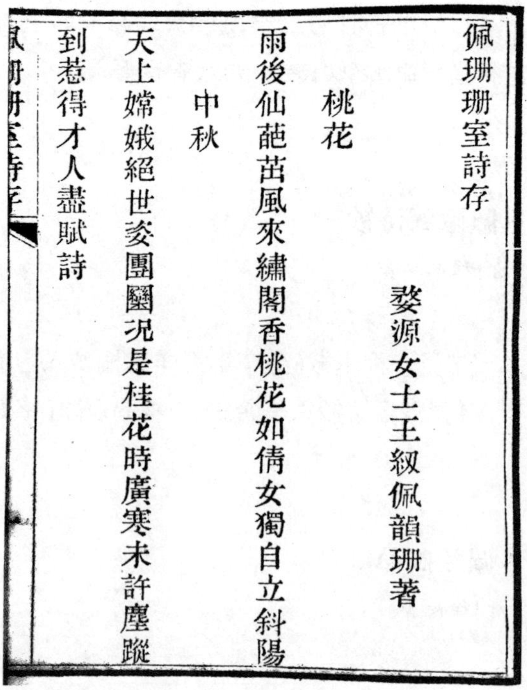
佩珊珊室詩存
婺源女士王紉佩韻珊著
桃花
雨後仙葩茁風來繡閣香桃花如倩女獨自立斜陽
中秋
天上嫦娥絕世姿團圞況是桂花時廣寒未許塵蹤到惹得才人盡賦詩

《佩珊珊室诗存》一卷，清光绪十九年(1893)刻本，安徽省图书馆藏。此本一册，每半页七行，每行二十字，白口，左右双边，单鱼尾。前有时人汪清麟及王纫佩夫江峰青序，并有嘉善顾福仁(字紫珊)、保山吴世钦(字绍春)、山阴史增美(字释夫)、武昌纪骧(字子谷)、昭文黄福元(字念屺)、休宁宁本瑜(字琯香)、嘉善程兼善(字达青)及江峰青等八人题辞。内收佩珊珊诗一百零四首，并附牙牌词、回文各一。其诗主要为七言绝句，内容多夫妻唱和及抒写别离之情；《怀古二十首》歌咏息夫人、西施等古代二十位女子，别有新意。

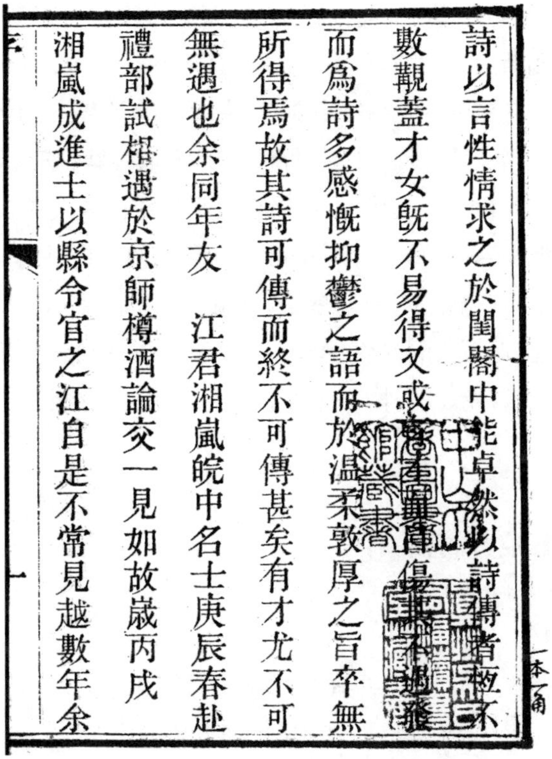
詩以言性情求之於閨閣中能卓然以詩傳者恆不
數覯蓋才女既不易得又或有才而自傷其不遇發
而爲詩多感慨抑鬱之語而於溫柔敦厚之旨卒無
所得焉故其詩可傳而終不可傳甚矣有才尤不可
無遇也余同年友　江君湘嵐皖中名士庚辰春赴
禮部試相遇於京師樽酒論交一見如故歲丙戌
湘嵐成進士以縣令官之江自是不常見越數年余

汪清麟《序》曰：“诗以言性情，求之于闺阁中，能卓然以诗传者，恒不数觏。盖才女既不易得，又或有才而自伤其不遇，发而为诗，多感慨抑郁之语，而于温柔敦厚之旨卒无所得焉。故其诗可传而终不可传甚矣，有才尤不可无遇也。余同年友江君湘岚，皖中名士，庚辰春赴礼部试，相遇于京师，樽酒论交，一见如故。岁丙戌，湘岚成进士，以县令官之江，自是不常见。越数年，余亦需次来浙，所居去湘岚咫尺，晨夕过从，稔知其年嫂王夫人贤而工诗。旋予以省亲匆匆归里，未及一睹佳什。明年，湘岚除嘉善令，将偕夫人之官，鸥波秋雨，图画天然，官阁联吟，同声唱和。然则有才又有遇，向所谓不数数觏者，今竟得之矣。曾不数月，湘岚以王夫人讣音至，窃叹造物之于人，既厚其才，丰其遇，独不假之年，此不可解者也。今年秋，湘岚与余同校秋闱，出王夫人遗稿见示，读之温丽缠绵，绝无抑塞不平之感。诗仅百余首，殆天心秘惜其英华，不欲使之尽泄欤？而其性情之纯厚，所流露于楮墨间，则固卓然可传矣。湘岚谋付诸梓，爰为弁数语于卷端。光绪癸巳季秋上浣，年侍生汪清麟拜序。”

江峰青《序》曰：“韵珊幼而聪慧，六岁入塾，能日诵数百言。邻翁不之信，试之，验，奖给罗绢二端。稍长，习针线刺绣之暇，浏览书籍，通文艺，旁涉相人书，言多中。额上伏犀骨直贯天庭，谓当贵，虽不验，殆为慧征。学诗不专一家，得佳什，辄以髻上发绣作字，为余制荷囊等类。字乏健劲之致，而明润秀媚如其诗。未出阁时不多下笔，间及词翰亦不留稿。归余后，有《韵珊学吟草》一册，诗亦不多。随予之官浙江，检行箧诗册，无所得，以为遗落家中，亦遂置之。到浙后，病躯荏弱，不耐构思，笔墨益荒废，非酬应，不作韵语。庚寅冬，《和番禺许星台中丞绿牡丹》诗，中丞击节不置，立命付梓。然篇首已成诗谶，逾两月，病殁。没后，检在浙时诗不多见，函属芝岚弟于家间搜寻旧册，亦不可得。呜呼！天既夭其人，并夭其文乎！予自失闺中良友于今三年，抑郁谁语？神惝恍而若失，肠一日而九回。今奉檄调襄校，同人中黄鞠友明府以其太夫人《焚余诗存》见示，公余展诵，枨触悲怀，诚恐韵珊所存诸诗及在家所作犹能记忆者，迟之久而亦将湮没也，因手录成帙，待付剞劂。呜呼！冷翠零膏，其人斯在，吉光片羽，物罕见珍。爰弁数言，不觉泪痕在袖已！”

喷香阁稿

［清］黄浣月著

未见。黄浣月（生卒年不详），休宁人。所适未详。

《喷香阁稿》，汪启淑《撷芳集》卷三十五著录。

缥缃馆稿

［清］周桂清著

未见。著者简介见前《红韵阁联珊小草》一卷。

《缥缃馆稿》，徐世昌《晚晴簃诗汇》卷一百九十一著录：“周桂清，字稚娴，歙县人。芳三女，合肥诸生阚濬鼎继室。有《缥缃馆稿》。《诗话》：稚娴生长吴门，诵诗习礼，于归后，以贤孝称。同治辛未，侍君舅仲韩大令寓沪，与小姑寿坤同作诗词，昕夕靡已。一夜梦登高阁，天骤雨，阴晦，遥见龙挂，自觉心悸，倏忽霁爽，神观超彻，因得句云：‘龙去天波静，云开画阁明。’醒而忘之。殁于宜昌，年五十八。子铎秉母教，有才名。”

按：《缥缃馆稿》，胡文楷《历代妇女著作考·清代五》作《缥缃余稿》。

评杜诗　一卷

［清］郑同甸著

未见。郑同甸(生卒年不详),太平(今属黄山市)人。陈淑圣室。施闰章《蠖斋诗话·郑媛》曰:"太平县陈淑圣室郑氏,能诗,有才辨。其初盖铁工女。邻有老学究授馆,女喜闻读书声,遂往受学。及将笄,通晓书籍。适陈后,尝与夫论诗文,夫不能答,诟曰:'郑声淫。'郑应声曰:'陈绝粮'。夫谓:'奈何截一字?'郑曰:'卿试于四书中别觅出成语,我当输卿。'先君子在广陵见其《寄夫》诗:'北雁南来愁欲往,东流西去系人思。一秋橘绿橙黄日,几度天涯梦里时。'又:'君在东兮妾在西,妾念君兮君不知。蓍草问残三月信,灯花剔尽五更时。'作行草书,有林下风味。先君子送陈归里云'绮窗应有句,把酒与君论',盖谓是也。其手《评杜诗》一册,予儿时尝见之,后为友人攫去。"

《评杜诗》一卷,单士厘《清闺秀艺文略》、张忠纲等著《杜集叙录·清代编》皆有著录。

评牡丹亭还魂记

［清］陈同著

存。陈同(生卒年不详),黄山人。约清康熙年间在世。钱塘吴吴山聘室。吴吴山(1657—?),名仪一,字舒凫,因居吴山草堂,故又字吴山,工词,为"西泠三子"之一,有《吴山草堂词》十七卷传世。陈同未嫁卒,著《评牡丹亭还魂记》。

《评牡丹亭还魂记》,与吴吴山室谈则、钱宜所著《评牡丹亭还魂记》一起收入《吴吴山三妇合评牡丹亭还魂记》,清康熙三十三年(1694)刻本,中国国家图书馆藏。陈同评上卷,谈则评下卷,钱宜参评并刻之。前有吴吴山序,后有女史钱宜、冯娴、李淑、顾姒、洪之则及震泽杨复古跋。

顾姒《跋》曰:"《牡丹亭》一书,经诸家改窜,以就声律,遂致原文剥落,一不幸也;又经陋人批点,全失作者情致,二不幸也。百余年来,诵此书者,如俞娘小青,闺阁中多有解人。又有赋害杀娄东俞二娘者,惜其评论,皆不传于世。

今得吴氏三夫人合评，使书中文情毕出，无纤毫遗憾；引而伸之，转在行墨之外，岂非是书之大幸耶！文章有神，其足以传后者，自有后人与之神会。设或陈夫人评本残缺，无谈夫人续之，续矣而秘之箧笥，无钱夫人参评，又废首饰以梓行之，则世之人能诵而不能解，虽再阅百余年，此书尤在尘雾中也。今观刻成，而丽娘见形于梦，故疑是作者化身矣。同里女弟顾姒题。”

按：《吴吴山三妇合评牡丹亭还魂记》，另有《香艳丛书》本、《古典戏剧点评丛书》本（上海古籍出版社 2008 年版）。

苹香阁诗草

［清］洪采苹著

未见。洪采苹（生卒年不详），怀宁人。约于清嘉庆、道光间在世。洪峙山女，桐城诸生吴希庸（字金圃）室。年二十四卒。

《苹香阁诗草》，吴希庸、方林昌《桐山名媛诗钞》卷十著录。

屏山阁诗集　四卷

［清］方云卿著

未见。方云卿（生卒年不详），号龙眠女史，字怡云。桐城人。清乾隆、嘉庆间在世。方以智玄孙女，吴询（字重约，一作仲岳）室。

《屏山阁诗集》四卷，道光《续修桐城县志》卷二十一《艺文志》著录。

屏山堂诗集　五卷

［清］方云卿著

存。著者简介见前《屏山阁诗集》四卷。

《屏山堂诗集》五卷，卷首一卷，清嘉庆十三年（1808）刻本，中国国家图书馆藏。此本一册,每半页十行,每行十九字,白口,四周单边,单鱼尾。前有方云卿夫吴询序(残缺)、总目,分卷目录,书尾题“龙眠女史吴门方云卿字怡云著”。卷首录文五篇,卷一收古今体诗六十首,卷二收古今体诗八十首,卷三收古今体诗六十九首,卷四收古今体诗七十五首,卷五收古今体诗八十五首。有墨笔圈点。

吴询《序》曰:“(前缺)岁甲午……大人病疽,病且殆,三弟青来竭力奉汤药,□□□方,无微不至,有古石建风,诚有余所不逮者□。内子与四弟妇孙氏亦昼夜不寐,亲为洗濯、敷药,不避病气者累旬日。后病愈,人以为诚感所致。迩年来,内子年逾七旬,多疾而少粒食,自录其生平诗为五卷,并存其杂文数篇,颜之曰《屏山堂集》。屏山堂者,内子之居也。初未意其遽死也,今已矣,整衣焚香端坐而逝。余虽忘情,能木石乎？内子平日览古及佐予课儿女子辈,多在锅前,又少所许可,独喜吾族弟海屏诗,以为今之孟六。尝属吾以其诗索序于海屏而未果,今海屏没已二十有四年□。追痛良朋,又伤莱妇,且念其所以终身糟□□□,余本俗人俗情,曷有已耶!”按:徐璈《桐旧集》卷四十一录有吴询所作《屏山堂集序》可作补充:“内子为方密之先生之元孙女。家世风雅,且清芬、淮西之遗泽未泯。内子幼好吟咏,及笄而归余,井臼之外,读书不释卷,论诗以唐为宗。尝曰:昔人评唐贤七绝,压卷诗未有定论。以妾观之,其‘日长风暖洞庭,西望西宫夜静’乎! 余笑而颔之。内子平日览古及佐余课儿女子辈,多在中馈间。于诗少所许可,独喜族弟海屏诗,以为今之孟六。奉先慈唯谨,及病疽,侍汤药者累旬日。年逾七旬,多病而少粒,遂卒。”

按:孙殿起《贩书偶记》卷十八对此本亦有著录:“《屏山堂诗集》五卷、卷首一卷,龙眠女史方云卿撰,嘉庆十三年刊。”

栖凤阁词

[清]吴瑛著

未见。吴瑛(生卒年不详),字澹如。原籍太平(今黄山市)。云间名妓。《栖凤阁词》,胡文楷《历代妇女著作考・清代三》据《众香词》著录。

栖梧阁诗集

[清]吴氏著

未见。吴氏(生卒年不详),号栖梧阁主人。桐城人。清顺治、康熙间在世。江苏六合汪渭继室。年二十五而寡。

《栖梧阁诗集》,胡文楷《历代妇女著作考·清代三》据《小黛轩论诗诗》著录。

按:《栖梧阁诗集》,一作《梧阁诗集》。吴元安《双清阁剩草序》曰:"吾家姑大母《梧阁诗钞》洗去铅华,直追陶谢,予疑以为仅见,今阅《双清阁剩草》,亦能剪雪镂冰,不屑作巾帼吐属,殆其亚欤?"(见本书《双清阁剩草》二卷)

栖梧诗集

[清]柯双凤著

未见。柯双凤(生卒年不详),字栖梧。贵池人。清乾隆、道光间在世。姚瀚室,姚谦母。

《栖梧诗集》,胡文楷《历代妇女著作考·清代六》据《清闺秀艺文略》著录。

栖枳阁小集

[清]汪凤芬著

未见。汪凤芬(生卒年不详),字雪征。上海人。休宁何一裴室。

《栖枳阁小集》,汪启淑《撷芳集》卷五十五著录:"(汪凤芬)善丹青,适休宁县雪渔后裔何一裴,侨居青浦县沈港镇。著有《栖枳阁小集》。"

企芬阁集

[清]方氏著

未见。方氏(生卒年不详),桐城人。吴华席室。

《企芬阁集》,《历代妇女著作考·增补条目》据《桐山名媛诗钞·凡例》著录。

起云阁诗钞　四卷

[清]鲍之兰著

存。鲍之兰(1751—1812),字畹芬,一作畹芳。原籍歙县,侨居丹徒。征士鲍皋与陈蕊珠长女,太学生何澧(字桂桥)室。之兰至性谨朴,勤于女红,余暇好读书,常与兄妹作诗唱和。著有《起云阁诗钞》,辑入姊妹同著《京江鲍氏三女史诗钞》。

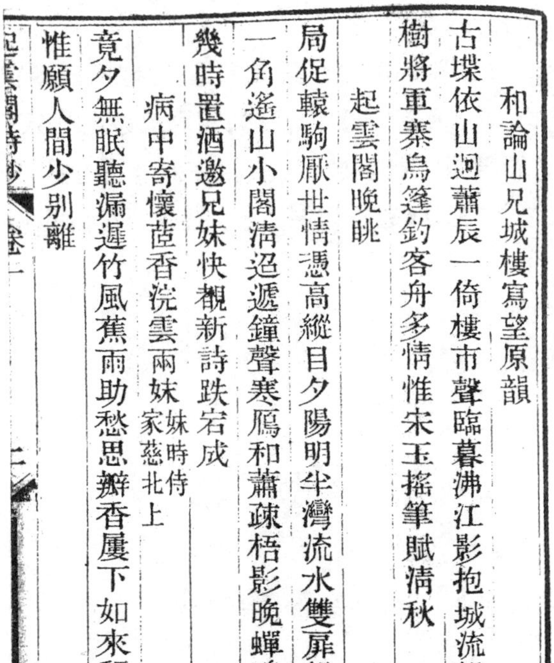
和論山兄城樓寫望原韻
古堞依山迴蕭辰一倚樓市聲臨暮沸江影抱城流綠
樹將軍寨烏篷釣客舟多情惟宋玉搖筆賦清秋
起雲閣晚眺
局促轅駒厭世情憑高縱目夕陽明半灣流水雙屏綠
一角遙山小閣清迢遞鐘聲寒雁和蕭疏梧影晚蟬鳴
幾時置酒邀兄妹快覩新詩跌宕成
病中寄懷茝香浣雲兩妹妹時侍家慈北上
竟夕無眠聽漏遲竹風蕉雨助愁思瓣香屢下如來拜
惟願人間少別離
起雲閣詩鈔　卷二　二

《起云阁诗钞》四卷,清光绪八年(1882)嘉禾刻《京江鲍氏三女史诗钞合刻》本,中国国家图书馆藏。此本每半页十行,每行二十一字,四周双边,白口,双鱼尾。前有鲍之兰兄鲍之钟、鲍文逵序,后有鲍之兰外曾孙戴燮元跋,内收诗三百二十首。

鲍之钟《序》曰:“先征君以诗名江左,先太恭人亦工吟咏。故兰、蕙、芬三妹皆能诗,而兰妹之学尤先著。其诗才清丽,洵天性也。忆髫龄时中秋分韵，有'若非今夜月，虚度一年秋'之句，王梦楼、程衡帆诸名公皆传诵之。居尝于花晨月夕，阄韵联吟，妹所得句，往往非予所能及。益信诗之有别才矣。妹至性谨朴，勤于女红，结褵后尤专事井臼，操作弗倦。时有余暇，即手撷一编。每晤予辄相诘难，以故所艺日进。顾尝谓文咏非闺阁事，有所著不以示人，遂多散佚。今集中若干首，不及生平手著十分之一，皆妹诸子所窃藏，以时编辑，私自宝贵，而妹不知也。予嘉诸甥能珍母氏著作，一鳞半甲，收自散佚之余，区区苦心，妹宜勉存之，以循诸子意。他日《课选楼合稿》中，凡妹所著，亦宜附太恭人编次，以为二妹、三妹倡者何吝焉？"

《起云阁诗钞》四卷，另有民国初年（1912—1921）刻本，中国国家图书馆藏。

起云阁诗钞　一卷

［清］鲍之兰著

存。著者简介见前《起云阁诗钞》四卷。

《起云阁诗钞》一卷，清道光二十四年（1844）蔡殿齐嫏嬛别馆刻《国朝闺阁诗钞》第六册收入。此本每半页八行，每行十八字，黑口，四周双边。内仅录《鸿鹤山庄题壁》《读书台怀古》《春闺曲》《杜鹃楼怀古》《寒夜吟》《和论山兄城楼写望原韵》《春日送浣云三妹之长安》《题秋灯课女图》《秋灯》《水仙花》《鲥鱼》等诗十一首。

按：《续修四库全书》本《国朝闺阁诗钞》，据此本影印。

绮霞阁吟草

［清］丁道蘅著

未见。丁道蘅（生卒年不详），字湘云，一字香芸，号绮霞阁主。无为人。巢县方中室。

《绮霞阁吟草》，光铁夫《安徽名媛诗词征略》卷四著录。

绮霞诗草

[清]姚绮霞著

未见。姚绮霞(生卒年不详),桐城人。姚回夫女,邓柏卿室。

《绮霞诗草》,徐璈《桐旧集》卷四十一、胡文楷《历代妇女著作考·清代六》著录。

绮云春阁诗钞　二卷

[清]方芬著

存。作者简介见前《红蕊山房学吟稿》。

《绮云春阁诗钞》二卷,清咸丰六年(1856)古歙程氏刻本,附于程晋芳《勉行堂诗集》后,中国国家图书馆藏。此本每半页九行,每行二十一字,白口,左右双边,单鱼尾。前有司徒照、余鹏年(枳六居士)、金兆燕、李树谷、王初桐、程如棣题识。《诗钞》分上下两卷,题"大兴女史方芬采芝著"。上卷收"古今体诗一百七十八首",下卷收"古今体诗一百七十一首"。

司徒照《序》曰:"前明方君静廷尉以学术气节擅名当代,其子少司马孔炤、孙检讨以智,俱负海内重望;两女孟式、维仪,并有妇德,笃志诗书,时称大家者,必首推二方夫人。孟式为张含之方伯之配,鸡鸣昧旦,以忠义相勖,卒能共垂千古;次归于姚,秉节含贞,研究文史,删古今宫闺诗什,刊落纤佻,区明风烈,迄今诵其《出塞》等诗,抚时伤乱,感慨系之。盖皖桐方氏功名、德业、学问、文章,流播艺林,比肩接踵,虽壸内亦积习风教,越数百年犹未艾也。余幼时随侍来秦,偶过从于程约泉先生处。时德配方孺人已先殁,而习闻其言动有则,尤工吟咏,以督部之女孙、郡丞之女公子濡染家学,自迥异乎裁云镂月、妃红俪紫之伦,凌班铄谢,有自来矣。兹余承乏陕藩,适小泉二兄裒刻孺人遗稿,清辞丽句,咀雅含风,绮云春阁几与纫兰、清芬二阁后先晖映,其传于后无疑也。小泉为鱼门先生之孙,祖砚犹存,孙谋勿替,所负荷者甚远且大。是编之刻,特以展孝思之一端耳。咸丰丙辰仲春端州司徒照谨识。"

程如棣《序》曰:"吾母太孺人氏方,为皖江望族。外祖父讳维翰公,文学甲于一乡，筮仕浙西金华郡司马。太孺人为外祖父所钟爱，幼稚时，即教诵读；年长，于书无所不窥，尤好吟咏。其时，叔外祖父讳维祺公知处州府事，太孺人随之任，闺阁针黹之余，益肆力于诗。幕中全椒金棕亭、宜兴储玉琴两先生，皆一时名宿，为吟坛主伯，太孺人从之学。年十七，归家君。家君习举子业，频困场屋，后以县佐分发陕西，授咸宁县丞，道光八年见背。太孺人于嘉庆乙丑年，以疫疾不起，时如棣甫七龄。今倏忽五十载，贫无所资，从事于笔砚，为生活计，

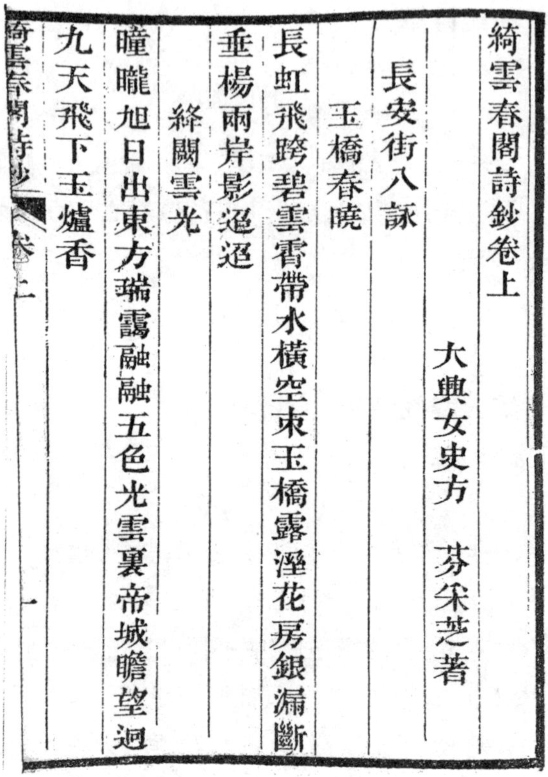
綺雲春閣詩鈔卷上
大興女史方　芬采芝著
長安街八詠
玉橋春曉
長虹飛跨碧雲霄帶水橫空束玉橋露溼花房銀漏斷
垂楊兩岸影迢迢
絳闕雲光
曈曨旭日出東方瑞靄融融五色光雲裏帝城瞻望迥
九天飛下玉爐香
綺雲春閣詩鈔　卷上　一

自恨不能扬名声以显母。每念劬劳恩，终夜彷徨，抚心自咎。恒念家君临危时谕如棣曰：‘汝母诗稿藏箧已久，检出待刊，即瞑目黄泉，见汝母亦无憾矣！’如棣谨敬收藏，暇时捧读，手泽如新，音容永隔，伤心惨目，悔不可追。乃积岁修所入，梓而行之，庶几赎愆于万一耳。”

按：孙殿起《贩书偶记》卷十八对此本亦有著录：“大兴女史方芬撰，咸丰丙辰古歙程氏刊。”又，《绮云春阁诗钞》二卷，虽题为“大兴女史方芬采芝著”，然方芬实为桐城人，从上引司徒照及方芬之子程如棣所作序即可证。

绮云楼稿

[清]舒姒著

未见。舒姒（生卒年不详），字嗣音。黟县人。薛可庵室。

《绮云楼稿》，恽珠《国朝闺秀正始集》卷十八著录。

乾坤圈

[清]张令仪著

未见。著者简介见前《蠹窗二集》六卷。

《乾坤圈》一剧，《历代妇女著作考·清代八》据《蠹窗文集》著录。

按：《蠹窗文集》录有张令仪于清康熙五十六年(1717)所作的《乾坤圈题辞》，可见其编写此剧之缘由："造物忌才，由来久矣。自古才人沦落不偶者，可胜言哉？至若闺阁涂鸦，雕虫小技，又何足道？必至穷困以老，甚而轗轲失意，颠沛流离，岂非造物不仁之甚与？故东坡诗云：'但愿我儿愚且鲁，无灾无难到公卿。'盖深于阅世者之言也。蠹窗主人偶于长夏翻阅唐诗，因感黄崇嘏之事。崇嘏以一弱女子以诗谒蜀相周庠，庠甚称美，荐摄府掾，政事明敏，吏胥畏服。庠爱其才，欲妻以女，乃献诗云云。庠得诗大惊，始知为黄使君之女，原未从人，与老妪同居，因叹崇嘏具如此聪明才智，终未竟其业，卒返初服，宁复调朱弄粉，重执巾栉，向人乞怜乎？故托以神仙，作闲云高鸟，不受乾坤之拘缚。乃演成一剧，名曰《乾坤圈》，使雅俗共赏，亦足蛾眉生色，岂不快哉！时丁酉仲秋，蠹窗主人书于严陵官署。"(见张令仪《蠹窗文集》一卷)

潜渊吟稿

[清]石氏著

未见。石氏(生卒年不详)，清咸丰、同治间在世。婺源朱文玉室。朱文玉，字小琴，曾官浙江盐运司，喜画山水，能医济人，著述颇丰，有《葆真堂吟草文稿》《杂说存疑内外篇》等，民国《重修婺源县志·人物八·文苑二》有传。

《潜渊吟稿》，民国《重修婺源县志·人物·列女·才媛》著录："(石氏)吴县琢堂殿撰曾孙女，性敏慧，通经史。洪杨之乱，苏城失陷，氏偕姊妹投城河，遇救，遂归文玉。事姑能得欢心。闺房中时以诗词唱和，汇为《潜渊吟稿》。生三子,亲自课读。玉需次杭城,殁。氏守志抚孤,先就罗田设家塾,课蒙学。继公举婺城女校教员。子安义、安荣皆名诸生,女适同里潘文涛进士子效连,潘亦能诗。”

遣疾草

[明]张娴婧著

未见。著者简介见前《鹤史》。

《遣疾草》,张明弼《张蓼仙小传》著录:“(张娴婧)曾有‘尝因读史忘春去,每为敲诗却夜眠’之句,长闻以笔墨非女子事,诫毋自苦。夫人曰:‘不有披吟,愁身无属,恐致病耳。’因名其稿曰《遣疾草》,自叙略云:‘三代后之诗文不必其不朽也。英雄失志,聊以抒其牢骚之气,其文即一时,人已千古。余善病,日不对古人则目病,不濡毫则腕病,不思索苦吟,则心志交病。’”

倩君遗稿

[清]汪韶著

未见。著者简介见前《井桐居吟稿》。

《倩君遗稿》,胡文楷《历代妇女著作考·清代四》据《清闺秀艺文略》著录。

乔影

[清]吴藻著

存。著者简介见前《花帘词》一卷。

《乔影》,亦名《饮酒读骚图曲》《饮酒读骚图传奇曲本》等,版本多种,中国国家图书馆均有收藏。

琴嘉阁诗集

[清]张萍香著

未见。张萍香(生卒年不详),清乾隆时在世。桐城人。张廷璐女孙,张若需女。女姚素亦工诗,著有《绘后阁集》。

《琴嘉阁诗集》,吴希庸、方林昌《桐山名媛诗钞》卷六著录。

琴秋阁绝句

[清]张茝贞著

未见。张茝贞(生卒年不详),字琴秋。歙县人。清咸丰、同治间在世。鲍瑞骏室。鲍瑞骏,字桐舟,历任山东馆陶、黄县知县,擢候补知府,著有《桐华舸诗钞》,民国《歙县志·人物志·文苑》有传。

《琴秋阁绝句》,光铁夫《安徽名媛诗词征略》卷二著录:"(茝贞)山东候补知府同邑鲍瑞骏室。善吟咏。瑞骏曰:予诗集附刊后,续稿又得八卷,而以内子《琴秋阁绝句》附焉。内子雅不欲存,以同艰苦者二十余载,精神所寄,何可弃之?况罢官以来,借以消遣,或雪窗,或夜月,一篝相对,吟哦之声,往往达旦未已,未必非人生之一乐也。"

按:《琴秋阁绝句》,一作《琴秋阁集》,胡文楷《历代妇女著作考·清代八》据《清闺秀艺文略》著录。

琴言阁诗钞　四卷

[清]方掌珍著

存。方掌珍(1783—1839),字伯珠,歙县人。方鸿女,诸生潘世镛室,潘绍曾母。

《琴言阁诗钞》四卷,清道光二十年(1840)刻本,中国国家图书馆、安徽省图书馆藏。此本一册,每半页十行,每行二十二字,小字双行,白口,左右双边,单鱼尾。前有朱文翰序、题词，后录传、墓志，末有方掌珍曾孙潘尚志跋。内录诗四卷，凡收诗二百四十四首，分体著录，其中五古十二首、七古四首、五律五十五首、七律四十四首、五绝十二首、七绝百十五首、试律一首、排律一首。

朱文翰《琴言阁诗钞序》曰："伯珠方夫人，乃潘晴皋先生文孙东甫配也。曩序东甫《吟古镜斋诗集》，读倡和之作，知夫人能诗，顾未见定本。今年忝主紫阳讲席，于寻行数墨中得大手笔，直入先正堂奥者，则哲嗣翰芬为秀出焉。山堂谈艺甚相得，翰芬不以前序为鄙，拟录夫人《琴言阁诗》，属序而行之。时仆将重赴鹿鸣筵宴，翰芬将赴省闱，彼此戒期，未遑他及。迨仆自金陵归，闻夫人六月逝矣。锦瑟增恨，版舆罢欢，贤乔梓抱无穷之戚。方拟走唁，适以《行状》《诗钞》来索鄙言。按状：夫人妇德兼优，孝该百行，刲股起姑病者再，而出于饥寒竭蹶之余，尤非寻常言孝者所及。读其诗抒性灵，漱芳润，音和格峻，识卓辞真，密若叙年谱，达若道家常，事关纲常名教，尤有味乎言之，盖本性情之正，而得风雅之遗者。即以才论，洵闺阁中一作家也。虽纯孝淑德，不藉诗传，然诗至此亦自可传矣。夫人为东甫贤内助，鸡鸣昧旦，其即《琴言阁》与《吟古镜斋》两集之谓乎？况安贫守礼，更备德于孟德曜、桓少君乎？东甫为名经师，应四方聘，家食日少，而翰芬昆季未就外傅，即以诗文名，盖得自母教也。子妇亦能诗，盖得自姑教也。儒风孝行，萃于一门，愈信晴皋先生之遗泽长矣。夫人于诗，特绪余耳，然诵德人之言，凡君子女之楷模已于是乎在。仆学殖荒落，愧不能文，夙钦隔纱阃范，近读咏絮遗篇，固有不能已于言者。谨缀琐语，敬扬徽音，行当更立一传，以质贤乔梓焉。道光十九年龙集己亥子月既望，水南学者朱文翰序。"

潘尚志《跋》曰："曾祖母方宜人，四德兼该，庀理家政余闲，辄稽经诹史，手一卷自娱。一时有'女文宣'之称。道光年间，以孝妇旌，复经名公巨卿阐扬懿范，吉金乐石，焜耀千秋。而所著《琴言阁诗》四卷刊行后，大江南北闺阁中，莫不争相宝贵。自经兵燹，板片散失，曾孙妇姚金凤恪守先型，尤深景仰。女红之暇，曾庄录一帙，时时诵习，奉为指南之针。去岁，犹川归棹，即将衙中节缩衣食所赢青蚨数十串相付，属为敬谨翻雕，样本初模，病中犹勤加雠校，乃风凄月冷，骤断鹍弦，不获目睹竣工。而遗稿丛残，且将检纸墨寿之枣梨，俾附斯集以行世也。可恸也已！曾孙尚志谨跋。"

琴余小草　一卷

［清］杨淑贞著

未见。杨淑贞（生卒年不详），字端一，号雨香。四川金堂县人。清雍正、乾隆间在世。杨正辅女。六安阎诚斋子燧室，阎其渊母。

《琴余小草》，王浔《药坡诗话》卷四著录："（其渊）弱冠即以文名。盖得力于母氏之教居多。母姓杨，号雨香，汉军世宦，雅娴文墨……著有《琴余小草》。"

按：胡文楷《历代妇女著作考·清代十一》据《清闺秀艺文略》著录："《琴余小草》，杨雨香撰。雨香，汉军人，阎某妻。"

琴韵楼诗钞

［清］张佩芬著

未见。张佩芬（生卒年不详），萧县人。清嘉庆时在世。张凤纪女，永城方惠室。著有《绣余诗草》《琴韵楼诗钞》。

《琴韵楼诗钞》，同治《续萧县志·列女·才媛》著录："张佩芬，凤纪第四女，适永城人信阳州知州方惠。幼读书，工词章，善绘，得南田恽家笔意。著有《绣余诗草》《琴韵楼诗钞》。其《春日偶成》诗云：'潇洒襟怀眼界空，水边楼阁影玲珑。山含远岫千重翠，树漏斜阳一线红。花外流莺歌柳絮，梁间燕子怨东风。闲中领略烟霞味，性癖耽吟句未工。'《新秋》诗云：'碧天云净夜悠悠，消受微凉暑乍收。落叶高梧三径雨，花开扁豆一篱秋。时凭短槛添新句，偶步名园忆旧游。向晚深闺清景好，临池闲看水中鸥。'"

青藜阁词　一卷

［清］江珠著

存。江珠（1764—1804），字碧岑，号小维摩。本籍旌德江村，寄居甘泉（今属江苏扬州)。吾学海室。江珠工词赋,尤擅长骈体文,通经史,并善舞剑。与张滋兰(允滋)、张紫蘩(芬)、陆素窗(瑛)、李婉兮(微),席兰枝(蕙文)、朱翠娟(宗淑)、沈蕙孙(纕)、尤寄湘(澹仙)、沈皎如(持玉),结清溪吟社,号"吴中十子",媲美西泠。法式善《梧门诗话》卷十五曰:"江碧岑,甘泉郑堂上舍之妹,博通经史,能诗,工词,善舞剑,与郑堂齐名。适吴中吾半客,半客一生幕游,碧岑授徒于虎阜绿水桥侧以自活。才笔雄健,不可一世,句如'才人终古属蛾眉',其自负如此。他如'拈毫消永日,力学课三余',真不栉书生也,著《青藜阁集》。"

《青藜阁词》一卷,清光绪二十二年(1896)南陵徐乃昌刻《小檀栾室汇刻闺秀词》本,第三集收入。共录词九首,并附录任兆麟(心斋)词五首。江珠词以中、长调为主要体式,以唱和、题赠、感怀为主要内容,其中与任兆麟唱和词有五首。在语词上,既时见虚词俗语,又多锤字炼句,典雅中有平俗。如"绿肥红瘦""捉花留絮""诗魔酒障""谈禅说法""词胆诗肠""换徵移宫""翻新合古"等,或袭用前人成语,或自铸伟辞,俱见工整。江珠词脱去闺中词人的软媚,有雄健洒脱之大丈夫气。如"酒酣说剑,耳热谈天""文章何处哭西风"(《烛影摇红·雨夜感怀》)、"叹文章有道,何补闺中。博得一场愁梦,思量著、误学屠龙。空自教,年年纸穴,辛苦雕虫"(《凤凰台上忆吹箫·再和心斋》)、"误聪明两字,尝尽辛酸""悲来看剑,病去逃禅""焚香默坐,较词胆诗肠,总不如前"(《凤凰台上忆吹箫·三和心斋》)等。江珠在《凤凰台上忆吹箫·和心斋题蕙孙妹浣纱词卷作》中赞沈蕙孙词曰:"是书生不栉,独擅风流。"其自己词作正可当此评。

青藜阁诗钞　一卷

[清]江珠著

存。著者简介见前《青藜阁词》一卷。

《青藜阁诗钞》一卷,附于《吴中女士诗钞》中,清乾隆五十四年(1789)刻本,中国国家图书馆藏。此本一册,每半页九行,每行十九字,小字双行,白口,左右双边,单鱼尾。前有江珠《自叙诗稿简呈心斋先生》及女史张滋兰、张因、钟若玉、席蕙文题词。内录诗一卷，末附词若干首。

江珠《自叙》曰："清溪、素窗、蕙孙，皆吴中女史也。惟兹三媛，并号大家。王夫人擅林下之风，顾家妇亦闺房之秀。闻道香名，人人班、谢；传来丽句，字字徐、庾。薄颂椒文思未工，陋赋茗才华乏艳。于是香奁小社，拈险韵以联吟；花月深宵，劈蛮笺而酬酢。并翻五色之霞，奇才倒峡；互竞连珠之格，彩笔摩空。接瑶席而论文，宛似神仙之侣；树吟坛而劲敌，居然娘子之军。丽矣名篇，美哉盛事！至夫清溪女史，则文从慧解，学洵源来。父本伏生，传经于绮岁；母原宋氏，授学于髫年。咏絮谢庭，咸称博士；结缡名族，适配参军。盖清溪即国子任先生文田之德配也。惟夫人固清河贤媛，先生推吴郡通儒。博学不穷，诗书笥腹；多文为富，著述等身。震泽湖边，春水茫茫似镜；垂虹亭畔，远山叠叠如眉。爰自双悬凤管，偕隐鹿门。举案之余，便参金石；画眉之暇，即事缥缃。癖古嗜书，共凿匡衡之壁；研经识字，同登萧氏之堂。倡和时闻，约散葡萄万帙；篇章间作，装成玳瑁千函。故名媛之才于斯为最，而下笔则智刃横飞，拂纸则文澜妙涌。即使须眉名士，亦应低首皈依；纵有巾帼才人，定向下风拜倒。真闺闼之雕龙，裙笄之绣虎也。今国子将续《玉台新咏》，传艺苑美谈，聚诸媛佳章，锓成一集。索鄙人拙作，忝缀末编，弟珠也何堪先生谬矣。珠善病人也，生世不谐，痴顽弥甚。穷年痼疾，匿影于寒衾；终日坐愁，藏身乎针孔。孰云酒可忘忧，不信犀能蠲忿。中怀悲怆，莫敢告人；满腹牢骚，谁堪共语。茹斋绣佛，徒忏他生；附赘悬疣，其如今日。寸心郁郁，何能容万斛之愁；弱骨萧萧，焉可罹百千之病。嗟乎！人非木石，寿岂泥沙，惊岁月之如驰，恐年华之不永。且复药物屏除，固已无心乞活；生涯若是，岂真有意敲诗？缘缄恨而不能，冀纾怀而奚可乃尔！偶效吚语，借宽怫郁耳。若夫芜辞呓语，本不足云诗，故断句零章，实未尝费楮。矧不欲留覆酱瓿，抑何忍贻灾梨木。况使左思登潘岳之车，能无愧色；嫫母立西子之旁，更可骇人。浑蚯蚓于蛟螭，知不可矣；杂糠秕于珠玉，将毋同乎？然在珠何敢效秘石之愚，而先生直有求朴之误。乃猥蒙高轩左顾光尘，时适鄙人伏枕婴疾，至敢劳玉趾，数过敝庐。珠也深愧斯情，惧违所命，因思旧句，半属遗忘；追所忆者，仅录若干，并附小叙数言，聊博高贤一粲。乾隆戊申腊月，碧岑氏江珠自叙。"

青藜阁诗集　一卷

[清]江珠著

存。著者简介见前《青藜阁词》一卷。

《青藜阁诗集》一卷，清道光二十四年(1844)蔡殿齐娜嬛别馆刻《国朝闺阁诗钞》第五册收入。此本每半页八行，每行十八字，黑口，四周双边。内录《白云泉》《读砚云同学诗稿题此寄慰》《千尺雪》《南楼玩月》《谒静荪上人何亭》《次清溪女史春日闲居元韵》《落花次王平泉韵》《题王子乘所藏惜花图三首》等诗八题十首。

按：《续修四库全书》本《国朝闺阁诗钞》，据此本影印。

青鸟集

[民国]苏雪林著

存。著者简介见前《蝉蜕集》。

《青鸟集》，民国二十七年(1938)长沙商务印书馆铅印本，中国国家图书馆藏。此书前有自序，内录《梅脱灵克的青鸟》《孔雀东南飞戏剧及其上演成绩的批评》等文艺评论、作家印记及个人写作经验等二十四篇。

青山集　四卷

[清]吴山著

未见。吴山(生卒年不详)，字岩子。当涂人。约明天启至清康熙间在世。卞琳室，卞梦钰母。邓汉仪《诗观初集》卷十二为传曰："山字岩子，江南当涂人，适同里孺子卞琳字楚玉。岩子幼攻笔墨，嗜诗书，自归楚玉，频遭患难，转徙他乡者七年。戊寅冬，始卜居石城青溪间，为栖隐计。无何，江东乱，几至复巢。丁亥春，乃携诗囊、书箧，附龚奉常孝升舟出关，与徐夫人智珠登金焦、游虎阜已，乃之明圣湖，纵览孤山、葛岭之胜，诗篇益富。钱塘、仁和两令君闻其名，为分俸见存湖上，传为佳话云。吴梅村太史有《西泠闺咏》四章，一时赓和甚盛，盖为岩子故也。楚玉中道即世，无后。有长女玄文工诗词，次女德基善画，先后嫁刘孝廉峻度。峻度迎岩子于家，事如母。自海内丧乱，耆旧凋零，岩子以诗名当世垂四十年，古文诗皆秀雅绝俗，书法亦遒逸。年六十余，白发朱颜有丹砂之色，望者如对高流逸士，盖享才媛之福云。予与楚玉交，辛亥客维扬。岩子以《青山集》见贻，予成四截句题上，岩子览之喜甚，因论次其诗，付之剞氏。"

《青山集》四卷，清道光二十四年（1844）蔡殿齐嫏嬛别馆刻《国朝闺阁诗钞》第一册卷五著录："（吴山）太平县丞江宁卞琳室。善画写意山水，工草楷书，著有《青山集》四卷。"

按：《青山集》原本已佚，《撷芳集》卷三十一有著录，并录魏禧《青山集序》曰："《青山集》者，卞君楚玉夫人吴岩子氏所作也。夫人家青山，既转徙江淮无常地，有《西湖》《梁溪》《虎丘》《广陵》诸集，最后类次之，以《青山》名，夫人于是年六十余矣。楚玉中道即世，未有后，依女夫刘子峻度以老。时回首故乡，踌躇踯躅，不胜邱首之感焉。天下女子能诗者不乏人，夫人于兴亡盛衰之大故，篇什留连，不一而足。有《国风》讽刺、《小雅》怨诽之义，予读之，低徊泣下。然楚玉一贫书生，夫人非有象服六珈之遇，而往往若此，则真吾所不解也。夫人以诗名垂四十年，工书法，晚更好道，得奇疾，疾作，则右手自运动，日夜作字不休。或濡笔书纸上，悉成玄理，疾止不复记忆，凡二年而愈。白发朱颜，奕然有丹砂之色。遂不甚作诗矣。予交峻度最善，来广陵辄主之，夫人与其二女尝以诗画酬赠予内子，间属予论定其诗，因得请见。夫人吐词温文，出入经史，相对如士大夫，予每退而叹息云。'"由魏僖《青山集序》推测，《青山集》四卷当为《西湖》《梁溪》《虎丘》《广陵》合集。

青山集　一卷

［清］吴山著

存。著者简介见前《青山集》四卷。

《青山集》一卷，清道光二十四年（1844）蔡殿齐嫏嬛别馆刻《国朝闺阁诗钞》第一册卷五收入。此本每半页八行,每行十八字,黑口,四周双边。内仅录《新霁》《望钟山》《法海寺》《集不系园》《越城歌》《泊舟香口》《秦淮舟集同刘李诸夫人分韵》《幽居》《徙倚》《题画》《姑苏棹歌二首》《清明》《广陵杂咏二首》等诗十三题十五首。

按:《续修四库全书》本《国朝闺阁诗钞》,据此本影印。

青霞阁诗钞

[清]左青霞著

未见。左青霞(生卒年不详),桐城人。约于清康熙年间在世。左光斗曾孙女,许耕华室。左光斗,字遗直,明万历三十五年(1607)进士,历中书舍人、大理少卿,因草奏弹劾魏忠贤,被魏忠贤构陷下狱,酷刑拷讯致死,福王时,追谥忠毅,《明史·列传一百三十二》有传。

《青霞阁诗钞》,吴希庸、方林昌《桐山名媛诗钞》卷三著录。

青筠轩遗稿　一卷

[清]左慕光著

存。左慕光(生卒年不详),字松石,号尽心老人。桐城人,寄居济宁。清乾隆、嘉庆间在世。叶馥室。叶馥,字鹤滩,少承祖训,善属文,由河南主簿荐升山东临清州判、汶上知县,所至有政声,卒于济宁,道光《续修桐城县志·人物志·宦绩》有传。

《青筠轩遗稿》一卷,道光二十年(1840)刻本,中国国家图书馆藏。此本每半页九行,每行二十一字,小字双行,白口,左右双边,单鱼尾。前有孔昭信序。

孔昭信《序》曰:"《青筠轩遗稿》,外姑左孺人所著也。孺人桐城望族,通书史,善笔札,既归外舅春树先生,佐治中馈,克勤克俭。外舅殁于汶上县署,宦橐萧然,不能作归计。孺人卜居济上,旋迁肥城。无何,内兄去世,异乡流寓,情景孤寂。孺人不以自悲,惟日课幼孙,以简册为事。每当风雨无聊、米薪匮乏，辄为长句以自遣。然孺人初未工于诗，至是始尝为之，其用意真挚，出语天然，往往不让古媛，岂非欧阳子所谓穷而后工者耶？”

按：胡文楷《历代妇女著作考·清代二》亦据《正始集》著录：“《青筠轩草》（未见）。慕光字松石，号尽心老人。安徽桐城人，知县叶馥妻。”

清芬阁集　八卷

［明］方维仪著

未见。著者简介见前《楚江吟》。

《清芬阁集》八卷，胡文楷《历代妇女著作考·明代一》据《明史·艺文志》《然脂集》著录。

清芬阁集　七卷

［明］方维仪著

未见。著者简介见前《楚江吟》。

《清芬阁集》七卷，道光《续修桐城县志》卷二十一《艺文志》著录。

方孟式《清芬阁集序》曰：“皇甫玄晏，只语千金，名公巨卿事也。我辈嚅呢深闺，终日行不离咫尺，何足当弁简之赘。虽然，吾姊弟间子墨倡和，可得而更仆数也。忆吾姊弟稚孱时，从家侍御游天雄，及燕，侍雪而咏，辄津津响林下风。岁月流易，分飞中落，备极断肠之叹。余幸托副笄车尘，女弟姚则已哀清台而号柏泛矣。生涯辛苦，赖有文史问难字，差足慰藉。乃吾女弟玉节冰壶，加慧益敏，而不炫其才。居恒仰天曰：‘女子无仪，吾何仪哉！’离忧怨痛之词，草成多焚弃之，偶一绘施金相，竟炙庄严，即沈阁弗录，鄙为末技。窃其学不减女博士祭酒，下上古今，亹亹成章。偶示扇头，卫楷永真，咸捧如宝，常讳之为余艺。嗟乎阿妹！堕体黜聪之意，固已远矣。余抱病适志，小有积什，附游豫章、闽、粤山水奇胜，复纳交名媛印可，以娱凋残。顾当吾身，而令怀瑾握瑜、啖荼啮蘖之硕人，不显于名媛方幅哉？半百穷愁，空悲腐草，发洪钟而挝雷鼓，何忍须臾忘？于是，载其近编，用觏寤寐，其有名公钜卿，流揽彤管者，当必择琳琅之一技，存湘闾之斑泪云尔。”

方以智为其姑母方维仪《清芬阁集》题跋曰：“智仲姑母，适姚公前甫氏。再期不夭，乃请大归，守清芬阁中。此清芬阁之所以有集也。姑少好诗书，善白缋古先生，不事诸娣傧笑，有丈夫志，常自恨不为男子，得树事业于世。又不幸罹此穷苦，膺心居矜，又安敢以女子著书名哉！自丙午岁，与余母朝夕织纴以下俱共事，殷勤之余，时或倡咏。伯姑间归而和之，闺门之中雍雍也。尔智未束发，梦梦不知所奉，暨稍长，离经小学，克共侍命，而吾母即世。嬛嬛亶由，莫适与归。问我诸姑，仲氏任之，盖抚余若子者八历年所，无间色矣。尝曰：‘吾不幸不获从地下，长累父母。父母故罔极，吾姊妹皆安荣备福，月朔归宁，屡辱顾问，我何言哉！宜人知吾心，亦复蚤逝。嗟夫！家事大小，一莫敢问。《礼》曰内言不逾阃，《诗》曰无非无仪。况寡妇乎？’自感宜人意，诸子女饮食当治，衣裳当浣，俱身先操作。间命婢，必慰谕遣之，其淑慎如此。于乎！自智不得逮事吾母，以不得不子于姑，敢不母事吾姑，以不敢死其亲乎？其所著述，每从帷下纪诸箧，至今以帙，积录存之。偶执吾母《澈佩居遗稿》示余曰：‘昂无若，弗与言也已。所与言惟淑人，淑人又伤，无子女，子慷慨而有所发奋，独非然耶？’然所为辄弃，存者十半，以为女子不以才贵，故其删《宫闺诗史》也，断断乎必以邪正别之。嗟乎！女子能著书若吾姑者，岂非大丈夫哉！今年伯姑自任中选其生平篇什，以书嘱余寿诸木以不朽。余亦因以尽所逮事北堂之意，庶其妥而。崇祯己巳冬以智书。”（见方以智《浮山文集前编》卷二）

清华阁诗钞

［清］钟文淑著

未见。钟文淑（生卒年不详），字学姑。舒城人。清乾隆、嘉庆间在世。钟世镗长女，文贞姊，张同工室。钟世镗，字九斋，清乾嘉间诸生，陈诗《皖雅初集》卷二十二有传。

《清华阁诗钞》，吴希庸、方林昌《桐山名媛诗钞》卷七著录：“（钟文淑）张榕轩先生室。太史青士、知县正邦母。著有《清华阁诗钞》。宁端文先生评曰：

‘兰心蕙质，锦帨珠囊。有鞶鉴之精神，无玉台之习气。意和语润，允开闺媛之宗。天淡云闲，刚称大家之体。’妹文贞，亦工诗善琴。”

清绮轩诗剩　一卷

［清］陶安生著

存。陶安生（1843—1870），字竹筠，自号南沙女史。江苏常熟人。镇江府教授陶贵鉴女，庐江章玕室。少颖悟，喜读书，亲承家学，后遂以诗名。光绪《续修庐州府志·列女传·才媛》有传。

《清绮轩诗剩》一卷，清同治八年（1869）刻本，中国国家图书馆藏。此本每半页八行，每行十七字，小字双行，白口，四周单边，单鱼尾。前有蒋士骥、黄光林、徐魁士、黄业良作序，宗廷辅撰传，凌锦章、徐冕士、计煜、张文锐、张盛典题词。

蒋士骥《序》曰：“世谓诗人多穷，即闺阁亦然，余尝疑之。古者齐家之训，肇于《二南》，大半妇人女子之作，上自后妃，下至妾媵，莫不有诗。读其诗，犹想见其为人。岂安常处顺，独不可以诗传耶？乃余读陶夫人遗诗而重有疑焉。夫人系出吾邑陶氏，其尊人静涵先生，文章经术，海内推重，晚岁息影著书，足迹不出户，时或以诗自娱。夫人随侍之暇，亲承家学，其性情之贞淑，举止之端谨，常流露于楮墨间。然而内言不出，罕有能诵其诗者。第闻雍雍焉，肃肃焉，翕然称秉礼，宗人争贤之。其归我同年章韫卿观察也，章固庐江巨族，避寇乱，侨寓吾邑数载，食指以百计。夫人事亲孝，相夫敬，接妯娌和，待婢仆宽，躬自操作，不辞劬瘁。其兢兢礼法自持，殆将与钟、郝比迹焉。若夫簪花咏絮之才，赋茗颂椒之誉，岂夫人志哉！人益交口贤之。当是时，观察方弱冠，习制举业。已而援例得官，辟公舍迎养，赖夫人内助之力居多。而乃间关跋涉，中道以殁，可谓穷矣。及观察掇巍科，登显秩，而夫人已不及见。爰索其箧中诗，得若干首，付之梓。非传其诗，传其人也。夫以夫人之贤，而其诗又皆合乎和平中正之音、敦厚温柔之旨，宜可以享遐龄，膺厚福者，胡乃既厄其遇，复促其年，使其乡之族若戚景仰遗徽，欲仿佛夫人之德言功貌不可得，而仅仅于诗传之。向使安常处顺，其所传当不止此。呜呼！夫人而以诗传，固夫人之不幸，抑亦观察之所大不得已者欤？光绪五年岁次己卯夏六月，年侍生蒋士骥顿首拜撰。”

黄业良《序》曰：“岁癸亥，晤同里章部郎韫卿于城西客舍，示读近作，内有悼亡诸什，知其尊室陶恭人能诗，不幸见殂，而恭人之诗仍未见也。今年秋，部郎手一卷出示，题曰《清绮轩诗剩》，盖为恭人遗诗，而部郎哀辑将授梓。‘剩’之云者，恭人好吟咏，稿脱不自收拾，又时值兵乱，间关转徙，部郎收合散佚，仅存什一于千百中耳。恭人生长虞山，号骚坛主盟之地。尊甫静涵先生诗名籍甚，被服濡染，故有以溯渊源而抒心得。归部郎，雅同嗜好，讽咏盖无虚日。兹其诗味隽而永，句秀而雅，敦厚温柔，不摹拟，不纤佻，设更假以岁月，穷其才力，所至尚日进而未有涯，惜乎其早逝也。夫束身闺闼之内，无山川阅历以助其气，无朋侪广聚以会其文，仅以心思才慧浏览贯穴，遂能形为歌咏，卓然成家，此名媛所以冠绝古今，而羡为不可多得也。如恭人者，其庶几乎？吾用是益叹虞山之流风遗韵及人远矣。部郎承簪缨屡世之后，绝声色狗马之好，问安视膳外，辄留连风雅。得恭人赓续酬唱，益琴瑟谐而金石叶也。恭人逝，不仅部郎感，又吾党所咨嗟震悼，叹部郎失嘉偶焉。虽然，部郎年今三十，将出而显名当世，上其诗为清庙明堂之颂，与一时名人硕彦驰骋颉颃。恭人即偕老，其长可朝夕共吟诵绮窗绣阁间乎？然则部郎无以恭人存殁之迹论离合也。见恭人诗，犹之见恭人可也。因为序，并推其说以验之。”

按：孙殿起《贩书偶记》卷十八对此本亦有著录：“《清绮轩诗剩》一卷，南沙女史陶安生撰，同治己巳刊。”

清香阁诗钞　二卷

［清］姚德耀著

未见。姚德耀（生卒年不详），字景孟。清乾隆时在世。桐城人。张令仪女孙，姚孔鈵女，山东通判马占鳌室，郎中姚鼐姑母。

《清香阁诗钞》二卷，道光《桐城续修县志·艺文志》著录。

清香阁诗钞　一卷

[清]姚德耀著

存。著者简介见前《清香阁诗钞》二卷。

《清香阁诗钞》一卷，辑入《桐城马氏诗钞（六十八）》，清道光十六年（1836）可久处斋刻本，中国国家图书馆、南京图书馆藏。此本每半页十行，每行二十一字，小字双行，黑口，左右双边，单鱼尾。前录有《县志》姚德耀撰著目录及长白董兰芬、姚棻、王洛序，内收诗七十首。

董兰芬《序》曰："马宜人为皖桐姚氏贤媛，长于诗律，亦工楷法。乾隆庚申，马君补泉河别驾，挈宜人之任。予亦居夫婿总河任所，遂得与宜人晋接，因缔盟好，以姊妹称。粔籹花胜相遗外，无非酬赠以诗，沐宜人之诗教，诚匪浅矣。予旋归京邸。庚午岁，姊夫马君内授中城指挥，姊亦来署。不图良晤再逢，益笃情好，依然以诗相往复。一日，宜人出其书作，属予选订，辞不应命，宜人谆谕再三，乃略为去取。嗟乎，人生若梦，聚散无常。异日姊归江南，我居燕北，望风怀想，心甚凄然。顾念佳什，必剞劂传世，倘不以地远人遥，乞将卮言赘诸牍尾，庶几见文字之交、知心之雅，不独男子然也。"

姚棻《序》曰："从姑马宜人，为叔祖惠潮观察长女。素娴《内则》，性喜为诗。归扶风马氏望族，宜人躬秉诗礼，逮事舅以孝养闻，而闺阁中唱随歌咏，叠相师友，不减梁孟。至其临事善应，措置有方，巾帼中不可多得。姑丈书香先生服官中外，宜人内政具修，暇则课子，拈豪成咏，与吾母太夫人情好素笃，而爱棻倍挚。与吾母唱和诸什，发于性情之际，虽间隔数千里，赠答往还无异几席间。呜呼，其可思也已。"

王洛《序》曰："亲家马君载阳淑配姚宜人，通涉经训，深明大义。于归，事舅克尽妇职，事载阳事无巨细，一身任之，纾其内顾忧，而一门之内，敬老慈幼，尤能恪恭逊顺。其夫兄一斋先生，笃学多疾，主讲吴中，疾忽大作。宜人适省其尊公副使于苏松，急使迎至官阁，亲视汤药，累月祗肃不倦。当时咸啧啧称其贤，不愧名门闺范，非寻常所可几也。"

按：清道光二十四年（1844）蔡殿齐嫏嬛别馆刻《国朝闺阁诗钞》第三册，亦收入《清香阁诗钞》一卷。此本每半页八行，每行十八字，黑口，四周双边。内仅录《姬传六侄馆选集放翁五古以志喜》《枞川射蛟台怀古》《茅屋行》《夫子与予同庚七秩诗以志喜》《纶沛堂新居落成》《寄候董兰芬夫人》《寄遵贞太夫人并序》《以桂花一枝供瓶玩》等诗八题十首。《续修四库全书》本《国朝闺阁诗钞》,据此本影印。

清映堂诗稿

[清]殷德徽著

未见。殷德徽(生卒年不详),歙县人。清乾隆、嘉庆间在世。知县钱抚棠继室。钱抚棠,浙江嘉善人,乾隆五十四年(1789)充江西副考官,嘉庆二十年(1815)卒,事见杨仲羲《雪桥诗话》卷十。

《清映堂诗稿》,恽珠《国朝闺秀正始续集》卷十六著录。

清映轩诗词稿 四卷

[民国]吕湘著

未见。著者简介见前《惠如长短句》。

《清映轩诗词稿》四卷,光铁夫《安徽名媛诗词征略》卷三著录:"(吕湘)著有《清映轩诗词稿》四卷。遗嘱付资托某为刊,某旋死,稿亦不可求。妹贤鈖于友人处仅访得遗诗四首。"

清映轩遗稿 一卷

[民国]吕湘著 [民国]吕贤满辑

存。著者简介分别见前《惠如长短句》《撷珥集》。

《清映轩遗稿》,又名《季妹遗稿》,1933年旌德吕氏铅印本,中国国家图书馆藏。此本刊附吕凤岐《静然斋杂著》后,共录诗九首,末附吕美荪《哭季妹》诸诗。

清娱阁吟稿　六卷

［清］鲍之蕙著

存。鲍之蕙（1757—1810），字仲姒，号茝香，亦称茝香居士。歙县人，寄籍丹徒。鲍皋、陈蕊珠次女，之钟妹，同知张铉室。著有《清娱阁吟稿》六卷。母陈蕊珠、姊之兰、妹之芬俱擅吟咏，姊妹同著《京江鲍氏三女史诗钞》，与母及姊妹同著《京江鲍氏课选楼合稿》。

《清娱阁吟稿》六卷，清嘉庆十六年（1811）寸草园刻本，中国国家图书馆藏。此本四册，每半页九行，每行十九字，小字双行，白口，左右双边，单鱼尾。前有袁枚、法式善、吴锡麒、吴烜、李锡恭、鲍之钟及鲍桂星等人序，末附诸家题词及评跋，内录诗四百二十三首。李锡恭序其集并赞云：“凡集中流连光景、凭眺山水诸作，无一语涉香奁体，无一字染脂粉气，和平浑雅，化雕镂之迹而一归自然，固已卓然名家矣。至于叙同气之情、悼长兄之逝，则语语从至性中流出，恺恻动人，虽古大家不是过。昔论山先生以诗古文辞流播艺林，脍炙人口；今读茝香夫人作，乃叹江左风雅，萃于一门，洵不愧参军之后也。”

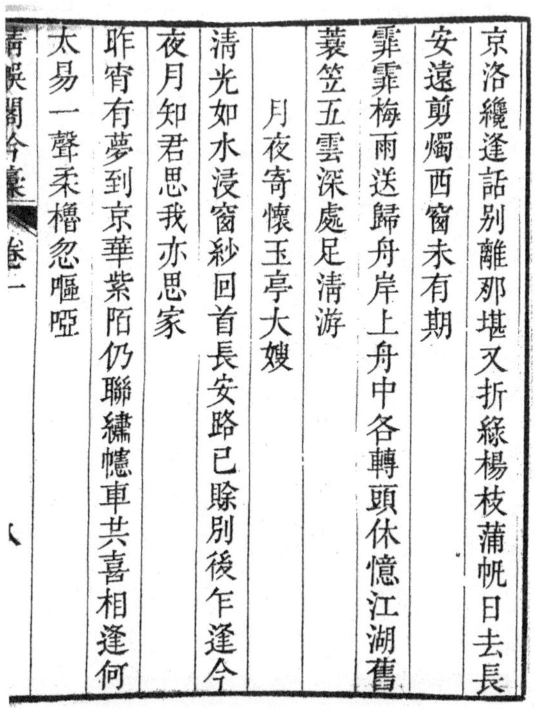
京洛纔逢話別離那堪又折綠楊枝蒲帆日去長
安遠剪燭西窗未有期
霏霏梅雨送歸舟岸上舟中各轉頭休憶江湖舊
蓑笠五雲深處足清游
月夜寄懷玉亭大嫂
清光如水浸窗紗回首長安路已賒別後乍逢今
夜月知君思我亦思家
昨宵有夢到京華紫陌仍聯繡幰車共喜相逢何
太易一聲柔櫓忽嘔啞
清娛閣吟稾　卷一

鲍之钟《序》曰：“《清娱阁吟稿》，予仲妹茝香作也。妹幼聪慧，善吟咏，卷帙纷披杂罗于妆台奁具间，俨然弟子员也。自岁乙酉先征君捐馆舍，戊子春予阕服，补官京师，逾年谋迎养。是时大妹畹芳已出阁，茝香偕季妹浣云以壬辰五月奉太恭人至京邸，欢聚一室，吮毫含思不辍。予退食余闲，与之征引掌故，讨究法律，赓倡迭和无虚日。于是，妹之诗已日进。及笄，适同邑张舸斋司马。舸斋性倜傥，工诗，喜游览，素淡宦情，而以闺门相属和为乐，屡以诗邮示予，予嘉其有秦嘉、徐淑风。戊戌，丁先太恭人内艰归里，读妹诗，已裒然成集，欲序之，未遑也。其后匏系于官十余载，嘉庆丁巳，请假省墓归，遂得与舸斋、茝香朝夕过从，乃置酒张筵，阄题角艺于清娱之阁。斯时，诸甥皆成立，俱能诗，擅家法，每于酒阑灯炧，搓热掌，熨醉眸，才一篇成，而和篇旋盈案矣。予笑谓茝香曰：'妹苟处芬芳丰足之中，而无虀盐淡泊之致，必将为世情俗务撄其心，挠其志，乌能相夫教子，使风雅萃于一门乎？又乌能专门名家，使噪时闺秀望风而靡乎？妹之乐，妹之福，岂可与荣华炫赫者同堂而语？妹传人也。'此稿渊雅冲和，深情逸志，具有六代三唐之遗韵，其必传于后也奚疑？独予既贫且老，以宦为家，不获与吾妹多相唱喁以抒暮怀；而清娱之乐，又不知继之于何日？是足叹耳！爰撮其梗概以为序，而付之梓。嘉庆辛酉二月既望，论山漫叟兄之钟书。"

鲍桂星《后序》曰："《清娱阁吟稿》六卷，古近体诗四百余首，族姑茝香夫人作也。夫人为海门公中女，农部雅堂先生妹，姊畹芳、妹浣云，皆工诗，擅家法。夫人适张舸斋先生，才调相仪匹，闺阁中鸣宫应徵，有秦嘉、徐淑风。农部官京师，桂星以从子礼见，因得诵夫人诗。舸斋先生以庚申游黄山，相见于歙。丁卯，夫人遣其子澄北上从予游，益以知夫人诗法之详。昨冬，桂星视学来楚北，澄方落解，闻其急装驰返，润心讶之。顷得书，乃知夫人已厌世。澄与诸弟忍泪写遗诗为《清娱阁吟稿》如前数，邮楚乞桂星一言。桂星受而读之，律细而神超，辞文而旨远，瀏乎其清也，蔼乎其和也，庄庄乎其雅正也。温柔敦厚，导源于三百篇，而奄有六代三唐之胜，岂独寻常闺秀所不逮，抑且操觚握椠、号声律专家者所逊谢不如也。夫古今女子能诗者众矣，然吾家参军仅传女弟，刘家三妹惟徐悱妻最清拔，然悱先卒，闺中唱和罕闻焉。若夫人者，以海门、雅堂两先生为之父若兄，以舸斋先生为之偶，以澄兄弟为之嗣，璇源一本，淑俪双璧，诸子人人有集，隋珠卞璞，照灼于轩墀庭庑间，江左门才敻乎称独步矣。又况其诗之必传于世不疑乎！然则修短存亡、今昔俯仰之感，皆无足言，而舸斋先生琴瑟之悲与澄兄弟桮棬之痛，亦可因吾言而少慰矣。爰谨书其后而归之。嘉庆辛未孟陬，族侄鲍桂星拜手序。"

按：孙殿起《贩书偶记》卷十八对此本亦有著录："《清娱阁吟稿》六卷，丹徒女史鲍之蕙撰，嘉庆辛未寸草园刊。"

清娱阁吟稿　一卷

[清]鲍之蕙著

存。著者简介见前《清娱阁吟稿》六卷。

《清娱阁吟稿》一卷，清道光二十四年(1844)蔡殿齐嫏嬛别馆刻《国朝闺阁诗钞》第六册收入。此本每半页八行，每行十八字，黑口，四周双边。内录《水乐洞》《秋千曲》《龙井》《钱塘观潮》《韬光庵》《经旧宅》《钱王祠》《送舸斋游天台》《莲花洞二首》《题红蕙图》等诗十题十一首。

按:《续修四库全书》本《国朝闺阁诗钞》，据此本影印。

清远阁集

[清]杨清远著

未见。杨清远(生卒年不详)，桐城人。清嘉庆、道光间在世。杨畴公女，杨衍韫姊，左广室，左承恩母。左广，字临生，号荔园，琼州守左兴子，笃于友爱，广施与，年五十一卒，道光《续修桐城县志·人物志·笃行》有传。

《清远阁集》，吴希庸、方林昌《桐山名媛诗钞》卷十一著录。

琼花楼小草

[清]朱坤然著

未见。朱坤然(生卒年不详)，霍山人。约于清乾隆、嘉庆间在世。朱良骥女，六安俞学沛室。

《琼花楼小草》，王浔《药坡诗话》卷九著录:"霍山女士朱坤然，诸生良骥女，适俞姓，早寡，著《琼花楼小草》，格律高壮，不似闺阁口吻，亦无过于惨戚。"

按:《琼花楼小草》，《光绪霍山县志·列女·才媛》作《琼花楼诗集》:"朱氏，字坤然，监生俞学沛室。幼读书，能文章，尤工诗赋。夫殁后，刻苦守节，著有《琼花楼诗集》。"

秋鸿集

[清]吴氏著

未见。著者简介见前《栖梧阁诗集》。

《秋鸿集》,胡文楷《历代妇女著作考·清代三》据朱续曾《国朝金陵诗征》著录。

秋山楼稿　十二卷

[清]吴孟嘉著

未见。吴孟嘉(生卒年不详),字维则。桐城人。吴诒申女,方凤朝室。

《秋山楼稿》,恽珠《国朝闺秀正始集》卷十九及吴希庸、方林昌《桐山名媛诗钞》卷五皆有著录。

按:道光《续修桐城县志》卷二十一《艺文志》著录"《秋山楼诗集》十二卷"。

秋音阁诗存　一卷

[清]朱漱芳著

未见。朱漱芳(生卒年不详),自号泾上女史。泾县人。

《秋音阁诗存》一卷,孙殿起《贩书偶记续编》卷十八著录:"《秋音阁诗存》一卷,清泾上女史朱漱芳撰。道光甲辰刊。"

按:《秋音阁诗存》疑尚存,未详馆藏地。俟考。

求福居诗钞　二卷

[清]汪清著

未见。著者简介见前《国朝列女征略》十六卷。

《求福居诗钞》二卷,汪清夫夏寅官所撰《诰封宜人继室汪宜人事略》著录:"(汪清)著有《国朝孝子、列女两征略》外,又有《求福居诗钞》二卷、《求福居文钞》二卷。宜人朗识锐志,火急著书,若预知年之不永者。"(见《求福居诗钞》一卷)

求福居诗钞　一卷

[清]汪清著

存。著者简介见前《国朝列女征略》十六卷。

《求福居诗钞》一卷,清光绪二十九年(1903)刊本。此本每半页九行,每行二十一字,小字双行,左右双边,黑口,单鱼尾。前有泰州刘法曾、江都王景沂、江都于齐庆、泰州袁衔序;王以愍、杨福臻、翁之润、翁之廉、项承明、戈铭猷、洪承禧、陈国璋、蔡庆昌、汪济题词,及女史张蓁、许月芝、许德蕴等题词;内录诗一卷,计诗一百七十首,后附诗余三阕;末有夏寅官撰《诰封宜人继室汪宜人事略》。

袁衔《求福居诗钞序》曰:"衔与编修夏子虎臣弱冠即以试事遇,纵谭莫逆,遂为昆季交。已而同举于乡,益相得也。顾时时闻其配汪宜人之贤而文。宜人为作舟同年从妹,作舟工文章,习堪舆、风角、壬遁,海内奇士也。二君每相见,辄述宜人诗,零章断句,如寸金片玉,气光皆可宝贵,然以不获全睹为憾。丁酉春,编修以《求福居诗钞》见示,反复诵读,信乎格之高,辞之美,而向所闻而钦佩者,尚非其至者也。夫诗始《关雎》,首标闺房之作,文王后妃、江汉游女无论矣。自《柏舟》一变,以后宋桓、许穆诸夫人以至于汉魏晋宋乐府之留贻,闾巷、边徼类集所搜辑,往往有比兴高古,词旨渊深,敻乎出文人学士之右者。然以女子善怀,或遇人不淑;所遇淑矣,或不能要其终。历观谢韫、苏蕙之流,百世有余惜焉,岂苍苍故于有才者靳其福哉?秋士多愁,春女多怨,其所感召者然也。今宜人之诗以和平愉淡之音，状春阳明媚之景，即感身世、慨别离，亦合于不伤之旨，而无出位之思焉。宜人殆有古才女之才，而古才女或逊宜人之福也。编修方扼腕于亚洲之多故，思合中西古今之学，奋然欲大有为于世，则自兹以往，宜人劳瘁内政之日多，而登临吟咏之日少。即是编所载，亦未居忧之前者十之六七，而近年篇什寡焉。然则可不珍袭而流传之与？作舟为《八角磨盘吟》三十首，托于樊南香奁之体，以抒仙佛之说既成，首索衔和，词高意远，不能尽解，遂以不敏谢，同人亦无能和。宜人应其求，京邸多暇，以四日速成之，其旨归于眷恋慈亲，缠绵乡思，与乃兄同其韵而异其趣，读之益令人肃然起敬矣。”

按：肖亚男主编《清代闺秀集丛刊》第61册据此本影印。

求福居文钞　二卷

［清］汪清著

未见。著者简介见前《国朝列女征略》十六卷。

《求福居文钞》二卷，汪清夫夏寅官所撰《诰封宜人继室汪宜人事略》著录："（汪清）著有《国朝孝子、列女两征略》外，又有《求福居诗钞》二卷、《求福居文钞》二卷。宜人朗识锐志，火急著书，若预知年之不永者。"（见《求福居诗钞》一卷）

劝戒录节本

［民国］吕美荪编著

存。编者简介见前《辽东小草》。

《劝戒录节本》，民国二十二年（1933）铅印本，中国国家图书馆藏。此书为梁恭辰《劝戒近录》一书的节本。内记清代知名人士善恶果报事，并附编者吕美荪记叙今人神鬼感应事的短文数篇及《自记三生因果》等。

劝善感应　一卷

［明］徐皇后著

存。著者简介见前《佛说五十三佛大因缘经》三卷。

《劝善感应》一卷，胡文楷《历代妇女著作考·明代二》据《然脂集》著录。

劝善嘉言　三卷

［明］徐皇后著

存。著者简介见前《佛说五十三佛大因缘经》三卷。

《劝善嘉言》三卷，胡文楷《历代妇女著作考·明代二》据《然脂集》著录。

劝善书　二十卷

［明］徐皇后著

存。著者简介见前《佛说五十三佛大因缘经》三卷。

《劝善书》（全称《大明仁孝皇后劝善书》）二十卷，明永乐五年（1407）内府刻本，北京大学图书馆藏，《四库全书存目丛书》本据此影印。此本前有徐皇后于永乐三年（1405）所作自序（有缺页），末有皇太子朱高炽、赵王朱高燧于永乐五年（1407）所作后序。是书乃徐皇后"采三教圣贤劝善惩恶之言，类编为书"，辑其言为"嘉言"，采其事为"感应"。徐皇后在《自序》中已言明编著之旨及内容："窃惟仁者，善之所由生也；善者，福之所由基也。是故求福莫大于为善，省己莫严于知戒，用是辅仁，其或庶几。间采三教圣贤劝善惩恶之言，类编为书，举言以提其要，因事以著其实，凡二十卷，名曰《劝善书》，予以省览，以防念虑之萌。夫一念之几甚微，而休咎之征甚速，且修善蒙福，积恶蒙祸，善恶之报，理有必然。如昼之所为者善，夜之所梦者亦善；昼之所为者恶，夜之所梦者亦恶。善恶实根于动作，祸福响应于形声，譬之种嘉谷则获稻粱，长稊稗则成芜秽，视此以为警。于善如嗜饮食，于恶如畏蛇蝎。积小善可以成大善，积小恶终必成大恶。善积而福及无穷，恶积而殃流百世。致谨于几动之微，加严于趣舍之际，则必无过举。明无人非，幽无鬼责，福禄自然而生。为圣为贤，证道证果，皆由于此矣。吾揣德凉薄，充位后宫，伏睹皇上仁民爱物之心，至矣盛矣。故无所不用其极，谨录为是书，序而传之，以训以戒。吾所自编，随得随录，然古今事繁，记载非一家，恐采择未精，不能无脱略，尚有望于增益者。固虽不敢方古著述，其于劝善惩恶之道亦粗备矣。观者诚能于此而尽心焉，则未必无补于修省之万一云。”

群英传　二十八卷

[清]汪藕裳著

存。汪藕裳(1832—1903)，名蘽，字藕裳，自号“都梁女史”。盱眙(今属江苏淮安)人。开封知县汪根敬女，候选县丞桐城胡德森(松岩)室。幼随父宦游，性好文墨。年二十九，夫殁。后回母家依兄长居。著有长篇弹词《子虚记》《群英传》。

《群英传》二十八卷，上海图书馆藏有稿本和抄本。

仁和龚女史朱太夫人遗诗

[清]龚自璋著

存。著者简介见前《圭斋诗词》。

《仁和龚女史朱太夫人遗诗》，与段驯《金坛段女史龚太夫人遗诗》合抄本。段驯，字淑斋，江苏金坛人，贵州玉屏知县段玉裁女，江苏苏松太道仁和龚丽正室，龚自珍、龚自璋母。工诗文，著有《绿华吟谢诗草》。

《金坛段女史龚太夫人遗诗、仁和龚女史朱太夫人遗诗》不分卷，一册，哈尔滨师范大学图书馆藏。书名是后人根据抄本内容所题。该抄本首尾残损，首页单面存诗四首，其中有两首诗字句不全。抄本的前半部分是《金坛段女史龚太夫人遗诗》，后半部分是《仁和龚女史朱太夫人遗诗》。在《仁和龚女史朱太夫人遗诗》部分，有“小太平庵主人剩稿”“仁和瑟君龚自璋”字样，并钤有“容孙珍藏”章。内录龚自璋诗共一百五十四首，又附词六首（仅剩其中五首），又附《归佩珊和诗》一首，计一百六十首诗词（见王洪军《段训龚自璋抄本诗集考》一文，《文献》，1998 年第 2 期）。

按：王洪军《段训龚自璋抄本诗集考》一文认为：哈尔滨师范大学图书馆藏抄本《金坛段女史龚太夫人遗诗、仁和龚女史朱太夫人遗诗》，亦即段驯的《绿华吟谢诗草》和龚自璋的《圭斋诗词》的合稿本。

仁孝文皇后内训　一卷

［明］徐皇后著

存。著者简介见前《佛说五十三佛大因缘经》三卷。

《仁孝文皇后内训》（简称《内训》）一卷，版本较多，以明万历八年（1580）九经堂刊本为早，以《古今图书集成·闺媛典》本、《四库全书》本较流行。此书与班昭《女诫》、宋若昭《女论语》、江宁刘氏《女范捷录》合刻为《闺阁女四书》。《内训》编著之旨及内容，在徐皇后于永乐三年（1405）所作《自序》中已言明："吾幼承父母之教，诵诗书之典，职谨女事，蒙先人积善余庆，夙备掖庭之选。事我孝慈高皇后，朝夕侍朝，高皇后教诸子妇，礼法惟谨。吾恭奉仪范，日聆教言，祗敬佩服，不敢有违。肃事今皇上三十余年，一遵先志以行政教。吾思备位中宫，愧德弗似，歉于率下，无以佐皇上内治之美，以忝高皇后之训。常观史传，求古贤妇贞女，虽称德性之懿，亦未有不由于教而成者。然古者教必有方，男子八岁而入小学，女子十年而听姆教，小学之书无传，晦庵朱子爰编辑成书，为小学之教者，始有所入。独女教未有全书，世惟取范晔《后汉书》曹大家《女戒》为训，恒病其略。有所谓《女宪》《女则》，皆徒有其名耳。近世始有女教之书盛行，大要撮《曲礼》《内则》之言，与《周南》《召南》诗之《小序》及传记而为之者。仰维我高皇后教训之言，卓越往昔，足以垂法万世，吾耳熟而心藏之。乃于永乐二年冬，用述高皇后之教以广之，为《内训》二十篇，以教宫壸。夫人之所以克圣者，莫严于养其德性，以修其身。故首之以德性，次之以修身；而修身莫切于谨言行，故次之以慎言谨行，推而至于勤励节俭；而又次之以警戒。

人之所以获久长之庆者，莫加于积善；所以无过者，莫加于迁善。数者皆身之要，而所以取法者，则必守我高皇后之教也，故继之以崇圣训。远而取法于古，故次之以景贤范。上而至于事父母、事君、事舅姑、奉祭祀，又推而至于母仪、睦亲、慈幼、待下，而终之于待外戚。顾以言辞浅陋，不足以发扬深旨，而其条目亦粗备矣。观者于此不必泥于言，而但取其意，庶于治内之道，或有裨于万一云。永乐三年正月望日序。”

纫兰词

［清］徐婉著

未见。徐婉（生卒年不详），字怡怡，小字云仙。南陵人。清光绪间在世。徐乃昌第二女。

《纫兰词》一卷，徐珂《康居笔记汇函》卷二二三著录：“南陵徐积余观察乃昌，一门风雅，闺中人悉有词集。其聘室德清许德蕴，字怀五，为周生曾孙女，有《绣余自好吟》。副室江都赵春燕，字拂翠，有《记红词》。又其第二女婉，字怡怡，小字云仙，有《纫兰词》，且善书画，年二十未字卒。第六女华，字茝茝，小字若仙，有《香芸词》，且工画蝶，年十六未字卒。”

按：民国《南陵县志》卷四十三《经籍》亦有著录。

纫兰阁前后集　八卷

［明］方孟式著

未见。方孟式（1582—1639），字如耀，桐城人。大理卿方大镇长女，张秉文室。志笃诗书，备有妇德。明末济南城破时，与夫同殉难，被追封为一品夫人。

《纫兰阁前后集》八卷，钱谦益《列朝诗集·闺集》卷四、《明史·艺文志》皆有著录。王士禄《宫闺氏籍艺文考略》卷六亦曰：“方孟式，字如耀，桐城人。父大理卿大镇长女，张方伯秉文妻。从方伯官山东，死难。所著有《纫兰阁前后集》八卷。闽人孙昌裔妻郑、翁为枢妇吴为序。妹维仪称其为‘诗不作花钿野语’。《玉镜阳秋》云:‘夫人诗佳者秀好,有姿韵,近体合处得钱、刘音响,五绝间撮《乐府》之胜。’”

按:胡文楷《历代妇女著作考·明代一》作“《纫兰阁集》八卷”。

纫兰阁诗集　十四卷

[明]方孟式著

存。著者简介见前《纫兰阁前后集》八卷。

《纫兰阁诗集》十四卷,清康熙三十四年(1695)张祁度重辑本,中国国家图书馆藏。此本每半页十一行,每行二十一字,黑口,左右双边。前有吴应宾、陆梦龙、方孔炤、晋安孙门郑氏、吴慧镜、方维仪、张秉文、张英序,及《列朝诗集选·小传》、总目录。卷首题“皖桐夫人方孟式如耀著,妹未亡人方维仪选,弟方孔炤校阅,孙祁度重辑”。内录诗分体编次,后有蒋秉文跋。

方维仪《纫兰阁诗集序》云:“读纫兰阁之诗者,不胜伤悲之至也。余伯姊夫人苦其心志,生平摧折,故发愤于诗歌者也。嗟乎!姊氏之性,素秉忠孝,恭顺幽贞,敏而好学。九岁能文,有咏雪才,先君廷尉抚爱笃甚,常目之而叹曰:‘有此子为快,惜是女。’及笄,归方伯钟阳公,事舅姑夫子以尽妇道,而两门尊亲皆称之。随官远游,经涉燕、闽、楚、粤、清泉、浔阳,间辅佐清政,以唱和吟咏得谐敬爱之重。年至廿余,生一子,女皆不育。为夫置妾,欲蕃其胤,遂得振振公子,以绥后福。治家节俭,中馈勤劳,抚训妾媵如己出,以七诫诗礼而教之,于是方伯公多赖其内助焉。哀吾伯姊时遭不遇,一脉自悼,虽有才名著世,樛木仁慈,空叨冠佩之荣,历蹈艰辛,上下加责,有孰怜者。在他人不堪其忧,伯姊惟躬行四教,逊让怡声,以奉夫子,斑白萧条,愁苦多病,第琴瑟咏诗,借清风明月以自解。余为同胞伤痛之、敬慕之,盖有不敢尽叙其患之深也。”

方孔炤《序》云:“崇祯己卯正月二日,济南陷。大方伯张钟阳先生乘城,毕命于西门之上。我伯姊夫人率其如夫人投司署之后湖殉焉。……先是,腊月□烽压济南,夫人告方伯曰:‘□暴非常,中贵人监军,恐未能御,夫子之职是城,妾之职是室,无有二心,曷遣两男归,毕后患。’群从进曰:‘夫人可亟行矣!’

我伯姊正色谕其内曰：‘室人尽行，人将谓大夫忠不固，万一去而囗不来，外损忠，内捐义，殆且不可。吾弗忍夫子之孤立，妇之从夫，生死以之。’署中童仆俱戢志以俟。”

郑氏《序》云：“昔年从宦京都时，所历成均、祝鸠皆闲曹，退食自公，过从靡间。而余辈中馈多燕，亦得与年姒修女兄弟之好，岁时伏腊，以粔籹花胜相问讯。惟张夫人齿最少，德又最茂，毓自高门，甫结褵而即鼎贵。乃朴素俭勤，持家政，课女红，不少怠。惠洽小星，祥钟大国，匪直女士，展也妇师。又以其暇修觚翰之业，长安籍籍，有徐淑、管夫人声。以余佞佛，特绘二大士见赠，妙得慈悲三昧。并头佳咏，余至今严供而珍袭之。猥自还里，云泥阻修，回念古欢，俱属梦境。比闻鱼轩至闽，喜溢大宅，而一水盈盈，依然隔千里而共明月。翁年姒忽以《纫兰初集》相寄，馥歇兰若，清夺琳珪，真若揽清辉鹤背，挹高霞于云端也。余性钝椎，于此义向无所解，第先大人以诗起家，幼受公宫之诲，《二南》所称，贵而能勤，仁以逮下，如《葛覃》《樛木》诸什，夫人皆身有之。天授既奇，壸范复淑。鸣和奏雅，宜其可弦可歌，《江汉》《汝坟》，化孚俗美，今且洋洋被于吾闽，此岂从来闺秀诗集所可雁行。余不知诗，何敢谭诗，偶因披诵，有感畴曩。爰缀数语于末，以识一时同籍内谱之谊云。”

纫兰集

[清]金树彩著

未见。金树彩(生卒年不详)，字幼文，休宁人，武昌知府金云门第三女。金云门，清道光十三年(1833)进士，历任知县、知州、知府；清咸丰时武昌城陷，死之，谥果毅，事见陈徽言《武昌纪事》；《清史稿》卷四百《列传一百八十七》亦有传。

《纫兰集》，方宗诚《柏堂集·金烈女传》著录：“金烈女休宁人，父云门道光癸巳进士，后以黄州知府殉节者也。女幼慧，能诗，激烈有英气。黄州尝以‘吟风弄月’戏命其孙属对，女从旁应之曰‘立地顶天’。黄州出而叹曰：‘惜哉，女子也。’方粤贼围长沙，湖北巡抚于武昌备防守，女随母寓居会城。叹曰：‘胡不统重兵往驻岳州邪？岳州失，武昌殆矣。’时以当道大吏偷生误国，恨不能效木兰从军杀贼，悲愤之意，屡形之于诗。贼之攻武昌也，黄州先奉檄防守通城，而贼由蒲圻入。女随母黄恭人及长姊困危城中，城陷，将自裁，叔父瑾畲止之。女大言曰：'叔父何说也，吾第与贼一面即辱矣。'指其父二孙、姊一子曰：'保此血脉者，叔之责，吾随吾姊奉母于地下耳。'乃为母及姊整冠服，皆缢，然后从容自缢于旁。咸丰二年十二月四日也，年二十二。所著诗曰《纫兰集》。"

按：《纫兰集》，黄秩模《国朝闺秀诗柳絮集》作《月波轩遗草》。

纫兰轩诗

［清］刘氏著

未见。刘氏（生卒年不详），颍水（今颍上县）人。清顺治、康熙间在世。刘佐临女。

《纫兰轩诗》，陈维崧《妇人集》卷二著录："《纫兰轩诗》，进士刘佐临女著。……《纫兰轩·新月》一首曰：'宿雨夕方歇，云闲天气清。星河仍欲净，凉月复来迎。帘卷花初好，萤飞火自明。虚檐移凳久，新茗听莺声。'又《樱桃》起句曰：'竹实方成笋，朱樱已及时。'"

按：或曰刘氏与撰《镜阁诗集》之刘何减为同一人（见熊言安《清代安徽颍州籍女性诗词辑考》，《楚雄师范学院学报》2013 年第 5 期），存疑。

容安阁诗稿

［清］芮永恭著

未见。芮永恭（1886—1926），字药侬。庐江人。同里王幼亭室。

《容安阁诗稿》，陈诗《皖雅初集》卷二十二著录："（芮永恭）同里王幼亭太学彝室。共和丙寅秋卒，年四十一。著有《容安阁诗稿》。"

蓉镜轩诗集

[清]陈采芝著

未见。陈采芝(生卒年不详),庐江人。清乾隆时在世。陈大化女,桐城张问庵室。陈大化,号葑池,乾隆戊辰(1748)进士,选庶吉士,散馆授编修,历官江苏常镇道、苏松粮道署臬司,年七十有二卒,著有《北游小草》,事见陈诗《先太高祖葑池廉访公年谱》;光绪《续修庐州府志·宦绩传二》亦有传。

《蓉镜轩诗集》,吴希庸、方林昌《桐山名媛诗钞》卷七著录:"(采芝)庐江人,进士大化公女,张问庵先生室。著有《蓉镜轩诗集》。"

茹古香阁诗集　二卷

[清]李淑贞著

未见。李淑贞(生卒年不详),字松秀。宿松人。清同治、光绪间在世。太湖庠生李振钦女,进士石长祐继室,石秉壬母。

《茹古香阁诗集》二卷,民国《宿松县志》卷三十四《艺文志四》著录:"石长祐继妻李淑贞著(藏稿)。淑字松秀,进士石长祐继妻,举人秉壬本生母,太湖庠生、江苏补用直隶州李振钦女。以祐任新喻知县,赠宜人。是编得诗三百余首,古今体备,庄雅富丽,如出天然,得于境遇良优也。诗道性情、寓品格、觇福慧,于闺秀流露尤真。编中《咏红叶》及《问梅》二律尤脍炙人口。《红叶》警句云:'鸦背乱翻斜日晚,燕脂绚染宿霜鲜。美人迟暮新增感,名士文章老更妍。'《问梅》云:'清福几生修得到,癯颜一笑为谁开。阿侬瘦态堪为伴,似汝前生不染埃。'幽景绘以春华,庄严出于别致,见凤一毛,窥豹一斑。"

软红竹枝词　一卷

[清]金梦兰著

存。著者简介见前《净香居诗草》一卷。

《软红竹枝词》一卷，清（1644—1911）钞本，云南省图书馆藏。柯愈春《清人诗文集总目提要》卷三十一著录："《净香居诗草》一卷，金梦兰撰。梦兰字香苏，江苏淮南人。女。此集嘉庆九年刻，一册，中国国家图书馆藏。凡诗百六十一首，又题画诗五十二首，翁方纲、吴鼒为之序。又《软红竹枝词》一卷，题作者为净香居主人，清钞本，云南省图书馆藏。"

瑞仙楼诗钞　一卷

[清]汪淑珍著

未见。汪淑珍（生卒年不详），旌德人。候选知县刘骞室。著有《瑞仙楼诗钞》《吴苑小志》。

《瑞仙楼诗钞》一卷，胡文楷《历代妇女著作考·清代四》据《吴县志》著录。

瑞芝阁遗草

[清]张瑞芝著

未见。张瑞芝（生卒年不详），桐城人。清乾隆、嘉庆间在世。张水容女，张鹄姊，方祺室。瑞芝与妹爱芝、玉芝皆能诗，合刻有《三芝轩诗存》。

《瑞芝阁遗草》，恽珠《国朝闺秀正始集》卷十五著录："（瑞芝）安徽桐城人，举人水容女，诸生方祺室。著有《瑞芝阁遗草》。"

瑞芝室诗钞

[清]汪玉英著

未见。汪玉英（生卒年不详），字吟香。歙县人。清乾隆时在世。汪启淑长女，洪琰与吴绣砚子榜室。著有《吟香榭初稿》《瑞芝室诗钞》。

《瑞芝室诗钞》，汪启淑《撷芳集》卷十一著录："汪玉英号吟香，安徽歙县人，予长女也，适同邑内阁中书洪榜，早寡。在室著有《吟香榭初稿》，于归后著有《瑞芝室诗钞》。"

三生堂稿

[清]张喜珠　[清]张绣珠　[清]邱卷珠著

未见。著者简介分别见《莲香阁草》《绣余吟》《荷香小草》。

《三生堂稿》，胡文楷《历代妇女著作考·清代八》著录："张喜珠之《莲香阁草》、张绣珠之《绣余吟》、邱卷珠之《荷香小草》，三人皆詹振甲妾。振甲合三人诗，编为《三生堂稿》。"

三十六鸳鸯吟舫存稿　二卷

[清]王梦兰著

存。王梦兰(1826—1862)，字畹芬，太湖人。同邑赵畇之子赵继元室。赵畇，字云谱，号岵存，晚号遂园，又号遂翁，道光二十一年(1845)进士，历任翰林院编修、广州潮州府知府等官，晚年主讲敬敷书院。赵继元，同治七年(1868)进士，改翰林院庶吉士，光绪二年(1876)经李鸿章保奏，赏加按察使衔，生平行事见秦国经《清代官员履历档案全编(五)》。

《三十六鸳鸯吟舫存稿》二卷，清光绪乙未年(1895)合肥李氏刊多色套印本。书名由清康宏瓒用梅花篆字题写。此本每半页六行，每行十五字，白口，上下花边。前有王梦兰女婿李经羲于光绪二十一年(1895)的题序，及《三十六鸳鸯吟舫存稿目录》；卷首题"太湖王梦兰畹芬"著。内录诗分上下两卷：上卷收"古近体诗七十首"，下卷收"诗余三十首"，末附王梦兰外孙李筠寿题写的后记。

李经羲《序》曰："吟咏根于天性，而成于兰闺绮阁者，名流尤艳称之。《葛覃》《卷耳》而后，班姬写怨，徐淑寄夫，其最著也。先外姑赵太夫人王氏，幼娴姆教，女红余闲，兼通韵事。每一篇成，婉转附物，怊怅切情，辄清曲可味，堂上甚钟爱之。尝曰：‘此真吾家不栉进士也。’及笄，归余外舅梓芳先生，上奉尊章，下勤抚育，慈惠雍睦，阃内无间言。赵氏席累叶清华，一门擅风雅，而外舅尤称词曹巨擘。房帷静好，此唱彼和，所得律绝不下千首。逮粤匪南窜，举室仓皇，挈家避难，困苦流离，旧稿尽失。乱后，感物忆旧，结习未忘，而孱然多病，强一拈弄，句成辄弃，不复录存吟箧矣。此册为内子来归时，检诸奁具，出以见示者。维时外姑谢世已久，每以未得一拜纱幔为恨。当时雒诵一周，流光荏苒，倏近廿年。今夏曝书庭中，检视故纸，尘封积寸，不即收拾，恐致散失。因于退食余暇，亲为编次，命次儿筠寿手写付梓，剩笺残草，十不及一。然‘侏儒一节可以知工’，钟记室品班姬云然，今犹是矣。抑有感者，李汉为韩公婿，编《昌黎集》，收拾遗文，无所失坠，论者美之。今余以婿梓外姑诗，竟卤莽蒇事，不复旁搜，以今揆昔，深滋愧焉。内兄伯远太史今年乞省南归，意其笃念口泽，当必能补辑之。光绪乙未长至日，子婿李经羲敬识于湖南盐署。”

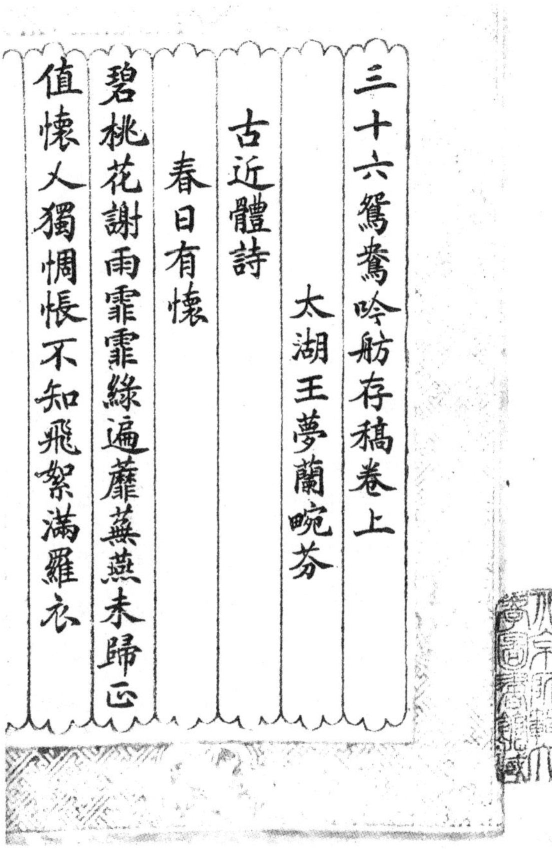
三十六鴛鴦吟舫存稿卷上
太湖王夢蘭畹芬
古近體詩
春日有懷
碧桃花謝雨霏霏綠遍蘼蕪燕未歸正
値懷人獨惆悵不知飛絮滿羅衣

李筠寿《跋》曰：“筠寿甫识字，即见此册。尝闻母氏云外王母诗篇甚富，遭乱悉失。此册为乱后所作，间有当年佚余，经舅氏伯远先生辑成者。乙酉，筠寿年八岁，侍母氏归宁，在京师窃意外家尚有所遗，出此就舅氏质之，始知零笺断素俱在，于是亟殷珍弆。越明年，册忽亡去，搜索不获。去秋治任来湘，始得之簏中。堂上恐复遗失，重为编次，命手抄付梓，因日课一纸，逾月蒇事，又逾月而梓成。吁！《团扇》一诗，遂足千古，吉光片羽可宝也夫！外孙李筠寿谨记。”

三秀斋词　一卷

［清］鲍之芬著

存。鲍之芬（1761—1808），又字佩芳。原籍歙县，寄居丹徒。鲍皋与陈蕊珠第三女，之钟妹，徐彬室。徐彬，字秀亭，历任靖江、句容教谕，直隶故城、河间知县，年八十余卒，光绪《丹徒县志·儒林》有传。鲍之芬著有《药缤吟稿》《三秀斋词》《三秀斋诗钞》等。近人许承尧曰："丹徒鲍氏，原亦歙产。鲍家三妹之兰、之蕙、之芬，皆有诗名，鲍征君皋女，与其母陈芷珠夫人逸仙，同著《课选楼合稿》，亦见《群雅集》中。"（见《歙事闲谭·群雅集载吾歙闺秀诗》）

《三秀斋词》一卷，清光绪二十二年（1896）南陵徐乃昌刻《小檀栾室汇刻闺秀词》本，收入第七集，题"丹徒鲍之芬药缤撰"。此本每半页十一行，每行二十一字，黑口，左右双边，双鱼尾。内录词二十八首。之芬词题材狭窄，主要描写日常生活即事，从词题"踏雪""煮酒""寻梅""烹茶""呵笔""炙砚""补裘""糊窗"等中可见；亦擅长题画，有九首之多。其词短章、长调兼备，词境清新雅致。

按：《三秀斋词钞》一卷，另有清光绪四年（1878）刻本，中国国家图书馆藏。此本与《三秀斋诗钞》二卷合刻，录词二十八阕（见本书《三秀斋诗词钞》三卷）。

三秀斋诗钞　二卷

［清］鲍之芬著

存。著者简介见前《三秀斋词》一卷。

《三秀斋诗钞》二卷，清道光二十年（1840）刻本，中国国家图书馆藏。此本成书一册，每半页十行，每行二十一字，黑口，四周双边，双鱼尾。前有姚元之序，后有王文治跋。上卷录诗八十七首，下卷录诗八十三首。

無心舒卷任雙鬟空閨獨伴流黃晚禁院頻窺屈戌閒

不鎖芳香偏鎖恨聲聲淸韻出花閒

欄迴卍字上苔紋陵詠桃花坐晚曛銀蒜條條懸皓魄

珍珠面面控晴雲藏時卻訝波心露響處渾疑步底聞

徙倚涼宵嫌露重玉纖斜挽醉三分

瘦影頻侵玉女窗寒虹乙乙釣湘江珊瑚網斷蛛絲串

翡翠分開燕尾雙梧館蕭森傳落吹簷鈴淅瀝鬬金腔

無心莫怪驚香夢解和琴心入夜缸

庚戌早春和王少林先生梅花十首

官閣依山閣焚香對煮茶淸吟酬白雪逸思寄梅花老

三秀齋詩鈔 卷上

姚元之《序》曰：“徐生韵生，余甲午主试京兆所得士也。其人翛然尘表，有鹤立鸡群之致。尝以诗赋就正，华实相宣，叹为超宗，殊有凤毛。生因奉其王父秀亭刺史、王母鲍宜人遗集请为弁言。余展转览观，《海天萍寄草》格律谨严，声情温粹，雅近中唐；《三秀斋诗》庄雅清淑，梦楼侍讲评为‘卓然成家，不独闺阁所难’，非溢美也。余尝往来京口，览山川之奇秀，宜其生斯土者，人多瑰异。夫人有诗、古文、词一集以传，自不乏人。而求其伉俪多才，子孙嗣响者盖鲜。抑又闻小山司空云：‘刺史内行纯笃，晚官令牧，勤民事，励清节，循声卓著畿辅间。’宜人孝敬淑慎，不以文字自衒，其德谊风尚固有出于寻章摘句之外者。生其嗣徽绳武，勉申不匮之孝思，有余力则以学文也哉！道光庚子六月，姚元之序。”

王文治《跋》曰：“细读诸作，卓然成家。七言古尤隽上，不独闺阁所难，近日士大夫以诗名家者，亦罕能臻此。能无叹服？梦楼王文治跋。”

按：此本为初刊本，较合刻本为佳。孙殿起《贩书偶记》卷十八对此本亦有著录：“《三秀斋诗钞》二卷，丹徒女史鲍之芬撰，道光庚子刊。”

又按：《三秀斋诗钞》二卷，另有戴燮元辑《京江鲍氏三女史诗钞合刻》本，清光绪八年（1882）刻，中国国家图书馆藏。

三秀斋诗钞　一卷

［清］鲍之芬著

存。著者简介见前《三秀斋词》一卷。

《三秀斋诗钞》一卷，民国间(1912—1949)刻本，中国国家图书馆藏。此本成书一册，为《京江鲍氏课选楼合稿》之一。

三秀斋诗词钞　三卷

［清］鲍之芬著

存。著者简介见前《三秀斋词》一卷。

《三秀斋诗钞》二卷、《词钞》一卷，清光绪四年(1878)刻本，中国国家图书馆藏。此本成书一册，每半页十一行，每行二十三字，黑口，左右双边，单鱼尾。《三秀斋诗钞》二卷，上卷录诗八十七首，下卷录诗八十三首。《三秀斋词钞》一卷，录词二十八阕。

三宜楼诗

［清］程蟾仙著

未见。程蟾仙(生卒年不详)，歙县人。海宁朱燮侧室。

《三宜楼遗诗》，丁申、丁丙《国朝杭郡诗三辑》卷九十六著录："程蟾仙，新安人。有《三宜楼遗诗》。中书海宁朱燮侧室。中翰精绘事，女士仿其体，维妙维肖。工愁善病，年二十六卒。"

三芝轩诗存

[清]张瑞芝　[清]张玉芝　[清]张爱芝著

未见。张瑞芝,见前《瑞芝阁遗草》。张爱芝,董某室。张玉芝,方某室。三人皆为桐城张水容女,张鹄姊,皆能诗。

《三芝轩诗存》,为张瑞芝与妹爱芝、玉芝诗合刻本。徐璈《桐旧集》卷四十一著录,并录张鹄序曰:"余女兄三,皆能读经史,习诗章。余幼时因从辨四声、习典故。迨于归后,遂弃笔砚,而从事酒浆丝枲之功。原诗稿为吴中征刻闺秀者取去,今就所存录而弃之,各为一卷云。"

按:《瑞芝阁遗草》《三芝轩诗存》,胡文楷《历代妇女著作考·清代八》皆有著录。

三珠阁诗存后集

[清]王季钦著

存。王季钦(?—1857),全椒人。王肇奎孙女,王城第三女,同邑金醍室。《邑乘名媛本传》言其"幼聪慧,习诗书,以针黹之余闲,寻讴吟之逸兴,与姊仲徽、叔慎同著《三珠阁诗钞》。适金后,事亲孝,御众和,颇得翁姑欢心。嗣子福鸿以髫龄应试,辄冠全军,邑人目为神童,后投效军营,为粤贼所害。"(见《三珠阁诗存后集》)。

《三珠阁诗存后集》,《青霞仙馆遗稿》刊附,民国二十三年(1934)排印本,线装一册,安徽省图书馆藏。《青霞仙馆遗稿》,王季钦父王城著,书名为周止庵题。《三珠阁诗存》是王季钦与姊王仲徽、王叔慎的合集,书名为许鼎岑题。王季钦所作为后集,题"椒陵季钦女史王氏著,侄孙金如璧仲白校,侄孙金如山秀亭刊",末有金如璧跋。内收诗十四题十八首。

金如璧《跋》曰:"吾金氏自清初以来,以诗名者,代有传人,而于巾帼中阙如也。有之,自祖妣王始。王为椒邑名族,姊若妹三人承庭训,皆工诗。长适同里朱氏,次为家伯祖廉堂公之德配,三即不肖之祖妣。祖考仲和公性嗜韵语,相得益彰,双栖文字,册积寸许。惜以难产亡,将死,自焚其稿曰:'吾不欲留此，增他日悼亡之感。'故今存者，仅闺中唱和若干首耳。其时，先考子文公髫年入嗣祖考，中馈犹虚，必义比鳏鱼，终身以报，亦可知伉俪之情笃矣。厥后，粤寇发难，先考遇害。先妣程含辛茹苦，守节抚孤。不肖自有知识，每闻祖妣手泽尚在人间，只以力不从心，负疚滋甚。今秀亭堂兄刊其祖妣遗稿，上慰先灵，并录先外曾祖及先大姨祖母与不肖祖妣之诗，裒为一集，冀阅者知渊源有自，萃之于一门。在兄推锡类之仁，而弟抒未伸之愿。祖妣之幽光片羽，亦附以传于世，添家门之韵事，表闺阁之多才，诚盛举也。感志数语于卷末。民国二十三年甲戌仲春月，孙如璧谨跋。"

三珠阁诗存前集

[清]王仲徽著

存。王仲徽(生卒年不详)，全椒人。清道光、咸丰间在世。王肇奎孙女，王城长女，同邑朱藜照室。《邑乘名媛本传》言其"幼承父训，习针黹外，兼事吟咏。为女时，与次妹叔慎、季妹季钦闺中唱和，传诵一时，同著《三珠阁诗钞》。适朱后，贤孝声无间于人言，年六十余犹亲课诸孙读。子恩绶以拔萃贡成均，亦得自母教云"(见《三珠阁诗存前集》)。

《三珠阁诗存前集》，《青霞仙馆遗稿》刊附，民国二十三年(1934)排印本，线装一册，安徽省图书馆藏。《青霞仙馆遗稿》，王季钦父王城著，书名为周止庵题。《三珠阁诗存》是王仲徽与王叔慎、王季钦的合集，书名为许鼎岑题。王季钦所作为前集，题"椒陵仲徽女史王氏著，曾孙朱履信理真校，姨侄孙金如山秀亭刊"，前有王仲徽子朱恩绶序，内收诗二十六题三十四首。

朱恩绶《序》曰："先外祖王小鹤公以著作材困于场屋，贫而无子，生四女，习诗教者三。吾母其长也，年十八归家君。越八年，二姨母归同里金君銈。又十年，姨表叔父金君醍娶三姨母。本同宗茂才，以姊妹为叔伯妯娌，踪迹尤密。二姨夫品学纯笃，尝馆于三姨夫家十数年，束修不计值，四壁萧条，日无忧色，性介于取与，里人钦其节概，举征君，辞，壹志奉母，终不乐仕进。二姨母安焉，境益穷，故其诗益工。丁巳，三姨母殁，濒危之日，自焚其稿曰：'言者，心之声也。身将死，焉用文为？'二姨母搜辑残缺，仅得二十余首。吾母尝阅之，而告绶曰：‘吾少时，嗜吟咏，每因累女红，脱稿即被汝姨表兄索去，久辄健忘，汝时犹未生也。嗣家道中落，祖母继殂，汝父客江淮楚汉间无停岁，家中事惟予一人持。汝同居兄弟七人，日渐长，悉以课读为心，诗事遂废。惟汝二姨母肆力勿衰。’平居幽闲端静，父母姑嫜奉侍惟谨，持家勤，励己约，御众恭，教子毅，则三母如一焉。戊午之乱，绶奉母避北山，与二姨母比邻居，朝夕相聚，困惫无聊，唱酬以自遣。二姨母尝嘱为之序，以志苦况。未半月，寇深入村落，无定居。绶得家君书，遂奉母往庐阳。二姨父母往来山中，贫病不自给，又笃于节义，有招聘者，宁饿死不肯就。己未秋，食尽同毙。乡里哀之，具藁葬，卷帙遂亡。去年秋九月，家君任满，挈眷归，绶与宾朋谈往事，两姨母遗稿复得焉，散佚者已廉半。归告吾母，悲喜交集，亟谋合梓。遂哀订三稿为一卷，颜其眉曰《三珠阁》，从母志，仍其旧也。其阁系先外祖命名，平时爱女如珠，稍出绪余，三母便领会若此，抽妍骋秘，各成一家言。秉鲤庭之懿训，附骥尾以流传，外祖有知，应亦无憾。嗟乎！吾家莅全二百余年，素以文章名世，自支祖完县公暨长君武清公，刻《鸿蜚合稿》，诗文益彰；高曾祖父，代有传集。其刻本，予尝检置行箧中，动必相随，时虞残失。迨贼烽犯顺，兵燹频仍，浚井之余，百物灰烬。加之年少性钝，辄不能忆只字，仅得吾母辈闺阁之作，厘而付之剞劂氏，良足悲已。虽然，文字流传，古今来多有出人意计外者，况戎马倥偬，贤愚错处，保无慧业文人见而携去，藏之名山，异日出以问诸世，亦事之未可知耳。姑先刻此以遂母志，爰请诸父命，曰‘可’。因述颠末而为之序。”

三珠阁诗存中集

［清］王叔慎著

存。王叔慎（？—1859），字子偕。全椒人。王肇奎孙女，王城次女，同邑金銈室。《邑乘孝友本传》言其“幼承父训，与姊仲徽、妹季钦，贤名播咸族闺中，著有《三珠阁诗钞》。适金后，与夫孝事孀姑，贫能养志。夫以舌耕为业，其境甚穷，其守愈笃，而其诗益工。乡党中无有出其右者。贼至，奉姑避乱于邑之北乡。未几，姑殁，夫妇俱绝粒殉。”（见《三珠阁诗存中集》）。

《三珠阁诗存中集》，《青霞仙馆遗稿》刊附，民国二十三年（1934）排印本，线装一册,安徽省图书馆藏。《青霞仙馆遗稿》,王季钦父王城著,书名为周止庵题。《三珠阁诗存》是王叔慎与姊王仲徽、妹王季钦的合集,书名为许鼎岑题。王叔慎所作为中集,题“椒陵叔慎女史王氏著,侄孙金如璧仲白校,侄孙金如山秀亭刊”,前有王叔慎自序及周世德序,内录诗六十二题六十八首。

王叔慎《自序》曰:“予自于归后,不吟咏者二十年矣。丙辰丁巳间,兵疫凶荒,累人实甚。昼则嗷嗷待哺,夜则奄奄不眠,似此焦劳,几无生理。偶检昔年与鹤孙三妹闺中所作,得若干首,蜂腰鹤膝绝不经心,蝉噪蚓吟祇须信口,弃之可也,存何为乎?然见猎心喜,旧态复萌,拈韵情怡,沉疴顿减,未始非疗贫医病之一助也。爰赘数言以博一粲。子偕女史叔慎氏志。”

周世德《序》曰:“余寄居南屏山下,友人过从,多称《三珠阁》者,闻之,惜未之见。今春金君秀亭招饮,出其祖妣王叔慎女士《萱荫兰荪室稿》一册,即《三珠阁》之次编也,属为之序。亟受读之,乃叹人世之遭际幸与不幸,文字传与不传,皆有命焉,兹于女士证之矣。女士椒陵世家,父为名宿,无子以所学授,三女悉工诗,各成一集,合而订之,以《三珠阁》名,女士居次。夫子亦风雅士也。因思其仙霞明珠之品,吟风啸月之才,果庆遇昇平,一室焚香,双栖拈韵,温柔终老,忧患无闻,则人生之幸事,孰有逾于是者。不料粤寇发难,波及椒城,女士随夫奉姑流难离,奔走极艰苦不堪之境,一一发之于诗,卒之槁饿山中,始为绝笔。故音多凄咽,读之者不忍终篇,斯亦不幸也已。然不幸之中所可幸者,尚时素学老儒,避乱乡关,终填沟壑;鸿文巨制,荡为灰烬,只字不传,何可胜数。而女士残编断简,幸能传之于今,虽芝叹蕙焚,犹余郁烈;即时移境易,弥觉芬芳,是天将荣以身后之名,必先厄其生前之境,屈于彼而伸于此,非命之有定故耶?至其诗悲壮清新,有唐贤遗意。此编一出,行见流传海内,足慰先灵于地下矣。余乃感其遭际之不幸,而许其文字之必传。曩者久慕其名,一旦获睹斯册,快浮大白,书其简端而归之。民国二十有二年癸酉春初,合肥周召亭世德。”

按:据周世德《序》知王叔慎《三珠阁诗存中集》,亦名《萱荫兰荪室稿》。

散花室学吟

[清]陈玉著

未见。陈玉(生卒年不详),休宁人,侨居长洲(今江苏苏州)。清乾隆时在世。王鸣盛侧室。王鸣盛(1722—1798),字凤喈,浙江嘉定人,幼从沈德潜受诗,后又从惠栋问经义,通汉学,官至内阁学士兼礼部侍郎,著有《十七史商榷》一百卷及诗文集四十卷,《清史稿·列传二百六十八·儒林二》有传。

《散花室学吟》,汪启淑《撷芳集》卷七十著录:"陈玉,安徽休宁县人,侨居长洲,归光禄卿王鸣盛为侧室,课以洪氏《唐人绝句选》,遂能作韵语,有《散花室学吟》。"

晒书轩诗草

[清]周婉娴著

未见。周氏(生卒年不详),江苏睢宁人。周湘采女,萧县郝筠室。周氏女郝氏,陈星联室,年二十三而寡,守节历四十年。周氏尝作诗慰之曰:"修文一去信悠悠,沧海难填怒未休。漫把孤鸾调瑟柱,愿教二子续弓裘。欧家芦荻衔悲画,柳氏熊丸饮恨求,双桂扬辉应伫候,他时泉下好相酬。"(见嘉庆《萧县志·列女》)

《晒书轩诗草》,嘉庆《萧县志·列女·才媛》著录:"诸生郝筠字润雪,妻周氏,睢宁周湘采女也。婉娩,娴女史,尤工诗。夫妇拈毫酬唱,时人比之嘉淑。著有《晒书轩诗草》。"

伤心吟

[清]徐七宝著

未见。徐七宝(1735—1751?),字雅闲。歙县人。徐芳沅女,曹榜聘室,未嫁卒。

《伤心吟》，汪启淑《撷芳集》卷十三著录："(雅闲)许字曹别驾学诗冢孙曹榜，迎娶前一日卒。平昔诗草皆自焚毁，仅余病中所作《伤心吟》一册。"并录史震林《跋》曰："冬夜检箧，得曹震亭未嫁孙媳略节数纸，不详姓氏、里居、存殁年齿。略云：女生于雍正乙卯年，其母梦仙姬送铜雀砚、龙宾墨、琅玕笔、珊瑚架、玳瑁筒、水晶池、玉镇纸，曰：'此七宝也，以供雅闲用。'次日女生，因名七宝，字雅闲。三岁能识字，五岁识至数千，并解字义。九岁熟'四书'、《毛诗》、小学，授以唐宋诗集，而性尤爱宋诗。年十有四，母病经年，衣不解带。母殁，哀毁既死，复苏。十有六岁，秋患疟，读《朱子》，或问父，笑之，对曰：'求明此理耳。'为诗数百首，死后散失。句有：'山色有无疏竹外，诗情浓淡落花前。''女萝叶密全遮屋，扁豆花多半碍门。''石界双流横作涧，山围一掌仄成村。''山嘴忽明松吐月，陇头生艳柏含霜。'此《山居》诗也。'帘放月来花影碎，雁拖云去水纹平。''怕雨不教蕉放叶，验风常看柳摇丝。'此《蔚然居》诗也。'踏青路冷清明市，沽酒杯闲上巳炉。'此《春寒》诗也。'一尺短帘沽酒店，几堆残烧打渔家。'此《舟过梅溪》诗也。'数钱好向朱门去，贫女家惟两卷书。'此《谕鼠》诗也。又有《忆母》诗：'楼空任挂蟏蛸网，砌坏从开蛱蝶花。''月落孤坟烟更白，雨来空院草还青。'七宝性喜宋诗，苏陆集中不多有佳句也。"

麝尘莲寸集校注　四卷

[清]程淑校注

存。程淑(1858—1899)，一名文淑，字秀乔，号绣桥。休宁人。程金鉴女，绩溪汪渊继室。著有《绣桥诗词存》二卷、《麝尘莲寸集校注》。夫汪渊为其传云："孺人姓程氏，名文淑(因家讳避文字)，字秀乔，号绣桥。休邑庠生金鉴公次女也。幼聪慧，九龄通四声，耽吟咏，父奇爱之，择偶甚苛。会余受祁寿阳师知，连试皆冠军，外舅见余文，遂许字焉。光绪丁丑来归余，为继室。性娴静，能食贫作苦。余固以授徒为生，观谷所入，仅足糊一家数口。孺人安之若素，无几微形诸辞色。初从学为词，出语即楚楚有致。时余方集句为词，孺人于井臼少暇，佐余搜讨，及集成，且典钗珥以助刊。余诗云：'词句校雠资草削，钗环典质助梨灾。从今夸向人前说，赖有闺中知己来。'盖纪实也。生四子、四女，

以光绪己亥秋卒,得年四十有二。"(见《绣桥诗词存·程孺人传》)

《麝尘莲寸集校注》四卷,清光绪十六年(1890)染翰斋刻本,中国国家图书馆藏。此本两册,每半页十一行,每行二十四字,小字双行,黑口,四周双边。《麝尘莲寸集》为汪渊集词集,程淑为之详注出处。前有程秉钊、汪宗沂序及程淑自序。

按:胡文楷《历代妇女著作考·清代十》亦有著录。

沈桂诗稿　一卷

[清]沈桂著

未见。沈桂(生卒年不详),字芸阁。宿松人。清康熙时在世。处士沈一宋女,翰林院编修桐城朱书室。

《沈桂诗稿》,《历代妇女著作考·增补条目》据民国《宿松县志》卷四十四《慈孝》著录:"(沈桂)初归书,勤恪特甚。书家贫,蔬盐终岁乏,未尝有尤怨色。勤纺绩,家众皆衣其布,且间鬻其余以佐费。书贡成均后,家渐起,氏敝衣疏食如其初,事舅姑克谨。姑老病不省事,厕牏皆氏手掖之;衾褶秽,他人不肯近,皆手浣之。性慈惠,子女衣履皆手制,嫂皆有女,教且爱之如己出。凡亲戚无依者,皆养于家。夫从兄赞老无子,来依书,氏所以养之者甚备。赞病且死,叹曰:'予得沈新妇,虽子媳何以加?死无恨,恨无以报沈新妇耳!'书在朱族行最尊。书尝客外,有争竟闻于氏,必多方平之乃已。附录朱书《亡妻沈长君事略》:'长君略知书史,未尝为诗。予归,其弟出诗一卷,则皆忆予作也。'"

师蕴吟草

[清]胡师蕴著

未见。胡师蕴(生卒年不详),清康熙年间在世。竟陵(今湖北天门)人。胡泌女,枞阳童某室。胡泌,字西表,胡承诺孙,清康熙己酉年(1669)贡生,官河南清河司马,事见王德镜《竟陵历代诗选》。

《师蕴吟草》，何伟成《枞阳风雅·清代》著录："（胡师蕴）父泌，曾任河南清河司马。嫁枞阳镇童氏。著有《师蕴吟草》。"

按：《师蕴吟草》，一作《师蕴阁诗》。吴希庸、方林昌《桐山名媛诗钞》卷四著录："（胡师蕴）河南州佐某公女，著有《师蕴阁诗》。"

石梁群芳集

[清]周德容著

未见。周德容（生卒年不详），字器之。天长人。方时衍室。德容妹周月辉亦能诗，有《听莺》诗存世。

《石梁群芳集》，黄秩模《国朝闺秀诗柳絮集》卷三十二著录。

拾翠轩吟稿文稿

[清]汪瑶著

未见。汪瑶（生卒年不详），字云上。休宁人。清乾隆时在世。汪书绅女，朱昂室。朱昂，字晓思，浙江嘉定人，精诗文辞赋及绘画篆刻音律，个性不羁，善饮，好狭邪，著有《鹿樵生稿》，法式善《梧门诗话》卷十一有传。

《拾翠轩吟稿文稿》，胡文楷《历代妇女著作考·清代四》据《苏州府志》《撷芳集》著录。《撷芳集》卷三十一曰："（汪瑶）诸生书绅女，工骈体。适元和朱昂。著有《拾翠轩吟稿》及文稿。"

史氏诗词　一卷

[清]史氏著

未见。史氏（生卒年不详），桃源县（今江苏泗阳）人。广德李带仙室。

《史氏诗词》，胡文楷《历代妇女著作考·清代二》据《广德州志》著录。

按：光绪《广德州志·艺文志·书目》曰："《松岩草》一册，李带仙（著），第一卷录其室《史氏诗词》。"

士斋诗集　三卷

［明］邹赛贞著

存。邹赛贞（生卒年不详），号士斋。当涂人。约明孝宗时（1487—1505）在世。赠监察御史邹谦女，濮琰（字未轩）室，翰林院编修濮韶（字和仲）母。

《士斋诗集》三卷，《四库全书存目丛书》本。此本据北京大学图书馆藏明嘉靖三年（1524）傅希准刻本影印。每半页十行，每行十八字，白口，左右双边。前有其女婿费宏于明嘉靖三年（1524）所作序。内录诗文凡三卷：卷一收绝句五十四首，其中五言一首、七言五十三首；卷二收律诗一百零二首，其中五言五首、七言九十七首；卷三收杂文七篇，其中记一篇、行状一篇、祭文五篇。

费宏《序》曰："士斋，姓邹氏，为赠翰林编修、国子监丞未轩濮公之配，以其子编修和仲贵，封孺人。少聪慧，其父赠御史郡博益轩先生教之《列女传》诸书，速解冥契，而又博览子史，以含咀其菁华，形诸吟咏，随事摹写，和平庄重，见者无不奇之，以为是无愧于能言之士矣，因以'士斋'称之。然孺人雅自爱重，未尝苟作，惟未轩公及和仲之尝所往来厚善有托而求焉者，乃时作一篇应之，其稿亦多弃不录。宏，其子婿也，自赠寄之外，未尝有见焉。间以为请，则曰：'笔札非吾职也，是特纂组之弥文、烹饪之余味耳，何足以传诸人人耶？'比者太平守傅侯希准，奉其母太夫人就养郡斋，以《东山爱日十题》，恳孺人赋之。侯以为能写其纯孝之诚，作而叹曰：'郡有班姑、谢娘，可使之泯没而无传耶？'命其诸孙太学生训录稿阅之，为绣诸梓，而以《序》属宏。宏尝评孺人之作，文采绚烂，若机锦之初剪；意味隽永，若鼎和之既调；而其音韵铿锵，又若集佩之交振。盖举女德妇功之懿，而发之于华笺彩翰之间，使其服章逢、厕缙绅，固宜掉鞅文苑，为天下奇男子，而乃深处中闺，美不外见，胸臆之奇，殆有无因而尽吐者。昔欧阳子序谢氏希孟之诗，而叹其不幸为女子，莫能彰显于世。由孺人观之，岂不信哉？虽然玉气如虹，剑光射斗，物之奇者，亦岂能闷且匿之？兹集卒赖傅侯以传，而不至于泯没，则又幸矣！孺人相未轩公，育材技艺，各称厥任，所至辄有贤誉。励和仲以学，始于髫龀，遂以魁士蜚英词林。其持身理家，咸中檠则，诚女之有士行者。‘士斋’之称，盖不但以其诗也。《诗》曰：‘惟其有之，是以似之。’宏于兹集亦云。”

世德堂草

[清]洪元志著

未见。洪元志（生卒年不详），歙县人。清顺治、康熙间在世。同邑胡文学侧室。胡文学，字卜言，顺治壬辰年（1652）进士，曾官福建道监察御史、两淮巡盐政，辑《盐政通考》，著《淮鹾本论》，民国《歙县志·人物志·宦绩》有传。

《世德堂草》，胡文楷《历代妇女著作考·清代六》据《鄞县志》著录。

疏影楼合集　四卷

[清]倪淑　[清]倪婉　[清]倪懿　[清]倪静著

未见。倪淑（生卒年不详），字梅轩，枞阳人，清光绪、宣统间在世，倪雪楼长女，著有《晚香庐诗稿》二卷（一曰倪婉著）。倪婉，字菊轩，倪淑二妹，张某室。倪懿，字藕轩，倪淑三妹，杭州陆恒修室。倪静，字芷轩，倪淑四妹，杭州陆恒修继室。倪氏四姊妹皆能诗，著有《疏影楼合集》。

《疏影楼合集》，何伟成《枞阳风雅·近代》著录：“（倪淑）与妹婉、懿、静并工诗词。淑兼通妇科医学，为邻里治病不取值，人共德之，尊称为倪大姑。卒后，侄砚农汇四人之作为《疏影楼合集》四卷。‘疏影楼’者是淑姊妹在母家时所居之楼。”

按：胡文楷《历代妇女著作考·清代七》据《清闺秀艺文略》著录：“《疏影楼集》，（清）倪淑撰。淑字梅轩，安徽桐城人，倪婉姊。”误。《疏影楼合集》当为倪淑、婉、懿、静四姐妹诗合集。

疏影楼集

[清]倪淑著

未见。著者简介见前《疏影楼合集》。

《疏影楼集》,胡文楷《历代妇女著作考·清代七》据《清闺秀艺文略》著录:"《疏影楼集》,(清)倪淑撰。淑字梅轩,安徽桐城人,倪婉姊。"

按:《疏影楼集》疑即《疏影楼合集》,当为倪淑、婉、懿、静四姐妹诗合集。姑两录之,俟考。

疏影楼名花百咏　一卷　吟草　一卷

[清]李淑仪著

存。著者简介见前《梦云吟草》一卷。

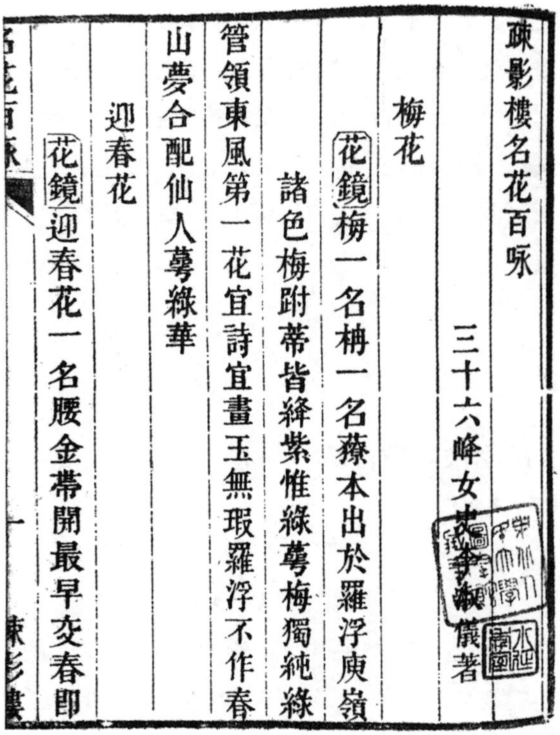
疏影樓名花百咏
三十六峰女史李淑儀著
梅花
花鏡梅一名枏一名藤本出於羅浮庾嶺
諸色梅跗蒂皆絳紫惟綠蕚梅獨純綠
管領東風第一花宜詩宜畫玉無瑕羅浮不作春
山夢合配仙人蕚綠華
迎春花
花鏡迎春花一名腰金帶開最早変春即

《疏影楼名花百咏》一卷《吟草》一卷,清道光十三年(1833)新安李氏疏影楼重刻本。此本封页题"道光癸巳重镌《疏影楼名花百咏》杂诗附后(板存黟邑西棣村)"。每半页九行,每行十九字,白口,左右双边,单鱼尾。前有胡文铨序及李淑仪自序,后首录《疏影楼名花百咏》(版心题《名花百咏》)一卷,次录《疏影楼吟草》(版心题《梦云吟草》)一卷。

李淑仪《自序》曰:"侬生长田家,幼慕风雅,见村塾儿读书，心窃好之。值年饥家贫，父母以侬归于李太恭人，随侍香阁。太恭人知书翰，雅爱侬，暇则课读口授三唐宋元诸诗。是时曾私学为之，不敢令人见也。庚寅春二月，太恭人弃世，遗言以侬归莲青主人。时侬年十四，主人方读礼，因寄养于主人叔母程太夫人处。针黹之余，焚香独坐，始得肆力于诗。壬辰夏六月，归主人。主人长侬五岁，夙负隽才，性耽啸咏。花晨月夕，觅句飞觞，短什长篇，笔不停腕。侬辄出一言评骘之，若佐契，闺中唱和，侬始不能自匿，遂稍稍为之。窃念弱质飘零，寄人篱下，今幸得侍才人，问心少慰。而乃妒花风雨，日见摧残，命舛缘悭，无可申诉。后为避嚣计，居松萝山之别墅。一池春水，顾影自怜，种竹莳花间消永日，爰作《名花百咏》以写我忧。主人见之，谬付剞劂。虽妇人女子之言，不堪问世。然信手拈来，未必不可歌可泣也。时道光癸巳百花生日，梦云李淑仪识。"

胡文铨《序》曰："诗始于赓歌，成于《三百篇》，变乎汉魏，而盛于唐。其间和声依永，代不乏人，而妇人女子之言亦时见焉。故先圣删诗，不废《采蘩》《江汜》诸篇，诚以闺阁讴吟虽无俾于正学，而亦足以见性情、观意志，较之调脂弄粉者固有上下床之别矣。海阳李梦云女史，余友黄莲青统军之家姬也，雅善四声，有《名花百咏》之作，今年春，统军以其稿邮示余，余爱其用笔蕴藉娟秀，有无失于风人之旨者。其原刻本远在山左，余未之见，同学借阅者多恐久而散失，遂重付梓人。读女史自题诗有'天涯知己属何人'之句，如余者，不识可合斯语否？质诸女史兼以示诸统军，谅亦许可也。因即书为弁言，而以系之卷首。"

按：肖亚男主编《清代闺秀集丛刊》第41册收入此本。

疏影楼名姝百咏　一卷　吟草　一卷

［清］李淑仪著

存。著者简介见前《梦云吟草》一卷。

《疏影楼名姝百咏》一卷、《吟草》一卷，清道光十三年（1833）新安李氏疏影楼刻本，中国国家图书馆藏。此本一册，有白纸本和黄纸本两种。每半页七行，每行十九字，白口，左右双边，单鱼尾。前有汪端序，沈芝田、钱锦、陈滋曾、

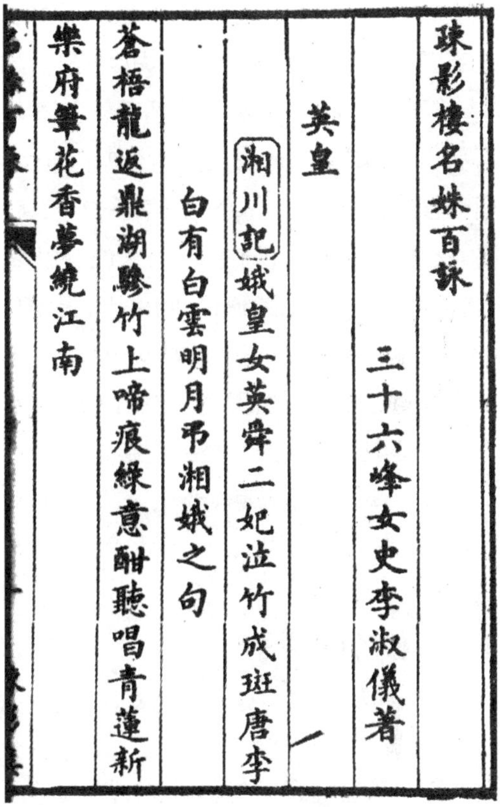
疎影樓名姝百詠
三十六峰女史李淑儀著
英皇
湘川記 娥皇女英舜二妃泣竹成斑唐李
白有白雲明月弔湘娥之句
蒼梧龍返鼎湖驂竹上啼痕綠意酣聽唱青蓮新
樂府筆花香夢繞江南

吴藻、叶俊杰、张绚霄、孔孙兰、黄仲瑛、毕景桓、沈敏芳等十人题词，并李淑仪自序。名姝百人，均有小传。

汪端《序》曰："今时闺阁中以诗名者，前则海虞屈宛仙、席道华、归佩珊，梁溪杨蕊渊，吴门曹墨琴、李晨兰诸夫人；近则翁大人碧城弟子练溪王仲兰，太原辛瑟婵，蒙城张云裳，金沙吴飞卿，琴川钱莲缘，同里吴蘋香、陈妙云、家逸珠女史，远近所见可谓盛矣。然而生其地者，若虞山、若锡山、若吾乡之南峰北峰，大约得山水之助居多。夫天下言山水之大者，曰黄山三十六峰，意必有得其钟毓抱明慧之才、负湛深之学如宛仙诸夫人者，乃卒之未有见之。今年夏，新安李女史梦云以所著《名花百咏》《名姝百咏》及《梦云吟草》寄余，焚香讽诵，近体则声情绵邈，如董双成吹云和笙，古作则音节苍凉，如婉凌华拊五灵石，以视韫玉楼、昙红阁诸诗有加美焉。女史归江夏，家练溪，去余寓居且千里，惜不能如诸夫人者生长浙东西南北，姗姗来迟，昕夕谈艺，而彩鸾唐韵，比玉新篇，月明展卷，想见其人，益信山水之助如是。他日出此编以示闺阁诸诗人，端有心悦诚服而首肯余言者。惜乎宛仙、蕊渊两夫人不及见之也。噫！道光癸巳仲夏，钱塘汪端序于吴门之环花阁并书。"

李淑仪《自序》曰："尝闻人多情，草木忘情，有情即有劫。人但知多情者多劫，而不知忘情者亦不能免劫。草木之劫起于人，而人之劫则出于天。落英飘絮，泣雨啼风，花之劫也，亦人之情也。红颜憔悴，青史纷纭，人之劫也，亦天之情也。其间贞淫百变，色相万殊，诚不可以言该。而凡历劫堪久，寓情独遥者，花则以香艳传，人则以才美传。其权固花自操之，人自操之，天不得而限之。

如依者，固情中人，亦劫中人。悔读诗书，羞言富贵。幼离文母，劫之始也；荫失慈云，劫之渐也；委身青衣，劫之极也；蛾眉见嫉，劫之变也。差不异乎花之情，雅不同乎人之情，亦不能遁乎天之情。是则安其劫可也，淡其情可也，而何必有言。然安其劫而劫更深，淡其情而情益重。此依《百美新咏》之作所以继《百花新咏》而作也。嗟乎！春蚕未老，缠绵清泪成丝；锦瑟空弹，宛转惊心入拍。自觉蜂愁蝶怨，到处逢情；未识燕去鸿来，几生消劫。问诸花，花不解其故也；问诸人，人莫究其源也；问诸天，天难任其咎也。此无他，情生劫耳！癸巳秋月双星渡河之夕，三十六峰女史李淑仪自叙并书。”

孙殿起《贩书偶记》卷十八对此本亦有著录：“《疏影楼名姝百咏》一卷，新安女史李淑仪撰。道光癸巳疏影楼精刊。”

按：《疏影楼名姝百咏》一卷，另有胡文楷抄本存世。

疏影楼吟草　一卷

[清]李淑仪著

存。著者简介见前《梦云吟草》一卷。

《疏影楼吟草》一卷，清道光十三年(1833)新安李氏疏影楼刻本，与《疏影楼名花百咏》《疏影楼名姝百咏》合刻，中国国家图书馆藏。此本一册，有白纸本和黄纸本两种。每半页七行，每行十九字，白口，左右双边，单鱼尾。版心题《梦云吟草》，末有黄仁麟校订，李玉章书镌。内录诗四十首。

按：《疏影楼吟草》，亦名《梦云吟草》一卷。另有胡文楷抄本。

舒怨录

[清]胡渊著

存。著者简介见前《南香画语》。

《舒怨录》，即胡渊《随感录》，亦名《问心集》，胡朴安《随感录・跋》曰：“(胡渊)随所感而笔之于书也，又名《舒怨录》，又名《问心集》。”(参见本书

《随感录》一卷）

漱芳诗草　一卷

［清］李漱芳著

未见。李漱芳（生卒年不详），合肥人。清同治、光绪间在世。李蕴章长女，同邑张士琦室。

《漱芳诗草》一卷，李家孚《合肥诗话》卷下著录："（先伯祖丹崖公）长姊漱芳祖姑，适同邑张次韩观察士琦，能诗，载《府志·才媛传》，著有《漱芳诗草》一卷，今佚。"

双桂书屋诗草

［清］汪又苏著

未见。汪又苏（生卒年不详），字景，歙县人。汪昌女，洪瑛室。

《双桂书屋诗草》，汪启淑《撷芳集》卷二十二著录："字景，安徽歙县人，孝廉汪昌之女，适儒士洪瑛。早卒。著有《双桂书屋诗草》。"

双清阁剩草　二卷

［清］龙循著

未见。龙循（生卒年不详），字素文。望江人。清康熙、乾隆间在世。龙光女，桐城吴元安室。

《双清阁剩草》，汪启淑《撷芳集》卷三十著录，并录其夫吴元安《双清阁剩草序》曰："甚哉，诗学之难言也，古调不弹久矣！今人粗通章句，辄主盟骚坛，纵连篇累牍不过拾前人唾余，以相矜尚耳，欲求有当于三百篇遗意者，盖百不得一焉。诗发于性情，而尤关乎学问，遇事感触，自然成文，音节之间，动与古会,《二南》雅化,女子能诗,此又风气之熏陶,不关学问者也。自正始风微,大雅不作,须眉男子半不能诗,又何言闺阁中耶?迩来女子以诗名者,大江南北颇不乏人,逮取其集而披阅之,则名与实每不相符。甚哉,诗不著于学士大夫,而仅著于妇人女子,已不幸矣,况并此而弗之覩!甚哉,诗学之难言也!吾家姑大母《梧阁诗钞》洗去铅华,直追陶谢,予疑以为仅见,今阅《双清阁剩草》,亦能剪雪镂冰,不屑作巾帼吐属,殆其亚欤?予尝戏署其阁壁曰:'漫辞著作输班女,愧问生疏比放翁。'非谬语也。外舅茗麓公以诗文名海内者数十年,诸内兄皆彬彬雅雅,克嗣前徽。双清以深闺弱质,少从宦游,花朝日夕,奉教裁笺,故其诗无柔媚态,多雄厉风,良有以也。予少不谙家人生产计,且好远游。双清以一弱女子摒挡家政,其事先赠公也以孝,待庶弟也以慈。虽贫家操作,不废啸歌。及索米长安,夙兴夜寐,十余年如一日。寓斋隙地,辄课小奚,莳花种菊,点缀秋光。予退食暇,每阄韵倡酬焉。双清为人好施与,重然诺,磊磊落落,多丈夫气。凡有题咏,必寄托遥深,非浪费笔墨者比。大儿珠垣、次儿国耘,俱以幼冲侍母左右,诵读馀功,即教以声韵之学。故两儿稍知平仄者,慈训之渊源有自也。惜乎双清之生不遇时,使其早归予家,获从梧阁老人游,其所造就,必不止于此。即不然,而家本素封,凡米盐琐屑事,一切不关于心,而唯肆力于文墨,吾知其所进,亦必不止乎此也。唯是离索之、抑郁之、困顿之、劳苦之,而犹能自成一家,克自表见如是,使由是而沉浸浓郁不懈而及于古,又何虑夫诗学之难言哉?"

双松词

[清]程茯娥著

未见。程茯娥(生卒年不详),号莲村。休宁人。蒋玺室。

《双松词》,徐乃昌《小檀栾室闺秀词钞》闺九著录。

按:茯娥,陈芸《小黛轩论诗诗》卷下作"伏娥"。

双梧阁小草

[清]吴申著

未见。吴申(生卒年不详),字蕙姬。歙县人。清乾隆时在世。吴以镇长女,钱东室。钱东,字东皋,一字杲桑,号袖海,又号玉鱼生,浙江钱塘人,善书画,工诗,尤长词曲,著有《双桥书屋遗诗》,潘衍桐《两浙輶轩续录》卷二六有传。

《双梧阁小草》,胡文楷《历代妇女著作考·清代三》据《墨香居画识》著录,并曰:"申字蕙姬,安徽歙县人,太史吴涵斋长女。母以梦鹤而生,因小字鹤。钱袖海妻。工水墨花卉,楚楚有致,兼能诗。"

按:《双梧阁小草》,民国《歙县志》卷十四《人物志·列女下》作"《双梧小草》":"(吴申)涵斋女。适嘉兴钱东。工水墨花卉,楚楚有致。著《双梧小草》。"

双修阁诗草

[清]聂芬著

未见。著者简介见前《女界模范》。

《双修阁诗草》,胡文楷《历代妇女著作考·清代十四》、光铁夫《安徽名媛诗词征略》卷四皆有著录。

孀闺集

[清]祝氏著

未见。祝氏(生卒年不详),当涂人。约于清顺治、康熙间在世。祝可仕孙女,朱銮室。

《孀闺集》,民国《当涂县志·人物志·文学》著录:"朱祝氏,朱銮妻。参政可仕孙女,幼知书,年十七适銮。夫早逝,氏奉祖姑及姑惟谨。生事死葬均尽礼。教二子思穆、思辉皆式训,并留心书史,著有《孀闺集》行世。嗣二子殁,两媳亡，抚孤孙永禄成立。”

孀闺集

[清]祝氏著

未见。祝氏(生卒年不详)，怀远人。米鳌室。

《孀闺集》，《历代妇女著作考·清代七》著录："氏，安徽怀远人。米鳌室。博涉经史，工诗。"

按：此祝氏与前朱鎏室祝氏皆有《孀闺集》，未知是否一人，姑两录之。

顺香阁诗集　一卷

[清]邓氏著

未见。邓氏(生卒年不详)，名不详。桐城人。邓祖庚女，同邑方珍室

《顺香阁诗集》一卷，光大中《安徽才媛纪略初稿》著录："(邓氏)同邑怀远知县方珍室。珍少好远游，氏奉翁姑，克尽厥职，暇则从事吟咏。有《顺香阁诗集》一卷。"

松窗词草

[清]许燕珍著

未见。著者简介见前《保贞蓑红绡咏乐府》。

《松窗词草》，沈善宝《名媛诗话》卷三著录："俨琼有《松窗词草》，咏谢道韫《凤栖梧》云：'群从清新夸谢氏，林下风高，衮衮饶幽致。五字珠玑传柳絮，琼闺千古谁为继？侬有一言聊尔戏，何事王郎，不洽佳人意。若使多才生此际，画眉更少王郎辈。'后半阕语近于谑，令人失笑。"

松清偶咏

［清］王松清著

未见。王松清(生卒年不详)，无为人。清乾隆时在世。王声闻长女，汪居敬室。

《松清偶咏》，汪启淑《撷芳集》卷四十八著录："王松清，安徽无为州人。著有《松清偶咏》。《清诗备采》：'王松清，余故友王君声闻之长女。幼娴姆训，从父学诗。及笄，归我族弟词章居敬。食贫，女工助给，暇则拈韵以遣怀。'"

松声阁集　二十卷

［清］吴坤元著

未见。著者简介见前《愁添集》。

《松声阁集》二十卷，包括初集二卷、《二集》八卷、《三集》八卷、《续集》一卷、《文集》一卷，由吴坤元子潘江校勘，后因潘江《木崖集》遭禁，其集亦被焚。

张英《松声阁三集序》曰："潘姊夫人《松声阁集》既刻而行之矣，其子蜀藻复哀辑其壬寅以后诗为《松声阁》三集，命予为序。姊夫人之母，予姑也；蜀藻，予友也，外家姊弟而重以若母。吾母之谊其何能辞？庚戌六月，方趣装入都门，携之行笥，长江浩渺，黄淮奔流之中，辄扣船而歌姊夫人之诗以为乐，思欲为数语以报之而不能也。舟次淮浦，适阮亭王公以督榷清江来予舟，阮亭方有事于海内闺阁诗人之选，遂相与纵谈吾里《清芬阁》及家伯母《纫兰阁》已事。阮亭曰：'吾习见夫女子之为诗者矣，大约操柔翰、拈彤管以写儿女子之态，其人多不足齿，如班姬、谢女之流，而其诗亦复不足备风人之采。独子之乡，所谓纫兰阁、清芬阁者，皆能明大义、炳大节之人。纫兰佐汝伯父登显仕，复以历城之死使忠臣烈妇炳烁史册。清芬未二十而为未亡人，且未有子，清风高节，独居六十余年。故二夫人者，其为诗，类皆清刚磅礴，绝无所谓靡曼女子之习。盖在天地为正气，在海内为女宗，在家庭为母仪，故其人足传，其诗传也。'予曰：'然。而更知吾里松声阁者乎？'阮亭曰：'予习读夫松声阁之诗矣，愿于子闻其详。'予曰:'即吾子之所谓纫兰、清芬者,又其大概也。夫人出延陵,归九茎潘先生,为太史宗一先生之从女孙,为司马石乳先生之冢孙妇。幼娴于礼训,事姑、事祖姑皆能孝。九茎先生弗禄,饮冰茹荼,以治其家,卒教其子蜀藻为海内闻人,内外孙数人皆夫人提命而督诲之,以克有成。今且七十矣,吾里之姻娅族党,皆奉夫人为阃内之则,与清芬阁相鼎峙者数十年。故其为诗,皆敦尚孝友以勉其子若孙,间亦咏歌其织纴纂组之勤苦与夫室家荼蓼拮据之状,时或追念其舅姑、夫子,而发为醇仁感恻之吟,使闻者莫不肃然而起敬,悠然而长思,一如感发于三百篇之遗音者。间以其暇,绘大士罗汉像,则又与纫兰、清芬之所作先后相仿佛,此吾里之啧啧于三夫人无异词,皆谓其大节卓有可观,可以风人伦而登国史,不等于女子之弄柔翰以自命为闺阁之才人也者。子知之乎?'阮亭肃然而起,索所谓《松声阁》三集者卒读之,相与咏叹,往复于篷窗之下曰:'诚有如子之所云也。'予曰:'子欲表章闺阁之才人,孰有过于松声阁夫人者哉。'阮亭敬受之而去,次年蜀藻入都,云'将刻是集以行',吾愧夫久而无以报也。遂书所以语阮亭者序之。愚表弟同学侄张英拜题。"

松声阁集　五卷

[清]吴坤元著

存。著者简介见前《愁添集》。

《松声阁集》五卷,民国二十六年(1937)铅印,安徽图书馆、桐城图书馆藏。此本为吴坤元后人辑本,每半页十一行,每行三十字,小字双行,白口,四周双边,单鱼尾。首录"《松声阁集》序目",有其七世孙潘光泰于道光甲辰(1844)重为装订《松声阁集》时的题识、十世孙潘田于民国二十六年(1937)重编时的题识及各集目录。"序目"后录有方孔炤作《松声阁集序》、同邑许来惠作《小传》。全本收诗五百零一首,词十四阕,文八篇。各集具体如下:《松声阁(初)集》收诗十首(五、七古各五首),及吴道新撰《延陵合祖公祭文》(辑自《龙眠风雅续集》卷四)、潘江识语;《松声阁二集》收诗一百六十四首,其中五言律三十七首、七言律五十五首、五言排律四首、七言排律三首、五言绝六首、七言绝五十九首;《松声阁三集》先录山东新城王士禄、桐城陈焯、桐城张英所作序,后录诗二百七十九首，其中五言古十六首、七言古十六首、五言律四十首、七言律八十二首、七言排律二首、五言绝十七首、七言绝一百六首；《诗余》共收词十一阕；《松声阁续集》先录桐城钱澄之所作序，后录诗四十八首、词三阕；《松声阁文集》收文八篇，集末有钱澄之《书松声阁集后》。

钱澄之《书松声阁集后》曰："吾友潘子蜀藻母吴太君，有《松声阁集》，余既为序之。今太君殁，蜀藻捧其集，悲泣不胜，属余更书数语于后。余尝见欧阳公为谢景山女弟希孟诗序，言：'景山母夫人好学通经，自教其子，不独成其子之名，又以其余遗其女也。'然景山母氏诗不传，徒因景山与希孟而知其母氏之决能诗，若太君自有诗传世，不必藉蜀藻传者也。或曰诗非女子所宜，《小雅》云'无非无仪，惟酒食是议'，女德如是而已。然古所谓教于公宫者三月，其曰'教以言'，言非文耶？卫庄姜、许穆夫人皆德女也，皆能诗，其诗皆为圣人所录，则圣人之不禁女子之为诗也，审矣。太君既善诗，又能于古今诗之体格、气韵一一定其高下。尝以余诗在杜白之间，余每入城，蜀藻辄延至于所居石经斋，太君尽出笥中稿，属余为之点订。所爱方氏婿殁，征挽诗，顾得余诗为重，谓余诗为必传也。呜呼！其可感也矣！间过女家久不返，蜀藻见余至喜曰：'今晨食指动，子来，吾母必归，当得善饮食。'已而果然，于是率以为常。盖太君好苦吟，诗成，一字未稳，数自改易，经余订而后信以为稳，蜀藻不能赞一词也。太君之知余如此，是故太君殁，而余有知己之恸焉。观斯集，即微蜀藻属余，余亦泫然不能已于言也。"

松阳女史诗　二卷

［清］章玉照著

未见。章玉照（生卒年不详），青阳人。清乾隆时在世。吴名琅室。

《松阳女史诗》二卷，胡文楷《历代妇女著作考·清代八》据《安徽通志》著录。

松荫阁诗草

［清］孙松荫著

未见。孙松荫（生卒年不详），桐城人。约于明崇祯至清康熙间在世。孙临与方子耀女，童某室。

《松荫阁诗草》，吴希庸、方林昌《桐山名媛诗钞》卷九著录。

松隐庐遗集

［清］罗仪芬著

未见。罗仪芬（生卒年不详），字泽卿，别号瑟青，晚年自署松隐老人。宿松人。清咸丰、同治间在世。罗遵殿女，罗忠祜妹，常州庄允诚室。民国《宿松县志·艺文志四》曰："《妙香阁遗草》有和泽卿及寄赠瑟青题句，皆仪芬。是为壮节公季女，适浙江布政史阳湖庄受祺七子允诚。及遗孤相继逝，造物忌才，于闺襜尤酷焉。芬华胄之妻，忠臣之女，婉婉季兰，孱孱弱絮，习礼明诗，随兄趋庭，群经诸史，靡不探究。微独诗才见长，所属文辞杂著、诗赋词曲，凡若干卷。罗氏、庄氏俱向有节本，征入《吴下名媛集》刻中。……晚更精研内典，结庐衡岳间，自营生圹，有潇然出尘之思。邑令仁和谭廷献云：'女儿心性，大是聪明，世上悲愉，都归幻境。'瑟兄忠祜观察《答七女弟赠别小引》中，有'千古聪明多钟于闺阁'语，异口同声，均不啻为瑟青集写照。……晚年自署松隐老人。"

《松隐庐遗集》，胡文楷《历代妇女著作考·清代十四》据《安徽才媛纪略》著录："仪芬字泽卿，别号瑟青。安徽宿松人。安陆府知府罗忠祜季女，阳湖庄允诚妻。通经史，诗文词曲，靡不精工。"按：此中"安陆府知府罗忠祜季女"误，罗仪芬当为罗忠祜妹。

苏绿漪创作选

[民国]苏雪林著

存。著者简介见前《蝉蜕集》。

《苏绿漪创作选》,民国二十五年(1936)上海新兴书店铅印本,中国国家图书馆藏。此为苏雪林小说散文集,录《鸽儿的通信》《我们的秋天》《母亲的南旋》《光荣的胜仗》《来梦湖上的养疴》《恨》《一封信》等小说七篇,及《精神的屠杀》《旧小说的魅力》《心里不安》《喝茶》等散文四篇。

苏绿漪佳作选

[民国]苏雪林著

存。著者简介见前《蝉蜕集》。

《苏绿漪佳作选》,民国三十五年(1946)上海新象书店铅印本。此书前有著者小传,内录苏雪林小说《鸽儿的通信》《我们的秋天》《收获》《光荣的胜仗》《恨》等五篇。

俗语注解小学古文读本

[民国]吴芝瑛编注

存。编注者简介见前《帆影楼纪事》。

《俗语注解小学古文读本》,光绪三十四年(1908)文明书局初版。吴芝瑛"选录古人短洁兼有情趣之文七十余首,均用俚词而诠释之"。

按:《俗语注解小学古文读本》,今有吴微点校《桐城国文读本系列》本(安徽师范大学出版社2015年版)。

诉天杂记

[明]章有湘著

未见。著者简介见前《澄心堂集》。

《诉天杂记》,潘江《龙眠风雅》卷五十五著录:"(章有湘)所著《澄心堂诗》《望云草》《再生集》《诉天杂记》,皆孤猿寡鹄,自写其忧伤哀怨之音,君子读而悲其志焉。"

素芳吟草

[清]胡素芳著

未见。胡素芳(生卒年不详),婺源人。胡清烈女,程希洛室。

《素芳吟草》,民国《重修婺源县志》卷六十三《人物·列女·才媛》著录:"程希洛妻胡氏,汪村清烈女。幼聪敏,好读书,十岁知书算。诗学李杜,文爱韩苏。年十九归洛,善事舅姑,定省之。暇与洛唱和,著《素芳吟草》。有'兄辈裁诗称贺岁,侬家剪字帖宜春'句。文有《送业师赴秋闱序》《莲花说》,惜年不永。封孺人。"

随感录 一卷

[清]胡渊著

存。著者简介见前《南香画语》。

《随感录》一卷,收入胡朴安《朴学斋丛书》第一集,安吴胡氏民国二十九年(1940)铅印本,中国国家图书馆藏。此本每半页十二行,每行二十九字,白口,四周单边,单鱼尾。末附胡朴安跋。

胡朴安《跋》曰:"沣平性颇豪爽,从未作忧戚之容、悲哀之语。所作书画,颇觉神气奕奕,偶为小诗,亦无萧飒之气。虽身体瘦弱,毫无短寿之征。民国十五年,以注射补血针致病,卒于宝隆医院,年仅二十有五。当时,颇疑致病之由及医治之误，后于书笥中得此一册，题曰《随感录》，盖随所感而笔之于书也，又名曰《舒怨录》，又名曰《问心集》。观其题名，则感而成怨矣，怨而无可如何而问心矣。阅其内容，颇多悲哀之语，若不胜其忧戚之容，似有许多难言之隐，聊泄之于笔墨者。呜呼！沛平之死，其以此乎？湋平在予前，自来未一露忧戚之容、一发悲哀之语，而其泄之于笔墨者，乃若是之忧戚悲哀，使人不忍卒读。呜呼！知其心之痛极矣。今距沛平之卒十有五年矣，校其遗墨，犹觉其忧戚之容如在目前，悲哀之语若在耳侧，老泪纵横，唏嘘不能自已也。民国二十九年六月，朴安记。"

按：胡文楷《历代妇女著作考·附编》亦有著录。

随鸿阁诗集

［清］吴氏著

未见。吴氏（生卒年不详），桐城人。清康熙间在世。钱勖仍室。

《随鸿阁诗集》，道光《续修桐城县志·人物志·文苑》著录："钱勖仍，字扶升，号雁湖，府学生。少擅文采，屡试不得志，笃志苦吟，辄得数百篇，以抒胸臆，虽音节悲壮而词旨归于和平。著有《听雪斋初二集》《西江游草》《汴游草》。妻吴氏亦工诗，著有《随鸿阁诗集》。"

按：胡文楷《历代妇女著作考·清代三》作"（吴）氏，安徽桐城人，钱勖妻"，误。

唐诗概论

［民国］苏雪林著

存。著者简介见前《蝉蜕集》。

《唐诗概论》，民国二十二年（1933）上海商务印书馆铅印本，中国国家图书馆藏。此为唐诗论著，包括唐诗隆盛之原因、唐诗变迁之概括、初唐四杰、沈宋与律诗、初唐几个白话诗人、开天文学之先驱、开天间诗人与乐府新词、战争和边塞作品、隐逸风气和自然的歌唱、浪漫文学主力作家李白、写实主义开山大师杜甫、大历间的诗人、险怪派领袖韩愈、韩派诗人、功利派首倡者白居易、白派诗人、唯美文学启示者李贺、诗谜专家李商隐、李商隐同时诗人、唐末诗坛等二十章。此书1933—1947年间再版了三次，先后被列为“国学小丛书”和“新中学生丛书”。

按：《唐诗概论》版本较多，不一一列举。

唐诗三百首补注　八卷

［清］陈婉俊补注

存。陈婉俊（生卒年不详），字伯英，自称上元女史。南京人。清道光、咸丰间在世。陈叔良女，桐城李世芬室。

《唐诗三百首补注》八卷，清咸丰六年（1856）刻本，南京图书馆藏。

姚莹《唐诗三百首补注序》曰：“上元伯英女史，余外孙李镜缘世芬内也，为陈叔良观察女。幼聪慧，喜读书，叔良钟爱之，相攸綦严。适余侄倩李仲甫，以其尊人海帆先生官西蜀，侨寓金陵，因得为镜缘缔婚焉。余时权两淮鹾政，会晋省，得悉良缘，知女史为闺中之秀，然不意其能著述也。越数载，女史来归镜缘，余已移官海外。寓书问讯，于邮筒中获睹女史诗词，为欣赏者久之。迨余左迁西蜀，道出里门，镜缘亦归里。见其案头有《补注唐诗》，询知为伯英女史所辑。考核援引，俱能精当，殆所谓读书难字过者欤。属付枣梨，津逮初学。镜缘则逊谢不遑，为不欲为詅痴符比也。余谓不然，自古注书，得之闺阁者恒鲜，而精当尤难。兹所补注，倩梓人传之，亦一时佳话也。余老矣，且远处西陲，是刻之成，尤以先睹为快，镜缘志之。其终慥余言，是则老人之殷盼也夫。道光二十四年嘉平月，石甫老人姚莹书。”

陈晋蕃《跋》曰：“忆晋蕃初识之无，姊伯英即教以唐诗三百首，逮稍长，姊方事补注，间为指陈典实，始知作诗不可一字无来历，读诗不可一字不考核也。岁壬子，姊归桐城，晋蕃寻避地寄濑邑，春朝秋夜，感事兴怀，偶事吟咏，以不睹补注唐诗为惜。乙卯冬，镜缘姊丈携姊来濑，欢叙之余，悉唐诗三百首补注未遭兵燹，且有增帙焉。急索而读之。博引旁征，字梳句栉，罄胸藏之积轴，更益新裁；溯口授于囊年，如逢故我。党郝天挺注《唐诗鼓吹》，尚嫌简陋；高士奇注《三体唐诗》，无此清整。吾家信有秀才，何必效关氏之夸进士也。爰事雠校，请付枣梨，虽莫当考古之资，庶足为发蒙之助云。同怀弟康侯陈晋蕃谨跋。”

按：胡文楷《历代妇女著作考·清代九》亦有著录：“《唐诗三百首补注》八卷：《闺籍经眼录》著录（见）。咸丰六年丙辰（1856）刊本。灿花阁藏版。前有道光二十四年姚莹序，李世芬刻书序。后有弟康侯陈晋蕃跋，卷首有同怀妹仲奎星垣、夫妹令仪李永娴同参；末有女霞洲、仙咏校字。又一九五九年中华书局据咸丰刊本排印，据衡塘居士所撰《唐诗三百首》作补注。按：孙洙，别号蘅塘居士，江苏无锡人，乾隆十六年进士。”又，陈婉俊《唐诗三百首补注》八卷版本较多，不一一列举。

韬文诗稿

［清］毕著著

未见。毕著（1622—？），字韬文，歙县人。昆山王圣开室。

《韬文诗稿》（一作《韬文吟稿》），沈德潜《国朝诗别裁集》卷三十一著录：“著字韬文，江南歙县人，昆山王圣开室。著父守蓟丘，父与流寇战，死，尸为贼虏。众议请兵复仇，著谓请兵则旷日，贼且知备，即于是夜率精锐入贼营。贼正饮酒，惊骇。著手刃其渠，众溃，以兵追之，多自相践踏死者。舁父尸还，葬于金陵。时年二十岁女子也。后来吴中，为昆山王圣开室。裙布荆钗，无往时义勇气也，白首相庄以没。阅毛太史《大可集》，载沈列女云英为父报仇杀贼事，与相类。岂世乱时，天故生奇女子不一人耶？抑所传闻异辞耶？《韬文诗稿》向见于家来远兄处。《序》中有云：‘梨花枪万人无敌，铁胎弓五石能开。’又云：‘入军营二杀贼，虎穴深深；夺父尸以还山，龙潭安葬。’又云：‘室中椎髻，何殊孺仲之妻；陇上携锄，可并庞公之偶。’时异其人。钞录五言古、七言绝二章。来远兄没，毕诗遍索不得矣。存此旧录，聊以见其生平。”

按：毕著与毕朗，皆明末清初人，姓氏、夫姓氏名字亦同，后人常作一人。如胡文楷《历代妇女著作考·清代八》“《织楚集》二卷”条：“毕朗撰，《苏州府志》《甫里逸诗》著录。朗字昭文，安徽新安人，昆山王圣开妻。《清诗别裁》作毕著，字韬文，本新安巨族。有殷铭、沈来远序。《安徽通志》作《韬文吟稿》。《嘉定县志》：昭文字少陵，明季宫人，甲申后流落燕市，昆山王圣开挈归成伉俪。后以授徒寄居城南熊家村。善鼓琴，画美人兰菊。"本书姑分录之。毕朗，参见本书"《织楚集》二卷"。

题画诗　一卷

[清]金梦兰著

存。著者简介见前《净香居诗草》一卷。

《题画诗》一卷，胡文楷《历代妇女著作考·清代五》著录："金梦兰撰。嘉庆九年甲子(1804)刊本。前有翁方纲、吴鼒为之序，汪端光、罗聘、程瑎、张问陶、林颀题辞。凡诗一百六十一首，题画诗五十二首，词三首。"按：此当为《题画诗》与《净香居诗草》合刻本(见本书《净香居诗草》一卷)。

天香阁诗钞　八卷

[清]黄氏著

未见。黄氏(生卒年不详)，桐城人。马兆奎室。

《天香阁诗钞》八卷，道光《续修桐城县志》卷二十一《艺文志》著录。

天韵阁诗存　一卷

[清]黄箴著

存。黄箴(1875—1908)，字鬘因，又名李苹香、谢文漪，号鸳湖女史。当涂人，侨居上海。原为清乾隆时侍郎黄钺后裔，至其父时，家道中落，甚至饔飧不继。父亲殁后，黄箴失足平康，改名为李苹香，工书画，善吟咏，名噪一时，为沪中一代名妓。吴芝瑛爱其才，为之脱籍，后又改名谢文漪。范烟桥《茶烟歇·

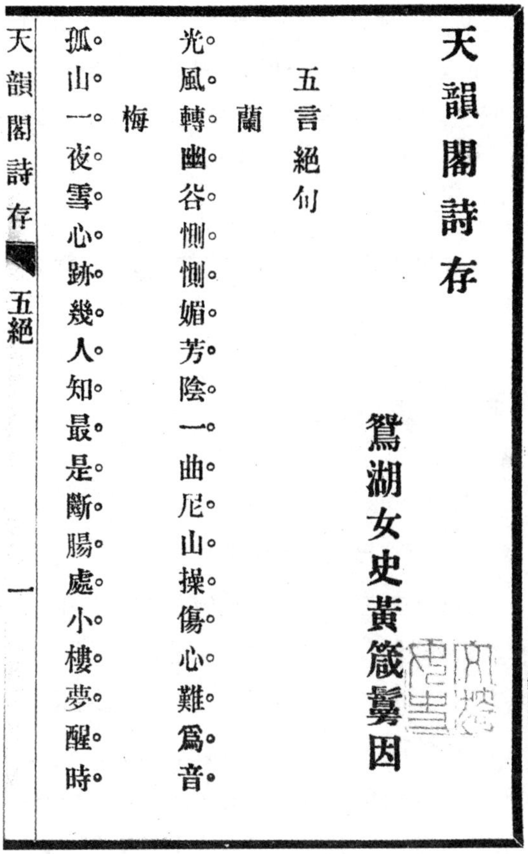
天韻閣詩存

鴛湖女史黃箴鬘因

五言絕句

蘭

光風轉幽谷惻惻媚芳陰一曲尼山操傷心難爲音

梅

孤山一夜雪心跡幾人知最是斷腸處小樓夢醒時

天韻閣詩存 五絕 一

诗妓李苹香之词》、郑逸梅《瓶笙花影录·李苹香之清才》及《掌故小札·李蘋香赠诗章行严》有传。按：黄箴里籍，另有上海、浙江秀水、安徽新安等多种说法。如清末罗树勋（罗振玉之父）《居易居诗稿》有《沪上冶春词》一首云："李苹香即谢文漪，三绝清才重品题（姬本黄姓某学使之孙女，皖人也，嗣改姓李，兹又改姓谢，工诗，善书，兼精绘事，梓有《天韵阁集》）。太息金张贵家子，可堪飞絮顿沾泥。"（见萧文立《罗树勋遗稿十五种述略》）清末方廷楷《习静斋诗话》卷三曰："新安李苹香校书工书画，善吟咏，侨居沪上。名噪一时。著有《天韵阁诗集》一卷。"胡文楷《历代妇女著作考·清代十》曰："（黄）箴字鬟因，浙江秀水人。清代《声色志》云：黄箴，后改名李苹香，又改名谢文漪。"徐珂《清稗类钞·娼妓类·李苹香楚楚可观》中作当涂人："沪妓李苹香者，当涂人，实为黄钺之裔。尝从其父宦松江。继而居嘉善。貌楚楚可观，能作小诗。适刘氏，有潘某与之私，被挈至沪。初为野鸡，旋擢么二，晋长三，名曰金莲。后又嫁人。复出，则并姓而易之，为谢文漪矣。其以苹香著名时，达官名士争趋之。"

《天韵阁诗存》一卷，清光绪三十一年（1905）上海文明书局铅印本。此本版权页题："著作者：鸳湖女史黄箴鬘因；发行者：谢文漪书画室；发行所：文明书局。"每半页八行，每行二十一字，白口，四周单边，单鱼尾。扉页题"紫英署检"（紫英为小万柳堂夫人吴芝瑛字）。卷首有岫云题集句十章并序（岫云为小万柳堂主人、吴芝瑛夫廉泉别号），序曰："小扶风馆集国朝人诗句为《椗鞠录》，余更联为七律，得十章。缅陈迹于古人，发胜情于方寸，其意惟吾鬘因心知之也。时《天韵阁诗存》付印毕，即以弁之卷首。乙巳七夕岫云。”内凡收诗九十五题一百三十六首，其中五绝十一首、五律九首、七绝八十九首、七律二十五首、古风二首。集末有“乙巳五月江东旧孙”所作《校理〈天韵阁诗存〉尾题四绝》。

按：肖亚男主编《清代闺秀集丛刊》第64册收入此本。

听月楼遗草　二卷

［清］汪韫玉著

存。著者简介见前《兰雪诗钞》。

《听月楼遗草》二卷，清乾隆四十八年（1783）刊本，南京图书馆藏。此本一册，每半页九行，每行十九字，小字双行，白口，左右双边，单鱼尾。封题“休宁女史汪兰雪著《听月楼遗草》，行素堂藏版”。前有陆锡熊《序略》金成琏、汪滋畹序，及吴省兰、黄腾达、黄轩、吴蔚光等十三人题辞。卷尾有汪作霖跋、金鉴《书后》，及金潮撰《悼亡诗》八首。内录汪兰雪诗凡一百三十七首，其中上卷录“古今体诗六十四首”，下卷录“古今体诗七十三首”。每首诗几乎都有诸名家的评点。

陆锡熊《听月楼遗草序略》曰：“自昔才德纯全之诣，世难其选，而求诸巾帼则尤难。历观名闺贤媛，代不胜数，顾才优者，或短于德；德备者，又啬于才。造物之钟灵，洵不偶也。新安汪媛兰雪诗人，生禀殊姿，娴内则。事父母、姑嫜，盥洗鸡鸣，恪循厥职，相夫子内助有声。幼从季父学诗，仅二月便走笔成章。然守内言不出之戒，绝不传播。能远宗《二南》，近法三唐，得性情之正，极格律之精。其闺中倡酬也，宛乎弋凫、弋雁之音；其寄外诸作也，隐然条肄、条枚之遗。抑且表章名教，卓有所见，故只字单句，无非从饬纪敦伦中酝酿而出。间有咏物遣兴，亦必裁伪体、亲风雅，脂痕粉艳，一洗而空。信乎才本于德，德以才显。彼略知拈韵，便诩能诗者，固无足论。即藻如朱、李，敏若鲍、苏，亦岂能与诗人同年而共语哉？诗人殁后，其夫子若川甫乃出其吟稿付剞劂氏。兰畲汪子，诗人之祖兄；斗漪金子，诗人之夫兄也，相聚都门，以于余最密，出诗人集以请序于余，余始得读诗人之诗，兼悉其生平行谊甚详。方今圣天子崇文尚德，设四库馆，广辑遗书，凡古今女子之有才德、能著作者，但得备采择。余不敏，滥叨恩命，一一编纂，窃以为幸。以诗人校之，复何多让，因不辞而为之序。行将录呈宸，毓扬之彤管，章潜德之光，树闺仪之鹄，则斯集之传，当直作《女箴》观，又何《玉台》《香奁》之足云？”

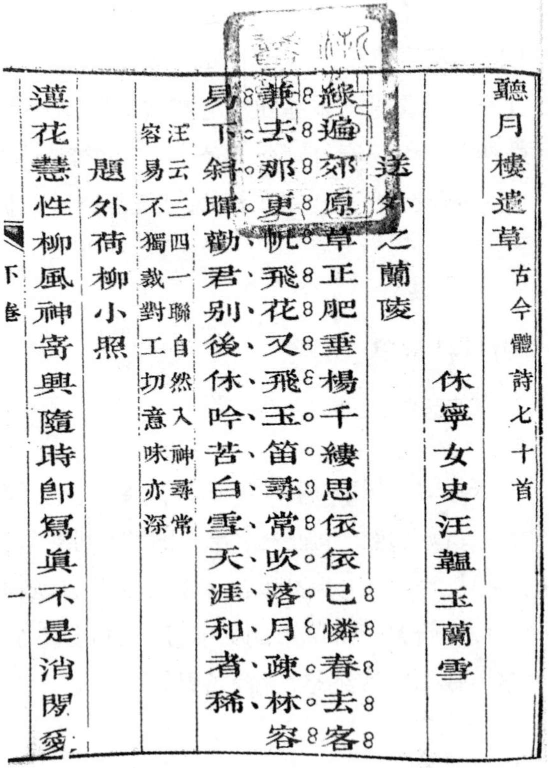
聽月樓遺草 古今體詩七十首

休寧女史汪韞玉蘭雪

送外之蘭陵

綠遍郊原草正肥，垂楊千縷思依依。已憐春去客兼去，那更帆飛花又飛。玉笛尋常吹落月，疎林容易下斜暉。勸君別後休吟苦，白雪天涯和者稀。

汪云三四一聯自然入神尋常容易不獨裁對工切意味亦深

題外荷柳小照

蓮花慧性柳風神，寄興隨時即寫眞。不是消閒

下卷 一

金鉴《听月楼遗草跋》曰：“唐孟昌期妻孙夫人工诗，秘不令人知，今仅传《白烛》一篇。盖闺阁中自道其性情，与学士文人尚才华、矜藻绘异也。余同怀弟若川妻竹林汪氏，端庄淑慎，素以贤妇称。其深于诗，余固未之知也。洎乎戊戌捐帷，若川哭之哀，且赋《悼亡诗》八章，委婉缠绵，语涉闺中唱酬之雅，余乃亟索《听月楼诗》观之。因令若川就正有道，以付梓人。虽然，诗自此传矣，毋乃与作者之心相刺谬乎？余将与若川分职其咎焉。”

按：孙殿起《贩书偶记》卷十八对此本也有著录：“《听月楼遗草》二卷，休宁女史汪韫玉撰。乾隆四十七年刊。”

听月楼遗草　一卷

[清]汪韫玉著

存。著者简介见前《兰雪诗钞》。

《听月楼遗草》一卷，清道光二十四年(1844)蔡殿齐娜嬛别馆刻《国朝闺阁诗钞》第四册收入。此本每半页八行，每行十八字，黑口，四周双边。内仅录《过凝香阁看菊》《采莲曲》《题携琴看鹤图》《月上》《闻蛩》《秋夜书怀》《柳絮》《送外之兰陵》《春昼》《秋日寄外二首》等诗十题十一首。

按:《续修四库全书》本《国朝闺阁诗钞》，据此本影印。

听月轩诗草

[清]刘翠苹著

未见。刘翠苹(生卒年不详)，潜山人。刘廷凤女。太湖王念祖子妇。光铁夫《安徽名媛诗词征略》卷一曰:“(刘翠苹)知县廷凤女，太湖王念祖之四媳。早工吟哦，中馈之暇，犹不释卷。著有《听月轩诗草》。”

按:《听月轩诗草》，胡文楷《历代妇女著作考·清代十二》亦据《清闺秀艺文略》《安徽才媛纪略初稿》著录。

同心室小咏

[清]邵齐芝著

未见。邵齐芝(生卒年不详)，字季兰，号畹生。昭文(今属江苏苏州)人。清乾隆时在世。休宁吴蔚光室。吴蔚光，字哲甫，号竹桥，休宁人，清乾隆四十五年(1780)进士，选庶吉士，授礼部主事，因病辞官，以藏书、著书为乐，著有《素修堂文集》二十卷、《古今石斋诗前集》四十五卷《后集》十五卷、《小湖田乐府前集》十卷、《续集》四卷，生平详见法式善《例授奉直大夫礼部主事吴君墓表》，《道光休宁县志·人物·文苑》亦有传。

《同心室小咏》，王豫《江苏诗征》卷一百七十五著录。

桐华阁诗集　四卷

［清］庆凤晖著

存。庆凤晖(1854—?)，字筠仙，含山人。庆锡纶与张茝馨次女，胡某室。父庆锡纶，字子健，庆之源子，清咸丰二年(1852)进士，曾官虞部，以能称，著

有《茗香书屋诗草》二卷。母张茝馨，有才名，长于诗文，“尝论诗之为道，宜远规风雅，近寝馈于唐、宋以来诸名作，然后润之以山川之气，乃能超然为一作家”(见陈寅恪《金明馆丛稿初编》)，著有《剪红阁诗草》初集、二集各一卷。庆凤晖出生于文化望族，渊源家学，幼承母教，饱读诗书，与姊凤亭(字湘筠，别号环峰女史)同工诗词。姊凤亭有《味雪楼诗集》、凤晖有《桐华阁诗集》存世。

《桐华阁诗集》四卷，民国二年(1913)铅印本，中国国家图书馆藏。此本每半页十二行，每行二十九字。四周双边，单鱼尾。前有王恩铸、曹典初、卢震鳌序。内收诗三卷，凡二百五十一首；诗余一卷，凡六十七首。

王恩铸《序》曰：“甚矣！作诗者其有忧患乎？何忧患之相寻于诗人而不去也？夫诗之学，邃于《骚》，富于《选》，而盛于唐。唐以后，代有传人，人有传作。然推其源流，《三百篇》实为鼻祖也。《三百篇》之分类曰‘风、雅、颂’，其体格曰‘赋、比、兴’。读诗者，慕雅颂之矜庄，而醉心摄魄则在风诗。后世作者众矣，若屈之幽、左之丽、陶之冲淡、李之豪放、韩之奇兀、温李之妩媚，各尽其能，不可枚举。而少陵以牢骚感喟独称诗史，大抵以有激于中、发为天籁者近是。盖清庙明堂之什，黄钟大吕之音，以比兴为颂扬，以附俪为体例，诚不若劳人思妇穷愁抑郁之言，足以动天地而泣鬼神。固非谓雅颂不如国风，少陵专工晦塞也。虫吐丝自语，鹤戒露有声，物且然，人为甚。吾故曰作诗者，其有忧患乎？含山庆子雨霆出其姑母筠仙夫人《桐华阁诗集》，寿诸枣梨，因施子佩绅而嘱序于余。余不敏，不能知诗教之微，又与庆子无一日之雅，不能因庆子而得闻筠仙夫人嘉言懿行之万一，屡辞于施子，不获命。谨取夫人之诗反覆讽咏，不禁掩卷唏嘘，如读《草堂集》，如赓十五国风，窃为夫人长太息也。夫人于今年其周甲矣，忧患之深，一以托之于诗，而数十年篝灯课绩之中，呕长吉之心，断回纹之锦，诗之外殆无余事之可言。然而天能与夫人以□□，而不能靳夫人以才华；人能知夫人之艰贞，而不能知夫人之缜密。怨而不怒，哀而不伤，夫人之委曲周旋于母夫人左右者，其意又在诗之外也。呜呼！谷风阴雨，千古伤心。香

草美人，寓言缄恨。庆子之急于付梓，为之表扬而珍重之，亦固其所。至于管窥蠡测，妄赞多词，以余之愚，非惟不能，抑且不敢。又如古今巾帼诗媛，数之辄难，更仆即欲妄拟夫人以为推崇，不独人自为诗不可强同，而夫人之遇之困而奇，亦非古人率可比例，故皆略而不陈。母茝馨夫人著有《剪红阁诗集》，姊湘筠夫人著有《味雪楼诗集》，并传于世，亦以见渊源家学，非等操觚矣。而姊夫人早誓柏舟，亦不离于忧患，岂忧患之于诗人，果相寻而不去欤？敢以质之施子，是为序。”

曹典初《弁言》曰：“庆女士诗集浣诵数过：第一卷各篇盖少年之作，气度高华，逸思云上，高才绝俗，固可知矣；二卷所录吟入静机，理有禅悟；三卷多托词秋景，寄此深愁。微哉，诗人比兴之旨也。近体清气往来，绝无闺阁迹象；古诗亦扬藻立干，驰骋不群，的是异才。词笔芊绵，托写幽愫，宜其工也。”

桐篸诗钞

[清]程令媛著

未见。程令媛（生卒年不详），字仪卿。桐城人。清嘉庆、道光间在世。程宗涑女，同邑吴忠蔚室。

《桐篸诗钞》，徐璈《桐旧集》卷四十一著录：“程令媛，字仪卿，程宗涑女，吴镇卿室。有《桐篸诗钞》。吴纫甫序《诗钞》曰：‘仪卿幼从学于许君香韭，归余族孙正卿，婉顺相得。幼工韵语，中馈之暇，不废吟咏。归未及三年而遽逝。今阅其诗，兴寄吐属，得风人之致，咏物则巧而不纤，抒情则丽而有则。信乎！取法者正，而足以自传其贞淑也。’”

桐月居集

[清]程凤娥著

未见。程凤娥（生卒年不详），字映碧。休宁人。江都太学王庭录室。

《桐月居集》，胡文楷《历代妇女著作考·清代十》据《众香词》著录：“凤娥字映碧，安徽休宁人，江都太学王庭录妻。工诗词，写生得北宋遗意。”按：徐树敏、钱岳《众香词·御集》曰：“程凤娥，字映碧，休宁人。工诗词，写生得北宋遗意。适江都太学王庭录。”未见有关程凤娥《桐月居集》之著录，存疑。

屠龙集

［民国］苏雪林著

存。著者简介见前《蝉蜕集》。

《屠龙集》，民国三十年（1941）重庆商务印书馆铅印本，天津图书馆藏。此本前有苏雪林自序，内录《青春》《中年》《老年》《家》《当我老了的时候》《炼狱》《屠龙》等散文十八篇。

退安斋集

［清］姚德承著

未见。姚德承（生卒年不详），桐城人。清乾隆时在世。姚士封与张令仪子姚孔鈵女，姚德耀妹。工诗，曾作诗约千首。

《退安斋集》，见姚德耀《哭十妹德承》诗自注：“飞仙辞世返瑶台，玉碎香消信可哀。青鬓遽看封镜去，白头还见抚棺来。锦囊遗草诗千首（原注：著有《退安斋集》），繐帐招魂酒一杯。从此谢庭觞咏日，高吟谁是出群才。”〔见《桐城马氏诗钞（六十八）》〕

唾余草

［清］陆文娴著

未见。陆文娴（生卒年不详），灵璧人。

《唾余草》，《安徽名媛诗词征略》卷四著录：“（陆文娴父）以课蒙为业。文娴幼膺庭训，能诗文，精刺绣，貌美性刚。父殁，贫不能自给，守北宫婴之志，以针黹供菽水，愿奉母以终，年二十八犹未嫁也。文娴遗诗百余首，自题曰《唾余草》。”

宛贞诗稿

［清］周宛贞著

未见。周宛贞（生卒年不详），当涂人。清乾隆时在世。姜韶室。

《宛贞诗稿》，民国《当涂县志·人物志·文学》著录：“姜周宛贞，丹阳人，翰林院检讨姜韶妻。幼慧，工诗。夫未达时，氏以诗慰之，有‘抗节年来怀有玉，穷经岁久道无贫’之句。韶读书尝达旦，氏进茗易烛无倦容。友至讲艺，脱簪珥为治馔。夫姊贤而嫠，贫深，几不能自存，特典衣资助之。邻里以困乏告，周恤无吝。韶为天下名士，多得内助之力焉。著有《宛贞诗稿》，靖江顾孝廉为之序。稿佚，仅存诗二首。”

晚香庐诗稿　二卷

［清］倪淑著

未见。著者简介见前《疏影楼合集》。

《晚香庐诗稿》二卷，何伟成《枞阳风雅·近代》著录：“（倪淑）字梅轩，枞阳镇人，雪楼长女。自幼聪颖爱学，过目不忘。家多藏书，淑尽读之。族老倪朴斋进士自湘归，携古籍三十余册，经枞宿其家，淑请借观。朴斋仅以一宿为期，次晨，淑还书称谢。朴斋疑其未尝读，遂杂举书中数条问之，淑对答如流。朴斋乃惊叹曰：‘此吾家不栉进士也。’清季，任芜湖女师范学堂教员，旋创办桐城第二女子小学于枞阳镇。与妹婉、懿、静并工诗词。淑兼通妇科医学，为邻里治病不取值，人共德之，尊称为倪大姑。卒后，侄砚农汇四人之作为《疏影楼合集》四卷。‘疏影楼’者是淑姊妹在母家时所居之楼。晚年见子成立，题其所居曰‘晚香庐’。于《疏影楼合集》外，更存《晚香庐诗稿》二卷。”

按：《晚香庐诗稿》二卷，一说倪婉撰。胡文楷《历代妇女著作考·清代七》据《清闺秀艺文略》著录曰："《晚香庐诗稿》二卷，（清）倪婉撰。婉字菊轩，安徽桐城人，张某妻。"光铁夫《安徽名媛诗词征略》卷一亦曰："（倪婉）字菊轩，桐城人。淑之二妹，同邑张某室。中年丧夫，乃回母家守志。命侄砚农于枞阳创立化俗女学，自主其事。桐城之有女学，此为嚆矢。晚年见子成立，题其所居曰'晚香庐'。于《疏影楼合集》外，更存《晚香庐诗稿》二卷。"存疑。

晚香斋集

［清］杨衍韫著

未见。杨衍韫（生卒年不详），字晚香。桐城人。清嘉庆、道光间在世。杨畴公女，张元宸室。姊杨清远亦工诗，著有《清远阁集》。

《晚香斋集》，《桐山名媛诗钞》卷八著录："（杨衍韫）字晚香，畴公之季女，张元宸公室。姊妹俱工诗，韫为最。其父尝叹曰：'吾学传吾道韫矣。'年三十二夫殁，训子女，勤操作，不以翰墨为务。著有《晚香斋集》。"

婉真阁集

［清］任淑仪著

未见。任淑仪（生卒年不详），字若韫。怀宁人。约于清顺治、康熙间在世。执政任疏斋女，桐城姚逊修室。

《婉真阁集》，徐树敏、钱岳《众香词·射集》著录："（任淑仪）松翰观察孙女，疏斋知政女，桐城姚逊修明经室。淑仪幼极聪慧，九岁能诗词，通经史。逊修亦名家子，博学长才。于归后，妆阁分题，萼楼拈韵，不减当年张绪风流。其《婉真阁集》多清新俊逸之句，方子砚钵手授二词以存片羽。"

晼香楼诗稿　二卷

［清］梁兰漪著

存。梁兰漪（生卒年不详），字素涵，号蓉溪。广陵（今江苏扬州）人。汪祉室。汪祉，原籍歙县，寄籍扬州。

《晼香楼诗稿》二卷，清光绪二十一年（1895）上洋飞鸿阁书林石印本，中国国家图书馆藏。此本一册，每半页十行，每行二十五字，白口，四周双边，单鱼尾。前有孙星华写于光绪二十年（1894）的序。

按：此本整理稿收入《江南女性别集二编》（上册）。

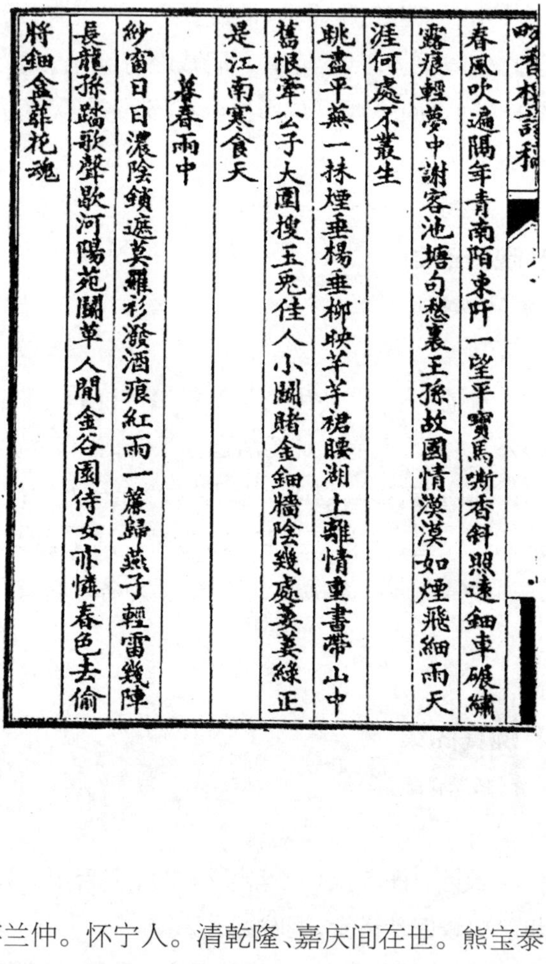
晼香樓詩稿

春風吹遍隔年青南陌東阡一望平寶馬嘶香斜照遠鈿車碾繡露痕輕夢中謝客池塘句愁裏王孫故國情漠漠如煙飛細雨天涯何處不叢生

眺盡平蕪一抹煙垂楊垂柳映芊芊裙腰湖上離情重書帶山中舊恨牽公子大園搜玉兎佳人小鬮賭金鈿牆陰幾處萋萋綠正是江南寒食天

暮春雨中

紗窗日日濃陰鎖遮莫羅衫潑酒痕紅雨一簾歸燕子輕雷幾陣長龍孫踏歌聲歇河陽苑鬭草人閒金谷園侍女亦憐春色去偷將鈿盒葬花魂

晼香诗钞　一卷

［清］张淑著

存。张淑（生卒年不详），字兰仲。怀宁人。清乾隆、嘉庆间在世。熊宝泰室，熊象阶、象慧母。熊宝泰，字筠湄，号藕颐，潜山人。《重修安徽通志·人物志·列女·才媛》曰："张淑博通经史，治家以礼法。族中巨细事皆来就质，据援古今、持是非，侃侃无敢违者。暇则为诗，不名一体。既老，偶有题咏，辄命削其稿。"《晼香诗钞》一卷，《安徽通志》《闺集经眼录》皆有著录。女熊象慧，字芝霞，亦有诗名，著有《芝霞阁学吟》一卷、《哀猿吟》一卷、诗余一卷。

《晼香诗钞》一卷，内封题为《晼香阁诗钞》，嘉庆间性余堂刻《赐墨堂家集合编》本，附于张淑夫熊宝泰《藕颐外集》末，中国国家图书馆藏。此本每半页

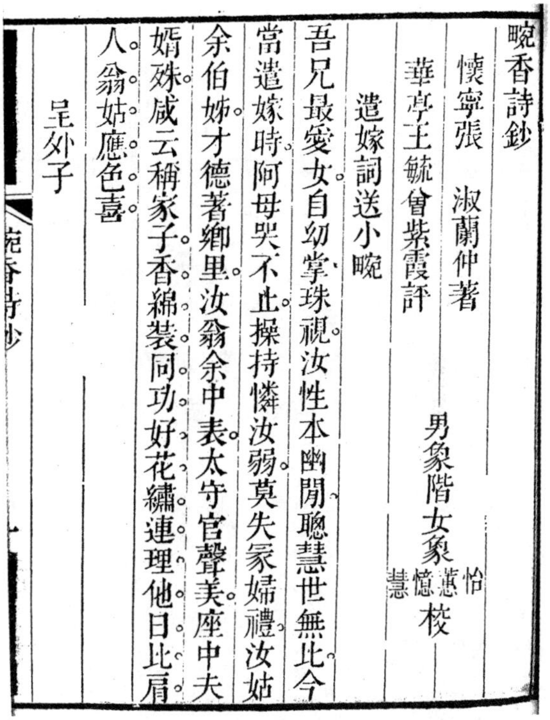

畹香詩鈔

懷寧張　淑蘭仲著

華亭王毓曾紫霞評　男象階女象怡蕙憶慧校

遣嫁詞送小畹

吾兄最愛女自幼掌珠視汝性本幽閒聰慧世無比今當遣嫁時阿母哭不止操持憐汝弱莫失冢婦禮汝姑余伯姊才德著鄉里汝翁余中表太守官聲美座中夫婿殊咸云稱家子香綿裝同功好花繡連理他日比肩人翁姑應色喜

呈外子

十行，每行二十一字，黑口，左右双边，单鱼尾。前有吴芳培于嘉庆八年（1803）的题序，卷首有“怀宁张淑兰仲著，华亭王毓曾紫霞评，男象阶、女象怡、象蕙、象忆、象慧校”字样。内收诗五十五首、词二首，末附四六文《复张恭人启》一篇。诗以五七言律绝为主，间有王毓曾评点。如评《池上作》“几树梨花淡似云，危阑独倚看斜曛。小池不欲留人影，一阵轻风乱縠纹”云：“水平忽起微浪，常景耳。写来静细如此，有顾影自惜之意，紫霞百读不厌也。”评《读项羽传》“斗智斗谋如鼠窃，襟怀坦易始英雄。相看只有虞姬婿，杯酒鸿门释沛公”云：“吴梅村诗：‘杯酒释沛公，大有君人度。’诗意本此，用‘虞姬婿’三字便觉姿态不同。‘虞姬婿’，见韦蟾诗，亦有本。”

吴芳培《序》曰：“昔诵歌谣，侧闻孝烈将军之号；时临碑帖，尤钦色丝幼妇之词。纵翰藻于香山，文刊紫石；献椒铭于魏阙，颂洽青阳。图织璇玑，八百字传来苏蕙；集搜闺阁，三十卷编自殷淳。征韵事于乐昌，代咏春风之烛；寄新篇于陈颖，兼描宝镜之形。信修讵乏佳人，不栉何惭进士。然或缘情而作，抒怨为多。感栖燕以徘徊，敲玉钗而惆怅。扇裁明月，意寓齐纨；拍按清笳，愁凝塞草。慨登舟之慎氏，目送孤帆；将报字于秦嘉，神驰千里。亦有乌孙远嫁，销魂援异国之琴；甚且黄鹄兴歌，矢志托化人之石。斯固才华夙擅，咸推缕凤之吟；究之福命难齐，只类寒螿之咽而已。惟藕耆先生德配畹香张夫人者，族著青钱，家传金鉴。红窗搦管，格仿簪花；白璧盈阶，才高咏絮。羡鸣珂之旧里，绰有门风；喜握椠于芳辰，宁烦姆教。洵出风而入雅，羌习礼而明诗。矧以京兆名姝，作配高阳才子。闻鸡昧爽，率多唱和之篇；挽鹿余闲，层出清新之句。衍波笺擘，擅挥洒于秋窗；近郭梅开，悯传闻于古墓。读颜公之训，具见型家；谒烈孝之祠，尤征数典。题竹林之小照，绸缪绍樛木之贤；纪蓬户之双鬟，悱恻寄桃村之女。下至居闲咏物，几于绘水成声；偶然即景摛华，宛尔余霞散绮。夫乃知和平之音易淡，欢愉之境难工。自古有言，宁云定论也。仆忝叨桑梓，近附葭莩。仰纱幔之贤声，诵玉台之新咏。巧分并剪，允宜笔架珊瑚；彩丽支机，雅称书装玳瑁。拟诸名媛，左芬不亚于太冲；懿彼词家，管氏宁殊于松雪。而且眉齐鸿案，赋偕老而相敬弥形；膝绕莱衣，歌锡类而推仁愈广。睹花郊之驯雉，亦被春晖；望藜杖之扶鸠，同晞爱日。盖德全者福备，而实至者名彰。爰缀俚言，用题雅什。益信山曾代岳，清才锺天柱之灵；地著报皋，寿世与皖江并永云尔。"

按：肖亚男主编《清代闺秀集丛刊》第62册收入此本。

汪韶诗集

[清]汪韶著

未见。著者简介见前《井桐居吟稿》。

《汪韶诗集》，胡文楷《历代妇女著作考·清代四》据《撷芳集》著录："韶字井桐，号倩君。安徽六安人，原籍歙县，诗人洪寻妻。卒年三十四。"

汪秀娟诗　一卷

[清]汪秀娟著

未见。汪秀娟（生卒年不详），字玉麟（一作麟玉）。清道光间在世。新安胡履亨（字和轩）侧室。著有《汪秀娟诗》一卷（《麦浪园女弟子诗》卷一收录）。

《汪秀娟诗》一卷，胡文楷《历代妇女著作考·附录二》"《麦浪园女弟子诗》六卷"条著录（参见本书"《江蕊珠诗》一卷"）。

按：黄秩模辑《国朝闺秀诗柳絮集》卷三〇曰："汪秀娟，字麟玉。部郎江西德兴胡履亨侧室。"然据胡履春《麦浪园女弟子诗序》知，胡履亨（字和轩）与新安胡履春为同宗兄弟，当为新安人(古属休宁银城，今属江西德兴银城)。

望云草

[明]章有湘著

未见。著者简介见前《澄心堂集》。

《望云草》(或作《望云集》)，潘江《龙眠风雅》卷五十五著录："(章有湘)所著《澄心堂诗》《望云草》《再生集》《诉天杂记》，皆孤猿寡鹄，自写其忧伤哀怨之音，君子读而悲其志焉。"

望云阁诗集　一卷

[清]郭芬著

存。郭芬(生卒年不详)，字贻芳，又字芝田。全椒人。约于清乾隆时在世。内阁中书汪履基室。

《望云阁诗集》原本未见。汪启淑《撷芳集》卷五十六曰："郭芬，字芝田，安徽全椒县人，家履基孝廉配也。著有《望云阁》诗集。何飞雄《望云阁诗集序》：'《望云阁诗》者，汪存南夫人郭芝田之所作也，以"望云"名者，盖取狄梁公望云思亲之义以名其阁，因以名其诗也。夫人之父官东粤，父卒，其兄官西安，夫人之母随以往。夫人日夕思亲，有陟屺之感。其为诗，起于晨昏定省之缺，流连花月，触绪纷来，若千条万派之朝宗，必明其本志而后已，非若世俗浮游靡定之词共相矜尚也。予尝论古今名媛之作，其失有三：踰闲荡检者，无论已能者，不过儿女闺房赠答之什、灯火喁于卮匜缱绻；又其黠者，故为刚厉之言以别于闺秀，往往自失其情。孰若夫人衔华佩实，丽藻浓芳，一归准则，诗人所谓"止乎礼义"者庶几焉。予阅其诗篇端即述祖德，《春感》则曰："当窗忽有伤亲处，只为思亲见白云。"《纪梦》则曰："漫说梦中难识路，分明夜夜到西安。"可以见其情矣。存南高才博学，于夫人若埙篪琴瑟之相应。所示夫人诗多幼小之作，檐梅阶药，有倡斯和，其业进而未已，于以希风班姬谢女无难耳。或谓道蕴诗有曰“非工复非匠，云构发自然”，于夫人名阁之义有隐相合者。然则夫人之诗寄意深远，又乌可一端猜哉！’鲍之钟《题望云阁集》：‘十年浪迹江湖上，传得芝田句共夸。雅称诗名同左妹，更怜夫婿得秦嘉。望云有阁伤春草，咏絮无心和落霞。却笑一灯重把读，秋风客梦又京华。’”

今存《望云阁诗集》一卷，清道光二十四年(1844)蔡殿齐娜嬛别馆刻《国朝闺阁诗钞》第六册收入。此本每半页八行，每行十八字，黑口，四周双边。内仅录《长相思拟李太白》《陌上桑》《山居秋暝》《暮春山庄率题》《秋日怀母》《春日感怀寄外》《采莲曲》《玉阶怨》《自君之出矣》《夜宿近郊书屋》《暮春偶成》等诗十一首。按：《续修四库全书》本《国朝闺阁诗钞》，据此本影印。

望云楼诗集

[清]戴恭谨著

未见。戴恭谨(1835—1867)，字婉湘。合肥人。戴鸿恩女，李凤章室。李经方《合肥李氏宗谱》第三册卷七曰：“凤章，文安公第五子，派名章铨，字桂山，号稚荃，国学生，国史馆誊录。议叙州同，军功保升直隶州知州，赏戴蓝翎，候选知府，加道台衔，赏戴花翎，候选道加按察使衔，二品顶戴，特赏正一品，封典诰授光禄大夫。生于光绪癸巳年正月初八寅时，卒于光绪庚寅年五月初九日辰时。配同县戴氏，进士、湖南兴宁知县合肥戴鸿恩第三女，诰赠一品夫人。著有《望云楼诗集》。庐州府列入《才媛传》，生于道光乙未年七月二十八日辰时，卒于同治丁卯年十月初五日酉时。”

《望云楼诗集》，光绪《续修庐州府志·列女·才媛》著录：“(戴恭谨)同邑进士鸿恩之女也。性明慧。幼承父教，于经史无所不窥，兼工诗古文辞。于归后，能尽妇职，相夫，知大义，有樛木之风，宗党甚敬之，族中妇女多遵其阃范。子侄辈从问经史，知无不言。著有《望云楼诗集》。其女李静淑亦能诗，长适歙柯氏，早卒，其诗草曰《艺兰轩》，实承母训。”

维化诗集

[明]储氏著

未见。储氏(生卒年不详),潜山人。杨春元室。

《维化诗集》,民国《潜山县志·列女·贤淑》著录:“杨春元妻储氏,幼习诗书,颇解大义,著有《维化诗集》。”

苇帘阁集　二卷

[清]钱德耀著

未见。钱德耀(生卒年不详),字苇帘。桐城人。约于明崇祯至清康熙间在世。齐维藩室。

《苇帘阁集》二卷,胡文楷《历代妇女著作考·清代十三》据《嘉定县志》《宝山县志》著录:“(德耀)宝山学博齐维藩室。岁乙酉,维藩避兵湄浦苏氏,老幼三十余口,皆侨寓焉。德耀能为诗,尤工填词。”

萎兰集　一卷

[清]张氏著

未见。张氏(生卒年不详),和县人。张元善女,王如沂室。

《萎兰集》一卷,光绪《直隶和州志·人物·才媛》著录:“(张氏)幼聪颖,从父读书,博涉经史,善吟咏。……年二十五,夫殁。……尽焚所作稿,守节二十年,卒。子侄搜其箧,得残稿一卷,题曰《萎兰集》。”

味雪楼诗集

[清]庆凤亭著

存。庆凤亭(生卒年不详),字湘筠,别号环峰女史。含山人,寄居扬州。清光绪年间在世。庆锡纶与张茝馨长女,庆凤晖姊,江西卢雁洲室。

《味雪楼诗集》,民国(1912—1949)排印本,北京图书馆藏。此本一册。前有王家侯于宣统三年(1910)所作的序。

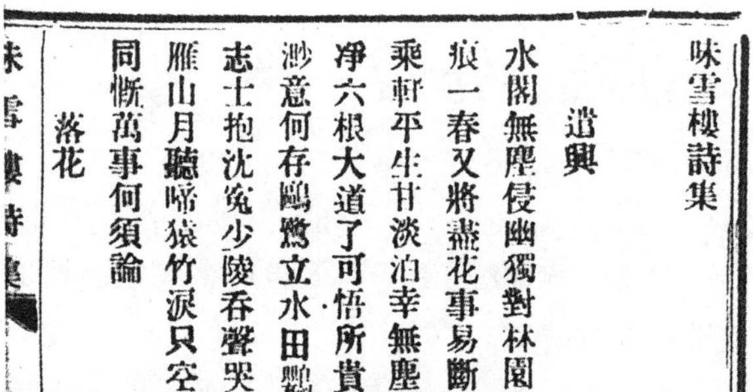

味雪樓詩集

遣興　環峰女史慶鳳亭湘筠氏著

水閣無塵侵幽獨對林園浮雲掩白日細雨逼黃昏庭花含幽色砌草帶啼痕一春又將盡花事易斷魂悠然隱几臥睡鴨餘香溫蘭豈願離谷鶴豈願乘軒平生甘淡泊幸無塵俗喧林間風蕭蕭池外水沄沄心清空萬象性定淨六根大道了可悟所貴探其源朝講華嚴經慈悲佛無言暮誦秋水篇元渺意何存鷗鷺立水田鷓鴣困籬樊彼有凌風翼猶難自飛翻乾坤雖浩浩志士抱沈冤少陵吞聲哭落筆氣雄渾屈子低眉訴詞賦振湘沅海風凌孤雁山月聽啼猿竹淚只空彈松濤洶似喧中夜對影吟起立閉柴門今古一同慨萬事何須論

落花

王家侯《序》曰:“予从光绪丁酉岁馆江西上饶卢氏,先后十余年。课徒之暇,每与居停雪樵别驾论中外史事,又旁及诗、古文辞,赏奇析疑,相得甚欢。有时别驾偶拈一句称述于予,予讶其诗之工而原本于性情者厚也。曰:‘君殆以《三百篇》为家法乎?’别驾辟席而前曰:‘予何能然?予幼嗣伯父雁洲公,早失怙,未及闻庭训,所以能通音韵而晓格律者,皆吾母教也。’因出其太夫人《味雪楼诗草》一卷以示予。太夫人字湘筠,含山庆子健先生之长女也。先生官翰林时以诗名,其德配张夫人亦有诗集行于世。太夫人日侍左右,聆其绪论,承其法乳,其得抉六代之精而窥三唐之奥也固宜。第其身世多乖,于归后不一年,遂赋柏舟。自是上侍翁姑,下抚嗣子,经营家政,终岁勤劬,得以时从事吟咏者盖寡。故数十年来,卷中所存之诗止若干首。予读既竟而有感曰:‘夫物之丽于天者,若星若云若虹若霞,皆能极变幻之状态,炫其光采以耀人耳目,然而忽明忽暗，或见或不见，又皆无一定之形质，独雪则体洁白、性坚贞，阴气之凝，以岁寒而后见。而其于人也，朔风既过，炉火初燃，扫径烹茶，清无与匹。彼于花晨月夕，倾壶觞而侈为快乐者，何足以语此？盖落想高而况味亦异也。太夫人举其所身际之时、亲尝之境，一皆托之于诗，而其所为诗又能不怨不怒，隐有合于温柔敦厚之旨意者，其得于雪而味之弥永者乎？’别驾闻予言曰：‘诺。予将以是岁付诸剞劂，子盍为我序之？’夫予足与言诗耶？闻之太羹不和天下之最无味者，其天下之最有味者乎？然则太夫人之诗，太夫人已自言之矣，敢揭其意以告后之读此诗者。是为序。”

文阁诗选　一卷

［清］陈舜英

存。陈舜英（1636—1713），字玉佩。江苏溧阳人。陈名夏第三女，桐城方中通室。方中通（1634—1698），字位伯，号陪翁，方以智次子，精于数学、天文学、经学，著有《数度衍》《周易深浅说》等，另有诗文集《陪集》《续陪集》等。

《文阁诗选》一卷，附于方中通《续陪集》四卷后，清康熙年间（1661—1722）继声堂刻本，中国国家图书馆藏。此本每半页八行，每行十九字，小字双行，白口，双鱼尾，左右双边。前有方御序，末有胡正宗跋。

方御《序》曰：“忆王父中丞携二弟位伯受室金陵时，余随尊章甫至。尊章本戚里故家，金陵盖昔日宦游地也，因家焉。离乱后骨肉重聚，悲喜交集，不可以已。弟妇为溧阳陈芝山先生第三女，先生与老父为布衣交，重以文章，申以婚姻。及后先登第而交益笃，海内咸推为‘陈方’云。当弟妇之于归也，值芝山先生枚卜，弟妇曾不以宰相女有几微骄矜色，入门持巾帚，执妇道尽礼；又通诗书，每刺绣暇，辄与余拈题分韵，鼓琴较弈，闺中之乐如吾两人亦无以加焉。一旦念及吾亲远隔岭表不能侍奉，因辍食太息泣下，弃母家所遗产业在金陵者不受，立随弟归桐为迎养计。时大弟田伯先自浙归，两弟遣仆迎亲于苍梧郁林间，弟妇则脱簪珥函衣裳，遥寄堂上。天性至孝，固与人殊，以故得中丞公欢心。先是，大弟已娶司马孙公女，逮余母携三弟素北归，娶司马张公女，余亦归里门，此番故乡团圞，破涕为笑，十倍金陵矣。定省之余，得与诸弟妇暨马妹吟咏唱和，用是娱亲。当是时，姚祖姑居清芬阁中，余辈每就订正，争妍竞胜，不异举子悬甲乙于试官也，而一门雍睦和谐，实为桐邑冠。至弟妇刲股救夫，鬻婢济难，尤不可及。余妹归马门在弟妇未归之先，一见弟妇，俨如同产，虽贵贤不少变，盖弟妇之德令人敬，才令人服。故余与妹皆愿以女为弟妇也。三十年间，余归宁者四，篇什颇多，惜乎被灾，而弟妇之诗付之秦灰楚炬矣。今将复起文阁，而阁中之诗记忆者十不二三。余检匣笥，凡所存弟妇诗尽录以寄，并为数语志之，他日锓版或即以此为序，亦不负吾两人金陵之遇为最初云耳。”

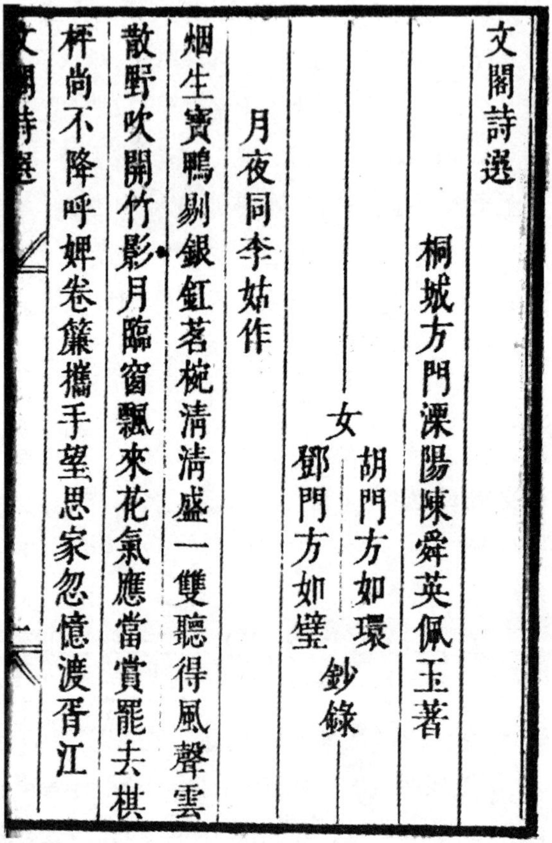
文閣詩選
桐城方門溧陽陳舜英佩玉著
女 胡門方如環 鄧門方如璧 鈔錄
月夜同李姑作
烟生寶鴨剔銀缸茗椀清清盛一雙聽得風聲雲散野吹開竹影月臨窗飄來花氣應當賞罷去棋枰尚不降呼婢卷簾攜手望思家忽憶渡胥江
文閣詩選 二

按：《文阁诗选》，道光《续修桐城县志》卷二十一《艺文志》作《文阁诗集》。

文皇后诗　一卷

［明］徐皇后著

未见。著者简介见前《佛说五十三佛大因缘经》三卷。

《文皇后诗》一卷，胡文楷《历代妇女著作考·明代二》据《然脂集》著录。

文选诗赋参评　十卷

[清]王贞仪著

未见。著者简介见前《沉疴呓语》一卷。

《文选诗赋参评》十卷，萧穆《敬孚类稿》卷十三著录："德卿所著有《星象图释》二卷……《文选诗赋参评》十卷、《德风亭初集》十四卷、《二集》六卷，《绣帙余笺》十卷。"

问心集

[清]胡渊著

存。著者简介见前《南香画语》。

《问心集》，即胡渊《随感录》，亦名《舒怨录》，见于胡朴安《随感录·跋》："（胡渊）随所感而笔之于书也，又名《舒怨录》，又名《问心集》。"（参见本书"随感录　一卷"）

无情子　一卷

[清]熊象慧著

未见。著者简介见前《哀猿吟》二卷。

《无情子》一卷，《重修安徽通志·人物志·列女·才媛》著录："（象慧）性聪颖，好佛，后读《封禅书》及楚诸王奉佛事，遂弃经卷不观。工吟咏，与夫自相倡和，著有《芝霞阁诗钞》四卷、《无情子》一卷、《哀猿吟》二卷。"

吾过集

[清]鲍诗著

未见。著者简介见前《鹤舞堂小稿》一卷。

《吾过集》,胡文楷《历代妇女著作考·清代十三》据《嘉兴府志》《撷芳集》著录。

吾亦爱吾庐诗钞　二卷

[清]鲍诗著

未见。著者简介见前《鹤舞堂小稿》一卷。

《吾亦爱吾庐诗钞》二卷,张庚《国朝画征续录》卷下著录:“鲍诗,字令晖,平湖人。别驾怡山次女。怡山有四女,皆知书、善画、能诗。徽州老诸生程立岩名之廉者,善山水花草,来游东湖,姊妹从之专学花草,传白阳法也,令晖笔尤长。适余族侄征士云锦,有《鹤舞堂小稿》一卷,在家时作;《吾亦爱吾庐诗钞》二卷,乃与征士倡和诗。造句幽秀,攸县彭湘南采入《国朝诗选》。”

吴君婉女士遗诗　一卷

[清]吴肖荼著

存。吴肖荼(1898—1928),字君婉,桐城人。吴复振长女,光铁夫室。光铁夫为其传曰:“(吴肖荼)安徽第一农业校长复振长女,大中前室。赋性纯笃,寡言笑。自幼读书,善笔札,作字点画不苟。来归后,辛苦处理家事。家故贫,隐忧积累,时惧弗及人,闷极,则取唐、宋人闲适之诗,吟咏仿效以自遣。所作多不留稿。民国十七年,以病卒于安庆,年三十一。大中继室刘瑞麟为检其诗付印,名曰《吴君婉女士遗诗》。”(《安徽名媛诗词征略》卷一)

《吴君婉女士遗诗》一卷,民国十八年(1929)排印本,安徽省图书馆藏。此本两册,光铁夫继室刘瑞麟辑并付印。前有姚永朴、方守敦、苏行均、陈朝爵、冯汝简、李大防、孙闻园、杨大鈊、刘念曾、李启光、陈永熙、胡远芬、郑宗桥、胡远浚、叶铮、潘启峰、刘瑞麟题词，方侃《贤妇吟》并序，金天羽《桐城光铁夫妻吴氏墓碣》，慕巢老人《闵述》。内录诗十二题。末有光铁夫悼亡诗十三首。

吴孺人诗集

[清]吴喜珠著

未见。吴喜珠(生卒年不详)，歙县人。明崇祯至清顺治间在世。方如麟室。方淇荩《吴孺人传略》曰："吴孺人者，邑之枋塘人，环山如麟公之淑配也。孺人生而娴静，母爱之如掌珠，因锡名'喜珠'。性至孝，未笄之先，会母疾，刲股以瘥。及笄，归如麟公。如麟少尝好赤松之术，后以父际元公讼淮扬，公亟向当事白之。事雪，而父殁。公偕伯氏扶柩归里门，居丧，一遵古礼，族党贤之。崇祯辛巳，佯狂而逸然。自是而孺人之节孝彰矣。无何，舅与其夫子相继谢世，老姑在堂，稚子在抱，死固不易，生又诚难。当此之时，非有特立不拔之守，安能甘苦茹荼，养其姑，抚其子，立名节于当时，垂声誉于后世哉！顺治丙申，孺人以疾终。后十余年，其子为杰尝从家季游，予得稔闻孺人节概，并读其自述长歌，温和令德，托诸毫楮。然予私心益敬者，独为其于甘苦茹荼中，夜必勤女红，篝灯训子，此其有功于方氏甚大，予故特著之，为后世之妇不幸而丧所天、负惭德而不能训其孤者劝也。"(汪启淑《撷芳集》卷六)

《吴孺人诗集》，胡文楷《历代妇女著作考·清代三》据《撷芳集》《清闺秀艺文略》著录。

吴岩子诗　一卷

[明]吴山著

存。著者简介见前《青山集》四卷。

《吴岩子诗》一卷，清顺治十二年(1655)邹漪鹭宜斋《诗媛八名家集》本，中国国家图书馆藏。此本每半页八行，每行十八字，白口，四周单边。前有邹斯漪、卞玄文、卞德基小引，内录诗十二页，凡诗三十三首。

吴岩子诗辑本

[明]吴山著

存。著者简介见前《青山集》一卷。

《吴岩子诗辑本》，一册，胡文楷辑。《历代妇女著作考·清代三》曰："吴岩子《青山集》原书已不可得，邹斯漪《诗媛十名家选》凡诗三十三首，余从《然脂集》补得四首，《撷芳集》二十首，《伊人思》四首，《柳絮集》一首，《江苏诗征》二首，计六十四首，辑成一册。"按：未详馆藏。

吴苑小志

[清]汪淑珍著

未见。著者简介见前《瑞仙楼诗钞》一卷。

《吴苑小志》一卷，胡文楷《历代妇女著作考·清代四》据《吴县志》著录。

吴贞静诗钞

[清]吴贞静著

未见。吴贞静（生卒年不详），桐城人。

《吴贞静诗钞》，光大中《安徽才媛纪略初稿》著录："贞静，桐城人。著有《诗钞》，藏于家。"

吴芝瑛夫人诗文集

[民国]吴芝瑛著

存。著者简介见前《帆影楼纪事》。

《吴芝瑛夫人诗文集》,民国十八年(1929)铅印本,柯愈春《清人诗文集总目提要·中册》著录;民国二十五年(1936)排印本,胡文楷《历代妇女著作考·附编》著录。

吴芝瑛夫人遗著 一卷

[民国]吴芝瑛著

存。著者简介见前《帆影楼纪事》。

《吴芝瑛夫人遗著》一卷,民国铅印本,南京图书馆藏。此本每半页十三行,每行三十六字,黑口,单鱼尾,四周单边。前有吴承烜、杨寅揆序,宗威、张健荪、吴王玉等人题词,惠毓明女士《编者言》。内录文十五篇,诗六题二十首,另有《秋女士传》等,后附《吴芝瑛夫人哀荣录》,末有廉建中跋、胡介昌《尾言》。

吴承烜《序》曰:"宇宙秀灵之气,钟女子者虽多,闺房著述之文,播时人者较少。抱残守缺,谁阐幽光?讧坠拾遗,谁敦高谊?吾友廉建中之德配惠女士毓明者,以兰阁之名媛,操萧楼之选政,搜罗众制,汇辑一编。玉尺之量,金针之度。取珊瑚于铁网,出铅汞于丹炉。笃桑梓之宗亲,捐枣梨之刊费。于是检吴夫人芝瑛遗稿,凡碎锦零纨,搜求莛篋;残篇断简,缩入芸编。纵观章草之书,具见簪花之格。国初各社,月旦品评;闺秀诸家,风流宏奖。仰观俯察,贲白文明;远瞩高瞻,离黄笃实。片词只字,艺苑珍藏;短幅长篇,名山宝贵。声华之盛,压倒淑贞;品藻之高,扫除清照。隋宫四品,绛仙有司马之才;唐韵一书,青史补彩鸾之阙。众美今垂廉宅,两人皆出吴门。吾族芝瑛夫人,乃桐城宗长宝三大令之女公子,宗挚甫州牧之侄女,先哲廉南湖部郎之夫人也。及笄已属通才,不栉又呼进士。书工大雅,秀韵天成;经拟离骚,逸情云上。仙心穆穆,女宗之红线孔嘉;侠骨棱棱,世俗之黄衫不取。为歌儿脱籍,慨然芥视千金;代烈妇求援,未克芒销一箭。于是去危邦而不入,当乱世而不惊。哭西泠则鬼唱秋坟,救北里则人归夏屋。冤禽衔石,恨海难填;吊乌满山,危峰易度。佳制虽传诸子,奇文或攫六丁。兹何幸毓明女士开篇浮白,筹费杀青。鸠工于以庀材,鸿业为之润色。织文云锦,选千佛之名经;识曲霓裳,赚众仙之同咏。荐只鸡絮酒,九天之灵爽式凭;修五凤楼笺,千载之精神弗弊。心源印证,家乘椒香;口泽流传,史箴藻斧。若兰锦字,差可方其;花蕊宫词,得无类是。碧纱描粉,麝囊贮金屋之娇;红袖添香,螺黛拓玉台之序。乙亥暮春,古歙东园吴承烜拜序,时年八十又一。"

梧阁赓噫集

[清]姚凤翙著

未见。著者简介见前《赓噫集》。

《梧阁赓噫集》,潘江《龙眠风雅续集》卷二十一著录:"复斋(姚凤翙夫)不忍其内行之泯没也,为梓其《梧阁赓噫集》,而属余序之以行。"

按:《梧阁赓噫集》,疑即《赓噫集》,同书异名。

西洋筹算增删　一卷

[清]王贞仪著

未见。著者简介见前《沉疴呓语》一卷。

《西洋筹算增删》一卷,萧穆《敬孚类稿》卷十三著录:"德卿所著有《星象图释》二卷、《筹算易知》《重订策算证讹》《西洋筹算增删》《女蒙拾诵》《沉疴呓语》各一卷。"

惜红吟　一卷

[清]汪阿秀著

未见。汪阿秀(1904—1927),字琼芝。歙县人。

《惜红吟》一卷,光铁夫《安徽名媛诗词征略》卷二著录:"(琼芝)爱风雅,善诗词,复受业于其从兄石青。治曲学,慧心妙语。尝谓:'施子野曲,徒儿女语,无英雄气,此人必有一腔热情,无处着落,故婆娑风月,靡靡一世。'论断颇有见地。民国丁卯夏历正月初九日,投屏山湖而死,年二十三,尚未字人也。著有《惜红吟》一卷。"

惜花轩诗草

[清]董清映著

未见。董清映(生卒年不详),字幻梅。桐城人。约于清乾隆时在世。董春生女,张湘帆室。

《惜花轩诗草》,吴希庸、方林昌《桐山名媛诗钞》卷九著录:"(董清映)字幻梅,浙江盐大使春生女,县丞张湘帆室。著有《惜花轩诗草》。舅氏方固庵题词云:'皓质琼姿太可怜,不须罗绮自娟娟。前身幻作梅花梦(原注:生时父梦梅花),心是菩提骨是仙。'"

溪畔吟稿

[清]王氏著

未见。王氏(生卒年不详),当涂人。王槐女,李有琮室。

《溪畔吟稿》,民国《当涂县志·人物志·文学》著录:"李王氏,李有琮妻,采石王槐之女。工吟咏,精书法,当时咸以'女秀才'目之。井臼之暇,与诸妹酬唱。著有《溪畔吟稿》,藏于家。"

熙春阁词

［清］顾翊徽著

未见。顾翊徽（生卒年不详），字伯彤。山阳（今江苏淮安）人。清光绪年间在世。泗县杨毓瓒室。杨毓瓒（1882—？）能文擅画，曾任张作霖秘书。

《熙春阁词》，况周颐《蕙风词话补编》卷二著录：“填词有三要，曰重、拙、大，非于此道致力甚深不办。山阳闺秀顾伯彤（翊徽，泗州杨毓瓒室）所著《熙春阁词》，庄雅不佻，于‘重’字为近，得之阃闼中，信未易才也。”

习静轩诗集

［清］胡恩荣著

未见。胡恩荣（生卒年不详），全椒人。清乾隆时在世。金兆燕外孙女，拔贡金兰室。

《习静轩诗集》，恽珠《国朝闺秀正始续集·补遗》著录。

侠义佳人　四十回

［清］邵振华著

存。邵振华（生卒年不详），字班卿，笔名问渔女史。清光绪、宣统间在世。绩溪人。邵作舟女，桐乡劳暗文室。

《侠义佳人》四十回，陈大康《中国近代小说编年·宣统朝》著录曰：“上集二十回，中集二十回于宣统三年七月出版，下集未见。署‘问渔女士’著，即邵振华。是书以光绪间女学堂为背景，描写新界妇女走向社会所遭遇的挫折、不平及其抗争（见）。”

峡猿吟草

［清］孙旭媖著

未见。孙旭媖（生卒年不详），字晓霞，号如姹。歙县人，侨居无锡。孙云朝女。

《峡猿吟草》，王豫《江苏诗征》卷一百六十五著录："字晓霞，一字如婉，无锡人，诸生孙云朝女，著《峡猿吟》。《梁溪诗话》：云朝夫子而贫，晓霞侍养不嫁，针绣所得，以供甘旨，复精岐黄术。亲殁，居邑之陋巷，颓垣斗室，吟咏自怜，年八十余卒。秦泉南先生匾其庐曰'贞孝之门'。王屋云：晓霞诗有'巾帼而腐儒'之句，金沙蒋湘帆□'巾帼腐儒'四字作横卷，一时题咏甚多。"

霞晖阁吟草　一卷

［清］姚卿华著

未见。姚卿华（生卒年不详），桐城人。张元端室。张元端，字右直，张英曾孙，约于清乾隆时在世，以廪贡生就训导职，著有《蕉窗诗存》一卷，道光《续修桐城县志·人物志·文苑》有传。

《霞晖阁吟草》一卷，道光《续修桐城县志》卷二十一《艺文志》著录。

夏彩霞诗　一卷

［清］夏彩霞著

未见。夏彩霞（生卒年不详），字嫣红。清道光时在世。新安胡履亨（字和轩）室。著有《夏彩霞诗》一卷（《麦浪园女弟子诗》卷六收录）。

《夏彩霞诗》一卷，胡文楷《历代妇女著作考·附录二》"《麦浪园女弟子诗》六卷"条著录（参见本书"江蕊珠诗　一卷"）。

先考事略

[民国]李相珏著

未见。李相珏(1901—1981),字璋如。桐城人。李德膏女,余光烺室。光铁夫《安徽名媛诗词征略》卷一曰:"(相珏)名宿德膏女,同邑余光烺室。早岁沉潜国学,造诣颇深。民国十一二年间肄业省立芜湖二女师校,后升入国立北平师范大学,毕业。现任金陵女子大学教授。"

《先考事略》,汪福来《桐城文化志》著录:"李德膏(1868—1941)字光炯,别号晦庐,年三十中式光绪丁酉举人。师事吴汝纶,随吴东渡日本考察教育,毕生以兴学育才为己任,为我国著名教育家。著《晦庐遗稿》《阮嗣宗同时诸人事略考》。子相钰,北京大学毕业,东渡留学,客死日本。著《李相钰遗稿》。女相珏,同邑余光烺室。毕业于北京女师大,曾任金陵大学教授。著《诗词》《先考事略》。"

闲云阁诗钞

[清]方若徽著

未见。方若徽(生卒年不详),字仲蕙。桐城人。清嘉庆、道光间在世。方维甸女,黟县汪日章子汪元炳室。

《闲云阁诗钞》,丁申、丁丙《国朝杭郡诗三辑》卷九十五著录:"(方若徽)化州知州、仁和汪元炳室,有《闲云阁诗钞》。仲蕙为恪敏公孙女,首禾中丞子妇。工琴善画,精篆刻。"

按:方若徽,《小黛轩论诗诗卷下》作"方若微"。

衔花阁诗草　二卷

[清]张宜雝著

未见。张宜雝(生卒年不详),字肃简。桐城人。清乾隆、嘉庆间在世。张元表与左北堂女，蔡薰继室。

《衔华阁诗草》，黄秩模《国朝闺秀诗柳絮集》卷二十著录："（张宜雝）太傅文华殿大学士英来孙女，礼部左侍郎廷璐元孙女，右副都御使湖北巡按若震曾孙女，同知曾牧孙女，副贡磁州州判元表女，副贡聪赉妹，举人聪贤姊，滦州知州四川安岳蔡薰继室，齐曜、齐旭母。著有《衔华阁诗草》。"

香阁吟稿　二卷

［清］陈绛绡著

未见。著者简介见前《淡香阁吟稿》。

《香阁吟稿》，汪启淑《撷芳集》卷七十著录："陈绛绡，字彩霞，江苏长洲县人，自号平江女史。同邑吴爇孙之副室也。著有《香阁吟稿》两卷。"

按：《香阁吟稿》，方岫云《树密斋诗话》作《淡香阁吟稿》（见汪启淑《撷芳集》卷七十）。未知孰是，姑两录之。

香红阁词

［清］姚若蘅著

未见。著者简介见前《红香阁诗草》。

《香红阁词》，施淑仪《清代闺阁诗人征略》卷十著录："若蘅字芷湄，桐城人。保申女，江阴夏诒钰室，有《香红阁词》。缪荃孙《云自在龛随笔》：'外姑姚宜人与上元张雪鸿先生有戚谊，从张氏受六法，笔墨超逸，不类闺阁中人。归外舅夏范卿先生。从宦二十年，主持内政而不废绘事。晚年愈臻高格，诗词并工。"按：《小檀栾室闺秀词钞》卷十五著录同此。

香红阁诗词

[清]姚若蘅著

未见。著者简介见前《红香阁诗草》。

《香红阁诗词》,光铁夫《安徽名媛诗词征略》卷五著录:"姚若蘅字芷湄,桐城人。保申女,江阴夏诒钰室。精绘事,晚年愈臻高格,诗词并工。著有《香红阁诗词》。"

按:姚若蘅著作,徐世昌《晚晴簃诗汇》卷一百九十作《红香阁诗草》(见本书)。未知孰是,姑两录之。

香奁杂考　一卷

[清]赵景淑著

未见。著者简介见前《壶史》。

《香奁杂考》一卷,见于赵景淑兄赵对澄所作《筠湄诗稿序》:"女兄《筠湄诗稿》一卷,凡百廿余首,庚午至己卯,十年中作也。女兄长澄一岁,有夙慧,喜读史,尝集古今名媛百数十人,各为小传,题曰《壶史》。又有《香奁杂考》一卷,征引甚详。"(见赵景淑《延秋阁剩稿》)

按:钱泳《履园丛话》卷二十四亦有著录。

香梦居集

[清]徐简著

未见。著者简介见前《佩兰阁草》。

《香梦居集》,王端淑《名媛诗纬初编》卷二十三著录:"(徐简)新安吴于庭副室也,于庭游粤东,留文漪于吴门,或曰今归杨中翰。所著有《香梦居集》,惜零落不传。端淑曰:'文漪诗俱秀艳,轻清宛转,无一率笔。此所谓正调声律也,但怜其无倚而再抱琵琶,为世所惜耳。'"

按:《香梦居集》,朱彝尊《静志居诗话》卷二十三著录为《梦居集》:“徐简简,字文漪,嘉兴人。休宁吴玙小妻。有《佩兰阁草》《梦居集》。文漪缘情有余,风格未老,然亦闺中之秀。《宫词》云:‘沉香亭子玉钩栏,遍植名花按月看。第一莫栽红芍药,此花开日定春残。’”疑误。

香南雪北庐词　一卷

[清]吴藻著

存。著者简介见前《花帘词》一卷。

《香南雪北庐词》一卷,清光绪十年(1884)冒俊《林下雅音集》刻本,中国国家图书馆藏。此本成书一册,每半页十一行,每行二十二字,黑口,双鱼尾,左右双边。前有吴藻写于“甲辰春陬”(即清道光二十四年春正月)的《自记》,内收词一百二十二首。

吴藻《自记》曰:“余自道光己丑岁订所作《花帘词》,陈颐道先生暨赵秋舲、魏滋伯两君序而刊之,聊以自怡,非敢问世。丁酉,移家南湖,古城野水,地多梅花,取梵夹语颜其室曰‘香南雪北庐’。樊榭老人昔尝卜宅于此,文采风流今尚存,不独王孙桂隐遗迹未湮也。十年来忧患余生,人事有不可言者,引商刻羽,吟事遂废。此后恐不更作。因检丛残剩稿,恕而存焉。即以居室之名名之。自今以往,扫除文字,潜心奉道。香山南,雪山北,皈依净土,几生修得到梅花乎?甲辰春陬,蘋香自记。”

按:《香南雪北庐词》一卷,另有清光绪二十二年(1896)南陵徐乃昌刻《小檀栾室汇刻闺秀词》本,收入第五集中。

香南雪北庐集　二卷

[清]吴藻著

存。著者简介见前《花帘词》一卷。

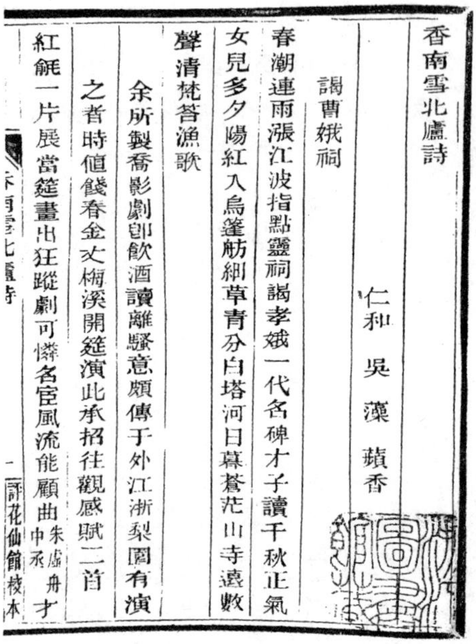
香南雪北廬詩

仁和 吳藻 蘋香

謁曹娥祠

春潮連雨漲江波指點靈祠謁孝娥一代名碑才子讀千秋正氣女兒多夕陽紅入烏篷舫細草青分白塔河日暮蒼茫山寺遠數聲清梵答漁歌

余所製喬影劇即飲酒讀離騷意頗傳于外江浙梨園有演之者時値餞春金丈栁溪開筵演此承招往觀感賦二首

紅氍一片展當筵畫出狂蹤劇可憐名宦風流能顧曲朱虛舟中丞才

香南雪北廬詩 一 評花仙館校本

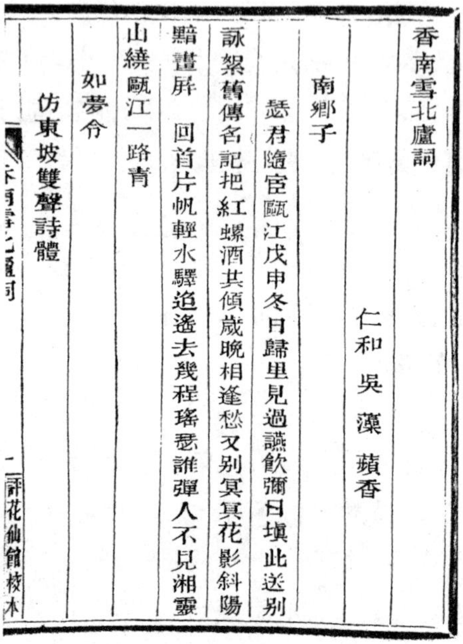
香南雪北廬詞

仁和 吳藻 蘋香

南鄉子

瑟君隨宦甌江戊申冬日歸里見過讌飲彌日塡此送別

詠絮舊傳名記把紅螺酒共傾歲晚相逢愁又別冥冥花影斜陽黯畫屏 回首片帆輕水驛迢遙去幾程瑤瑟誰彈人不見湘靈山繞甌江一路青

如夢令

仿東坡雙聲詩體

香南雪北廬詞 一 評花仙館校本

《香南雪北庐集》二卷，清咸丰六年（1856）评花仙馆活字印本。此本每半页九行，每行二十五字，黑口，单鱼尾，四周双边。内收诗一卷，计古近体诗七十五首；词一卷，计十七首。末有金绳武跋。

金绳武《跋》曰：“余既选同里吴蘋香女史词入《十家词汇》，复得其古近体诗七十五首，为女史手抄存本。清瘦肖菊，芳馨撷兰，神隽而华，味淡以永。卷帙虽窄，皆粹美之作。闺阁此才，实为天纵。因排字印百册，并附其未刻词十七阕于后。印既成，质之香雪庐主人，当不以财奴谋利詈予也。”

按：肖亚男主编《清代闺秀集丛刊》第33册收入此本。

香台集

[清]吴吴著

未见。吴吴（生卒年不详），原籍歙县，居江都（今属江苏扬州）。清康熙年间在世。吴绮与黄之柔女，歙县江闿（字辰六）继室。母黄之柔亦工诗，著有《玉琴斋集》。

《香台集》，邓汉仪《诗观二集·闺秀别卷》著录并曰：“园次嫂夫人江夏君读书爱文。当兵戈饥窘之日，独与园次以诗篇相慰劳。仆每过其幽居，款留备至，必出床头斗酒，谈宴竟日。合肥先生客邗，为予二姓讲秦晋之好，而掌珠忽陨。园次至燕京，赠予诗有'两家儿女一花殇'之句。今园次罢吴守以归，宦囊萧然，世情冷暖，宁无云雨翻覆之叹，而予两人怀抱依依如故也。为点次其爱女及令媳诗附此，以志我辈交谊，并告辰六、石叶两君子。"

按：恽珠《国朝闺秀正始集》卷三亦有著录。

香芸词

［清］徐华著

未见。徐华（生卒年不详），字苕苕，小字茗仙。南陵人。清光绪时在世。徐乃昌第六女。母刘世珍著有《冰奁集》，姊徐婉著有《纫兰词》。

《香芸词》，徐珂《康居笔记汇函》二二三著录："南陵徐积馀观察乃昌，一门风雅，闺中人悉有词集。其聘室德清许德蕴，字怀五，为周生曾孙女，有《绣余自好吟》；副室江都赵春燕，字拂翠，有《记红词》；又其第二女婉，字怡怡，小字云仙，有《纫兰词》，且善书画，年二十未字卒；第六女华，字苕苕，小字若仙，有《香芸词》，且工画蝶，年十六未字卒。"

湘痕阁词稿　一卷

［清］袁嘉著

存。袁嘉（？—1853），字柔吉。清嘉庆、咸丰间在世。浙江钱塘人。袁枚长孙女，天长诸生崇颖室。王荣昌《崇节母传》曰："节母姓袁氏名嘉，字柔吉，浙江钱塘人，为随园先生长孙女。幼端慧，父迟极钟爱。母沈本才媛，教以诗，神解独超，尤工倚声。长归天长崇氏。崇巨族，多巍科硕学，所适云根茂才，名一颖，负才望，伉俪甚笃。早卒，遗子二女一，以奉姑抚幼，不得遂殉夫志。饮冰茹蘗，尽孝尽慈。无何，二子殇，姑亦逝，孑然独处，与孤女形影相吊。薄田数亩，岁值屡祲，不得已返随园，侍父母侧，代弟辈理家政，怡怡如也。会父母、次弟、三弟夫妇均殁，遗三孤，抚如己子。每当风宵雪夜，一灯课读，俨若严师……合肥梁氏慕其才，请授女公子经，即仪征阮孝廉恩海室也。后南河于相山观察延入署，课诸女及爱妾，才名噪袁浦。壬子夏，余客浦上，蒙招往见，勉以亟归赴试，毋漂泊堕志，兼助资斧，至今感不能忘。是冬归随园，时粤逆已破楚东下，江省无战守备。余作书敦促出山，一再不报，似有默阻之者。癸丑春，贼破金陵，乃仰天太息，谓一生茕独守节，命也，即死节，亦命也。投池，水浅，不死；服阿芙蓉，喘二日，乃死。呜呼烈矣！同时随园眷属死者众，而节母为尤惨。仆妪辈感怀其慈，泣裹以衾，掩仓山下。越十二年，城复，尸已不可复殓，哀哉！所著有《湘痕阁诗词稿》，未付梓。”（见袁嘉《湘痕阁诗稿》二卷）

《湘痕阁词稿》一卷，附入《随园全集》第二十七种，民国十年（1921）上海著易堂书局排印本，中国国家图书馆藏。此本每半页十八行，每行三十五字，白口，四周单边，单鱼尾。前有沈善宝序。

沈善宝《序》曰：“人比黄花，久播新声于《漱玉》；屏移粉月，近传雅制于《生香》。是知绿鬓词媛，每多哀怨；朱颜学士，不少牢愁。岂真造物忌才，慧难兼福；毕竟聪明有种，文足彰名。况乎鸾原凤族，荪发兰枝。毓灵珠于碧海，孕仙李于瑶根。居有随园，雅擅蓬壶之胜；学承捧水，快分椿荫之荣。斗草闲庭，朝翻翠帙；评花小榭，夕按鹅笙。疏雨微云，结社而频裁蕉叶；红情绿意，拈题而细咏莲花。滴粉研脂，姊吟妹和；引宫刻徵，埙奏篪随。斯真萃风雅于一门，抗逸情于千古。迨夫耦偕萧史，曲谱同心；书答秦嘉，情深连理。对江流之浩渺，帆落天长；吟竹影之檀栾，梦怜春短。一痕新月，写眉妩于妆台；十样衍波，耀钗光于砚匣。是以鲛囊多缀玉之篇，鸿案有联珠之什。及其宝镜分鸾，瑶琴别鹤，已悲孑影，更悼孤雏。听夜雨之啼鹃，青灯明灭；咏春风之贞燕，红楼依稀。缫到蚕丝，偏抽独茧；焚残狖鼎，虚袅霎烟。宜其商声一片，都从纸上飞来；血泪千行，尽向毫端洒去。善宝才同画虎，酷爱诗歌；性似痴蟫，惟耽图史。红尘十丈，愧薄宦之羁栖；白雪一编，喜新词之潇洒。数言弁首，贻笑披榛；千里倾心，聊云投李。看此日集刊文梓，争传阃内金荃；待他年径踏烟萝，敬访闺中白石。”

湘痕阁诗稿　二卷

[清]袁嘉著

存。著者简介见前《湘痕阁词稿》一卷。

《湘痕阁诗稿》二卷，附入《随园全集》第二十六种，民国十年（1921）上海著易堂书局排印本，中国国家图书馆藏。此本每半页十八行，每行三十五字，白口，四周单边，单鱼尾。前有袁祖志、李肇增序，王荣昌撰《崇节母传》，凌志珪、王荣昌、张绍英、王希蕴、朱慧贞等七人题词。

袁祖志《序》曰："余家昔有三祖姑，皆事吟咏，先大父曾取其诗刊入《小仓山房全集》中，题曰《袁氏三妹合稿》。嗣余姊辈亦有能诗者三：一曰琛华，为余长姊；一曰柔吉，为余堂姊；一曰黛华，为余再从堂姊。彼时同居随园中，联袂唱酬，无间寒暑，余最幼稚，犹窃闻之。厥后，长姊就养山右，喜甥辈已将《琛华集》付之剞劂，惟柔吉乃及黛华两姊以癸丑殉金陵失陷之难，故诗稿并失，心焉伤之。乱定，乃遇天长崇氏子为柔吉姊之侄孙辈，幸以抄存《湘痕阁诗词稿》见贻。噫！贞魂烈魄，冥冥中竟有呵护者，不然，何以图书尽失而此卷独流存耶？余以薄宦无力付梓，今承同宗古香阁呈慨然以剞劂自任，此等风谊近世几不复闻矣。感激涕零，敬以原稿授之，并赘数行于卷末，以识发潜阐幽之盛德云。"

按：《湘痕阁诗稿》二卷，另有清光绪十八年（1892）上海图书集成印书局铅印本，中国国家图书馆藏。

又按：《湘痕阁诗稿》二卷，胡文楷《历代妇女著作考·清代七》有著录，并曰："上海校经山房成记书局石印本，列入《袁枚全集》之三十三。前有袁祖志、李肇增序。王荣昌撰传。张绍英、王希蕴、朱慧贞等题词。《杭州府志》作《簪芸阁诗稿》。"著录有误，《簪芸阁诗稿》当为袁绶著。

缃素阁遗草

[清]张若娴著

未见。张若娴（生卒年不详），字清婉。桐城人。清雍正、乾隆间在世。大学士张英女孙，侍郎张廷瑑女。张廷瑑，字桓臣，号思斋，文端公张英第六子，历官工部佐侍郎、内阁学士兼礼部侍郎，著有《示孙篇》六卷，道光《续修桐城县志·人物志·宦绩》有传。

《缃素阁遗草》，恽珠《国朝闺秀正始集》卷七著录。

纕芷阁遗稿　一卷

[清]左如芬著

存。左如芬(生卒年不详)，字信芳。桐城人。约于明崇祯、清顺治年间在世。举人左鹤岩次女，进士姚文熊室。年三十卒。姚文熊曾略述其生平与著述曰："'纕芷阁'者，予内子左信芳之读书处也。画栏珠帘，曲房无恙；笔床琴案，手泽如新。曾几何时而物在人亡，诗名遗草，岂不痛哉！……内子为少保忠毅公第三子鹤岩公之次女，母夫人则余之从姑也。……内子少余三岁，甲午秋时，当从宦岭南，以余故特留之，随祖母归，盖不欲以跋涉累余也。十三即归于余，余两人相得甚欢，余妹视之，吾母女视之，内子亦以兄母事余及吾母。母夫人雅爱之，仍躬理家政，亦不欲以操作累弱息，所以报乃母乃翁也。以故内子梳裹之外，益肆力于书史，从予学诗，一学即工，斯固其天资之颖异，亦其渐渍陶淑之情深也。……内子之著作，每不以示人，辄云此非女子事也，故余不令梓行以商夙志。今子女辈校订全稿，固请付剞劂以问世，且请余一言序之，夫纕芷阁之诗，非余谁能序？然余未搦管，早已泪下沾襟，咽不成声。"(见姚文熊《纕芷阁遗稿序》)

《纕芷阁遗稿》，清康熙刻本，南京图书馆藏。此本每半页十行，每行二十字，小字双行，黑口，四周单边。前有毛奇龄、徐允定、眠樵老人左国棅、姚文熊序，及《纕芷阁遗稿评例》，正文题"龙眠女史左如芬(字信芳)著，侄士陞、士重、士堅、应甲校"，并附"杂诗目次"，内收诗二百七十八首。末有左之輹、吴沐、陈至言、王景曾、左士庄、左士奎、祁曜征、何倬炎等人跋八篇。书眉处有简要眉批，如评《乙卯元旦试笔》"情深而调雅"，评《除夕》"写景物而兼怀抱"。文中也偶有圈点。

毛奇龄《序》曰："余与吴子应辰、何子卓人、吴子征吉、陈子山堂，皆以文字知于非庵夫子。夫子亦不惜倾心下之，余数人益复峻洁自持，绝不以私事走谒公庭，盖三载如一日也。鸣琴之暇，尝以诗酒晨夕唱和，剧论今古，兴酣时，往往称述夫人闺训，几至呜咽，不能自胜。若夫《纕芷阁集》，固向所什袭，不屑为一二俗人道者耳。一夕，忽手是编，嘱余数人序跋，并谋得良劂工付梓。岂非以夫人之贤，不以诗词重？而夫子重夫人之贤，未始不以诗词见耶？余因持稿以归，亟呼童子烧烛竞读，如遥山吐月，如秋水流云，如烟波泛艇，如萝薜裁衣，类以淡远处，使人把玩不尽。微论乍离乍合，或泣或歌，绝似须眉男子；搦管濡毫，曲曲写出，并能举须眉男子之所欲言与不能言者，一经夫人之口与手，无不豁然跃然，愉畅于心目。其才情笔致，拟自班姬、文姬而外，无能与夫人比肩颉颃者。真闺秀之绝技也！戊午秋，会有博学弘词之举，促余赴召，余亦匆匆公车北上，每以不及竣事为憾。若夫黼黻瑶章，裒辑成帙，以垂不朽，则应辰诸君谅亦与余有仝志云。时康熙戊午岁桂月望日，题于北山草堂，门人毛奇龄大可氏顿首拜撰。"

相庞遗诗

[清]佘兆仪著

未见。佘兆仪（生卒年不详），字相庞。含山人。约于清乾隆时在世。无为夏韵轩室，夏治廷母。汪启淑《撷芳集》卷三十五曰："佘兆仪，字相庞，安徽含山县人。适夏韵轩。著有诗集。《清诗备采》：'佘相庞佘安人，世居含山运漕镇，为吾邑夏君韵轩之淑配。夏子治廷暨弟锡五之令慈也。韵轩里称长者，相庞如宾相敬，有梁孟之风。中馈余闲，辄拈吟咏，持家训子，范重乡闾。'"

《相庞遗诗》，单士厘《清闺秀艺文略》卷四著录。

象数窥余　四卷

[清]王贞仪著

未见。著者简介见前《沉疴呓语》一卷。

《象数窥余》四卷，萧穆《敬孚类稿》卷十三著录："德卿所著有《星象图释》

二卷、《筹算易知》《重订策算证讹》《西洋筹算增删》《女蒙拾诵》《沉疴呓语》各一卷、《象数窥余》四卷。”

消愁吟　二卷

［民国］姚倚云著

存。著者简介见前《沧海归来集》十八卷。

《消愁吟》二卷，民国二十二年（1933）刻《沧海归来集》十八卷本收入（见本书）。

小红楼吟草

［清］胡珠林著

未见。胡珠林（生卒年不详），字丽玉。太平县人。清嘉庆、道光间在世。泾县胡世琦女，崔永龄室。性温淑，耽吟咏，著有《小红楼吟草》《妆台余事》古近体诗四卷等。

《小红楼吟草》，王蕴章《燃脂余韵》卷三著录：“《小红楼吟草》二十余首，泾上胡珠林丽玉女士作，附刊于其祖义皆《入蜀集》、父玉鐎《立经堂诗集》之后。玉鐎以名孝廉出宰山左，尝与姚姬传、段茂堂、洪稚存、朱兰坡、查又山、董小槎诸名流相往还，故诗格颇见遒峻。女史濡染日久，诗亦不俗。《送春》云：‘把酒高楼半醉时，东风一夜送花枝。蜘蛛也解留春住，重结檐牙几缕丝。’意颇新颖。《夜坐》云：‘静坐深闺得句时，银缸挑尽漏迟迟。十年也有红窗课，除却青灯少得知。’”

按：《历代妇女著作考·清代六》亦著录曰：“《小红楼吟草》，附刊《立经堂诗钞》中。”

小鸥波馆诗钞　一卷

［清］陆韵梅著

存。陆韵梅（生卒年不详），字绣卿。清咸丰、同治间在世。江苏吴县人。光禄寺典簿陆澧女，侍郎歙县潘曾莹室。潘曾莹原籍歙县，侨居吴县。韵梅喜画兰，好吟咏，常寄情翰墨，著有《小鸥波馆诗钞》存世。恽珠《国朝闺秀正始集》卷二十曰："（陆韵梅）诸生潘曾莹室。曾莹字星斋，芝轩尚书仲子也。克承家学，与兄功甫、弟绂庭以吟咏相尚。星斋又得琇卿为配，神仙佳偶，人艳称之。"

《小鸥波馆诗钞》一卷，清道光二十四年（1844）蔡殿齐嫏嬛别馆刻《国朝闺阁诗钞》第十册收入。此本每半页八行，每行十八字，黑口，四周双边。内录《题顾畹芳女史画》《自题梅花小影》《盆梅初放赋柬黄璇卿女史》《大雪和东坡尖叉韵二首》《晨起为郭笙愉夫人写折枝桃花并题》《题林天素山水画册四首》《题折梅士女》《金鳌玉蛛看荷花》《为蔡梅庵太史题万篆卿夫人韵香书室图》《夜宿近郊书屋》《题女史徐比玉花卉册》《正始集题词》等诗十二题十六首。

按：《续修四库全书》本《国朝闺阁诗钞》，据此本影印。

小万柳堂丛刊五种

［民国］吴芝瑛辑录

存。辑录者简介见前《帆影楼纪事》。

《小万柳堂丛刊五种》，民国七年（1918）仿宋聚珍本，安徽图书馆藏。内收吴芝瑛《剪淞留影集》一卷、吴康之《鞠隐山庄遗诗》一卷及廉泉《南湖东游草》五卷、《潭柘纪游诗》一卷、《南湖集古诗》一卷。

小维摩诗稿　一卷

［清］江珠著

存。著者简介见前《青藜阁集》二卷。

《小维摩诗稿》一卷，清嘉庆十六年（1811）刻本，中国国家图书馆藏。此本一册，每半页十行，每行二十一字，小字双行，白口，左右双边，单鱼尾。前有江珠兄江潘及陈燮、徐煜、归佩珊、侯如芝序，陆元溥、张廷辉、唐仲冕题词。

侯如芝《小维摩诗稿序》曰："芝幼问字于家抑庵二兄，略识'之''无'，性耽笔墨，先大夫庭训以无才为德，是以未敢专习。然性之所好，时一为之。及归夫室，菽水亲承，儿女绕膝，兼之外子负米，门户亲持，米盐鳞杂，亦无暇于韵语矣。甲寅岁，一疾几危，乃以养疴息静，寒热之余，弄柔翰以却疾，而芝齿已长矣。先大夫禁少弛，芝有作，弟兄间以示人，至猥蒙上下江女史赠答往还，始知吴中有江碧岑，时称女博士，亦未知所适。今仲夏，季弟庆庭携诗一卷云：'此友人吾半客夫人遗稿，嘱姊一言。'芝展卷乃知即十年前所闻碧岑女史也。噫！昔读数章，已瞻风旨；今观全帙，足谙唐音。知夙慧之由来，叹昙花之弧忽逝。秦嘉作客，悲明镜谁临；徐淑空房，叹宝钗人杳。芝亦劳人之妇，兼以多病之身，计夫人生年与芝同岁，学虽不同，境则一也。今夫人仙逝而芝迟迟者，或由于菲才未招造物之忌耶？敬缀数行集末，外附四绝以申吊慕：'昔于吟榭耳芳名，叹绝尘悭未证盟。底事优昙花易谢，遗篇空对忆云英。''灰里阴何最上乘，寿陵学步愧无能。如君语岂人间得，瑶圃高寒第几层。'吟坛不用绛为纱，满座春风桃李花。怪底吴中多女士，一时衣钵是君家。''造化由来解忌才，前身况复住蓬莱。采云一返三生了，知否微之眼夜开。'秣陵香叶侯如芝并题。"

孙殿起《贩书偶记》卷十八对此本亦有著录："《小维摩诗稿》一卷，吴县江珠撰，嘉庆十六年刊。"

晓珠词　四卷

［民国］吕碧城著

存。著者简介见前《吕碧城集》五卷。

《晓珠词》四卷，民国二十六年（1937）铅印本，中国国家图书馆。此书为叶恭绰题签，系在《信芳集》基础上删订并增加后作。前有陈完、徐沅、樊增祥题词，卷一收词四十八首，并有樊增祥评点；卷二多为著者游历欧洲词作，共三十首；卷三前有著者自记，收词作二十六首；后附美国摩克当纳氏作《鹿冢诗》。书末有著者1932年秋末写于瑞士日内瓦的跋语。附录收吕湘《惠如长短句》。

晓珠词　一卷

［民国］吕碧城著

存。著者简介见前《吕碧城集》五卷。

《晓珠词》一卷，民国二十一年（1932）铅印本，中国国家图书馆。此本书名据卷端题，成书一册。前有陈完、徐沅题词，内收词作五十三首，并有樊增祥评点。末有著者1932年秋末写于瑞士日内瓦的跋语。《跋》曰："右词一卷，刊于己巳岁杪，迨庚午春，予皈依佛法，遂绝笔文艺。然旧作已流海内外，世俗言词，多违戒律，疚焉于怀，乃略事删窜，重付锓工，虽绮语仍存，亦蕴微旨；丽情托制，大抵寓言，写重瀛花月、故国沧桑之感。"

孝烈遗稿

［清］潘志渊著

存。潘志渊（1881—1909），字梦男。桐城人。潘世庄次女，潘田妹，张济孙室。光铁夫《安徽名媛诗词征略》卷一为作小传云："（潘志渊）夫死无子。迨姑殁，营丧葬毕，留书及《绝命词》，自经卒，年二十九，时宣统元年也。著有《孝烈遗集》。"

《孝烈遗稿》一卷，民国二十六年铅印，安徽省图书馆藏。《现存清代女性诗词集知见录》著录（见李雷主编《清代闺阁诗集萃编》第十册）。

按：《孝烈遗稿》，一题《孝烈遗集》，胡文楷《历代妇女著作考·清代十二》据《安徽才媛纪略初稿》《清闺秀艺文略》著录："（潘志渊兄）田汇其遗书、绝命词及平日所作之诗、家书、日记为一编，名曰《孝烈遗集》，藏于家。”

啸月楼诗稿

［清］张氏著

未见。张氏（生卒年不详），浙江永嘉人。清道光、咸丰间在世。张友柏女，合肥赵某室，赵光玙母。

《啸月楼诗稿》，光绪《续修庐州府志·列女传·才媛》著录：“合肥举人赵光玙之母张氏，浙江永嘉县张永柏之女。通书史，秉性温良慈慧，归赵氏，入门敬戒无违，善事舅姑，为里党式，教子成名。著有《啸月楼诗稿》若干卷，待梓。”

写秋轩诗草

［清］朱兰著

未见。朱兰（生卒年不详），字畹香。含山人。庆斧城室。

《写秋轩诗草》，光铁夫《安徽名媛诗词征略》卷四著录：“（朱兰）含山人。诸生庆斧城室。喜赋诗，著有《写秋轩诗草》。”

写心集

［清］桂四好著

未见。桂四好（生卒年不详），贵池人。桂录女，方之镠聘室。

《写心集》，乾隆《池州府志·列女》著录：“桂氏四好，郡庠生桂录女。幼慧，祖贡生藻尝教以《孝经》《内则》，辄能领受。稍长，许字方之镠，年十七而之镠逝。女闻讣，绝粒七日，矢愿归方，哭奠成礼。立侄天宠为嗣。敬事舅姑，善教嗣子。平日未尝留意诗歌，而随事触景，天然成诗，自题其集曰《写心》。中有《清明登楼见游女》一绝云：‘清明游女自纷纷，独坐高楼养道心。不羡如花容饰好，苍苍松柏是吾身。’又《追图夫像》一绝云：‘焚香净意叩诸神，哀借炉烟现返魂。但愿浑同生日样，常昭面目事如存。’又《为子天宠毕姻志喜》一绝云：‘良夜花开宝炬看，双双弱息喜团栾。瞻前顾后堪抛手，天上人间两事完。’又《新春训子》一绝云：‘今日新春又一年，莫将学问只如前。立身修行无荒废，逐步推求到圣贤。’嗣子天宠梓以存于家。”

写韵楼诗钞　一卷

［清］王瑶芬著

存。王瑶芬（生卒年不详），字云蓝。清道光、咸丰间在世。婺源人，侨居金陵（今江苏南京）。两淮盐运使王凤生女，桐乡严廷钰室，女诗人严永华母。王凤生，字竹屿，清乾隆时进士，官至通政司副使，有清直声，以诗名，尤笃好图志，著《浙西水利图说备考》《河北采风录》《江淮河运图》《汉江纪程》《江汉宣防备考》《淮南北场河运盐走私道路图》等，《清史稿》卷三百八十四《列传一百七十一》有传。严廷钰，字行之，号比玉，浙江桐乡人，清道光间官云南嶍峨知县，迁大关同知，官至顺宁知府，著有《小琅玕山馆诗钞》十卷，光绪《桐乡县志・人物下・宦绩》有传。严永华，字少蓝，沈秉成继室，著有《纫兰室诗草》三卷。王瑶芬工诗，王蕴章《燃脂余韵》论曰：“前记婺源王竹屿都转女公子王瑶芬云蓝诗。近从友人胡寄尘处借得《写韵楼诗钞》一册，则正云蓝夫人所作也。因得尽览其词翰。《平山堂夜归》云：‘双堤垂柳

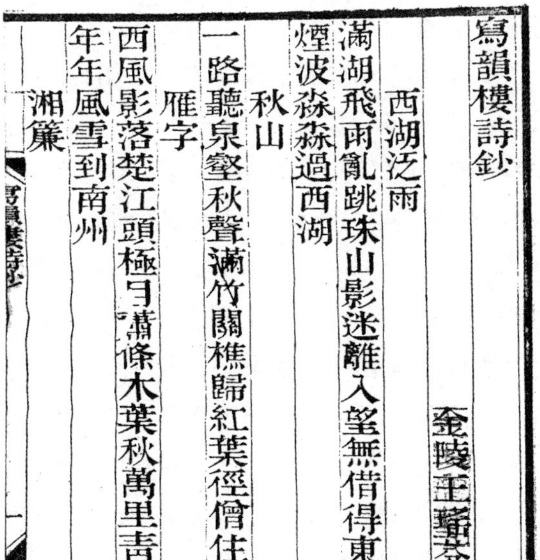
寫韻樓詩鈔

金陵王瑤芬雲藍

西湖泛雨

滿湖飛雨亂跳珠山影迷離入望無借得東風吹片席

煙波淼淼過西湖

秋山

一路聽泉壑秋聲滿竹關樵歸紅葉徑僧住夕陽山

雁字

西風影落楚江頭極目蕭條木葉秋萬里青天一行字

年年風雪到南州

湘簾

寫韻樓詩鈔　一

碧毵毵，万柄残荷一镜涵。添个吴娃香里住，满湖风露唱江南。’‘苇花茭叶扑渔矶，路转红桥树影稀。夜静不闻歌吹闹，一天凉月放船归。’令人想见邗江全盛时风景。夫人一门风雅，冢媳汪曰杼绚霞，女公子昭华、永华、澄华等，皆擅吟咏。尝随任叔子石阡官舍。同治乙丑，教匪数千人突至，叔子战贼死。贼入城大哭曰：‘郡守，好官也，太恭人，贤母也。’戒其党勿犯眷属，勿扰城中百姓，掠仓库即日出城去。郡署后有池广半亩，闻贼至，永华负夫人逾垣投池，嫂及妹皆从之。池水浅不得死。贼退，郡之妇女来救乃得出。此轶事之可传者。”

《写韵楼诗钞》一卷，清同治十年（1871）京江榷署重刊本，中国国家图书馆藏。此本每半页十一行，每行二十一字，小字双行，黑口，左右双边，双鱼尾。前有清道光己亥年（1839）陆以湉序，女史孔昭蕙、郑贞华题词，末有女严永华题识。内收诗二百一十九首。

陆以湉《序》曰：“吾友比玉司马豪于诗，所著《小琅玕山馆集》久已行世。自宦滇后作诗益多，且益工。今年春，以入都之役乞假言旋，相见于里门，握手论诗，积日忘倦。谈次，复出诗一帙相示，则其配王云蓝夫人《写韵楼集》也。读之，思沉而骨峻，神幽而味超。如芙蕖之出水，亭亭特立，而凡卉莫敢与之并，所谓体素储洁者，殆无愧焉。尝论闺媛之诗，大率缘饰为工，不复衷之理要，以固其体求之性灵，以永其致。虽篇章华缛，足炫人目，而浮辞既胜，真意泯没，其诗终不可以传。若夫人之诗，岂非度越流辈者欤？夫人为婺源望族，令祖葑亭通政、尊人竹屿都转，俱以诗名世，风流文采，照耀江东。夫人得于渐擩者深，又与吾友琢磨才调，优游咏歌，故其为诗一本温柔敦厚之旨，而不以雕绘点缀，争妍字句之末，其足传于后无疑也。夫道韫咏絮，若兰织锦，千载绝称，而不闻淑平、连波有赓酬之什，可知伉俪能诗，自古所难。今此编一出，与《小琅玕山馆集》并重艺林。而长嗣伯牙、冢妇汪绚霞女史复绍承家学，唱和成编，可谓盛矣！异日者，随宦南天，将使弓衣织句流播遐方，岂独为吾乡提唱风雅也哉！道光己亥夏四月，同里陆以湉序。”

严永华《跋》曰：“永华同产八人，永华独受我母乳哺。长受经史、受诗法、受画法，襁褓至今，未尝离左右。其间随夫婿至沪、至都，违色笑者年余。夫婿奉命观察常镇，迓母来，永华得承欢如儿时。永华侍母最久，我母性情、心术，亦惟永华知之最深也。我母工诗、工书、工画，皆余事也。自幼喜读性理书，年十八归我父，不苟言笑，兢兢以礼法自持。奉大母至孝，得欢心，家事悉由母主持。时我家承祖业,席丰履厚,母持之以俭,尽矫世俗豪华之习,一如寒素。厚恤宗党,孳孳为善,有求无弗应。佐我父勤学砥行,小过必规,如法家拂士。父官滇南,伯兄锡康、叔兄谨先后官黔,母俱以勤政爱民为劝。尝曰:'居官多得钱,无以对君民,不足以贻子孙也。'叔兄迎母至任所,进甘旨辄不乐,曰:'此民之脂膏也。'闻为地方兴一利、除一弊,乃大喜,为之加餐。滇黔之民皆知之,今犹津津乐道之。叔兄守石阡,有惠政。同治乙丑,教匪数千人突至,叔兄战死。贼入城,大哭曰:'郡守,好官也;太恭人,贤母也。'戒其党勿犯眷属,勿扰城中百姓,掠仓库即日出城去。郡署后有池,广半亩,闻贼至,永华负夫人逾垣投池,嫂及妹侄皆从之,池水浅,不得死。贼退,郡之妇女来救我母及全家出。父老皆痛哭,为叔兄发丧。母挈兄柩,率细弱跋涉数千里南旋。时仲兄辰官翰林,乞假来迎,遇于江汉,遂同归。归里后,终日危坐,手不释卷。母自我父弃养后不作诗。咸丰己未,仲兄成进士,读书中秘。母痛我父不及见,作诗六章勉之。《自黔归舟次汉口夜话示永华》一律后,遂不复作。《写韵楼诗钞》刻于黔,已付劫火。永华于里门搜得旧本,增入七首,重付手民。诗不敢论述,谨述我母性情、心术及数十年踪迹如此。同治辛未,女永华谨识。"

按:孙殿起《贩书偶记》卷十八对此版本也有著录:"《写韵楼诗钞》一卷,金陵女史王瑶芬撰。同治辛未重刊。"又,《写韵楼诗钞》一卷存本较多,不一一列举。

写韵轩小稿　二卷　续增　一卷

[清]曹贞秀著

存。曹贞秀(1762—1822),字曹娥,又字墨琴,原籍休宁,侨居吴门(今江苏苏州)。曹锐女,王芑孙室。曹锐,字友梅,号愕堂,善画山水,官兵马司指挥,后罢官,卖画自给。王芑孙,长洲(今江苏苏州)人,字念丰,号铁夫,又号惕甫,晚号楞伽山人,曾官华亭教谕,精于诗文书法,著有《渊雅堂编年诗稿》二十卷、《惕甫未定稿》二十六卷、《古赋识小录》八卷、《瑶想词》一卷等。曹贞秀工诗善书,书法之名高于诗名。恽珠《国朝闺秀正始集》卷十四曰:"墨琴以书法名,尤工小楷,所临十三行石刻,士林推重。"

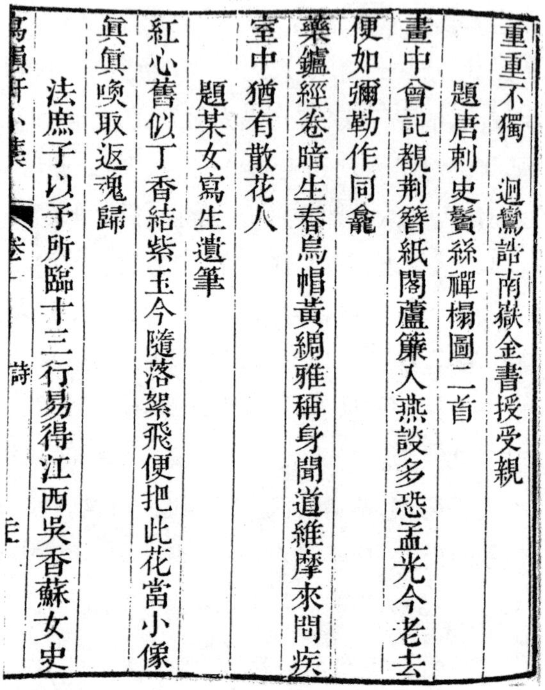
重重不獨　迴鸞誥南嶽金書授受親
題唐刺史鬢絲禪榻圖二首
畫中曾記覩荆簪紙閣蘆簾入燕談多恐孟光今老去
便如彌勒作同龕
藥鑪經卷暗生春烏帽黃綢雅稱身聞道維摩來問疾
室中猶有散花人
題某女寫生遺筆
紅心舊似丁香結紫玉今隨落絮飛便把此花當小像
眞眞喚取返魂歸
法庶子以予所臨十三行易得江西吳香蘇女史

《写韵轩小稿》二卷《续增》一卷，附于王芑孙《渊雅堂全集》后，清乾隆五十六年(1791)刻本，中国国家图书馆、南京图书馆藏。此本每半页十行，每行二十一字，左右双边，白口，单鱼尾。前有王芑孙序，内收诗一卷，共八十一首，续增诗十五题四十七首；文一卷，凡三十七篇，续增文九篇。

王芑孙《序》曰："墨琴年二十三归山人为继妻，会山人家居不得意，欲为成均之游，而墨琴亦欲从其父母于京师，赞山人北行，居辇下于今七年。其父官贫，山人以诸生从事公卿，闲在家日少，又性耿介，岁入不足以资朝夕。墨琴数举子，殇其二，存两男，皆自保抱，搰搰作劳，贬损衣食。居恒扫一闲屋，纸阁芦帘，篝灯缝纫，能自刻苦，不以贫故忧山人。已而山人自成均献诗行在，引见天子，赐之会试；又再试，再不第。因求为咸安宫教习，而墨琴之年亦且三十矣。墨琴未尝读书，无金粉之好，所好作诗写字。自归山人，困苦中日不暇给，遂弃不为。顾山人有诗名，复以书称于世，人或持缣素求山人书者，必兼求墨琴书。不得已，置砚土锉菜罂之下，磨墨伸纸，作小楷数十行，主者藏去以为荣。墨琴亦自乐之无倦色，以其自喜文字之间，自幸得托于山人。而山人久困，不能有以达其志。区区所作诗若文，虽未足以传，犹欲裒而录之，庶几附山人以万一有闻于后。其未嫁以前之作，山人无所改；既嫁有作，或经山人点窜，或竟山人代为之者，时时都有。因业已流落人间，今亦概与存录，俾后人有所据以考焉。凡诗一卷，文一卷，或嗣此有作，亦附入云。"

按：《写韵轩小稿》二卷，另有清嘉庆九年(1804)刻本，中国国家图书馆藏。肖亚男主编《清代闺秀集丛刊》第18册据此本影印。

写作经验谈

［民国］苏雪林等著

存。著者简介见前《蝉蜕集》。

《写作经验谈》，民国二十八年（1939）上海中学生书局铅印本。此书录有苏雪林、马仲殊等作家谈写作经验文章十七篇。

新刻玉钏缘全传　三十二卷

［清］侯芝改订

存。著者简介见前《绘图再造天》十六回。

《新刻玉钏缘全传》三十二卷，清道光刻本，中国国家图书馆藏。此本每半页十行，每行二十二字，白口，四周单边，单鱼尾。

按：胡文楷《历代妇女著作考·清代六》"《玉钏缘》三十二卷"条曰："《中国俗文学史》著录（未见）。道光二十三年（1842）文成堂刊本。道光间静观斋刊本。石印本。"

信

［民国］方令孺著

存。方令孺（1897—1976），桐城人。方守敦女。1923年赴美，归国后曾在青岛大学、复旦大学任教。

《信》，民国三十四年（1945）上海文化生活出版社铅印本，天津图书馆藏。此本录《信》《你们都是傻子啊》《琅琊山游记》《游日杂记》《南京的骨熏迷》《家》《悼玮德》《忆江南》八篇。

信芳集　二卷

［民国］吕碧城著

存。著者简介见前《吕碧城集》五卷。

《信芳集》二卷，民国七年（1918）铅印本，中国国家图书馆藏。此本成书一册，前有徐沅、沈祖宪、樊增祥、易顺鼎题词。内收诗、词各一卷，其中古近体诗二十六题，词五十首。末有王钝根《校信芳集竟即题其后》诗一首。

信芳集　三卷

［民国］吕碧城著

存。著者简介见前《吕碧城集》五卷。

《信芳集》三卷，民国十四年（1925）上海中华书局铅印本，中国国家图书馆藏。此本前有著者摄于国内外照片六帧，樊增祥、费树蔚、易顺鼎、陈君完、李经羲、徐沅、吴佩孚、缪素筠、沈祖宪等人所题诗词及致著者的书信等。内录诗、词、文各一卷，其中古近体诗四十题、词五十五首、文七篇。诗、词卷皆有樊增祥评点。

信芳集鸿雪因缘　五卷

［民国］吕碧城著

存。著者简介见前《吕碧城集》五卷。

《信芳集鸿雪因缘》五卷，民国十八年（1929）铅印本，中国国家图书馆藏。此本书名据卷端题，成书两册。收录诗一卷，词一卷，增刊一卷，文一卷，《鸿雪因缘》一卷。其中诗、词二卷基本同于《信芳集》三卷（民国十四年上海中华书局铅印本），增刊一卷收词一百零三首，多作于欧美游历之时。文卷内增录《报杨令茀女士书》。《鸿雪因缘》前有1927年著者作于巴黎的《小序》。

星象图释　二卷

清王贞仪著

未见。著者简介见前《沉疴呓语》一卷。

《星象图释》二卷，萧穆《敬孚类稿》卷十三著录："德卿所著有《星象图释》二卷、《筹算易知》《重订策算证讹》《西洋筹算增删》《女蒙拾诵》《沉疴呓语》各一卷、《象数窥余》四卷。"

杏花阁诗

［清］盛氏著

未见。盛氏（生卒年不详），桐城人。约于清顺治、康熙间在世。韩世裘室。

《杏花阁诗》，《古今图书集成·明伦汇编·闺媛典·闺淑部》著录："盛氏，邑庠韩世裘妻，桐城人。先世皆名卿。氏幼习姆训，长通经史，性贤淑，事翁姑以孝。姑早殁，氏茹素写经，求资冥福，岁时展拜遗像，必痛哭尽哀。翁殁，值岁大祲，世裘赴省乡试，氏百计经营敛务，不贻余憾。世裘虽贵室公孙，而家酷贫，氏辛苦操作，机丝佐读，举案必恭。教子三人，皆有声庠序。所著有《杏花阁诗》，多事亲、相夫、训子、勖妇之言，诵者感焉。"

杏婉遗诗　一卷

［清］吴畴五著

未见。吴畴五（生卒年不详），字杏婉。河南固始人。清咸丰、同治间在世。吴其浚之子吴元僖女，歙县洪镔室。其子吴汝怡语曰："先妣吴淑人，出自固始名族。外王母贺恭人，则善化贺耦庚督部长龄女也。先妣鞠于外氏，早岁遍诵诸经，尤熟于史事，为诗宗唐贤。来归后，与先府君时相唱和。尝谓妇人四德，文章不与，区区篇翰，奚足存录？故所作罕存稿者，今掇拾仅得什一云。"

(见陈诗《皖雅初集》卷十四)

《杏婉遗诗》一卷,民国《歙县志·人物志·列女下》著录:"(吴畴五)山西巡抚其浚孙女,编修洪镔妻,才名甚著。著有《杏婉遗诗》一卷。"

性真阁诗

[明]张淑媛著

未见。张淑媛(生卒年不详),桐城人。明代在世。叶希李(一作叶希孝)室。

《性真阁诗》,何伟成《枞阳风雅·明代》著录:"(张淑媛)同邑叶希李室。幼承母教,长善诗文。归叶后,以事屡劝夫不得,遂自戕以尸谏。著有《性真阁诗》。"

修琴轩诗草

[清]金淑娴著

未见。金淑娴(生卒年不详),字静芬,号小霞。上元(今江苏南京)人。清道光、咸丰间在世。金堤女,萧县张仁寅室。

《修琴轩诗草》,同治《续萧县志·列女志·才媛》著录:"金淑娴,字静芬,号小霞,上元县人,任山东单县县丞金堤之第四女。十七岁适萧邑张仁寅,侍翁姑婉嫕孝谨,博通经史,过目不忘,著有《修琴轩诗草》。"

修月女史遗稿　一卷

[清]吴修月著

存。吴修月(1867—1894),原名卯,字绣月,歙县人,司马吴士和次女,同邑秀才汪定执室。汪定执,字允中,一字慕云,别署旷公,歙县人,善画梅花,与俞樾曲园太史相知，生平行事见刘景龙、胡家柱《安徽历代书画篆刻家小传》、徐珂《清稗类钞·贞烈类·新安汪氏四节》。修月幼时聪慧，及年长，嗜好吟咏，有乡间“才媛”之称。归汪定执后，伉俪情深，倡随相得。年二十八卒，汪定执痛甚，作悼亡诗《悲秋篇》一卷哀之。

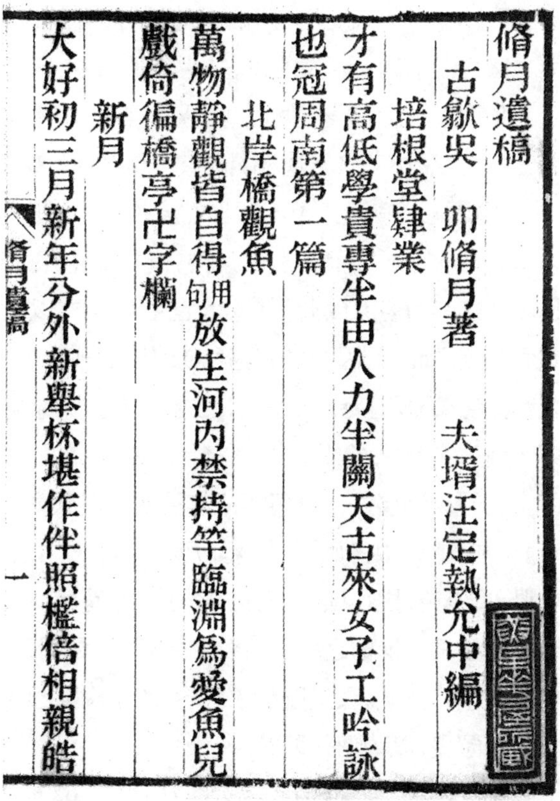
脩月遺稿
古歙吳　卯脩月著　夫壻汪定執允中編
培根堂肆業
才有高低學貴專半由人力半關天古來女子工吟詠
也冠周南第一篇
北岸橋觀魚
萬物靜觀皆自得句用放生河內禁持竿臨淵爲愛魚兒
戲倚徧橋亭卍字欄
新月
大好初三月新年分外新舉杯堪作伴照檻倍相親皓
脩月遺稿　一

《修月女史遗稿》一卷，清末（1894—1911）刻本，为吴修月与夫婿汪定执《悲秋篇》《伤春篇》《续伤春篇》合刊，安徽省图书馆藏。此本一册，每半页十行，每行二十一字，四周单边，白口，单鱼尾。封页为吴荫培所题，并赋诗曰：“彩鸾写韵溯当年，诗卷千秋伉俪缘。月府修成圆不缺，义箫莫怅隔人天。”正文题“《修月遗稿》，古歙吴修月著，夫婿汪定执允中编”。前有俞樾所作序，末有周赟题跋。内录吴修月诗凡三十三首，其中七绝二十首、五绝七首、五律三首、七律三首。后附其夫汪定执《悲秋篇》《伤春篇》《续伤春篇》各一卷。《悲秋篇》为其悼亡妻吴修月所作七律三十首，《伤春篇》和《续伤春篇》皆其为伤继室张庆云所作，前者收七绝三十首，后者收七绝九十首。

俞樾《序》曰：“《修月遗稿》一卷，乃汪君允中元配吴孺人所作。而允中以此稿寄示，且求一言以张之，则又本其继室张孺人之意也。余读其诗，首篇云‘古来女子工吟咏，也冠周南第一篇’，则其怀抱不凡可见矣。诗多与允中唱和之作。或伤离惜别，或促坐联吟。殆所谓‘乐而不淫，哀而不伤’者乎，是固得性情之正矣。余既美吴孺人之诗，而又叹张孺人之贤。夫二女同居，其卦为睽;况不同居,睽当益甚。乃张与吴后先相嬗,不为更弦之琴瑟,而为同音之钟磬,惓惓焉以其遗稿介其夫子,以求序于余,不贤而能如是乎?张孺人,名庆云,歙人,自幼能诗,喜读余书,有句云:'何日西湖同泛棹,担簦负笈侍俞楼。'其意趣可想。余曾为《汪氏四节图记》,四节者,允中之姑三人、姊一人也。一门节烈,焜耀千秋。今又读修月遗诗,而并得以见庆云之贤而且才,何汪氏闺闱之盛也。余素不以袁随园先生广收女弟子为然,凡以金钗作贽者,皆谢不受。张孺人雅意,所不敢当。然人才实难,况在巾帼,苟得其人,又未尝不临风而三叹也。故序《修月遗稿》而牵连及之,不自知其言之琐琐矣。"

周赟《后序》曰:"予不解吴右台少微为初唐名家,而其诗不少概见,反不如吴彩鸾诗为世所传诵。及读其诗,谓与富诗并以经典为本,是以经学为诗学者也。乃知其为名家以此,其不为世俗所采亦以此。岁壬寅,承乏新安教授,以其后裔世居北岸,因访求其遗稿弗得。一日,汪允中茂才以其元配吴孺人《修月女史诗稿》问序于予,孺人,北岸产也。开卷见'古来女子工吟咏,也冠周南第一篇',是真以经典为本,右台一派,其传之闺秀乎?而俞曲园先生已为作序。曲园,当世名公,予何能拟其后?阁笔久之。时予主歙志稿,方收《汪氏四节》于册,即允中三姑一姊也。乃叹汪氏闺门之盛,又不徒以才见。内子为校志册,及见诗,挑灯读之,乃为题检以寄爱慕。虽彩鸾仙去,无香火缘,有翰墨缘焉。嗟乎!世俗之见,且将视经学如弁髦,又何论乎诗学。乃予于闺秀中得见以经学为诗学者,足以偿求右台遗稿不得之愿。不禁书数言为吾道幸,且还质诸曲园叟,以为何如耶?"

按:肖亚男主编《清代闺秀集丛刊》第62册收入此本。

绣冰词

[清]彭淑士著

未见。著者简介见前《碧梧轩诗存》。

《绣冰词》,李国模《合肥词钞》卷四著录:"彭淑士字亦婉,号葆青。光绪时人。安徽无为州知州长洲名保女,山东补用道李国模室。著有《碧梧轩诗存》《绣冰词》。"

绣阁诗集

[清]卞梦钰著

未见。著者简介见前《卞玄文诗》一卷。

《绣阁诗集》,邓汉仪《诗观初集》卷十二著录:"氏字玄文,江南江宁人,吴岩子之长女。幼颖慧,当六七龄时即信口成五七言句。岩子教化文史,莫不博通。及随至西湖,见其母含毫濡墨,时时吟眺于青峰远树间,玄文亦倚韵辄和,诗篇流吴越间。最受母爱之甚,谓必得贵且才者字之始称快,而择配维艰。玄文用是赋摽梅,年益长矣。迨父奄逝,母子俱客广陵刘孝廉峻度。峻度乃纳聘焉。峻度性磊落,喜与天下之贤豪长者相结,赠贻宴会滋繁,而玄文虑能猝办。疾,年三十四而卒。所著有《绣阁诗集》。"

按:《绣阁诗集》,亦题《绣阁遗稿》。

绣牡丹

[清]程琼著

未见。著者简介见前《才子牡丹亭》。

《绣牡丹》,胡文楷《历代妇女著作考·清代十》据《西青散记》著录:"程琼撰。《西青散记》:'叹世人批书,非喻呓,则隔搔,即贯华知耐庵,未至钱塘;三妇知开辟数千年始有《牡丹亭》,顾其所批略于《左绣》。试味玉茗'通仙铁笛海云孤'一绝,应思寓言既多,暗意不少,须教节节灵通。自批一本,出文长、季重、眉公知解之外,题曰《绣牡丹》。'"

按:据史震林《西青散记》卷四知程琼醉心汤显祖《牡丹亭》,曾手自批点。现存其与夫吴震生合撰的评点本《才子牡丹亭》(重刻时题名《笺注牡丹亭》),即以《绣牡丹》为底本(见本书《才子牡丹亭》)。

绣桥诗词存　二卷

[清]程淑著

存。著者简介见前《麝尘莲寸集校注》四卷。

《绣桥诗词存》二卷，民国八年(1919)汪氏家刻本，安徽省图书馆藏。此本一册，每半页十二行，每行二十四字，单边，黑鱼口。封题“《绣桥诗词存》己未三月”，为南陵徐乃昌书，前有徐乃昌序、江阴缪荃孙筱珊《题辞》及程淑夫汪渊作《程孺人传》。末有汪渊跋。

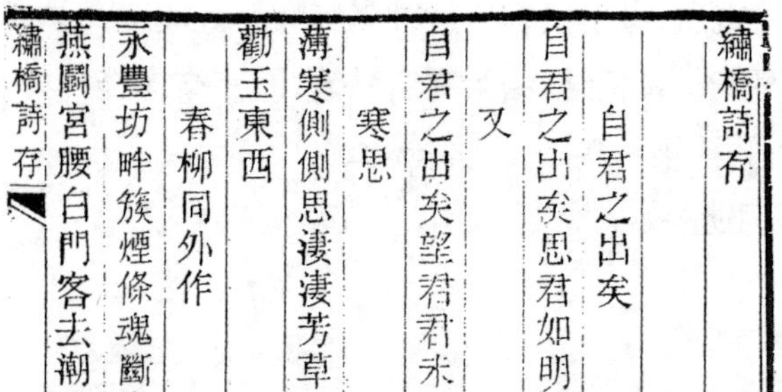

繡橋詩存

休寧程淑繡橋

自君之出矣

自君之出矣思君如明月一昔影如環昔昔都成玦

又

自君之出矣望君君未歸穿愁一絡索織恨九張機

寒思

薄寒側側思淒淒芳草天涯怨馬嘶辜負牡丹期已過更無人

勸玉東西

春柳同外作

永豐坊畔簇煙絛魂斷東風翠影搖乍學愁蛾描殿腳曾隨飛

燕鬬宮腰白門客去潮初送綠野人歸雪未消回憶曲江修禊

繡橋詩存　一

徐乃昌《序》曰：“闻之郑堂妹慧，吟草曾播芳馨；船山妻贤，咏梅不辞清瘦。然而霜飞青女，燠少寒多；月驻素娥，圆难缺易。聚散自根乎缘会，悲欢总托夫婵娟。故虽长真阁中，妙制重佩兰之席；亦复平津馆里，归魂招采薇之王。哀乐千端，后先一概。如诗圃先生继室绣桥程夫人者，殆其亚已？夫人幼娴母训，善读父书。赋雪偕兄，微云得婿。刺纹罢课，问字画于鸳鸯；举案余闲，注雅言于鳒鲽。翻红友之词律，宫徵铿锵；仿仓山之诗篇，性灵活泼。倘比墨琴写韵，应无轩轾之可分；岂知蓬室联吟，别具倡随之逸致。则有纱窗破晓，声到碧梧；玉簟惊秋，香残红藕。蓦吟秀句，斗巧而衣袖百家；喜遇赏音，慰情而酒斟双斝。此其足纪者一也。更有体摹堆絮，思捷缫车。清照高才，相如赠号。愁添暮雨，谱图填苏幕之遮；和寡阳春，文债拟謻台之避。此其足纪者二也。若夫宫蝎方磨，鬼穷莫送。为涩阮孚之钱，几夺灵均之稿。剧怜心血，生平空贮锦囊；自笑须眉，慷慨转输巾帼。典赀财于钗珥，助刊锲于稿砧。此其足纪者三也。奈何聚珍镌版，插架标签。靡底事而成尘，莲胡为而拗寸？温庭筠《达摩支曲》，语谶非祥；潘安仁《哀永逝文》，悲怀谁遣？

怕说紫衣嫁与，寻旧梦于游仙；那堪黄娟飘零，搜好辞于幼妇。乃昌托交石契，幸识高柔；遥挹风清，藉知道韫。我负子戴，夙传偕隐之歌；鞮芬狄香，定叶同音之调。所惜缠绵陈迹，蚕死留丝；泥他惆怅深宵，鱼鳏开目。枉忆闺中春暖，醉蝶迷花；只今纸上商声，哀蝉落叶。弦弹锦瑟，宜希旷达于庄生；序作玉台，且溯渊源于孝穆。"

汪渊《跋》曰："呜呼！此亡室绣桥之遗著也，而竟止此数耶！亡室生时爱读《西青散记》，有感于绡山女子事，而谓余曰：'以双卿之才，尚粉书芦叶，不欲留稿于世。今余所作，得数首附君集以传足矣，他何望乎！'以故于诸稿随手斥弃不少吝。是编皆君殁后，从所读书页及针线帖中搜寻而得，命儿辈录之，扃箧中廿年矣。戊午春，徐积馀观察有续闺秀词选之举，征亡室词于余，余录副寄之。儿辈复以寿之梓请，此虽非亡室本意，然吾二人毕生幸福，仅此十数年之唱酬，不可不留以为纪念也。爰徇其请而感念前尘，老泪已不禁潸然矣。汪渊跋于藕丝词馆。"

按：胡文楷《历代妇女著作考·清代十》据《小檀栾室汇刻闺秀词》著录程文淑撰"《绣桥诗存附词》"，又据《晚晴簃诗汇》著录程淑撰"《绣桥诗存》"。程文淑、程淑实为一人。

绣岩暇草

[清]富梦琴著

未见。富梦琴（生卒年不详），字韵清，号隐兰。江宁（今江苏南京）人。约于清康熙、乾隆间在世。无为邢苍友室。

《绣岩暇草》，汪启淑《撷芳集》卷四十七著录："富梦琴，字隐兰，江苏江宁县人也，适无为州邢苍友。著有《绣岩暇草》。《清诗备采》：'隐兰姓富氏，名梦琴，世居江宁，祖与父俱登仕籍。隐兰自幼从父宦游江西，逾十年始归。随适吾里邢子。以世家女为贫家妇，安命安贫，制女工以佐中馈，暇则寄情吟咏。

其诗深自韬晦，不肯轻以示人。陆君晴岚与邢子为邻，故得见其所作。晴岚转以示余，登选云。’”

绣余二集

[清]范满珠著

未见。著者简介见前《范勄淑诗草》。

《绣余二集》，邓汉仪《诗观二集·闺秀别卷》著录：“勄淑范夫人诗，向孙桴庵持以相示，已录数章，付梓。兹戴景韩更以《绣余二集》见贻，其诗多哀悼感伤之作，而皆本之性情，有畀人伦，非同镜奁花鸟之什，此为不乖二南之义，为可述传，故续载之。爱女闺韫，才谙咏雪，因附录焉。”

按：范满珠诗集，胡文楷《历代妇女著作考·清代六》据《然脂集》《撷芳集》著录曰“《绣余草》”。又，陈维崧《妇人集》作《绣蚀草》：“范满珠，休宁人。范眉生（名良）妹。诗才与兄相称。《述母》一诗曰：‘独眠不禁冷风呼，催落梨花满地铺。可奈婿亡留女在，那堪儿死更孙无。枕前有梦谁人伴？灯下无言已泪枯。不是彼苍昏昧久，如何伯道暮年孤。’诗语绝痛。又《旅夜》绝句云：‘残灯明灭乱虫啼，辗转乡心月渐低。梦对家人才欲语，鸡声依旧到窗西。’凄凄楚楚，可念也。诗名《绣蚀草》，红豆老人为之序。”疑因“余（馀）”“蚀”字形相近致误。

绣余草　一卷

[清]赵环著

存。赵环（生卒年不详），字琼瑛。泾县人。清乾隆时在世。赵际飞女，赵绍祖姑，翟永枚室。光铁夫《安徽名媛诗词征略》卷三曰：“（赵环）未嫁时，永枚得狂疾不可治，或有异议者，环不可。赋《燕子》诗云：‘本是旧主人，如何弃故巢。’家韪其志，卒婚翟氏。向喜吟咏。适翟后，以夫多病，遂不常作，终以夫疾忧郁而死，年三十六。著有《绣余草》。”

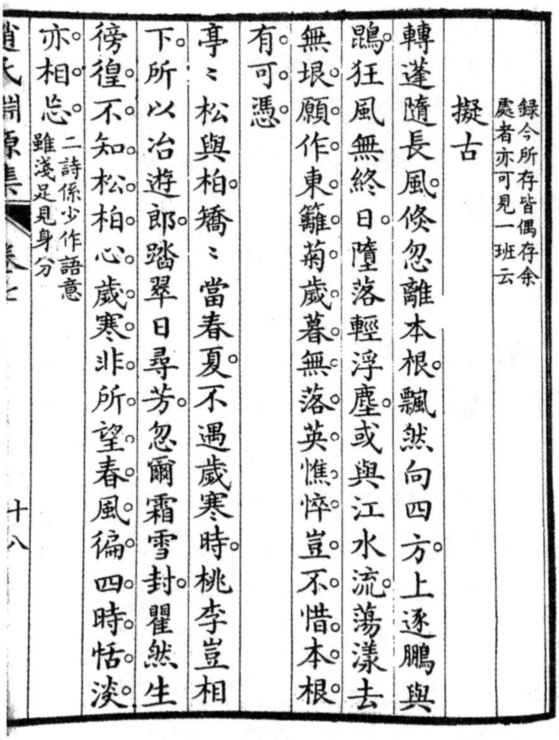

録今所存皆偶存余處者亦可見一班云

擬古

轉蓬隨長風倏忽離本根飄然向四方上逐鵬與鵾狂風無終日墮落輕浮塵或與江水流蕩漾去無垠願作東籬菊歲暮無落英憔悴豈不惜本根有可憑

亭亭松與柏矯矯當春夏不遇歲寒時桃李豈相下所以冶遊郎踏翠日尋芳忽爾霜雪封瞿然生徬徨不知松柏心歲寒非所望春風徧四時恬淡亦相忘 二詩係少作語意雖淺足見身分

趙氏淵源集 卷七 十八

《绣余草》一卷，原集已佚，现存清嘉庆间刻《赵氏渊源集》本，卷七收入。前有赵绍祖所作赵环小传，内仅收赵环《拟古二首》《香心庙进香》《归宁过水西两枫园有感》等四首诗。

赵绍祖《赵氏渊源集》卷七曰："赵环，字琼瑛，幼工吟咏，适翟氏永枚，以枚素有疾病，遂不复作。年三十六卒。所著有《绣余草》。姑最善强记，尝一夜读熟《陈政事疏》。他如《原道》《封建论》等篇，率不过数遍，便能上口。又好观说部，涉猎史书，故所作皆无脂粉气。归宁时已不肯作诗，犹偶与余唱和。其《咏侠士》云：'此身何所用，醉拔宝刀看。'《读淮阴传》云：'此日陈豨曾有约，当年蒯彻肯相违。'《舞阳侯传》云：'苏公莫漫轻相料，樊哙何心徇吕媭。'《李将军传》云：'岂是封侯无骨相，将军不肯作中人。'皆卓有见地。惜其全篇散佚无从采录。今所存皆偶存余处者，亦可见一斑云。"

按：肖亚男主编《清代闺秀集丛刊》第 13 册据此本收入。

绣余阁诗草

［清］姚秀儒著

未见。姚秀儒（生卒年不详），桐城人。约于清道光时在世。姚子敬女，张子宽室。工诗，与桐城姚鉴含女史友善，相互酬赠。姚鉴含有《秋日怀秀儒女史》《山庄怀秀儒女史》《秀儒过访不遇诗以报之》《中秋柬秀儒》《哭秀儒女史八首》等多首诗存世。

《绣余阁诗草》，吴希庸、方林昌《桐山名媛诗钞》卷十著录："（姚秀儒）诸生子敬女，张子宽室，警句如'家贫不卖旧藏书''萤火纷飞出豆篱''西风几阵雨如丝'，俱幽艳可诵。年廿五卒，遗诗千余，足称闺中之后。著有《绣余阁诗草》四卷。"

绣余偶草

[清]黄克巽著

未见。黄克巽（生卒年不详），歙县人。清康熙时在世。黄曰瑚女，郑某室。幼聪慧，喜为诗，一字未安，即竟日忘食。于归后，以产难卒。

《绣余偶草》，汪启淑《撷芳集》卷二十五著录，并录杨以牧《绣余偶草序略》曰："《绣余偶草》，潭渡黄氏夫人讳克巽之所作也。夫人为宗夏先生爱女，幼而聪慧绝世，于书无所不览，尤喜为诗。刺绣之暇，时时拈弄笔墨，或推敲未稳，即竟日忘食。归宁周郑君，不幸以产难死，年仅二十耳。出其遗稿若干首示余，命为之序。窃惟古来女子能诗者，首推后妃，他若庄姜、共姜、许穆公夫人之属，皆得见录于圣人。下自汉魏六朝唐宋元明淑姬才媛，何代无之？或者以为闺阁之作多怨词焉，今读夫人诸诗，格高而隽，句炼而新，非能言之士所能及，非直一洗脂粉之陋而已。因是而思国家治运休明，山川灵淑之气扶舆郁积，兼钟女妇。而诗教之盛，于古为烈，且亦以见先生家学之美，传于其女者犹若此也。语云'丰此啬彼'，天纵之以才而夺之寿者，传闻记载更仆难数。夫以一女子扬风扢雅，直足上继《柏舟》《燕燕》诸诗，垂令名于不朽，以视庸夫愚妇，虽年至百岁奚贵耶？先生亦以余言为然，遂书之以为序。"

按：《绣余偶草》，亦作《绣余集》，《江南通志·人物志·列女》卷一百七十六著录："（黄克巽）幼聪慧，喜为诗，一字未安，即竟日忘食。归郑，未几卒，年二十。著有《绣余集》。"

绣余诗　一卷

[清]姚芙卿著

未见。姚芙卿(生卒年不详),字镜宾。桐城人。清道光、咸丰间在世。姚鼐曾孙女,同邑方传尹室。

《绣余诗》一卷,光大中《安徽才媛纪略初稿》著录,并曰:"(姚芙卿)刑部郎中姚鼐曾孙女,同邑方传尹妻,贤而多才。于归甫一年,城陷,恐为人辱,赋《绝命词》,自缢死。著有《绣余诗》一卷。"

绣余诗草

[清]张佩芬著

未见。著者简介见前《琴韵楼诗钞》。

《绣余诗草》,同治《续萧县志・列女志・才媛》著录:"张佩芬,凤纪第四女,适永城人信阳州知州方惠。幼读书,工词章,善绘,得南田恽家笔意。著有《绣余诗草》《琴韵楼诗钞》。"

绣余小草

[清]汪瑶芳著

未见。汪瑶芳(生卒年不详),字若兰。怀宁人。张伟室。

《绣余小草》,恽珠《国朝闺秀正始集》卷二十著录:"(汪瑶芳)布衣张伟室。著有《绣余小草》。若兰工山水,笔致苍秀。"

绣余轩稿

［清］汤淑英著

未见。汤淑英（生卒年不详），字畹素（一作素畹），一字畹生。吴县（今属江苏苏州）人。约于明崇祯至清康熙间在世。休宁吴翻（啸雯）室。陈维崧《妇人集》曰："汤畹生（名淑英），长洲人，适休宁吴翻，工诗善弈，年三十六夭。其《南乡子·暮春》云：'天气最无凭，乍雨还晴又作阴，时候困人，三月也清明。暗买韶光柳釀金，杯酒恣闲吟。寂寞春庭斗草心。院落黄昏。帘幕静深深。独坐谯门又起更。'王西樵为予言：'畹生词佳者最多，予录二十余篇入《然脂集》中。'"

《绣余轩稿》，邓汉仪《诗观二集·闺秀别卷》著录："（汤淑英）江南吴县人。吴啸雯配。（著有）《绣余轩稿》。"

绣余遗稿

［清］孙芙著

未见。孙芙（生卒年不详），字梅仙。当涂人。清嘉庆、道光间在世。孙佩琳侄女。

《绣余遗稿》，民国《当涂县志·人物志·文学》著录："孙芙，字梅仙，采石人。孝廉孙佩琳侄女。未嫁夫死，家无弟昆，矢志守节，事父母及诸父孝。年三十余而逝。著有《绣余遗稿》诗集行于世，与伯父佩琳《襟江楼诗》并重。"

绣余吟稿

［清］张绣珠著

未见。张绣珠（生卒年不详），字藕香。长洲（今江苏苏州）人。约清乾隆、嘉庆间在世。歙县詹振甲侧室。

《绣余吟稿》，编入《三生堂稿》，沈善宝《名媛诗话》卷十二著录："长洲张藕香(绣珠),诸生詹振甲侧室,有《绣余吟稿》。……藕香早殁。婺源黄荔芗(俪祥)哭之以诗,并题《绣余吟稿》云:‘太华峰头玉一枝,当年移种向瑶池。连珠易绾同心结,独茧难抽续命丝。浣去香泥消艳福,嚼来冰雪漱清词。为郎辛苦留芳实,寄语莲房好护持。’荔芗为詹湘亭大令应甲室。嫡庶皆工吟咏,闺门之内倡和为乐。又有闽县邱荷香(卷珠),黄州张莲香(喜珠)先后为声山侧室,荷香、藕香相继而殁,声山乃合莲香诗编为《三生堂稿》。”

绣余吟草

[清]史鉴著

未见。史鉴(生卒年不详),字绮文。六安人。史远岘妹,乐维新室。

《绣余吟草》,单士厘《清闺秀艺文略》、光铁夫《安徽名媛诗词征略》卷四皆有著录。

绣余吟草

[清]王蕊卿著

未见。王蕊卿(生卒年不详),和州人。清道光、咸丰间在世。鲍源进室。

《绣余吟草》,光绪《直隶和州志》卷三十五《人物·才媛》著录:“廪生鲍源进妻王氏,名蕊卿,工诗,著《绣余吟草》,其夫弟鲍源洁为之序。”

绣余吟草

[清]汪赞著

未见。汪赞(生卒年不详),字益卿。桐城人。宋份室。

《绣余吟草》,《重修安徽通志·人物志·列女·才媛》著录。

绣余吟草　一卷

[清]徐南苹著

存。徐南苹(1855—1894),字竹姓。歙县人。徐荣(字铁孙)子徐同善(字公可,号季铁)女,溧水濮文暹(字青士)子濮贤恪室。

《绣余吟草》,民国二十三年(1934)铅印本,中国国家图书馆藏。此本一册,每半页八行,每行十六字,白口,单鱼尾,四周单边。前有陈诗序、歙县许承尧及徐南苹弟徐识耜题词,后有徐南苹子濮良至跋。内收诗五十二题。

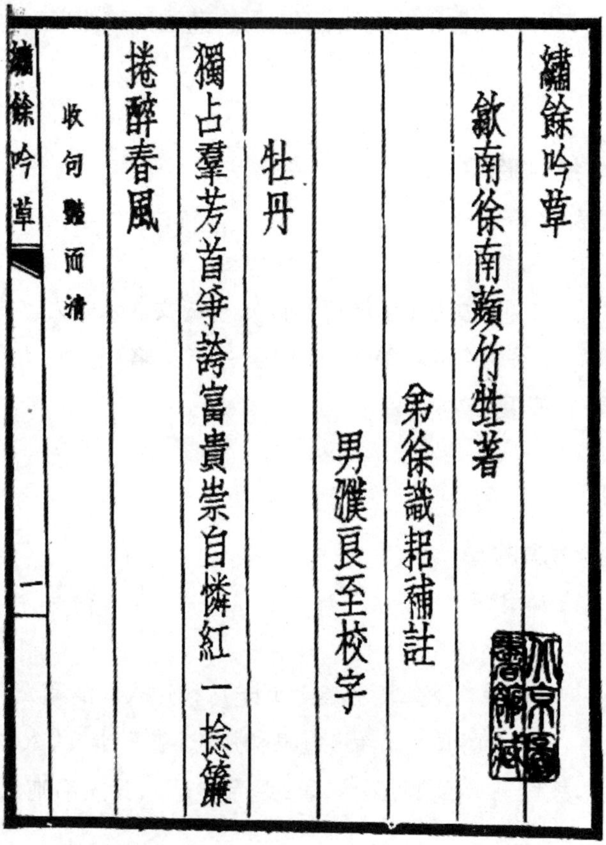
繡餘吟草
歙南徐南蘋竹姓著
弟徐識耜補註
男濮良至校字
牡丹
獨占羣芳首爭誇富貴崇自憐紅一捻簾
捲醉春風
收句豔而清

陈诗《绣余吟草序》曰:"明清之际,新安闺秀称诗者则毕著卓荦为杰,流风所被,乾嘉间则有汪玉英、方掌珍,联镳接轸,与之代兴;同光间则徐竹姓女士承华布藻,焜耀中原。女士盖铁孙观察之孙,公可司马仲女。观察著籍广州,殉难黟邑,司马守墓,遂为皖人。累世敦诗,张南山《诗人征略》、符南樵《正雅集》并著其事。共和而后,余与介弟丹甫茂才同寓沪渎,时复赓咏。比者丹甫持示厥姊《绣余吟草》一卷属为作序,余受而读之。五言若'浣歇溪头女,樵归岭外僧',则辋川之嗣音也;'老苔深掩径,新笋怒侵篱',则少陵之逸响也;'院深凭鸟斗,树密任鸦飞',则大历十子之机杼也。七言若'青山几处映斜阳,满怀情绪似春蚕'等句,则于归溧水濮氏、随翁宦南阳思乡念母之作也。谢庭咏絮,复见于今;羯末封胡,一时竞爽,吾皖韵事纵览遐述。余方辑《皖雅续集》,且将著其篇什也。女士为青士太守冢妇,南加大令(光绪间官山东蒙阴县)之室,甲午岁卒,年四十。有子四人,良至字青孙,良略字熙文,游宦豫章(青孙曾官江西财政厅厅长)、燕山(熙文曾官直隶县令),余子诸孙各成立,箕裘弓冶,爰并识之。甲戌季秋,庐江鹤柴山人陈诗识,时年七十有一。”

濮良至跋曰:“《绣余吟草》一册,为先妣徐太夫人之遗墨也。先妣籍安徽歙县,为先外曾祖铁孙公之孙女,先外祖公可公之次女。平生娴静寡言,而持家教子夙称严肃。日事针黹无倦容,暇则手不释卷。初不见其为诗,盖偶有所作,未尝轻于示人,且往往不自存稿。至童稚嬉戏左右时,虽习见之,初不知其为诗册也。清光绪甲午春,先妣弃养,至年已十有七矣,方肆力于制义贴括等事,而于诗学固茫然不知其门径,并于慈亲手泽亦不知应什袭而珍藏之。迨年事稍长,奔走于四方,客中消遣,托诸吟咏,因忆及童稚嬉戏时所习见者非所谓诗册也耶?非我慈亲之手泽也耶?亟归家倾箱倒箧,遍觅不可得,自悔自怨,恒耿耿于心而无以自解。民国乙卯秋,至忝长赣省财政时,舅氏识粗公适相过访,尚询及之,愈增愧痛而已。今年夏,奉先继妣王太夫人讳归鲁治丧,重理旧书簏,乃于无意中检得之,如获至宝,四十年耿耿于心者,始一旦涣然而冰释。捧册敬读一过,仿佛犹侍先妣左右,而不自知其泪之所自出也。亟驰书以报舅氏于沪上,并乞序言,将什袭而珍藏之,留以示濮氏世世子孙云尔。民国二十有三年岁次甲戌,重阳前一日,男良至谨识。”

绣余自好吟　一卷

[清]许德蕴著

未见。许德蕴(生卒年不详),字怀玉。仁和(今浙江杭州)人。清光绪时在世。许宗彦曾孙女,南陵徐乃昌聘室。

《绣余自好吟》一卷,民国《南陵县志》卷四十三《经籍》著录:“(许德蕴)兵部主事宗彦曾孙女,邑人徐乃昌聘室。(撰)《绣余自好吟》一卷。”

绣月轩集

[民国]李家恒著

未见。著者简介见前《闺秀诗话》。

《绣月轩集》,胡文楷《历代妇女著作考·清代三》据单士厘《清闺秀艺文略》著录。

绣月轩集陆联语

[民国]李家恒著

存。著者简介见前《闺秀诗话》。

《绣月轩集陆联语》,民国二十年(1931)苏州毛上珍铅印本,中国国家图书馆藏。此本一册,十页,每半页十行,每行二十五字。白口,四周单边,单鱼尾。书签题《集陆联语》,书名据卷端题。前有著者自序,内收集陆游五七言诗一百七十联,均注明陆游诗之篇目。

李家恒《自序》云:"长夏无聊,取剑南集数读之,觉诗句可移对者甚多,乃集五七言百余联。雕虫小技,聊以自娱。朋辈有嗜痂癖者,见而好之,而惮抄写之劳,坚请排印。因付手民,梨枣之灾,吾不任其咎也。"

绣铁余笺　十卷

[清]王贞仪著

未见。著者简介见前《沉疴呓语》一卷。

《绣铁余笺》十卷,萧穆《敬孚类稿》卷十三著录:"德卿所著有《星象图释》二卷……《德风亭初集》十四卷、《二集》六卷、《绣铁余笺》十卷。"

徐佩芸诗　一卷

［清］徐佩芸著

未见。徐佩芸（生卒年不详），字味香。清道光时在世。新安胡履亨（字和轩）侧室。

《徐佩芸诗》一卷，《麦浪园女弟子诗》第三卷收入，胡文楷《历代妇女著作考·附录二》"《麦浪园女弟子诗》六卷"条著录（参见本书"《江蕊珠诗》一卷"）。

絮春榭诗存　一卷

［清］戴烜姒著

存。戴烜姒（生卒年不详），字红贞，婺源（今属江西）人。清同治、光绪间在世。戴鸾翔女，同邑江忠赓室。戴鸾翔，字耀云，号莲溪，原籍婺源，寄籍顺天宛平，清道光十八年（1838）进士，官河南开封府知府。

《絮春榭诗存》一卷，清光绪三十一年（1905）印本。此本封题"光绪乙巳季春月印"。每半页九行，每行二十五字，左右双边，单鱼尾。前有"光绪二十一年乙未八月桐城姚永概序"，及王仁堉、秦谷丰、贾景仁等九人题词。内录戴烜姒诗凡八十四首，以七律为主。

姚永概《序》云："婺源江都转第八公子橘圃，丧其贤偶戴宜人，悲不自持，思有以塞之。于是都宜人生平所为诗雕镂上木，征序于泉宾永概，适与其末作而言曰：古者男女莫不受教于师，男就外傅，女就保姆，非徒执枲治丝、供衣服、相祭奠已也，盖亦津津乎文艺之间。藉闻古贤姒、贞妇、孝女、淑妻之行，明大道之指归，佐佑其夫于正轨。《雄雉》之诗曰：'不忮不求，何用不臧。'勉其夫以义，孔子举以褒子路，子路终身诵之。《相鼠》之诗，谏其夫之无礼。盖知先王范围天下之大端，昕夕不可离也。如此人者，岂如晚近女士敦敲闺闱之中，方数不知，典籍蔑闻者哉！说者谓阃内之言不出，女子述作播传遐迩，非厥攸宜。是又不然。太姒，圣德也；卫庄姜、宋桓夫人、许穆夫人，贤女也，《葛覃》《卷耳》《绿衣》《燕燕》《载驰》《河广》之篇，列于三百，孔子皆弦歌之。三千年来，呫哔不辍,乌在其不出耶?言而是,则锦衾角枕伤以靡矣,不见削于圣人;如其非也,出自褒衣博带、圆冠钩履之儒,其可示人人乎?宜人得年最少,既能通晓文义,必上览古媛之事,于事亲承夫之道,无或垂口。观橘圃之悲,可以得矣。爰贡其所见,复缀辞以解之。辞曰:世有淑人兮偠绍便娟,畀以才能兮不赋以年。苕之华兮生春而秋捐,公子伤兮欲何言?惟芬馨兮久而不寒,悲糟粕兮不与人以传。本无生兮奚所死,循兰陔兮弗悄以喜。"

萱荫兰荪室稿

[清]王叔慎著

存。著者简介见前《三珠阁诗存中集》。

《萱荫兰荪室稿》,即王叔慎《三珠阁诗存中集》。周世德《三珠阁诗存中集·序》曰:"余寄居南屏山下,友人过从,多称'三珠阁'者,闻之,惜未之见。今春金君秀亭招饮,出其祖妣王叔慎女士《萱荫兰荪室稿》一册,即《三珠阁》之次编也,属为之序。亟受读之,乃叹人世之遭际幸与不幸,文字传与不传,皆有命焉,兹于女士证之矣。"(参见本书《三珠阁诗存中集》)

学陆集

[清]方婉仪著

未见。著者简介见前《白莲半格诗》。

《学陆集》,汪启淑《撷芳集》卷五十著录:"(方婉仪)善画梅、竹、兰花,适江都罗聘。著有《学陆集》《白莲半格诗》。……方婉仪《学陆集跋》云:'闺中无事,素爱吟咏,多半格体诗而懒于律。两峰与子有联句诗钞一卷,专务对仗,严整新巧,亦效放翁所作,盖诱余学律也。今不知其稿遗置何所,所可记者如'草长门荒烦燕剪(两峰),花香窗隔度蜂针(白莲)';又如'杨柳风尖蛮鸟舌(两峰),桃花水胖鳜鱼头(白莲)';又如'茶苦泉浑嗔婢懒(白莲),诗缘韵险笑妻分(两峰)';又如'狸奴翻尾探檐鹊(两峰),鼠妇窥灯碎玉虫(白莲)'。惜全首皆不复记忆耳。”

雪窗集

[清]黄熔著

未见。黄熔(生卒年不详),字宏因。休宁人。中书黄松女。

《雪窗集》,汪启淑《撷芳集》卷十三著录:“黄熔字宏因,安徽休宁县人,中翰黄松之女弟,侍母不字。著有《雪窗集》。”

按:黄熔,一曰黄松女,黄桂侄女。《小黛轩论诗诗卷下》曰:“黄桂,字斌英。休宁中书松妹。著《吟窗草》。侄女熔,字宏因。著《雪窗集》。”《安徽妇女诗词征略》亦曰:“黄熔,字宏因。休宁人。中书松女。父殁,侍母不字。著有《雪窗集》。”本书从此说。

雅安书屋诗集　四卷

[清]汪嫈著

存。汪嫈(1781—1842),字铁生,号雅安。歙县人。汪锡维(字损之)长女,同邑程鼎调(字禹和)继室,程葆(字镇北)母。刘文淇曾作《程母汪太宜人家传》,可略见其生平行事:“(汪嫈)年二十一,归奉直公(程鼎调),以未及见舅姑为憾,每遇忌日,必斋肃奉祀。逾年生子莜,慧而早殇,太宜人深悼惜之。越三载而葆生,慈爱倍至,然训之最严。每自塾归,坐灯下课以昼所诵读,且为讲解大义。奉直公挈家返歙,而复就馆于扬,猝遇疾卒,其时葆年甫十一。太宜人闻讣至,痛不欲生,诸娣姒勉以抚孤事重,乃饮泣而止。奉直公家本素封,因好施中落,至是困阨益甚,恃针黹以给朝夕。亲族或劝葆弃书习贾,太宜人执不许,命负笈来扬,依舅氏近垣从师请业。道光癸未,以寄籍试仪征入学。戊子乡试中试,癸巳成进士。迎养太宜人入都……太宜人生于乾隆辛丑十月十九日,卒于道光壬寅七月初三日,春秋六十有二。”汪嫈中道丧夫,独自抚育幼孤,至于成立,备尝艰辛。然于治家之暇,犹不辍吟咏。生平著述颇丰,惜多有散佚。现存有《雅安书屋文集》二卷、《诗集》四卷。

《雅安书屋诗集》四卷，清道光二十四年(1844)刻本，安徽省图书馆藏。此本封题“道光甲辰秋九月刊”，末注“维扬打铜巷口柏华陞刊”。此本每半页八行，每行十九字，黑口，左右双边，单鱼尾。前有阮元、黄爵滋序，末有江月娥、程葆、夏玉珍跋。内录诗二百八十一首，其中卷一收古今体诗六十八首，卷二收古今体诗六十四首，卷三收古今体诗七十一首，卷四收古今体诗七十八首。

阮元《雅安书屋诗序》曰：“《雅安书屋诗》四卷，程节母汪太宜人著。令子镇北，余癸巳礼闱所取士也。曩曾奉节母《秋灯课子图》，请余为记，得知节母为余友汪君损之长女，工诗能文。禹和赠君早世，时镇北甫十一岁，节母守志抚孤，日以针黹易薪水，夜犹一灯课读不休。既察其子学将有成，则命负笈四方，茕茕独居，所处皆生人至艰。迨镇北成进士，母心稍慰。然亦清贫不能自给，而顾于治家之暇，酷嗜吟咏。意者节母之诗，殆借以发其抑郁愁苦之气云耳。前年秋，节母殁。今镇北亲以诗来，启帙读之竟日。其五言古近体，风格大抵与有唐初、盛为近，辞气温厚和平，质而不陋，清而不纤，粹然几于儒者之言。至于七言长句及咏史诸律，则放笔为之，雄豪跌宕，迥非寒俭家所能望见。其共传诵者，如《论诗》六首，洞见本原；《示儿》八首，可铭座右，为立身居官之镜；《论陶诗》一首，尤为至论。然后知节母之诗品、人品，俱倜乎远矣。扬州当乾隆、嘉庆间，言诗学者有春谷、秋平两黄君，闺秀则张净因孺人。余抚浙时，亡室孔夫人曾延净因孺人，余亦延秋平，同住西湖。余以是深知净因、春谷，尤余素好。今观诗中，知节母为春谷表侄女，早受学于秋平，又从游于净因，此其渊源固有自矣。”

黄爵滋《序》曰：“程生镇北，余戊子典试江南所得士也。揭晓来谒，自言十一岁而孤，母氏汪太宜人苦节抚之，以养以教，至于成立。知节母固明礼义，通书史，与常母异。迨镇北癸巳成进士，迎养来京，与余内子往来，稔信节母之贤且能诗，所著甚多，不轻示人。前年秋，节母殁，余方以丁忧回籍，镇北亦旋扶其灵榇归歙。今年春，相遇于邗江舟次，出节母所著《雅安书屋诗》四卷丐序。余置其帙于案，意以谓此殆如鲍令晖之《香茗集》、牛应真之《遗芬集》，诗中佳句当亦不过如谢道韫之‘未若柳絮因风起’、杨容华之‘妆似临池出，人疑月下来’而已。翌日展卷，读其《闺训》一篇，盖仿张茂先《女史箴》、曹大家《女诫》七篇而作，知非风云月露之辞矣，遂遍读之，见其《呈叔鼆平》古诗三首、《呈赠君》五首，义理淳实，如箴如铭，一种真朴冲澹之气，穆然初唐高、岑诸君之遗，令人忘其为闺阁中人也。观《自哀吟》《示儿》《送儿》诸篇，《劝学篇》《励志篇》《寄侄》《示儿》《与诸从孙》等作，想见志趣所尚而又能委曲尽情不为过激，恐儒冠、儒服不能若是平正通达也。其《咏史事》《古迹》《谒岳墓》《铜雀台瓦》《代题澄潭尽节图》诗，则议论严正，抒写淋漓，能令顽者警，懦者奋，不徒以雄直胜，比铜弦铁绰唱大江东去也。近体诗句，如'天理全从虚处领，人情须向实中求'，纯似程朱二子语录。《西湖晓望》云：'杨柳梅花千万树，不知何处种桑麻。'《咏菜花》云：'清香吾与根同爱，更爱人家此色无。'又宛然范文正、邵康节先忧后乐胸襟也，闺秀中诗若此亦异矣。至晚景殇其爱孙作为长篇以当痛哭，而一语千回，意兴衰飒。自是之后，遂无复多作，迨临终自题绝句云：'秋风一叶落，余亦归荒虚。'当死生俄顷恬然不惊，犹仿佛陶公《归去来辞》景况，此非平日有得于道者之深不能也。尝谓诗必有关系而后可传，凡求诸古者皆是也。《虞书》曰：'诗言志。'孔子曰：'思无邪。'志者心之所之，观志可知人是非得失。思者情之所发，无邪者发而得其正，故虽美刺错陈，正变互见，要其立心之始，用情之地，能不失乎所发之正而已。若夫体物工，摹景肖，绮词缛采，脍炙艺林之口者，特存什一于千百也。然则《雅安书屋》之诗之志与思，不可不序而传之也已。"

江月娥《雅安书屋诗文集后序》曰："世谓女子重德不重才，遂疑诗非女子所宜学。顾孔子删诗先录《关雎》《葛覃》《卷耳》《樛木》诸妇人作，岂不以'诗言志''思无邪''发乎情止乎礼义'，乃克本幽闲贞静之性，获兴观群怨之益邪？余盖绎雅安太宜人诗集，而信其得诗教至深也。太宜人赋质敏，六岁诵唐人诗，即知求索甚解，损之世伯喜。越岁延黄秋平师，命太宜人与弟近垣同学。数年中《四子书》、"五经"、《孝经》《尔雅》《周官礼》，一一成诵。继以斋中宾客过从多，复延师母张净因孺人专力督课，余因得与太宜人同笔研学为吟咏。太宜人读书好深思，于古人聚讼处，善作持平论。故咏史每独出机杼，不随人后。净因师旧云：'素英诗笔太遒，匪福慧相；雅安诗境高旷，其音过哀，中年恐有挫折。'后余夫子绩学蚤逝，禹和赠公怀才不遇，未五十而殁。两人贫苦悉如师言。余与太宜人自己巳别后，睽违廿余载。甲午太宜人入都就镇北侄禄养，道经邗上，始得聚首。太宜人赠余诗有'相逢各疑梦'句，蕙洽可想见已。太宜人虽处境艰，手不释卷，近复藉课从孙钧石读，温理经籍，偶有记载，皆得汉唐以来名家笔意。余尝汇其手札并历年所赠诗订成一册,借供清玩。乙未春临别,复索诗文稿,命澄儿缮出副本,以俟月夜花晨,停云延伫,披阅一过,如见故人。太宜人抵都寄书来赠古诗三章,真朴醇茂,余示澄儿后即珍藏之,谓夫故人晚年名作,不可多得也。庚子夏,乡人自都中来,传言钧石赴玉楼召,余骇且悲。此子三岁失恃,赖太宜人教育成立,是年十八,人品、文学籍甚一时,太宜人钟爱极深,岂堪遭此惨痛,亟作切札苦劝达观。既接复函并示《哭钧石》五古八十韵读之,一字一珠,泪痕满纸。余知太宜人心已伤不可劝矣。今年春得太宜人病信,余闻甚忧,寻亦成疾。夏值润州警,南北音书不通,九月中始闻太宜人凶耗。余旦夕悲泣,成七绝十六首寄挽。十一月杪,镇北侄扶太宜人灵榇回歙,过邗,余偕姨侄女徐玉卿淑自金陵渡江迎至舟中,抚柩痛哭。闺阁老友一朝死别,不自知哭之哀也。翌日,镇北侄持太宜人诗二百余首,文五十篇,属余为序。余自惭不文,何足表扬盛德!惟念同门笃契,数十年如一日,性情道谊可质古人弗愧,即此证太宜人温柔敦厚,中正和平,得力圣贤,不负师教,故其心声所发无伪为也。若夫太宜人一生苦节,教子成名,足以垂女史之箴,不独合风人之旨。家乘所载,国史所编,固无待余之覼缕也矣。"

孙殿起《贩书偶记》卷十八对此版本也有著录:"《雅安书屋诗集》四卷、《文集》二卷、《赠言录》一卷,古歙女史程汪嫈撰,道光甲申刊。"

雅安书屋文集　二卷

[清]汪嫈著

存。著者简介见前《雅安书屋诗集》四卷。

《雅安书屋文集》二卷,清道光二十四年(1844)刻本,中国国家图书馆、安徽省图书馆藏。此本每半页八行,每行十九字,黑口,左右双边,单鱼尾。前有王翼凤总序,末有江月娥后序,程葆、夏玉珍跋。内录文五十篇。

王翼凤《雅安书屋诗文总序》曰:"夫华于言者绌于理,信才德之难兼。钦其人,复佩其文,尤闺闱所罕觏。是以书扉割耳,未闻还能绝妙之词;赋扇颂椒,不必更入高行之传。尊母师于彤掖,响绝歌风;解议围于青绫,博湮削竹,要非所论于程节母汪太宜人也。太宜人手文贵胄,越国名宗;操峻贞筠,学耽

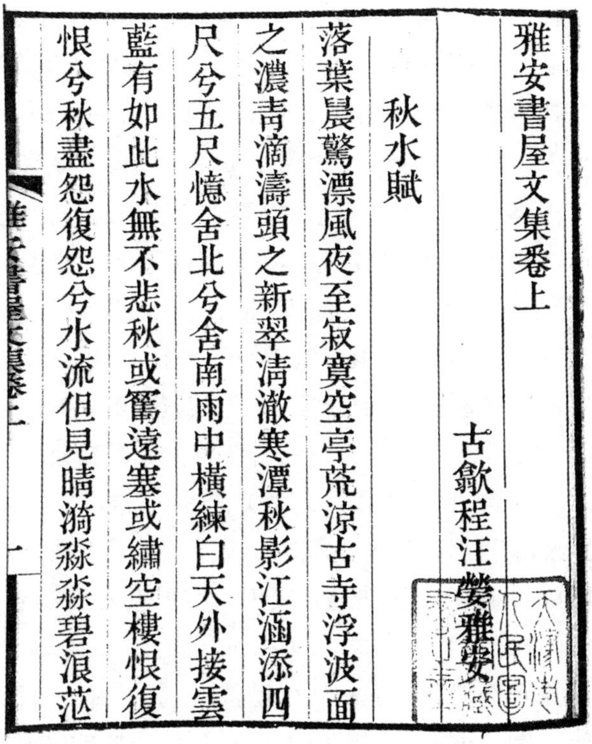
雅安書屋文集卷上

秋水賦

古歙程汪嫈雅安

落葉晨鶯漂風夜至寂寞空亭荒涼古寺浮波面之濃青滴濤頭之新翠清澈寒潭秋影江涵添四尺兮五尺憶舍北兮舍南雨中橫練白天外接雲藍有如此水無不悲秋或騖遠塞或繡空樓恨復恨兮秋盡怨復怨兮水流但見晴漪淼淼碧浪茫

儒素。相夫婉嫕，哀黄鹄于蚤年；鬻子劬劳，乘白云于中寿。哲嗣镇北工部，影抱乌私之惨，编搜蠹粉之余，索穷象罔遗珠，留取吉光片羽。缃囊零落，买字千金；苣篋收藏，愿书万本。既捃摭校雠，得《雅安书屋诗集》四卷、《文集》二卷。楮尾虚行，芜词丐缀。星言驰驿，寓书则行状俱来；日昨登堂，拜母则通门忝托。愧非所任，抑岂敢辞。惟夫言为心声，晋卿以之观志；情随境变，女子于焉善怀。方其唾绣春余，佩鞶晨起，游辞斗草，字学簪花。慧同甄氏九龄，人比刘家三妹。经神易理，入梦古贤；右史左图，不栉进士。凤皇协律，调将蔡女之桐；翡翠抽毫，点到谢庭之絮。授西京书传，老依伏生；论东汉妇人，首推徐淑。楚狂偕隐，讶当门之车辙何深；百里辞家，愿异日之扊扅莫忘。从此楼中锦织，寄字频频；相期陌上花开，归鞍缓缓。此则草虫于役而蓬首无容者也。迨至鸡梦噩于焚巢，犬信凶乎撤瑟。靡笄之志惨于呼天，匪石之心转于有子。躬亲执爨，家人独号。严君手自折葼，明师即是慈母。室乏七年之粟，乞邻耻言；墙掩一船之钱，祝儿成立。灯青如豆，宛秋宵课读之图；发白挽银，是中岁悲伤之景。既乃送韩康于舅氏，因之付阿士于程门。头掉去而五回，眼望穿者六载。指何忍啮，恐寸草之心酸；汤不能燂，念衣芦之帔冷。此又孤危矢保而冰檗垂声者也。若乃楹书蚤熟，宅相旋成。杨柳风前，衵染衣之九烈；芙蓉镜下，报及第于郎君。方舞彩以延蕙，遂含饴而就养。奉潘舆于粉署，提命维瘽；问隽谳于水曹，平反则喜。陈遵饮醉，后阁径开；陶侃交贤，卧荐屡剉。无何文孙遘疾，琼蕊无灵；阿叔遄归，掌珍已殒。恸人间之龙凤，一现昙花；望天上之麒麟，千行雨泪。囊留古锦，昌谷则呕尽灵心；金高南山，燕台则买空峻骨。此又哀乐之感未免有情而迟暮之年尤难自遣者也。今读其诗，树骨则丽遒也，凝神则渊懿也，取材则宏富也，辟径则清新也。旨合敦厚温柔，音无敖辟噍杀。天才绮密，韩兰英名篇极多；逸兴云飞，鲍令晖拟古尤胜。蘋锜佐奠，季女思齐；板屋言劳，中闺气盛。悟弄月嘲风之趣，理境已参透程朱；叶鲤庭鸾掖之声，今日直压倒元白。截作《秋娘》断句，嗤它《金缕》小词；偕钞羊婢涩书，不入《玉台新咏》。所谓'超以象外'，表圣之品为最优；必曰'穷而后工'，昌黎之言尤见浅矣。再观其文，体淹群雅，条畅众流。含宫咀商，譬五音迭奏；测轮量景，无一物不知。而且辞铢中权，意匠司契。曾未题陈思浮蝶，累良质而为瑕；固知握刘勰《雕龙》，惟惬心者贵当。赋浏亮以体物，论朗畅而切情。传播彤管之徽，阐幽九地；文贡青词之美，禳福三台。玉颖兰芳，钮夫人手制弁序；组羊猎犬，臧孙母口解儿书。拟《官箴》十篇，仿微义于鸿胪光禄；撮《医宗》五要，发奥旨于《金匮》灵兰。撰《义田》之碑记，双岐瑞麦；申《文会》之议式，万选青钱。盖由坟索扩其令资，圭璋挺其淑性。古今典训记录者，尚四百篇；南北风花游历者，且数千里。江山助其奇气，故清而不孱；枝叶落其肤华，故约而有要。黄山白岳，想三生钟毓之精；玉蝀金鳌，极尺五铺扬之盛。《东观》《汉书》如续，此才可嗣班彪。吾乡阁老同呼，有集更裒《香茗》。特是宣文纱幔，桃李最多；《泷冈阡碑》，笔墨尤劲。小子奚堪为臣质，大家早自述东征。甘泉宫人，洞箫同诵；承明学士，莲炬传观。苟有目所共珍，将不胫而自走。鸡林纸贵，真装成七宝之函；凤殿麻宣，合冠作三都之序。"

夏玉珍《雅安书屋诗文集跋》曰："右《雅安书屋诗集》四卷、文集二卷，共得古今体诗二百八十一首，古文五十篇，先姑汪太宜人所作也。太宜人幼从名师，兼得姆教，研究经史。十一岁《咏石》有'闻古望夫曾化此，至今取友尚攻它'句，嗣后杰构佳篇美不胜纪。表叔外祖黄春谷观察尝云：'侄女诗思诗笔，不愧雅安之号。'嘉庆辛酉，来归我先舅奉直公，德范礼仪，族戚推重。乙丑，我夫子生，至十有一岁，奉直公捐馆舍。太宜人茹荼饮檗抚我夫子，教育成立。道光戊子，夫子举于乡，癸巳成进士，官工部，迎养太宜人，玉珍率侄士铨随侍。抵京后，日以居官大要勖我夫子，并引古贤母名媛前言往行命士铨缮写端正，珍重收藏。顾前此放失已多，不及搜索。太宜人于玉珍示玉珍。终日手不释卷，生平作诗文信笔为之，不喜存稿，玉珍每乞太宜人录出，绂绣之余，亲授诗教。自恨幼时不学，未能领略万一。庚子夏，士铨以疾卒，侄辈失一得力之人，大伤太宜人心。自是意常不怿，讵料壬寅春一病遂不起，延至立秋日大故。于戏，痛哉！日侍慈颜，事事有秉承，得荫芘，今尽失所恃，痛何如也！前年冬，夫子既扶灵柩回歙，择期安葬。今夏将刊太宜人诗文集，玉珍因尽出所藏遗稿，请夫子校阅。抚兹手泽，笃念恩慈，不觉泪溲溲下矣。"

按：孙殿起《贩书偶记》卷十八对此版本亦有著录："《雅安书屋诗集》四卷、《文集》二卷、《赠言录》一卷，古歙女史程汪嫈撰，道光甲申刊。

烟鬟阁遗草

［清］黄卷著

未见。黄卷（生卒年不详），字册仙，小名赛男。休宁人。清乾隆时在世。黄愚庵女，吴书元室。

《烟鬟阁遗草》，汪启淑《撷芳集》卷二十九著录："（黄卷）安徽休宁县人。中书愚庵女也，适太学吴袖池。著有《烟鬟阁遗草》。《清诗备采》：册仙幼娴姆训，工吟咏。尝云诗以道性情，闺阁中语，讵可外传？故姻娅罕得见之。辛未秋，袖池偶于残帙中获此数首，不忍竟没，示余登选。"

延秋阁剩稿

［清］赵景淑著

存。著者简介见前《壶史》。

《延秋阁剩稿》一卷，清道光间（1821—1850）刊《小罗浮馆全集》本，中国国家图书馆藏。此本一册，每半页十行，每行十九字，四周双边，黑口，单鱼尾。内收诗四十六题五十二首。

按：《延秋阁剩稿》一卷，另有民国十三年（1924）刊本，南京图书馆藏。单独装帧，小开本，共十五页，每半页七行，每行二十字。前有合肥同乡后学吴琼

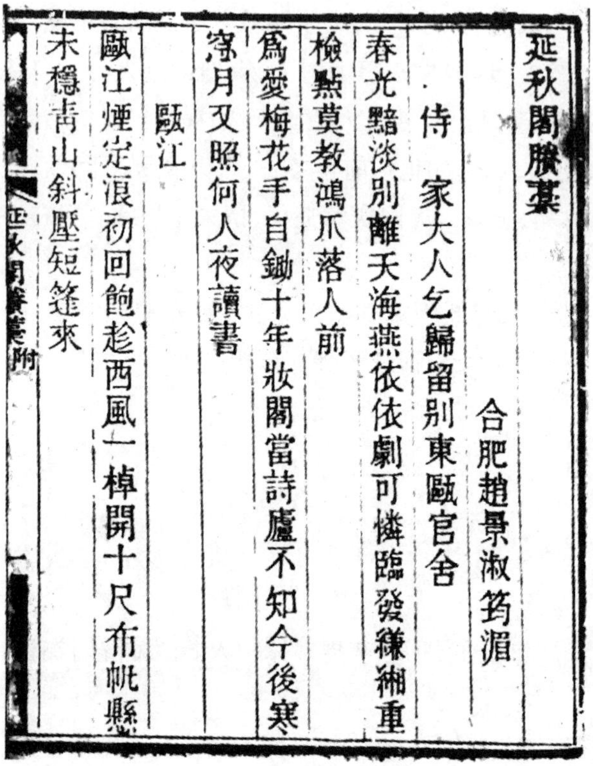

延秋閣賸稾

合肥趙景淑筠湄

侍家大人乞歸留別東甌官舍

春光黯淡別離天海燕依依劇可憐臨發纏綿重檢點莫教鴻爪落人前

爲愛梅花手自鋤十年妝閣當詩廬不知今後寒窗月又照何人夜讀書

甌江

甌江煙定浪初回飽趁西風一棹開十尺布帆懸未穩青山斜壓短篷來

延秋閣賸稾附　一

华序、赵景淑弟赵对澄原序和再序，及张仲芬、张季芬、张景芬题辞。凡诗一卷，收诗四十五题五十首。录诗顺序与道光刊《小罗浮馆全集》本有异。

吴琼华《序》曰：“有清三百年来，吾乡闺秀能诗者世鲜传。尝检《府志》载有数人，询诸父老，或曰不知其人，未见其诗也；或曰诗不工，亦无集，滥列《志》中，欲邀虚誉耳。后读孙诗樵先生《余墨偶谈》，载合肥赵筠湄女士《湖上吊韩蕲王》诗一首，始知女士真能诗者也。求其所著《延秋阁集》十年不得，心恒郁郁。杨君韵芝，笃学士也，搜求乡贤遗著，不惮勤瘁。癸亥冬，手录女士《延秋阁剩稿》寄外子伯琦，余读之狂喜。考女士为烈愍公之裔，烈愍讳之璞，字连臣，明末官庐州卫指挥同知，殉流寇之难，后人遂居合肥。父讳鹊棠，廪贡生，官白石口营都司。女士于道光辛巳岁亡，年甫二十有五，犹未字也。遗诗百余首，遭小婢误焚去，所存者仅此剩稿。其弟野航大令甲辰岁官广德州学正时，自刊其《小罗浮馆全集》，始附刊焉。杨君所见盖残本也。女士诗宗阮亭尚书、丹壑太史，故有淡远之致。其《江上》《夜坐》《早春》《冬夜》《晚泊》《平望》《西湖泛月》《舟过露筋祠》诸作，颇得太史衣钵，使天假以年，其成就岂可限量耶！乃天厄、人厄至于一再，女士所遭亦可悲矣。今存此焚余剩稿，仅附其弟集以传。洪杨乱后，是集又成孤本。蟫侵蠹蚀，行将见尽，余皇然忧之。爰之序崖略，付之剞劂，俾世之耽诗者共宝之。甲子正月，同邑后学吴琼华序。”

赵对澄《序》曰：“庚辰春，女兄筠湄次其诗若干首，命澄一言，澄既敬识数语于末矣。嗣以吾父补官淮阴，携家就道匆迫，未能付梓。今年夏，江淮间多染疫瘼，淮地滨海尤甚。吾母病，女兄日夜侍，凡廿余日。母病起而女兄遂病，幼弟亦病。女兄念母新愈，不耐劳烦，弟病又须调护，乃力疾独任之。又十日余，弟病未起而女兄病笃矣。越夕，遂亡，时五月二日也。澄里居未返，不克收获遗诗，迨九月自白门归，原稿已毁，盖小婢焚衣衾时误及也。乃检得奁中散稿约略录出，题曰《延秋阁剩稿》。不仍前名，示缺也；不废前序，女兄之志也。呜呼！女兄年十四能诗，二十五年卒。十年中零章碎句未尝收拾，独己卯除夕汇全稿录之，庚辰正月二日为初度之辰，手取次定，若预知有辛巳五月之事者，奇矣。然卒未及付梓，致苦吟心力半亡，于身后亦抱恨，澄之愆咎乌能辞也。《剩稿》共得古近体诗若干首，佚去者殆过大半。澄尚记《庚辰初度》云：'料应夙世多诗债，罚住人间廿四年。'又《秋窗即事》云：'闭却碧纱窗六扇，不教青女笑词人。'录之以当吉光片羽云。道光辛巳十月朔日，弟对澄再识。"

阳春白雪词

［民国］吕美荪著

存。著者简介见前《辽东小草》。

《阳春白雪词》，民国二十三年（1934）铅印本，中国国家图书馆藏。此本与《葂丽园诗再续》合编，前有陈诗序，内录吕美荪《甲戌二月既望青岛喜见春雪爰赋长句就正诗家并乞雅和》四首，及四十五人唱和诗。

按：胡文楷《历代妇女著作考·附编》亦有著录。

养性斋全集

［清］李玉娥著

未见。李玉娥（生卒年不详），合肥人。清道光、咸丰间在世。李文安次女，李鸿章小妹，同邑费日启（心箴）室。光绪《续修庐州府志·列女传·才媛》曰："（玉娥）幼聪慧，喜读《纲鉴》。文安官刑部，公退之暇，授以经义及古文词。意解心会，能得其旨趣。稍长，通群书，娴吟咏。凡有所作，戛戛独造。律句清丽处，不减剑南。适同邑费日启，事上相夫，曲尽妇道。同治初，日启佐今大学士鸿章治军事于江苏，以功洊保花翎知府。而李氏荆钗裙布，仍守寒素风。诸兄之女从之学诗者所作，皆琅然可诵。性尚勤俭，治家有法。以无子，爱庶出子如己出，教育备至。年四十三卒。著有《养性斋全集》，待梓。"

《养性斋全集》，李家孚《合肥诗话》卷下亦有著录："先曾祖姑玉娥夫人，先侍御公次女，适同邑费心箴太守日启。卒年未详。著《养性斋全集》。《府志·才媛传》称夫人诗近剑南。后裔衰微，避恶族侵扰，屡迁徙，遗稿遂失。唯其戚张君曾钞藏数首。"

瑶华阁吟笺

[清]姚珮蘅著

未见。姚珮蘅（生卒年不详），桐城人。汪正堃室。

《瑶华阁吟笺》，吴希庸、方林昌《桐山名媛诗钞》卷十著录。

药缤吟稿

[清]鲍之芬著

未见。著者简介见前《三秀斋词》一卷。

《药缤吟稿》，光绪《丹徒县志·列女·才艺》著录："之芬，字浣云，尤聪慧，尝赋《帘钩》四律，一时传为名作。后归徐刺史彬。……女史骆佩香颇与名士唱酬，欲与联盟，亦婉却之。盖徐固以圣贤自期，而芬亦以妇德自重者也。著《药缤吟稿》《海天萍寄吟稿》《三秀斋词稿》三稿，并重于世。"

一个女人的自传

[民国]杨步伟著

存。杨步伟(1889—1981),字韵卿。原籍石埭,生于南京。杨仁山孙女,赵元任室。1912年任崇实女子中学校长,次年官费赴日本学医,1919年于东京帝国大学医科博士毕业,1921年与著名语言学家赵元任结为伉俪。著有《一个女人的自传》《杂记赵家》《中华食谱》《中国妇女历代变化史》等书。

《一个女人的自传》,1947年纽约 Johm Day 铅印本。赵如兰《杂记赵家·新版序言二》著录。书前有著者与夫赵元任1947年写于麻省剑桥的《前言》。

宜阁诗集

[明]潘翟著

未见。潘翟(1611—1693),字副华。桐城人。潘映娄女,方以智室。

《宜阁诗集》,潘江《龙眠风雅续集》卷十九著录:"潘氏翟,字副华,从祖宪副次鲁府君之仲姬,方文忠公密之先生之元配,而江之从姑母也。母少与江同受经于张孩如先生,十七归文忠公,能屏去宛珠傅玑,有德耀少君之风。文忠公年方弱冠,文名籍甚,母鸡鸣虫飞,克执妇道。及释褐通籍,遽罹国变,母勉以大义,万死不屈。南都党祸起,文忠公避而之四方。爰挈少子中履,间关万里,由闽之粤。寻以江南初定,君舅疾笃,归而上事贞述公,下抚子女,死丧婚嫁之累,一身任之,以纾文忠公内顾之忧,成其大节。长斋诵佛,独居四十余年,年八十二而终。文忠公为完人,母为完人妇,可谓死者复作,生者不愧也已。《宜阁诗集》成帙,失于回禄,中德、中通为追所记忆并绵惙时《诀别诗》十余首,以存崖略,惜未获全稿云。"

宜阁诗文集　四卷

［明］潘翟著

未见。著者简介见前《宜阁诗集》。

《宜阁诗文集》四卷，道光《续修桐城县志》卷二十一《艺文志》著录。

宜阁诗钞

［清］左绍光著

未见。左绍光（生卒年不详），桐城人。清康熙间在世。左之毅女，方鉴湖室。

《宜阁诗钞》，吴希庸、方林昌《桐山名媛诗钞》卷五著录："左绍光，进士果岑公之季女，国学方鉴湖公室，淡如先生之曾王母。贤孝之称溢于里党，茹苦食贫，惟耽吟咏。著有《宜阁诗钞》。"

按：左绍光，《历代妇女著作考·清代二》作"左绍先"。

贻孙阁集

［清］汪佛珍著

未见。汪佛珍（生卒年不详），休宁人。清乾隆、嘉庆间在世。上海张梦喈侧室，张兴载、兴镛、玉珍母。汪佛珍"自晓文义后，朝夕研究，渐能属词，最爱观唐宋人诗，至经书尤留心讲贯，务明大义。儿女未就塾，先自课，师不在，亦代为约束之，并教以保家之道，处世之方"（见汪启淑《撷芳集》卷七十）。

《贻孙阁集》，汪启淑《撷芳集》卷七十著录："汪佛珍，江苏娄县人，张梦喈侧室也。教子成名，阃范颇嘉。著有《贻孙阁集》。王鸣盛《贻孙阁诗序略》：'女子能诗者难，能诗而得归诗人者尤难。远不具论，唐三百年诗人二千二百余家，传诗凡四万八千九百余首，而名媛不过二三十人，成章者甚少。惟吉中孚为大历十才子之一，而妻张夫人有诗，可云佳偶，然吉、张诗传者亦甚寡。宋代文学有名之士，其闺人能诗者独一李易安，而晚节不终。元则惟傅汝砺妻孙氏有诗传世。吁！屈指千年，女子能诗而得归诗人者寥寥如此，亦可云难矣！吾友张玉垒先生自少以诗鸣，风调、气骨、色泽、词华毕备，其副室汪孺人亦工韵语，观其稿，得入格者凡若干篇，以唐宋之所难而于先生兼得之，非艺林一嘉话欤？张氏门地甲于吴会，仿佛河北崔、卢也，司寇文敏公为先生之从兄，太史东亭公则先生之同怀兄，进士幻花公则先生之叔父，皆诗人翘楚，独先生以诸生老。嗣子兴载年少，复有声庠序，生即汪硕人出也。不幸以癸卯九月辞世，年四十有三。先生尽伤于心，既为之传，兴载乃奉遗稿来，再拜而泣请余序之，余固耽吟事，有妾陈氏延师课以唐诗而质顿，未能领会，惟性勤俭，生子坚请自乳，与汪硕人同耳。予示以句云：'居贫合唤糟糠妾，入道真成怯喜妻。'如是而已。今序汪硕人之诗而不胜艳羡焉！先生福慧双修，殆不在吉中孚、傅汝砺下矣。'"

按：《贻孙阁集》，恽珠《国朝闺秀正始集》卷十亦有著录："汪佛珍，安徽休宁人，通判张梦喈室，举人兴镛母。著有《贻孙阁集》。"又：《贻孙阁集》，雷瑨、雷瑊《闺秀诗话》卷十二作"《贻孙阁诗钞》"，并曰："其佳句如《对月》云：'万户恍临城不夜，千年惟有兔长生。'《对雪》云：'自携樽酒酬滕六，莫损水边竹外枝。'为随园先生所赏。又《喜晴》云：'久晴不雨曾望雨，久雨不晴复望晴。连朝愁霖今始霁，快哉初日悬铜钲。濛濛岩端开霁色，泠泠石罅送泉声。幽禽出巢鼓双翼，引吭两两相和鸣。''当庭小立恣瞻眺，恍觉物态移我情。此时弄笔砚水清，碧油窗纸琉璃明。琴书久润重料理，花木向阳倍敷荣。何当题笺邀大妇，相随更作南园行。'又《新秋对雨》云：'坐久凉生袂，吟余雨到林。和烟迷别墅，如雾锁遥岑。竹外商声动，花边秀色深。绮廫清暇甚，取次抚瑶琴。'诸作皆音节和雅，无噍杀之音。此其所以福慧双修欤？"

疑似吟　一卷

[清]方莲衣著

未见。方莲衣（生卒年不详），桐城人。约于清雍正、乾隆间在世。方雨畴妹，大兴黄叔琳孙媳。

《疑似吟》一卷，吴希庸、方林昌《桐山名媛诗钞》卷五著录："雨畴先生妹。幼聪颖，好读书，目数行下。十二岁咏松针。赓唐先生曰：'此吾家不帻进士也。'适宛平黄昆圃先生叔琳孙某，数载卒。著有《疑似吟》一卷。"

倚琴阁诗草　一卷

[清]吴麟珠著

存。吴麟珠(？—1861)，字友石。泾县人。清道光、咸丰间在世。吴芳培孙女，工部主事吴檀女，同知庐江章华室。吴芳培，字霁霏，号云樵，历任翰林院侍讲学士、河南学政、兵部侍郎，著有《云樵诗集》，嘉庆《泾县志·选举表》、徐世昌《晚晴簃诗汇》卷一百五十有传。吴麟珠姊妹吴绣珠、吴宝珠皆能诗。杭州城陷时，吴麟珠殉节。

《倚琴阁诗草》一卷，清光绪二十二年(1896)俞樾署检本，安徽博物院藏。

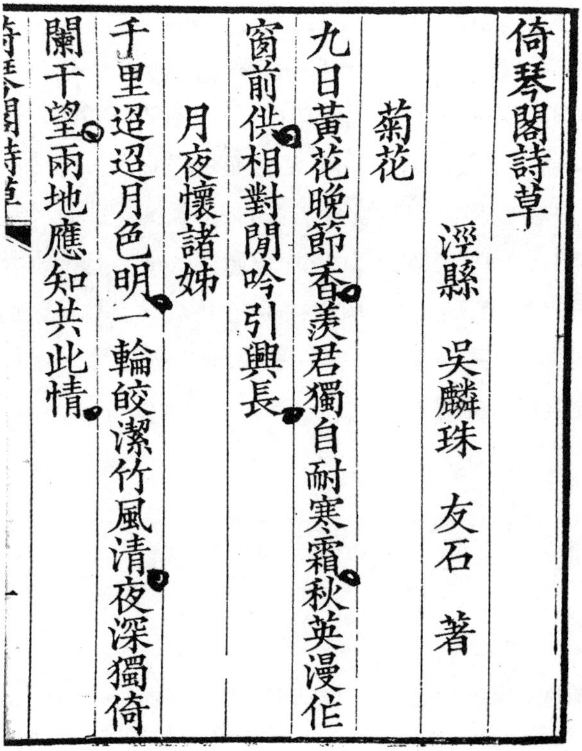
倚琴閣詩草
涇縣　吴麟珠　友石　著
菊花
九日黄花晚節香羡君獨自耐寒霜秋英漫作
窗前供相對閑吟引興長
月夜懷諸姊
千里迢迢月色明一輪皎潔竹風清夜深獨倚
闌干望兩地應知共此情
倚琴閣詩草

此本每半页八行，每行十八字，白口，单鱼尾，左右双边。前有刘培芬序，末有高凤歧后序，内收诗二百余首。

刘培芬《倚琴阁诗草序》云："夫诗以传人，或人以传诗，其传一也。然因诗以传人，则第论其诗之工拙、人之贤否置焉。人以传诗，是其人既有艰苦卓绝之行，人可传而诗亦传，则论人为重，论诗次焉。当此东南多事，寇盗骚扰者十余年，忠臣孝子、节妇才人，罹于厄者多矣，厥有著作，若不激而扬之，渐以澌灭，又何论传诗传人也耶？余宦游九闽，傅君节子以其姻之友石吴宜人所著《倚琴阁诗草》嘱余读之。宜人事略，节子哲兄艾臣明府已为之记。盖其由豫章避地武林，转辗迁徙，卒不免于难，以咸丰辛酉岁仲冬二十九日杭州陷时殉焉，亦可悲矣。生平所为诗甚多，尽已烬弃。其女在楚，于箧中搜罗，得二百余首，裒集成帙，十不有一焉。夫彼铮铮劲骨，抗节可风；娓娓佳章，清言可诵。如《闻江宁殉难》之作，已见其志操之坚贞可钦敬者。传人传诗，尤所亟亟耳。余观夫友石宜人者，幼承家学，得风棱霜肃之清；长适名门，有池沼林泉之胜。其璇室联吟，幽闺叠唱，写花枝之靓艳，状风雪之高寒，感事则时际干戈，怀人则思深姊妹。其夫婿章子实司马，亦复卿卿语妙，未闻天壤之嫌，宛宛深衷，偕此流离而至。宜人既殉难，浙江司马亦神伤逝水。吉光片羽之珍，碧血丹心之寄，诵其诗者，谁不哀而伤之？而欲播扬于艺苑，沕美于贞珉，自不忍秘袭韫藏，使其潜德幽光之不显。梓而传之，乃傅氏昆季之雅，亦诗人之志也，谓之传人传诗均可也。爰志此于简端，以彰美其志节焉，宜也。”

高凤岐《倚琴阁诗草书后》曰：“壬辰正月，余偕周辛仲广文、李畲曾太守放舟游西湖。榜人者，年老矣，为余言咸丰辛酉之变，故家白屋室女贞妇闻贼而自裁者，白骨相积，至不辨何氏之子。余既伤殉死之多，又叹司忠义采访局者不能发为文章以追子政，永叔之徒之不能无憾也。余杭俞生人蔚将其外大父傅节子观察之命，以泾吴宜人所著《倚琴阁诗草》示余。宜人者，庐仙虞部之女，章子实司马之室，身与于辛酉之难者也。司马实惟庐江人，壬子安庆之陷，庐江戒严，宜人之兄官河南者，急遣人迎以避寇，宜人以其舅之老，不肯独以身免，盖其时已不有其身矣。乃琐尾流离，卒罹杭州之厄，以城破之日急自完其一死。此其志早定于十年以前者，抑其死不得谓之邂逅矣。余读其诗，多亲戚骨肉之感，于张氏之《茹荼集》为近，而其不事雕刻，则白文公所云‘诗者，根情、苗言、华声，而实义也’。宜人内外家皆世族，二姓女子俱耽吟咏，身后惟一女，为观察之犹子妇，能世宜人之业，亦以诗闻矣。顾哀其母氏之志，裒其遗草以邮上观察，观察重念宜人之死节，将梓以还之章氏焉。夫宜人以名节之故，且不有其身，又何有于其诗。然观察之重之者，以宜人足以重其诗，将使章氏之子姓得寻其声以想见其为人，宜人于是为不死矣。嗟乎！彼一女子耳，但以习于风雅之故，卒以不辱其身，吾辈男子日事六经而无能发舒其志气，以完其不朽之业，即无用勤勤于圣贤之书矣。余既读其诗，兼以语俞生者如此。”

艺兰阁诗钞　一卷

[清]吴季芬著

存。吴季芬(1828—1857)，泾县人。吴朝宗女，潘锡恩子骏望室。清咸丰七年丁巳(1857)卒于太仓，年三十。

《艺兰阁诗钞》一卷，胡文楷《历代妇女著作考·清代三》著录：“精写本，品狭而特高。吴泽炎先生得于北京书肆，邮寄相赠，以补前编《妇女著作考》之缺。前有同治五年丙寅(1866)其父吴朝宗序。凡诗五十一首。后有孙承翰敬书一行，卷首题泾川吴季芬著，《安徽通志》作吴氏而佚其名，所载简略，足以补之。其集流传极少，诗亦总集不载。”

按：《艺兰阁诗钞》一卷，今未详藏处。《重修安徽通志·人物志·列女·才媛》作《艺兰阁诗草》。

艺兰轩诗草

[清]李静淑著

未见。李静淑(生卒年不详)，合肥人。清同治、光绪间在世。李凤章女，歙县柯厚福室。母戴恭谨亦娴吟咏，著有《望云楼诗集》。

《艺兰轩诗草》，光绪《续修庐州府志·列女传·才媛》著录：“(戴恭谨)女李静淑亦能诗，长适歙柯氏，早卒。其诗草曰《艺兰轩》，实承母训。”

按：胡文楷《历代妇女著作考·清代三》亦据《庐州府志》《安徽才媛纪略》著录。

挹香阁诗草

[清]吴中芸著

未见。吴中芸(生卒年不详),桐城人。清乾隆时在世。中兰妹,齐梅生室。

《挹香阁诗草》,徐璈《桐旧集》卷四十一著录。

吟窗集

[清]黄桂著

未见。黄桂(生卒年不详),字斌英。休宁人。黄松妹,嘉兴何某室。

《吟窗集》,汪启淑《撷芳集》卷五十三著录:"(黄桂)安徽休宁县人。黄中翰松之女弟也,适嘉兴何某。著有《吟窗集》。"

吟香阁诗　一卷

[清]张佩兰著

存。张佩兰(生卒年不详),字纫芳。滁州人。清乾隆、嘉庆间在世。全椒王肇奎室。民国《全椒县志·列女·才媛》曰:"(张佩兰)兄龙光、葆光以诗名于时。幼相友爱,工吟咏,明经史。适肇奎后,贤声著里闬。著有《诗钞》,附刻王肇奎《小容膝楼诗》后,怀宁潘瑛采入《诗萃》。"

《吟香阁诗》一卷,附刻于王肇奎《小容膝楼诗钞》卷后,清道光二十二年(1842)刻本,南京图书馆藏。此本前有金镇藩序,末有金珉跋。内录古近体诗共五十六首。金镇藩《小容膝楼诗钞序》云:"先生配张夫人,名家闺秀,亦工古近体,著有《吟香阁草》。谢世后,小鹤皆珍逾拱璧,行箧时携迫,欲梓行传世。"金珉《小容膝楼诗钞跋》曰:"公官青阳学博十余年,珉未得亲聆教训,而小鹤兄每因试事归里,必过从谈诗文艺,始知公有《小容膝楼诗》,孺人有《吟香阁诗》。岁丁卯,公乞病归,即已病绵笃。戊辰,公与孺人俱先后下世。"

吟香榭初稿

[清]汪玉英著

未见。著者简介见前《瑞芝室诗钞》。

《吟香榭初稿》,汪启淑《撷芳集》卷十一著录:"(汪玉英)号吟香,安徽歙县人,予长女也,适同邑内阁中书洪榜,早寡。在室著有《吟香榭初稿》,于归后著有《瑞芝室诗钞》。《柳汀随笔》:新安为大好山水之乡,其间老生宿儒人人有集,间气所钟,即闺阃亦多翘楚之秀。汪驾部启淑长女玉英有《吟香榭初稿》,芟其枝蔓,检厥菁英,如《春日》句云:'一缕沉烟消永昼,半帘花影漾微风。'《楼望》句云:'一绳远雁羁人思,数点青山故国心。'《春恨》句云:'心共芭蕉浑不展,泪如杨柳镇长垂。'《早春》句云:'晴日烘梅香意逗,春风拂水碧纹圆。'《即事》句云:'石松少土偏饶翠,盆藕无花却有香。'声调风格,非粘脂滴粉者所可拟也。"

饮酒读骚图曲

[清]吴藻著

存。著者简介见前《花帘词》一卷。

《饮酒读骚图曲》全称《饮酒读骚图传奇曲本》,又名《乔影》(见本书)。

饮露词　一卷

[清]李国香著

存。李国香(1873—1900),字道清,一字味兰。合肥人。文华殿大学士、直隶总督兼北洋大臣李鸿章长孙女,李经方长女,杨圻室。杨圻,原名朝庆,后改鉴莹,字云史,号野王,江苏常熟人,与伯祖沂孙、泗孙,俱有声于时,曾任南洋领事,迄民国成立,谢职归国,著有《江山万里楼诗词钞》,生平事迹见陈灨一《甘簃诗文集·杨云史先生家传》。国香幼聪颖,通文翰,光绪十八年(1892)

秋，归杨圻。光绪二十六年（1900）正月二十九日去世。女杨全荫，字芬若，著有《绾春楼词话》。

《饮露词》一卷，附于杨圻《江山万里楼诗词钞》后，民国十五年（1926）铅印本，安徽省图书馆藏。此卷为李国香卒后杨圻辑录，前有杨圻序，内录词十七首。其词内容狭窄，多是日常生活情状之纪实，约略为两大类：一是惜花伤春，有八首之多；一是与其夫杨圻唱和之作，且多是秋景秋感，有五首。

杨圻《饮露词叙》曰："《饮露词》一卷，都十七篇，元配李夫人合肥君撰也。夫人名国香，字道清。文忠公长孙女，伯行先生长女。聪颖，通文翰，壬辰年二十归余。见余填词，好之，喜读李后主词，偶作清丽婉约，工于诗而思致萧瑟，戒之。夫人事上孝，与人恭，生长侯门，而性节俭。余家清简，衣必再补，处之若素。年来儿女渐众，主持琐屑无少暇，遂不复作。于是八年之间，仅留此十七篇以存。嗟乎！月圆则蚀，花好则落，于是乎我夫人死矣。然月可蚀而不可掩其光，花可落而不可掩其香，夫人可死而不可掩其慧。我于是乎存《饮露词》，词不甚工，存之者，存其人也。夫人以光绪庚子正月卒于京师。尝忆夜饮归来，春雨满衣，夫人亲为我易之。剪烛花掷地，布棋局曰：'当与君遣此无事之时。'因赋《菩萨蛮》'博山香定烟丝直'一阕。乙未初秋，夜宿西湖之曲院，月出波上，清露有声，藕香徐来，夫人喜，推枕而起，赋'水榭烧香云满天'一阕。又《菩萨蛮》一阕，有曰'玉臂卷湘帘，星河秋满天'，皆纪实也。由今思之，真事已成陈迹，坠欢不可复拾。开卷展诵，人亡声存。五衷恻怛，不能已已。且夫人容端庄，性凝重，不类其文，无夭理。辛丑重阳，云史叙述。"

按：《饮露词》一卷，清光绪二十二年（1896）南陵徐乃昌刻《小檀栾室汇刻闺秀词》第九集亦收录。

隐秀轩诗

［清］李长宜著

未见。著者简介见前《晋中草》。

《隐秀轩诗》，胡文楷《历代妇女著作考·清代三》据《然脂集》作"李氏撰"："氏，安徽颍川人，进士刘播妻。"

莺啭词

[清]柳声著

未见。柳声(生卒年不详),字紫畹。华亭(今属上海)人。天长王野倩侧室。汪启淑《撷芳集》卷六十九引《图绘宝鉴》云:"柳声,字紫畹,松江人,善歌,工诗画,归安徽天长王野倩。不逾年而殁,时甚惜之。"

《莺啭词》,徐树敏、钱岳《众香词·数集》著录:"(柳声)少颖异。沦落平康,色艺无双,久寓扬州,一时推许,后归天长令。有客过柳巷诗曰:'楚峡云收芳草尽,邗沟月落小楼空'。著《莺啭词》。"

瀛洲访诗记

[民国]吕美荪著

存。著者简介见前《辽东小草》。

《瀛洲访诗记》,民国二十五年(1936)青岛华昌大铅印本,中国国家图书馆藏。此本前有于元放序及著者《自题瀛洲访诗记》,内录著者访日时所写诗文集,包括《东游缘起》《日光丸舟中》《访蒋大使》《访日华俱乐部理事吉见正任先生》等五十篇,末附诗《幽居近作》。

按:此本胡文楷《历代妇女著作考·附编》亦有著录。

雍喈阁绣余吟

[清]张绮窗著

未见。张绮窗(生卒年不详),桐城人。清乾隆时在世。张廷璐之子张若需女,吴伦室。

《雍喈阁绣余吟》,吴希镛、方林昌《桐山名媛诗钞》卷三著录。

永淑诗草

[清]黄永淑著

未见。黄永淑(生卒年不详),广德人。黄永恩姊,江夏安炳文室。

《永淑诗草》,光铁夫《安徽名媛诗词征略》卷四著录:"(黄永淑)博览史籍,著有《诗草》,卒后失去,仅存二绝。"

咏阁诗集

[清]孙咏阁著

未见。著者简介见前《断易日记》。

《咏阁诗集》,吴希庸、方林昌《桐山名媛诗钞》卷四著录:"(孙咏阁)忠节公临孙女,方平斋公正珠室。工诗,善画兼精于易。著有《断易日记》《咏阁诗集》行世。"

犹得住楼诗词稿　二卷

[清]李媞著

存。李媞(1805—1829),字安子,号吏香。松江(今上海)人。户部员外郎李林松女,桐城方传烈室。清《上海县续志》卷十李媞小传云:"李媞有异秉,读书过目成诵。诗才高逸似郊岛。幼缔姻桐城方氏,赘于易园,婿传烈呆蠢,不辨菽麦。遇人不淑,人皆怜之。与吴门黄香崖女士为生死交,同游狮子林避暑。无何,香崖不得于母,投池死,媞亦自沉,年二十五岁。著有《犹得住楼诗稿》三卷,自删存三百余首。"

《犹得住楼诗词稿》二卷,1940年《上海李氏易园三代清芬集》排印本,收入其中第三、第四种。此本为其弟李尚暲编校,每半页二十行,每行五十字,白口,四周双边,单鱼尾。内录诗稿一卷,词稿一卷,后附《祭先大人文》一篇。末有汪能肃跋。

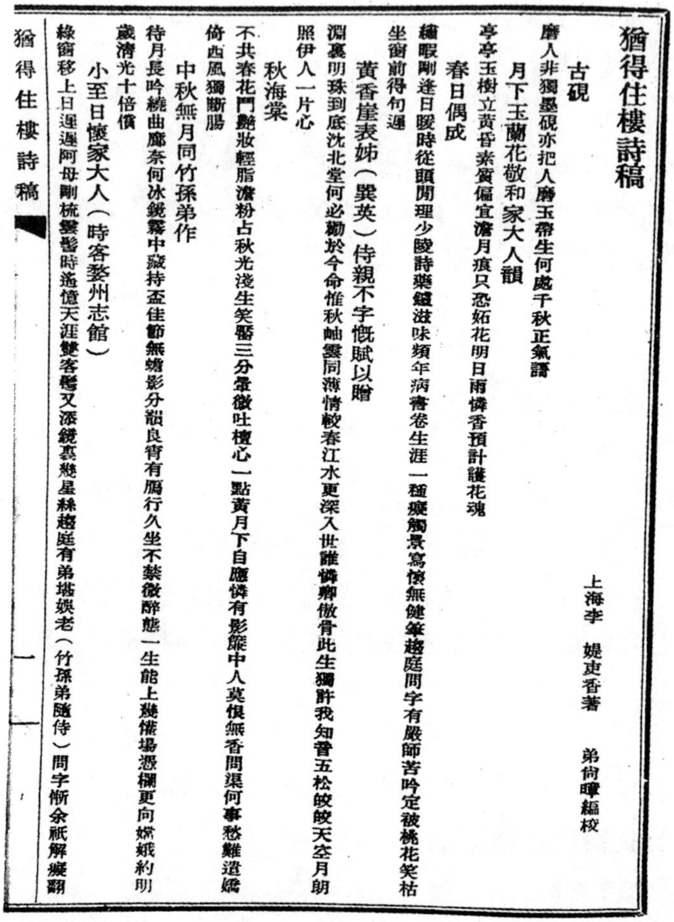
猶得住樓詩稿

上海李　媞吏香著　弟尚曎編校

古硯

磨人非獨墨硯亦把人磨玉帶生何處千秋正氣譜

月下玉蘭花敬和家大人韻

亭亭玉樹立黄昏素質偏宜澹月痕只恐妬花明日雨憐香預計護花魂

春日偶成

繡暇剛逢日暖時從頭閒理少陵詩藥鐺滋味頻年病書卷生涯一種癡觸景寫懷無健筆趨庭問字有嚴師苦吟定被桃花笑枯坐窗前得句遲

黄香崖表姊（巽英）侍親不字慨賦以贈

淵裏明珠到底沈北堂何必勸於今命惟秋岫雲同薄情較春江水更深入世誰憐卿傲骨此生獨許我知音五松皎皎天空月朗照伊人一片心

秋海棠

不共春花門艷妝輕脂澹粉占秋光淺生笑靨三分暈微吐檀心一點黄月下自應憐有影籬中人莫恨無香問渠何事愁難遣嬌倚西風獨斷腸

中秋無月同竹孫弟作

待月長吟繞曲廊奈何冰鏡霧中藏持盃佳節無蟾影分韻良宵有鴈行久坐不禁微醉態一生能上幾憔場憑欄更向嫦娥約明歲清光十倍償

小至日懷家大人（時客婺州志館）

緑窗移上日遲遲阿母剛梳鬢髻時遙憶天涯雙客鬢又添鏡裏幾星絲趨庭有弟堪娛老（竹孫弟隨侍）問字慚余祇解凝翻

猶得住樓詩稿　一

汪能肃《跋》曰："才难，女而才尤难，以其生之难，则宜使久生；以其见之难，则宜使众见。然往往宜生者而死之，宜见者而隐之，则何也？岂不难者天惜之，难者天反不惜邪？吾师有女曰媞，亦其一也。当在父母家实无所屈抑，而诗词已多幽怨，若知其后决不永年者，何也？殆宜生者而死之，宜见者而隐之，乃自古定例。既有此才，必用此例，更无疑邪？悲矣！余读其稿竟，以为女孟郊也，不可不传，遂略而序之曰：李媞，字安子，号吏香，吴之上海人。父林松，丙辰进士，官户部员外。适桐城方传烈，卒年二十五。传其稿者，母弟尚暲也，亦有才者。"

按：肖亚男主编《清代闺秀集丛刊》第35册收入此本。

犹得住楼诗词选　三卷

［清］李媞著

存。著者简介见前《犹得住楼诗词稿》二卷。

《犹得住楼诗词选》三卷，民国十四年(1925)南汇朱太忙铅印本，中国国家图书馆藏。此本成书二册：一册收《犹得住楼诗选》一卷，《附录》一卷，卷末附文一篇；一册收《犹得住楼词选》一卷。

萧穆《闺秀李吏香遗稿序》曰："往者娄县章润芝明经以书抵余，询其六世祖姑母橘隐夫人所赋诗歌存佚大略，盖夫人于国初时适吾县孙进士中麟，工文词，著有《澄心堂》《望云》《再生》等集，久为当时名公传诵者也。是时，吾乡闺阁之通书史、娴吟咏、以清操节义著闻者甚夥。夫人尝与往还倡和，兼以名教风谊相砥砺，集中有《呈清芬阁姚夫人》七言长篇，犹可观其胜概也。光绪初，韵芝复于上海李氏得闺秀李吏香所著《犹得住楼遗稿》一册，诗上下两卷，诗余一卷，附祭文一篇，以示友人沈约斋。约斋选录一本，复以原稿示余。盖吏香为户部员外郎李心庵先生松林之女，适吾乡方氏。道光七年夏于归桐城，逾年闻父户部公之丧返上海。又一年访其表姊黄香崖于苏州狮子林，香崖亦闺秀之杰，通书史工文词者也。两人深相得，皆所遭不偶，以中秋夕偕没于池中。余阅其诗词数过，爱其风神超逸，清丽芊眠，洵为近代闺秀所罕有，特其幽忧郁塞之气，时时流露行墨间。又叹其遭逢蹇薄，与千古才人同慨也！念吾乡闺阁辞翰之著名者凡四五十人，今兵燹之后，全集存者不过十之一二，即橘隐夫人生平吟咏之盛，亦多与云烟飘散，惟潘公蜀藻《龙眠风雅》所在数十篇，后来长洲沈宗伯《国朝诗别裁》及邑人徐樗亭大令、方学博林昌《桐旧集》《桐山名媛诗钞》诸总集互相传选而已。而吏香此集幸其弟尚暲为之按年编定，弟之子梯云尚能珍守，为吾友章、沈二君搜出而表扬之，而余亦得藉录副本，以备吾乡文献之一。每一披阅，而吏香之年华出处，感触发抒，历历在目，岂非其精气所聚，有足著于艺林者哉！行将谋诸方氏刊版流传，漫书其原委于首而为之序。"(萧穆《敬孚类稿·补遗卷一》)

友阁遗稿

[清]张莹著

未见。张莹(1638—1683)，桐城人。清顺治、康熙间在世。兵部尚书僖和公张秉贞女，文端公张英堂妹，方以智子方中履室。孝友婉嫟，性喜读书，好学诗，能明义理，识大体，年四十六卒。方中履《亡妻张氏行略》述其生平较详，录于此："亡妻张氏，大司马僖和公之第七女，年十八来归。当是时，僖和公家方隆盛，先文忠公既出世，余即绝意仕进，君深自敛抑，惟恐以门第骄人。生长于纨绮珠翠中，于是辄衣布衣。余家虽三世通显，然为廉吏子孙，丧乱后苦贫甚。而性少喜宾客，四方名宿常馆餐于家，君每典钗鬻衫以佐酒肴。岁尽，索负者盈门不去，夫妇相对泣，君终无一怨言。余自隐遁以来，遇世情凉薄，有所难堪，尚不能不感愤。君则慰我勉我，其识其论，类非世俗女子所及。嗟乎！富贵不动其心，穷约不易其守，学士大夫犹难之，况于闺阁？余得以饮水著书，送老丘壑，抱咫尺之节，他日见先人地下，无愧遗训，非君其孰能成之？往喻池州欲举余应博学宏词，余疾往辞，君喜。未几征隐逸，当路又将以余应。余方客姑孰，君曰：'非吾夫子志也，使群从力止之。'故识者谓余之隐易，君之隐难。姑孰杨使君慕余所著书，为捐俸锓板于治所，以雠正迎余。余按昔者《文献通考》之刻，马端临为有宋遗民，亦自往校勘，遂行。窥君之意，虽乐余书之行世，似犹病余不深自晦。其送诗曰'始信文章是神物，令君遽肯见公卿'，盖微词也。君之见义理若此，以故视世之纷华，不啻粪壤，所慕者馌耕灌园，古人之高风。因筑稻花斋，相期偕老。而人情附炎热、羞贫贱，岂无流俗逼人之态，君但一笑而已！先公晚遭患难，余侍左右，不复能顾家，家人齑粉在俄顷，吏卒汹汹围守，君处之坦然不乱。与余书札往还，惟大节是砺。君最孝于母，至是绝不归宁，曰：'吾生死方氏，岂跬步离此哉！'既数月孔太君竟以忧卒，君丧祭尽礼，亲党由是大贤之。君事吾母，爱与母同，而敬过之。凡二十有九年，无忤色，无违言。故死之日，吾母哭之恸。君和于姑姒，慈于卑幼，曾未慢一人。三党闻讣，莫不堕泪。君为人能忍，语不妄发，遇人荣悴如一，无少损益，而于困折处尤独加意。或时直言规人之失，人亦知为爱己。以是处家庭，负方正名。余艰于后嗣，君所生子既夭，为数觅儿种，乃五年间三举女。再丧女，其抚之过于己出，哀悼亦逾于亡儿。病笃呻吟，呼稚女至，则为解颐。徐妾方孕，语我曰：'术者言，君当丧妻而生子，果尔，吾瞑目矣！'悲夫！君临财廉，辞受不苟，常劝余让产，惟自处樽节，不知者訾其俭。余甘饱藜藿，免于叩门乞食，赖君不妄费寸丝颗粟也。凡日用钱帛，即米盐零杂，皆有簿籍。病稍间，稽考一过，曰：'吾没无遗人言。'至岁时伏腊祭祀宴飨，君必躬亲治具，终其身未始自逸。君好读书，灯火青荧，丙夜开卷不休，尤爱郑所南心史及熹庙时诸党人传。间与余评骘古今人物，往往吊忠义而唾奸佞，恨不自操刑赏。至论诗，本得自余，而创见或出余意表，时引李易安与赵明诚坐归来堂论书中否为饮先后，以况吾两人，然薄易安之行矣。君为诗多凄苦语，汩没逆境，郁郁难伸，吐之则恐余伤，茹之则又自伤，故吞声饮泣而发之于诗。顾自以为非女子事，不轻示人，今存者仅二百篇，汇之曰《友阁遗稿》。君素善病，至是寝疾，自知不起，向余擘画身后事井井，且曰：'大殓之制，家礼未别男女，生为妇人，死而服男子服，非礼也，宜以巾帼待我。'及殓，余从之。一夕，呼余曰：'吾顷赋诗为别。'因吟曰：'一劫悲凉身也去，半生恩爱梦还来。'遂相与呜咽，执余手不忍舍，已而曰：'吾在君前，幸也。'独虑余性刚拙，深诫余。卒之日，亲串来诀，皆以余为托，諈诿二妾，善事尔主。属纩之刻，姑姒咸在，君犹延坐，语如常，第曰：'累余姑姒。'勉以进粥，粥至未食气绝，坐而逝。先是云：'吾当夜去。'是日，复云：'夜去恐怖家人，当昼去。'盖九月二十五日未时也。君生于崇祯戊寅十二月朔，年四十六，一子正珏早卒。即以癸亥冬十二月葬于城东三十里白沙岭麓连理亭之右原。余穷于时，不忍君之湮没，将求名人铭碣以不朽君，君诚贤。荒迷略于诠次，仅摭数端，哀不能文，其曷敢浮词溢美以取讥于世之君子。齐衰期服夫方中履谨述。"

《友阁遗稿》，亦名《友阁集》，潘江《龙眠风雅续集》卷十九著录。

张英《友阁遗稿序》："盖尝读三百篇，而叹诗人之善言女子也。《关雎》为诗之首，其言曰'琴瑟友之'。夫友之为义，施于宾客交游。传曰'以友辅仁'。诗人顾取其义于房中者何居？古人曰：'礼之兴，莫不始于阃内。'人生结褵，而得贤女子与之相庄，骄惰之意不介于仪容，燕僻之私不形于动静。有善以相勖，有过以相规，有荣宠得意以相警诫，有贫贱失意以相宽譬。或落落寞寞不见知于当时，而一室之内敬之、法之，如对严师友焉。童子鸿之妇、冀缺之妻皆此义也。《郑诗》有焉：'女曰鸡鸣，士曰昧旦。''琴瑟在御，莫不静好。'古者贤女子之友其夫者如此。又曰：'之子之来之，杂佩以赠之。'贤女子之佐其夫，以友于君子者，又如此。故曰诗人之善言女子也。吾妹幼适方子合山，其所居曰'友阁'，有以哉！合山离世还俗，肩荷累世之学，以著述自任，世俗可欣可悦之事，一无所介于中，高洁卓荦，自放于山巅水涯之际，故为合山之友者难。吾妹以贤且明者友之。其诗有曰：'桑麻能共隐，鱼鸟自相亲。'益知吾妹之友于合山者，以其德也，以其识也。然则颜其所居曰'友阁'，岂易易哉！合山探讨遗文，搜罗放失，与古人为徒，其交游皆极一时贤隽。人知合山之友在上下古今，安知合山于门内,又得良友如是也。吾妹为叔父大司马公女,少适合山,即屏弃纷华,耽嗜恬素,居室孝敬婉嫕,极得太夫人欢。内外姻娅皆称其贤。性慧,喜读书,从合山学诗,间为一篇以写其意,多见道语,绝不类世俗女子香奁彤管之音。予每探吾妹至友阁,斗室萧然,图史在侧,丹黄在几,焚香扫地,蔬食饮水,以相倡和,意独悠然自适。因思诗人所谓静好之风,如及见之。以恸女子成疾,早世。合山搜其遗诗,刻为一帙,志友阁之恸于不忘也。予既重合山,益思吾妹有丝萝之托焉。故始终述诗人之言以序其诗,兼藉友阁以明伉俪之义,亦可以示风教也。"(见于张英《笃素堂文集》卷五)

按:《友阁遗稿》,道光《续修桐城县志》卷二十一《艺文志》作《友兰阁遗稿》:"《友兰阁遗稿》一卷,方中履室张氏僖和女撰。"又,《友阁遗稿》,胡文楷《历代妇女著作考·清代八》著录为"《友兰阁遗稿》一卷",并曰:"《正始集》作《兰阁诗集》,《皖雅初集》作《友阁集》,《撷芳集》作《友阁诗集》。"当依张英《友阁遗稿》说。

友兰阁馈余集

[清]方静著

未见。方静(生卒年不详),字畹香,号友兰。桐城人。清康熙、乾隆间在世。方赞女,庐江许正斋室。

《友兰阁馈余集》,汪启淑《撷芳集》卷二十五著录:"(方静)明经方公默之女也,适庐江许正斋。著有《友兰阁馈余集》。……《清诗备采》:友兰方太君,吾友许君容庵之令慈也,为桐邑理学司徒公之裔,司农公孙女,明经公默先生女。同怀姊妹有四,太君居幼,皆负诗名,博通今古。太君兼工丹青,盖夙慧有根也。前选《诗针》时,因寄迟刊峻,止附载数首,兹选特补录若干首,惜诸姊未得登珠玉。"

有诚堂诗余　一卷

[清]方彦珍著

存。方彦珍(生卒年不详),号岫君,字静云。清乾隆时在世。本籍歙县,侨居扬州。甘泉程立基室。存诗一卷、词一卷。

《有诚堂诗余》一卷,清光绪二十二年(1896)南陵徐乃昌刻《小檀栾室汇刻闺秀词》本,中国国家图书馆藏。此集收入第六集中,题“仪征方彦珍静云撰”,共录词十六首。另附《词人姓氏》曰:“方彦珍,字静云,号岫君。仪征人。国学方国祥女。幼从父读,七八岁即解四声,长工吟咏,适陈立基,亦俊才,闺门倡和,穆如也。著有《有诚堂诗集》。”(按:内“陈立基”当为“程立基”)

有诚堂吟稿　一卷

[清]方彦珍著

存。著者简介见前《有诚堂诗余》一卷。

《有诚堂吟稿》一卷,清道光四年(1824)刻本,中国国家图书馆藏。封页有汪端光“道光甲申冬”题写的书名“《有诚堂诗钞》”,中缝则印有“《有诚堂吟稿》”字样。此本一册,每半页九行,每行二十一字,白口,左右双边,单鱼尾。前依次录有“嘉庆十七年七月钱塘屠倬序”“甲申秋八月中秋后四日籍圃李周南”题诗、“道光四年十二月朔丛睦汪端光”题序、“石樵张安保”题诗、“道光五年岁次乙酉二月上浣赞清”和“广陵篔谷文治”题序,后有“道光五年二月婿刘锡如”题跋。此本分体收录方彦珍诗词,其中五律十八首(其中五排三首),五绝十二首,七绝二十五首及七律、诗格等,后附诗余十六首。

方赞清《序》曰:“吾宗自新安迁于淮扬,以诗名者甚盛。其专刻行世者,传播骚坛,几于人人有集,粲粲其门矣,而闺秀之咏罕闻。乙酉二月,得《有诚堂吟稿》诵之,旨远辞文,庄雅不佻,于清丽纤婉之中,仍寓悠闲贞静之意。诵其诗,考其德行,其必孝于姑,敬于夫,闺门之内,肃肃雍雍,不徒以颂椒咏絮艳称女史已也。美邦媛而光家乘,夫何间然?春雨掩关,三复斯编,爰识数语于简端云尔。道光五年岁次乙酉二月上浣,赞清题。”

刘锡如《跋》曰:“锡少孤,自嘉庆丁丑为程氏赘婿,蒙外舅姑饮食教诲,视若己出。外舅太学势英公讳立基,徽歙望族。先世业盐,至公因落于真州,寄籍焉。世守儒素,与外姑方孺人相敬若古人,教子女一以诵读为事。外姑雅好读史,与儿婿辈语及忠孝事,恨不身侧其间。著有《有诚堂诗词》,采入《扬州府志》及《闺秀同英》各集。外舅于庚辰年辞世,丧礼称家,教子益严肃。服阕,内弟鉴补博士弟子员。今年内弟裒集一册,私欲付梓,请之堂上,坚不允。适汪资政剑潭、程廉宪定甫、屠太守琴坞、李部曹冠三诸先生锡以弁言,锡捐资助弟勉力而成,外姑始首肯。曰:‘非余固执,然巾帼传世者,不在此也。既蒙评择,行其心之所安而已。’乃手自删订,始选材加剞劂焉。至于闺仪之德,谐声之工,乡党所共知,锡不赘及云。道光五年二月,婿刘锡如谨识。”

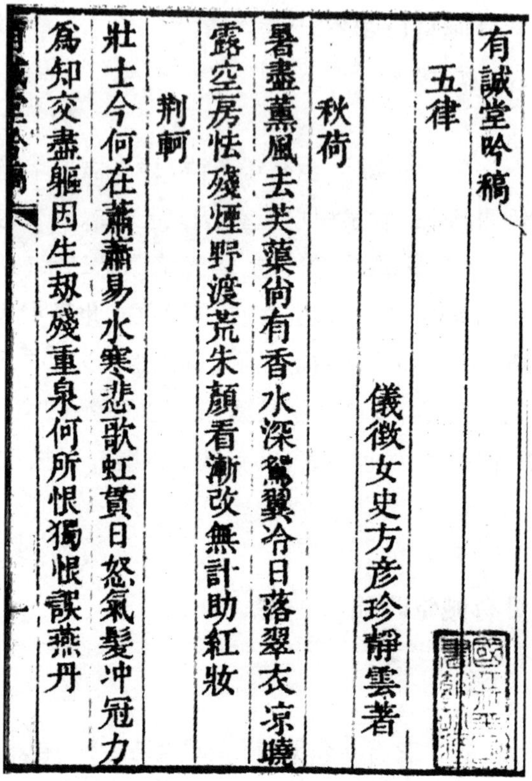
有誠堂吟稿
五律
儀徵女史方彦珍靜雲著
秋荷
暑盡薰風去芙蕖尚有香水深鴛翼冷日落翠衣凉曉
露空房怯殘煙野渡荒朱顔看漸改無計助紅妝
荆軻
壯士今何在蕭蕭易水寒悲歌虹貫日怒氣髮冲冠力
爲知交盡軀因生刼殘重泉何所恨獨恨誤燕丹

按:汪鋆《雅安书屋文集》有《跋有诚堂稿后》一文,曰:“族母静云方太孺人,苦节课朗廷侄入仪庠有声。所著《有诚堂诗集》,皆温柔敦厚之意,和平中正之音,尤工回文体,它人百法拟之难成,静云叉手立就,令人百读不厌,一代闺中作手也。惜无巨赀,不能尽刊其生平所作。闻葆儿云母以余技作试帖,题无难易,动成数首。每值乐仪书院课,侄同学来求作诗多至十余人,皆得佳篇而去,岂非奇才!余方谓侄迅跻金门,显扬母节,不意侄忽病故,静云抚此幼孙,与侄妇两代孀居,兼老病穷之苦,何天忍之为此也!然则诗工天忌,其信然邪?是不可解矣。”此跋不见于现存《有诚堂吟稿》。

又按:孙殿起《贩书偶记》对此版本也有著录:“《有诚堂吟稿》无卷数,仪征女史方彦珍撰，道光甲申刊。”

又清阁遗稿

［清］方宁著

未见。方宁(生卒年不详)，桐城人。清康熙时在世。方中通与陈舜英孙女，孙荩臣室。

《又清阁遗稿》，汪启淑《撷芳集》卷十著录：“(方宁)安徽桐城县人，适孙荩臣。嫁甫数月，夫亡，殉节。著有《又清阁遗稿》。方璠《又清阁遗稿传略》：‘侄女又清阁，名宁，四弟备尝女也。生而颖慧，多病。未尝出闺阁，喜流览诗史，每闻里闬间有节义事，则亟称羡之不去口，其天性然也。居常侍庭除，即景抚怀，间发为歌咏。至年逾二十，始赘孙氏子荩臣为婿。孙故与吾家世好，博闻强记，至行醇笃。女既卺，遵两氏仪范，不以窭故失事人礼，亲操作，愉娩恭顺唯谨。越数月，婿归省亲。婿家邑北麻笃山，去郭门一舍，及归，病作。女鬻簪钏，购参术药饵，觅人赍送不绝，已有瘳矣，忽一旦讣至。女闻，奔哭数十里不辍声，哀感行路。女自结缡后，阅百余日，犹未入孙门也。至是，麻衣衰绖，哭泣庙见。自姑嫜以下，怜而哀之，无不掩泣失声者。女既亲含敛毕，抚棺啮臂，誓不欲生。时方孕，婿归殁，惓惓以遗腹为言，乃茹痛，复大归吾弟所。所孕仅八月，产一女，未几，殇。女呼天大恸曰：‘吾今复何望哉！吾所以迟迟未即从夫子地下者，以孕；孕而女，女复不存，吾已矣，复何望哉？’先是，女屡哭死，皆救苏，因泣语父母，辞决勿复救，作《绝命词》数首，号哭，屏食饮十余日以死。死前一夕，预服敛衣，问夜何其，质明，端坐诵佛号而逝。吾弟如其言，从婿合葬于其家山之阳。’方陪翁《又清阁遗稿序略》：‘吾于女孙宁之得死所也，而后感天意之成之也。女孙宁，为吾儿琫女，生而颖异。稍长，读吾祖姑节妇《清芬阁集》，爱之，时时不释手。吾乡有高氏女，未嫁而夫亡，矢志不字。女孙闻之，嘉叹不已，喜其得吾川真姑遗风，岂非其情性之得于天者乎？赘婿孙荩臣甫数月，荩臣以省亲病于麻山，女闻讣，哭死，奔丧。因荩臣遗言愿存遗腹一脉，力劝忍死抚孤，视死犹生，视生犹死，岂非其志之得于天者乎？孕仅八月，产女，日夕泣涕，愿从夫地下。未匝月，女亡。女孙告父母，日分定死矣，切勿复救。因作《绝命词》，绝粒以死，合夫葬于麻山麓。由是观之，性之重节义者，天也；嫁甫数月而夫亡者，天也；生女不育，卒能遂其矢死之志者，皆天也。非天之成之也，而能若是乎？学诗亦未久，而能抒其志之所在，语甚凄惋。命琫录而存之，使世之君子怜其志而已。'"

余阁诗草

[清]张氏著

未见。张氏(生卒年不详)，泗县人。清乾隆时在世。张士举女，萧寅室。

《余阁诗草》，《光绪重修五河县志卷十六·孝妇》著录："氏，泗州人，举人张士举女，儒童萧寅妻。年十八适寅，事舅姑有礼佥以孝称。幼时窃读父书，辄能了了。性爱吟咏，著有《余阁诗草》。孝廉携婿寅赴馆，赠以句云：'一子传经添半子，莫教坦腹愧东床。'又《哭侄女》云：'十二梳头百事乖，曾于花下斗诗牌。'惜全首逸矣。"

余香草

[清]汪是著

未见。著者简介见前《伏枕吟》。

《余香草》，汪启淑《撷芳集》卷六十九著录："(汪是)将死之前一日，以《梅影楼诗》及《伏枕吟》属吴之騄订定。附刊《桂留堂集》后，总名《余香草》。"

按：《余香草》当为汪是所著《梅影楼诗》与《伏枕吟》之合集。胡文楷《历代妇女著作考·清代十一》亦据《香咳集》著录。

余园附草

[清]汪德贞著

未见。著者简介见前《孟淑剩稿》。

《余园附草》，胡文楷《历代妇女著作考·清代四》据《清闺秀艺文略》著录。

鱼窗闲咏　一卷

[清]马氏著

存。马氏（生卒年不详），桐城人。约于清乾隆、嘉庆间在世。马占照女，姚乔龄母。幼通经训，娴文史。有《鱼窗闲咏》存世。

《鱼窗闲咏》一卷，辑入《桐城马氏诗钞（七十）》，清道光十六年（1836）可久处斋刻本，中国国家图书馆、南京图书馆藏。此本每半页十行，每行二十一字，小字双行，黑口，左右双边，单鱼尾。前录有费丙章跋，内收诗四十四首。

费丙章《跋》曰："同年姚君问松母马太孺人，幼通经训，兼娴文史。问松少时，尊甫以家贫，授经四方，太孺人教之学，讲授有法，俨如人师。既尊甫捐馆，问松后以选拔入都，太孺人教两孙亦如之。问松每述懿德，辄流涕不已。平生颇喜吟咏，以非妇人所重，不自收拾，殁后，仅存百数十篇。问松辑以见示，盥手读之，无愧名媛之什也。"

玉琴斋集　一卷

[清]黄之柔著

未见。黄之柔（生卒年不详），字静宜，号玉琴。明崇祯至清康熙年间在世。江都（今江苏扬州）人。歙县吴绮（字园次）室，吴参成、吴吴母。徐釚《词苑丛谈》曰："吴湖州内子黄淑人，能诗，湖州尝赠以《临江仙》一阕，中有'秦嘉书两纸，苏蕙锦千丝'之句。其为林下之风，盖不在王夫人下矣。吴湖州江夏夫人与扶风少君皆有出尘之韵，湖州尝因内宴作词云‘一家都解爱青山’，盖实录也。”

《玉琴斋集》，汪启淑《撷芳集》卷十八著录：“黄之柔，字静宜，号玉琴，安徽歙县人，吴园次室也。著有《玉琴斋集》。”

玉荣诗集

[明]王淑辰著

未见。王淑辰（生卒年不详），字玉荣。上海人。约明嘉靖时在世。王光承女，休宁杨瞻室。

《玉荣诗集》，道光《徽州府志·艺文志》著录。

玉台新咏　一卷

[清]姚陆舟著

未见。著者简介见前《闺鉴》三卷。

《玉台新咏》一卷，马其昶《桐城耆旧传》卷十二《马节母传第十》著录：“（姚陆舟）著《闺鉴》三卷、《凝晖斋集》二卷、《陆舟吟》二卷、《玉台新咏》一卷。其《陆舟日记》别为四十三册，盖自三十后，岁为一帙，记日用言动，以逮子孙女妇程课、瓮酱瓶蔬造作之细皆具；而经传史事，旁及九章算法、六壬数术、子平星家诸说，亦间见云。”

玉溪诗谜

[民国]苏雪林著

存。著者简介见前《蝉蜕集》。

《玉溪诗谜》，即《李义山恋爱事迹考》（见本书）。

玉箫楼词

[清]沈英著

未见。沈英(生卒年不详),字星媛。芜湖人。清咸丰、同治间在世。训导沈芝馨女,县丞无锡汪震室。

《玉箫楼词》,徐乃昌《小檀栾室闺秀词钞·闺十一》著录:"(沈英)训导芝馨女,县丞无锡汪震室。著有《玉箫楼词》。"

玉虚子集

[清]郑钟美著

未见。郑钟美(生卒年不详),自号玉虚子。歙县人。同邑张潭室。

《玉虚子集》,汪启淑《撷芳集》卷四十一著录:"郑氏名钟美,自号玉虚子,安徽歙县郑村人。适同邑张潭美功。著有《玉虚子集》,贫未付梓。"

喻梅楼诗稿

[清]汪淑仪著

未见。汪淑仪(生卒年不详),字玉林。歙县人。长洲教谕汪广堂长女,义成朱薰室。

《喻梅楼诗稿》,民国《歙县志》卷十一《人物志·列女下》著录。

鸳箴余草

[清]吴氏著

未见。吴氏(生卒年不详),泾县人。赵鼐室。

《鸳箴余草》,《重修安徽通志·人物志·列女·才媛》著录:"增生赵鼐妻吴氏，泾县人。善属文。著有《鸳箴余草》。”

渊湛诗钞

［清］程娴著

未见。程娴（生卒年不详），字渊湛，号湘蘅，晚号念春老人。浙江桐乡人。清乾隆、嘉庆间在世。歙县鲍廷博孙正勋室。

《渊湛诗钞》，光绪《桐乡县志·列女·才媛》著录：“（程娴）少孤，育于叔，聪慧绝伦。读书通大义，工为诗，兼擅星命之学，继叔母吴恭人爱之如所生，偕至京邸，闺中辄酬唱为欢。二十六岁始归鲍，即渌饮翁之孙妇。家有藏书万卷，时获浏览，所作益工，著有《渊湛诗钞》，未及刊行，毁于劫火。”

远山楼稿

［清］孙瑶华著

未见。孙瑶华（生卒年不详），字灵光。金陵（今江苏南京）人。约于明崇祯至清顺治间在世。歙县汪景纯侧室。

《远山楼稿》，钱谦益《列朝诗集·闰集》卷四著录：“瑶华，字灵光，金陵曲中明妓，归于新安汪景纯。景纯，江左大侠，忧时慷慨，期毁家以纾国难，灵光多所资助，景纯以畏友目之。卜居白门城外，筑楼六朝古松下，读书赋诗，屏却丹华。景纯好蓄古书画、鼎彝之属，经其鉴别，不失毫黍。王伯谷亟称之，以为今之李清照也。景纯殁，遂不作诗。所著《远山楼稿》亦不存。”

月波轩遗草

［清］金树彩著

未见。著者简介见前《纫兰集》。

《月波轩遗草》，黄秩模《国朝闺秀诗柳絮集·续编》著录："金树彩字幼文，安徽休宁人，武昌知府云门第三女，著有《月波轩遗草》。按：树彩年二十未字，与长姊随侍母氏汪恭人于湖北省寓。咸丰壬子十二月四日，武昌陷，女同母、姊均殉难，以贞烈旌恤，建坊立祠。"

按：《月波轩遗草》，方宗诚《金烈女传》作《纫兰集》（见本书）。

月窗集

［清］吉氏著

未见。著者简介见前《兰芬集》。

《月窗集》，民国《太湖县志·人物志·孝妇》著录："拔贡马世楫妻吉氏，生而明敏，父兄口授《论语》《孝经》，即解其义。稍长，四德悉备，暇则留心书史。年十七于归，两月，翁病口，氏刲左股调羹以进，遂愈。是年，氏忽膺暴疾，将殓，复醒，咸以口诚孝之报。越二年，姑病，复刲右股进之，亦愈。氏年三十二卒，里人伤之。知县王庭给匾曰'壶孝维风'。氏工诗，著《月窗》《兰芬》等集。有丈夫子二。"

月来吟

［清］丁白著

未见。丁白（生卒年不详），字素丝。西安人。歙县张伯岩室。

《月来吟》，徐树敏、钱岳《众香词·射集》著录："丁白字素丝，先世关中，随父侨寓广陵。幼喜吟咏，工绘事，皆得唐宋笔法。奉二亲至孝，寝食起居，无不念之。长适新安张子伯岩，唱和相得。素有欲征名媛诗之举，见余所刻，遂阁笔矣。因录其《启》，以存素心。《启》曰：'柳絮因风，名传道韫；锦心成字，人是若兰。聆贞女之词，独悲乌鹊；奏宫人之乐，首唱关雎。或者因物赋怀，夫亦未能免此；若云无才即德，我窃以为不然。则有巾帼丈夫，香闺学士，冰心玉骨，既解柔嘉；蕙性兰心，更多敏慧。春花秋月坐息处，一架琴书；锦瑟牙签悄吟时，半龛灯火。炉烟绕篆，花阴独上纱窗；玉露研朱，燕子刚来绣户。斯时也，鸟衔锦字，徘徊珠幕之间；蛩和秋吟，出没玉阶之畔。倘终珍秘，岂必尘淹。伏冀不吝琼瑶，付之梨枣，惠光词赋，得悉生平。收经尺之珊瑚，合美观于金石；集一庭之翡翠，惊异艳于隋朝。如桑间濮上之音，则非所取；或鬼女乱仙之作，亦必兼收。庶于浪花渔浦之间，流来红瓣；敢谓弄月吟风之句，必附青云也哉。'有《月来吟》。"

月贞遗草　一卷

[清]周月贞著

存。著者简介见前《联珠集》。

《月贞遗草》一卷，附于周月贞母翁静如《珠楼余草》卷后，清乾隆年间(1736—1795)刻本，复旦大学图书馆藏。此本有方于庆序。方于庆《月贞遗草序》曰："周母翁太夫人少女名月贞，方夫人殁时，甫数龄……其季兄莲洲时方就外傅，每课余必内入视妹，饥寒相见喁喁，惟以点画音声请指授，凡有所得，辄不忘，且能推类以及，无毫发谬。居久之，发太夫人遗书，日讽诵，目数行下，偶拈题赋句，温柔敦厚，若深得风人遗教者。……许字名门，遭家道中落，其夫子既不遑事占毕，又天性愿朴，无能以肆应才驾人上方。于归时姑已早殁，翁老且病废，惟朝夕奉养是急，凡内外家政一人主之，裕如也。……而三年之丧甫终，则生产业益薄矣，乃与其季兄谋促夫子徙云间，为糊口计。维时去母家远，兄若嫂之慰问无常至，以秉负羸弱之体，辛勤操作，致成疾，久不起，于乾隆年月日卒。……及莲洲询其妹氏所遗诗，则其妹氏夫于妹卒之日悉检而焚之，以为不忍存也。……莲洲匣笥中犹藏所寄订稿十余首，虽千百存其什一，而有此已见一斑，天之不殁其才，盖在乎是！今莲洲将刻太夫人遗集，拟将妹氏所遗附于后。"

岳麓吟

[明]胡氏著

未见。著者简介见前《湖湘游草》。

《岳麓吟》，民国《歙县志·人物志·列女下》著录："江学海继妻胡氏，湖南人，工诗文，著《湖湘游草》《岳麓吟》。"

云芬阁诗　一卷

[清]吴氏著

未见。吴氏(生卒年不详)，桐城人。清咸丰、同治间在世。同邑吴询女，光聪谐室。光大中《安徽才媛纪略初稿》曰："云芬阁，桐城人，诸生询女，大中之高曾祖母。著有《诗稿》一卷。先高曾祖讳聪谐，字律原。嘉道间，由进士官至直隶布政使，引疾归里，生平著作甚富。又汇刻乡贤遗著，为《龙眠丛书》，宦成而事风雅。高曾祖母实内助有功，诗词其余事也。"

《云芬阁诗》，光铁夫《安徽名媛诗词征略》卷一著录："(吴氏)诸生询女，直隶布政使同邑光聪谐室。幼读书时，父以'自古以来天气好'诗句命对，即应声曰：'放怀之处世情疏。'父奇之。于归后，佐治之暇所吟咏，深得《三百篇》之旨。著有《云芬阁诗》。"

云锦楼诗

[清]李长宜著

未见。李长宜(生卒年不详)，颍水(今颍上县)人。清顺治、康熙间在世。刘体仁从侄进士刘播室。刘播，字子方，刘体谦子，清顺治己亥年(1659)进士，知洪洞县(今山西省临汾市)，《重修安徽通志·人物·宦绩》有传。

《云锦楼诗》，陈维崧《妇人集》卷二著录："《云锦楼诗》，系进士刘播妻李氏著。李氏，中丞某女孙。……《云锦楼·偶成》一绝曰：'花前闲步数蜂须，霁色初晴小院隅。巧试金钗移日影，阑干划处损红朱。’”

芸芳女士诗稿

[清]张芸芳著

未见。张芸芳（生卒年不详），字凤笙，号梧岗，婺源人。张端典长女，同邑俞祖述室。

《芸芳女士诗稿》，光铁夫《安徽名媛诗词征略》卷二著录：“（张芸芳）端典长女，同邑俞祖述室。上海南洋女子师范学校毕业生。历任湖州旅沪女子中学、安徽旅沪女子中学主任教员。品端学粹，从无恶习，人多重之。年三十三，以劳瘁卒于上海。著有《芸芳女士遗稿》。”

芸香阁诗草　一卷

[清]庆佩芸著

存。庆佩芸（1842—1865），含山人。庆之金女，同邑王某室。光铁夫《安徽名媛诗词征略》卷四曰：“（庆佩芸）工于诗词，所作皆和平庄正之音，无抑郁牢骚之气。幼字同邑王氏子，（王）年二十一，赘于柏乡旅寓。生女一，不举。（庆）同治四年卒，年二十四。著有《芸香阁诗草》。”

《芸香阁诗草》一卷，清同治七年（1868）刻本。柯愈春《清人诗文集总目提要·中册》曰：“佩芸生于道光二十二年（1842），卒于同治四年（1865）。安徽含山人。知府庆之金女，赘同县王氏子。卒后其父之金辑其所作，编为《芸香阁诗草》一卷，赵文濂序，虞山赵静芬、赵静芳、毗陵吴凌云题词，录诗八十六首，同治七年刻，《续修四库提要》著录。又民国二十四年合肥杨开森选录本，《安徽艺文考》著录。”

筠湄诗稿　一卷

[清]赵景淑著

未见。著者简介见前《壶史》。

《筠湄诗稿》一卷，亦名《筠湄小稿》，见于赵景淑兄赵对澄所作《筠湄诗稿序》："女兄《筠湄诗稿》一卷，凡百廿余首，庚午至己卯，十年中作也。女兄长澄一岁，有夙慧，喜读史，尝集古今名媛百数十人，各为小传，题曰《壶史》。又有《香奁杂考》一卷，征引甚详。韵语，其余事也。然暇辄觅句，宗派晚唐、宋人间，效李长吉体，本朝则推王新城、恽南田、李丹壑，余不甚留目。澄少作多袭明七子格调，女兄力诋之，谓'如木偶登场，绝少生气'。澄心颇不平，然不能辨也。所居妆阁，书史纵横，几榻皆遍。澄于吴门得唐孝女画，女兄爱之，取悬壁间。画为菊，遂以'延秋'名其阁焉。平日之笃慕懿行概如此。岁首裒次诗若干首，属澄题签，澄即书曰《延秋阁诗集》，女兄以为侈，乃自署《筠湄小稿》云。嘉庆庚辰首夏，弟对澄谨识。"（见赵景淑《延秋阁剩稿》）

韫林偶集

[清]林文贞著

未见。林文贞（生卒年不详），字韫林。福建莆田人。约明崇祯至清康熙间在世。宣城王义问子期龄室。

《韫林偶集》，王士禄《宫闺氏籍艺文考略》卷九著录："林文贞，字韫林，闽莆田人。流落后，归宣城王氏，能为小诗、小词，精书法，暇日染翰，自细楷至擘窠，书无停腕。尝写一'鹅'字，不洽意，临之三昼，溢万余字，陈世昌赠诗'万字写红鹅'，谓此。所著《韫林偶集》。又善画兰。"

蕴素轩集　四卷

[民国]姚倚云著

存。著者简介见前《沧海归来集》十八卷。

《蕴素轩集》四卷，胡文楷《历代妇女著作考·附编》著录。

蕴素轩诗稿　五卷

[民国]姚倚云著

存。著者简介见前《沧海归来集》十八卷。

《蕴素轩诗稿》五卷，刊附《范伯子文集十二卷集外文一卷附一卷诗集十九卷诗本事注一卷连语一卷》后，民国二十一年（1932）浙西徐氏刊本，《近代中国史料丛刊续编》据此本收入。

蕴素轩诗集　十一卷　蕴素轩词　一卷

[民国]姚倚云著

存。著者简介见前《沧海归来集》十八卷。

《蕴素轩诗集》十一卷《词》一卷，民国二十二年（1933）铅印本，中国国家图书馆藏。此本诗集有姚永朴、顾公毅序，范毓跋，徐昂传。前者收诗二百四十九首，后者收词二十三首。

姚永朴《序》曰："同治甲戌，先考自安福引疾归，濒发而先妣卒，既返，寓于皖两年。时科举未罢，延师督诸子为制义，于女使学针黹而已。妹倚云，顾好读书，日取经史古文诵之，遇有疑滞，就询父兄；为讲说，辄豁然。及先考卜宅邑之挂车山，以地僻罕人事之扰，时时为诗自娱。予兄弟因从事吟咏，妹亦与焉。吴挚甫先生尝见妹诗于戚姻家，为之惊喜。会通州范当世丧其室，乃自冀州遗先考书曰：'肯堂诗笔，海内罕与俪者，君为贤女择对，宜莫如斯人。'先考以道远难之。吴先生一岁中申言七八，妹由是字范氏。其后先考重莅故任，肯堂来就婚。夫妇相得甚，闺中唱酬，如鼓琴瑟。肯堂寄妹诗归，厥考荫堂先生诧曰：'焉有女子能为此者？非假于若父兄，即吾儿润饰耳。'妹归觐，知实己出，又喜曰：'姚氏旧门，固当有此女。'时肯堂两亲咸在，前室遗二男一女。妹仰事俯育，勤劬备至。公姑既殁，佐肯堂治丧如礼。为子纳妇，而嫁女义宁陈氏。今二子以文学名于时，诸孙成立，且有曾孙矣。嗟乎！人代之递嬗，岁月之迁流，忽忽遂四十余年。伯兄最先卒，先考及吴先生又违世，肯堂亡亦二十年，伯姊、叔弟复相继沦丧。惟予偕姊夫马通伯卧病闾巷中，妹独远隔千里，人生罕称意事。然求骨肉聚处稍久长，天亦若有靳不肯与者，是可叹也！妹诗曰《蕴素轩稿》，初附印肯堂诗后，顾不多。迩年又裒前后所作，钞存之，为若干卷，属予题数语于首。予喜妹诗温厚尔雅，能协诗教。爰述平生之德行之无憾于两姓者与为学始末，漫书而归之，冀慰其意云。岁丙寅冬，仲兄永朴识。"

顾公毅《序》曰："蕴素先生之偶，范伯子先生也。吴冀州为之媒，蕴素先生亦若以诗媒者。先生尝录所为诗由其兄姚仲实先生呈冀州，冀州亟赏之。时伯子先生失偶已数年，意不更娶，而冀州毅然为介。伯子先生亦既于冀州得诗读之，议始定。光绪戊子冬，就婚安福。合卺之夕，宾筵酒阑时，蕴素先生突闻中庭有人引吭高诵其诗不置，异之，既乃知即伯子先生。一时传为佳话。此义宁陈师曾衡恪语。师曾，范婿，以辛亥二月就通州师范学校教习。其时，公毅应蕴素先生约，兼女师范校教育课，且二年矣。先生谓女教系家国者至巨，尝推原《二南》之化，著论于校十年《概览》之中，以其忠厚悱恻之意，播之于诗，而更浃之于校之人也。校风乃独以质静闻。校有事，往往询及公毅，大者必欲得一言。如是者迄十年之久。公毅主县教育会事，又延先生长妇女宣讲会，会尝数百人，先生随机立说，听者为之意消。民国八年，先生以长皖校去，女师范校以为校终不可无先生也，先生亦弗忍固辞，遂归授经义。先生之言曰：'女子教育，贵能观于今而慎所当取，尤贵能鉴于古而知所当守。'其为讲义，则犹是旨，一讲既终，群弟子罔不悦服而退。盖其忠厚悱恻，足以致之。公毅谢女校事又忽忽十年，与先生岁或二三见。秋初起居，先生正曝书于庭，检一小册示公毅，上署《蕴素轩少时诗稿》，稿蝇头小楷。谛视之，先生之手笔也，而评者为吴冀州。就所识年月考之，则已越四十年。墨迹如新，粲然夺目。因忆师曾所谓诗媒者以询，先生默应焉。冀州于其《送别二兄》'黄鹂紫燕舞春风，水碧山青绕江树。长天杳杳看归鸿，短梦依依闻杜宇'句评曰：'顿开异境，飘洒不群。吾家梅村恐尚未到此。'于《初秋闲理小园寄仲兄》'蝉噪高林际,蚓鸣砌草根。秋风穿牖冷,疏雨扑帘繁。庭树纷残叶,壁苔长细痕'句评曰:'如此方谓之情景交融。'于《中秋月夜怀二兄三弟》'秋露凝花坠,凉风掠袖生。徘徊良夜永,游骑杂歌声'句评曰:'韵味悠永。'《雪夜忆仲兄》'佳日宜人增怅望,严寒萧瑟倍思乡'句评曰:'逸气横生。'《送三弟之江阴》'儒生任穷达,励志追先哲。独念川途劳,勉慎风尘劣'句评曰:'纵横如志。'《三弟以诗来索和答之》诗凡八章,章各有评,曰:'一往情深,言情之善则也。'曰:'疏宕。'曰:'奇幻不可思议。'曰:'琅琅有声。'曰:'沉痛。'曰:'韵态天成,不事雕琢。'曰:'此篇气势尤为奇纵。'曰:'情韵深美。'而于卷端大书特书曰:'风格高秀,体裁淡雅,绝无闺阁之态。固由毓德名家濡染有源,亦是天挺瑰姿,非复寻常所有也。'公毅披览再四,无任景慕。昔闻冀州评伯子先生诗,谓为海内无封。于先生诗,评又若此。其力任为介宜矣。先生之诗,老而益工,所历即艰苦,一视乎义命而安之,故其为言极舒迟淡泊之致。世更有冀州其人,不知作何赞叹也?先生以其诗稿将付剞劂,属为之序。公毅不文,更不能诗,念少作曾获伯子先生评奖,谓为读书得间,有造之才,而辱先生之知也亦已久。故乐道两先生事,且俾天下后世读是诗者,知先生于诗之外,亦正大有事在焉。"

范毓《跋》曰:"右诗十一卷,词一卷,伯母姚太夫人作。今年七十,受业女弟子罗君玉衡、侄孙女北强等印行为寿。伯兄彦殊命毓为之跋。谨筮于五月之吉斋宿薰沐而言曰:吾家自先十山公于明清之际,与桐城方氏有朋好,发为歌咏,至今子孙识之。而先伯父以吴冀州之介,太夫人来嫔。于是伯兄娶于马,毓娶于方,凡婚嫁于桐城者四。燕婉之求,室家之好,通两地亲姻,蔚然以厚吾宗,太夫人实为之主事。间有清一代,为年二百数十。人伦之道,肇端乎夫妇。而吾国故基于母教,则为泽以及于子孙,又岂当时先十山公朋俦杯酒之欢,忽复能料畅人生之奇乐于今哉!且毓少闻若曹孺人之雪夜发琴,若金孺人之绘兰竹,若成恭人之纺绩佐餐。而至今检点先世遗册,每疑有昔时夫妻母子唱和之作,以发扬阴德以笃吾先人孤寒之志者存于其间,读太夫人之诗篇,而益低徊信之。太夫人幼娴闺训,来施于余家,逮先伯父既逝,则以诗文余业为女师,类乡人所能识。而其哀乐之异感,其性情之寄托,其学植之渊源,则学者可于兹卷求之,犹子不得谀其尊亲。然浸润于慈惠发露所深识,以一言为之宜。"

按:《蕴素轩诗集》十一卷《词》一卷,马亚中、陈国安校点本《范伯子诗文集》附录收入。

杂流必读

[清]程琼编

未见。著者简介见前《才子牡丹亭》。

《杂流必读》,史震林《西青散记》卷二著录:“(程琼)长子曰口,五龄,授书辄成诵。安定君集诸子史合成一编曰《杂流必读》,以课儿。儿亡,遂焚书置棺中,曰:‘不能望其今生作通儒,亦须令其来生多识字。’殁之夕,令权舆太姑陈宜人共厝,索笔砚,自取枕函淡红笺欲自书。沉吟置笔,以属玉勾生,自诵《绝句》曰:‘千春万载此沉埋,坐乐轩中只暂挨。岂可便无题额处,相烦亲署小眠斋。’问遗照成未,乃回身伏枕而瞑。”

按:胡文楷《历代妇女著作考·清代十》亦据清史震林《西青散记》著录:“《杂流必读》:分十章,曰师众通微,得情制术、因时顺俗、去伪尚实、致欲行要、一务巧持、浑心益众、明神定分、从欲立信、鼓富养贫。自序曰:‘搜诸子集,曾寓目者,断章取义,分条合璧,因而各附史事成一编,以课儿子庆诒。’”

再生集

[明]章有湘著

未见。著者简介见前《澄心堂集》。

《再生集》,潘江《龙眠风雅》卷五十五著录:“(章有湘)所著《澄心堂诗》《望云草》《再生集》《诉天杂记》,皆孤猿寡鹄,自写其忧伤哀怨之音,君子读而悲其志焉。”

再生缘全传　二十卷

[清]侯芝改订

存。著者简介见前《绘图再造天》十六回。

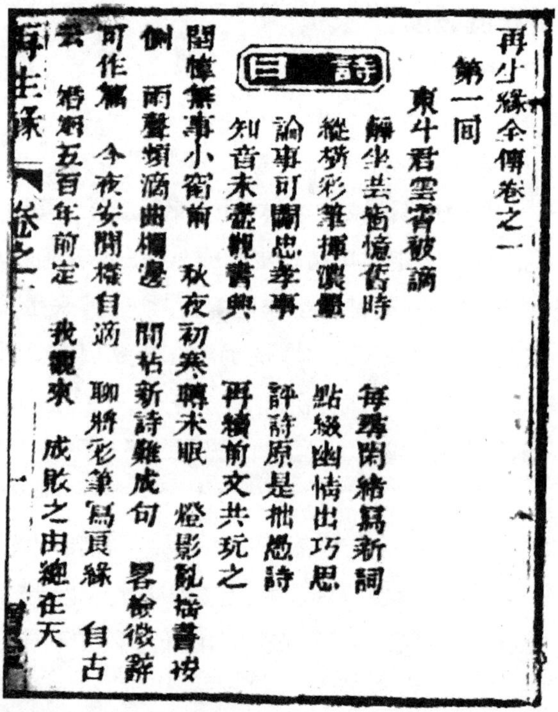
再生緣全傳卷之一

第一回

東斗君雲霄被謫

詩曰

閒坐芸窗憶舊時　每尋閒緒寫新詞

縱橫彩筆揮濃墨　點綴幽情出巧思

論事可關忠孝事　評詩原是拙愚詩

知音未盡觀書興　再續前文共玩之

閒暇無事小窗前　秋夜初寒轉未眠　燈影亂搖書被側　雨聲頻滴曲欄邊　閒拈新詩難成句　略檢微辭可作篇　今夜安閒權自適　聊將彩筆寫良緣　自古云　婚姻五百年前定　我觀東　成敗之由總在天

再生緣　卷之一

《再生缘全传》，清同治十一年(1872)重刊本，中国国家图书馆藏。内封题“姑苏原本再生缘，右经堂藏版”。此本每半页十一行，每行二十二字，白口，左右双边，单鱼尾。卷首题名《再生缘全传》，共二十卷，八十回。前有侯芝自序。

侯芝《序》曰：“诗以言情，史以记事。至野史弹词，或代前人补恨，或恐往事无传，虽俚俗之微词，付枣梨而并寿。余幼弄柔翰，敢夸柳絮迎风；近抱采薪，不欲笔花逞艳。是以十年来，将置章句，专改鼓词。花样新翻，秖恐词难达意；机丝巧织，未免手不从心。近改四种，《锦上花》业已梓行。若《再生缘》，传抄数十载，尚无镌本。因惜作者苦思，删繁撮要，觉此书大旨专为皇甫少华及孟丽君两人而作。若不与以忠孝节义之名、政事文章之品，不足以高其身价，令阅者刮目相看。盖流离颠沛，权改男妆；富贵显荣，应修妇职。乃功既贵乎一品，位已驾乎百僚。金石盟心，松筠守介。荷九重之恩宠，不易清操；任两姓之怀思，终持亮节。机关既破，面目难遮。以此始，以此终，成今生之美眷；可以真，可以假，了前世之良缘。叙事言情，俱归礼德；谄书杂戏，不尽荒唐。虽闺阁名媛，俱堪寓目；即世廛贾客，亦可留情。哲人有以《玉钏缘》致予作序，曾缀数言于简末，至兹编又非其笔可比，故改而付梓，不没作者之意。未识闺中人以为然否？道光元年季秋上浣日书，香叶阁主人稿。”

按:胡文楷《历代妇女著作考·清代六》“《再生缘》二十卷”条曰:“《中国俗文学史》著录(见)。一九三〇年上海云记书庄石印本。开幅阔大,凡二十卷,八十回。前有道光元年香叶阁主人自序。”

再生缘续集　十六回

[清]侯芝改订

存。著者简介见前《绘图再造天》十六回。

《再生缘续集》十六回,即《绘图再造天》(简称《再造天》)。

瞻云阁诗草

[清]黄凤著

未见。黄凤(生卒年不详),字绛云。芜湖县人。同邑明经陶时雨室。

《瞻云阁诗草》,汪启淑《撷芳集》卷六十著录:“(黄凤)著有《瞻云阁诗草》。《水曹清暇录》:‘族侄文亭顷以芜湖闺秀黄绛云诗嘱选,尚有《忆外》词一阕附载于此。’”

贞烈事实　一卷

[明]徐皇后著

未见。著者简介见前《佛说五十三佛大因缘经》三卷。

《贞烈事实》一卷,胡文楷《历代妇女著作考·明代二》著录:“《千顷堂书目》云:始启母明训,终岳氏自缢,凡八十八条。”

‖枕涛轩遗草　一卷

[清]章氏著

存。章氏(生卒年不详),安徽铜陵人。清道光、咸丰间在世。候选司铎章佩瑶长女,浙江天台陈汇(字芍川)室。《五松章氏宗谱》卷三曰:“章氏,清铜陵县近市青梅塘(今县城关镇马冲村)人。父朝辂(1775—1821),邑庠增贡生,授候选司铎,赠登仕郎,诗文辞赋无不擅长,教育后进尤循循善诱。章氏幼承庭训,乃通诗文。尝随伯舅宦游,每至有吟咏。后嫁浙江天台陈汇,生二子,长曰廷祉,次曰彬蔚。章氏卒,遗有诗作五十篇,由其二子校录编次,题曰《枕涛轩遗草》。”(见潘法连《铜陵历代人物》)

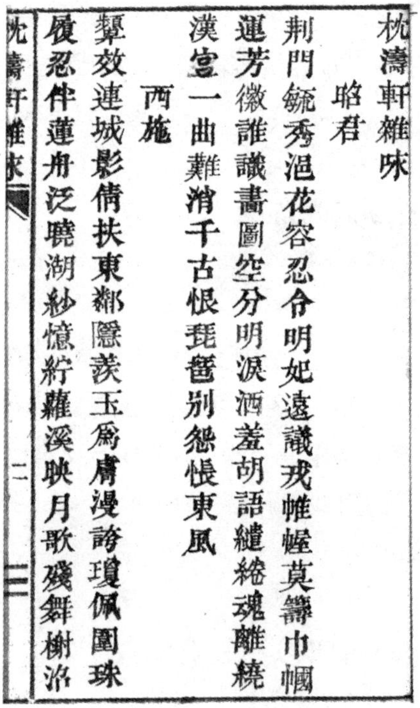
枕濤軒雜咏

昭君

荆門毓秀浥花容忍令明妃遠識戎帷幄莫籌巾幗
運芳徽誰識畫圖空分明淚洒羞胡語繾綣魂離繞
漢宫一曲難消千古恨琵琶別怨悵東風

西施

顰效連城影倩扶東鄰隱羨玉爲膚漫誇瓊佩團珠
履忍伴蓮舟泛曉湖紗憶紵蘿溪映月歌殘舞榭沼

枕濤軒雜咏　二

《枕涛轩遗草》(亦作《枕涛轩杂咏》)一卷,清同治六年丁卯(1867)刊,天台陈迎瑞堂梓,附于章氏婆母冯氏《安福楼闲吟》(亦作《安福楼剩草》)之后。此本每半页八行,每行二十字,白口,四周单边,单鱼尾。卷首题“《章宜人枕涛轩遗草》,内侄章仲龙、男廷祉价藩、彬蔚小园、子婿朱勛元滋泉、侄孙文烺同校录”,中缝题“枕涛轩杂咏”。前有小传及目录一页,无序跋。内录诗凡四十六首,其中五古一首、七古三首、五律五首、七律三十一首、七绝六首。

按:胡文楷《历代妇女著作考·清代八》对此本亦有著录:“氏,安徽铜陵人,候选司铎章佩瑶长女,天台陈汇妻。其家叔父昆弟,并能诗,氏随伯舅宦游,复得山川之助,诗益工。枕涛轩者,铜陵梅塘旧居山馆也。诗凡五十篇,其子廷祉彬蔚校录。同治六年丁卯(1867)夏刊,天台陈迎瑞堂梓,附于其姑冯氏《安福楼剩草》之后。无序跋。前有小传、目录一叶。内侄章仲龙、男廷祉价藩、彬蔚小园、子婿朱勛元滋泉、侄孙文烺同校录。凡诗四十六首。中缝书名作《枕涛轩杂咏》。”

支机石室诗

[清]张襄著

存。著者简介见前《锦槎轩诗集》十卷。

《支机石室诗》,收入陈文述刊刻《碧城仙馆女弟子诗》,南京图书馆藏清道光六年(1826)西湖翠渌园本。内录张襄《支机石室诗》十六首。

按:黄秩模《国朝闺秀诗柳絮集》卷二十一著录曰:“张襄,字云裳,一字蔚卿,又字云章,安徽蒙城人。苏州参将殿华女,吏部主事江西南丰汤云林室。著有《支机石室诗》《锦槎轩集》《织云仙馆遗稿》。”未知《碧城仙馆女弟子诗》本《支机石室诗》是否全貌,俟考。

芝堂焚余

[清]王氏著

未见。著者简介见前《焚余诗稿》。

《芝堂焚余》,王蕴章《然脂余韵》卷四著录:“(烈女王氏)少失父母,鞠于祖母,及笄,字陈槐。槐肄业国学,病卒。女闻不哭,神伤。越数日,自缢,时年十九矣。平生有至性,痛父母早亡,事祖母婉约孝谨。女红之暇,喜读书,勉兄弟于学。偶有所作,不示人也。死后家人得遗稿数章,辑而录之,名曰《芝堂焚余》。芝堂,所居室也。犹记其咏《梅花》两句:‘林间傲骨须珍重,不到寒时不肯香。’可想见其志节。又有《送姊》诗云:‘欲别频携手,斯时倍怆神。那堪堂上坐,只有白头人(谓祖母)。捧杖孙俱弱,承欢我亦贫。相违才咫尺,早晚莫辞频。’一气清空如话,真所谓才节双清矣。”

按:《历代妇女著作考(增订本)》两录之;一《焚余诗稿》(参见本书),另一《芝堂焚余》。且《历代妇女著作考·附编·现代》“《芝堂焚余》”条曰:“王氏,定远人,陈槐聘妻。”疑误王氏为“现代”人。

芝霞阁词

[清]熊象慧著

未见。著者简介见前《哀猿吟》二卷。

《芝霞阁词》，丁绍仪《听秋声馆词话》卷十著录："（象慧）女史有《芝霞阁词》。《卜算子》云：'杨柳弄轻柔，花落人消瘦。杜宇声声听已愁，况是黄昏候。新月自娟娟，不似眉痕皱。晓起临妆学画伊，得展愁容否。'《桃源忆故人》云：'窗前忽洒潇潇雨，对此暗添愁绪。点点何曾少住，况有芭蕉树。子规啼断人何处，芳草远迷归路。帘卷落花无数，又是春将暮。'"

按：光铁夫《安徽名媛诗词征略》卷三亦有著录："（熊象慧）著有《芝霞阁诗》一卷、《诗余》一卷、《哀猿吟》一卷。"

芝霞阁诗钞　四卷

[清]熊象慧著

未见。著者简介见前《哀猿吟》二卷。

《芝霞阁诗钞》四卷，《重修安徽通志·人物志·列女·才媛》著录："（象慧）著有《芝霞阁诗钞》四卷、《无情子》一卷、《哀猿吟》二卷。"

芝霞阁学吟

[清]熊象慧著

存。著者简介见前《哀猿吟》二卷。

《芝霞阁学吟》不分卷，一册，清道光元年（1821）刻本，安徽博物院藏。前有吴彭年、吴世登、熊宝泰题词。吴世登《芝霞阁学吟序》曰："墨仙公退多暇日，与论文为乐。芝霞旧著有《哀猿吟》，皆七言绝句，亲友题跋甚伙，余略为删定，复读其《芝霞阁学吟》全稿，美不胜收，姑取七绝百首，附《哀猿吟》后，共成一帙。……其古体五七律，容俟续辑，将来编分甲乙，梨板徐登，斯其发轫欤？

五律中有《咏史》云：'朋党纷纷起，其如国事何。口中皆社稷，腹内各干戈。吐哺求贤少，开门揖盗多。坐令惠卿辈，撞破好山河。'明言快论，深中当时门户之弊。"

按：《芝霞阁诗》一卷，光铁夫《安徽名媛诗词征略》卷三著录，未知是否即此本。

织楚集　二卷

[清]毕朗著

存。毕朗（生卒年不详），字昭文，号少陵。新安人。约明末清初在世。昆山王某室。

《织楚集》一卷《余稿》一卷，清乾隆间周秉鉴易安书屋钞本，南京图书馆藏。

按：毕朗与毕著，或作两人。如黄秩模《柳絮集》卷四十七曰："毕昭文，号少陵，著有《织楚集》。按：庄尔保《嘉定诗钞二集》载：昭文，明季宫人，鼎革后流落燕市，昆山王某纳之，南归，寄居吾邑南熊氏村。""毕著，字韬文，安徽歙县人。江苏昆山王圣开室。"又，毕朗与毕著，或作同一人。如胡文楷《历代妇女著作考·清代八》"《织楚集》二卷"条曰："毕朗撰，《苏州府志》《甫里逸诗》著录。朗字昭文，安徽新安人，昆山王圣开妻。《清诗别裁》作毕著，字韬文，本新安巨族。有殷铭、沈来远序。《安徽通志》作《韬文吟稿》。《嘉定县志》：昭文字少陵，明季宫人，甲申后流落燕市，昆山王圣开挈归成伉俪。后以授徒寄居城南熊家村。善鼓琴，画美人兰菊。"《现存清代女性诗词集知见录》亦作一人："毕著，又名毕朗，字昭文，生于明天启时，安徽歙县人。王圣开妻。善鼓琴，善画美人、兰菊。《织楚集》一卷《余稿》一卷，乾隆间钞本，南京图书馆藏。"（李雷主编《清代闺阁诗集萃编》第十册）本书姑分录之。毕著，参见本书"韬文诗稿"。

织云仙馆遗稿

[清]张襄著

未见。著者简介见前《锦槎轩诗集》十卷。

《织云仙馆遗稿》,黄秩模《国朝闺秀诗柳絮集》卷二十一著录:"张襄,字云裳,一字蔚卿,又字云章,安徽蒙城人。苏州参将殿华女,吏部主事江西南丰汤云林室。著有《支机石室诗》《锦槎轩集》《织云仙馆遗稿》。"

纸阁初集

[清]张鸿庑著

未见。著者简介见前《案廊闲草》。

《纸阁初集》(卷不详),周铭《林下词选》卷十一著录:"(张鸿庑)天姿慧敏,赋性端淑,能诗词。有《案廊闲草》《纸阁初集》各数卷。"

黹余小草　一卷

[清]许燕珍著

存。著者简介见前《保贞蓑红绡咏乐府》。

《黹余小草》一卷,清乾隆三十三年(1768)宣茂堂刻本,安徽省图书馆藏。此本前有许燕珍夫汪人镇序,末有汪浚跋。内录许燕珍诗、词、赋各体作品凡一百一十余篇,其中诗六十四题八十二首、诗余三十一首、赋一篇。

汪人镇《黹余小草序》曰:"予性鲁钝,不勤事书史。先大人常激之曰:'学殖荒落,撒盐未解,独不惭尔新妇乎!'盖未结缡即知燕珍之工吟咏云。丁丑春,偕予归濡江,温凊之暇,薪米之余,间一作五七字,辄清俊可喜。然不乐存稿,书即随手散去。予常汇而录之,编次成帙。珍笑曰:'是作可传耶?何必作石灰布袋,随处留迹也?'常叹古才人沦落不传者,往往悱恻唏嘘久之,窃窥其意可见矣。予所居曰'松窗',修竹数竿,名花罗列,不涂不斫,图史俱在。每当清风拂几，淡月透帘，赌茶雅谑，不出户牖，而所乐存焉。”

陟斋诗集　一卷

[清]方毓昭著

存。方毓昭(1864—1892)，字云轩，自号烟霞内史。怀宁人。进士方炳奎长女，武进钱树熙室，钱栩母。

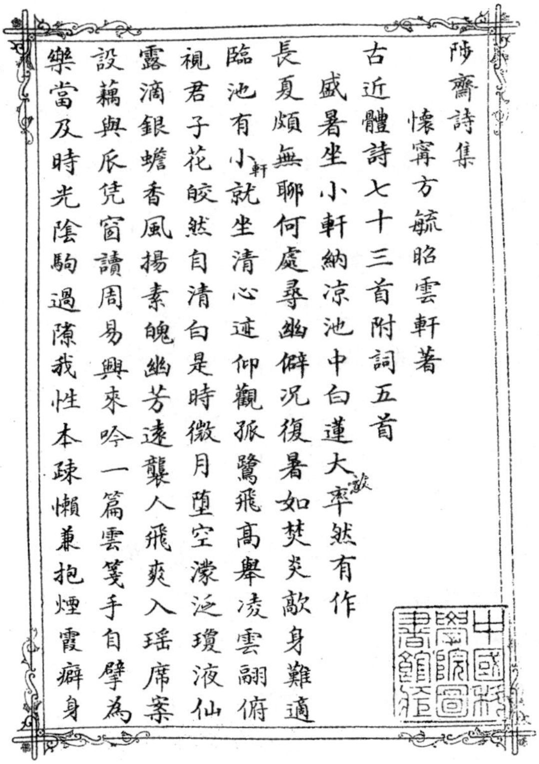
陟齋詩集
懷寧方毓昭雲軒著
古近體詩七十三首附詞五首
盛暑坐小軒納涼池中白蓮大放率然有作
長夏煩無聊何處尋幽僻況復暑如焚炎歊身難適
臨池有小軒就坐清心迹仰觀孤鷺飛高舉凌雲翮俯
視君子花皎然自清白是時微月墮空濛泛瓊液仙
露滴銀蟾香風揚素魄幽芳遠襲人飛爽入瑤席案
設藕與瓜凭窗讀周易興來吟一篇雲箋手自擘為
樂當及時光陰駒過隙我性本疎懶兼抱煙霞癖身

《陟斋诗集》一卷，民国二年(1913)石印本。此本一册，每半页十行，每行二十字，小字双行，四周双边，四角花纹。前有清光绪十八年(1892)姜汝谟所作序及方毓昭自序，并泸溪廖名缙、湘潭胡元玉、唐传杜、翁纯仁、太和女士萧储真题诗。内收古近体诗七十三首，附词五首。末有其子钱栩于民国二年(1913)所撰《先妣事略》。

方毓昭《自序》曰：“余自先君见背，侍孀亲以居，韵语一事，罔识师承。犹忆髫年，最为先君钟爱，谆谆课读，遂得稍解吟咏。先君辄顾而乐之，尝谓昭曰：‘汝诸兄俱不能诗，吾颇憾，故教汝以此，异日有所成，亦足相慰。且汝从事诵读，未谙女红，若不专心，则一无所长，终不免为人所窃笑也。’每追忆此语，不禁涕泗纵横。去冬，慈闱又复弃养。终天抱痛，哀迫之余，因患咯血之症，医药数月未愈。恐一旦物化，遗稿散佚，谁复于残针断线中鉴此苦心？呜呼！鸾珍其羽，麝秘其香，虽在微物，尚存无穷之意以侥幸于天地之间，则《陟斋诗集》之编，又乌能已乎？《诗》曰：‘陟彼岵兮，瞻望父兮；陟彼屺兮，瞻望母兮。’今以名编，志不忘亲也。十数年来，乌兔坐驰，花晨月夕，废寝忘餐，以冀稍有一得，上慰在天之灵。而才疏力弱，仅止于此。则先君所以责昭者，贻憾将更无穷。而悠悠世俗之非笑，又乌足计耶？昔班姬西征，踌躕于先训；蔡琰弱息，抚怆于传书。区区私衷，窃类于此。后有览者，亦可以哀其志矣。若彼苍假我数年，从容涵养，以俟其至，则将来续集之编，必有不止于斯者。嗟夫！兰将萎而余馨不散，松已枯而劲干犹标。感物兴怀，怦然心动。倘吾诗得徼天幸，虽不克藏之名山以垂不朽，或传之孙子俾承吾志，则固所愿也。然又岂可必耶？"

姜汝谟《序》曰："昔班姬续史，名震一时；伏女传经，声称千载。顾涵今茹古，巾帼中不少文章；而触景兴怀，闺房内尤多韵事。况乎河洲荇菜，冠首尽宫人之诗；门巷枇杷，扫眉加才子之号。献椒花于元日，颂扬表陈氏之贤；夸柳絮兮因风，吟咏纪谢庭之盛。鲍令晖集成《香茗》，班婕妤扇写齐纨。此皆前代名媛饶有著作、耀人耳目者也。夫俯唱遥吟，各抒心志；长吁短叹，悉见性情。刻鹄雕虫，原非正轨；模山范水，终属庸材。拾翠裁红，第见心花之发；镂金错采，反忘意蕊之真。盖才为德之华，德乃才之本。惟因才见德者，堪以永垂不朽矣。烟霞内史生姿颖慧，赋性聪明。淑慎温和，娱北堂之爱日；幽闲贞静，得南国之遗风。只原椿折萱萎，几令肝披肠裂。孝思不匮，枕戈既媲夫木兰；吟兴靡穷，织锦复侪于苏蕙。攸扬四始，翊赞三唐。思卓尔而不群，志飘然而拔俗。洒翰焕金壶之彩，字字琳琅；挥毫吐银管之香，行行珠玉。胸中成竹，奚俟骊探；舌底生莲，匪同獭祭。则虽春风杨柳，秋水芙蓉，不是过也。汝谟籍同桑梓，谊属葭莩，愧鸠拙之莫藏，诵鸿章而深佩。爰赘芜语，聊志简端。从兹敦厚温柔，三百篇犹留嗣响；端严庄雅，亿万世永播徽音。是为序。"

又按：肖亚男主编《清代闺秀集丛刊》第61册收入此本。

陟瞻斋诗词　二卷

[清]方毓昭著

存。著者简介见前《陟斋诗集》一卷。

《陟瞻斋诗词》二卷，民国三十七年（1948）迟读斋铅印本，湖南省图书馆藏。此本一册，收诗一卷，词一卷。前有方毓昭自序及钱树熙、陈祖壬序，末有钱无咎跋。陈祖壬《陟瞻斋诗词序》："今观集中诸什，不外乎即事遣怀，而风徽跃然不可掩及。夫家人骨肉之间、生死离合之感，几欲令读者涕下，可谓能达性情之真，因推知无咎之操持愿悫，与人交输肺腑不毫发隐蔽，盖得于母训者深也。"

钱树熙《陟瞻斋诗词跋》曰："右《陟瞻斋诗词》一卷，亡室云轩方氏所著也。云轩幼聪颖，工组绣，善书画，而尤工吟哦。年十九来归，蘋蘩无阙，盥馈有仪，同室十稔，举子女三人，讵以悲亲呕血一病不起。弥留时殷殷执予手而属曰：'侬疾革矣，尘世量难久处。生平惟存口占数十首，检以授子，他日为侬校雠付梓，以供吟坛一噱可乎？虽蛙鸣虫语，不足登大雅之堂，而存此唾余，庶不与草木同腐尔！'予闻之泪涔涔下，唏嘘不已。岁月蹉跎，两阅寒暑，搜罗旧箧，反复沉吟，抚景怆怀，室迩人远，不禁感慨系之，爰付剞劂，以竟云轩之志，且以塞予之悲。"

钱无咎《陟瞻斋诗词跋》："无咎既重刊先妣《陟瞻斋诗词》讫而喟然叹曰：呜呼！先妣见背时，无咎方七岁耳，今行年六十又三矣。此五十余年间，时序之迁移，人事之蜕变，千态万端，不可殚述，独此珍遗数十首之诗词幸未随劫灰而化，犹得假梨枣之力以行于世，谓非先灵呵护于冥冥，曷克至此乎？先妣讳毓昭，字云轩，怀宁方氏，为外大父月樵府君讳炳奎长女，府君以进士出守广西平乐府，致仕归长沙而老焉。先妣幼承庭诰，通书史，工诗善画。年十九归先大人，生无咎及弟兆铨，女一，适桐城金葆钱，中馈之余，寄意毫素，今所存者，诗词稿及花卉册十数帧而已。先妣性纯笃，而体素羸，以早岁丧父，居恒悒悒，每假诗以寓哀。于归十载，母又见背，愈益哀迫，遂呕血不起，春秋二十又九，时光绪十八年十二月二十三日也。……先大人于甲午岁以活字版印行先妣遗稿，越十余年无咎再付印石印，以校勘不精，讹误百出，久与弟妹商重印。牵于人事，不果。今忽忽数十年，弟妹均后先谢世，先大人弃养亦已三载，无咎大惧无所树立，孤殷殷之望，复忍令先妣半生心血终泯没不彰耶？因检点遗编，付剞劂竟，谨粗述梗概于右。"

钟

[民国]方令孺辑译

存。著者简介见前《信》。

《钟》,民国三十二年(1943)成都中西书局《中西文艺丛书》本,中国国家图书馆藏。此书录方令孺辑译史蒂文森的《投宿》、屠格涅夫的《胜利的恋歌》、高尔基的《钟》等小说,及梅特林克的《室内》独幕剧等,每篇译作后都有《译者附识》,简介作者及其作品。

仲敏遗稿

[清]方慧仪著

未见。方慧仪(生卒年不详),字仲敏,桐城人。早卒,著有《仲敏遗稿》。

《仲敏遗稿》,陈芸《小黛轩论诗诗·卷下》著录。

仲淹诗草

[清]王仲淹著

未见。王仲淹(1866—1961),合肥人,后定居上海。书法家潘寄岑室。

《仲淹诗草》,关山笛《合肥女诗人王仲淹》著录:"女诗人王仲淹1866年出生于安徽合肥世家,幼年不乐与邻儿玩耍,虽然不解诗意,却爱听父亲吟诗。父亲嘲笑她说:'我们家真会出女学士么?就是你有了进士的才学也不能戴头巾啊!'母亲要她做针线,禁止她读书。她靠自修识字,遇到疑难,请教父亲,不时由父亲教她一首唐诗,若干年后背熟上千首。她从两位弟弟那里找到《随园女弟子诗选》《随园诗话》,逐渐接受了袁枚的'性灵说'。21岁嫁与书法家潘寄岑。潘青年时体弱多病,于是在养病中同读唐人佳作。潘有句云:'每诵唐诗我辄输。'仲淹讨厌试帖诗,公然告诉丈夫,《七家诗》《青云集》不足称诗,反对作诗用典故,曰:'若将其引用者隐去,此语通否?夫诗以言志,或即景以言情，必作者无背兴、赋、比之旨，读者有兴、观、群、怨之趣。若此掇拾往迹，割裂故实，吟咏之事，殆如是耶？’丈夫说试帖是‘近体之一’，她回敬道：‘《三百篇》有此体例否？’丈夫瞠目不能答。这在清末不无一点叛逆意味。民国肇造后，丈夫病愈，‘奔走直、鲁、浙、闽、苏、赣、川、湘诸省，联络东西洋华侨，遍谒京师各院部，冀有以发扬实业，俾补民生，卒以时会所梗，百无一当，家无儋石储，而米盐门户、儿女教养婚嫁之事一委之……’（1926年5月寄岑为《仲淹诗草》所作后序，他1936年病故于安庆）。抗战后，女诗人随儿子学固、习常入川避日寇，先居重庆，后去江津，胜利后回安庆，新中国成立后定居上海，90岁时被选为虹口区政协委员，1961年病故，享年95岁。”（《江淮文史》1994年第2期）

周君建鉴定古牌谱　二卷

［明］胡贞波著

存。胡贞波（生卒年不详），字冰心。明万历年间在世。歙县人。长洲周之标室。博览古今体诗，善短诗。

《周君建鉴定古牌谱》二卷，明末（1621—1644）刻本，中国国家图书馆藏。此本为周之标刊，一册。前有周之标序、胡贞波凡例。分上下卷，有《宣和谱》《投琼谱》《双成谱》《斗腰谱》《除红谱》《续貂谱》；正文首列色子点数，次引诗句并附作者；所引诗以唐宋诗为主，五言在前，七言在后。

周之标《古牌谱序》曰：“女子无才便是德，古人为失行者而发也，信如其言。特古昔贤媛，指不胜屈，果皆不识字，不能文者乎？则何以后妃之忠谏、闺秀之缄书，以及补史之缺、咏物之盛，代不乏也。更溯而上之，《关雎》为宫人之咏，《卷耳》为太姒之吟，《柏舟》两章为庄姜、共姜之所著，诸如此类，不可枚举。奈何以才为女子讳耶？近如吾家冰心氏，能琴、能箫、能晓音律，古今人诗，靡不披览，间亦短吟，而不能长咏。余旧有牌谱而未全也，冰心氏出胸中之诗，诠补无遗，余见而异之曰：‘此骚坛之鼓吹社之笙竽也。’风流代远，韵事日稀，女倦绣花，则怀春有梦；室羞斗草，则竹露生□。何如女红之暇，寓目于诗篇，烹饪之余，留神于翰墨，为足以遣寂寂冷冷之光景，度鲜鲜润润之年华也乎？谱藏笥中，为日已久，近余刻《女中七才子》一书，因忆此谱可附以传。□为□□

发胸次之藏，实为原谱补漏万之阙。且古今诗句，炳炳琅琅，芳愈散麝，色茂开莲。按点缀文，花历雨而增美；因文传响，鸟间阕而共娇。不必假鸟有以之言，拟子虚而发论。宋风谢月，已足娱情；陆海潘江，自当引步。颜公之曰世宝，敢秘之曰家藏。骚坛可借为谈资，酒社更借为饮料矣。倘以诠补牌谱为女子失德，吾终当以三古上下识字能文之贤媛谢之。长洲周之标偶撰。”

按：《周君建鉴定古牌谱》二卷，另有清（1644—1911）刻本，中国国家图书馆藏。

周止庵先生别传

［民国］周淑媜著

存。周淑媜（生卒年不详），至德人。周学熙孙女，周明焯女。曾就读于燕京大学史地系。

《周止庵先生别传》，1948 年排印本，中国国家图书馆藏。此书前有颜蕙庆、周季华序，并《凡例》《引言》。内分六章，分别为第一阶段：北洋实业之奠基；第二阶段：民营事业之创造；第三阶段：民国财政之肇建；第四阶段：华北棉业之提倡；第五阶段：社会福利与著书讲学时期；后记。末附参考书目。

朱静文遗诗　一卷

［清］朱静文著

未见。朱静文（生卒年不详），泾县人。

《朱静文遗诗》一卷，民国《江都县新志》卷十二《人物传第七・列女》著录：“女士静文，安徽泾县人。性贤淑，读书明大义。在室时事亲至孝，处兄妹间极友爱。工刺绣，花卉、翎毛皆栩栩欲活。兼善吟咏，有才女称。年十九，以遇人不淑，仰药以殁，遗诗一卷，中多凄婉之词，读者哀之。”

珠光阁诗钞

[清]吴珠光著

未见。吴珠光(生卒年不详),桐城人,张昆虞室。

《珠光阁诗钞》,吴希庸、方林昌《桐山名媛诗钞》卷八著录。

珠楼余草　一卷

[清]翁静如著

存。著者简介见前《静如遗草》。

《珠楼余草》,清乾隆年间(1736—1795)刻本,复旦大学图书馆藏。此本两册。前有沈德潜、翁志琦序。

沈德潜《珠楼余草序》曰:“余束发时曾于同学汪子斋中见《珠楼集》一卷,闺秀作也。诗约百余首,词婉丽,意清真,绝无尘氛脂粉气,于时询所自来,汪子乃告以翁氏姨之作,未尝不叹服其妙也。……岁己卯,洞庭周君莲洲以母氏静如夫人遗稿问序于余,方知即汪子所语之母姨也。但其作不概录,特录其晚年之所制,词意简约,体格高超,非潜心于卷轴者,固不足以语于斯。噫!夫人曩日方在深闺中,见其诗而不获罄其余,今且逝矣,复历二十余年,无意于其人而偏得窥其章什,向以不见为憾,今以一见为幸,固有遇不遇哉!然又叹夫人之诗存者绝少,今虽见而犹忆其所未见与向之所见而不克漏其所见者,皆若有格于其中也,盖犹神龙之不可端尾也夫!”

翁志琦《珠楼余草序》:“先姑母静如孺人,先叔祖景华公女。幼善诗文,针黹之余,即好读书,自《春秋左传》暨历代书史,屈子《离骚》与晋魏诗集,无不毕览。闲多吟咏,汇名《珠楼集》,先叔祖母因以‘珠楼’称之。及归我姑父五瑞甫君,太姻母叶老夫人家法整严,动依古礼,婢仆虽贱,不许交语嬉笑,子女虽幼,不许共处游戏。常云妇人无能是德,女红中馈以外,不当拈弄笔墨。姑母遂焚其所集,不敢吟咏。终叶老夫人去世后,犹谨守姑训,不摹一字,不作一诗,故妯娌子侄俱不知其能诗也。莲洲表弟,姑母幼子,七岁就傅,师喜作诗,时吟咏。莲洲窃效之,每自夸能作诗。姑母闻之曰:‘汝能诗固佳,然诗之理奥妙无穷，老于诗者犹不得其精微，岂言易哉！汝幼知好，亦可喜，试作几首，吾当教汝。'因自叹曰：'古者欧阳、苏母俱能教子成学，我遵姑训，不敢违二十余年，今将老矣，其或以此传之后人乎？'遂复间有所作，然亦不令人知。宅之东有小楼环山面水，四时之景具备，最爱居人，奉白衣大士于中，朝夕虔礼，因自号为静如。教子女外，登楼独坐，焚香烹茗而已。尝有言曰：'假我数年，得训幼子成立，可遂吾志矣！'……未几，以姑父五瑞甫君卒，痛哭成疾，相继辞世，年五十有三，而莲洲方十四岁，亦在病中，诸表兄弟皆习经营，不能兼事诗文，连丧接踵，昏聩散乱，遂遗废无迹。及莲洲渐次求觅，已不可得矣。至今岁壬子，莲洲徙房于东楼，尘封满壁，帚拭去之，见有诗二十余首，零落不全，乃姑母之遗笔也。莲洲悲痛泣涕而言曰：'我母之诗，不获睹将二十年，意谓此生终不复得矣，今其得之，复又何恨！虽所存仅百分之一，然胜于一无所见。'遂并将幼时所记数首录以示我，我幸姑母之遗墨不湮，而又喜莲洲之能遵母教也，因为序以志之。时雍正十年岁次壬子夏仲，内侄志琦百拜撰。"

按：黄秩模《国朝闺秀诗柳絮集》卷三二曰："周月贞，江苏吴县人。五瑞女，翁德和室。按，王豫《江苏诗征》作长洲洞庭山人，又云月贞诗与朱雪英诗合刻，名《联珠集》，又云月贞诗附刻于母氏《静女遗草》后。"文中周月贞母翁静如诗集《静如遗草》，误作《静女遗草》。

诸佛世尊如来菩萨尊者神僧名经　四卷

[明]徐皇后著

未见。著者简介见前《佛说五十三佛大因缘经》三卷。

《诸佛世尊如来菩萨尊者神僧名经》四卷，胡文楷《历代妇女著作考·明代二》据《千顷堂书目·子部·释家类》著录。

竹翠轩遗稿

［清］康介眉著

存。康介眉（生卒年不详），清嘉庆、道光间在世。山西兴县人。康基渊孙女，歙县鲍继培室。

《竹翠轩遗稿》，柯愈春《清人诗文集总目提要》卷三十八著录："《竹翠轩遗稿》不分卷，康介眉撰。介眉为山西兴县人。康基渊孙女，歙县鲍继培妻。此集光绪十八年歙县棠樾鲍氏刻，山西省图书馆藏。"

竹经

［明］张娴婧著

未见。著者简介见前《鹤史》。

《竹经》，见于许齐爽《蕉窗遗韵跋》："（张娴婧）著述等身，闺政之暇，佐长文公质证经史，以吟咏为倡随。曾手订有《女诫引证》《竹经》《鹤史》各若干卷行世，而尤脍炙人口者，惟《蕉窗遗韵》一书，经乡先达杨愧斋、陈鸣虞二公先后梓行，又得金沙张公、维节杨公、一个蒋公诸巨手传而序之，零笺剩墨，何动人倾慕，一至于此！此殆陟山湑水之间气所钟也。"

按：胡文楷《历代妇女著作考·明代二》著录："《宫闺氏籍艺文考略》：张娴婧字蓼仙，六安人，闵而学妻。季娴《闺秀集》云：所著有《竹经》《鹤史》《遗疾草》诸书，俱秘不传，止《蕉窗遗韵》行世。"

竹烟兰雪斋诗钞

［清］何佩珠著

存。著者简介见前《红香窠小草》二卷。

《竹烟兰雪斋诗钞》，南京图书馆藏，封题"《竹烟兰雪斋诗钞》，道光廿八年岁在戊申三月开雕"。前有黄钺、庞钟璐题词，正文题"古歙芷香何佩珠"著，不分体，亦不分卷。

《竹烟兰雪斋诗钞》，陈芸《小黛轩论诗诗》卷上亦有著录："何佩珠，字芷香，亦能诗，著《环花阁诗钞》《竹烟兰雪斋诗钞》。"

妆台余事　四卷

［清］胡珠林著

未见。著者简介见前《小红楼吟草》。

《妆台余事》，《重修安徽通志·人物志·列女·才媛》著录："岁贡崔永龄妻胡氏丽玉，字珠林，太平县人。翰林胡世琦女，温颖，耽吟咏，著有《妆台余事》古近体诗四卷，侍讲朱琦序之。幼著《小红楼吟草》，附刊《立经堂诗钞》中。"

按：《历代妇女著作考·清代六》据《安徽通志》《闺秀诗话》著录胡珠林有《妆台余事》和《古近体诗四卷》，疑为"妆台余事古近体诗四卷"标点致异。本书姑作一书，俟考。

子虚记　八卷

［清］汪藕裳著

存。著者简介见前《群英传》二十八卷。

《子虚记》八卷，清光绪二十七年(1901)世界繁华报馆印行，复旦大学图书馆藏。

子虚记　六十四卷

［清］汪藕裳著

存。著者简介见前《群英传》二十八卷。

《子虚记》六十四卷，淮安博物馆藏有稿本，南京师范大学图书馆藏有抄本，另有王泽强点校本（中华书局2014年版）。《子虚记》以明孝宗弘治朝为背景，以文府为中心，裴府为陪衬，展开错综复杂的矛盾冲突。主人公文玉璘文武兼备、才貌双全，被赋予了最完美的品质和素养，是作者理想人格的化身。他尊重女性，国难当头之时挺身而出，力挽狂澜，为中兴明朝作出了重大贡献。女主人公赵湘仙貌若天仙，聪明绝顶，才华横溢，因女子不能参加科举考试，便女扮男装，赴京赶考，并夺得头名状元。她为朝廷巡安天下，平反冤案，辅助皇帝处理国家大事，表现出卓越的政治才能。最后荣升宰相，位极人臣。在暴露女儿身份之后，她拒绝皇帝的婚姻安排，绝食而死。

紫蓬山房诗钞

［清］黄裳著

存。黄裳（生卒年不详），合肥人。清光绪间在世。吴保初室，吴弱男母。吴保初，字彦复，号君遂，晚号瘿公，淮军将领、广东水师提督吴长庆子，与陈三立、谭嗣同、丁惠康称“清末四公子”，著有《北山楼集》，生平详见陈诗《吴北山先生家传》。

《紫蓬山房诗钞》，胡文楷《历代妇女著作考·附录》著录，有1937年排印本。

紫石吟

［清］白语生著

未见。白语生（生卒年不详），江南江宁（今江苏南京）人。清顺治、康熙间在世。明末诗人白廷评（字仲调）女，歙县吴绮与黄之柔子吴石叶室。

《紫石吟》，邓汉仪《诗观二集·闺秀别卷》著录。

紫云学吟草

［清］张紫云著

未见。张紫云（生卒年不详），桐城人。约清嘉庆、道光间在世。张湘帆、董清映孙女，张从善长女，孙子超室。

《紫云学吟草》，吴希庸、方林昌《桐山名媛诗钞》卷十一著录。

紫芝馆吟草

［民国］王镜萸著

未见。王镜萸（生卒年不详），太湖人。

《紫芝馆吟草》，胡文楷《历代妇女著作考·附编·现代》据《安徽才媛纪略》著录。

自怡草

［清］程瑜秀著

未见。程瑜秀（生卒年不详），清康熙时在世。歙县丰山人。淮阴王延年（字介眉）室。

《自怡草》，程鸿绪《程氏所见诗钞》卷二十四著录。

尊经会义　一卷

［清］倪氏著

未见。倪氏（生卒年不详），安庆人。孝廉天印女，诸生赵坚室。

《尊经会义》一卷，康熙《安庆府志》卷二十三《节妇》著录："（倪氏）年十五归坚，事舅姑纯孝。姑病，刲股入药，得痊。后坚病笃，复刲股救，不效。坚卒，倪年二十有九，欲殉。舅曰：‘吾老矣，孙未及，期将安托？’乃忍死，教子鲁成立。生平以礼法自持，通书史，著《尊经会义》一卷。年八十终。”

遵贞阁诗集　二卷

[清]方遵贞著

未见。方遵贞（生卒年不详），桐城人。清康熙、乾隆间在世。姚时□室，姚棻母。桐城姚德耀《寄遵贞太夫人并序》云：“嫂氏遵贞，能诗善画，敬绘白描罗汉册页，侄棻入觐进呈，仰蒙圣主品题，入于内府秘苑珠林，俾得与古名媛墨迹并传不朽，诚异数也。予闻之，喜而赋此云：‘白描妙手重当时，百拜焚香献御墀。试问凤城千命妇，几人翰墨九重知？’”（见沈善宝《名媛诗话》卷二）

《遵贞阁诗集》二卷，道光《续修桐城县志》卷二十一《艺文志》著录：“《遵贞阁诗集》二卷，姚时□室方氏撰。”

主要参考文献

（注：为便于检索，按文献题名首字母汉语拼音排序；皖籍女性别集不再列入。）

《安徽才媛纪略初稿》（光大中著），《学风》1934—1935年。

《安徽名媛诗词征略》（光铁夫编），合肥：黄山书社，1986年版。

《安徽通志》，《续修四库全书》（第651—655册），上海：上海古籍出版社，2002年版。

《柏堂集》（方宗诚著），《清代诗文集汇编》第672册，上海：上海古籍出版社，2010年版。

《板桥杂记》（余怀著），《续修四库全书》第1272册，上海：上海古籍出版社，2002年版。

《碧城仙馆女弟子诗》（陈文述辑），清道光六年（1826）西湖翠渌园本。

《澄怀园文存》（张廷玉著），沈云龙主编《近代中国史料丛刊》（第52辑）本，台北：文海出版社，1970年版。

《程氏所见诗钞》（程鸿绪辑），清嘉庆十二年（1807）浣月斋刻本。

道光《定远县志》，《中国地方志集成·安徽府县志辑（36）》，南京：江苏古籍出版社，1998年版。

道光《徽州府志》，《中国地方志集成·安徽府县志辑（48—50）》，南京：江苏古籍出版社，1998年版。

道光《桐城县志》，《中国地方志集成·安徽府县志辑（12）》，南京：江苏古籍出版社，1998年版。

《笃素堂文集》(张英著),《清代诗文集汇编》第 150 册,上海:上海古籍出版社,2010 年版。

《杜集叙录》(张忠纲等编著),济南:齐鲁书社,2008 年版。

《段训袭自璋抄本诗集考》(王洪军撰),《文献》,1998 年第 2 期。

《范伯子诗文集(修订本)》(范当世著,马亚中、陈国安校点),上海:上海古籍出版社,2015 年版。

《贩书偶记》(孙殿起录),上海:上海古籍出版社,1982 年版。

《贩书偶记续编》(孙殿起录),上海:上海古籍出版社,1980 年版。

《妇人集》(陈维崧著,冒褒注,王士禄评,王英志校点),《清代闺秀诗话丛刊》(王英志主编),南京:凤凰出版社,2010 年版。

《陔兰书屋诗集》(潘曾绶著),清同治年间(1862—1874)刻本。

《宫闺氏籍艺文考略》(王士禄撰),《艺文》,1936 第 2 期。

《古今图书集成·明伦汇编·闺媛典》(陈梦雷、蒋廷锡等编纂),上海:中华书局,民国二十三年(1934)版。

光绪《丹徒县志》,《中国地方志集成·江苏府县志辑(30)》,南京:江苏古籍出版社,1991 年版。

光绪《广德州志》,《中国地方志集成·安徽府县志辑(42)》,南京:江苏古籍出版社,1998 年版。

光绪《和州志》,《中国地方志集成·安徽府县志辑(7)》,南京:江苏古籍出版社,1998 年版。

光绪《霍山县志》,《中国地方志集成·安徽府县志辑(13)》,南京:江苏古籍出版社,1998 年版。

光绪《庐州府志》,《中国地方志集成·安徽府县志辑(2—4)》,南京:江苏古籍出版社,1998 年版。

光绪《寿州志》,《中国地方志集成·安徽府县志辑(21)》,南京:江苏古籍出版社,1998 年版。

光绪《宿州志》(何庆钊主修,纪健生点校),合肥:黄山书社,2014 年版。《随园三十八种》(袁枚等著),清光绪十八年(1892)勤裕堂排印本。

光绪《桐乡县志》,《中国地方志集成·浙江省专辑(23)》,上海:上海书店,1993 年版。

光绪《五河县志》,《中国地方志集成·安徽府县志辑(31)》,南京:江苏古籍出版社,1998 年版。

《广东女子艺文考》(冼玉清著),桂林:广西师范大学出版社,2014 年版。

《闺秀词话》(雷瑨、雷瑊辑,王玉媛校点,王英志校订),《清代闺秀诗话丛刊》(王英志主编),南京:凤凰出版社,2010 年版。

《闺秀诗话》(雷瑨、雷瑊辑,张丽华、纪锐利校点,王英志校订),《清代闺秀诗话丛刊》(王英志主编),南京:凤凰出版社,2010 年版。

《闺秀诗话》(苕溪生辑,吴正岚校点,王英志校订),《清代闺秀诗话丛刊》(王英志主编),南京:凤凰出版社,2010 年版。

《闺秀诗评》(淮山棣华园主人辑,刘和文校点,王英志校订),《清代闺秀诗话丛刊》(王英志主编),南京:凤凰出版社,2010 年版。

《国朝闺阁诗钞》(蔡殿齐辑),《续修四库全书》第 1626 册,上海:上海古籍出版社,2002 年版。

《国朝闺秀诗柳絮集校补》(黄秩模编辑,付琼校补),北京:人民文学出版社,2011 年版。

《国朝闺秀正始集》(恽珠辑),清道光十一年(1831)红香馆刻本。

《国朝闺秀正始续集》(恽珠辑),清道光十六年(1836)红香馆刻本。

《国朝杭郡诗三辑》(丁申、丁丙辑),清光绪九年(1883)钱塘丁氏刻本。

《国朝画征录》(张庚著),《续修四库全书》第 1067 册,上海:上海古籍出版社,2002 年版。

《国朝画征续录》(张庚著),《续修四库全书》第 1067 册,上海:上海古籍出版社,2002 年版。

《国朝诗别裁集》(沈德潜著),《四库禁毁书丛刊》第 158 册,北京:北京出版社,2000 年版。

《汗青阁文集》(方中履著),《桐城方氏七代遗书》,合肥:黄山书社,2019 年版。

《合肥词钞》(李国模辑),民国十九年(1930)铅印本。

《合肥李氏宗谱》(李经方著),1925 年铅印本。

《合肥女诗人王仲淹》(关山笛撰),《江淮文史》,1994 年第 2 期。

《合肥诗话》(李家孚著),《皖人诗话八种》(贾文昭主编),合肥:黄山书社，1995年版。

《淮安河下志》（王光伯原辑，程景韩增订，荀德麟等点校），北京：方志出版社，2006年版。

《淮海英灵集》（阮元著），《续修四库全书》第1682册，上海：上海古籍出版社，2002年版。

《蕙风词话》（况周颐著，王幼安校订），北京：人民文学出版社，1960年版。

《蠖斋诗话》（施闰章著），《清诗话》（丁福保辑录），北京：中华书局，1963年版。

嘉庆《天长县志稿》，《中国地方志集成·安徽府县志辑（34）》，南京：江苏古籍出版社，1998年版。

嘉庆《萧县志》（潘镕纂修，纪健生点校），合肥：黄山书社，2012年版。

《江表忠略》（陈澹然著），《近代中国史料丛刊》第20辑，台北：文海出版社，1973年版。

《江南女性别集初编》（胡晓明、彭国忠主编），合肥：黄山书社，2008年版。

《江南女性别集二编》（胡晓明、彭国忠主编），合肥：黄山书社，2010年版。

《江南女性别集三编》（胡晓明、彭国忠主编），合肥：黄山书社，2011年版。

《江南女性别集四编》（胡晓明、彭国忠主编），合肥：黄山书社，2014年版。

《江南通志》，《文渊阁四库全书》第507—512册，上海：上海古籍出版社，1987年版。

《江苏诗征》（王豫辑），清道光元年（1821）刻本。

《近代中国史料丛刊续编（第24辑）》（沈云龙主编），台北：文海出版社，1975年版。

《泾川诗话》（赵知希著），《丛书集成初编》本，北京：中华书局，1985年版。

《静志居诗话》（朱彝尊著，黄君坦校点），北京：人民文学出版社，1990年版。

《敬孚类稿》（萧穆著），合肥：黄山书社，1992年版。

《康居笔记汇函》（徐珂著），民国二十二年（1933）杭县徐新六铅印本。

康熙《安庆府志》，《中国地方志集成·安徽府县志辑（10）》，南京：江苏古籍出版社，1998年版。

《历代妇女著作考》（胡文楷编著，张宏生等增订），上海：上海古籍出版社，

2008年版。

《列朝诗集》(钱谦益辑),《续修四库全书》第1622—1624册,上海:上海古籍出版社,2002年版。

《林下词选》(周铭辑),《续修四库全书》第1729册,上海:上海古籍出版社,2002年版。

《林下雅音集》(冒俊辑),清光绪十年(1884)冒俊刻本。

《龙眠风雅全编》(潘江辑,彭君华主编),合肥:黄山书社,2013年版。

《罗树勋遗稿十五种述略》(萧文立撰),张本义主编《白云论坛》(第一卷),北京:北京出版社,2004年版。

《履园丛话》(钱泳著),《续修四库全书》第1139册,上海:上海古籍出版社,2002年版。

《绿窗女史》(秦淮寓客编),明崇祯间(1628—1644)心远堂藏板刊本。

民国《海宁州志稿》,《中国地方志集成·浙江省专辑(22)》,上海:上海书店,1993年版。

民国《当涂县志》,《中国地方志集成·安徽府县志辑(39—40)》,南京:江苏古籍出版社,1998年版。

民国《怀宁县志》,《中国地方志集成·安徽府县志辑(11)》,南京:江苏古籍出版社,1998年版。

民国《江都县新志》,《中国地方志集成·江苏府县志辑(67)》,南京:江苏古籍出版社,1991年版。

民国《南陵县志》,《中国地方志集成·安徽府县志辑(47)》,南京:江苏古籍出版社,1998年版。

民国《潜山县志》,《中国地方志集成·安徽府县志辑(17)》,南京:江苏古籍出版社,1998年版。

民国《歙县志》,《中国地方志集成·安徽府县志辑(51)》,南京:江苏古籍出版社,1998年版。

民国《宿松县志》,《中国地方志集成·安徽府县志辑(14—15)》,南京:江苏古籍出版社,1998年版。

民国《太湖县志》,《中国地方志集成·安徽府县志辑(16)》,南京:江苏古籍出版社,1998年版。

民国《婺源县志》,《中国地方志集成·江西府县志辑(27)》,南京:江苏古籍出版社,1996年版。

民国《黟县志》,《中国地方志集成·安徽府县志辑(58)》,南京:江苏古籍出版社,1998年版。

《闽川闺秀诗话》(梁章钜著,张丽华校点,王英志校订),《清代闺秀诗话丛刊》(王英志主编),南京:凤凰出版社,2010年版。

《闽川闺秀诗话续编》(丁芸辑,郭前孔校点,王英志校订),《清代闺秀诗话丛刊》(王英志主编),南京:凤凰出版社,2010年版。

《明词综》(王昶辑,王兆鹏校点),沈阳:辽宁教育出版社,1997年版。

《明清安徽妇女著述辑考》(傅瑛主编),合肥:黄山书社,2010年版。

《明史》(张廷玉等著),北京:中华书局,1974年版。

《名媛诗话》(沈善宝著,虞蓉校点,王英志校订),《清代闺秀诗话丛刊》(王英志主编),南京:凤凰出版社,2010年版。

《名媛诗纬初编》(王端淑辑),清康熙六年(1667)清音堂刻本。

《女红余志解醒语》(龙辅、无名氏著),《丛书集成初编》本,北京:中华书局1991年版。

《女红余志簪云楼杂说》(龙辅、陈尚古著),《四库德清文丛》第一种,杭州:浙江古籍出版社,2014年版。

《朴学斋丛书》(胡朴安编),民国二十九年(1940)安吴胡氏铅印本。

《七修类稿》(郎瑛著),《续修四库全书》第1123册,上海:上海古籍出版社,2002年版。

《千年孔府的最后一代》(柯兰著),天津:天津教育出版社,1998年版。

乾隆《池州府志》,《中国地方志集成·安徽府县志辑(59)》南京:江苏古籍出版社,1998年版。

乾隆《颍州府志》,《中国地方志集成·安徽府县志辑(24)》南京:江苏古籍出版社,1998年版。

《青楼诗话》(雷瑨辑,王英志校点),《清代闺秀诗话丛刊》(王英志主编),南京:凤凰出版社,2010年版。

《青霞仙馆遗稿》(王城著),民国二十三年(1934)排印本。

《清稗类钞》(徐珂编著),北京:中华书局,1984年版。

《清代闺阁诗人征略》(施淑仪辑,赵娜、孙立新校点,王英志校订),《清代闺秀诗话丛刊》(王英志主编),南京:凤凰出版社,2010 年版。

《清代闺阁诗集萃编》(李雷主编),北京:中华书局,2015 年版。

《清代闺秀集丛刊》(肖亚男主编),北京:国家图书馆出版社,2014 年版。

《清闺秀艺文略》(单士厘编),2007 年全国图书馆文献缩微中心出版。

《清人诗文集总目提要》(柯愈春著),北京:北京古籍出版社,2001 年版。

《清诗话考》(蒋寅著),北京:中华书局,2005 年版。

《全宋诗》(第 72 册)(北京大学古文献研究所编),北京:北京大学出版社,1998 年版。

《燃脂余韵》(王蕴章著),王志英主编《清代闺秀诗话丛刊》本,南京:凤凰出版社,2010 年版。

《日本内阁文库藏孤本〈锦囊冰鉴〉考略》(乔玉钰撰),《文献》,2014 年第 1 期。

《歙事闲谭》(许承尧著),合肥:黄山书社,2001 年版。

《诗观初集》《二集》《三集》(邓汉仪辑),《四库禁毁书丛刊 · 集部》第 2 册,北京:北京出版社,1997 年版。

《诗媛八名家集》(邹斯漪辑),清顺治十二年(1655)邹氏鹭宜斋刻本。

《书院与园林的胜境——雄村》(汪昭义著),合肥:合肥工业大学出版社,2005 年版。

《水曹清暇录》(汪启淑著),《续修四库全书》第 1138 册,上海:上海古籍出版社,2002 年版。

《说郛续四十六卷》(陶珽辑),《说郛三种》第 10 册,上海:上海古籍出版社,1988 年版。

《四库全书总目提要》(纪昀总纂),石家庄:河北人民出版社,2000 年版。

《听秋声馆词话》(丁绍仪著),《续修四库全书》第 1734 册,上海:上海古籍出版社,2002 年版。

同治《湖州府志》,《中国方志丛书 · 华中地方 · 第 54 号》,台北:成文出版社,1970 年版。

同治《续修萧县志》,《中国地方志集成 · 安徽府县志辑(29)》,南京:江苏古籍出版社,1998 年版。

《桐城马氏诗钞》,清道光十六年(1836)可久处斋刻本。

《桐城明清散文选》(桐城市博物馆主编),合肥:安徽美术出版社,2011年版。

《桐城耆旧传》(马其昶著,毛伯舟点校),合肥:黄山书社,1990年版。

《桐城文化志》(汪福来主编),合肥:安徽人民出版社,1992年版。

《桐城县志》(桐城县地方志编纂委员会编),合肥:黄山书社,1995年版。

《桐旧集》(徐璈辑录),清咸丰元年(1851)刻本。

《桐山名媛诗钞》(吴希庸、方林昌辑),清刻本。

《铜陵历代人物》(潘法连编著),《铜陵文史资料选编》第十辑,铜陵:铜陵县政协文史资料编辑委员会编辑出版(内部交流资料图书),2004年版。

《晚晴簃诗汇》(徐世昌辑),北京:中国书店,1988年版。

《皖雅初集》(陈诗辑),上海美艺图书公司,1929年刻印。

《吴中女士诗钞》(任兆麟辑),清乾隆五十四年(1789)刻本。

《习静斋诗话》(方廷楷著),《皖人诗话八种》(贾文昭主编),合肥:黄山书社,1995年版。

《现存清代女性诗词集知见录》,《清代闺阁诗集萃编》第10册,北京:中华书局,2015年版。

《香咳集选存》(许夔臣选辑),清嘉庆九年(1804)刻本。

《香奁诗话》(金燕辑,吴正岚校点,王英志校订),《清代闺秀诗话丛刊》(王英志主编),南京:凤凰出版社,2010年版。

《小仓山房诗文集》(袁枚著,周本淳校点),上海:上海古籍出版社,2006年版。

《小黛轩论诗诗》(陈芸著,林怡校点,王英志校订),《清代闺秀诗话丛刊》(王英志主编),南京:凤凰出版社,2010年版。

《小檀栾室闺秀词钞》(徐乃昌辑),清宣统三年(1911)小檀栾室刻本。

《小檀栾室汇刻百家闺秀词》(徐乃昌辑),清光绪二十二年(1896)小檀栾室刻本。

《撷芳集》(汪启淑辑),清乾隆(1736—1795)飞鸿堂刻本。

《扬州画苑录》(汪鋆著),《续修四库全书》第1087册,上海:上海古籍出版社,2002年版。